普通高校人文素质教育通用教材

唐宋诗词鉴赏
TANGSONG SHICI JIANSHANG

王步高 主编

北京大学出版社
PEKING UNIVERSITY PRESS

图书在版编目(CIP)数据

唐宋诗词鉴赏/王步高主编. —2 版. —北京:北京大学出版社,2007.8
(普通高校人文素质教育通用教材)
ISBN 978-7-301-06330-9

Ⅰ.唐… Ⅱ.王… Ⅲ.①唐宋-鉴赏-高等学校-教材 ②诗词-鉴赏-高等学校-教材 Ⅳ.Ⅰ207.2

中国版本图书馆 CIP 数据核字(2003)第 040435 号

书　　　名：**唐宋诗词鉴赏**
著作责任者：王步高　主编
策划编辑：杨书澜
责任编辑：李廷华　舒　岚
标准书号：ISBN 978-7-301-06330-9/Ⅰ·0633
出版发行：北京大学出版社
地　　　址：北京市海淀区成府路 205 号　100871
网　　　址：http://www.pup.cn　电子邮箱：weidf02@sina.com
电　　　话：邮购部 62752015　发行部 62750672　编辑部 62750673
　　　　　　出版部 62754962
印　刷　者：河北博文科技印务有限公司
经　销　者：新华书店
　　　　　　890 毫米×1240 毫米　A5　15.25 印张　420 千字
　　　　　　2007 年 8 月第 2 版　2024 年 12 月第 21 次印刷
定　　　价：49.00 元

未经许可,不得以任何方式复制或抄袭本书之部分或全部内容。
版权所有,侵权必究
举报电话：010-62752024　电子邮箱：fd@pup.pku.edu.cn

只用专业知识教育人是不够的。通过专业教育,他可以成为一种有用的机器,但是不能成为一个和谐发展的人。要使学生对价值有所理解并且产生热烈的感情,那是最基本的。他必须获得对美和道德的善恶鲜明的辨别力。否则,他——连同他的专业知识——就更像一只受过很好训练的狗,而不像一个和谐发展的人。

——爱因斯坦

普通高校人文素质教育通用教材

编委会主任：季羡林 北京大学东方学系教授，博士生导师，中国科学院哲学社会学部学部委员，原北京大学副校长。

委　　　员：戴　逸 中国人民大学清史研究所教授，博士生导师，国家清史编纂委员会主任，北京文史研究馆馆长。

徐中玉 华东师范大学中文系教授，系名誉主任，《文艺理论研究》、《古代文学理论研究》主编，中国文艺理论学会、中国古代文学理论学会、全国大学语文研究会、上海炎黄文化研究会名誉会长。教育部推荐《大学语文》教材主编。

汤一介 北京大学哲学系教授，博士生导师，中国文化书院创院院长，北京大学哲学系文化研究所名誉所长。

乐黛云 北京大学中文系教授，博士生导师，中国比较文学学会会长，北京大学跨文化研究中心主任。

执 行 主 编：张耀辉 上海交通大学教授，中国写作学会顾问。
质 量 总 监：乔征胜、江溶 北京大学出版社编审。

要求知识面广，大概没有人反对。因为不管你探究的范围多么窄狭，多么专门，只有在知识广博的基础上，你的眼光才能放远，你的研究才能深入。

——季羡林

　　人类必须学会和谐友好地共处。不同国家、不同民族、不同宗教的人民要通过相互交往,相互帮助,寻求理解、宽容与尊重,共同建设和平民主、平等繁荣的新世界。
　　　　　　　　　　——戴　逸

　　大学生需要吸取全人类文化中于我们有益的成分,对我们民族悠久灿烂的历史文化积累,则更应有广泛的理解,并加以发扬光大。具有宽厚的人文根底,肯定能为大学生们提供无限广阔的发展前景。
　　　　　　　　　　——徐中玉

　　我们的人文精神是什么？我想:就是要讲道德,讲学习,要使自己的行为符合道义,要勇于改正自己的错误。
　　　　　　　　　　——汤一介

　　亚里士多德曾把人的生活解析为:外物诸善(指物质生活);躯体诸善(指健康、精力)和灵魂诸善(包括知识、信仰、友谊、荣誉、自尊、爱和被爱等)。当我们致力于把自己培养成一个有能力的生产者和一个快乐的消费者时,往往忽略了对于灵魂诸善的追求,那样的人生显然有很大的缺陷。愿这套丛书能将读者引向对灵魂诸善的关怀。
　　　　　　　　　　——乐黛云

普通高校人文素质教育通用教材

部分书目

书名	编著者
《大学新语文》	夏中义
《实用写作》	张耀辉
《影视艺术鉴赏》	吴贻弓　李亦中
《中国古代小说名著鉴赏》	焦垣生　张　蓉
《台港文学名家名作鉴赏》	尉天骄
《中西文化比较》	徐行言
《唐诗宋词鉴赏》	王步高
《音乐鉴赏》	钱仁康　胡企平
《美术鉴赏》	陈洛加
《艺术鉴赏》	凌继尧

总　序

汤一介

在中国传统文化中,对人文精神是特别重视的。我国古老的经典《周易》说:"观乎人文以化成天下。"(《贲·彖辞》)意思是说,观察人类文明的进展,就能用人文来教化天下。可见我们的老祖宗已经非常注重对人的人文精神的教化了。所谓人文教化就是用人文精神来教育人。那么,人文精神从何而来呢?照《周易》看,它是在人类文明的发展中积累起来的,也就是说,它是在历史发展过程中形成的。在我国历史的长河中积累了许多宝贵的人文精神教化的经验,例如我国伟大的思想家、教育家孔子所说:"德之不修,学之不讲,闻义不能徙,不善不能改,是吾忧也。"(《论语·述而》)不修养德行;不讲究学习;听到符合道义的话而不能跟着做;有了过错而不能改正,这些都是孔子所忧虑的。孔子的这段话可以说是对我国古代"人文教化"的很好的总结。我们的人文精神是什么?我想,就是要讲道德,讲学习,要使自己的行为符合道义,要勇于改正自己的错误。

在当今科学技术高度发达的情况下,我们必须看到,科学技术虽能造福人类社会,但也可能严重地损害人类社会。今天,许多事实已经证明科技的发展并不一定都是造福人类的;那么,我们如何引导科学技术的发展呢?就是要用人文精神来引导人们的思想和行为,也就是孔子说的,我们应该努力做到"修德"、"讲学"、"改过"、"向善"。"修德"并不容易,那必须有崇高的理想,有为人类长远利益考虑的胸怀。"讲学"同样不容易,它不但要求要天天提高自己,而且要负起人文教育的责任。"改过",人总是会犯这样那样的错误,问题是要勇于改正错误,这样才可以不断前进。"向善"是说人生在世,应日日向着善的方面努力,提高自己的品德,做到"日日新,又日新",每天都有新的进步。只有做到这些,科学技术才不会脱离为人服务的根本目的,走到邪路上去。因此,我们应该看到,科学技术越是发展,越是需要用人文精神来加以引导。

在当今人类社会进入经济全球化的时代,经济上的竞争无疑是十分激烈的。我们的国家要坚强地立于世界民族之林,就必须有强大的经济实力。但中国自古以来,都强调"取之有道",也就是说做生意、赚钱应该合乎道义。可是面对我们国家的现实,有些人往往为了赚钱,取得高额利润,见利忘义,不顾及社会福祉,不讲信义,甚至做出坑害人民的事。为什么会发生这样的情况呢?除了制度上的不健全外,最主要的就是缺少一种可贵的关怀人的精神,缺乏关怀人的精神的教育。我们做一切事都应"以人为本"。为什么要发展经济?最根本的目的就是为了绝大多数人民的利益,离开这一点,发展、赚钱都是不可取的。如果说发展经济应"以人为本",那么,在我们发展经济的过程中,就应处处考虑到老百姓的利益,这就需要有一种关怀人的人文精神,并对全社会进行关怀人的教育。

现在,北京大学出版社将出版一套《普通高校人文素质教育通用教材》,这是一件非常有意义的事。大学生是建设富强、繁荣的中国的生力军,我们国家未来的健康、合理地发展就要靠这批大学生,因此,使他们受到良好的人文素质教育尤其必要。我们的大学生当然要掌握最先进的科学技术,当然要担当促进我国经济快速发展的重任,但千万不要忘记了所有这一切都是为了人,为了人的幸福。首先应关怀人,关怀千千万万普通老百姓,做一个有理想、讲道德,能继承和发扬我国优秀民族传统,有人文关怀的人。我相信这套教材一定能在大学生成长的人生道路上起着良好的引导作用。

序

王步高

五千年的中国文学，犹如绵延之群山，在唐宋时期奇峰突起，形成唐诗、宋词两座高峰。因为它们的成就，中国才当之无愧地被誉为"诗国"，诗词才成为中国文学最辉煌的部分，《诗经》、唐诗、宋词加《红楼梦》是中国文学可以"颉颃西域"①的主要资本。

一

唐诗是由六朝及隋诗发展而来，唐代的政治制度、文学受隋代的影响较深。因此不得不略加说明。

北周、隋、唐的统治者不仅政权先后相袭，而且大致均采取了近乎政变的方式，隋唐之际有些战争，但大多并不发生于隋唐政权之间。北周、隋、唐三代政权的统治者均系关陇贵族，三个皇室还有着十分密切的姻亲关系。宇文泰、杨忠、李虎分别是这三个皇室的创始人，他们与独孤信曾一起在西魏做过高级将领，前三人之子宇文毓（北周明帝）、杨坚（隋文帝）、李昞（李渊之父）分别娶了独孤信之长女、七女和四女，而杨坚之女又嫁与宇文衍（北周静帝），李渊与隋炀帝杨广也属姨表兄弟。隋文帝在中央设三省（中书、门下、尚书）、六部（礼、吏、兵、刑、户、工），改地方行政机构为州县两级，废除九品中正制实行以明经、进士考试为主的科举制度等均为唐代继承并加以发展。隋诗对唐诗的影响亦然。

隋代虽结束了西晋末年以来近三百年的分裂局面，却二世而斩，历时仅三十七年。因此，隋代有影响的诗人不多，作品总量也

---

① 见梁启超《饮冰室诗话》，原话为："中国事事落他人后，惟文学差可颉颃西域。"

少。文学史家往往将之视为南北朝之延伸而一语带过。其实,这恰恰忽略了大一统政局对诗坛的影响,忽略了南北诗风的融合。

隋代是扭转齐梁诗风、拓宽诗歌的题材、进一步推进诗歌格律化进程并使六朝诗向唐诗过渡中的一个重要转折点。"起衰中立"一语本为清人沈德潜用以评论杨广(隋炀帝)、杨素边塞诗历史作用的(见《说诗晬语》),以之来说明隋诗的历史地位倒颇为恰当。

从隋朝统一中国以后,南北诗风便开始融合的过程。隋代是以北朝诗风为主体吸收齐梁以来南朝诗歌格律化成就而形成的融合,而初唐则是以南朝诗风为主体吸收北朝贞刚之气的另一种融合,至陈子昂、李白以后,这一融合才基本完成。魏征曾云:"江左宫商发越,贵于清绮,河朔词义贞刚,重乎气质。气质则理胜其词,清绮则文过其意。理深者便于时用,文华者宜于咏歌,此其南北词人得失之大较也。若能掇彼清音,简兹累句,各去所短,合其两长,则文质彬彬,尽善尽美矣。"(《隋书·文学传序》)魏征期望的这种南北诗风的融合,直至盛唐才得以完成,也确实导致了唐诗的空前繁荣。而隋诗斫雕为朴,摧柔为刚,重乎气质,则对矫正齐梁以来的淫靡诗风起了巨大的作用。

隋诗数量虽不算很多,但题材相当广泛,特别是隋代的乐府诗,上接《诗经》、汉乐府和建安诗歌的现实主义精神,成为隋代社会的一面镜子。这与梁陈宫体诗有很大的不同。宫体诗写宫廷中饮食男女之事,不乏卑下色情的描写。如梁简文帝萧纲诗中,多写内人卧具、内人昼眠、伤美人、娈童、倡妇怨情、美人晨妆……此外如《行雨诗》则更是赤裸裸地描写性行为。这样的作品,在隋诗中已基本绝迹。以荒淫闻名的隋炀帝,其诗却很典雅庄重,没有这类作品。魏征说得好:"炀帝初习艺文,有非轻侧之论,暨乎即位,一变其风。其《与越国公书》、《建东都诏》、《冬至受朝诗》及《拟饮马长城窟》,并存雅体,归于典制,虽意在骄淫,而词无浮荡,故当时缀文之士,遂得依而取正焉。"为什么这样一个淫荡昏庸的皇帝也能写出一些令人回肠荡气的健康作品,这不能不归于隋代诗坛风气的影响。①

经过隋末的几年动荡,唐代才真正建成长治久安的大一统王朝,经济也高度发展。"唐太宗李世民在位时(626—649)励精图治,史称'贞观之治'、他知人善任,虚怀纳谏,重视吏治,轻徭薄赋,节俭自持。高宗李治在位时,皇后武则天掌握政权,一度废唐称周,自号皇帝。其时政局虽然纷纭,但社会仍较安定。唐玄宗李隆基(712—756年在位)开元年间国势强盛,史称开元之治。""安史之乱后各地节度使拥兵自重,河朔三镇尤著,形成了朝廷与藩镇之间长期的冲突。朝廷中则出现宦官专权和朝臣反宦官的斗争。唐顺宗用王叔文、王伾以及柳宗元、刘禹锡等人进行政治改革,由于宦官集团反扑而失败。唐文宗时甘露之变,宦官诱杀大批朝臣。朝臣之间也有以李德裕为首的一方和以牛僧孺、李宗闵为首的一方的所谓牛李党争,纷纭至半世纪之久。"②(笔者本人并不赞成此观点,有"牛党",并无"李党"。)唐代政治中的一个重要变化是东部平原的官吏,取代了西北贵族,其文化底蕴深厚,且多南朝文化的特点。

唐代经济也高度发达。同时唐朝广开言路,政治开明,从不以言治罪(唐朝没有知识分子因写诗而被治罪的)。唐王朝实行较为开放的政策,中外文化得以交流,各种宗教得以传播,思想空前解放,统治者(除唐武宗曾有灭佛之举)基本只倡导什么(如太宗对佛教、玄宗对道教),而不钳制什么。加之唐代科举制度广泛推行,考前考生得向名人投献自己的诗文(当时称"行卷"),甚至考排律,这客观上也推动了唐诗的兴盛。

从文学角度而言,唐诗继承了《诗经》以来近二千年的诗歌创作的经验和优良传统。五七言近体(格律)诗的成熟使唐诗较之前代有了崭新的表现形式,一般认为五律到沈(佺期)、宋(之问)时已定型,七律到杜甫才最终定型(杜诗七律则仍有少量失粘、失

---

① 以上引自王步高《斫雕为朴及隋代南北诗风的融合》,载《江海学刊》1994年1期。

② 引自《中国大百科全书·历史分册》,第10页。

对或拗句)。七言古诗中的歌行体盛行,也使唐诗的表现力有所增强。所谓歌行,本由乐府而来,"由乐府诗发展为古体诗中独立的一体",其特点是不入乐,也不沿袭乐府古题,采用五七言或杂言,音节格律要求自由,篇幅可长可短。《唐诗三百首》共八卷,五古、五律、七律、五绝、七绝均为一卷,独七言古诗竟多达三卷(有一卷专收七言乐府),这不能不说与歌行兴盛有关,其中名篇如李白《梦游天姥吟留别》、杜甫《兵车行》等皆然。到中唐时,更出现一种"元和体",在歌行中杂入许多律句、对仗句,几句一换韵,其中每四句常是一首律绝,如白居易《长恨歌》与《琵琶行》、元稹《连昌宫词》等为其代表作。唐代的诗歌理论对唐诗的兴盛也有一定的推动作用,如陈子昂反对齐梁诗风的理论、白居易的新乐府理论,推动当时诗歌创作的作用都是毋庸置疑的(只是过去几十年对这种作用认识有点夸大)。

　　唐代历时290年,流传至今的诗远远超过唐以前1700年之总和,据《全唐诗》及《全唐诗外编》两书统计,有诗53035首,诗人3276个。陈尚君教授《全唐诗续拾》又补诗4300余首,涉及作者1000余人,剔除重复人名和诗作,唐诗总量为55000余首,作者3500余人。其中能开宗立派的重点诗人达20余人,著名诗人100余人。同时涌现出李白、杜甫等超一流的大诗人,成为中国古代诗歌的杰出代表。

　　唐诗就形式而言,也集其大成,古体诗有四言、五言、七言、杂言等多种形式,七言还发展为歌行体,中唐又发展为元和体,乐府又发展为新题乐府。尤其是五七言律绝,到唐代定型,成为官定考试及竞赛的诗体,人人能作,争奇斗艳,异彩纷呈。六言诗、词在唐代也时有创作,至五代时词已蔚为大国。

　　唐代诗人敢于直面世界,直面人生,思想内容充实,其中如杜甫、白居易、张籍、王建、李绅及晚唐一些诗人,继承《诗经》、汉乐府的现实主义传统,写出许多如"朱门酒肉臭,路有冻死骨"之类的诗句,对社会的矛盾,统治者的腐败堕落,人民的深重灾难都有真实而深刻的反映。杜诗被称为"诗史"便是明证。也有如高适、岑参、李颀,王昌龄、李益、卢纶等一大批边塞诗人,既歌颂边塞将士艰苦卓绝的战争生活,对穷兵黩武的最高统治者也不乏鞭笞与讽刺。还有更多亲历"安史之乱"、"藩镇割据"的诗人,以亲身所历,亲耳所闻,记录下许多家国和身世的辛酸。而以李白为代表的诗人,以豪迈的诗歌歌唱理想、歌唱豪情逸兴,成为"盛唐"之音的主旋律。以王维、孟浩然、韦应物、储光羲为代表的诗人,淡于功名,流连山水田园生活,也写下许多美学价值极高的诗篇……

对唐诗的成就,胡应麟有一段精辟的论述:"甚矣,诗之盛于唐也!其体,则三、四、五言,六、七、杂言,乐府、歌行、近体、绝句,靡弗备矣。其格,则高卑、远近、浓淡、浅深、巨细、精粗、巧拙、强弱,靡弗具矣。其调,则飘逸、浑雄、沉深、博大、绮丽、幽闲、新奇、猥琐,靡弗诣矣。其人,则帝王、将相、朝士、布衣、童子、妇人、缁流、羽客,靡弗预矣。"(《诗薮》外编卷三)诗歌的各种艺术手法,至唐也已臻于完备,司空图归结为《二十四诗品》,虽主要就艺术风格而言,实际也是对唐诗艺术的全面总结。

二

中国文学分为韵文(诗、赋、词、曲)、散文(散文、小说等)两大类。而韵文又分齐言与杂言两条发展线索:

齐言:四言(诗经)—五言—七言(另有少量六言)

杂言:古歌谣—楚辞—乐府—词—曲—有韵新诗
　　　　　　└─赋

词是杂言诗(乐府)格律化后的产物(详见附录:《论词的起源》)。它是格律化的杂言诗,它与格律诗几乎是同时孕育发展起来的(均可追溯到六朝的齐梁时期),但它的兴盛却晚得多。也许这一点还值得深入探讨,但有一点是无疑的,词在封建统治者和士大夫心目中地位要低得多,不仅科举考试与词无缘,唐代多数知识分子也很少涉足这一领域。温庭筠之前,不仅没有专业词人,写词较多的作家也没有,大家充其量只是以诗之余作词。诗余之名虽遭到许多专家的反对,却是反映了词在其成熟前后一段时期的真实处境的。到晚唐五代时,由于温韦及南唐二主的介入,这种情况才有所改变。

词产生的早期,其反映生活的面还是较为广阔的,敦煌词便是如此。虽然它距离俞平伯先生说的"广深"(题材内容广泛,反映社会生活、思想也深刻)还有较大距离,但与后来词走的"狭深"(题材较狭窄,但反映得较深入,有一定深度,在这狭窄领域甚至超过诗)道路比,它并未把自己圈得太死。

词虽与格律诗几乎同时起步,其成熟之作却至少到李白的《菩萨蛮》、《忆秦娥》时才出现(关于这二词的真伪至今还未完全定论),此后刘长卿、韦应物、张志和都有一二名作传世,但直到中唐后期白居易、刘禹锡、王建等加入进来,才开始成点气候,而且有了刘、白同题唱和之作。

"花间词"尽管在后世遭遇多少批评,它却为五代、宋的文人词发展大致规范了其题材、风格、发展的道路,温韦成了历代文人词的鼻祖,婉约成了词之正宗,反之苏辛词则成了"别调",下至明清,这一情况也未有根本改变。花间、南唐两个词的创作高峰,展示了词的艺术魅力,吸引了有才能的诗人纷纷涉及词的领域,到了宋代完全不写词的诗人便不多了。既是大诗人,又是大词人的便不在少数。

宋代历时310年,是自汉末以迄明清最长的一个朝代。它的建立,结束了安史之乱以来主弱臣强,藩镇割据,"残民如草,易君如棋"(俞陛云语)的局面。

宋代采取削弱节度使权力的方法,把节度使驻地以外的州郡直属中央,用文臣知州事,用通判来掌管军政民政,在各路设转运使来掌管财权,选各道精兵送京城充禁旅,使将领不专领军队(将不知兵,兵不知将)。削弱宰相之权,军政大权归枢密院掌握,财政大权则由三司使掌握,宰相只管民政;又设参知政事、枢密副使、三司副使作为宰相、枢密使、三司使的副贰,与各部门长官发生制约作用;又增大御史台、谏院部门长官的权力,作为皇帝的耳目。又废除殿前都点检和侍卫亲军马步军都指挥司,禁军分别由殿前都指挥司、侍卫马军都指挥司、侍卫步军都指挥司分领。这一系列措施,加强了皇权,既无藩镇,亦无强臣,朝廷的统治大大巩固,除南宋时发生过一次苗傅、刘正彦之乱,没有其他政变。由于兵将分离、内外相维、守内虚外等一系列政策,也导致国防空虚,先后受制于辽、西夏、金和元。

宋代优待知识分子,广开科举。唐代进士每次不过二三十人,太宗太平兴国二年(977),放进士几500人,比旧20倍,使中下层地主阶级士子有更多可能进入仕途。优待文臣,除俸钱禄米外,又有职钱和职田。宋的疆域小于唐(南宋更小),"官五倍于旧"。

宋朝加强对知识分子的思想控制,不让地方对抗中央。司马光论正统曰:"立法度,班号令,而天下莫敢违者乃谓之王。"(《通鉴》魏纪一)宋代道学家又提出"道统"说,散文家又倡"文统"说。道统、文统虽首倡于韩愈,而行于宋。

重文人促进宋代科学文化的高度发达。古代四大发明,除造纸术外均出于宋代。思想的钳制,使宋代不少文学家都有过坐牢的经历,导致与官场关系密切的文体,如散文、诗歌较多受这些思想的束缚,而"词为小道"、"词为艳科",在宋代统治者及士大夫心中,词不登大雅之堂,也就不在上述思想禁锢之列,加之宋词题材"狭深"的特点,因而士大夫厌倦了诗文中的官样文章之后,均到词的领域来放松一番,来一试身手,驰骋情感,施展文才。唐诗在诗的领域树起一座难以逾越的丰碑,宋诗虽流传至今的作品总量远超过唐诗,且以筋骨思理见胜,苏轼等人的才气并不在李、杜、韩、白之下,但以文为诗,以议论为诗,以才学为诗,其成就则远逊于唐诗。相反词却较少受统治思想的影响。明清时(特别是明代),文字狱极盛行,得以特别兴盛的只剩下不为统治者看重的小说和戏剧(《四库全书》完全不收)。

宋代国势削弱,外族欺凌,词人怀抱抗敌立功之心抒发报国之情,南宋时更痛心家国之沦亡。这些方面词并不逊色于诗,岳飞的《满江红》使人振聋发聩,诗中还难以找出与之匹敌的篇章。

宋代士大夫对音乐的爱好及其能自度曲也大大丰富了词的表现能力。柳永集中慢词几达三分之二,多为自创;其用词调一百二十多个,运用前人的仅几调,其他全属自创(也可能有一些柳永之前有人用过,但今其作品已失传)。张先也自创过许多慢词。周邦彦也是精通词乐的高手,也自创不少词调。南宋时姜夔至今还有十七首留下工尺谱,是流传至今的宋词仅有的词乐。姜夔、史达祖、吴文英也都能自度曲。据说杨缵、冯艾子也能自度曲,惜乎很少作品流传至今。

以上种种,使词在宋代这块并不算特别肥沃的土壤里得以生长、发育,并长成参天大树。

词行诗道,诗词艺术是难以完全分清彼此的。

北宋词虽有柳永、张先之慢词,苏轼对词之大胆革新,但北宋仍以晏殊、欧阳修、秦观、晏几道、周邦彦为代表的婉约词人为主流。南宋虽有南渡词人、辛派爱国词,周邦彦格律派仍有较大影响。"杭州"与"汴州"之间仍有一脉相承的关系。

两宋词题材不及唐诗开阔,虽经柳永、苏轼的拓展,但反映民生疾苦、叙事(如《长恨歌》),写战争动乱等方面,较之唐诗少得多,甚至可以说少得可怜。然而写爱情、相思离别、风花雪月,或咏物等方面,不仅较之唐诗毫不逊色,甚至更为成功。从本书附录的一些作品便不难看出,将之与本人主编的《唐诗鉴赏》比较一下便更不难看出。词为长短句,可以重章复沓;而且词调众多(《词谱》收800多调,2700多体),有的高亢,有的愤激,更多的婉转悠扬,适合抒发各种感情;字数也长短悬殊,从14字到240字,因而有很强的表现力。宋人将词的长处发挥到极点,因而取得了极大的成功。

宋词虽成就很高,但总量不多。据我的导师唐圭璋教授《全宋词》,宋词总量还不足20000首,近年人们零星辑补到数百首,勉强凑足两万之数。而陆游一人竟存诗近万首,杨万里据说写诗更多(目前存4000多首)。

宋词以婉约为主流。"婉约"是词的当行本色。"豪放"是别调。婉约词题材较狭窄,大多是爱情、离别、思乡、咏物等传统内容,语言流丽而典雅,音韵谐婉而妩媚,有一唱三叹之致,却易陷于贫弱或为文造情。豪放之作在饱经政治沧桑或身经家国之变的作者笔下,"大声镗鞳,小声铿鍧",或作金戈铁马之声,或指画山河,作激浊扬清之论,但易流于叫嚣,而有粗俗之病。两宋词坛,名家辈出,堪称大家者,亦指不胜屈。北宋柳永、晏殊、欧阳修、晏几道、贺铸、周邦彦及南宋姜夔、史达祖、吴文英、张炎,堪称婉约正宗,而苏轼、陆游、张孝祥、辛弃疾、刘克庄、刘过、蒋捷,则属豪放别派,将两宋词坛打扮得花团锦簇,目不暇接。

三

同学们对唐诗、宋词并不陌生,绝大多数同学也都能背上几十首,但知识不够系统。本书则建构起系统性、网络式、立体化、大信息的结构模式。

所谓**系统性**,《唐诗鉴赏》部分是以唐诗史为纲,按初、盛、中、晚的顺序,分为十单元,根据各时期的诗歌成就不同,风格流派不同,适当划分。《唐宋词鉴赏》部分则是以唐宋词史为纲,按唐、五代、北宋、南宋的顺序,分为十单元,根据各时期的代表作家、风格流派不同,适当划分。本书除李白、杜甫、白居易、苏轼、辛弃疾、李清照外,均按作家群划分单元,以时间相近或风格相近划在一个单元中。也有些在词史上地位颇高的作家,故意未收。王沂孙历来视为宋人。他由宋入元,在宋代未做过官,却做了元人的官。与之相类似的词人绝大多数均未做元人的官。虽他做的只是学官(庆元路学正),却是宋遗民词人中的唯一例外,因此,还是将之归入元代为是。况且他的词作差不多也都是入元后的作品。

所谓**网络式**,是指每个小单元的精读课文按时间顺序编排的同时,附编的内容又按题材的专题跨时间编排,使学生纵向了解唐诗、唐宋词演进轨迹的同时,又有横向开拓,伸展出一个个专题(如爱情、怀古、咏物、登临、赠别等),对唐诗、唐宋词的了解可以更全面。

所谓**立体化**,是以精读课文为主,辅之以备选课文、泛读课文、专题诗作。同时又有音像教材、电子教案、网络课件以及支撑网站:"大学语文·中国"网(http://www.dxyw.cn 或 www.daxueyuwen.cn)"唐宋诗词鉴赏·中国"网(www.tsscjs.cn)。又附有《中小学已学篇目》,可以温故而知新。这便打破了时空界限,使新老知识在此立体的架构中融而为一。

所谓**大信息**,一是内容信息量大:全书选精读课文唐诗56首、唐宋词62首(平均每单元6首),备选课文唐诗68首、唐宋词78首;泛读课文唐诗154首,唐宋词149首,合计达567首,远远超过学生在中小学及《大学语文》里学到的唐诗、唐宋词总和;二是学术信息量大:书中附有各作家、流派的作品综述、研究综述、作品争鸣,全书的学术视野十分开阔;三是理论信息量大:各单元附有〔总评〕、作家〔集评〕、作品〔汇评〕,辑录历代名家的精辟评语,变一家之言为百家之言,让学生得到高峰体验;四是文献信息量大:每单元均附有参考书目,全书且附有总参考书目。

全书将人文精神的灌输及道德情感的熏陶放在特别显著的位置。中国诗歌有"言志"的传统,中国历代的大文学家、思想家、政治家、军事家都写过不少闪耀思想光辉的诗篇,唐宋更是其高峰,结合诗词教学,培养学生爱国爱乡的感情,使之关心民生疾苦,具有仁者爱人的思想和刚直不阿的品格,同时学习诗中潇洒旷达的人生态度,也提高学生的审美趣味和艺术品位。不是靠空洞的说教,而是在诗词精品的感染下,使学生讲气节、讲节操、讲廉耻、讲正气、讲有所不为、讲不唯上不唯官、讲民本思想、讲平民意识等等,从而促成其思想境界的升华与健全人格的塑造,培养高尚的道德情操。

近二十年来,诗词鉴赏成就巨大,各种鉴赏辞典数不胜数。我本人就曾在导师唐圭璋教授指导下主持过唐宋词、金元明清词、爱国诗词三部鉴赏辞典的编纂,其累计印数达百余万册。

鉴赏一般分三个层次:一是字面理解:读准冷僻的字,了解每个语句的意义,其用典故的本义及引申义;二是吃透这首作品的思想内涵(这往往须结合其写作背景进行):欣赏其艺术美、意境美;三是跃出这首作品本身:让它与该作家的其他作品或同时代、不同时代的相关作品进行比较分析,站在时代或历史的高度居高临下地审视,这样才能万取一收而不流于瞎子摸象。

本教材便是出于这样的认识编纂的。第一层面的任务由《注释》去完成,第二层面的任务由《赏析》完成,第三层面的任务由《集评》、《汇评》、附录的作品去共同完成。

因为是教材,故涉及与中小学《语文》及《大学语文》的衔接问题。精读课文对小学出现的唐诗、唐宋词，一律不选，总不能让大学生还去学"鹅，鹅，鹅，曲项向天歌"；对初中出现的唐诗和唐宋词，基本不收，只保留有限的几首重要代表作；对高中人教版必读课文尽量回避（如王维的《山居秋暝》等），但仍有一定数量的保留（如李白《蜀道难》），对高中阅读教材则不有意回避，对《大学语文》教材则完全不回避，因为全国有二三百种《大学语文》，即便是徐中玉及我主编的两种版本（国家十一五规划教材、国家优秀教材），在全国也只各覆盖数百所高校，大多数高校仍采用自编本或联合自编本，很不统一。附录中则对中小学已学唐诗和唐宋词酌情收入。

本次编写是在2003年北大版《唐宋诗词鉴赏》的基础上修订而成。选目有较大调整。以本教材为依托，东南大学已建成"唐宋诗词鉴赏"国家级精品课程。欢迎使用本书的老师、同学多提宝贵意见。

E-mail：wbg74205@sina.com

（发电子邮件请留电话号码）

于南京东南大学中文系

目录

总序 ·· 汤一介
序 ·· 王步高

唐 诗 鉴 赏

一、初唐诗 ·· (3)
  王　勃　《滕王阁》 ··· (8)
     《杜少府之任蜀川》 ······································· (9)
  骆宾王　《在狱咏蝉》 ·· (12)
  杜审言　《和晋陵陆丞早春游望》 ································· (14)
  宋之问　《题大庾岭北驿》 ·· (17)
  张若虚　《春江花月夜》 ·· (20)

二、盛唐诗（上） ··· (29)
  陈子昂　《感遇》 ·· (31)
  张九龄　《望月怀远》 ·· (33)
  王　维　《终南山》 ·· (37)
     《渭川田家》 ··· (39)
     《积雨辋川庄作》 ··· (40)
  孟浩然　《秋登万山寄张五》 ······································ (43)
     《望洞庭湖赠张丞相》 ····································· (44)

三、盛唐诗（下） ··· (54)
  王昌龄　《长信秋词》 ·· (54)
  高　适　《燕歌行》 ·· (57)

李　颀	《古从军行》	(61)
岑　参	《走马川行奉送封大夫出师西征》	(63)

四、李白 ……………………………………………………… (75)
《蜀道难》……………………………………………… (78)
《关山月》……………………………………………… (80)
《长干行》……………………………………………… (82)
《送友人》……………………………………………… (85)
《登金陵凤凰台》……………………………………… (87)
《宣州谢朓楼饯别校书叔云》………………………… (89)

五、杜甫 ………………………………………………………… (104)
《哀江头》……………………………………………… (106)
《赠卫八处士》………………………………………… (109)
《登楼》………………………………………………… (111)
《登高》………………………………………………… (113)
《月夜》………………………………………………… (116)
《月夜忆舍弟》………………………………………… (117)
《秋兴八首》(其一) …………………………………… (119)

六、中唐诗(上) ………………………………………………… (130)
刘长卿	《逢雪宿芙蓉山主人》	(133)
李　益	《喜见外弟又言别》	(134)
司空曙	《云阳馆与韩绅宿别》	(136)
韩　愈	《八月十五夜赠张功曹》	(139)
李　贺	《李凭箜篌引》	(143)
	《梦天》	(146)

七、中唐诗(下) ………………………………………………… (157)
韦应物	《寄李儋元锡》	(159)
柳宗元	《登柳州城楼寄漳汀封连四州刺史》	(161)
刘禹锡	《元和十年自朗州承召至京,戏赠看花诸君子》	(164)
	《再游玄都观》	(166)
	《竹枝词》	(168)

　　　　　《西塞山怀古》……………………………………（168）
　　元　稹　《离思五首》（选一）……………………………（171）
八、白居易………………………………………………………（180）
　　　　　《长恨歌》……………………………………………（183）
　　　　　《自河南经乱，关内阻饥，兄弟离散，各在一处。因望月
　　　　　　有感，聊书所怀寄上浮梁大兄、于潜七兄、乌江十五兄，
　　　　　　兼示符离及下邽弟妹》…………………………（189）
九、晚唐诗（上）…………………………………………………（195）
　　杜　牧　《题宣州开元寺水阁，阁下宛溪、夹溪居人》…（197）
　　　　　　《早雁》………………………………………………（199）
　　　　　　《赠别二首》（选一）………………………………（201）
　　许　浑　《咸阳城西楼晚眺》………………………………（203）
　　张　祜　《题金陵渡》………………………………………（205）
　　温庭筠　《商山早行》………………………………………（208）
十、晚唐诗（下）…………………………………………………（215）
　　李商隐　《无题》（相见时难）………………………………（217）
　　　　　　《无题》（来是空言）………………………………（219）
　　　　　　《安定城楼》…………………………………………（221）
　　　　　　《贾生》………………………………………………（223）
　　　　　　《隋宫》（紫泉宫殿）………………………………（224）
　　罗　隐　《绵谷回寄蔡氏昆仲》……………………………（227）
　　秦韬玉　《贫女》……………………………………………（229）

唐宋词鉴赏

十一、唐五代词（上）……………………………………………（239）
　　敦煌曲子词　《菩萨蛮》（枕前发尽千般愿）……………（240）
　　李　白　《菩萨蛮》（平林漠漠烟如织）……………………（242）
　　　　　　《忆秦娥》（箫声咽）………………………………（244）
　　温庭筠　《菩萨蛮》（小山重叠金明灭）……………………（248）
　　韦　庄　《菩萨蛮》（人人尽说江南好）……………………（250）

　　　　　《菩萨蛮》(洛阳城里春光好) ……………………（251）
十二、唐五代词(下) ……………………………………（259）
　　冯延巳　《鹊踏枝》(谁道闲情抛弃久) ………………（260）
　　李　璟　《浣溪沙》(菡萏香销翠叶残) ………………（261）
　　李　煜　《清平乐》(别来春半) …………………………（264）
　　　　　　《乌夜啼》(无言独上西楼) ………………………（265）
　　　　　　《浪淘沙》(往事只堪哀) ………………………（266）
　　　　　　《虞美人》(春花秋月何时了) ……………………（268）
　　　　　　《浪淘沙》(帘外雨潺潺) ………………………（269）
十三、北宋前期词 ………………………………………（275）
　　范仲淹　《渔家傲》(塞下秋来风景异) …………………（277）
　　柳　永　《凤栖梧》(伫倚危楼风细细) ……………………（280）
　　　　　　《八声甘州》(对潇潇暮雨洒江天) ………………（281）
　　　　　　《雨霖铃》(寒蝉凄切) ……………………………（283）
　　晏　殊　《浣溪沙》(一曲新词酒一杯) ……………………（285）
　　　　　　《蝶恋花》(槛菊愁烟兰泣露) ……………………（286）
　　欧阳修　《踏莎行》(候馆梅残) …………………………（288）
十四、苏轼词 ……………………………………………（300）
　　《江城子》(十年生死两茫茫) ……………………………（301）
　　《水调歌头》(明月几时有) ………………………………（302）
　　《蝶恋花》(花褪残红青杏小) ……………………………（304）
　　《卜算子》(缺月挂疏桐) …………………………………（306）
　　《定风波》(莫听穿林打叶声) ……………………………（308）
　　《念奴娇》(大江东去) ……………………………………（309）
　　《临江仙》(夜饮东坡醒复醉) ……………………………（312）
十五、北宋后期词 ………………………………………（323）
　　秦　观　《满庭芳》(山抹微云) …………………………（324）
　　　　　　《鹊桥仙》(纤云弄巧) …………………………（326）
　　　　　　《踏莎行》(雾失楼台) …………………………（327）
　　贺　铸　《鹧鸪天》(重过阊门万事非) ……………………（330）
　　　　　　《青玉案》(凌波不过横塘路) ……………………（331）

周邦彦　《兰陵王》(柳阴直)……………………………（334）
十六、南渡词人……………………………………………（344）
　　陈与义　《临江仙》(忆昔午桥桥上饮)………………（344）
　　朱敦儒　《相见欢》(金陵城上西楼)…………………（347）
　　李　纲　《苏武令》(塞上风高)………………………（349）
　　张元干　《贺新郎》(梦绕神州路)……………………（352）
　　岳　飞　《满江红》(怒发冲冠)………………………（355）
十七、李清照词……………………………………………（363）
　　《如梦令》(昨夜雨疏风骤)……………………………（364）
　　《凤凰台上忆吹箫》(香冷金猊)………………………（365）
　　《永遇乐》(落日熔金)…………………………………（367）
　　《声声慢》(寻寻觅觅)…………………………………（368）
　　《武陵春》(风住尘香花已尽)…………………………（370）
十八、南宋前期词…………………………………………（375）
　　陆　游　《卜算子》(驿外断桥边)……………………（376）
　　　　　　《秋波媚》(秋到边城角声哀)………………（377）
　　　　　　《钗头凤》(红酥手)…………………………（378）
　　　　　　《诉衷情》(当年万里觅封侯)………………（382）
　　张孝祥　《念奴娇》(洞庭青草)………………………（387）
　　　　　　《西江月》(问讯湖边春色)…………………（389）
十九、辛弃疾词……………………………………………（399）
　　《菩萨蛮》(郁孤台下清江水)…………………………（400）
　　《破阵子》(醉里挑灯看剑)……………………………（402）
　　《鹧鸪天》(壮岁旌旗拥万夫)…………………………（403）
　　《摸鱼儿》(更能消、几番风雨)………………………（405）
　　《青玉案》(东风夜放花千树)…………………………（408）
　　《祝英台近》(宝钗分)…………………………………（410）
二十、南宋后期词…………………………………………（421）
　　刘克庄　《玉楼春》(年年跃马长安市)………………（422）
　　姜　夔　《扬州慢》(淮左名都)………………………（425）
　　　　　　《踏莎行》(燕燕轻盈)………………………（428）

　　　　《长亭怨慢》(渐吹尽、枝头香絮)…………(430)
史达祖　《双双燕》(过春社了)………………(433)
吴文英　《风入松》(听风听雨过清明)…………(436)
蒋　捷　《一剪梅》(一片春愁待酒浇)…………(438)

关于词的起源 ……………………………………(447)
总参考书目 ………………………………………(456)

唐诗鉴赏

一、初唐诗

【唐诗总论】

国初，上好文章，雅风特盛。沈、宋始兴之后，杰出于江宁，宏肆于李、杜，极矣！右丞、苏州趣味澄夐，若清沇之贯达。大历十数公，抑又其次，元、白力勍而气孱，乃都市豪估耳。刘公梦得、杨公巨源，亦各有胜会。刘德仁辈时得佳致，亦足涤烦。（〔唐〕司空图《与王驾评诗书》）

王右丞、韦苏州，澄澹精致，格在其中，岂妨于遒举哉？贾浪仙诚有警句，观其全篇，意思殊馁，大抵附于蹇涩，方可致才，亦为体之不备也。（〔唐〕司空图《与李生论诗书》）

有唐三百年诗，众体备矣。故有往体、近体、长短篇、五七言律句绝句等制，莫不兴于始，成于中，流于变，而陊之于终。至于声律兴象，文辞理致，各有品格高下之不同。略而言之，则有初唐、盛唐、中唐、晚唐之不同。详而分之，贞观、永徽之时，虞、魏诸公，稍离旧习，王、杨、卢、骆，因加美丽，刘希夷有闺帷之作，上官仪有婉媚之体，此初唐之始制也；神龙以还，洎开元初，陈子昂古风雅正，李巨山文章宿老，沈、宋之新声，苏、张之大手笔，此初唐之渐盛也。开元、天宝间，则有李翰林之飘逸，杜工部之沉郁，孟襄阳之清雅，王右丞之精致，储光羲之真率，王昌龄之声俊，高适、岑参之悲壮，李颀、常建之超凡，此盛唐之盛者也；大历、贞元中，则有韦苏州之雅澹，刘随州之闲旷，钱、郎之清赡，皇甫之冲秀，秦公绪之山林，李从一之台阁，此中唐之再盛也。下暨元和之际，则有柳愚溪之超然复古，韩昌黎之博大其词，张、王乐府，得其故实，元、白序事，务在分明,与夫李贺、卢仝之鬼怪,孟郊、贾岛之饥寒,此晚唐之变也。降而开成以后,则有杜牧之豪纵,温飞卿之绮靡,李义山之隐僻,许用晦之偶对,他若刘沧、马戴、李频、李群玉辈,尚能黾勉气格,将迈时流,此晚唐变态之极,而遗风余韵,犹有存者焉。(〔明〕高棅《唐诗品汇》总序)

唐诗之变,渐矣!隋氏以还,一变而为初唐,贞观、垂拱之诗是也;再变而为盛唐,开元、天宝之诗是也;三变而为中唐,大历、贞元之诗是也;四变而为晚唐,元和以后之诗是也。(〔明〕高棅《唐诗品汇》五言古诗叙目)

唐承六代之余,崇尚诗学,特命词臣定律诗体式,制科以此取士。贞观之际,王、杨、卢、骆号称四杰,其诗多沿旧习。陈、杜、沈、宋继之,格律渐高。而陈拾遗尤为复古之冠,其五言古诗,原本阮公,直追建安作者。自后曲江继起,浸浸称盛。开元、天宝之际,笃生李、杜二公,集数百年之大成。太白天才绝世,而古风乐府,循循守古人规矩;子美学穷奥窔,而感时触事、忧伤念乱之作,极力独开生面。盖太白得力于《国风》,而子美得力于大、小《雅》,要自子建、渊明而后,二家特为不祧之祖。其辅二家而起者,有王维、孟浩然、高适、岑参、李颀、王昌龄、刘眘虚、裴迪、储光羲、常建、崔颢诸人。而元结又有《箧中集》一选,集沈千运、王季友、于逖、孟云卿、张彪、赵微明、元融七人之作,都为一卷,其诗直接汉人。故论诗者至开宝之世,莫不推为简古,寄至味于淡泊",气象近道,盖卓乎不为时域者也。其扬王、孟之余波者,刘长卿犹不失雅正,而钱起次之。钱起与耿㧑、卢纶、韩翃、李端、司空曙、吉中孚、苗发、崔峒、夏侯审并称"十才子"。然十子之中,不无利钝,而足与钱、刘相羽翼者,唯郎士元、李嘉祐、皇甫冉兄弟。贞元、元和之际,韩文公崛起,以天纵逸才,为起衰巨手,诗继李、杜之盛。而柳宗元独传骚学,亦宗陶公,五言幽淡绵邈,足继苏州,故世并称曰"韦、柳"。辅韩文公而起衰者,孟郊东野也;与柳州称契者,有刘禹锡焉。其他元、白、张、王之乐府,卢仝、李贺、刘叉之诡怪,姚合、贾岛之艰僻,非不瑰奇伟丽,卓然成家,然于此道中别辟一境,遂为旁门小宗矣。太和、会昌而下,诗教日衰,独李义山矫然特出,时传子美之遗;特用事过多,涉于浓滞,或掩其美。次则杜牧之律体,寓拗峭以矫时弊,犹有健气。义山与温庭筠、段成式并为西昆体,然温非李俦也。其余皮、陆、许浑、马戴、赵嘏、韦庄、罗隐、唐彦谦诸人,虽间有逸韵,靡靡无足观。降而韩偓之《香奁》,风益下矣。盖终唐之世,称大家者,以李、杜、韩三家为宗。古诗之得正音者,陈、张、韦、柳四家为宗,而元结、沈千运诸人为辅。律诗之称正音者,王、孟二家为宗,高、岑、钱、刘诸人为辅。此唐诗之大较也。若夫唐人乐章,多尚铺张,不若柳子厚之《唐雅》二篇,《铙歌》十二曲,为足追古作者。而乐人所歌,又在诸名人绝句,如王之涣之《凉州词》、王维之《阳关三叠》,其尤著者。其他朝庙应制诸诗,体崇巨丽,固以唐初前后四子及燕、许诸人为正云。唐风既衰,五代干戈之际,作者寥寥。(〔清〕鲁九皋《诗学源流考》)

或问唐诗何以分初、盛、中、晚之说?曰:初唐自高祖武德元年戊寅岁至玄宗先天元年壬子岁,凡九十五年。盛唐自玄宗开元元年癸丑岁至代宗永泰元年乙巳岁,凡五十三年。中唐自代宗大历元年丙午岁至文宗大和九年乙卯岁,凡七十年。晚唐自文宗开成元年丙辰岁至哀帝天祐三年丙寅岁,凡七十一年。溯自高祖武德戊寅至哀帝末年丙寅,总计二百八十九年,分为四唐。然诗格虽随气运变迁,其间转移之处,亦非可以年岁限定。况有一人而经历数朝,今虽分别年岁,究不能分一人之诗,以隶于每年之下。甚之以讹传讹,或一诗而分载数人,或异时而互为牵引,则四唐之强分疆界,毋亦刻舟求剑之说耶?然初盛中晚之年分起讫,初学又不可不识之。(〔清〕冒春荣《葚原诗说》卷三)

诗至盛唐,至矣。中唐如韩退之、孟东野、李长吉、白乐天,虽失刻露,要各具五丁开山之力。至晚唐诸公,乃仅仅以律句、绝句自喜耳。(〔清〕牟愿相《小澥草堂杂论诗》)

唐诗妙境在虚处,宋诗妙境在实处。初唐之高者,如陈射洪、张曲江,皆开启盛唐者也。中、晚之高者,如韦苏州、柳柳州、韩文公、白香山、杜樊川,皆接武盛唐、变化盛唐者也。是有唐之作者,总归盛唐。而盛唐诸公,全在境象超诣,所以司空表圣《二十四诗品》及严仪卿以禅喻诗之说,诚为后人读唐诗之准的。(〔清〕翁方

纲《石洲诗话》卷四)

【初唐诗总论】

初、盛间五言古,陈子昂为冠;七言短古、五言绝,王勃为冠;长歌,骆宾王为冠;五言律,杜审言为冠;七言律,沈佺期为冠;排律,宋之问为冠。(〔明〕胡应麟《诗薮》内编卷四)

初唐人专务铺叙,读之常令人闷闷,惟闺闱、戎马、山川、花鸟之辞,时有善者。求其雅人深致,实可兴观,惟陈拾遗、张曲江两公耳。(〔清〕贺裳《载酒园诗话》又编)

初唐王、杨四子,创开草昧,颇类项王。至陈子昂之古,张九龄之秀,宋之问之健,乃足贵耳。(〔清〕牟愿相《小澥草堂杂论诗》)

初唐大家,陈子昂第一,宋之问次之,然二子皆小人。武后时,子昂上《大周受命颂》,后死于贪令之手。之问附武三思杀五王,以狡险盈恶赐死。每恨其人,不为诗文作主。(同上)

初唐法格纯正,自推燕、许、沈、宋、必简诸公,拾遗、曲江别创古调,便开韦、柳法门矣。于鳞称伯玉"以其古诗为古诗",洵为辨眼,非竟陵所知。(〔清〕叶矫然《龙性堂诗话》初集)

王 勃

王勃(650—675),字子安,绛州龙门(今山西河津)人。隋末大儒王通之孙。六岁善文辞,未冠,应举及第。授朝散郎,数献颂阙下。后为沛王府侍读,时诸王斗鸡,戏作《檄英王鸡文》,为高宗所恶,被逐出府。总章二年(669)漫游蜀中,诗文大进。后补虢州参军,恃才傲物,为同僚所嫉。咸通五年(674)因匿杀官奴曹达犯死罪,遇赦免职。其父王福畤官雍州司户参军,受株连左迁交趾令。上元二年(675)赴交趾省亲,渡海溺水,惊悸而卒。工文擅诗。与杨炯、卢照邻、骆宾王皆以文章齐名,被称为王杨卢骆,或初唐四杰。著有《王子安集》。

【初唐四杰总论】

王杨卢骆当时体,轻薄为文哂未休。尔曹身与名俱灭,不废江河万古流。(〔唐〕杜甫《戏为六绝句》)

纵使卢王操翰墨,劣于汉魏近风骚。龙文虎脊皆君驭,历块过都见尔曹。(同上)

卢、骆、王、杨,号称四杰。词旨华靡,固沿陈、隋之遗,翩翩意象,老境超然胜之,五言遂为律家正始。内子安稍近乐府,杨、卢尚宗汉魏,宾王长歌虽极浮靡,亦有微瑕,而缀锦贯珠,滔滔洪远,故是千秋绝艺。(〔明〕王世贞《艺苑卮言》卷四)

垂拱四子,一变而精华浏亮,抑扬起伏,悉协宫商,开合转换,咸中肯綮。七言长体,极于此矣。(〔明〕胡应麟《诗薮》内编卷三)

王、杨、卢、骆四家体,词意婉丽,音节铿锵,然犹沿六朝遗派,苍深浑厚之气,固未有也。(〔清〕施补华《岘佣说诗》)

龙朔初载,文场变体,争构纤微,竞为雕刻,骨气都尽,刚健不闻。宾王与龙门王勃、华阴杨炯、范阳卢照邻,务革其弊,以经典为根柢。积年绮碎,一朝清廓。海内称为王杨卢骆,亦号为"四杰"。(〔清〕陈熙晋《续补唐书骆侍御传》)

【集评】

其诗甚多,如……最有余味,真天才也。(宋·计有功《唐诗纪事》卷七)

(五言律)唐初工之者众,王、杨、卢、骆四君子以俪句相尚,美丽相矜,终未脱陈、隋之气习。(〔明〕高棅《唐诗品汇》五言律诗叙目)

王子安虽不废藻饰,如璞含珠媚,自然发其彩光。(〔明〕胡震亨《唐音癸签》卷五引)

古雄而浑,律精而微。四杰律诗,多以古脉行之,故才气虽高,风华未烂。六朝一语百媚,汉魏一语百情,唐人未能办此。(〔明〕陆时雍《诗镜总论》)

王子安七言古风,能乐府脱出,故宜华不伤质,自然高浑矣。(〔清〕毛先舒《诗辩坻》卷三)

王勃绝句,若无可喜,而优柔不迫,有一唱三叹之音。(〔清〕管世铭《读雪山房唐诗序例》)

【身世传闻】

王勃凡欲作文,先令磨墨数升,饮酒数杯,以被覆面而寝。既寐,援笔而成,文不加点,时人谓之腹稿也。(〔宋〕王谠《唐语林》)

滕　王　阁①

滕王高阁临江渚②,　珮玉鸣鸾罢歌舞③。
画栋朝飞南浦云④,　珠帘暮卷西山雨。
闲云潭影日悠悠,　物换星移几度秋⑤。
阁中帝子今何在?　槛外长江空自流⑥。

【注释】

① 滕王阁:在今江西南昌市,唐高祖李渊之子滕王元婴为洪州(今南昌市)都督时所建,号称江南第一阁。
② 临:居高临下。江渚(zhǔ):江中小洲。"渚"与"舞"、"雨"押韵。
③ "珮玉"句:从宴会散罢的场面写宴会的盛况。珮玉鸣鸾:语出《礼记·玉藻》:"君子在车则闻鸾和(鸾、和是安在车上的铃,鸾在衡,和在轼。鸾,本字为銮,一说在镳——马嚼子两端露出嘴外的部分)之声,行则鸣珮玉。"表示人走车行,这里用来代指与宴的贵宾。珮玉:古人佩带在腰间的玉饰。
④ 画栋:即雕梁画栋,这里代指滕王阁。
⑤ 秋:春秋的省称,指年月;恰与"悠"、"流"押韵。
⑥ "阁中"两句:清人余诚《古文释义》释曰:"写吊古之意,补《序》中所未及者。"帝子:指滕王李元婴。当时李元婴因奢靡无度,被贬滁州。槛(jiàn):栏杆。空自流:慨叹大江日夜奔流,而人生有限。

【汇评】

王勃《滕王阁》、卫万《吴宫怨》,自是初唐短歌,婉丽和平,极

可师法。中、盛继作颇多,第八句为章,平仄相半,轨辙一定,毫不可踰,殆近似歌行中律体矣。(〔明〕胡应麟《诗薮》卷三)

三四高迥,实境自然,不作笼盖语致。文虽四韵,气足长篇。(〔明〕陆时雍《唐诗镜》)

萧亭答:若短篇,词短而气欲长,声急而意欲有余,斯为得之。长篇如王摩诘《老将行》,短篇如王子安《滕王阁》,最有法度。(〔清〕郎廷槐《诗友诗传录》)

【赏析】

这首诗原附于《秋日登洪府滕王阁饯别序》(即"滕王阁序")结尾,序末"四韵俱成"句中的"四韵"即指此诗。此诗以寥寥五十六言简括了《序》的内容,昭示了诗人对人生无常、宇宙永恒的怅惘与感喟,有抚今追昔之意,是王勃七言古诗的代表作。明人胡应麟《诗薮》评之曰:"初唐短歌,子安(引者按:王勃,字子安)《滕王阁》为冠。"王力先生《诗词格律》评之曰:"这首诗平仄合律,粘对基本上合律,简直是两首律绝连在一起,不过其中一首是仄韵绝句罢了。注意:这种仄韵与平韵的交替,四句一换韵,到后来成为入律古风的典型。高适、王维等人的七言古风,基本上是依照这个格式的。"

(沈广达)

杜少府之任蜀川①

城阙辅三秦, 风烟望五津。
与君离别意, 同是宦游人②。
海内存知己, 天涯若比邻③。
无为在歧路, 儿女共沾巾④。

【注释】

① 诗题:杜少府,不详其名,少府为唐人对县尉的习称。之任,赴任。蜀川,泛指蜀地,一作"蜀州"。

② "城阙"四句:这里长安的城阙,高踞三秦中枢,那边蜀地风烟相望,遥

接着岷江的五津。你我同有难忘的离别意,彼此都是飘泊的宦游人。城阙,指长安城;阙,宫门前的望楼。辅三秦,以三秦为辅,即三秦之地拱卫着长安;三秦,项羽灭秦之后,将秦地分为雍、塞、翟三国,故称三秦,今陕西一带地区。风烟,一望杳渺的自然风物;五津,指蜀中岷江上的五个渡口:白华津、万里津、江首津、涉头津、江南津。同是宦游人,指自己宦游长安、对方赴任去蜀。

③"海内"二句:海内若有知心的朋友存在,再远的天涯也似近邻。曹植《赠白马王彪》诗:"丈夫志四海,万里犹比邻。恩爱苟不亏,在远分日亲。"此处化用其意。比邻,近邻。

④"无为"二句:莫要在送别分手的路口,佩巾哭湿学那小儿女柔情。无为,不用;歧路,相送分别的岔路口。儿女,指青年男女。

【汇评】

"城阙辅三秦"等作,终篇不著景物,而兴象婉然,骨气苍然,实首启盛、中妙境。五言绝亦舒写悲凉,洗削流调。究其才力,自是唐人开山祖。拾遗、吏部,并极虚怀,非溢美也。(〔明〕胡应麟《诗薮》内编卷四)

骆好徵事,故多滞响。王工写景,遂饶秀色。至如"海内存知己,天涯若比邻",真是理至不磨,人以习闻不觉耳。(〔清〕贺裳《载酒园诗话》又编)

(颈联)赠别不作悲酸语,魄力自异。(〔清〕孙洙《唐诗三百首》批语)

以上三层,以不必伤别意,逼出:"无为"二字,格外有力。(〔清〕章燮《唐诗三百首注疏》卷四)

(起二句)吴北江曰:"壮阔精整。"(三四句)吴曰:"起句严整,故以散调承之。"(五句)吴曰:"凭空挺起,是大家笔力。"(〔民国〕高步瀛《唐宋诗举要》卷四)

首句言所居之地,次言送友所往之处,先将本题叙明。以下六句,皆送友之词,一气贯注,如娓娓清谈,极行云流水之妙。大凡作律诗,忌支节横断。唐人律诗,无不气脉流通,此诗尤显。作七律亦然。后半首得一知己,则千里同心,何须伤别。推进一层,不作寻常离别语。故三四句言送别而况"同是宦游",极堪伤感,正以反逼下文。乃开合顿挫之法也。(〔民国〕俞陛云《诗境浅说》)

【赏析】

　　这首相送友人往蜀地赴任的赠别诗,大约作于高宗乾封年间(666—667),当时年轻的诗人在长安供职。少府,唐时指县尉。蜀川,一本作"蜀州"。诗的起首用了气势壮阔的地名对,"城阙辅三秦,风烟望五津",从眼前的送别地,一跃而至千里外对方的宦游地。秦蜀两处,风烟相望,情思相连。三秦之地拱卫着长安(关中地区古称"三秦"),岷江五津遥接着蜀川,这一联工整的对句已暗寓客中送客的意绪。接着又以灵动自如的流水对,点出了"同是宦游人"的离别共感。再下面到了该铺写别绪离愁之际,诗笔却生面别开,奇峰陡现,作者拓开了前人赋别的传统领域,不效缠绵儿女状,一洗万古儒生酸。示现达观心境,提炼真情至语,留下了赠行壮别的最佳诗行:"海内存知己,天涯若比邻。"诗的末联,再劝慰对方,莫学儿女情长,致令风云气短。临歧挥手,送友人爽朗地踏上征途。

　　"海内存知己"这联名句,化用曹植《赠白马王彪》诗"丈夫志四海,万里犹比邻"之句,借鉴遗产,而能独标高格,自铸伟辞。笔力的概括凝练、音节的铿锵顿挫,确是后来居上。再往后,张九龄《送韦城李少府》诗,又在王勃的启迪之下,写有"相知无远近,万里尚为邻"的诗句,但创造性未能突过前贤,因而流传不广。

(顾福生)

骆 宾 王

　　骆宾王(635?—684?),字观光,婺州义乌(今属浙江)人,七岁能诗,号神童。乾封元年(666)应举及第,曾官云南、西南,居蜀二年。仪凤三年(678)任长安主簿,旋迁侍御史,被诬下狱。遇赦出狱,从军北讨突厥。调露二年(680)夏,除临海丞。武后光宅元年(684),徐敬业从扬州起兵讨武则天,宾王为记室,为撰《讨武曌檄》。敬业兵败,骆宾王不知下落。

【集评】

骆宾王,婺州义乌人。少善属文,尤妙于五言诗。尝作《帝京篇》,当时以为绝唱。(〔五代〕刘昫《旧唐书·骆宾王传》)

宾王负逸才,五言气象雄杰,构思精沈,初含包盛,卓然鲜俪。七言缀锦贯珠,汪洋洪肆,《帝京》、《畴昔》特为擅场,《灵妃》、《艳情》,尤极凄靡。(〔清〕陈熙晋《骆临海集笺注》引吴之器《骆丞列传》)

沈、宋前排律殊寡,惟骆宾王篇什独盛,流丽雄浑,独步一时。(〔明〕胡震亨《唐音癸签》卷十)

在狱咏蝉

西陆蝉声唱①,　南冠客思深②。
那堪玄鬓影③,　来对白头吟④。
露重飞难进,　风多响易沉⑤。
无人信高洁,　谁为表予心⑥?

【注释】

① 西陆:指秋天。《隋书·天文志中》:"日循黄道东行,……行东陆谓之春,行南陆谓之夏,行西陆谓之秋,行北陆谓之冬。"

② 南冠:囚犯的代称。《左传·成公九年》:"晋侯观于军府,见钟仪,问之曰:'南冠而絷(zhí)者谁也?'有司对曰:'郑人所献楚囚也。'"客思:羁旅在外的思乡之情。"深",一作"侵"。

③ 那堪:受不了。玄鬓:指蝉。古代妇女梳鬓发若蝉翼状,称蝉鬓。这里又反过来用蝉鬓来称蝉。

④ 白头吟:古乐府篇名。据《西京杂记》载:司马相如将聘茂陵一女为妾,卓文君作《白头吟》以自绝,相如乃止。这两句是借用"玄鬓"(黑发)对"白头",意思是说,这蝉对着我这因愁苦而白头的囚犯吟唱,叫我怎能忍受呢?

⑤ "露重"两句:写蝉,也是写自己,用以比喻作者当时备受压迫,有翅难飞,有冤难诉的处境。

⑥信:相信。高洁:蝉生活在树上,餐风饮露,所以说"高洁"。这里是以蝉自比。

【汇评】

宾王在高宗朝,为侍御史,以讽谏下狱。至今集中有《在狱赋萤》《在狱咏蝉》之作,而唐史无有。(〔清〕陈熙晋《骆临海集笺注》附录引毛奇龄序)

三百篇比兴为多,唐人犹得此意。同一咏蝉,虞世南"居高声自远,端不藉秋风",是清华人语。骆宾王"露重飞难进,风多响易沉",是患难人语;李商隐"本以高难饱,徒劳恨费声",是牢骚人语。比兴不同如此。(〔清〕施补华《岘佣说诗》)

【赏析】

此诗作于唐高宗仪凤三年(678),骆宾王时任侍御史,因上书论事,触忤武后,被诬下狱。诗人一心匡救时弊,却"以讽谏下狱",遭不白之冤,难以申诉,正好狱西墙外有几株枯槐,"每至夕照低阴,秋蝉疏引,发声幽息,有切尝闻"(诗题《序》),于是写了这首咏蝉诗,借蝉喻志,希望有人能相信自己的清白无辜,代为表白昭雪。

首联点出"咏蝉"主题。以蝉声清唱牵引出客旅之思,况此旅人又身处狱中,失去自由。作者是义乌(今属浙江)人,以"南冠"自称,暗寓自己籍贯,加大了"客思深"的厚重度。颔联更进一步把物"我"联系在一起,见秋蝉之两鬓乌玄,伤己之斑斑白发,年华老大。"白头吟"也暗含了执政者对诗人一腔报国之情的辜负。颈联纯用比体,寓我于物,既是说蝉,也是说自己。"露重"、"风多"比喻环境的压力,"飞难进"喻仕途的不得志,"响易沉"喻己之言论不易上达,有口难辩。尾联用蝉身居高树、餐风饮露之"高洁"喻己之节操,自己和秋蝉一样有高洁的品格却不被时人所了解,反蒙冤屈,既是辩白,也是自许。全诗感情充沛,语多双关,物我交融,余韵悠然。

(陈志伟)

杜审言

杜审言(645？—708)，字必简，祖籍襄阳(今湖北襄樊)，洛州巩县(今河南巩义)人。为大诗人杜甫祖父。咸亨元年(670)进士。官隰城尉，累转洛阳丞。圣历元年(698)坐事贬吉州司户参军。后武后召见，授著作佐郎，迁膳部员外郎。因谄附张易之贬峰州，召为国子主簿、修文馆直学士。为人恃才傲物，能诗工书，对近体诗形成贡献颇大。

【集评】

杜审言华藻整栗小让沈(佺期)、宋(之问)，而气度高逸，神情圆畅，自是中兴之祖，宜其矜率乃尔。(〔明〕王世贞《艺苑卮言》卷四)

初唐诗至必简整矣，畅矣，吾尤畏其少，古人作诗不肯多，意甚不善。(〔明〕钟惺《唐诗归》卷二)

杜审言浑厚有余。(〔明〕陆时雍《诗镜总论》)

杜必简散朗轩豁，其用笔如风发漪生，有遇方成珪，遇圆成璧之妙。即作磊砢语，亦犹苏子瞻坐桄榔林下食芋饮水，略无攒眉蹙额之态。此僻涩苦寒之对剂也。但上苑芳菲，止于明媚之观。(〔清〕贺裳《载酒园诗话》又编)

近体，梁陈已有，至杜审言而始叶于度。(〔清〕王夫之《姜斋诗话》卷二)

和晋陵陆丞早春游望[①]

独有宦游人，　偏惊物候新[②]。
云霞出海曙，　梅柳渡江春[③]。
淑气催黄鸟，　晴光转绿苹[④]。
忽闻歌古调，　归思欲沾襟[⑤]。

【注释】

①和(hè)：按照别人诗的题材、韵脚而作的诗，是对原作的酬答。晋陵：今江苏常州市在隋以前之名称。丞：官名。

②宦游人：在外做官的人。物候：生物的周期性现象(如冬眠、开花、发芽等等)。这里指自然界的周期性变化。

③"云霞"两句：是写新春的景色。早上的云霞与太阳一起从东方的大海升临人间，春天是由南而北的，梅柳等也从江南渡过江北，将两岸的春景连成一片。

④"淑气"两句：淑气：温暖的气候。晴光：春光。苹：即浮萍，多年生水草。梁代诗人江淹有"江南二月春，东风转绿苹"(《咏美人春游》)之句，此处化用江诗。

⑤"古调"两句：古调：指陆丞原诗。这两句是作者忽然听到像古人歌曲一样的陆丞的诗，引起了他思乡之情，直欲下泪。

【汇评】

意起笔起，意止笔止，真自苏(武)李(陵)得来，不更问津建安。看他一结，却有无限。《过秦论》"仁义不施，而攻守之势异也"，结构如此，俗笔于此必千百言。(〔清〕王夫之《唐诗评选》卷三)

此诗以"惊"字作主，通首不离"惊"字意。细玩"独有"、"偏惊"、"忽闻"等字，俱得其神。"物候"二字作柱意。"云霞"、"梅柳"是物，"曙"、"春"是候，"淑气"、"晴光"是候，"黄鸟"、"绿苹"是物。将"物候"二字完足，然后结出陆君原唱，自己伤春本意。(〔清〕章燮《唐诗三百首注疏》卷四)

纪昀：起句警拔，入手即撇过一层，擒题乃紧，知此自无通套之病，不但取调之响也。未收"和"字亦密。(李庆甲辑《瀛奎律髓汇评》卷十)

【赏析】

此诗与陆丞诗一样写的是"早春游望"，游有所望，望有所想，把所望所想再用精练的文字描写抒发出来，于此方见作者的艺术功力。

首联起笔凝重,感慨良深。"独有"、"偏惊",前后呼应,语气强烈:只有在外地做官的游子,才易对物候的变化感到触目惊心。颔联、颈联四句是对作者所见春景的精练而生动的描绘:早上的太阳从东方的大海升临人间,映照着满天云霞;梅花、柳树由南而北,将两岸春景连成一片。和暖的春气催动黄鸟早早歌唱,灿烂的春光染绿了水上浮草。满目春景凝练为短短的四句诗,造成极强的艺术感染力。末联笔锋一转,回应诗题和首联。"歌古调",是对陆丞《早春游望》的称许,陆丞所咏之诗,好像古人的歌曲,从而触发了作者的思乡意绪。点出和意,点明归思。

杜审言是杜甫的祖父,初唐"文章四友"之一,五言律诗已达到成熟的境地,杜甫曾自豪地说"吾祖诗冠古"。这首诗从句式的浓缩、语言的锤炼可看出对杜甫的影响。 (陈志伟)

宋 之 问

宋之问(656—713),一名少连,字延清,汾州西河(今山西汾阳)人。早岁知名官至考功员外郎,世称"宋考功"。曾因谄附张易之(武后的男宠)、武三思得罪,贬泷州(今广东罗定)。睿宗即位,流放钦州(今广西钦州);玄宗时,赐死于谪所。有明辑本《宋之问集》。他具有一定的艺术才华,对唐代律诗形式的定型作出过贡献。诗风华靡,多粉饰太平之作,放逐后的作品则较有真情实感。

【集评】

魏建安后讫江左,诗律屡变。至沈约、庾信,以音韵相婉附,属对精密。及宋之问、沈佺期,又加靡丽,回忌声病,约句准篇,如锦绣成文,学者宗之,号为沈、宋。语曰:"苏李居前,沈宋比肩。"谓苏武、李陵也。(〔宋〕尤袤《全唐诗话》卷一)

五言至沈、宋,始可称律。律为音律法律,天下无严于是者,知虚实平仄不得任情而度明矣。二君正是敌手。(〔明〕王世贞《艺苑卮言》卷四)

僧皎然云:沈宋为有唐律诗之龟鉴也,情多兴远,语丽为多,真射雕手,假使曹、刘降格而为之,吾未知其孰胜也。(〔明〕高棅《唐诗品汇》卷五十七引)

其诗意匠纵出,种种合度,神情所契,在在成声。(〔明〕徐献忠《唐诗品》)

【身世传闻】

中宗正月晦日幸昆明池赋诗,群臣应制百余篇。帐殿前结采楼,命昭容选一篇为新翻御制曲。从臣悉集其下,须臾,纸落如飞,各认其名而怀之。既退,惟沈、宋二诗不下。移时,一纸飞坠,竞取而观,乃沈诗也。及闻其评曰:"二诗工力悉敌,沈诗落句云:'微臣雕朽质,羞睹豫章才',盖词气已竭。宋诗云:'不愁明月尽,自有夜珠来。'犹陡健豪举。"沈乃伏,不敢复争。(〔宋〕尤袤《全唐诗话》卷一)

武后游龙门,命群官赋诗,先成者赐以锦袍。左史东方虬诗成,拜赐。坐未安,之问诗后成,文理兼美,左右莫不称善,乃就夺锦袍衣之。(〔宋〕计有功《唐诗纪事》卷十一)

题大庾岭北驿①

阳月南飞雁,　传闻至此回②。
我行殊未已,　何日复归来③?
江静潮初落,　林昏瘴不开④。
明朝望乡处,　应见陇头梅⑤。

【注释】

① 大庾岭:"五岭"之一,在今江西大余县南、广东南雄县北。驿,驿站,古代官办的交通站。

② "阳月"二句:十月里南飞的大雁呵,听说你们至此也要向北飞回。阳月,农历十月。至此回,古人以为大庾岭是南北界限,鸿雁南翔到此为止,不再过岭。

③"我行"二句：只有我，南行的逐臣，长途不歇，何日是归期！殊未已，还没有结束。殊，犹，还；已，停止。

④"江静"二句：静静的水面上，江潮初退；昏昏的丛林里，瘴雾低迷。潮初落，潮水刚刚平落下去。瘴不开，瘴气迷濛不散；瘴，南方山林中湿热郁蒸之气。

⑤"明朝"二句：待明晨登上峰头望故里，一片乡心，寄托岭头梅。陇头梅，岭上梅开。大庾岭上多生梅花，古称梅岭。陇头，此即岭头之意；陇，高地。南朝宋陆凯赠范晔诗云："折梅逢驿使，寄与陇头人。江南无所有，聊赠一枝春。"

【汇评】

景同而语异，情亦因之而殊。宋之问《大庾岭》云："明朝望乡处，应见岭头梅。"贾岛云："无端更渡桑乾水，却望并州是故乡。"景意本同，而宋觉优游，词为之也。然岛句比之问反为醒目，诗之所以日趋于薄也。（〔清〕吴乔《围炉诗话》卷一）

"陇头"疑是"岭头"。（〔清〕沈德潜《唐诗别裁集》卷九）

蘅塘退士云：首四句一气旋折，其味无穷。（〔清〕文元辅辑评《唐诗三百首》卷三）

【赏析】

此诗作于诗人再贬岭南时期。睿宗景云元年（710），宋之问以亲附奸党罪，又由越州长史贬谪钦州，途经大庾岭时，题诗于北驿。大庾岭即著名的"梅岭"，为"五岭"之一。诗篇借景传情，触物兴感，逐客的悲苦情怀与凄凉况味，跃然纸上。作者善于摹写气氛，多用比兴之笔表达胸中难言的隐恨。自古以为此岭是地理的南北界限，所以开头就说"阳月南飞雁，传闻至此回。"每年农历十月，鸿雁南翔至此不再过岭，逢春即能北返，反衬此身远贬南荒，归期杳渺。"江静潮初落"，写眼前的江河水，此刻潮平浪静，含蓄地映照自己的心潮起落，无有宁时。"林昏瘴不开"，描摹昏昏的丛林里瘴雾迷濛，环境险恶。末联以景结情，笔墨尤为婉转。"明朝望乡处，应见陇头梅"，一片乡心，寄托岭头梅萼，隐寓诗人欲折梅花寄予长安亲故的遐想，极富情思。大庾岭上多生梅花，古来有梅岭之美称；诗里同时还关合着六朝时江南文士陆凯寄梅与居京的范晔的典故，借岭梅逗发乡思，含情不尽。

据《旧唐书》本传记载："之问再被窜谪，经途江岭，所有篇咏，传布远近。"他从内廷宠幸到边远逐臣的身份剧变，固然咎由自取，而晚期作品却受到读者欣赏。一方面是因为人们叹惋他的文才诗笔，一方面也由于这部分作品抒发的典型感受，已经超出了宦海浮沉、仕路荣枯的范围，概括了飘泊思乡者的人生境况，带有了一定的普遍性，容易使人受到感染。（顾福生）

张若虚

张若虚（660—约720），字号不详，扬州（今江苏扬州）人。曾任兖州兵曹。中宗神龙中以"文词俊秀"闻名长安。与贺知章、包融、张旭并称"吴中四士"。其作品大都散失，《全唐诗》仅存诗二首。

【集评】

天宝中，刘希夷、王昌龄、祖咏、张若虚、孟浩然、常建、李白、杜甫，虽有文章盛名，俱流落不偶，恃才浮诞而然也。（〔唐〕郑处诲《明皇杂录》）（注：张若虚未活到天宝年间，记载有误）

先是神龙中，知章与越州贺朝万、齐融、扬州张若虚、邢巨、湖州包融，俱以吴越之士，文词俊秀，名扬于上京。朝万止山阴尉，齐融昆山令，若虚兖州兵曹，巨监察御史。融遇张九龄，引为怀州司户、集贤直学士，数子间往往传其文。独知章最贵。（《旧唐书·文苑传中》）

（包）佶字幼正，润州延陵人。父融，集贤院学士，与贺知章、张旭、张若虚有名当时，号"吴中四士"。（《新唐书·刘晏传》）

《春江花月夜》，其为名篇不待言，细观风度格调，则刘希夷《捣衣》诸篇类也。此诚唐中之初唐。且若虚与贺季真同时齐名，遽分初盛，编者殊草草。吾读诗至贺秘书，真若云开山出，境界一新，毋宁置张于初，列贺于盛耳。（〔清〕贺裳《载酒园诗话》又编）

春江花月夜

春江潮水连海平,海上明月共潮生。滟滟随波千万里,何处春江无月明?江流宛转绕芳甸,月照花林皆似霰[1]。空里流霜不觉飞,汀上白沙看不见。江天一色无纤尘,皎皎空中孤月轮。江畔何人初见月,江月何年初照人?人生代代无穷已,江月年年只相似。不知江月待何人,但见长江送流水。白云一片去悠悠,青枫浦上不胜愁[2]。谁家今夜扁舟子,何处相思明月楼?可怜楼上月裴回[3],应照离人妆镜台。玉户帘中卷不去,捣衣砧上拂还来。此时相望不相闻,愿逐月华流照君。鸿雁长飞光不度,鱼龙潜跃水成文。昨夜闲潭梦落花,可怜春半不还家。江水流春去欲尽,江潭落月复西斜。斜月沉沉藏海雾,碣石潇湘无限路[4]。不知乘月几人归,落月摇情满江树。

【注释】

① 芳甸:遍生花草的平野。霰(xiàn):细小的雪珠。
② 青枫浦:一名双枫浦,在今湖南浏阳,此处应是泛指。
③ 裴回:即徘徊。
④ 碣石:山名,在今河北省。潇湘:水名,在今湖南省。此处代指北方和南方。

【汇评】

(钟云)浅浅说去,节节相生,使人伤感,未免有情,自不能读,读不能厌。

将"春江花月夜"五字炼成一片奇光,分合不得,真化工手。(〔明〕钟惺、谭元春《唐诗归》卷六)

(谭云)《春江花月夜》,字字写得有情、有想、有故。(同上)

句句翻新,千条一缕,以动古今人心脾,灵愚共感。其自然独绝处,则在顺手积去,宛尔成章,令浅人言格局、言提唱、言关锁者,总无下口分在。(〔清〕王夫之《唐诗评选》卷一)

张若虚"春江潮水"篇,不著粉泽,自有胭姿,而缠绵蕴藉,一意萦纡,调法出没令人不测,殆化工之笔哉!(〔清〕毛先舒《诗辩坻》卷三)

首八句使人火热,此处八句(指"江天一色"以下)又使人冰冷。然不冰冷则不见火热,此才子弄笔跌宕处,不可不知也。"昨夜闲潭梦落花"此下八句是结,前首八句是起。起用出生法,将春、江、花、月逐字吐出;结用消归法,又将春、江、花、月逐字收拾。此句不与上连,而意则从上滚下。此诗如连环锁子骨,节节相生,绵绵不断,使读者眼光正射不得,斜射不得,无处寻其端绪。"春江花月夜"五个字,各各照顾有情。诗真绝诗,才真绝才也。(〔清〕徐增《而庵说唐诗》)

张若虚《春江花月夜》,正意只在"不知乘月几人归"。(〔清〕吴乔《围炉诗话》卷二)

张若虚《春江花月夜》用《西洲》格调。孤篇横绝,竟为大家。(〔清〕王闿运《湘绮楼说诗》卷一)

这是诗中的诗,顶峰上的顶峰。孤篇压全唐。(闻一多《宫体诗的自赎》)

【赏析】

《春江花月夜》本为六朝乐府旧题,相传为陈后主陈叔宝所创制,隋炀帝也曾作此题,皆为宫廷艳曲。张若虚此诗虽亦沿用六朝乐府旧题,具体的内容也属传统的游子思妇题材,但在内涵及形制方面都显示出空前的创造性,不仅与梁、陈宫体彻底划清界限,而且从宫廷文学长期影响下的拘狭形制中超脱出来,首次将这一旧题改造为长篇七言歌行,构成对自身内在情感与诗的情韵意境酣畅淋漓的展示。全诗以"春江花月夜"为中心展开描写,抒发怨女旷夫别离相思之苦,慨叹岁月流逝、青春难驻,感悟万物长在、造化不息,而皆借助清新优美的诗境表达出来。诗中意象充实,境界开阔,写江则海、潮、波、流、汀、沙、浦、潭、潇湘、碣石,写月则天、空、霰、霜、云、楼、妆台、帘、砧、鱼、雁、海雾,而又舍去具体描摹,"五色分光,合成一片奇锦",由众多意象融织成完整诗境。诗意内涵亦异常丰富,表现出对美好生命的感受体认,对月圆人寿的强烈向往,对人生短促的惆怅感伤,对宇宙亘古的哲理思索,却又全都沉浸融化于既透明纯净又似有似无的春江月色之中,由此熔造出明丽、静谧、梦幻般的美的情调和境界。

(许 总)

备选课文

野 望

王 绩

东皋薄暮望,　徙倚欲何依?
树树皆秋色,　山山唯落晖。
牧人驱犊返,　猎马带禽归。
相顾无相识,　长歌怀采薇。

从 军 行

杨 炯

烽火照西京,　心中自不平。
牙璋辞凤阙,　铁骑绕龙城。
雪暗凋旗画,　风多杂鼓声。
宁为百夫长,　胜作一书生。

长 安 古 意

卢照邻

长安大道连狭斜,青牛白马七香车。玉辇纵横过主第,金鞭络绎向侯家。龙衔宝盖承朝日,凤吐流苏带晚霞。百丈游丝争绕树,一群娇鸟共啼花。游蜂戏蝶千门侧,碧树银台万种色。复道交窗作合欢,双阙连甍垂凤翼。梁家画阁中天起,汉帝金茎云外直。楼前相望不相知,陌上相逢讵相识?借问吹箫向紫烟,曾经学舞度芳年。得成比目何辞死,愿作鸳鸯不羡仙。比目鸳鸯真可羡,双去双来君不见？生憎帐额绣孤鸾,好取门帘帖双燕。双燕双飞绕画梁,罗纬翠被郁金香。片片行云著蝉鬓,纤纤初月上鸦黄。鸦黄粉白车中出,含娇含态情非一。妖童宝马铁连钱,娼妇盘龙金屈膝。御史府中乌夜啼,廷尉门前雀欲栖。隐隐朱城临玉道,遥遥翠幰没金堤。挟弹飞鹰杜陵北,探丸借客渭桥西。俱邀侠客芙蓉剑,共宿娼家桃李蹊。娼家日暮紫罗裙,清歌一啭口氛氲。北堂夜夜人如月,南陌朝朝骑似云。南陌北堂连北里,五剧三条控三市。弱柳青槐拂地垂,佳气红尘暗天起。汉代金吾千骑来,翡翠屠苏鹦鹉杯。罗襦宝带为君解,燕歌赵舞为君开。别有豪华称将相,转日回天不相让。意气由来排灌夫,专权判不容萧相。专权意气本豪雄,青虬紫燕坐春风。自言歌舞长千载,自谓骄奢凌五公。节物风光不相待,桑田碧海须臾改。昔时金阶白玉堂,即今唯见青松在。寂寂寥寥扬子居,年年岁岁一床书。独有南山桂花发,飞来飞去袭人裾。

诗三百三首(选一)

寒 山

杳杳寒山道, 落落冷涧滨。
啾啾常有鸟, 寂寂更无人。
碛碛风吹面, 纷纷雪积身。
朝朝不见日, 岁岁不知春。

灵 隐 寺

宋之问

鹫岭郁岧峣, 龙宫锁寂寥。
楼观沧海日, 门对浙江潮。
桂子月中落, 天香云外飘。
扪萝登塔远, 刳木取泉遥。
霜薄花更发, 冰轻叶未凋。
夙龄尚遐异, 搜对涤烦嚣。
待入天台路, 看余度石桥。

度大庾岭

宋之问

度岭方辞国，　停轺一望家。
魂随南翥鸟，　泪尽北枝花。
山雨初含霁，　江云欲变霞。
但令归有日，　不敢恨长沙。

渡汉江

宋之问

岭外音书断，　经冬复历春。
近乡情更怯，　不敢问来人。

杂诗三首（之三）

沈佺期

闻道黄龙戍，　频年不解兵。
可怜闺里月，　长在汉家营。
少妇今春意，　良人昨夜情。
谁能将旗鼓，　一为取龙城。

独不见

沈佺期

卢家少妇郁金堂，　海燕双栖玳瑁梁。
九月寒砧催木叶，　十年征戍忆辽阳。
白狼河北音书断，　丹凤城南秋夜长。
谁谓含愁独不见，　更教明月照流黄！

泛读课文

述怀（出关）

魏　徵

中原初逐鹿，投笔事戎轩。
纵横计不就，慷慨志犹存。
杖策谒天子，驱马出关门。
请缨系南粤，凭轼下东藩。
郁纡陟高岫，出没望平原。
古木鸣寒鸟，空山啼夜猿。
既伤千里目，还惊九逝魂。
岂不惮艰险？深怀国士恩。
季布无二诺，侯嬴重一言。
人生感意气，功名谁复论。

秋夜喜遇王处士

王　绩

北场芸藿罢，东皋刈黍归。
相逢秋月满，更值夜萤飞。

山　中

王　勃

长江悲已滞，万里念将归。
况属高风晚，山山黄叶飞。

于易水送人

骆宾王

此地别燕丹，壮士发冲冠。
昔时人已没，今日水犹寒。

一、初唐诗

渡 湘 江

杜审言

迟日园林悲昔游， 今春花鸟作边愁。
独怜京国人南窜， 不似湘江水北流。

登陟寒山道

寒 山

登陟寒山道， 寒山路不穷。
溪长石磊磊， 涧阔草濛濛。
苔滑非关雨， 松鸣不假风。
谁能超世累， 共坐白云中。

昨夜梦还家

寒 山

昨夜梦还家， 见妇机中织。
驻梭如有思， 擎梭似无力。

南中别蒋五岑向青州

张 说

老亲依北海， 贱子弃南荒。
有泪皆成血， 无声不断肠。
此中逢故友， 彼地送还乡。
愿作枫林叶， 随君度洛阳。

代悲白头翁

刘希夷

洛阳城东桃李花,飞来飞去落谁家。洛阳女儿惜颜色,坐见落花长叹息。今年花落颜色改,明年花开复谁在。已见松柏摧为薪,更闻桑田变成海。古人无复洛城东,今人还对落花风。年年岁岁花相似,岁岁年年人不同。寄言全盛红颜子,应怜半死白头翁。此翁白头真可怜,伊昔红颜美少年。公子王孙芳树下,清歌妙舞落花前。光禄池台开锦绣,将军楼阁画神仙。一朝卧病无相识,三春行乐在谁边。宛转蛾眉能几时,须臾鹤发乱如丝。但看古来歌舞地,惟有黄昏鸟雀悲。

公 子 行

刘希夷

天津桥下阳春水,天津桥上繁华子。马声回合青云外,人影动摇绿波里。绿波荡漾玉为砂,青云离披锦作霞。可怜杨柳伤心树,可怜桃李断肠花。此日遨游邀美女,此时歌舞入娼家。娼家美女郁金香,飞来飞去公子傍。的的珠帘白日映,娥娥玉颜红粉妆。花际裴回双蛱蝶,池边顾步两鸳鸯。倾国倾城汉武帝,为云为雨楚襄王。古来容光人所羡,况复今日遥相见。愿作轻罗著细腰,愿为明镜分娇面。与君相向转相亲,与君双栖共一身。愿作贞松千岁古,谁论芳槿一朝新。百年同谢西山日,千秋万古北邙尘。

回乡偶书二首

贺知章

少小离乡老大回, 乡音未改鬓毛衰。
儿童相见不相识, 笑问客从何处来。

离别家乡岁月多, 近来人事半销磨。
唯有门前镜湖水, 春风不改旧时波。

江 南 行

张 潮

茨菰叶烂别西湾, 莲子花开犹未还。
妾梦不离江水上, 人传郎在凤凰山。

中小学已学篇目

骆宾王《咏鹅》(小)《在狱咏蝉》※　李峤《风》(小)　王勃《送杜少府之任蜀州》(初)《滕王阁诗》※　贺知章《咏柳》(小)　张若虚《春江花月夜》※

可参考书目

《王绩诗注》,王国安注,上海古籍出版社 1981 年
《王勃诗解》,聂文郁著,青海人民出版社 1980 年
《卢照邻集注》,祝尚书笺注,上海古籍出版社 1994 年
《杜审言诗注》,徐定祥注,上海古籍出版社 1982 年
《骆临海集笺注》,清陈晋熙笺注,上海古籍出版社 1985 年
《王梵志诗校注》,项楚校注,上海古籍出版社 1991 年
《寒山拾得诗校评》,钱学烈校评,天津古籍出版社 1998 年
《贺知章包融张旭张若虚诗注》,王启兴、张虹注,上海古籍出版社 1986 年
《宋之问集》,《四部丛刊续编本》,收诗 176 首
《沈佺期诗集校注》,连波、查洪德校注,中州古籍出版社 1991 年

二、盛唐诗(上)

【盛唐诗总评】

（我叔）又谓：盛唐之诗"雄深雅健"，仆谓此四字，但可评文，于诗则用"健"字不得。不若《诗辨》"雄浑悲壮"之语，为得诗之体也。毫厘之差，不可不辨。坡、谷诸公之诗，如米元章之字，虽笔力劲健，终有子路未事夫子时气象。盛唐诸公之诗，如颜鲁公书，既笔力雄壮，又气象浑厚，其不同如此。（〔宋〕严羽《沧浪诗话》附《答出继叔临安吴景仙书》）

夫诗莫盛于唐，莫备于盛唐，论者唯杜李二家为尤，其间又可名家者十数公，至如子美所赞咏者王维、孟浩然，所友善者高适、岑参。乾元以后刘钱接迹，韦柳光前，人各鸣其所长，今观襄阳之清雅，右丞之精致，储光羲之真率，王江宁之声俊，高达夫之气骨，岑嘉州之奇逸，李颀之冲秀，常建之超凡，刘随州之闲旷，钱考功之清赡，韦之静而深，柳之温而密，此皆宇宙山川英灵间气萃于时以钟乎人矣。呜呼，盛哉！（〔明〕高棅《唐诗品汇》五言古诗叙目）

近体盛唐至矣，充实辉光，种种备美，所少者曰大、曰化耳。故能事必老杜而后极。杜公诸作，真所谓正中有变，大而能化者。今其体调之正，规模之大，人所共知。惟变化二端，勘核未彻，故自宋以来，学杜者十九失之。不知变主格，化主境；格易见，境难窥。变则标奇越险，不主故常；化则神动天随，从心所欲。如五言咏物诸篇，七言拗体诸作，所谓变也。宋以后诸人竞相师袭者是，然化境殊不在此。（〔明〕胡应麟《诗薮》内编卷五）

盛唐句法浑涵，如两汉之诗，不可以一字求。至老杜而后，句中有奇字为眼,才有此,句法便不浑涵。昔人谓石之有眼为研之一病,余亦谓句中有眼为诗之一病。如"地坼江帆隐,天清木叶闻",故不如"地卑荒野大,天远暮江迟"也。如"返照入江翻石壁,归云拥树失山村",故不如"蓝水远从千涧落,玉山高并两峰寒"也。此最诗家三昧,具眼自能辨之。齐、梁以至初唐,率用艳字为眼,盛唐一洗,至杜乃有奇字。(同上)

盛唐人诗,有血痕无墨痕,今之学盛唐者,有墨痕无血痕。(〔清〕贺贻孙《诗筏》)

看盛唐诗,当从其气格浑老、神韵生动处赏之,字句之奇,特其余耳。(同上)

开元、天宝之际,笃生李、杜二公,集数百年之大成。太白天才绝世,而古风乐府,循循守古人规矩;子美学穷奥窔,而感时触事、忧伤念乱之作,极力独开生面。盖太白得力于《国风》,而子美得力于大、小《雅》,要自子建、渊明而后,二家特为不祧之祖。其辅二家而起者,有王维、孟浩然、高适、岑参、李颀、王昌龄、刘眘虚、裴迪、储光羲、常建、崔颢诸人。而元结又有《箧中集》一选,集沈千运、王季友、于逖、孟云卿、张彪、赵微明、元融七人之作,都为一卷,其诗直接汉人。故论诗者至开、宝之世,莫不推为千载之盛也。(〔清〕鲁九皋《诗学源流考》)

初唐章法句法皆备,唯声响色泽,犹带齐梁。盛唐而后,厥有二派,演为七家。以此二派,登峰造极,几于既圣,后人无能出其区宇,故遂为宗。何谓二派?一曰杜子美:如太史公文,以疏气为主;雄奇飞动,纵恣壮浪,凌跨古今,包举天地,此为极境。一曰王摩诘:如班孟坚文,以密字为主,庄严妙好,备三十二相;瑶房绛阙,仙宫仪仗,非复尘间色相;李东川次辅之,谓之王、李。何谓七家?在唐为李义山,实兼上二派;宋则山谷、放翁;明则空同、于鳞、卧子、牧斋。以为唯七家力能举之。而大历十子、白傅、东坡,皆同蒭记,不与传灯。此论虽未确,亦可想见其高门贵格,不容混滥也。(〔清〕方东树《昭昧詹言》卷十四)

陈 子 昂

陈子昂(659—700 或 661—702;658—699),字伯玉,一说名冕,字子昂;梓州射洪(今属四川)人。文明元年(684)进士。武后奇其才,擢麟台正字,后迁右拾遗,后世称"陈拾遗"。屡次上书言事,多触忤权贵。两次从军边塞。后解官归乡,为县令段简诬陷,屈死狱中。陈为初唐重要诗人,论诗强调"兴寄",提倡"汉魏风骨",为开盛唐诗风作出卓越贡献。

【集评】

卢黄门(藏用)云:陈拾遗横制颓波,天下质文,翕然一变,至今朝诗体尚有梁、陈宫掖之风,至公大变,扫地并尽。今古文集道而不行,唯公文章横被六合,可谓力敌造化欤!(〔宋〕何汶《竹庄诗话》卷五引)

唐有天下几二百载,而文章三变:初则广汉陈子昂以风雅革浮侈;次则燕国张公说以宏茂广波澜;天宝以还,则李员外、萧功曹、贾常侍、独孤常州比肩而作,故其道益炽。(〔唐〕梁肃《左补阙李翰前集序》)

唐兴二百年,其间诗人不可胜数,所可举者:陈子昂有《感遇》诗二十首,鲍防有《感兴》诗十五首。又诗之豪者,世称李、杜。李之作,才矣,奇矣,人不逮矣!索其风雅比兴,十无一焉。杜诗最多……亦不过三四十首。杜尚如此,况不逮杜者乎?(〔唐〕白居易《与元九书》)

沈宋横驰翰墨场,风流初不废齐梁。论功若准平吴例,合著黄金铸子昂。(〔金〕元好问《论诗三十首》之八)

感　　遇

兰若生春夏①,　芊蔚何青青②!
幽独空林色,　朱蕤冒紫茎③。
迟迟白日晚④,　袅袅秋风生⑤。
岁华尽摇落,　芳意竟何成?

【注释】

① 兰:香草。若:杜若。兰、若都是草本植物,秀丽芬芳。
② 芊(qiān)蔚:花叶密茂。
③ 朱蕤(ruí):红花。冒:披散状。紫茎(jīng):紫色的花茎。这句是说艳红的花朵披散下来,把紫色的花茎都遮住了。
④ 晚:短。
⑤ 嫋嫋:袅袅。

【汇评】

刘(辰翁)云:又以芳草为不足也。(〔明〕高棅《唐诗品汇》卷三)

此志在登庸,忧时暮也。言兰若当春夏之时,郁然茂盛,虽居幽独而其花茎之美足使群葩失色,所谓"空林色"也。若于此时而不为人所知,则迟日往而秋风来,随众凋落而无成矣。以比己抱美才而处山泽,若不以盛年用世,至于衰老,将安及哉!(〔明〕唐汝询《唐诗解》卷一)

【赏析】

《感遇》是陈子昂所写的以感慨身世及时政为主旨的组诗,共三十八首,本篇为其中的第二首。诗咏兰若,同时寄托了个人的身世之感。

首联两句,描写生长在春夏之间的兰和杜若,枝叶繁茂,郁郁葱葱,青翠喜人。一"何"字。表现了诗人的赞美之情。颔联是对兰若风貌与品格的进一步描绘与赞美:花叶下垂,花簇纷披,在如此美丽的兰若面前,林间的百草千花都黯然失色了。颈联与尾联四句转而感叹兰若的命运。季节推移,由夏入秋,白日渐短,秋风渐生。一切草木都被秋风所摇落变衰,美貌而"幽独"的兰若也不能幸免,短暂的命运,美好的芳华都在西风中凋残。诗人不禁要问,你兰若当初压倒群芳的秀丽芳香哪里去了,你的美好的怀抱理想又成就了哪些?

"善鸟香草以配忠贞"始自屈原,陈子昂这里显然继承了屈原

"香草美人"的比兴传统。诗咏兰若,也是以兰若自比。以"幽独空林色"比喻自己出众的才华,以兰若随着时光流逝而摇落变衰寄托自己怀才不遇、年华老大、理想破灭的悲慨。全诗用语平易自然,不假雕饰,体现了诗人标举风雅比兴、汉魏风骨的创作主张。

(陈志伟)

张 九 龄

张九龄(678—740),字子寿,韶州曲江(今广东)人,故世称张曲江。长安二年(702)进士。历官左拾遗、中书舍人、洪州都督、中书侍郎,开元二十一年(733),拜中书侍郎、同中书门下平章事。明年迁中书令。为奸相李林甫忌,二十四年以尚书右丞相罢知政事,再贬荆州长史,二十八年卒,谥文献。为唐之名相,刚正不阿,直言敢谏,深谋有远识。工诗能文,尤擅五古。《全唐诗》存诗三卷。

【集评】

初唐沈、宋外,苏、李诸子,未见大篇。独曲江诸作,含清拔于绮绘之中,寓神俊于庄严之内,如《度蒲关》、《登太行》、《和许给事》、《酬赵侍御》等作,同时燕、许称大手,皆莫及也。(〔明〕胡应麟《诗薮》内编卷四)

张子寿忠謇之士,陈诗讽主,动合典则,质直有余,微伤雅致,不徒窘于边幅也。(〔清〕毛先舒《诗辩坻》卷三)

曲江公委婉深秀,远出燕、许诸公之上,阮、陈而后,实推一人,不得以初唐论。(〔清〕翁方纲《石洲诗话》卷一)

望 月 怀 远

海上生明月, 天涯共此时。
情人怨遥夜①, 竟夕起相思②。
灭烛怜光满, 披衣觉露滋。
不堪盈手赠, 还寝梦佳期。

【注释】

① 情人：多情之人。
② 竟夕：通宵。

【汇评】

"天涯共此时"，情至语。（〔清〕沈德潜《唐诗别裁集》卷九）

前二句领得妙。"情人"一联先就远人怀念言之，少陵"今夜鄜州月"诗同此笔墨。"灭烛"一联切自己说，跟"相思"二字转落句，言如此夜月，不能持赠，故欲与梦为期耳。（〔清〕黄叔灿《唐诗笺注》）

是五律中《离骚》。（〔清〕姚鼐《五七言今体诗抄》卷一）

【赏析】

我国古典诗词，月夜怀人之作很多，此诗即为其中名篇。"月"，是一个美好且容易勾起人伤情别绪的意象。月圆人未圆，望月怀人，难以入寐，这是人间常见的一种感情。然而要真实生动地把这种感情用语言表现出来，却不是那么容易的。首联"海上生明月，天涯共此时"，意境雄浑绵邈，空间广远阔大，成为千古名句。"海上生明月"，可能是诗人眼前之景，亦可能是诗人的想象。《红楼梦》有诗云："天上一轮才捧出，人间万姓仰头看"，人虽殊地，月共一轮，明月有情，可传我心。第二联直写相思之情，月夜是美好的，对"情人"来说却是漫长的，它牵惹起"情人"的相思情怀，彻夜难寐。这里"情人"既可是具指，也可是泛指，泛指天下所有"情人"，他（她）们在这样的夜晚，大概都会对月难寐吧！三联、末联紧承以上，具体写相思之苦。窗外的月色这样招人喜爱，不出户赏之，实在辜负了此夕清辉。吹灭烛火，披衣起来，月下漫步，不觉露重湿衣。真想把这月光掬起一捧送给你，然而这毕竟只能是一个美妙的幻想，还是回去睡罢，但愿能在梦中和你欢聚，细诉相思之苦。

对于这首诗，古今人们多称赏开篇二句，仔细玩味咀嚼，其他三联亦造语清新,感情深挚,温婉缠绵,可说句句是佳句,惜乎被首联二句之光芒所湮没也。另有论者认为此诗是政治抒情诗,作者借对月怀人别有寄托。是否姑且不论,但时过境迁,应当从诗字面的本来意义去理解这首诗,即是一首优美的情诗。如果作政治抒情诗解,反而抹杀了这首诗的光芒和价值。　　　　　　　　（陈志伟）

【王孟诗总论】

　　唐诗李杜之外,王摩诘、孟浩然足称大家,王诗丰缛而不华靡,孟却专心古澹而悠远深厚,自无寒俭枯瘠之病。由此言之,则孟为尤胜。储光羲有孟之古而深远不及,岑参有王之缛而又以华靡掩之。（〔明〕李东阳《麓堂诗话》）

　　王摩诘、孟浩然才力不逮高岑,而造诣实深,兴趣实远,故其古诗虽不足,律诗体多浑圆,语多活泼,而气象风格自在,多人于圣矣。（〔明〕许学夷《诗源辨体》卷十六）

　　（刘大勤）问:"王孟假天籁为宫商,寄至味于平淡,格调谐畅,意兴自然,真有无迹可寻之妙,二家亦有互异处否?"（王士禛阮亭）答:"譬之释氏,王氏佛语,孟氏菩萨语。孟诗有寒俭之态,不及王氏天然而工。惟五古不可优劣。"（〔清〕王士禛等《师友诗传续录》）

　　汪钝翁问余:"王孟齐名,何以孟不及王?"答曰:"孟诗味之未能免俗耳。"汪深叹其言,谓从无人道及此。（〔清〕王士禛《渔洋诗话》卷二）

　　陶诗胸次浩然,其中有一段渊深朴茂不可到处。唐人祖述者,王右丞有其清腴,孟山人有其闲远,储太祝有其朴实,韦左司有其冲和,柳仪曹有其峻洁,皆学焉而得其性之所近。（〔清〕沈德潜《说诗晬语》卷上）

　　王维、孟浩然清淑散朗,窈窕悠闲,取神于陶、谢之间,而安顿在行墨之外,资制相伴,神理各足。储光羲似少逊之。（〔清〕田雯《古欢堂集杂著》卷二）

王 维

王维(700—761),字摩诘,太原祁(今山西祁县)人,后徙家于蒲州(今山西永济市),遂称河东王氏。玄宗开元九年登进士第,授官太乐丞,因伶人舞黄狮子获罪,被贬为济州司仓参军。其后历任右拾遗、河西节度判官、殿中侍御史等职。天宝十五年,安禄山攻陷长安,王维被俘。肃宗收复两京,欲定其罪,因曾作《凝碧池诗》思念王室,其弟王缙又请削己官为兄赎罪,最终免于追诉。官至尚书右丞。王维是唐代著名山水田园诗人,与孟浩然并称"王孟",受佛学禅宗影响颇深,得任性自然之诗境。又精通多种艺术如音乐、绘画等,有《王右丞集》。

【集评】

维诗词秀调雅,意新理惬。在泉为珠,着壁成绘。一句一字,皆出常境。([唐]殷璠《河岳英灵集》卷上)

味摩诘之诗,诗中有画;观摩诘之画,画中有诗。([宋]苏轼《书摩诘蓝田烟雨图》)

右丞、苏州皆学于陶,王得其自在。([宋]陈师道《后山诗话》)

王摩诘诗,浑厚闲雅,覆盖古今。但如久隐山林之人,徒成旷淡也。([宋]蔡絛《西清诗话》)

世以王摩诘律诗配子美,古诗配太白,盖摩诘古诗能道人心中事而不露筋骨,律诗至佳丽而老成。……虽才气不若李杜之雄杰,而意味工夫,是其匹亚也。摩诘心淡泊,本学佛而善画,出则陪岐薛诸王及贵主游,归则餍饫辋川山水,故其诗于富贵山林,两得其趣。([宋]张戒《岁寒堂诗话》卷上)

论近体者,必称盛唐,若蓝田王右丞维,亦其一也。其为律绝句,无问五七言,皆庄重闲雅,浑然天成。至于古诗,句本冲淡,而兴则悠长。诸词清婉流丽,殆未可多訾。([明]吕䓫《重刊唐王右丞诗集序》)

右丞崛起开元、天宝之间,才华炳焕,笼罩一时,而又天机清妙,与物无竞,举人事之升沉得失,不以胶滞其中。故其为诗,真趣洋溢,脱弃凡近,丽而不失之浮,乐而不流于荡,即有送人远适之篇,怀古悲歌之作,亦复浑厚大雅,怨尤不露,苟非实有得于古者诗教之旨,焉能至是乎?(〔清〕赵殿成《王右丞集笺注·序》)

终 南 山

太乙近天都, 连山到海隅①。
白云回望合, 青霭入看无。
分野中峰变, 阴晴众壑殊②。
欲投人处宿, 隔水问樵夫。

【注释】

① 太乙:终南山主峰的别称。天都:天帝所居之处,一说指京城长安。海隅:海边,此极言其伸延之广。

② 分野:古人以二十八宿星座区分标志地上的界域。壑:山谷。殊:变化,不同。

【汇评】

说者谓王右丞《终南》诗皆讥时宰。诗云:"太乙近天都,连山接海隅",言势位盘踞朝野也;"白云回望合,青霭入看无",言徒有表而无内也;"分野中峰变,阴晴众壑殊",言恩泽偏也;"欲投人处宿,隔水问樵夫",言畏祸深也。(〔宋〕阮阅《诗话总龟》前集卷六引《古今诗话》)

刘(辰翁)云:语不深僻,清夺众妙。(〔明〕高棅《唐诗品汇》卷六十一)

工苦安排备尽矣!人力参天,与天为一矣!"连山到海隅"非徒为穷大语,读《禹贡》自知之。结语亦以形其阔大,妙在脱卸,勿但作诗中画观也。此正是"画中有诗"。(〔清〕王夫之《唐诗评选》卷三)

"近天都"言其高,"到海隅"言其远,"分野"二句言其大,四十字中,无所不包,手笔不在杜陵下。或谓末二句似与通体不配,

今玩其语意,见山远而人寡也,非寻常写景可比。(〔清〕沈德潜《唐诗别裁集》卷九)

情景交融者,景中有情,情中有景,打成一片,不可分拆。如……右丞"白云回望合,青霭入看无","松风吹解带,山月照弹琴","行到水穷处,坐看云起时","时倚檐前树,远看原上村","大壑随阶转,群峰入户登"……皆是句中有人,情景兼到者也。(〔清〕朱庭珍《筱园诗话》卷四)

神境。四十字中无一字可易,昔人所谓如四十位贤人。一结从小处见大,错综变化,最得消纳之妙。(〔清〕黄培芳《唐贤三昧集笺注》卷上)

【赏析】

此诗大约是开元、天宝之际王维隐居终南山时所作。诗写终南山景色,着墨不多,却极为传神。首联先用夸张手法勾勒终南山总体轮廓,"近天都"极言其高,"到海隅"极言其广,也是诗人远眺时的感受。颔联写近景,"回望"、"入看",表明诗人已入山间。回首望去,刚走过之路,一片云海合拢无隙;向前望去,一片濛濛青霭,但走入进去,却又不见其踪,极为真切生动地写出游山情形与感受。颈联写登山纵目景象,诗人立足于"中峰",故可见群山"分野"之"变","众壑"参差起伏,故犹如"阴晴"而"殊"态,写尽终南山雄阔苍莽之势。尾联收回自身,意欲投宿,既见天色向晚,诗人之游已自晨至暮,又见游兴未尽,还要留待明日再游,足见山景之美及诗人留恋之深,而以一"问"字收束全诗,则于完全的静景描述中加以音声,留不尽之余味。在这首诗中,诗人抓取最为典型的山景,表现岩峦起伏之万千姿态,极具尺幅万里之势,同时又以画家的笔法,写山中烟云变幻,直如一幅泼墨山水。

(许 总)

渭川田家

斜光照墟落，穷巷牛羊归①。
野老念牧童，倚杖候荆扉。
雉雊麦苗秀②，蚕眠桑叶稀。
田夫荷锄立，相见语依依。
即此羡闲逸，怅然吟式微③。

【注释】

① 墟落：村落。穷巷：深巷。
② 雉雊（gòu）：野鸡鸣叫。秀：谷物吐穗开花。
③ 式微：《诗经·邶风》有《式微》篇，其中写道"式微，式微，胡不归"，这里取"胡不归"意。

【汇评】

通篇用"即此"二字括收前八句，皆情语，非景语，属词命篇，总与建安以上合辙。（〔清〕王夫之《唐诗评选》卷二）

此瓣香陶柴桑。又曰：（"野老"二句）肫挚朴茂，语臻自然。（〔清〕黄培芳《唐贤三昧集笺注》卷上）

"吟《式微》"，言欲归也，无感伤世衰意。（〔清〕沈德潜《唐诗别裁集》卷一）

言随寓皆安也。末句慨叹之，即此不必另寻幽境也。闲，悠闲。逸，遗逸。《诗》："式微，式微，胡不归？"盖因式微而羡闲逸也。（〔清〕章燮《唐诗三百首注疏》卷一）

【赏析】

王维隐居终南山期间，作山水田园诗颇多。当时由于张九龄罢相，李林甫当权，王维有避世之想，故而对田园生活极为倾羡。在这首诗中，诗人首先描绘了一幅夕阳斜照中的乡村田园景象，在此背景上诗人紧接着落笔"归"字。先是"鸡栖于埘，日之夕矣，羊牛下来"（《诗经·君子于役》），而牛羊归之后必有牧童回，故有野老倚杖之候。一天劳作结束,田夫亦荷锄而归,而田间小道上偶然相遇,却絮语绵绵,大有乐而忘归之意。足见这"归"字中又含有浓厚的"情"味。不仅农人之间如此,就连自然界一切事物也都表现出一派和谐欢乐的景象。开始吐穗的麦地里,野鸡在欢快地鸣叫,那是在呼唤"意中人"呢!桑树上的叶片已经稀落,那是蚕儿已开始吐丝营造自己的安乐窝了。末二句诗人点出内心"羡闲逸"、"吟式微",与前面的描写形成鲜明的对比,人皆得其归宿,唯独自己未有归宿,流露出对政治的失望,对官场的厌恶。于是,思归之情与归景描绘密合无间,浑然一体,成为情景交融的佳篇。此外,全诗纯用白描语言,清新自然之中,充满浓郁情韵。(许 总)

积雨辋川庄作[①]

积雨空林烟火迟[②],　蒸藜炊黍饷东菑[③]。
漠漠水田飞白鹭,　阴阴夏木啭黄鹂[④]。
山中习静观朝槿[⑤],　松下清斋折露葵[⑥]。
野老与人争席罢[⑦],　海鸥何事更相疑[⑧]。

【注释】

① 辋川庄:指作者在终南山下的蓝田辋川别墅。
② 积雨:久雨。迟:缓。指久雨、气压低,烟火缓缓升起。
③ 藜(lí):一年生草本植物,嫩叶可食。黍:黄米。饷(xiǎng):送饭。菑(zī):初耕的田地,这里泛指农田。
④ 漠漠:广漠、迷茫的样子。阴阴:幽深、浓密的样子。
⑤ 槿(jǐn):木槿,落叶灌木,花朝开暮落,可参悟人生荣枯无常。
⑥ 清斋:素食。露葵:带露的葵菜。此二句为其晚年生活的写照。
⑦ 野老:诗人自称。争席:争座位。据《庄子·寓言》中记载:杨朱去见老子时,旅店的人都欢迎他,给他让座。等他学道归来,旅店的人不再给他让座,而是与他争席。此处作者借以说明自己摆脱了功名利禄的欲念。
⑧ 据《列子·黄帝》记载:古代有人住在海边,每日与海鸥同游,至者百数。后其父让他把海鸥捉回来玩,次日到海边,鸥鸟却高飞不下。说明人不能有机诈之心。

【汇评】

诗下双字极难,须使七言五言之间除去五字三字外,精神兴致,全见于两言,方为工妙。唐人记"水田飞白鹭,夏木啭黄鹂"为李嘉祐诗,王摩诘窃取之,非也。此两句好处,正在添"漠漠"、"阴阴"四字,此乃摩诘为嘉祐点化,以自见其妙,如李光弼将郭子仪军,一号令之,精彩数倍。不然,如嘉祐本句,但是咏景耳,人皆可到,要之当令如老杜"无边落木萧萧下,不尽长江滚滚来",与"江天漠漠鸟双去,风雨时时龙一吟"等,乃为超绝。(〔宋〕叶梦得《石林诗话》卷上)

(三四句)刘须溪(辰翁)云:写景自然,造意又极辛苦。(〔明〕高棅《唐诗品汇》卷八十三)

俗说谓"水田飞白鹭,夏木啭黄鹂",乃李嘉祐句,右丞袭用之。不知本句之妙,全在"漠漠"、"阴阴",去上二字,乃死句也。况王在李前,安得云王袭李耶?(〔清〕沈德潜《唐诗别裁集》卷十三)

【赏析】

此诗作于诗人晚年隐居辋川山庄时。诗中描绘久雨之后山庄清新幽美的景色,抒发了清静淡泊的情怀。全诗融诗情、画意、禅趣为一体,富于生活气息。颔联二句写景逼真如画。不仅构图巧妙,设色鲜明,而且叠字"漠漠"、"阴阴"、状水田之广,夏木之深,使得境界更为广漠、幽深。而白鹭的飞舞和黄鹂的鸣叫也更加灵动活脱,宛然在目。尾联以典入诗,抒怀明志。意趣横生,耐人寻味。

(荆三隆)

孟 浩 然

孟浩然(689—740),名不详,以字行。襄州襄阳(今湖北襄阳)人。后世故称孟襄阳。曾一度隐居鹿门山,后又隐居其祖居园庐。玄宗开元十六年赴长安,应进士举,不第,还襄阳。二十二年至二十四年间,韩朝宗任山南东道采访使,曾向玄宗推荐孟浩然,但孟浩然却因与友人饮酒而未去见玄宗。二十五年,张九龄任荆州长史,以孟浩然为从事。二十八年,王昌龄来襄阳,当时孟浩然疾疹发背刚愈,因食鲜而复发,不治身亡。孟浩然是唐代重要的山水田园诗人,与王维并称"王孟"。有《孟浩然集》传世。

【集评】

复忆襄阳孟浩然,清诗句句尽堪传。(〔唐〕杜甫《解闷》)

孟浩然诗,讽咏之久,有金石宫商之声。(〔宋〕严羽《沧浪诗话》)

孟浩然诗祖建安,宗渊明,冲淡中有壮逸之气。(〔明〕胡震亨《唐音癸签》卷五引《吟谱》)

浩然山人之雄长,时有秀句;而轻飘短味,不得与高、岑、王、储齿。(〔清〕王夫之《姜斋诗话》卷下)

孟浩然诗十九失之褊,褊则满纸皆山人气。学孟者往往蹈此。(〔清〕王夫之《明诗评选》卷四)

孟诗佳处只一"真"字,初读无奇,寻绎则齿颊间有余味。(〔清〕贺裳《载酒园诗话》又编)

襄阳诗从静悟得之,故语淡而味终不薄,此诗品也。然比右丞之浑厚,尚非鲁、卫。(〔清〕沈德潜《唐诗别裁集》卷一)

孟浩然诸体似乎淡远,然无缥缈幽深思致,如画家写意,墨气都无;苏轼谓:浩然韵高才短,如造内法酒手,而无材料。诚为知言。后人胸无才思,易于冲口而出,孟开其端也。(〔清〕叶燮《原诗》外篇卷下)

读孟公诗且无论怀抱,无论格调,只其清空幽泠,如月中闻磬,石上听泉,举唐初以来诸人笔虚笔实一洗而空之,真一快也。(〔清〕翁方纲《石洲诗话》卷一)

秋登万山寄张五①

北山白云里，　隐者自怡悦。
相望始登高，　心随雁飞灭。
愁因薄暮起，　兴是清秋发。
时见归村人，　平沙渡头歇。
天边树若荠②，　江畔洲如月。
何当载酒来，　共醉重阳节。

【注释】

① 万山：一作兰山。兰山有多处，分别位于江苏、山东、四川等地，似非孟浩然行踪所及处。万山在襄阳西北，是孟浩然经常登临处，此诗题以万山为是。张五：即盛唐诗人张子容。

② 荠：一种野菜。

【汇评】

《罗浮山记》云："望平地树如荠。"自是俊语。梁戴暠诗"长安树如荠"，用其语也。后人翻之益工，薛道衡诗："遥原树若荠，远水舟如叶。"孟浩然诗："天边树若荠，江畔洲如月。"（〔明〕杨慎《升庵诗话》卷十三）

赵执信云：平平仄平仄，为拗律句，乃仄韵古诗下句正调也。方纲按：此条亦极是。但于篇中注出律句，拗律句为非是耳。故删去其所圈记之诗，而独存其评。（〔清〕翁方纲《赵秋谷所传声调谱》）

前四句言登兰山以望张五，中六句叙秋暮登山所望之景，末二句欲订同登后期，即所以寄诗之意，错综写来，是情是景，一片迷离。"天边"、"江畔"两句，摹写物象，超然入神。（王文濡《唐诗评注读本》卷一）

【赏析】

这首诗是一篇怀念友人之作。开篇二句暗用晋代陶弘景《答诏问山中何所有》"山中何所有,岭上多白云,只可自怡悦,不堪持赠君"诗意,自表隐逸趣尚。然后转入题意,紧接四句写怀人,欲"相望"而"登高",然登高不见,唯见北雁南飞,诗人的怀友之情似亦随雁飞去,时值黄昏,心头不免生出些许愁绪。再四句写登高所见,时因薄暮,农人归村,或行走于河畔沙滩,或歇息于渡头,既充满浓郁的生活气息,又表现出悠闲自得的情调。放眼望去,那远在天边的树林渺如荠菜,江中小洲在黄昏中白光隐现,犹如铺洒了一片朦胧的月色。结二句预想"何当载酒",回应怀人,"共醉重阳"点明"秋"字。这首诗用语朴素,诗风清淡,在如画的景色中洋溢着悠闲的情调,既见怀念友人之情,又见高远清幽之境,正如清人沈德潜评孟浩然诗"语淡而味终不薄"。孟诗的朴淡特色,在这首诗中得到了突出的体现。 (许 总)

望洞庭湖赠张丞相[①]

八月湖水平, 涵虚混太清[②]。
气蒸云梦泽, 波撼岳阳城[③]。
欲济无舟楫, 端居耻圣明[④]。
坐观垂钓者, 徒有羡鱼情。

【注释】

① 张丞相:即张九龄。
② 虚、太清:均指天空。
③ 云梦泽:"云"、"梦"本是二泽在今湖北、湖南段长江南北。后世大部分淤成陆地,并称云梦泽。
④ 端居:闲居。圣明:指圣明的时代。《论语·泰伯》:"邦有道,贫且贱焉,耻也;邦无道,富且贵焉,耻也。"

【汇评】

皎然《诗式》评曰:情格并高可称上上品,又有三字物名之句,伏语而成,用功殊少,如孟浩然云:"气蒸云梦泽,波撼岳阳城。"自天地二气初分,即有此六字,假孟生之才,加其四字,何功可伐?即欲索入上流耶?若情格极高,则不可屈,若稍下吾请降之于高等之外,以惩后滥。(〔宋〕陈应行《吟窗杂录》卷七)

《西清诗话》云:洞庭天下壮观,自昔骚人墨客,题之者众矣……然未若孟浩然"气蒸云梦泽,波撼岳阳城",则洞庭空旷无际气象,雄张如在目前。至读子美诗,则又不然,"吴楚东南坼,乾坤日夜浮",不知少陵胸中吞几云梦也。(〔宋〕胡仔《苕溪渔隐丛话》前集卷九)

唐人多以对偶起,虽森严,而乏高古……孟浩然"八月湖水平,涵虚混太清",虽律也,而含古意,皆起句之妙,可以为法,何必效晚唐哉?(〔明〕杨慎《升庵诗话》卷二)

字法要炼……如"气蒸云梦泽,波撼岳阳城","蒸"字,"撼"字,何等响,何等确,何等警拔也。(〔清〕王士禛等《然灯记闻》七)

徐筠亭时作曰:孟襄阳诗"气蒸云梦泽,波撼岳阳城",杜少陵诗"吴楚东南坼,乾坤日夜浮",力量气魄已无可加,而孟则继之曰"欲济无舟楫,端居耻圣明",杜则继之曰"亲朋无一字,老病有孤舟",皆以索寞幽眇之情,摄归至小,两公所作,不谋而合,可见文章有定法。若更求博大高深之语以称之,必无可称而力蹶无完诗矣。(〔清〕梁章钜《浪迹丛谈》卷十)

查慎行:孟作前半首,由远说到近;后半首,全无魄力,第六句尤不着题。(李庆甲辑《瀛奎律髓汇评》卷一)

【赏析】

这是一首干谒诗,孟浩然漫游洞庭,思及个人前途,因写此诗给当时还在相位的张九龄,希望得到引荐录用,但写洞庭之景却极为出色,实际上成为一首杰出的山水佳作。前半写洞庭秋景,八月秋汛,湖水盛涨,几乎和两岸齐平,且水天一色,极目远望,涵浑莫辨,尤增汪洋阔大之势,如此笔法,真所谓"起得浑浑称题,而气概横绝"(碧琳琅馆重刊《孟浩然集》附刘辰翁评语)。三、四句实写,"云梦泽"、"岳阳城"写出洞庭地域所在,而冠以"气蒸"、"波撼",

则写出洞庭丰厚涵量、郁勃生机以及澎湃激荡的力度。前二句静写湖的浩阔,后二句动写湖的声势。下四句转入抒情,"欲济"由眼前景触发,面对浩浩湖面,联想在野之身,以难以渡过喻无人引荐,"端居"而耻对"圣明",表明心志。因而"坐观垂钓","徒有羡鱼",用"临渊羡鱼,不如退而结网"(《淮南子·说林训》)之古语而巧妙地翻出新意,进一步含蓄委婉地流露出希求援引之心情。诗意本在干谒,却全借洞庭之景自然引出,略无痕迹,且写景本身成为千古洞庭诗歌之绝唱。(许 总)

备选课文

感遇(二首)

张九龄

兰叶春葳蕤,　桂华秋皎洁。
欣欣此生意,　自尔为佳节。
谁知林栖者,　闻风坐相悦。
草木有本心,　何求美人折。

江南有丹橘,　经冬犹绿林。
岂伊地气暖,　自有岁寒心。
可以荐佳客,　奈何阻重深?
运命唯所遇,　循环不可寻。
徒言树桃李,　此木岂无阴?

送魏大从军

陈子昂

匈奴犹未灭,　魏绛复从戎。
怅别三河道,　言追六郡雄。
雁山横代北,　狐塞接云中。
勿使燕然上,　惟留汉将功。

长干曲四首(选二)

崔颢

君家何处住，妾住在横塘。
停船暂借问，或恐是同乡。

家临九江水，来去九江侧。
同是长干人，自小不相识。

与诸子登岘山

孟浩然

人事有代谢，往来成古今。
江山留胜迹，我辈复登临。
水落鱼梁浅，天寒梦泽深。
羊公碑尚在，读罢泪沾襟。

桃源行

王维

渔舟逐水爱山春，两岸桃花夹去津。坐看红树不知远，行尽青溪不见人。山口潜行始隈隩，山开旷望旋平陆。遥看一处攒云树，近入千家散花竹。樵客初传汉姓名，居人未改秦衣服。居人共住武陵源，还从物外起田园。月明松下房栊静，日出云中鸡犬喧。惊闻俗客争来集，竞引还家问都邑。平明闾巷扫花开，薄暮渔樵乘水入。初因避地去人间，及至成仙遂不还。峡里谁知有人事，世中遥望空云山。不疑灵境难闻见，尘心未尽思乡县。出洞无论隔山水，辞家终拟长游衍。自谓经过旧不迷，安知峰壑今来变。当时只记入山深，青溪几曲到云林。春来遍是桃花水，不辨仙源何处寻。

山　中
王　维

荆溪白石出，　天寒红叶稀。
山路元无雨，　空翠湿人衣。

鸟　鸣　涧
王　维

人闲桂花落，　夜静春山空。
月出惊山鸟，　时鸣春涧中。

钓　鱼　湾
储光羲

垂钓绿湾春，　春深杏花乱。
潭清疑水浅，　荷动知鱼散。
日暮待情人，　维舟绿杨岸。

望　蓟　门
祖　咏

燕台一去客心惊，　笳鼓喧喧汉将营。
万里寒光生积雪，　三边曙色动危旌。
沙场烽火连胡月，　海畔云山拥蓟城。
少小虽非投笔吏，　论功还欲请长缨。

泛读课文

黄　鹤　楼
崔　颢

昔人已乘黄鹤去，　此地空馀黄鹤楼。
黄鹤一去不复返，　白云千载空悠悠。

晴川历历汉阳树， 芳草萋萋鹦鹉洲。
日暮乡关何处是， 烟波江上使人愁。

终南望馀雪

祖　咏

终南阴岭秀， 积雪浮云端。
林表明霁色， 城中增暮寒。

江南旅情

祖　咏

楚山不可极， 归路但萧条。
海色晴看雨， 江声夜听潮。
剑留南斗近， 书寄北风遥。
为报空潭橘， 无媒寄洛桥。

相和歌辞·采莲曲三首（选二）

王昌龄

荷叶罗裙一色裁， 芙蓉向脸两边开。
乱入池中看不见， 闻歌始觉有人来。

越女作桂舟， 还将桂为楫。
湖上水渺漫， 清江初可涉。
摘取芙蓉花， 莫摘芙蓉叶。
将归问夫婿， 颜色何如妾。

凉州词二首

王　翰

葡萄美酒夜光杯， 欲饮琵琶马上催。
醉卧沙场君莫笑， 古来征战几人回。

秦中花鸟已应阑，　塞外风沙犹自寒。
夜听胡笳折杨柳，　教人意气忆长安。

晚次乐乡县

陈子昂

故乡杳无际，　日暮且孤征。
川原迷旧国，　道路入边城。
野戍荒烟断，　深山古木平。
如何此时恨，　噭噭夜猿鸣。

度荆门望楚

陈子昂

遥遥去巫峡，　望望下章台。
巴国山川尽，　荆门烟雾开。
城分苍野外，　树断白云隈。
今日狂歌客，　谁知入楚来。

鹿　柴

王　维

空山不见人，　但闻人语响。
返景入深林，　复照青苔上。

送元二使安西

王　维

渭城朝雨浥轻尘，　客舍青青柳色新。
劝君更尽一杯酒，　西出阳关无故人。

山居秋暝

王　维

空山新雨后，天气晚来秋。
明月松间照，清泉石上流。
竹喧归浣女，莲动下渔舟。
随意春芳歇，王孙自可留。

终南别业

王　维

中岁颇好道，晚家南山陲。
兴来每独往，胜事空自知。
行到水穷处，坐看云起时。
偶然值林叟，淡笑无还期。

竹里馆

王　维

独坐幽篁里，弹琴复长啸。
深林人不知，明月来相照。

题农夫庐舍

丘　为

东风何时至，已绿湖上山。
湖上春已早，田家日不闲。
沟塍流水处，耒耜平芜间。
薄暮饭牛罢，归来还闭关。

过故人庄

孟浩然

故人具鸡黍，邀我至田家。
绿树村边合，青山郭外斜。
开轩面场圃，把酒话桑麻。
待到重阳日，还来就菊花。

宿建德江

孟浩然

移舟泊烟渚，日暮客愁新。
野旷天低树，江清月近人。

宿桐庐江，寄广陵旧游

孟浩然

山暝听猿愁，沧江急夜流。
风鸣两岸叶，月照一孤舟。
建德非吾土，维扬忆旧游。
还将两行泪，遥寄海西头。

阙　　题

刘眘虚

道由白云尽，春与青溪长。
时有落花至，远随流水香。
闲门向山路，深柳读书堂。
幽映每白日，清辉照衣裳。

中小学已学篇目

王之涣《凉州词》、《登鹳雀楼》（小）　　王湾《次北固山》（初）

常建《题破山寺后禅院》(初)　　**崔颢**《黄鹤楼》(初)　　**王维**《鹿柴》、《九月九日忆山东兄弟》、《送元二使安西》(小)、《使至塞上》、《汉江临眺》(初)、《山居秋暝》(高)、《辋川闲居赠裴秀才迪》※　　**孟浩然**《春晓》(小)、《过故人庄》、《望洞庭湖赠张丞相》

可参考书目

《陈子昂集》，徐鹏整理并点校，中华书局 1960 年
《王昌龄诗注》，李云逸注，上海古籍出版社 1984 年
《崔颢诗注　崔国辅诗注》，万竞君注，上海古籍出版社 1982 年
《王维集校注》，陈铁民校注，中华书局 1997 年
《王维孟浩然诗选注》，葛杰选注，上海古籍出版社 1994 年
《王维孟浩然选集》，王达津选注，上海古籍出版社 1990 年
《王维诗选》，陈贻焮选注，人民文学出版社 1959 年
《孟浩然集校注》，徐鹏校注，人民文学出版社 1989 年
《孟浩然诗选》，陈贻焮选注，人民文学出版社 1983 年

三、盛唐诗（下）

王 昌 龄

王昌龄（698—757），字少伯，京兆万年（今陕西西安）人，开元十五年（727）进士，授校书郎，二十二年登博学宏词科，迁汜水尉。以事贬岭南，改江宁（今江苏南京）丞，世称"王江宁"。再贬龙标（今湖南黔阳）尉，世又称"王龙标"。安史乱起，避乱江淮，为濠州刺史闾丘晓所杀。天宝间著名诗人，有"诗家天子（一云夫子）王江宁"之称。尤擅七绝。存诗一百八十余首，《全唐诗》编为四卷。

【集评】

国初，上好文章，雅风特盛。沈（佺期）、宋（之问）始兴之后，杰出（于）江宁，宏肆于李、杜，极矣！（〔唐〕司空图《与王驾评诗书》）

史称其诗句密而思清。唐人琉璃堂图以昌龄为诗天子，其尊之如此。集存者三卷，绝句高妙者已入诗选。（〔宋〕刘克庄《后村诗话》新集卷三）

长 信 秋 词[①]

奉帚平明金殿开[②]，　暂将团扇共徘徊[③]。
玉颜不及寒鸦色，　犹带昭阳日影来[④]。

【注释】

① 长信:汉宫殿名。汉成帝时,班况的女娘班婕妤选入后宫,深得成帝宠爱。后来成帝又宠爱赵飞燕、赵合德姐妹,班婕妤请求到长信宫侍奉太后,在孤独寂寞中度过一生。《长信秋词》组诗共五首,都是写失宠宫嫔的幽怨,这是其中的第三首。

② 奉帚:即捧着扫帚打扫宫殿。

③ 将:拿起。团扇,乐府《相和歌辞·楚调曲》中有《怨歌行》一首,又名《团扇诗》,相传为班婕妤所作,诗为"新裂齐纨素,鲜结如霜雪。裁为合欢扇,团团似明月。出入君怀袖,动摇微风发。常恐秋节至,凉飚夺炎热。弃捐箧笥中,恩情中道绝。"诗以秋扇见捐为喻,悲君恩中断。这里"团扇"暗用其意。

④ 昭阳:即昭阳宫,赵飞燕所居宫殿。日影:古人常以日喻君,日影喻君恩。

【汇评】

谢迭山(枋得)云:此篇怨而不怒,有风人之义。(〔明〕高棅《唐诗品汇》卷四十七引)

夫平仄以成句,抑扬以合调。扬多抑少,则调匀;抑多扬少,则调促。若杜常《华清宫》诗:"朝元阁上西风急,都入长杨作雨声。"上句二入声,抑扬相称,歌则为中和调矣。王昌龄《长信秋词》:"玉颜不及寒鸦色,犹带昭阳日影来。"上句四入声相接,抑之太过;下句一入声,歌则疾徐有节矣。(〔明〕谢榛《四溟诗话》卷三)

江宁《长信词》、《西宫曲》、《青楼曲》、《闺怨》、《从军行》,皆优柔婉丽、意味无穷,风骨内含、精芒外隐,如清庙朱弦,一唱三叹。(〔明〕胡应麟《诗薮》内编卷六)

王龙标绝句,深情幽怨,意旨微茫。"昨夜风开露井桃"一章,只说他人之承宠,而己之失宠,悠然可思,此求响于弦指外也。"玉颜不及寒鸦色"两言,亦复优柔婉约。(〔清〕沈德潜《说诗晬语》卷上)

【赏析】

本篇借汉代班婕妤失宠之事写唐代官廷女子不幸的命运和悲

怨的心情，艺术上颇具特色，以秋日清晨长信宫女执帚洒扫之情事，揭示其孤寂凄清的内心世界；以捐弃之团扇暗喻失宠之宫女；最后以"玉颜"与"寒鸦"进行反比，意在言外，构思十分巧妙。此诗对人物心理描写细致入微，曲折沉痛，不言怨而怨自在。"优柔婉丽，含蕴无穷，使人一唱而三叹"（沈德潜《唐诗别裁集》卷十九）。

（荆三隆）

【唐边塞诗派总评】

高适、岑参，开元、天宝以后大诗人，与杜公相颉颃，歌行皆流出肺肝，无斧凿痕。……郊、岛辈旬锻月炼者，参谈笑得之。词语壮浪，意象开阔。荆公选唐诗，此二家最多。（〔宋〕刘克庄《后村诗话·后集》卷二）

高、岑之诗悲壮，读之使人感慨。（〔宋〕严羽《沧浪诗话》）

高、岑一时不易上下，岑气骨不如达夫遒上，而婉缛过之。选体时时入古，岑尤陟健。歌行磊落奇俊，高一起一伏，取是而已，尤为正宗。五言近体，高、岑俱不能佳，七言，岑稍浓厚。（〔明〕王世贞《艺苑卮言》卷四）

高适、岑参、王昌龄、李颀、孟云卿，本子昂之古雅，而加以气骨者也。（〔明〕胡应麟《诗薮》内编卷二）

常侍五言古深婉有致，而格调音节，时有参差。嘉州清新奇逸，大是俊才，质力造诣，皆出高上。然高黯淡之内，古意犹存，岑英发之中，唐体大著。（〔明〕胡应麟《诗薮》内编卷二）

高、岑似微不同，或高优于岑乎？王士祯答曰：唐人齐名，如沈宋、王孟、钱刘、元白、皮陆，皆约略相似，唯李杜、高岑迥别，高悲壮而厚，岑奇逸而峭，钟伯敬谓高岑诗如出一手，大谬矣！（〔清〕王士祯等《诗友诗传续录》）

东川句法之妙，在高、岑二家上。高之浑厚，岑之奇峭，虽各是名家，然俱在少陵笼罩之中，至李东川则不尽尔也，学者欲从精密中推宕伸缩，其必问津于东川乎！（〔清〕翁方纲《石洲诗话》卷一）

高　适

　　高适（702？—765），字达夫，渤海蓨（今河北景县）人。少贫寒，潦倒失意，曾北上蓟门和浪游梁宋。后客游河西，为哥舒翰书记。安史乱起，以监察御史佐哥舒翰守潼关。潼关失守，他奔赴行在，见玄宗陈述军事形势，迁侍御史，擢谏议大夫。后任淮南节度使，任彭州刺史，迁蜀州，代宗时为成都尹、剑南西川节度使，召为刑部侍郎，转左散骑常侍，卒，谥忠。高适以边塞诗成就最高，也有一些反映时事及民生疾苦的诗，语言质朴，直抒胸臆，气骨琅然，多慷慨悲壮之音。有《高常侍集》。

【集评】

　　适性拓落，不拘小节，耻预常科，隐迹博徒，才名自远。然适诗多胸臆语，兼有气骨，故朝野通赏其文。至如《燕歌行》等篇，甚有奇句。且余所最深爱者："未知肝胆向谁是，令人却忆平原君。"吟讽不厌矣。（〔唐〕殷璠《河岳英灵集》卷上）

　　适年过五十，始留意诗什，数年之间，体格渐变，以气质自高，每吟一篇已，为好事者称诵。（〔五代〕刘昫《旧唐书·高适传》）

　　左散骑常侍高适，朔气纵横，壮心落落，抱瑜握瑾，沉浮闾巷之间，殆侠徒也。故其为诗，直举胸臆，模画景象，气骨琅然，而词锋华润，感赏之情，殆出常表。视诸苏卿之悲愤，陆平原之惆怅，辞节虽离而音调不促，无以过之矣。（〔明〕徐献忠《唐诗品》）

　　高适、李颀不独七古见长，大段气体高厚，即今体亦复见骨格坚老，气韵沉雄。（〔清〕方南堂《辍锻录》）

燕　歌　行

　　开元二十六年，客有从御史大夫张公出塞而还者①，作
　　《燕歌行》以示适，感征戍之事，因而和焉

汉家烟尘在东北，汉将辞家破残贼②。男儿本自重横行，天子非常赐颜色③。摐金伐鼓下榆关，旌旆逶迤碣石间④。校尉羽书飞瀚海⑤，单于猎火照狼山⑥。山川萧条极边土，胡骑凭陵杂风雨⑦。

战士军前半死生,美人帐下犹歌舞。大漠穷秋塞草腓⑧,孤城落日斗兵稀。身当恩遇恒轻敌,力尽关山未解围。铁衣远戍辛勤久,玉箸应啼别离后⑨。少妇城南欲断肠⑩,征人蓟北空回首。边庭飘飖那可度,绝域苍茫更何有?杀气三时作阵云,寒声一夜传刁斗。相看白刃血纷纷,死节从来岂顾勋?君不见沙场征战苦,至今犹忆李将军⑪。

【注释】

① 御史大夫张公:即营州都督、河北节度副大使张守珪。

② 残贼:开元十八年(730),契丹大臣可突干弑其主李邵固叛唐,被信安王李祎击败,后又卷土重来,杀幽州道副总管,张守珪奉调,于开元二十二年两次击败之,杀可突干。开元二十四年秋至次年春,再出兵击败其余党,故称残贼。

③ 横行:纵横驰骋。非常:例外地。赐颜色:给予荣宠及优礼。开元二十三年,张守珪献俘长安,玄宗亲设宴,赐酒赐诗,并封其为辅国大将军、右羽林大将军,封其二子为官,给以重赏。

④ 摐(chuāng)金伐鼓:鸣金击鼓。榆关:山海关。碣石:山名。汉代在东北海边,六朝时没入海中。

⑤ 校尉:武官,低于将军。羽书:插有鸟羽的紧急文书。瀚海:沙漠。

⑥ 狼山:一称白狼山,在白狼河畔,时为奚及契丹境内。

⑦ 凭陵:逼迫,侵略。其《蓟门行》亦有:"胡骑虽凭陵,汉兵不顾身"之句。

⑧ 腓(féi):衰萎。

⑨ 玉箸:泪,指思妇之泪。

⑩ 少妇城南:唐代长安城北为宫廷区,城南是住宅区,少妇城南指战士的妻子。

⑪ 李将军:指李牧(战国赵国将军)或李广(汉将),均为抗击匈奴的名将。李广与匈奴大小七十余战,却无尺寸之功可封侯,故有"冯唐易老,李广难封"之说。

【汇评】

词浅意深,铺排中即为诽刺,此道自《三百篇》来,至唐而微,至宋而绝。"少妇"、"征人"一联,倒一语乃是征人想他如此,联上

"应"字,神理不爽。结句亦苦平淡,然如一匹衣著,宁令稍薄,不容有额。(〔清〕王夫之《唐诗评选》卷一)

达夫此篇,纵横出没如云中龙,不以古文四宾主法制之,意难见也。……《燕歌行》之主中主,在忆将军李牧善养士而能破敌。于达夫时,必有不恤士卒之边将,故作此诗。而主中宾,则"战士军前半死生,美人帐下犹歌舞"、"相看白刃血纷纷,死节从来岂顾勋"四语是也。("岂顾勋"即"死是战士死,功是将军功"之意)其余皆是宾中主。自"汉家烟尘"至"未解围",言出师遇敌也。此下理当接以"边庭"云云,但径直无味,故横间以"少妇"、"征人"四语。"君不见"云云,乃出正意以结之也。文章出正面,若以此意行文,须叙李牧善养士能破敌之功烈,以激励此边将。诗以兴比出侧面,故止举"李将军",使人深求而得,故曰:"言之者无罪,而闻之者足以戒"也。(〔清〕吴乔《围炉诗话》卷二)

句中含双单字,此七古造句之要诀,盖如此则顿跌多姿,而不伤于虚弱,杜工部《渼陂行》多用此句法。转韵亦用对法。(〔清〕黄培芳语,见《唐贤三昧集笺注》卷下)

沈德潜云:刺边将佚乐,不恤士卒。通首叙关塞之苦,只以"战士"二句、"君不见"二句点睛。运意绝高。(〔清〕章燮《唐诗三百首注疏》卷三)

【赏析】

《燕歌行》乃乐府《相和歌辞·平调曲》旧题,歌辞多咏东北边地(燕地)征戍之苦及思妇相思之情。始见于曹丕之作。此诗亦然,只是对传统题材有所开拓。诗以张守珪平定契丹可突干及其余党叛乱的几次战争为背景,热烈歌颂了守边将士排除万难、克敌制胜的爱国精神。诗的开头先交代战争的地点及性质,写出唐军出师时一往无前的形象,接着极力渲染边地的艰苦,为将士们的献身报国作了很好铺垫,然后转而抒发征人思妇相思之情。将士们也是血肉之躯,不能没有儿女、夫妇之情,然而大敌当前,只能忍受"少妇城南欲断肠,征人蓟北空回首"的感情熬煎。全诗的结尾运用"李广难封"的历史典故,把将士们的思想境界提升到一个更高的高度,他们拼死血战,含辛茹苦,甚至为国捐躯,并非为了个人的功名利禄。这就比众多为封万户侯而立功边塞的人思想高尚了许多。全诗四句一换韵,也差不多四句一转意,而且平仄韵交替,又大量运用律句与对仗,故虽充满金戈铁马之声却音节流利酣畅,从而成为唐代边塞诗之"第一大篇"。

(王步高)

李 颀

李颀(690—751?),盛唐诗人,祖籍赵郡(今河北赵县),长期居住颍阳(今河南登封西)。开元二十三年(735)登进士第。任新乡县尉,不久去官。后隐居嵩山、少室山一带的"东川别业",有时来往于长安、洛阳间。"性疎简,厌薄世务。慕神仙,服饵丹砂,期轻举之道,结好尘喧之外。"(《唐才子传》)李颀以五七言歌行及七律见长。诗多歌咏边塞、描绘音乐及寄赠友人之作。其诗见《全唐诗》。

【集评】

颀诗发调既清,修辞亦秀。杂歌咸善,玄理最长。……足可歔欷,震荡心神。惜其伟才,只到黄绶。故论其数家,往往高于众作。(〔唐〕殷璠《河岳英灵集》卷上)

神韵天然高达夫,嘉州格调也应无。更怜绝代东川李,七首吟成万颗珠。(〔清〕陈维崧《抄唐人七言律竟,取数断句楮尾》)

唐李颀诗,虽近于幽细,然其气骨,则沉壮坚老,使读者从沉壮坚老之内,领其幽细,而不能以幽细名之也。惟其如此,所以独成一家。(〔清〕贺贻孙《诗筏》)

东川句法之妙,在高、岑二家上。高之浑厚,岑之奇峭,虽各自成家,然俱在少陵笼罩之中。至李东川,则不尽尔也。学者欲从精密中推宕伸缩,其必问津于东川乎?(〔清〕翁方纲《石洲诗话》卷一)

古从军行

白日登山望烽火，　黄昏饮马傍交河①。
行人刁斗风沙暗，　公主琵琶幽怨多②。
野云万里无城郭，　雨雪纷纷连大漠。
胡雁哀鸣夜夜飞，　胡儿眼泪双双落。
闻道玉门犹被遮③，　应将性命逐轻车④。
年年战骨埋荒外，　空见蒲桃入汉家⑤。

【注释】

① 饮：读去声，使马饮水。交河：在今新疆吐鲁番县西北，因河水分流绕城下，故名。唐置县。

② 公主琵琶：汉武帝时以江都王刘建女细君嫁乌孙国王昆莫，恐其途中烦闷，故弹琵琶以娱之。琵琶本胡人马上所弹乐器。

③ 据《史记·大宛传》：汉武帝太初元年，命李广利攻大宛，欲至贰师城取善马。因饥饿战不利，请求罢兵。武帝闻之大怒，"使使遮玉门曰：'军有敢入者辄斩之。'"

④ 轻车：汉至唐有轻车将军、轻车校尉、轻车都尉等名号，此处泛指将帅。

⑤《汉书·西域传》："宛王蝉封与汉约，岁献天马二匹，汉使采蒲陶（葡萄）、苜蓿（蓿）种归。天子以天马多，又外国使来众，益种蒲陶苜蓿离宫馆旁。"

【汇评】

李颀此作，实多刺讽意。吴山民曰：骨气老劲。中四句乐府高语。结联具几许感叹意。周明翔曰：体格少逊《古意》篇，气亦自老。（〔明〕周敬、周珽《唐诗选脉会通评林》）

音调铿锵，风情澹冶，皆真骨独存，以质胜文，所以高步盛唐，为千秋绝艺。（〔明〕邢昉《唐风定》）

以人命换塞外之物，失策甚矣。为开边者垂戒，故作此诗。（〔清〕沈德潜《唐诗别裁集》卷五）

（首四句）从塞外说起。（次四句）叙其所遇，无非苦境。（末四句）叙其出征不能回者。（总评）此篇三韵两转，中间四句，极状塞外悲凉之境。一句一意，读之如亲历其境。（王文濡《唐诗评注读本》卷二）

【赏析】

　　《从军行》本乐府古题，多描写军旅生活。本诗约写于唐玄宗天宝年间，写边塞征戍生活之艰辛，讽刺统治者轻启战争。此诗借《从军行》旧题，以古喻今，借汉讽唐，故加一"古"字。

　　诗之前四句虚实结合，写士兵们紧张、单调的生活。烽火台是战争的象征，白天举烟（狼烟），夜晚举火，此处"白日"、"黄昏"也应理解为互文，不可解为白天……、晚上……，而是日夜……。或登山或傍水，随时准备打仗，随时将纵马奔驰。大漠一带除了风沙，将士夜间唯一相伴的只剩下单调的报更的刁斗。上三句近于实写，第四句用典，当年刘细君公主出塞时尚且赖琵琶抒发自己幽怨之情，将士们难有那样的闲暇与情调，但思乡怀归的抑郁幽怨之情却是相似的。"野云"以下四句是写戍边将士们的艰苦生活。天苍苍，野茫茫，万里戈壁滩上却很少人烟，找不到一座城郭，显然士兵们也只能住在帐篷之类的临时住所中，而且气候恶劣，"雨雪纷纷"。每到夜间，听到此地飞过的大雁的鸣声都显得分外哀伤，本地的居民也常常怨恨泪落，何况来自中原的从军者呢？最后四句把军人的伤怨之情推到近乎绝望的境地。边地艰苦，而又归家无望，玉门关犹被阻塞，只能跟随将帅去拼死战斗，最终是战死或病死，埋骨边地，只有葡萄等作为战利品贡奉朝廷。

　　这首诗运用层层推进的写法，战士们忍受战争的紧张、边地生活的艰苦，以至有家难归，只得埋骨荒外，而赢来的只是"蒲桃入汉家"，统治者妄起边衅，不顾人民死活的行径也就自然受到严厉针砭了。诗中多用叠字，全诗雄奇悲壮，也都是显而易见的特色。

（王步高）

岑 参

岑参(715？—770)，祖籍南阳(今属河南)，后徙居江陵(今属湖北)，曾祖、伯祖、伯父皆官至宰相。幼丧父，孤贫。天宝三载(744)进士。八载入安西高仙芝幕，充节度掌书记，天宝末封常清任安西节度使，岑参充安西、北庭节度判官。入朝为左补阙、历太子中允、殿中侍御史。又出为关西节度判官，终嘉州刺史。其诗以反映边塞生活著称，洋溢着积极乐观的情绪，艺术上富于幻想色彩，语奇体峻，迥拔孤秀。有《岑嘉州集》十卷。

【集评】

早岁孤贫，能自砥砺，遍览史籍，尤工缀文。属辞尚清，用志尚切，其有所得，多入佳境，迥拔孤秀，出于常情。每一篇绝笔，则人人传写，虽闾里士庶、戎夷蛮貊，莫不讽诵吟习焉。时议拟公于吴均、何逊，亦可谓精当矣。(〔唐〕杜确《岑嘉州诗集序》)

予自少时，绝好岑嘉州诗。住在山中，每醉归，倚胡床睡，辄令儿曹诵之，至酒醒或睡熟乃已。尝以为太白、子美之后，一人而已。(〔宋〕陆游《跋岑嘉州诗集》)

嘉州诗一以风骨为主，故体裁峻整，语亦造奇，持意方严，竟鲜落韵。(〔明〕徐献忠《唐诗品》)

嘉州之奇峭，入唐以来所未有。又加以边塞之作，奇气溢出。风会所感，豪杰挺生，遂不得不变出杜公矣。(〔清〕翁方纲《石洲诗话》卷一)

岑嘉州独尚警拔，比于孤鹤出群。(〔清〕管世铭《读雪山房唐诗序例》)

走马川行奉送封大夫出师西征①

君不见走马川［行］雪海边②，平沙莽莽黄入天。轮台九月风夜吼③，一川碎石大如斗，随风满地石乱走。匈奴草黄马正肥，金山西见烟尘飞④，汉家大将西出师。将军金甲夜不脱，半夜军行戈相拨,风头如刀面如割。马毛带雪汗气蒸,五花连钱旋作冰⑤,幕中草檄砚水凝⑥。虏骑闻之应胆慑,料知短兵不敢接,车师西门伫献捷⑦。

【注释】

① 封大夫:封常清,蒲州猗氏人。天宝十一载,为安西副大都护,摄御史中丞,持节充安西四镇节度经略支度营田副大使,知节度事。十三载入朝,摄御史大夫,俄令常清权知北庭都护,持节充伊西节度等使。

② 走马川:指唐轮台西之白杨河,即今之玛纳斯河。这里的"川"指干涸的河床。

③ 轮台:据《旧唐书·地理志》,轮台属北庭都护府,在今新疆乌鲁木齐市东北。

④ 金山:《新唐书·地理志》:"陇右道西州交河郡,开元中曰金山都督府。"金山,又指今新疆乌鲁木齐东之博格多山,为天山之一峰。

⑤ 五花:五花马,唐时讲究的装饰,常把马的鬃毛梳剪为花瓣形。剪三瓣的叫三花马,剪五瓣的叫五花马。连钱,即连钱骢,花色似钱相连。

⑥ 草檄:起草征讨的文书。

⑦ 车师:即北庭都护府治庭州,在今乌鲁木齐市东北。

【汇评】

三句一转,秦皇《峄山碑》文法也。元次山《中兴颂》用之,岑嘉州《走马川行》亦用之。而三句一转中又句句用韵,与《峄山碑》又别。(〔清〕沈德潜《说诗晬语》卷上)

《走马川行》:"轮台九月风夜吼,一川碎石大如斗,随风满地石乱走","半夜军行戈相拨,风头如刀面如割"等句,兵法所谓其节短其势险也。(〔清〕施补华《岘佣说诗》)

奇才奇气,风发泉涌。"平沙"句奇句。(〔清〕方东树《昭昧詹言》卷十二)

【赏析】

天宝十三载(754)岑参被北庭节度使封常清辟为节度判官,第二次出塞。此诗写于此次出塞以后。诗的开头先极力渲染战地的奇特环境：狂风夜吼、平沙莽莽、碎石乱飞。在这样寒冷而严酷的自然环境中,唐军出兵:"将军金甲夜不脱,半夜行军戈相拨,风头如刀面如割",烘托出王师必胜,故"虏骑闻之应胆慑",从而形象地歌颂了唐军士气高昂、吃苦耐劳、勇敢无畏的精神。

（王步高）

备选课文

封丘作

高适

我本渔樵孟诸野,一生自是悠悠者。乍可狂歌草泽中,宁堪作吏风尘下。只言小邑无所为,公门百事皆有期。拜迎官长心欲碎,鞭挞黎庶令人悲。归来向家问妻子,举家尽笑今如此。生事应须南亩田,世情付与东流水。梦想旧山安在哉,为衔君命且迟回。乃知梅福徒为尔,转忆陶潜归去来。

轮台歌,奉送封大夫出师西征

岑参

轮台城头夜吹角,轮台城北旄头落。羽书昨夜过渠黎,单于已在金山西。戍楼西望烟尘黑,汉兵屯在轮台北。上将拥旄西出征,平明吹笛大军行。四边伐鼓雪海涌,三军大呼阴山动。虏塞兵气连云屯,战场白骨缠草根。剑河风急雪片阔,沙口石冻马蹄脱。亚相勤王甘苦辛,誓将报主静边尘。古来青史谁不见,今见功名胜古人。

与高适、薛据登慈恩寺浮图

岑参

塔势如涌出,孤高耸天宫。登临出世界,磴道盘虚空。突兀压神州,峥嵘如鬼工。四角碍白日,七层摩苍穹。下窥指高鸟,俯听闻惊风。连山若波涛,奔凑似朝东。青槐夹驰道,宫馆何玲珑。秋色从西来,苍然满关中。五陵北原上,万古青濛濛。净理了可悟,胜因夙所宗。誓将挂冠去,觉道资无穷。

泛读课文

使至塞上

王　维

单车欲问边，　属国过居延。
征蓬出汉塞，　归雁入胡天。
大漠孤烟直，　长河落日圆。
萧关逢候骑，　都护在燕然。

出　塞

王　维

居延城外猎天骄，　白草连山野火烧。
暮云空碛时驱马，　秋日平原好射雕。
护羌校尉朝乘障，　破虏将军夜渡辽。
玉靶角弓珠勒马，　汉家将赐霍嫖姚。

从军行七首（选四）

王昌龄

烽火城西百尺楼，　黄昏独上海风秋。
更吹羌笛关山月，　无那金闺万里愁。

琵琶起舞换新声，　总是关山旧别情。
撩乱边愁听不尽，　高高秋月照长城。

青海长云暗雪山，　孤城遥望玉门关。
黄沙百战穿金甲，　不破楼兰终不还。

大漠风尘日色昏，　红旗半卷出辕门。
前军夜战洮河北，　已报生擒吐谷浑。

凉 州 词
王　翰

葡萄美酒夜光杯，　欲饮琵琶马上催。
醉卧沙场君莫笑，　古来征战几人回。

战 城 南
李　白

去年战桑干源，今年战葱河道。洗兵条支海上波，放马天山雪中草。万里长征战，三军尽衰老。匈奴以杀戮为耕作，古来唯见白骨黄沙田。秦家筑城避胡处，汉家还有烽火然。烽火然不息，征战无已时。野战格斗死，败马号鸣向天悲。乌鸢啄人肠，衔飞上挂枯树枝。士卒涂草莽，将军空尔为。乃知兵者是凶器，圣人不得已而用之。

火山云歌送别
岑　参

火山突兀赤亭口，火山五月火云厚。火云满山凝未开，飞鸟千里不敢来。平明乍逐胡风断，薄暮浑随塞雨回。缭绕斜吞铁关树，氛氲半掩交河戍。迢迢征路火山东，山上孤云随马去。

白雪歌送武判官归京
岑　参

北风卷地白草折，胡天八月即飞雪。忽然一夜春风来，千树万树梨花开。散入珠帘湿罗幕，狐裘不暖锦衾薄。将军角弓不得控，都护铁衣冷难著。瀚海阑干百丈冰，愁云惨淡万里凝。中军置酒饮归客，胡琴琵琶与羌笛。纷纷暮雪下辕门，风掣红旗冻不翻。轮台东门送君去，去时雪满天山路。山回路转不见君，雪上空留马行处。

胡笳歌,送颜真卿使赴河陇

岑 参

君不闻胡笳声最悲,紫髯绿眼胡人吹。吹之一曲犹未了,愁杀楼兰征戍儿。凉秋八月萧关道,北风吹断天山草。昆仑山南月欲斜,胡人向月吹胡笳。胡笳怨兮将送君,秦山遥望陇山云。边城夜夜多愁梦,向月胡笳谁喜闻?

逢入京使

岑 参

故园东望路漫漫, 双袖龙钟泪不干。
马上相逢无纸笔, 凭君传语报平安。

热海行,送崔侍御还京

岑 参

侧闻阴山胡儿语,西头热海水如煮。海上众鸟不敢飞,中有鲤鱼长且肥。岸旁青草常不歇,空中白雪遥旋灭。蒸沙烁石然虏云,沸浪炎波煎汉月。阴火潜烧天地炉,何事偏烘西一隅。势吞月窟侵太白,气连赤坂通单于。送君一醉天山郭,正见夕阳海边落。柏台霜威寒逼人,热海炎气为之薄。

武威送刘判官赴碛西行军

岑 参

火山五月行人少, 看君马去疾如鸟。
都护行营太白西, 角声一动胡天晓。

碛 中 作

岑 参

走马西来欲到天, 辞家见月两回圆。
今夜不知何处宿, 平沙万里绝人烟。

睢阳酬别畅大判官

高 适

吾友遇知己,策名逢圣朝。高才擅白雪,逸翰怀青霄。承诏选嘉兵,慨然即驰韬。清昼下公馆,尺书忽相邀。留欢惜别离,毕景驻行镳。言及沙漠事,益令胡马骄。丈夫拔东蕃,声冠霍嫖姚。兜鍪冲矢石,铁甲生风飙。诸将出井陉,连营济石桥。酋豪尽俘馘,子弟输征徭。边庭绝刁斗,战地成渔樵。榆关夜不扃,塞口长萧萧。降胡满蓟门,一一能射雕。军中多宴乐,马上何轻趫。戎狄本无厌,羁縻非一朝。饥附诚足用,饱飞安可招。李牧制儋蓝,遗风岂寂寥。君还谢幕府,慎勿轻刍荛。

宋中送族侄式颜

高 适

大夫东击胡,胡尘不敢起。胡人山下哭,胡马海边死。部曲尽公侯,舆台亦朱紫。当时有勋业,末路遭谗毁。转旆燕赵间,剖符括苍里。弟兄莫相见,亲族远枌梓。不改青云心,仍招布衣士。平生怀感激,本欲候知己。去矣难重陈,飘然自兹始。游梁且未遇,适越今何以。乡山西北愁,竹箭东南美。峥嵘缙云外,苍莽几千里。旅雁悲啾啾,朝昏孰云已。登临多瘴疠,动息在风水。虽有贤主人,终为客行子。我携一尊酒,满酌聊劝尔。劝尔惟一言,家声勿沦滓。

前出塞九首(选一)

杜 甫

挽弓当挽强, 用箭当用长。
射人先射马, 擒贼先擒王。
杀人亦有限, 列国自有疆。
苟能制侵陵, 岂在多杀伤。

凉州词

王之涣

黄河远上白云间，　一片孤城万仞山。
羌笛何须怨杨柳，　春风不度玉门关。

《燕歌行》主题辨

高适的《燕歌行》是盛唐边塞诗的代表作之一。近人赵熙称之为高适诗中"第一大篇"，也是唐诗中的第一流名篇。

《燕歌行》乃乐府旧题，最早见于魏文帝曹丕之作。其内容"言时序迁换，行役不归，妇人怨旷无所诉也"（《乐府解题》），或云"燕，地名也，言良人行役于燕，而为此曲"（《广题》）。那么，高适《燕歌行》的内容如何？它有无本事？前辈学者对此说法不一，具有代表性的看法有下列几种：

其一，认为并无本事。清人何焯评曰："常侍有《燕歌行》一首，亦是梁陈格调。"又唐汝询曰："此述征戍之苦也，言烟尘在东北，原非犯我内地，汉将所破特余寇耳。盖此辈本重横行，天子乃厚加礼貌，能不生边衅乎？于是鸣金鼓，建旌旆，以临瀚海，适值单于之猎，凭陵我军。我军死者过半，主将方且拥美姬歌舞帐下，其不恤士卒乃尔。是以当防秋之际，斗兵日稀，然主将不以为意者，以其恃恩而轻敌也。何为使士卒力尽关山未得罢归乎？戍既久，室家相望之情极矣，则又述士卒之意曰：吾岂欲树勋于白刃间耶？既苦征战，则思古之李牧为将，守备为本，亦庶几哉！"（《唐诗解》卷十六）

其二，认为事关幽州节度使张守珪，是歌颂还是讽刺难定，但定有所指。此说始于清人陈沆："张守珪为瓜州刺史，完修故城，版筑方立，虏奄至，众失色，守珪置酒城上，会饮作乐，虏疑有备，引去。守珪因纵兵击败之，故有'战士军前半死生，美人帐下犹歌舞'之句，然其时守珪尚未建节，此诗作于开元二十六年建节之时，或追咏其事，抑或刺其末年富贵骄逸，不恤士卒之词，均未可定。要之观其题序，断非无病之呻也。"（《诗比兴笺》卷三）

其三,即刺张守珪说。今人岑仲勉说:"此刺张守珪也……二十六年,击奚,讳败为胜,诗所由云'孤城落日斗兵稀,身当恩遇常轻敌,力尽关山未解围'也。"(《读全唐诗札记》)前此赵熙亦云:"其于守珪有微词,盖与国史相表里也。"似与岑仲勉观点相似。

从以上几说不难看出,"刺张守珪说"出现最晚,但由于岑仲勉在文学、史学界的地位,这一说成了当今占统治地位的说法。

1980年《文史哲》第2期发表蔡义江《高适燕歌行非刺张守珪辨》一文,对岑仲勉说提出了不同的看法。蔡义江说:"高适《燕歌行》讽主将骄逸轻敌,不恤士卒,致使战事失利,此说诗者并无异议。""然细看序文,知高适所刺者并非张守珪。"又说:"客所示高适之《燕歌行》未知作于何时,或在还归之前;若然,则客诗所言之事,更必在二十六年之前。""守珪裨将赵堪,白真陀罗等逼令平卢军使乌知义邀叛奚与战湟水之北,先胜后败。此事乃赵堪等'假以守珪之命'而为之者,实与守珪无干。至事后守珪知而隐其败状,以克获奏闻,唐书本传虽记为二十六年,但真相泄露,守珪坐贬括州刺史,实乃二十七年之事。故《资治通鉴》……载入开元二十七年。此又二十六年已'从张公出塞而还'之客与高适均不得预闻者。"

蔡义江谓讥刺的对象是指开元二十四年奉命讨奚、契丹而轻敌致败的安禄山。文中引《资治通鉴》、《新唐书·张九龄传》、《张曲江文集》中《上张守珪书》、《上平卢将士书》。据以上记载,蔡义江云:"知禄山入朝,本恃勇骄蹇,以后又得玄宗宥赦,则高适诗'天子非常赐颜色',或于明皇亦有微词。"又云:"安禄山喜好歌舞声色,能自作胡旋舞,此史书中屡见,与诗中'美人帐下犹歌舞'亦合。"甚至认为这是"有感于禄山重罪不诛之事,因此作《燕歌行》以寄讽。"

此后几年,唐诗研究者就高适《燕歌行》之本事及所感"征戍之事",究竟针对什么而言,开展了深入的探讨,其中陈伯海发表于《中文自学指导》1985年第6期的《高适〈燕歌行〉三题》,是一篇带有总结性的文章。他反对《燕歌行》为"刺张守珪而作";对"刺安禄山作"之说也作了分析,认为"根据也很薄弱"。他说:

"《燕歌行》中有'身当恩遇常轻敌'一句,常被引为诗歌批评将帅轻敌致败的佐证,实属误解。细观上下文意,这里不是单指统帅,而是总写作战的将士。"又云:"轻敌显然不是轻敌冒进的意思,而是指藐视敌人,甘愿为报答国恩而奋战到底。"由此他认为"不必拘泥于一时一事。高适本人是一位胸有宏图、好谈王霸大略的诗人。开元十八九年至二十二年间,他曾北上漫游蓟门,对边地生活和军事形势有亲身体验。这次再听到友人叙说前方所见所闻,自然会激起自己的种种回忆与感受,于是用诗歌的形式集中反映出来,就成了这首《燕歌行》。"

笔者的《高适的〈燕歌行〉》(见《爱国诗词鉴赏辞典》)也不同意"刺张守珪说",认为这是一首爱国的颂歌。说此诗为张守珪而作,似无疑问。但"所指应是开元二十四年深秋至次年二月再讨契丹之事。其间也融合了诗人六年前两次出蓟门的经验以及对张守珪出守幽燕后多次战绩的了解"。文中追溯了与奚、契丹战事的历史演变情况后指出,开元二十四年安禄山讨奚、契丹叛者恃勇轻进,为虏所败以后,丞相张九龄曾起草诏令令张守珪"可秣马驯兵,候时而动,草衰木落,则其不远。近者所征万人,不日即令出发。大集之后,诸道齐驱,蕞尔凶徒,何足歼尽。"(张九龄《敕幽州节度张守珪书》)这年深秋,张守珪发起讨奚、契丹的战争,直至开元二十五年二月在捺禄山才大破敌军。张九龄又草诏谓张守珪曰:"一二年间,凶党尽诛,亦由卿指挥得所,动不失宜。"诗前小序谓"客有从御史大夫张公出塞而还者","客"所以出塞者,也当指这一次(或亦包括前几次)。于此诗稍后作的《宋中送族侄式颜,时张大夫贬括州使人召式颜,遂有此作》及《睢阳酬别畅大判官》二诗中更对张守珪的功绩作了极高的赞许,对其"末路遭谗毁"表示深切的同情。

如此说成立,与诗中所言也更吻合。开头即云"汉家烟尘在东北,汉将辞家破残贼。"契丹自开元二十年以来已先后败于李祎及张守珪,这次出师,可突干已死,挑起战事的仅其余党而已。诗中"天子非常赐颜色"句,指张守珪前次击败奚、契丹后,于开元二十三年春赴东都捷献,皇帝赐宴并作诗奖赏,升其官为辅国大将军、右羽林大将军,给以极高的物质奖励且任其二子为官。并于幽州立碑纪功。《资治通鉴》甚至有"上美张守珪之功,欲以为相"的记载,因张九龄坚决反对才未实行。这便是"天子非常赐颜色"的内容。

文中谓"战士军前半死生,美人帐下犹歌舞"句,并非指军中的不平等,也非讽刺将官的骄奢淫逸。因为诗词中"战士"只有在与"将军"对举时才专指士兵,而在其他情况下则指"军人"、"将士"。这一联中,"战士军前半死生"可解为"将士军前半死生","美人帐下犹歌舞"也仅是反映将士们于苦中作乐,而非有讽刺之意,更不是反映张守珪"不恤士卒"或是"军中苦乐不均"。高适此前曾北上蓟州,亲自领略过守边将士的生活艰辛。他很赞赏将士们在艰苦环境中适当宴乐。其《陪窦侍御灵云南亭宴诗序》中即云:"军中无事,君子饮食宴乐,宜哉。白简在边,清秋多兴,况水具舟楫,山兼亭台,始临泛而写烦,俄登陟以寄傲,丝桐徐奏,林木更爽,觞蒲萄以递欢,指兰芷而可掇。胡天一望,云物苍然,雨萧萧而牧马声断,风袅袅而边歌几处,又足悲矣。"这段文字是深悟边庭将士甘苦之辞。何况古代战争属"兵来将挡,水来土掩"的战法,往往将对将,兵对兵地格斗,不能设想大批士兵在前方拼死战斗,而将领却在后方饮酒歌舞,莫说这讽刺张守珪不可能,讽刺其他将领也难以成立。

笔者认为诗的结句"至今犹忆李将军"句,同样不是讽刺将官不恤士卒。这两句与"死节从来岂顾勋"意脉相连,李广尝言,"广结发与匈奴大小七十余战","然无尺寸之功以得封邑。"(《史记·李将军列传》)此处用"李将军"取其不得封侯意,类似的句子在高适其他诗中也时有出现,如:"谁知此行迈,不为觅封侯","勋庸今已矣,不识霍将军","李广从来先将士,卫青未肯学孙吴"……显然,这里诗人抒发的是只要能报效祖国,哪怕像李广那样终生不得封侯也甘心的爱国精神。所以说,这是一首爱国的颂歌,讽刺论以及多主题论,均是错误的。

因为《燕歌行》在文学史上的崇高地位,对其本事的争论还会继续下去。但争论的各方,将逐渐对某些旧说取得否定的一致意见,对这样一首盛唐边塞诗的代表作的理解也将会深入一步。

（王步高）

中小学已学篇目

岑参《白雪歌送武判官归京》(初)

可参考书目

《高适岑参诗编年笺注》,刘开扬编笺,中华书局1981年
《高适诗选》,刘开扬选注,四川人民出版社1981年
《高适集校注》,孙钦善校注,上海古籍出版社1984年
《高适年谱》,周勋初著,上海古籍出版社1980年
《高适岑参诗选》,孙钦善等选注,人民文学出版社1985年
《高适岑参选集》,高文、王刘纯选注,上海古籍出版社1988年

四、李白

【李杜诗总论】

　　李杜文章在,光焰万丈长。不知群儿愚,那用故谤伤!蚍蜉撼大树,可笑不自量。伊我生其后,举颈遥相望。夜梦多见之,昼思反微茫。徒观斧凿痕,不瞩治水航。想当施手时,巨刃摩天扬。垠崖划崩豁,乾坤摆雷硠。唯此两夫子,家居率荒凉。帝欲长吟哦,故遣起且僵。剪翎送笼中,使看百鸟翔。平生千万篇,金薤垂琳琅。仙官敕六丁,雷电下取将。流落人间者,太山一毫芒。(〔唐〕韩愈《调张籍》)

　　李太白、杜子美以英玮绝世之姿,凌跨百代,古今诗人尽废。然魏晋以来,高风绝尘,亦少衰矣。李杜之后,诗人继作,虽间有远韵,而才不逮意。(〔宋〕苏轼《书黄子思诗集后》)

　　李太白、杜子美诗皆掣鲸手也。余观太白《古风》、子美《偶题》之篇,然后知二子之源流远矣。李云:"《大雅》久不作,吾衰竟谁陈!《王风》委蔓草,战国多荆榛。"则知李之所得在《雅》。杜云:"文章千古事,得失寸心知。骚人嗟不见,汉道盛于斯。"则知杜之所得在《骚》。(〔宋〕葛立方《韵语阳秋》卷三)

　　荆公曰:"李白歌诗,豪放飘逸,人固莫及,然其格止于此而已,不知变也。至于杜甫,则发敛抑扬,疾徐纵横,无施不可。盖其绪密而思深,可浅近者所能窥,斯其所以光掩前人而后来无继也。"而欧公云:"甫之于白,得其一节,而精强过之。"是何其相反欤!然则荆公之论,天下之至言也。(〔金〕王若虚《滹南诗话》)

　　杨诚斋云:"李太白之诗,列子之御风也。杜少陵之诗,灵均之乘桂舟驾玉车也。无待者,神与诗者与?有待而未尝有待者,圣于诗者与?宋则东坡似太白,山谷似少陵。"徐仲车云:"太白之诗,神鹰瞥汉;少陵之诗,骏马绝尘。"二公之评,意同而语亦相近。余谓太白诗,仙翁剑客之语;少陵诗,雅士骚人之词。比之文,太白则《史记》,少陵则《汉书》也。(〔明〕杨慎《升庵诗话》卷十一)

乐府则太白擅奇古今,少陵嗣迹风、雅。《蜀道难》、《远别离》等篇,出鬼入神,惝恍莫测。《兵车行》、《新婚别》等作,述情陈事,恳恻如见。张、王欲以拙胜,所谓差之厘毫;温、李欲以巧胜,所谓谬于千里。(〔明〕胡应麟《诗薮》内编卷二)

李、杜才气格调,古体歌行,大概相埒。李偏工独至者绝句,杜穷变极化者律诗。言体格,则绝句不若律诗之大;论结撰,则律诗倍于绝句之难。然李近体足自名家,杜诸绝殊寡入彀。截长补短,盖亦相当。惟长篇叙事,古今子美。故元、白论咸主此,第非究竟公案。(同上,卷四)

李才高气逸而调雄,杜体大思精而格浑。超出唐人而不离唐人者,李也;不尽唐调而兼得唐调者,杜也。(同上)

诗之宗莫若李、杜。杜生气远出,而总以神行其间;李神采飞动,而皆以浩气举之。是两人得之于天,各擅其长矣。惟夫杜之妙,神行而气亦行;李之妙,气到而神亦到,此其所以未易优劣尔。(〔清〕李重华《贞一斋诗话》)

太白诗以气为主,以自然为宗,以俊逸高畅为贵。子美诗以意为主,以独造为宗,以奇拔沉雄为贵。咏之使人飘扬欲仙者,太白也;使人慨慷激烈、歔欷欲绝者,子美也。(〔清〕田同之《西圃诗说》)

李 白

李白(701—762),字太白,号青莲居士。祖籍陇西成纪(今甘肃秦安县),出生于中亚碎叶(今吉尔吉斯首府伏龙芝市北楚河南岸伊斯阔家附近,唐时属安西都护府)。五岁移家绵州昌明县(今四川江油)。

天宝元年(742)因玄宗妹玉真公主荐举应诏入长安,供奉翰林,受玄宗恩遇;因得罪宠臣、贵妃,被赐金遣返。安史之乱中,入永王李璘幕。永王遇害,受牵连下狱,流夜郎(今贵州桐梓),途中遇赦。晚年漫游于金陵(今江苏南京)、宣城(今属安徽)一带,辛于当涂。存诗1035首,有《李太白诗集注》。

【集评】

清新庾开府,俊逸鲍参军。(〔唐〕杜甫《春日忆李白》)

笔落惊风雨,诗成泣鬼神。(〔唐〕杜甫《寄李十二白二十韵》)

敏捷诗千首,飘零酒一杯。(〔唐〕杜甫《不见》)

言出天地外,思出鬼神表,读之则神驰八极,测之则心怀四溟,磊磊落落,真非世间语者,有李太白。(〔唐〕皮日休《刘枣强碑文》)

李太白诗,逸态凌云,照映千载,然时作齐梁间人体段,略不近浑厚。李白歌诗,度越六代,与汉魏乐府争衡。(〔宋〕黄庭坚《黄山谷诗话》)

太白诗宗风骚,薄声律,开口成文,挥翰雾散,似天仙之词。而乐府诗连类引义,尤多讽兴,为近古所未有。迄今称诗者推白与少陵为两大家,曰李杜,莫能轩轾云。(〔明〕胡震亨《李诗通》)

太白想落天外,局自变生,大江无风,涛浪自涌,白云卷舒,从风变灭。此殆天授,非人力也。(〔清〕沈德潜《说诗晬语》卷上)

太白胸怀高旷,有置身云汉、糠秕六合意,不屑屑为体物之言,其言如风卷云舒,无可踪迹。(〔清〕贺裳《载酒园诗话》又编)

(李白)诗之不可及处,在乎神识超迈,飘然而来,忽然而去,不屑屑于雕章琢句,亦不劳劳于镂心刻骨,自有天马行空,不可羁勒之势。(〔清〕赵翼《瓯北诗话》卷一)

庄、屈实二,不可以并,并之以为心,自白始;儒道侠,不可以合,合之以为气,又自白始也。(〔清〕龚自珍《最录李白集》)

蜀 道 难

噫吁嚱，危乎高哉！蜀道之难，难于上青天。蚕丛及鱼凫①，开国何茫然。尔来四万八千岁，不与秦塞通人烟。西当太白有鸟道，可以横绝峨眉巅。地崩山摧壮士死②，然后天梯石栈相钩连。上有六龙回日之高标③，下有冲波逆折之回川。黄鹤之飞尚不得过，猿猱欲度愁攀援。青泥何盘盘，百步九折萦岩峦。扪参历井仰胁息，以手抚膺坐长叹。问君西游何时还，畏途巉岩不可攀。但见悲鸟号古木，雄飞雌从绕林间。又闻子规啼夜月④，愁空山。蜀道之难，难于上青天，使人听此凋朱颜。连峰去天不盈尺，枯松倒挂倚绝壁。飞湍瀑流争喧豗⑤，砯崖⑥转石万壑雷。其险也若此，嗟尔远道之人胡为乎来哉！剑阁峥嵘而崔嵬，一夫当关，万夫莫开。所守或匪亲，化为狼与豺。朝避猛虎，夕避长蛇，磨牙吮血，杀人如麻。锦城虽云乐，不如早还家。蜀道之难，难于上青天，侧身西望长咨嗟。

【注释】

① 蚕丛，鱼凫，扬雄《蜀王本纪》："蜀王之先，名蚕丛、柏灌、鱼凫、蒲泽、开明……从开明上至蚕丛，积三万四千岁。"

② 《华阳国志》：秦惠王知蜀王好色，许嫁五女于蜀。蜀遣五丁迎之，还到梓潼，见一大蛇入穴中，一人揽其尾掣之，不禁，至五人相助，大呼拽蛇，山崩时，压杀五人及秦五女，而山分为五岭。

③ 《淮南子》注：日乘车，驾以六龙，羲和御之。日至此而薄于虞泉，羲和至此而回六螭。

④ 子规：张华《禽经注》：望帝修道，处西山而隐，化为杜鹃鸟，或云杜宇鸟，亦云子规鸟，至春则啼，闻者凄恻。

⑤ 喧豗（huī）：喧闹。

⑥ 砯（pīng）：水击岩石声。

【汇评】

李太白初自蜀至京师，舍于逆旅。贺监知章闻其名，首访之。

既奇其姿,复请所为文。出《蜀道难》以示之。读未竟,称叹者数四,号为"谪仙",解金龟换酒,与倾尽醉。期不间日,由是称誉光赫。(〔唐〕孟棨《本事诗》)

《蜀道难》、《远别离》等篇,出鬼入神,惝恍莫测。(〔明〕胡应麟《诗薮》内编卷二)

王士禛云:唐人乐府,惟有太白《蜀道难》、《乌夜啼》,子美《无家别》、《垂老别》以及元白张王诸作,不袭前人乐府之貌,而能得其神者,乃真乐府也。(〔清〕王士禛口授何世璂上述《然灯纪闻》)

《蜀道难》一篇,真与河岳并垂不朽。即起句"噫吁嚱,危乎高哉"七字,如累棋架卵,谁敢并于一处?至其造句之妙:"连峰去天不盈尺……砯崖转石万壑雷",每读之,剑阁、阴平,如在目前。又如"一夫当关……化为狼与豺",不唯刘璋、李势恨事如见,即孟知祥一辈亦逆揭其肺肝,此真诗之有关系者,岂特文词之雄!(〔清〕贺裳《载酒园诗话》又编)

太白以纵横之才,俯视一切,《蜀道难》等篇,长短句奇而又奇,可谓极才人之致。(〔清〕田雯《古欢堂集杂著》卷二)

太白《远别离》、《蜀道难》等篇,极其迷离,然各篇自有各篇之归宿收拾,即如乐府各题,各自一种神气。以此易彼,则毫厘千里矣。(〔清〕翁方纲《石洲诗话》卷二)

【赏析】

《蜀道难》乃乐府旧题,为乐府诗《相和歌辞·瑟调曲》旧题。诗约作于开元十九年(731)李白首次入长安前。据孟棨《本事诗》,李白初至长安,贺知章往访,见《蜀道难》:"称叹者数四,号为谪仙"。此诗依《蜀道难》诗题传统内容,写由秦入蜀道路上的奇丽和惊险。全诗分三个部分,开头几句以感叹句提出"蜀道之难,难于上青天"的命题,并从回顾蜀道的历史、天梯石栈的由来道出蜀道艰难的历史根源;中间部分又以夸张的笔触及丰富的想象力极力摹写蜀道山高、川险、路难,使人闻之且面色改变,何况亲历其险,并再次发出"难于上青天"的感叹。最后部分以蜀道之险而生忧心,形势险要,易守难攻,随时有可能发生变乱,且易为军阀割据之地,故诗人忧心忡忡。此诗为李白最杰出的代表作,诗以浪漫主义的激情,以迷离惝恍、变化莫测的笔法,淋漓尽致地刻画了蜀道之难,无怪乎殷璠称此诗"奇之又奇,自骚人以还,鲜有此体调。"(《河岳英灵集》)

(王步高)

关 山 月

明月出天山①,　苍茫云海间。
长风几万里,　吹度玉门关。
汉下白登道②,　胡窥青海湾。
由来征战地③,　不见有人还。
戍客望边邑④,　思归多苦颜。
高楼当此夜,　叹息未应闲。

【注释】

① 天山:今甘肃、青海间的祁连山,匈奴人称天为祁连;又祁连山与今新疆境内的天山相连,故称。

② 白登:山名,在今山西大同市东北,山上有白登台。据《汉书·匈奴传》载,匈奴冒顿曾围困汉高祖于白登,七日乃解,即此处。

③ 由来:从来。

④ 戍客:防守边塞的兵士。

【本事】

《乐府解题》曰:汉横吹曲,二十八解,魏晋以来惟传十曲,又有《关山月》等八曲,合十八曲。《关山月》,伤离别也。(〔清〕纪昀等《唐宋诗醇》卷三)

《汉书》:贰师将军(李广利)与左贤王战于天山。晋灼注:天山在西域,近蒲类国,去长安八千余里。颜师古注:天山即祁连山也,匈奴谓天为祁连。今鲜卑语尚然。月出于东而天山在西,今曰明月出天山,盖自征夫而言,已过天山之西,而回首东望,则俨然见明月出于天山之外也。《汉书》：匈奴引兵南逾句注，攻太原，至晋阳下。高帝自将兵往击之。会冬大寒、雨雪，卒之堕指者十二三。于是冒顿佯败走诱汉兵，汉兵逐击冒顿，冒顿匿其精兵，见其羸弱，于是汉悉兵三十二万北逐之。高帝先至平城，步兵未尽到，冒顿纵精兵三十余万骑围高帝于白登七日，汉兵中外不得相救，饷绝。颜师古注：白登在平城东南，去平城十余里。《舆地广记》：云州云中县有白登山，匈奴围汉高祖于此。《周书》吐谷浑治伏俟城，在青海西十五里。青海周围千余里。建德五年，其国大乱。高帝诏皇太子征之。军渡青海，至伏俟城，夸吕遁去，虏其余众而还。琦按：青海，隋时属吐谷浑，唐高宗时为吐蕃所据。仪凤中，李敬元；开元中，王君㚟、张景顺、崔希逸、皇甫惟明、王忠嗣，先后与吐蕃攻战，皆近其地。相去不远。《元和郡县志》：玉门关在瓜州晋昌县东二十里。《一统志》：玉门关在陕西故瓜州西北十八里，汉霍去病破走月氏，开玉门关。班超在西域上书，愿生入玉门关，即此。（〔清〕王琦注《李太白全集》卷四引）

【汇评】

李太白诗如"晓月出天山……"之类，皆气盖一世，学者能熟味之，自然不褊浅矣。（〔宋〕吕本中《紫微诗话》）

为诗殚竭心力，方造能品。至于沛然自胸中流出，所谓不烦绳削而合，乃工能之至，非率易语也……太白云："晓月出天山……"，如此等语，酝酿于胸中，气象自别，知雕缋者不足道矣。（〔明〕焦竑《焦氏笔乘续笔》卷四）

青莲"明月出天山……"，浑雄之中，多少闲雅。（〔明〕胡应麟《诗薮》内编卷六）

【赏析】

《关山月》为乐府旧题，《乐府诗集》归入《横吹曲辞》，并引《乐府解题》曰："《关山月》，伤离别也。古《木兰诗》曰：'万里赴戎机，关山度若飞。'"梁元帝、陈后主、陆琼、张正见、徐陵、王褒、卢照邻等均以此题写征人远戍，离别相思之苦。本篇是这类作品中最优秀者。

诗的首四句用出生法,将"月"、"山"、"关"一一吐出。首句写"月",是题为《关山月》的乐府诗惯用的写法,如陈后主等分别作"秋月上中天"、"边城与明月"、"岩间度月华"、"关山三五月"、"月出柳城东"、"汉月生辽海"……,均不如李白"明月出天山,苍茫云海间",既点时地,又主衬分明,壮阔而苍凉。"长风几万里,吹度玉门关"二句,令人油然而思同时代的王之涣《凉州词》中"春风不度玉门关"和李白《子夜吴歌》中"春风吹不尽,总是玉关情"之句。身处"天山"的戍边将士,对从关内吹来的风似乎总有一种依恋之情,但"吹度"二字显得洒脱飘逸,他没有把边地看成是连春风也吹拂不到之地。然而,玉门关外的从军者,毕竟时时面临着死亡的威胁。"汉下白登道,胡窥青海湾。由来征战地,不见有人还。"显然,征人要防的乃欲窥"青海湾"之"胡"。敌人勇敢善战,故出玉门关戍边之人,常常战死疆场。"不见有人还"句,明白如话却极沉痛,见出战争的残酷,较之《乐府诗集》中其他同题作品,作者的见解显然要深刻一些。"戍客"二句写即使暂时活下来的将士,有家归不得的苦痛也时时折磨着他们。《后汉书·班超传》:"超自以久在绝域,年老思土,(永元)十二年,上疏曰:'臣不敢望到酒泉郡,但愿生入玉门关。'"耐人寻味的是此处"望",与李白诗中"戍客望边邑"句意思竟完全相同,"思归"句也隐含"愿生入玉门关"之意,故"多苦颜"。而其妻子则"高楼当此夜,叹息未应闲"。这似从徐陵"思妇高楼上,当窗应未眠"(《关山月》)句化出。因前面有"由来征战地,不见有人还"之句,故显得十分忧伤。

此诗气势宏阔,以"出天山"、"苍茫云海间"、"长风几万里"、"由来"等语句,构成一副阔大的气象和浑厚而雅致的风格。

(王步高)

长 干 行①

妾发初覆额②,折花门前剧③。郎骑竹马来④,绕床弄青梅⑤。同居长干里,两小无嫌猜⑥。十四为君妇,羞颜未尝开⑦。低头向暗壁,千唤不一回。十五始展眉⑧,愿同尘与灰⑨。常存抱柱信⑩,岂上望夫台⑪。十六君远行,瞿塘滟滪堆⑫。五月不可触,猿声天上哀⑬。门前迟行迹⑭,一一生绿苔。苔深不能扫,落叶秋风早。八月蝴蝶黄⑮,双飞西园草。感此伤妾心,坐愁红颜老⑯。早晚下三巴⑰,预将书报家。相迎不道远⑱,直至长风沙⑲。

【注释】

① 这首诗选自《长干行二首》中的第一首。长干行:一作"长干曲",乐府《杂曲歌辞》旧题。长干:古金陵里巷名。《景定建康志》载:"长干里,在秦淮南。"长干即今南京中华门一带。唐时,金陵西门及南门秦淮河两岸,商旅往来,最是繁华。

② 妾:诗中女子自称。初覆额:头发刚掩住额角,指女子年幼。古代女子幼时不束发,十五及笄(挽起发髻)。

③ 剧:同"戏",游戏。

④ "郎骑"两句:成语"青梅竹马"即出此。郎:诗中女子对丈夫年幼时的昵称。竹马:把竹竿放在胯下当马骑。

⑤ 床:一种坐具。或说井床,井上的栏杆,即井栏。

⑥ "两小"句:成语"两小无猜"即出此。嫌猜:嫌疑和猜忌。

⑦ 尝:一作"尚"。

⑧ 展眉:即不再害羞,或说眉开眼笑的愉快表情。

⑨ "愿同"句:比喻和合不分,誓同生死。尘与灰:晋陆机《挽歌》:"今成尘与灰。"

⑩ 抱柱:《庄子·盗跖篇》:"尾生与女子期于梁下,女子不来,水至不去,抱梁柱而死。"

⑪ 岂:何必;一作"耻"。望夫台:即望夫石。传说丈夫远行不归,女子登台远眺,日久化为巨石。

⑫ 瞿塘:即瞿塘峡,又称广陵峡,在今四川奉节县东十三里处。滟滪(Yàn yù)堆:瞿塘峡口的一块大礁石,农历五月,江水猛涨,滟滪堆被淹没,其形如马,行船极易触之。民谣有云:"滟滪大如马,瞿塘不可下;滟滪大如襆(fú),瞿塘不可触。"故下句言"五月不可触"。

⑬ 猿声:三峡多猿,啼声哀切。古歌有云:"巴东三峡巫峡长,猿鸣三声泪沾裳。"声:一作"鸣"。

⑭ 门前迟行迹:即门前行迹迟,意即闭户不出已久。门前归时的行迹,

都被青苔覆盖。

⑮ "八月"句：明人杨慎《升庵诗话》云："蝴蝶或黑或白，或五彩皆具。惟黄色一种，至秋乃多，盖感金气也。太白'八月蝴蝶黄'之句，深中物理。今本改'黄'为'来'，何其浅也？"

⑯ 坐：因为。

⑰ 早晚：何时。三巴：东汉末年益州牧刘璋置，在今四川忠县、云阳、阆中等地。谯周《三巴记》："阆白水东南流，曲折三回如巴字。"《华阳国志》："献帝建安六年，改永陵为巴郡，以固陵为巴东，安汉为巴西，是为三巴。"

⑱ 不道远：不嫌远，不怕远。

⑲ 长风沙：地名。《太平寰宇记》载，长风沙在舒州怀宁之东一百九十里。舒州怀宁，在今安徽怀宁县。陆游《入蜀记》载："自金陵至长风沙七百里。"

【本事】

王琦曰：刘逵《吴都赋注》：建业南五里有山冈，其间平地，吏民杂居，号长干。中有大长干、小长干，皆相连。大长干在越城东，小长干在越城西，地有长短，故号"大小长干"。韩诗曰："考槃在干。"地下而广曰干。《方舆胜览》：建康府有长干里，去上元县五里。李白《长干行》所谓"同居长干里"，乃秣陵县东里巷。江东谓山陇之间曰干。《景定建康志》：长干里在秦淮南。（〔清〕章燮《唐诗三百首注疏》卷一引）

【汇评】

儿女子情事，直从胸臆间流出，萦纡回折，一往情深。尝爱司空图所云："道不自器，与之圆方"，为深得委曲之妙。此篇庶几近之。（〔清〕纪昀等《唐宋诗醇》卷三）

冯舒曰：此等诗，俱元气所陶冶，未可以中唐后诗法论之。（同上）

钟伯敬云：古秀，真汉人乐府。纪晓岚云：兴象之妙，不可言传，此太白独有千古处。（〔清〕文元辅辑评《唐诗三百首》卷一）

首六句从少时叙起为一解，次四句言初嫁时羞态为二解，次四句叙合卺后情爱为三解，次四句言送别为四解，次八句言久别感伤为五解,末四句妄想归音,使其迎夫有日为六解,依次叙来,一线贯串,儿女情怀,历历如绘。(〔民国〕王文濡《唐诗评注读本》卷一)

【赏析】

  此诗以少妇独白的口吻,顺叙其情爱历程与离别之苦,属代言体诗。全诗凡十五韵,前七韵是追忆,语语甜蜜,句句亲切。先回忆"妾"与"郎"天真无邪的游戏情态。一二两句单叙"妾",三四两句平叙"郎"与"妾",五六两句合叙。紧接着的八句先叙新婚时"妾"的懵懂与羞涩情态,次叙与"君"的感情:"妾""愿同尘与灰","君""常存抱柱信",故没料到会离别。中六韵倾诉与"君"离别的孤寂、离别的痛苦。"瞿塘滟滪堆"三句可以理解为"君远行"时,对"君"的叮咛嘱咐,也可以理解为"君远行"后,私下对"君"的安危的担忧。"君远行"后,懒得出行,也无人光顾,此前与"君"行迹之地已长出深深的绿苔,面对秋风扫落叶,面对蝴蝶双飞西园草,自伤红颜老大。末二韵寄语于"君",望其早归。如此寄语,好像"君"就在眼前似的,尤见其望夫心切。结句尤见其感情之深挚。《唐宋诗醇》评此诗曰:"儿女子情事,直从胸臆间流出,萦迂回折,一往情深。"

  此诗清新朴素,天然可爱,多处借鉴民歌的表达法。采用"年龄序数法",《孔雀东南飞》只是顺叙刘兰芝的才艺,此诗则顺叙"妾"从"为君妇"到"君远行"的鲜活的情感历程。采用第一人称叙述视角,与《西洲曲》一样,毕肖女子口吻。在格调情韵等方面,也深得《西洲曲》精髓。

(沈广达)

送 友 人

青山横北郭[①], 白水绕东城。
此地一为别[②], 孤蓬万里征[③]。
浮云游子意, 落日故人情。
挥手自兹去, 萧萧班马鸣[④]。

【注释】

① 郭：外城。古代的城有内城、外城。
② 为别：作别。
③ 孤蓬：孤单的飞蓬。这里比喻只身漂泊远行、行止无定的人。
④ 萧萧：马鸣声。班，分别。班马：相别的马。

【汇评】

三四流走，亦竟有散行者，然起句必须整齐。苏李赠言多唏嘘语而无蹶躃声，知古人之意在不尽矣。太白犹不失斯旨。（〔清〕沈德潜《唐诗别裁集》卷十）

首联整齐，承则流走而下。颈联健劲，结有萧散之致。大匠运斤，自成规矩。（〔清〕纪昀等《唐宋诗醇》卷七）

首二句言送别之地，一别则孤蓬万里，游子之意，等于浮云，故人之情，难留落日，亦唯挥手作别，听班马之萧萧耳。盖后四句，则专叙送别之情也。（〔民国〕王文濡《唐诗评注读本》卷五）

（三四句）雄阔。（末）语意倜傥，太白本色。（〔民国〕高步瀛《唐宋诗举要》卷四）

【赏析】

此诗是为送别友人而作。首联点明送别之地。北郭、东城，不必拘泥字面，两句合在一起理解，是写在青山环抱、绿水围绕的城外送别友人。以青描山，以白绘水，画面清丽，色中寓情，在如此诗情画意的环境中送别友人，自然会有达观的情怀。颔联引出别情，表达对朋友漂泊生涯的深切关怀。孤蓬是无根之草，随风飘转，此指友人孤身一人，漂泊不定，比喻恰切，情感真挚细腻。颈联将难舍难分的友情又深化一层。浮云行踪不定，色彩灰白，用来比喻友人漂泊不定的行踪和黯然的别绪。落日依恋山峰，徐徐而下，色彩殷红，用来比喻诗人对友人的依依不舍和诚挚情谊。融情于景，空灵含蓄，缱绻惜别之情，尤感人心。尾联移情于物，借马鸣言人的无以言状的别情，主客之马将分道，而萧萧长鸣，亦若有离群之感，马犹如此,人何以堪?从侧面烘托中将感情的波澜推向高潮。这首送别诗融情于景,寄情于物,写得新颖别致,不落俗套。青山、白水、浮云、红日,相互映衬,色彩璀璨,与诗人所要表达的感情和谐一致,风致天然。诗人的感情真挚豁达,没有一般送别之作的缠绵和哀伤,神采飞动,韵味邈远。

(韩建立)

登金陵凤凰台①

凤凰台上凤凰游, 凤去台空江自流。
吴宫花草埋幽径②, 晋代衣冠成古丘③。
三山半落青天外④, 二水中分白鹭洲⑤。
总为浮云能蔽日⑥, 长安不见使人愁⑦。

【注释】

① 凤凰台:旧址在今南京市凤凰山,南朝宋文帝建于元嘉十六年(439)。

② 吴宫:三国时孙权所建的吴国宫殿。花草:奇花异草。

③ 晋代:指东晋。东晋建都金陵,时称建康。衣冠:指有头脸的上层人物,即王公贵族。成古丘:成为一座座荒凉的古坟。

④ 三山:在金陵西南长江边上,三峰并列,南北相连。半落:言三山一半被云遮住,看不清楚。陆游《入蜀记》云:"三山,自石头及凤凰山望之,杳杳有无中耳。及过其下,距金陵才五十余里。"

⑤ 二水:一作"一水",指因白鹭洲而分开的江水。白鹭洲:在金陵西长江中,把长江分割成两道,或认为即今江心洲。

⑥ 浮云:喻朝中小人。蔽日:喻蒙蔽君主。语出陆贾《新语·慎微篇》:"邪臣之蔽贤,犹浮云之障日月也。"《古诗十九首》:"浮云蔽白日,游子不顾返。"

⑦ 长安:唐之帝都,唐代诗人常借望长安以抒恋阙之怀。杜甫《小寒食舟中作》:"云白山青万余里,愁看直北是长安。"宋人袭之,辛弃疾[菩萨蛮](郁孤台下清江水):"西北望长安,可怜无数山。"

【本事】

凤台诸说不一:《宋书·符瑞志》(中)曰:"文帝元嘉十四年三

月丙申,大鸟二集秣陵民王颐园中李树上,大如孔雀,头足小高,毛羽鲜明,文采五色,声音谐从,众鸟如山鸡者随之,如行三十步顷,东南飞去。扬州刺史彭城王义康以闻,改鸟所集永昌里曰凤凰里。"乐史《太平寰宇记》(卷九十)曰:"江南东道升州江宁县:凤凰山在县北一里,宋元嘉十六年有三鸟翔集此山,状如孔雀,文采五色,音声谐和,众鸟群集,仍置凤凰里,起台于山,号凤台山。"张敦颐《六朝事迹》(卷六)曰:"凤台山,宋元嘉中凤凰集于是山,乃筑于山椒以旌嘉瑞,在府城西南二里,今保宁寺是也。"盖一事而传闻有异耳。而《法苑珠林》(卷三十九)曰:"晋白塔寺在秣陵三井里,晋升平中有凤凰集此地,因名其处为凤凰台。"说又不同。(〔民国〕高步瀛《唐宋诗举要》卷五)

【汇评】

崔颢题黄鹤楼,太白过之不更作。诗人有"眼前有景道不得,崔颢题诗在上头"之讥。及登凤凰台作诗,可谓十倍曹丕矣。盖颢结句云:"日暮乡关何处是,烟波江上使人愁。"而太白结句云:"总为浮云能蔽日,长安不见使人愁。"爱君忧国之意,远过乡关之念,善占地步矣!(〔明〕瞿佑《归田诗话》)

浮云蔽日,长安不见,借晋明帝语,影出浮云,以悲江左无人,中原沦陷。"使人愁"三字,总结幽径、古丘之感,与崔颢《黄鹤楼》落句语同意别。宋人不解此,乃以疵其不及颢作,觌面不识,而强加长短,何有哉?太白诗是通首混收,颢诗是扣尾掉收;太白诗自《十九首》来,颢诗则纯为唐音矣。(〔清〕王夫之《唐诗评选》)

(后四句)前解写凤凰台,此解写台上人也。"三山半落"、"二水中分"之为言,竭尽目力,劳劳远望,然而终亦只见金陵,不见长安也。看先生前后二解文,直各自顿挫,并不牵合顾盼,此为大家风轨。(〔清〕金圣叹《贯华堂选批唐才子诗》卷二)

崔诗直举胸情,气体高浑,白诗寓目山河,别有怀抱,其言皆从心而发,即景而成,意象偶同,胜境各擅,论者不举其高情远意而沾沾吹索于字句之间,固已蔽矣。至谓白实拟之以较胜负,并谬为捶碎鹤楼等诗,鄙陋之谈,不值一噱也。(〔清〕纪昀等《唐宋诗醇》卷七)

【赏析】

　　唐玄宗天宝年间诗人被排挤出长安,唐肃宗上元二年(761)南游金陵,此诗盖作于此时。首联从凤凰台的昔今对比着笔,总写传说中和现实中的凤凰台,为全诗奠定深沉的伤感色调。颔联、颈联分别关涉"凤去台空"和"江自流"。颔联写近景,气象衰飒,侧重写历史的苍凉感;"径"、"晋"音近,将上下两句连接得天衣无缝。颈联写远景,气象清丽,"以乐景写哀,倍增其哀"。末联的"浮云能蔽日"隐喻奸臣当道,阻塞忠良,"长安不见"表示远离京城,不得进见皇上。如今苍生无法济,社稷难以安,只以"愁"字结之,怨而不怒。这首诗中既有人事已非江山如故的感慨、人生无常身世飘蓬的怅惘,又有对奸臣的愤怒指斥、对皇帝的殷殷希望,其实哪里是一个"愁"字了得的!

　　据说,开元十六年(728)春,李白漫游江夏,众友人陪他登临黄鹤楼,想让他题诗一首,他却说:"眼前有景道不得,崔颢题诗在上头。"这则传说的可靠性如何尚待考证。但李白在写法上有意仿效崔颢的《黄鹤楼》而欲超越,却是稍稍留心就能发现的。这首《登金陵凤凰台》诗用崔诗的韵,前二和韵,后二步韵,且径用崔诗中的"使人愁"三字收束全诗。崔诗首联、颔联仅写黄鹤楼的传说,李诗仅用首联就把传说和现实中的凤凰台和盘托出了。崔诗三用"黄鹤",李诗三用"凤凰"两用"台"。崔诗多用形容词,李诗则有意多用动词。

　　诗评家或扬崔抑李,或扬李抑崔。欣赏可以各取所需,各有所爱,鉴赏则应尽量客观平正。从鉴赏的角度看,李崔两人的诗实则各有短长,不分轩轾。

(沈广达)

宣州谢朓楼饯别校书叔云[①]

弃我去者,　　　昨日之日不可留;
乱我心者,　　　今日之日多烦忧。
长风万里送秋雁,对此可以酣高楼。

蓬莱文章建安骨②，　中间小谢又清发③。
俱怀逸兴壮思飞，　欲上青天览明月。
抽刀断水水更流，　举杯消愁愁更愁。
人生在世不称意，　明朝散发弄扁舟④。

【注释】

① 宣州：今安徽省宣州市。谢朓：南齐著名诗人，字玄晖，是李白一生最敬重的诗人，王士祯《论诗绝句》云："白纻青山魂魄在，一生低首谢宣城。"谢朓楼：一名北楼，一名叠嶂楼，谢朓为宣城太守时所建。叔云：族叔李云，时任秘书省校书郎。

② 蓬莱：东汉学者称东观（政府的藏书机关）为道家蓬莱山，唐人又多以"蓬山"、"蓬阁"指秘书省。

③ 小谢：本指谢灵运族弟谢惠连，此处指谢朓，或云李白自比。

④ 散发：古人平时束发整冠，散发为放纵闲适之态。

【汇评】

刘（辰翁）云：崔嵬迭宕正在起一句，不称意若欲绝。（〔明〕高棅《唐诗品汇》卷二十七）

此篇三韵两转，而起结别是一法。起势豪迈如风雨之骤至。（〔清〕王尧衢《古唐诗合解》）

起二句发兴无端。"长风"二句落入，如此落法，非寻常所知。"抽刀"二句，仍应起意为章法。"人生"二句，言所以愁。（〔清〕方东树《昭昧詹言》卷十二）

【赏析】

此诗代表了李白诗不主故常，豪逸奔放的风格。诗的开头破空而来，而又以破空之句相接，既不写楼，亦不叙别，而直抒郁结，直至第四句以"送秋雁"为喻，才言"饯别"。"蓬莱"二句分写主客二方，又关合谢朓及李云的官职。"俱怀"二句写借酒助兴，逸兴遄飞。而结尾四句又跌落到现实中来，在进步理想与严酷现实的矛盾面前，他只有消极遁世一条出路。感情的跌宕起伏，语言的

自然跳跃,故虽有"不称意"的苦闷,却并不低沉压抑。(王步高)

备选课文

梁甫吟

李　白

长啸梁甫吟,何时见阳春?君不见朝歌屠叟辞棘津,八十西来钓渭滨。宁羞白发照清水,逢时吐气思经纶。广张三千六百钓,风期暗与文王亲。大贤虎变愚不测,当年颇似寻常人。君不见高阳酒徒起草中,长揖山东隆准公。入门不拜骋雄辩,两女辍洗来趋风。东下齐城七十二,指麾楚汉如旋蓬。狂生落拓尚如此,何况壮士当群雄!我欲攀龙见明主,雷公砰訇震天鼓,帝旁投壶多玉女。三时大笑开电光,倏烁晦冥起风雨。阊阖九门不可通,以额叩关阍者怒。白日不照吾精诚,杞国无事忧天倾。猰貐磨牙竞人肉,驺虞不折生草茎。手接飞猱搏雕虎,侧足焦原未言苦。智者可卷愚者豪,世人见我轻鸿毛。力排南山三壮士,齐相杀之费二桃。吴楚弄兵无剧孟,亚夫咍尔为徒劳。梁甫吟,声正悲。张公两龙剑,神物合有时。风云感会起屠钓,大人峴屼当安之。

长相思

李　白

长相思,在长安。络纬秋啼金井阑,微霜凄凄簟色寒。孤灯不明思欲绝,卷帷望月空长叹,美人如花隔云端。上有青冥之长天,下有渌水之波澜。天长路远魂飞苦,梦魂不到关山难。长相思,摧心肝。

行路难三首

李　白

金樽清酒斗十千,玉盘珍羞直万钱。停杯投箸不能食,拔剑四顾心茫然。欲渡黄河冰塞川,将登太行雪暗天。闲来垂钓碧溪上,忽复乘舟梦日边。行路难,行路难,多歧路,今安在?长风破浪会有时,直挂云帆济沧海。

大道如青天,我独不得出。羞逐长安社中儿,赤鸡白狗赌梨栗。弹剑作歌奏苦声,曳裾王门不称情。淮阴市井笑韩信,汉朝公卿忌贾生。君不见,昔时燕家重郭隗,拥篲折腰无嫌猜。剧辛乐毅感恩分,输肝剖胆效英才。昭王白骨萦蔓草,谁人更扫黄金台。行路难,归去来。

有耳莫洗颍川水,有口莫食首阳蕨。含光混世贵无名。何用孤高比云月。吾观自古贤达人,功成不退皆殒身。子胥既弃吴江上,屈原终投湘水滨。陆机才多岂自保,李斯税驾苦不早。华亭鹤唳讵可闻,上蔡苍鹰何足道。君不见吴中张翰称达士,秋风忽忆江东行。且乐生前一杯酒,何须身后千载名。

清平调三首

李　白

云想衣裳花想容,　春风拂槛露华浓。
若非群玉山头见,　会向瑶台月下逢。

一枝红艳露凝香,　云雨巫山枉断肠。
借问汉宫谁得似,　可怜飞燕倚新妆。

名花倾国两相欢,　长得君王带笑看。
解释春风无限恨,　沉香亭北倚阑干。

远别离

李 白

远别离,古有皇英之二女。乃在洞庭之南,潇湘之浦。海水直下万里深,谁人不言此离苦。日惨惨兮云冥冥,猩猩啼烟兮鬼啸雨。我纵言之将何补。皇穹窃恐不照余之忠诚,雷凭凭兮欲吼怒。尧舜当之亦禅禹。君失臣兮龙为鱼,权归臣兮鼠变虎。或云尧幽囚,舜野死。九疑联绵皆相似,重瞳孤坟竟何是?帝子泣兮绿云间,随风波兮去无还。恸哭兮远望,见苍梧之深山。苍梧山崩湘水绝,竹上之泪乃可灭。

庐山谣寄卢侍御虚舟

李 白

我本楚狂人,凤歌笑孔丘。手持绿玉杖,朝别黄鹤楼。五岳寻仙不辞远,一生好入名山游。庐山秀出南斗傍,屏风九叠云锦张,影落明湖青黛光。金阙前开二峰长,银河倒挂三石梁。香炉瀑布遥相望,回崖沓嶂凌苍苍。翠影红霞映朝日,鸟飞不到吴天长。登高壮观天地间,大江茫茫去不还。黄云万里动风色,白波九道流雪山。好为庐山谣,兴因庐山发。闲窥石镜清我心,谢公行处苍苔没。早服还丹无世情,琴心三叠道初成。遥见仙人彩云里,手把芙蓉朝玉京。先期汗漫九垓上,愿接卢敖游太清。

夜泊牛渚怀古

李 白

牛渚西江夜,青天无片云。
登舟望秋月,空忆谢将军。
余亦能高咏,斯人不可闻。
明朝挂帆席,枫叶落纷纷。

金陵酒肆留别

李白

风吹柳花满店香，吴姬压酒唤客尝。
金陵子弟来相送，欲行不行各尽觞。
请君试问东流水，别意与之谁短长。

梦游天姥吟留别

李白

海客谈瀛洲，烟涛微茫信难求。越人语天姥，云霞明灭或可睹。天姥连天向天横，势拔五岳掩赤城。天台四万八千丈，对此欲倒东南倾。我欲因之梦吴越，一夜飞渡镜湖月。湖月照我影，送我至剡溪。谢公宿处今尚在，渌水荡漾清猿啼。脚著谢公屐，身登青云梯。半壁见海日，空中闻天鸡。千岩万转路不定，迷花倚石忽已暝。熊咆龙吟殷岩泉，栗深林兮惊层巅。云青青兮欲雨，水澹澹兮生烟。列缺霹雳，丘峦崩摧。洞天石扉，訇然中开。青冥浩荡不见底，日月照耀金银台。霓为衣兮风为马，云之君兮纷纷而来下。虎鼓瑟兮鸾回车，仙之人兮列如麻。忽魂悸以魄动，恍惊起而长嗟。惟觉时之枕席，失向来之烟霞。世间行乐亦如此，古来万事东流水。别君去兮何时还？且放白鹿青崖间，须行即骑访名山。安能摧眉折腰事权贵，使我不得开心颜。

渡荆门送别

李白

渡远荆门外，来从楚国游。
山随平野尽，江入大荒流。
月下飞天镜，云生结海楼。
仍怜故乡水，万里送行舟。

泛读课文

将　进　酒

李　白

君不见黄河之水天上来,奔流到海不复回。君不见高堂明镜悲白发,朝如青丝暮成雪。人生得意须尽欢,莫使金樽空对月。天生我材必有用,千金散尽还复来。烹羊宰牛且为乐,会须一饮三百杯。岑夫子,丹丘生,将进酒,君莫停。与君歌一曲,请君为我倾耳听。钟鼓馔玉不足贵,但愿长醉不复醒。古来圣贤皆寂寞,惟有饮者留其名。陈王昔时宴平乐,斗酒十千恣欢谑。主人何为言少钱,径须沽取对君酌。五花马,千金裘,呼儿将出换美酒,与尔同销万古愁。

子夜四时歌四首·(选二)

李　白

春　歌

秦地罗敷女,　采桑绿水边。
素手青条上,　红妆白日鲜。
蚕饥妾欲去,　五马莫留连。

秋　歌

长安一片月,　万户捣衣声。
秋风吹不尽,　总是玉关情。
何日平胡虏,　良人罢远征。

塞下曲六首(选一)

李　白

五月天山雪,　无花只有寒。
笛中闻折柳,　春色未曾看。

晓战随金鼓，宵眠抱玉鞍。
愿将腰下剑，直为斩楼兰。

远别离

李　白

远别离，古有皇英之二女。乃在洞庭之南，潇湘之浦。海水直下万里深，谁人不言此离苦。日惨惨兮云冥冥，猩猩啼烟兮鬼啸雨。我纵言之将何补。皇穹窃恐不照余之忠诚，雷凭凭兮欲吼怒。尧舜当之亦禅禹。君失臣兮龙为鱼，权归臣兮鼠变虎。或云尧幽囚，舜野死。九疑联绵皆相似，重瞳孤坟竟何是？帝子泣兮绿云间，随风波兮去无还。恸哭兮远望，见苍梧之深山。苍梧山崩湘水绝，竹上之泪乃可灭。

丁督护歌

李　白

云阳上征去，两岸饶商贾。吴牛喘月时，拖船一何苦。水浊不可饮，壶浆半成土。一唱督护歌，心摧泪如雨。万人凿盘石，无由达江浒。君看石芒砀，掩泪悲千古。

白头吟

李　白

锦水东北流，波荡双鸳鸯。雄巢汉宫树，雌弄秦草芳。宁同万死碎绮翼，不忍云间两分张。此时阿娇正娇妒，独坐长门愁日暮。但愿君恩顾妾深，岂惜黄金买词赋！相如作赋得黄金，丈夫好新多异心。一朝将聘茂陵女，文君因赠《白头吟》。东流不作西归水，落花辞条羞故林。兔丝故无情，随风任倾倒；谁使女萝枝，而来强萦抱！两草犹一心，人心不如草。莫卷龙须席，从他生网丝。且留琥珀枕，或有梦来时。覆水再收岂满杯，弃妾已去难重回。古来得意不相负，只今惟见青陵台。

北 风 行

       李　白

烛龙栖寒门,光耀犹旦开。日月照之何不及此?惟有北风号怒天上来。燕山雪花大如席,片片吹落轩辕台。幽州思妇十二月,停歌罢笑双蛾摧。倚门望行人,念君长城苦寒良可哀。别时提剑救边去,遗此虎文金鞞靫。中有一双白羽箭,蜘蛛结网生尘埃。箭空在,人今战死不复回。

望庐山瀑布水二首(其二)

       李　白

日照香炉生紫烟,　遥看瀑布挂前川。
飞流直下三千尺,　疑是银河落九天。

黄鹤楼送孟浩然之广陵

       李　白

故人西辞黄鹤楼,　烟花三月下扬州。
孤帆远影碧空尽,　唯见长江天际流。

早发白帝城

       李　白

朝辞白帝彩云间,　千里江陵一日还。
两岸猿声啼不住,　轻舟已过万重山。

下终南山过斛斯山人宿置酒

       李　白

暮从碧山下,山月随人归。却顾所来径,苍苍横翠微。相携及田家,童稚开荆扉。绿竹入幽径,青萝拂行衣。欢言得所憩,美酒聊共挥。长歌吟松风,曲尽河星稀。我醉君复乐,陶然共忘机。

访戴天山道士不遇

李　白

犬吠水声中，桃花带露浓。
树深时见鹿，溪午不闻钟。
野竹分青霭，飞泉挂碧峰。
无人知所去，愁倚两三松。

李白《蜀道难》诗为谁而作？

　　《蜀道难》是李白诗中的第一名篇，为一切唐诗选本所必收，家喻户晓，脍炙人口。然而这首诗因何而作，它是在什么背景下写的，自古以来却众说纷纭，莫衷一是。由唐至今主要有下列六说。

　　其一，谓为忧杜甫、房琯而作。《新唐书·严武传》云："武在蜀放肆……琯以故宰相为巡内刺史，武慢倨不为礼。最厚杜甫，然欲杀甫数矣。李白为《蜀道难》者，乃为房与杜危之也。"在此以前，唐李绰《尚书故实》、唐范摅《云溪友议》已有此说。《新唐书·韦皋传》、宋杨遂《李太白故宅记》、宋钱易《南部新书》等亦持此说，认为李白作《蜀道难》是为房琯、杜甫的前途担心，奉劝他们"不如早还家"。

　　其二，谓讽章仇兼琼作。南宋胡仔《苕溪渔隐丛话》前集引《洪驹父诗话》云："尝见李集一本于《蜀道难》题下注：讽章仇兼琼也。考其年月近之矣。"北宋沈括《梦溪笔谈》卷四、南宋洪迈《容斋续笔》卷六、清仇兆鳌《杜少陵集详注》卷十《寄题杜二锦江野亭》(此系严武诗)注及北宋诗人黄庭坚等均持此说。章仇兼琼开元末为益州长史、剑南防御使，李白作《蜀道难》是担心他会搞地方割据，故忧心忡忡，云"所守或非亲，化为狼与豺"，故作诗讽之。

　　其三，谓乃"太白初闻禄山乱华，天子幸蜀时作也。""太白深知幸蜀之非计，欲言则不在其位，不言则爱君忧国之情，不能自已，故作诗以达意也。"此说始于元萧士赟《分类补注李太白诗》卷三。此后清沈德潜《唐诗别裁集》卷五、清陈沆《诗比兴笺》、清人《唐宋诗醇》等均持此说,认为"问君西游何时还"之"君"乃指唐明皇,"锦城虽云乐,不如早还家",谓蜀地不可久留,作《蜀道难》以讽之。

其四,谓"《蜀道难》自是古相和歌曲,梁、陈间拟者不乏,讵必尽有为而作。白蜀人,自为蜀咏耳。言其险,更著其戒,如云'所守或非亲,化为狼与豺'。风人之义远矣。必求一时一人之事以实之,不几失之凿乎?"意谓并无本事可言,仅以乐府旧体写蜀地山川险要而已。此说始于明胡震亨《唐音癸签》及《李诗通》卷四。顾炎武《日知录》卷二十六亦持此说:"李白《蜀道难》之作,当在开元、天宝间。时人共言锦城之乐,而不知畏途之险,异地之虞,即事成篇,别无寓意。"

其五,谓此诗系送友人入蜀之作,首倡此说者为范宁,他认为此诗与李白另一首《送友人入蜀》诗和《剑阁赋》,"题材的选择和这里有很多相似之处",詹锳先生则坐实所送友人为王炎。麦朝枢、梁超然等亦赞成此说。

其六,谓此诗"寄寓着功业难成之意",持此说的是郁贤皓和安旗,将《蜀道难》寓意由讽喻别人转为写自己之仕途。

唐至清代的古人对上述前四说,也早已展开过争鸣,如其说之一危房、杜说,早已为古人所不取。如《洪驹父诗话》即指出:此说乃"《新唐书》据范摅《云溪友议》言之耳。案《唐书》(指《旧唐书》)、《摭言》载李白始自西蜀至京,道未甚振,因以所业贽谒贺知章。知章览《蜀道难》一篇,曰:'子谪仙人也'。案白本传:'天宝初,因吴筠被召,亦至长安,时往见贺知章。'则与严武帅蜀岁月悬远。"专家们认为此诗为天宝初年所作,而严武帅蜀是二十年后的事。沈括《梦溪笔谈》,亦持相似的说法,并认为这是"小说所记,率多舛误。"建国以后的学者,对第一种说法已没有坚持者了。俞平伯还进一步驳斥此说,云:"《蜀道难》一诗不必作于天宝初,但《新书》(《新唐书》)据唐人小说作此记载,本不足信,与本诗语意不符,即为明证。严武杜甫私交很厚,历见杜诗,即《新书》杜甫彼传云云亦属难信,当以《旧书》(《旧唐书》)为正。即使严武有杀杜甫之意,既未成事实,太白在远,更何从知道,而替老杜担忧呢?

故此说实可置之不论。"(《文学研究集刊》五册)

俞平伯力主乃讽明皇幸蜀之作。他以大量的史料论证了这种可能性,认为萧士赟说"大体上不错",但嫌其"笼统",故一一条分缕析。认为明皇幸蜀的时代背景与诗篇"无论在情感上,意义上都很合符。""不但切合当时情事,且说着了唐玄宗幸蜀的心理。"文中对李白与此时间相近的《上皇西巡南京歌》及《为宋中丞请都金陵表》中极力称美蜀中,与《蜀道难》的题旨完全相反也作了解释。这一点萧士赟在《主客答问》中亦言及,但说服力不足。俞平伯认为,这两首诗要比《蜀道难》晚一些,当作于至德三载。这两篇文字距离明皇初去西川,至少隔了一年以上,情势大变,诗文立意即使跟《蜀道难》恰好相反也不足怪。并不能证明《蜀道难》以幸蜀为非这个主题的不能成立。

然而于此文之末,俞平伯附记有一条材料云:"汲古阁本《河岳英灵集》选有李白《蜀道难》,殷璠序云:此集起甲寅,终癸巳。按甲寅为唐开元二年,癸巳为天宝十二年。假如这里著录是严密准确的,则《蜀道难》自不可能作于明皇幸蜀时。"俞平伯又对"英灵"二字提出质疑,认为天宝十二年李白尚健在,不得谓"英灵",对此书下限"癸巳"表示怀疑。

目前,国内学者尚无人能推翻《河岳英灵集》之序对时间跨度的说法。如这一时间无法否定,则不仅讽明皇幸蜀之说不可能成立,前人已批判过的危房杜二说也更不能成立。

对"讽章仇兼琼"说,古今人也多有不同意见。萧士赟云:"天宝初,天下以安,四郊无警,剑阁乃长安入蜀之道,太白乃拳拳然欲严剑阁之守,不知将何所拒乎?以此知其不为章仇兼琼也。"清赵翼《瓯北诗话》则云:"不知章仇在蜀,正当天宝之初,中外晏安,臣僚贴服,岂有所顾虑!"青莲《答杜秀才》有云:"'闻君往年游锦城,章仇尚书倒屣迎'则章仇并能下士者,更无从致讥。"并云:"黄山谷误信旧注,以为刺章仇兼琼之有异志。"建国后二三十年间,此说似乎已无人坚持,直到1986年《北京师范大学学报》第3期发表聂石樵《蜀道难本事新考》一文,重申《蜀道难》的创作意图是"讽章仇兼琼"。文中列举缪氏影刻北宋《李太白集》于题下自注:

"讽章仇兼琼也。"乃萧士赟注引《洪驹父诗话》及黄庭坚事,以及沈括《梦溪笔谈》、洪迈《容斋随笔》等记载,并断言"这几条材料是北宋人的见闻和记载,是可信的史实","因此《蜀道难》是讽章仇兼琼,乃确切无疑。"文中还列举了一些史料以证明章仇兼琼尽管有很多政绩,却也有劣迹可讽。同年《山西大学学报》第4期即发表傅如一的《蜀道难本事新考质疑》一文,对聂石樵的说法提出商榷。其一为对聂列举的几条说明是"讽章仇兼琼"的"最有力的证据"提出质疑,指出,"所列上述诸条,关键是第一条,其他都源于此。"指出"缪本并非李白手迹",指出:"清康熙五十二年缪曰芑得到昆山徐氏收藏的北宋晏处善本《李太白文集》三十卷,重加校正,到康熙五十六年才重印,世称缪本。缪本并非晏处善本原貌。"并引陆心源评论,指出"缪本改易既多,伪误亦不少,且有不照宋本摹刊者。"从而说明缪本并不足据。并指出,这首诗既作于"天宝初年",甚至是"天宝二年以前",聂石樵所列章仇兼琼是一个"顽固的地方割据势力",其所列举之劣迹均是"天宝三载"以后之事,而"天宝五载五月"以后,章仇兼琼当上了户部尚书,已经离开了四川,更不存在形成割据势力的可能性了。傅如一的结论:"还是明代胡震亨的说法较为稳妥,即《蜀道难》是沿用乐府旧调,即事名篇之作,没有特定的讽刺对象。"

对胡震亨说,后人同样也多有臧否。清人王琦注《李太白集》以胡震亨说置之末尾,似有赞成之意,而顾炎武《日知录》则云:"即事成篇别无寓意。"但俞平伯《蜀道难说》谓:"从常情观察,这诗既这样的郑重叮咛,一唱三叹,又那般大声疾呼,危言耸听,自不宜看作漫无所为。若非当时深有所感,确有所指,亦不易写出这样瑰异峥嵘的长歌来。"而王运熙等则大致赞成胡震亨说,并论述甚详。

第五说非无可能,然而诗中并无特定的送别对象可资探索,只凭内容题材与其他三篇相似,加以牵合,认为《蜀道难》亦送别王炎入蜀之作,似难令人信服。

安旗在李白曾两次入长安说的基础上,提出此诗是开元十八至十九年间第一次入长安失败后所作。认为蜀道"以喻世途",

"跋涉在蜀道的畏途巉岩之间的旅人",正是"奔走于坎坷世途中的李白本人",而诗中的"剑阁"、"锦城"皆非实指其地。这是诗人"借大自然的鬼斧神工"、"使他胸中的种种思想感情化为可感的形象,化为惊心动魄的诗篇。"但此说对诗中"问君西游何时还"等句很难解释。

以上种种说法,有一个共同点,均建立于李白自开元十三年左右出蜀,直至病死当涂,从未归蜀。《蜀道难》非亲历蜀道艰险,仅想象而成。李从军《李白归蜀考》一文(见《李白考异录》)在唐人姚合认为,李白离长安后曾归蜀说的基础上,首倡李白首次入长安失败后,因贫困思乡,故曾返蜀二年。"《蜀道难》是李白谋仕失败后归蜀写的。"

后两种新说有一点相同,它均建立于李白除天宝元年那次外,在此之前还曾有过首次入长安之行,《蜀道难》作于这次入长安失败之后。所不同者,安旗仍未把《蜀道难》与李白亲身经历过入蜀之地山川之险联系起来,而另外二者均认为这是根据诗人自身的经历写成的。所不同者一是来时由蜀而入长安,一是离长安以后曾有归蜀之举。

《蜀道难》不仅是李白诗中的代表作,也是唐诗的代表作,由于它"曲折幽深",故对其本事争议较多,安旗曾谓:"好诗如同大海,探龙宫者得骊珠,涉中流者获巨鱼,游汀洲者揽芳草,戏岸边者拾贝壳。深者见深,浅者见浅,仁者见仁,智者见智。但均有所见,均有所得。彼以朦胧晦涩掩盖心灵之空虚者,岂可同日而语哉!"说得是不错的。

(王步高)

中小学已学篇目

《古朗月行》(小) 《行路难》(金樽清酒)(初) 《蜀道难》《将进酒》(高) 《静夜思》 《望庐山瀑布》 《赠汪伦》 《黄鹤楼送孟浩然之广陵》 《早发白帝城》 《望天门山》(小) 《闻王昌龄左迁龙标遥有此寄》 《渡荆门送别》 《宣州谢朓楼饯别校书叔云》(初) 《梦游天姥吟留别》 《峨眉山月歌》 《春夜洛城

闻笛》(高) 《庐山谣寄卢侍御虚舟》※ 《下终南山过斛斯山人宿置酒》※

可参考书目

《李太白全集》,〔清〕王琦注,中华书局 1977 年

《李白集校注》,瞿蜕园、朱金城撰,上海古籍出版社 1980 年

《李白全集编年注释》,安旗主编,巴蜀书社 1990 年

《李白全集校注汇释集评》,詹锳主编,百花文艺出版社 1996 年

《李白诗选》(修订本),复旦大学古典文学教研组编,人民文学出版社 1977 年

《李白选集》,郁贤皓选注,上海古籍出版社 1990 年

《李白研究资料汇编》(金元明清之部),裴斐等编,中华书局 1994 年

《李白大辞典》,郁贤皓主编,广西教育出版社 1995 年

五、杜甫

杜 甫

　　杜甫（712—770），字子美，巩县（今河南巩义）人。因远祖杜预为京兆杜陵（今陕西西安东南）人，遂自称杜陵布衣（杜陵野老、杜陵野客），祖父杜审言为唐初著名诗人。青年时期曾漫游郇瑕（今山西猗氏）、吴越、齐赵等地。追求功名，应试不第。天宝十载（751），献"三大礼赋"，得到唐玄宗赏识，命待制集贤院。十四载，授河西尉，不就，改右卫率府胄曹参军。因守长安时期，尝居城南少陵附近，自称少陵野老，世因称杜少陵。安史乱起，曾陷贼中。肃宗至德二年（757）四月，杜甫冒险由长安奔赴凤翔行在，授左拾遗。旋因疏救宰相房琯，于乾元元年（758）六月被贬华州司功参军。后弃官流寓陇、蜀、荆、湘等地，所谓"漂泊西南天地间"。代宗广德二年（764）六月，剑南节度使严武表荐为节度参谋、检校工部员外郎，世称杜工部。杜甫生当李唐王朝由盛转衰的历史时期，他的诗广泛而深刻地反映了安史之乱前后的现实生活和社会矛盾，向被誉为"诗史"。他是我国古典诗歌的集大成者，诸体兼擅，无体不工，沉郁顿挫，律切精深，使诗歌艺术达到了出神入化的完美境地，被后世尊为"诗圣"。现存诗1450余首。有《杜工部集》行世。

【集评】

　　至于子美，盖所谓上薄风骚，下该沈宋，古傍苏李，气夺曹刘，掩颜谢之孤高，杂徐庾之流丽，尽得古今之体势，而兼今人之所独专矣。……诗人以来，未有如子美者。（〔唐〕元稹《元稹集》卷五十六《唐故工部员外郎杜君墓系铭并序》）

杜逢禄山之难,流离陇蜀,毕陈于诗,推见至隐,殆无遗事,故当时号为"诗史"。(〔唐〕孟棨《本事诗·高逸第三》)

唐兴,诗人承陈隋风流,浮靡相矜。至宋之问、沈佺期等,研揣声音,浮切不差,而号律诗,竞相袭沿。逮开元间,稍裁以雅正。然恃华者质反,好丽者壮违,人得一概,皆自名所长。至甫,混涵汪茫,千汇万状,兼古今而有之。它人不足,甫乃厌余;残膏滕馥,沾丐后人多矣。故元稹谓:诗人以来,未有如子美者。甫又善陈时事,律切精深,至千言不少衰,世号诗史。昌黎韩愈于文章慎许可,至歌诗独推曰:"李杜文章在,光焰万丈长。"诚可信云。(〔宋〕欧阳修、宋祁《新唐书·杜甫传》)

诗至于杜子美,文至于韩退之,书至于颜鲁公,画至于吴道子,而古今之变,天下之能事毕矣。(〔宋〕苏轼《东坡集》卷二十三《书吴道子画后》)

自作语最难,老杜作诗,退之作文,无一字无来处,盖后人读书少,故谓韩杜自作此语耳。古之能为文章者,真能陶冶万物,虽取古人之陈言入于翰墨,如灵丹一粒,点铁成金也。(〔宋〕黄庭坚《豫章黄先生文集》卷十九《答洪驹父书三首》之二)

杜子美之于诗,实积众家之长,适当其时而已。昔苏武、李陵之诗,长于高妙;曹植、刘公干之诗,长于豪逸;陶潜、阮籍之诗,长于冲澹;谢灵运、鲍照之诗,长于峻洁;徐陵、庾信之诗,长于藻丽。于是杜子美者,穷高妙之格,极豪逸之气,包冲澹之趣,兼峻洁之姿,备藻丽之态,而诸家之作所不及焉。然不集诸家之长,杜氏亦不能独至于斯也,岂非适当其时故耶?孟子曰:伯夷,圣之清者也;伊尹,圣之任者也;柳下惠,圣之和者也;孔子,圣之时者也。孔子之谓集大成。呜呼,杜氏、韩氏,亦集诗文之大成者欤!(〔宋〕秦观《淮海集》卷二十二《韩愈论》)

大抵他人之诗,工拙以篇论;杜甫之诗,工拙以字论。他人之诗,有篇则无对,有对则无句,有句则无字;杜甫之诗,篇中则有对,对中则有句,句中则有字。他人之诗,至十韵、二十韵,则委靡叛散而不能收拾;杜甫之诗,至二十韵、三十韵,则气象愈高,波澜愈阔,步骤驰骋,愈严愈紧,非有本者能如是乎!(〔宋〕吴沆《环溪诗话》

卷上)

杜诗高、大、深俱不可及。吐弃到人所不能吐弃,为高;涵茹到人所不能涵茹,为大;曲折到人所不能曲折,为深。(〔清〕刘熙载《艺概·诗概》)

哀 江 头

少陵野老吞声哭①,春日潜行曲江曲②。江头宫殿锁千门③,细柳新蒲为谁绿④?忆昔霓旌下南苑⑤,苑中万物生颜色⑥。昭阳殿里第一人⑦,同辇随君侍君侧⑧。辇前才人带弓箭⑨,白马嚼啮黄金勒⑩。翻身向天仰射云,一笑正坠双飞翼⑪。明眸皓齿今何在?血污游魂归不得⑫。清渭东流剑阁深⑬,去住彼此无消息⑭。人生有情泪沾臆⑮,江水江花岂终极⑯!黄昏胡骑尘满城⑰,欲往城南望城北⑱。

【注释】

① 少陵:为汉宣帝许皇后陵墓,在宣帝杜陵东南,杜甫曾住家于此,故自称"少陵野老"。吞声:不敢出声。吞声哭,犹饮泣。

② 潜行:秘密行走。曲江:在唐国都长安(今陕西西安)东南,当时为游赏胜地。曲江曲,指曲江深曲隐僻之地。

③ 江头宫殿:指曲江边紫云楼、芙蓉苑、杏园、慈恩寺等建筑物。因无人居住,一片荒凉,故曰"锁千门"。

④ 细柳新蒲:据康骈《剧谈录》卷下载,曲江"花卉环周,烟水明媚","入夏则菰蒲葱翠,柳阴四合,碧波红蕖,湛然可爱"。时当春日,蒲新生,柳丝细,故曰"细柳新蒲"。国破无主,无人欣赏,故曰"为谁绿"。三字沉痛。

⑤ 霓旌:云霓般的彩色旗帜,指天子仪仗。南苑:指芙蓉苑,在曲江之南。

⑥ 生颜色:谓皇帝游幸,万物增辉。

⑦ 昭阳殿:汉代宫殿名。汉成帝皇后赵飞燕居昭阳殿,甚得宠幸。此以赵飞燕比玄宗杨贵妃。

⑧ 辇:皇帝乘坐的车子。同辇随君,《汉书·外戚传》载:"成帝游于后庭,尝欲与(班)婕妤同辇载,婕妤辞曰:'观古图画,圣贤之君皆有名臣在侧,

三代末主乃有嬖女,今欲同辇,得无近似之乎?'上善其言而止。"此暗用班婕妤事以讽玄宗和贵妃。

⑨ 才人:宫中女官名。《新唐书·百官志二》:"(内官)才人七人,正四品。掌叙燕寝,理丝枲,以献岁功。"

⑩ 啮(niè):咬。黄金勒:以黄金为饰的马嚼口。《明皇杂录》卷下:"上将幸华清宫,贵妃姊妹竞车服","竞购名马,以黄金为衔勒,组绣为障泥","将同入禁中,炳炳照灼,观者如堵"。

⑪ 仰射云:仰射空中飞鸟。一笑:指杨贵妃因才人射中飞鸟而为之一笑,系用射雉博笑事。《左传·昭公二十八年》:"贾大夫恶(指貌丑),娶妻而美,三年不言不笑,御以如皋,射雉获之,其妻始笑而言。"正坠双飞翼:已暗含玄宗、贵妃马嵬死别事。

⑫ 明眸皓齿:指杨贵妃。二句指杨贵妃在马嵬坡被缢死事。马嵬坡,在今陕西兴平市北、东距长安百余里。归不得:一是贵妃已死,二是长安沦陷,故云。

⑬ 清渭东流:指贵妃藁葬渭滨。马嵬南滨渭水,由西向东流向长安。剑阁:在今四川剑阁县北,为玄宗西行入蜀所经之地。

⑭ 去住彼此:指玄宗、贵妃。去指玄宗幸蜀西去,住指贵妃死葬渭滨。彼去此住,生死相隔,故曰"无消息"。此句即白居易《长恨歌》所云"一别音容两渺茫"意。

⑮ 臆:胸膛。

⑯ 终极:犹穷尽。岂终极,是指水自流,花自开,无知无情,年年依旧,永无尽期。水,一作"草"。岂终极,与上句"人生有情"相对,又与前"为谁绿"相照应。

⑰ 胡骑:指安禄山叛军。

⑱ 欲往:犹将往。城南,原注:"甫家居城南。"时已黄昏,应回住处,故欲往城南。望城北者,是望官军之北来收复长安。时肃宗在灵武,地处长安之北。

【汇评】

老杜陷贼时有诗曰:"少陵野老吞声哭,……"予爱其词气如百金战马,注坡蓦涧,如履平地,得诗人之遗法。(〔宋〕苏辙《栾城集》卷八《诗病五事》)

无穷之恨,《黍离》、《麦秀》之悲,寄于言外。题云《哀江头》,

乃子美在贼中时,潜行曲江,睹江水江花,哀思而作。其词婉而雅,其意微而有礼,真可谓得诗人之旨者。(〔宋〕张戒《岁寒堂诗话》卷上)

五七言古诗仄韵者,上句末字类用平声。惟杜子美多用仄,如《玉华宫》、《哀江头》诸作,概亦可见。其音调起伏顿挫,独为遒健,似别出一格。回视纯用平字者,便觉萎弱无生气。(〔明〕李东阳《麓堂诗话》)

当日明皇仓卒蒙尘,马嵬惨变,尤为意外,且倥偬奔避,渭水、剑阁,两不相顾,一死一生,真天长地久,此哀无极。公诗并不铺排事实,而"明眸"四句,哀孰甚焉! 视《长恨歌》、《连昌宫词》,尤简括超妙。(〔清〕陈訏《读杜随笔》卷上)

【赏析】

这首诗为至德二载(757)春杜甫陷长安时作。曲江为当时游赏胜地,唐玄宗与杨贵妃常游幸于此。今玄宗奔蜀,杨妃缢死,诗人身陷贼中,旧地重游,抚今追昔,哀思有感,遂作此诗。诗写作者春日潜行曲江而感玄宗与杨妃生离死别之事,着力突出一个"哀"字。全诗分三层写哀:开头四句为第一层,是写诗人潜行曲江,目睹乱后衰败凄凉景象而引起的深哀隐痛。从"忆昔霓旌下南苑"到"一笑正坠双飞翼"八句为第二层,是用追叙的手法极写昔日游苑之盛与杨妃的恃宠豪奢。表面上是写昔日之"乐",但"乐"中含哀,以乐衬哀,倍增其哀。"明眸皓齿今何在"最后八句为第三层,乐极生悲,又从往昔跌回现实,悲君妃之不幸,哀国家之多难,愤叛军之猖獗。今昔对比,深悲巨痛,彻人心肺。哀乐关乎国运。哀江头,哀杨妃也,哀玄宗也,哀国破之痛也。全诗词婉而雅,意深而微,讽而含情,极尽开阖变化之妙。清人黄生说:"此诗半露半含,若悲若讽。天宝之乱,实杨氏为祸阶。杜公身事明皇,既不可直陈,又不敢曲讳,如此用笔,浅深极为合宜。善述事者,但举一事,而众端可以包括,使人自得之于言外。若纤悉备记,文愈繁而味愈短矣。"(《杜诗说》卷三)

(张忠纲)

赠卫八处士①

人生不相见,动如参与商②。今夕复何夕,共此灯烛光③。少壮能几时,鬓发各已苍。访旧半为鬼④,惊呼热中肠⑤。焉知二十载,重上君子堂⑥。昔别君未婚,儿女忽成行⑦。怡然敬父执⑧,问我来何方。问答未及已⑨,儿女罗酒浆⑩。夜雨剪春韭,新炊间黄粱⑪。主称会面难⑫,一举累十觞⑬。十觞亦不醉,感子故意长⑭。明日隔山岳⑮,世事两茫茫⑯。

【注释】

① 卫八:生平不详,八是排行。处士:居家不仕的人。
② 动:往往,常常。参(shēn)、商:二星名,参在西,商在东,此出彼没,永不相见。后常用以比喻双方会面之难。曹植《与吴季重书》:"别有参商之阔。"
③ 今夕何夕:《诗·唐风·绸缪》:"今夕何夕,见此良人!""今夕何夕,见此邂逅。"表示相见的惊喜。此是喜出望外,想不到得有今夕,共对此灯烛之光也。
④ 访旧:打听故旧的下落。半为鬼:大多亡故。
⑤ 热中肠:为故旧的死亡而深感悲痛,五内俱焚。
⑥ 君子:指卫八。
⑦ 成行(háng):众多。
⑧ 怡然:和悦貌。父执:父亲的友辈。《礼记·曲礼上》:"见父之执。"孔颖达疏:"谓挚友与父同志者也。"
⑨ 未及已:还没有说完。
⑩ 儿女:一作"驱儿"。罗酒浆:摆上酒菜。
⑪ 新炊:刚煮熟的饭。间(jiàn):搀和。黄粱:即黄小米。
⑫ 主称:主人说。
⑬ 累:接连。觞(shāng):酒杯。
⑭ 子:指卫八。故意:故旧情意。长:深长,深厚。
⑮ 山岳:指西岳华山。这句是说明天就要和你分别,好像华山把我们隔开一样。
⑯ 世事:指时局发展和个人命运。别后世事如何,你我都茫然无知,不

能预料,故曰"两茫茫"。

【汇评】

久别倏逢,曲尽人情,想而味之,宛然在目。(〔宋〕陈世崇《随隐漫录》卷一)

信手写去,意尽而止,空灵宛畅,曲尽其妙。(〔明〕王嗣奭《杜臆》卷一)

李因笃曰:"老气古质,平叙中有崟崎历落之致。"吴农祥曰:"一气读,一笔写,相见寻常事,却说得骇异不同。此人人胸臆所有,人不道耳。"查慎行曰:"感今怀旧,如风行水上,自然成文。若涉一毫客气,便成两橛。"(〔清〕刘濬《杜诗集评》卷一引)

古趣盎然,少陵别调。一路皆属叙事,情真、景真,莫乙其处。(〔清〕浦起龙《读杜心解》卷一之二)

无句不关人情之至,情景逼真,兼极顿挫之妙。(〔清〕张燮承《杜诗百篇》卷上)

【赏析】

肃宗乾元元年(758),杜甫被贬华州司功参军,冬赴洛阳,二年春从洛阳回华州,途中遇老友卫八处士,久别重逢,抚今追昔,感慨万千,遂赋此诗以赠。清人黄生评此诗说:"写故交久别之情,若从肺腑中流出,手未动笔,笔未蘸墨,只是一真。然非沉酣于汉魏而笔墨与之俱化者,即不能道只字。因知他人未尝不遇此真境,却不能有此真诗,总由性情为笔墨所格耳。"(《杜诗说》卷一)真,的确是杜诗的一大特色。杜甫感情真挚,情郁于中,不吐不快,发而为诗,自然感人至深。这首诗写一别二十年的老友在战争乱离中忽然相见,乍惊乍喜,如梦如幻,"今夕复何夕,共此灯烛光",真有九死一生之感。烛下相看,鬓发俱苍,询问旧友,半死为鬼,真是可悲可叹。而眼前所见,昔日小友,今已儿女成行,且极懂礼貌;旧交情真,剪春韭,炊黄粱,罗酒浆,倾其所有,盛情款待,又令人可喜可感。久别重逢,悲喜交集,谊厚情深,十觞不醉。但想到明日相别,后会无期,又不禁凄然茫然。诗将一夜的情事娓娓叙来,平易真切,质朴无华,生动自然,表现了战乱年代人所共有的"沧海桑田"和"别易会难"的人生感触,具有很强的概括性和感染力。所以,清人吴冯栻说:"通首妙在一真,情真,事真,景真,故旧相遇,当歌此以侑酒,读之觉翕翕然一股热气,自泥丸直达顶门出也。"(《青城说杜》)

(张忠纲)

登　楼

花近高楼伤客心①，万方多难此登临②。
锦江春色来天地③，玉垒浮云变古今④。
北极朝廷终不改⑤，西山寇盗莫相侵⑥。
可怜后主还祠庙⑦，日暮聊为《梁甫吟》⑧。

【注释】

① 客:杜甫自谓。

② 万方多难:指到处是战乱。

③ 锦江:为岷江支流,自四川郫县流经成都西南,传说江水濯锦,其色鲜艳于他水,故名锦江。

④ 玉垒:山名,在今四川灌县西北。此句以玉垒浮云的变幻不定喻古今世事之变化无常。即作者《可叹》所云:"天上浮云似白衣,斯须改变如苍狗。古往今来共一时,人生万事无不有。"

⑤ 北极:北极星,一名北辰,喻指朝廷。《论语·为政》云:"为政以德,譬如北辰,居其所而众星拱之。"广德元年(763)十月,吐蕃陷长安,立广武王李承宏为帝。代宗逃奔陕州(今河南陕县)。十二月长安收复,代宗还京,转危为安,故曰"朝廷终不改"。

⑥ 西山:即成都西之雪岭。西山寇盗,指吐蕃。广德元年十二月,吐蕃陷松、维、保三州及云山新筑二城,西川节度使高适不能救,于是剑南西山诸州亦入于吐蕃。因吐蕃陷长安立帝不成,唐朝廷稳固如初,故告以"莫相侵"。二句流水对。

⑦ 后主:蜀先主刘备之子后主刘禅。后主庙在成都南先主庙东侧,西侧即诸葛亮武侯祠。后主宠信宦官黄皓,终致蜀汉亡国。

⑧ 梁甫吟:乐府曲名。《三国志·蜀志·诸葛亮传》:"亮躬耕陇亩,好

为《梁甫吟》。"今传《梁甫吟》后人题为诸葛亮作,实不足信。此即指所咏《登楼》诗。作者将己诗比作《梁甫吟》,有思得诸葛以济世之意。聊为,有暂且借咏以寄慨意。

【汇评】

七言难于气象雄浑,句中有力,而纡徐不失言外之意。自老杜"锦江春色来天地,玉垒浮云变古今",与"五更鼓角声悲壮,三峡星河影动摇"等句之后,尝恨无复继者。([宋]叶梦得《石林诗话》卷下)

先生生多难之时,身适在蜀,徘徊吊古,欲图祸乱削平,无日不以诸葛忠武为念。其见之吟咏者,殆不一而足,盖先生之自待者忠武也。"日暮聊为《梁父吟》",言我今老矣,徒栖迟日暮,无所见长,虽负希世之材,而国无容贤之臣。追想隆中抱膝之吟,其寄托一何深远也!不觉于《登楼》发之。([清]金圣叹《唱经堂杜诗解》卷二)

气象雄伟,笼盖宇宙,此杜诗之最上者。([清]沈德潜《唐诗别裁集》卷十三)

《登楼》:"花近高楼伤客心,万方多难此登临。"起得沈厚突兀。若倒装一转:"万方多难此登临,花近高楼伤客心。"便是平调。此秘诀也。([清]施补华《岘佣说诗》)

上四登楼所见之景,赋而兴也。下四登楼所感之怀,赋而比也。以天地春来,起朝廷不改;以古今云变,起寇盗相侵,所谓兴也。时郭子仪初复京师,而吐蕃又新陷三州,故有"北极"、"西山"句,所谓赋也。代宗任用程元振、鱼朝恩,犹后主之信黄皓,故借祠托讽,所谓比也。《梁父吟》,思得诸葛以济世耳。伤心之故,由于多难。而多难之事,于后半发明之。其辞微婉,而其意深切矣。([清]仇兆鳌《杜诗详注》卷十三)

(黄)鹤注:当是广德二年春初归成都之作。吐蕃去冬陷京师,郭子仪复京师,乘舆反正,故曰"朝廷终不改"。王洙谓崔旰起兵西山者非。王粲有《登楼赋》)。(同上)

声宏势阔,自然杰作。([清]浦起龙《读杜心解》卷四之一)

律法甚细,隐衷极厚,不独以雄浑高阔之象陵轹千古。(〔清〕纪昀等《唐宋诗醇》卷十六)

(一二句)杨(伦)曰:"倒装突兀。"(三四句)吴星叟曰:"二语壮阔,而时趋世变亦全包于此。"杨曰:"二句承登楼"。(五六句)杨曰:"二句承多难"。(末)杨曰:"结意深,亦是登楼所感。"(高步瀛《唐宋诗举要》卷五)

【赏析】

这首诗为广德二年(764)春杜甫在成都作。东汉末年王粲伤乱离而作《登楼赋》,诗题取意于此。杜甫无时无地不忧国,登楼亦如此。其《同诸公登慈恩寺塔》诗云:"自非旷士怀,登兹翻百忧。"此亦如此。首联倒装,起势突兀峻耸,若顺说,则平直无气势。"花近高楼",本可凭高饱览大好春色,却说"伤客心",盖因正当"万方多难"之故。查慎行曰:"发端悲壮,得笼罩之势。"(《瀛奎律髓汇评》卷一)而"万方多难此登临"一句,为全诗纲领,余则皆从此生出。颔联写景虽气象雄伟,但浮云苍狗变幻,宛如多难人生,世事无常,"感时花溅泪",睹景更伤情。遂引出以下吐蕃陷京、代宗幸陕、寇盗相侵、国难孔急等情事。登高抒怀,抚今追昔,遂有后主祠庙、聊吟梁甫之深慨。情甚悲郁苍凉,但因作者取景壮阔,故虽伤心而无衰飒之气,又因作者爱国情深,坚信"北极朝廷终不改",故情虽伤而不流于悲观。所以纪昀曰:"何等气象!何等寄托!如此种诗,如日月终古常见而光景常新。"(《瀛奎律髓汇评》卷一)

(张忠纲)

登　　高

风急天高猿啸哀[①],　渚清沙白鸟飞回[②]。
无边落木萧萧下[③],　不尽长江滚滚来[④]。
万里悲秋常作客[⑤],　百年多病独登台[⑥]。
艰难苦恨繁霜鬓[⑦],　潦倒新停浊酒杯[⑧]。

【注释】

① 猿啸哀：巫峡多猿，鸣声甚哀，所谓"巴东三峡巫峡长，猿鸣三声泪沾裳"。

② 渚（zhǔ）：水中小洲。回：回旋。

③ 落木：落叶。萧萧，风吹叶动之声。

④ 滚滚：相继不绝，奔腾不息。

⑤ 万里：远离故乡，指夔州距长安遥远，回京无望。常作客：长期漂泊在外。杜甫自乾元二年（759）弃官流寓秦州、同谷、成都，至大历二年（767）在夔州作此诗，颠沛流离近十年，所谓"一辞故国十经秋"。

⑥ 百年：犹言一生。多病：杜甫患有疟疾、肺病、风痹、糖尿病、耳聋等多种疾病。独登台：时逢佳节，诸弟分散，好友先死，孤客夔州，举目无侣，故云。

⑦ 艰难：一指个人生活多艰，一指国家世乱多难。苦恨：极恨。繁霜鬓：白发日多。

⑧ 潦倒：犹衰颓，因多病故潦倒，所谓"形容真潦倒"。新停：最近方停。时杜甫因病戒酒。浊酒：混浊的酒，指劣酒。

【汇评】

《登高》云："无边落木……独登台"。此二联不用故事，自然高妙，在樊川《齐山九日》七言之上。（〔宋〕刘克庄《后村诗话》新集卷二）

杜陵诗云："万里悲秋常作客，百年多病独登台"，盖"万里"，地之远也；"悲秋"，时之惨凄也；"作客"，羁旅也；"常客"，久旅也；"百年"，暮齿也；"多病"，衰疾也；"台"，高迥处也；"独登台"，无亲朋也。十四字之间含八意，而对偶又精确。（〔宋〕罗大经《鹤林玉露》乙编卷五）

杜"风急天高"一章五十六字，如海底珊瑚，瘦劲难名，沉深莫测，而精光万丈，力量万钧。通章章法、句法、字法，前无昔人，后无来学。微有说者，是杜诗，非唐诗耳。然此诗自当为古今七言律第一，不必为唐人七言律第一也。（〔明〕胡应麟《诗薮》内编卷五）

若"风急天高"，则一篇之中句句皆律，一句之中字字皆律，而实一意贯串，一气呵成。骤读之，首尾若未尝有对者，胸腹若无意于对者;细绎之,则锱铢钩两,毫发不差,而建瓴走坂之势,如百川东注于尾闾之窟。至用句用字,又皆古今人必不敢道,决不能道者。真旷代之作也。(同上)

八句皆对,起二句对举之中仍复用韵,格奇而变。(〔清〕沈德潜《唐诗别裁集》卷十三)

《登高》一首,起二"风急天高猿啸哀,渚清沙白鸟飞回",收二"艰难苦恨繁霜鬓,潦倒新停浊酒杯",通首作对而是不嫌其笨者;三四"无边落木"二句,有疏宕之气;五六"万里悲秋"二句,有顿挫之神耳。又首句妙在押韵,押韵则声长,不押韵则局板。(〔清〕施补华《岘佣说诗》)

气象高浑,有如巫峡千寻走云连风,诚为七律中稀有之作。(〔清〕纪昀等《唐宋诗醇》卷十六)

此诗读者亦谓五六备极顿挫,不知此诗一句有一句之顿挫;合看两句,有两句之顿挫;合看通篇,有通篇之顿挫。顿挫为公独得之妙,此诗政当于字字顿挫求之。(〔清〕陈式《问斋杜意》卷十七)

【赏析】

古人九月九日重阳节有登高的风俗。这首诗是唐代宗大历二年(767)重阳节,杜甫在夔州(今重庆奉节)登高时所作。前四句写登高所见,后四句写登高所感,情景交融,气象高浑,语言精练而富变化,对仗工整且复自然,极沉郁顿挫之致,是杜甫七律的代表作。首联起势警拔,犹如黄河之水天上来,一气贯注,层叠而下。"风急"二字最为紧要,以下猿哀、鸟回、落木萧萧、长江滚滚,皆从此生出。此联每句各包三景,上句风急、天高,下句渚清、沙白,皆从大处着笔,上句猿,下句鸟,则从小处陪衬,大小相形,格外醒目。颔联二句亦是从大处写秋景,犹如骏马走坂,奔腾无羁。落木萧萧,长江滚滚,连用两叠字,已气势非凡,而又冠以"无边"、"不尽"四字,则悲壮中更极阔大,遂使萧萧之声,滚滚之势,精神跃然而出。若不如此,则振不起下半首。前半写登高所见秋景,泼墨淋漓,雄浑悲壮,遂为下半悲秋张本。颈联两句即从天地风物之大环境紧缩至孤身一人,但内涵却极深广,正如宋人罗大经说的"十四字之间含八意,而对偶又精确。"此诗八句皆对,而又章法错综变化,前后紧相照应。尾联"艰难"应"作客","潦倒"应"多病",大有登高极目、百感交集之慨,使人唏嘘感叹不能自已。故胡应麟盛赞此诗为"古今七言律第一"。

(张忠纲)

月　夜

今夜鄜州月,　闺中只独看①。
遥怜小儿女,　未解忆长安②。
香雾云鬟湿③,　清辉玉臂寒④。
何时倚虚幌⑤,　双照泪痕干⑥?

【注释】

① 鄜(fū)州:今陕西富县。闺中:指妻子。
② 未解:不懂得。
③ 香雾:雾本无香,乃鬟香透入夜雾,故云。
④ 清辉:指月光。
⑤ 虚幌:薄帷。
⑥ 双照:指月光照着妻子与自己两人。

【汇评】

李因笃曰:"苦语写来不枯寂,此盛唐所以擅长也。犹善画者,古木寒鸦,正须一倍有致。"(〔清〕刘濬《杜诗集评》卷七引)

怀远诗说我忆彼,意只一层;即说彼忆我,意亦只两层。唯说我遥揣彼忆我,意便三层。又遥揣彼不知忆我,则层折无限矣。此公陷贼中,本写长安之月,却偏陡写鄜州之月,本写自己独看,却偏写闺中独看,已得遥揣神情。三、四又脱开一笔,以儿女之不解忆,衬出空闺之独忆,故"云鬟湿"、"玉臂寒"而不知也。沉郁顿挫,写尽闺中深情苦境。(〔清〕吴瞻泰《杜诗提要》卷七)

心已驰神到彼,诗从对面飞来,悲婉微至,精丽绝伦,又妙在无

一字不从月色照出也。(〔清〕浦起龙《读杜心解》卷三之一)

入手便摆落现境,纯从对面着笔,蹊径甚别。后四句又纯为预拟之词,通首无一笔着正面,机杼奇绝。(〔清〕纪昀《瀛奎律髓刊误》卷二十二)

【赏析】

此诗作于至德元载(756)八月初陷贼时。本年五月,杜甫携家避难鄜州。七月,肃宗即位于灵武。八月,杜甫闻讯只身奔赴行在,中途为叛军所执,拘于长安。诗即被禁长安望月思家而作。诗写离乱中两地相思,构思新奇,情真意切,明白如话,深婉动人,真可谓天下第一等情诗。首联点题,起势不凡。入手即从对面着笔,不言我在长安思念家人,却说家人在鄜州望月思我,蹊径独辟。次联流水对,用笔尤为隐曲委婉,寓意深微。"未解忆",含两层意:一是儿女尚小,不知道想念身陷长安的父亲;二是小儿女天真无知,不懂得母亲看月是在想念他们的父亲。以小儿女的不解忆,反衬闺中只独看、独忆,突出首联"独"字,益见深情苦忆。三联着力描写想象中妻子独自看月的形象。雾湿云鬟,月寒玉臂,语丽情悲。"寒"字、"湿"字,见出夜深,衬出闺中伫望之久,思念之切,虽"云鬟湿"、"玉臂寒"而不知,可谓忘情之至也。末联以希冀重逢作结:"何时倚虚幌,双照泪痕干?""泪痕干",则今夜泪痕不干矣!"双照"而泪痕始干,则"独看"而泪痕不干明矣!今夜两地看月而各有泪痕,则愈益不干也甚矣!黄生说:"'照'字应'月'字,'双'字应'独'字,语意玲珑,章法紧密,五律至此,无忝称圣矣!"(《杜诗说》卷四)

(张忠纲)

月夜忆舍弟①

戍鼓断人行②,秋边一雁声③。
露从今夜白④,月是故乡明。
有弟皆分散,无家问死生⑤。
寄书长不达⑥,况乃未休兵⑦。

【注释】

① 舍弟：对他人谦称自己的弟弟。杜甫兄弟五人，四个弟弟颖、观、丰、占，此时只有杜占随行，其余则散处河南、山东等地。
② 戍鼓：戍楼夜时所击禁鼓。断人行：谓宵禁戒严。
③ 秋边：一作"边秋"。一雁：即孤雁。不用孤字，是因平仄关系。古以雁行喻兄弟，说"一雁"，即暗喻自己孤独。
④ 句谓今日适逢白露节。
⑤ 无家：时杜甫巩县老家毁于安史之乱，已无人，故云。
⑥ 书：家信。
⑦ 况乃：何况是。时史思明叛军复陷洛阳，又进攻河阳，故曰"未休兵"。

【汇评】

杜子美善于用事及常语，多离析或倒句，则语峻而体健，意亦深稳，如"露从今夜白，月是故乡明"是也。（〔宋〕王得臣《麈史》卷中）

只"一雁声"便是忆弟。对明月而忆弟，觉露增其白，但月不如故乡之明，忆在故乡兄弟之故也，盖情异而景为之变也。（〔明〕王嗣奭《杜臆》卷三）

李因笃曰："'白露'后则秋清而月倍明，故曰'故乡明'乃硬下语。然不照骨肉则虚也，'月是故乡明'，正以照故乡之人也。月是人非，故思乡益切。"（〔清〕刘濬《杜诗集评》卷八引）

"戍鼓"、"休兵"，起结呼应。未落笔以前，含蓄许多兵戈扰攘语在句先，故不觉提笔直书曰"戍鼓断人行"。既歇笔之时，又蓄无限道途阻隔意在句后，故倒拖一句曰"况乃未休兵"。此情至之诗，而起承转结，八面玲珑，则又法无不备，莫目为公率易之篇，未经锤炼也！（〔清〕吴瞻泰《杜诗提要》卷七）

上四，突然而来，若不为弟者，精神乃字字忆弟，句里有魂也。"书长不达"，平时犹可，"况未休兵"，可保无事耶？二句从五、六申写。（〔清〕浦起龙《读杜心解》卷三之二）

【赏析】

乾元二年（759）秋，杜甫弃官华州司功，携家流寓秦州（今甘肃天水)。时安史之乱未平,史思明叛军在黄河南北很猖獗,西面吐蕃亦不时侵扰,秦州地处边塞,形势比较紧张。杜甫最笃于兄弟情谊,干戈扰攘中,衰病中的诗人格外思念音信不通的诸弟,遂在凄清孤寂的秋夜,写下了这首凄楚动人的忆弟诗。诗写天涯忆弟之情,骨肉离散之苦,可谓字字忆弟,句句有情。首联点明时、地,已隐含忆弟之情。戍鼓鸣,行人断,正是战乱景象。戍鼓声犹在耳,接着传来孤雁哀鸣,不禁牵动起诗人思弟之情缕。古人常用"雁行"、"雁序"喻兄弟,孤雁失群,则使人联想到兄弟分散。况且在这荒远边地的萧瑟的秋夜,这孤雁念群的悲叫声,听来更使人怆然涕下。因为漂泊流离,杜甫对雁声有着一种特殊的敏感。首联十字,可谓一字一咽,字字血泪,切不可草草看过。这首二句是提摄全篇的,它写出忆弟之情,又揭出忆弟之由,那就是战乱。以下六句都是与这二句紧相呼应的。颔联二句,紧承"秋"字、"月"字,加倍写"忆"。这两句诗,将江淹《别赋》的"明月白露"四字翻作十字,运用上一下四句式,将寻常语离析倒装而用之,语峻体健,意亦深稳,遂成妙绝古今之名句。颈联二句,申明三、四,言乱后家乡阻隔,音讯莫闻,则望月愈久,忆弟思乡之情愈切。分散而通音问,则谁死谁生,尚可问知;现在是既分散而又不通音问,连死活都无问处。语极悲切。尾联二句,紧承五、六,照应开头,将家愁国难作一收束,含蓄蕴藉,无限深情。

(张忠纲)

秋兴八首[①](其一)

玉露[②]凋伤枫树林, 巫山巫峡气萧森[③]。
江间波浪兼天涌[④], 塞上[⑤]风云接地阴。
丛菊两开[⑥]他日泪, 孤舟一系故园心。
寒衣处处催刀尺[⑦], 白帝城[⑧]高急暮砧[⑨]。

【注释】

① 《秋兴八首》是大历元年(766)杜甫作于夔州的一组七言律诗。这里选的是第一首。秋兴:因秋而感兴。

② 玉露:白露。
③ 萧森:萧瑟、阴森。
④ 兼天涌:波浪滔天。
⑤ 塞上:形势险要之地,这里指巫峡上空。
⑥ 两开:从离开成都算起,至作此诗之时,杜甫已在外飘荡了两年,故云"两开"。
⑦ 刀尺:制衣所用的工具,这里指赶制寒衣。
⑧ 白帝城:在夔州城东南的白帝山上。
⑨ 砧(zhēn):捣衣的垫石。

【汇评】

前联言景,后联言情;而情不可极,后七首皆胞孕于两言中也。(〔清〕王嗣奭《杜臆》)

秋兴之发端也,"江间"、"塞上",状其悲壮,"丛菊"、"孤舟",写其凄紧。末二句结上生下,故即以"夔府孤城"次之。(〔清〕钱谦益《钱注杜诗》)

"丛菊"、"两开"句联上景语,就中带出情事,乐之如贯珠者,拍板与句不为终始也。捱句截然,以句范意,则村巫傩歌一例,以俟知音者。(〔清〕王夫之《唐诗评选》卷四)

公至夔州,已经二秋,时舣舟以俟出峡,故言两见菊开,徒陨他日之泪;孤舟乍系,唯怀故园之心也。(〔清〕朱鹤龄《杜工部诗集辑注》)

此即八首之一也,较有别致,故独收之。(〔清〕黄周星《唐诗快》)

首章对秋而伤羁旅也。上四因秋托兴,下四触景伤情。(〔清〕仇兆鳌《杜诗详注》卷十七)

首句拈"秋",次句拍"夔"。"江间"、"塞上",紧顶"夔"。"浪涌"、"云阴",紧顶"秋"。尚是纵笔写。五、六则贴身起"兴","他日"、"故园"四字,包举无遗。(〔清〕浦起龙《谈杜心解》卷四之二)

起联陡然笔落,气象横空,着眼在"气萧森"三字。(〔清〕黄叔灿《唐诗笺注》)

【赏析】

　　《秋兴八首》是大历元年(766)秋杜甫在夔州时所作一组七言律诗,因秋而感发诗兴,故曰《秋兴》。这一组诗历来被公认为杜甫抒情诗中艺术性最高的诗。当时,战乱频仍,国无宁日,人无定所,当此秋风萧飒之时,诗人不免触景生情。《秋兴八首》为杜甫惨淡经营之作,诗共八首,以身居巫峡、心念长安为线索,主题是"故园之思",抒写遭逢兵乱、滞留他乡的悲慨,或即景含情,或借古喻今,或直斥无隐,或欲说还休。八首之间脉络贯通,首尾呼应,组织严密,为历代评家所重。这里选的是第一首。

　　此诗是全组诗的序曲,开门见山,写景抒情,通过对巫山巫峡秋色的形象描绘,勾勒出阴沉萧条、动荡不安的环境气氛,抒发了诗人忧国之情和孤独抑郁之情,情感炽烈。首联有瑰丽之感,"玉露凋伤枫树林,巫山巫峡气萧森",霜寒露冷、花草凋零的残象,色彩斑斓的枫树林,萧瑟森冷的巫山、巫峡,这些意象的组合,冷暖色的交错,给视觉触觉以巨大刺激,营造出幽冷寒艳的氛围。"江间波浪兼天涌,塞上风云接地阴",这两句对仗精工。此联视角上有所变化,由上联写幽冷静谧之景转而写动荡壮阔之景,声势浩大。江水汹涌,波浪滔天,巫峡风云接地,既是写眼前实景,又喻指国家局势的动荡不平。颈联"丛菊两开他日泪,孤舟一系故园心",杜甫自离开成都已在外飘荡了两年,故云"两开"。秋天菊花开放,这无限秋景引发了诗人的伤心之泪,最后把回家的意念都寄托在一艘小船上。"开"和"系"这两个动词用得好,"开"既表时间,指花开,也指泪溅;"系",指船停滞不前,也喻指心中牵系不忘。"丛菊"和"他日泪","孤舟"和"故园心"这两组意象的组合,是眼前景和心中情的完美交融。"寒衣处处催刀尺,白帝城高急暮砧",意思是说深秋时分,寒意逼人,催着要赶制寒衣,因此在白帝城上暮色之中人们还在忙着捣洗着帛,为赶制寒衣做准备。这种繁忙景象中透露出游子无衣的凄凉之感,令人唏嘘不已。　　(龚玉兰)

备选课文

丽人行

杜甫

三月三日天气新,长安水边多丽人。态浓意远淑且真,肌理细腻骨肉匀。绣罗衣裳照暮春,蹙金孔雀银麒麟。头上何所有?翠为匌叶垂鬓唇。背后何所见?珠压腰衱稳称身。就中云幕椒房亲,赐名大国虢与秦。紫驼之峰出翠釜,水精之盘行素鳞。犀箸厌饫久未下,鸾刀缕切空纷纶。黄门飞鞚不动尘,御厨络绎送八珍。箫鼓哀吟感鬼神,宾从杂遝实要津。后来鞍马何逡巡,当轩下马入锦茵。杨花雪落覆白萍,青鸟飞去衔红巾。炙手可热势绝伦,慎莫近前丞相嗔。

古柏行

杜甫

孔明庙前有老柏,柯如青铜根如石。霜皮溜雨四十围,黛色参天二千尺。君臣已与时际会,树木犹为人爱惜。云来气接巫峡长,月出寒通雪山白。忆昨路绕锦亭东,先主武侯同閟宫。崔嵬枝干郊原古,窈窕丹青户牖空。落落盘踞虽得地,冥冥孤高多烈风。扶持自是神明力,正直原因造化功。大厦如倾要梁栋,万牛回首丘山重。不露文章世已惊,未辞剪伐谁能送。苦心岂免容蝼蚁,香叶终经宿鸾凤。志士幽人莫怨嗟,古来材大难为用。

梦李白二首

杜甫

死别已吞声,生别常恻恻。江南瘴疠地,逐客无消息。故人入我梦,明我长相忆。恐非平生魂,路远不可测。魂来枫叶青,魂返关塞黑。君今在罗网,何以有羽翼。落月满屋梁,犹疑照颜色。水深波浪阔,无使蛟龙得。

浮云终日行，游子久不至。三夜频梦君，情亲见君意。告归常局促，苦道来不易。江湖多风波，舟楫恐失坠。出门搔白首，若负平生志。冠盖满京华，斯人独憔悴。孰云网恢恢，将老身反累。千秋万岁名，寂寞身后事。

江　　村

杜　甫

清江一曲抱村流，　长夏江村事事幽。
自去自来堂上燕，　相亲相近水中鸥。
老妻画纸为棋局，　稚子敲针作钓钩。
多病所须唯药物，　微躯此外更何求。

宿　　府

杜　甫

清秋幕府井梧寒，　独宿江城蜡炬残。
永夜角声悲自语，　中天月色好谁看。
风尘荏苒音书绝，　关塞萧条行路难。
已忍伶俜十年事，　强移栖息一枝安。

闻官军收河南河北

杜　甫

剑外忽传收蓟北，初闻涕泪满衣裳。却看妻子愁何在，漫卷诗书喜欲狂。白日放歌须纵酒，青春作伴好还乡。即从巴峡穿巫峡，便下襄阳向洛阳。

泛读课文

自京赴奉先县咏怀五百字

杜 甫

杜陵有布衣,老大意转拙。许身一何愚,窃比稷与契。居然成濩落,白首甘契阔。盖棺事则已,此志常觊豁。穷年忧黎元,叹息肠内热。取笑同学翁,浩歌弥激烈。非无江海志,潇洒送日月。生逢尧舜君,不忍便永诀。当今廊庙具,构厦岂云缺。葵藿倾太阳,物性固莫夺。顾惟蝼蚁辈,但自求其穴。胡为慕大鲸,辄拟偃溟渤。以兹悟生理,独耻事干谒。兀兀遂至今,忍为尘埃没。终愧巢与由,未能易其节。沈饮聊自适,放歌颇愁绝。岁暮百草零,疾风高冈裂。天衢阴峥嵘,客子中夜发。霜严衣带断,指直不得结。凌晨过骊山,御榻在嵽嵲。蚩尤塞寒空,蹴踏崖谷滑。瑶池气郁律,羽林相摩戛。君臣留欢娱,乐动殷胶葛。赐浴皆长缨,与宴非短褐。彤庭所分帛,本自寒女出。鞭挞其夫家,聚敛贡城阙。圣人筐篚恩,实欲邦国活。臣如忽至理,君岂弃此物。多士盈朝廷,仁者宜战栗。况闻内金盘,尽在卫霍室。中堂舞神仙,烟雾散玉质。暖客貂鼠裘,悲管逐清瑟。劝客驼蹄羹,霜橙压香橘。朱门酒肉臭,路有冻死骨。荣枯咫尺异,惆怅难再述。北辕就泾渭,官渡又改辙。群冰从西下,极目高崒兀。疑是崆峒来,恐触天柱折。河梁幸未坼,枝撑声窸窣。行旅相攀援,川广不可越。老妻寄异县,十口隔风雪。谁能久不顾,庶往共饥渴。入门闻号咷,幼子饥已卒。吾宁舍一哀,里巷亦呜咽。所愧为人父,无食致夭折。岂知秋未登,贫窭有仓卒。生常免租税,名不隶征伐。抚迹犹酸辛,平人固骚屑。默思失业徒,因念远戍卒。忧端齐终南,澒洞不可掇。

茅屋为秋风所破歌

杜 甫

八月秋高风怒号,卷我屋上三重茅。茅飞度江洒江郊,高者挂罥长林梢,下者飘转沉塘坳。南村群童欺我老无力,忍能对面为盗贼,公然抱茅入竹去。唇焦口燥呼不得,归来倚杖自叹息。俄顷风定云墨色,秋天漠漠向昏黑。布衾多年冷似铁,骄儿恶卧踏里裂。床头屋漏无干处,雨脚如麻未断绝。自经丧乱少睡眠,长夜沾湿何由彻。安得广厦千万间,大庇天下寒士俱欢颜,风雨不动安如山。呜呼何时眼前突兀见此屋,吾庐独破受冻死亦足。

望 岳

杜 甫

岱宗夫如何, 齐鲁青未了。
造化钟神秀, 阴阳割昏晓。
荡胸生层云, 决眦入归鸟。
会当凌绝顶, 一览众山小。

石 壕 吏

杜 甫

暮投石壕村,有吏夜捉人。老翁逾墙走,老妇出门看。吏呼一何怒,妇啼一何苦。听妇前致词,三男邺城戍。一男附书至,二男新战死。存者且偷生,死者长已矣。室中更无人,惟有乳下孙。有孙母未去,出入无完裙。老妪力虽衰,请从吏夜归。急应河阳役,犹得备晨炊。夜久语声绝,如闻泣幽咽。天明登前途,独与老翁别。

兵 车 行

杜 甫

车辚辚,马萧萧,行人弓箭各在腰。耶娘妻子走相送,尘埃不见咸阳桥。牵衣顿足拦道哭,哭声直上干云霄。道旁过者问行人,行人但云点行频。或从十五北防河,便至四十西营田。去时里正与裹头,归来头白还戍边。边亭流血成海水,武皇开边意未已。君不闻汉家山东二百州,千村万落生荆杞。纵有健妇把锄犁,禾生陇亩无东西。况复秦兵耐苦战,被驱不异犬与鸡。长者虽有问,役夫敢申恨。且如今年冬,未休关西卒。县官急索租,租税从何出。信知生男恶,反是生女好。生女犹得嫁比邻,生男埋没随百草。君不见青海头,古来白骨无人收。新鬼烦冤旧鬼哭,天阴雨湿声啾啾。

绝　句

杜　甫

迟日江山丽，　春风花草香。
泥融飞燕子，　沙暖睡鸳鸯。

江畔独步寻花

杜　甫

黄四娘家花满蹊，　千朵万朵压枝低。
留连戏蝶时时舞，　自在娇莺恰恰啼。

春夜喜雨

杜　甫

好雨知时节，　当春乃发生。
随风潜入夜，　润物细无声。
野径云俱黑，　江船火独明。
晓看红湿处，　花重锦官城。

春　望

杜　甫

国破山河在，　城春草木深。
感时花溅泪，　恨别鸟惊心。
烽火连三月，　家书抵万金。
白头搔更短，　浑欲不胜簪。

蜀　　相

　　　　　　　　　杜　甫

丞相祠堂何处寻？锦官城外柏森森。
映阶碧草自春色，隔叶黄鹂空好音。
三顾频烦天下计，两朝开济老臣心。
出师未捷身先死，长使英雄泪满襟。

客　　至

　　　　　　　　　杜　甫

舍南舍北皆春水，但见群鸥日日来。
花径不曾缘客扫，蓬门今始为君开。
盘飧市远无兼味，樽酒家贫只旧醅。
肯与邻翁相对饮，隔篱呼取尽馀杯。

旅夜书怀

　　　　　　　　　杜　甫

细草微风岸，危樯独夜舟。
星垂平野阔，月涌大江流。
名岂文章著，官因老病休。
飘飘何所似，天地一沙鸥。

天末怀李白

　　　　　　　　　杜　甫

凉风起天末，君子意如何。
鸿雁几时到，江湖秋水多。
文章憎命达，魑魅喜人过。
应共冤魂语，投诗赠汨罗。

咏怀古迹五首（其四）

杜　甫

群山万壑赴荆门，　生长明妃尚有村。
一去紫台连朔漠，　独留青冢向黄昏。
画图省识春风面，　环佩空归月夜魂。
千载琵琶作胡语，　分明怨恨曲中论。

咏怀古迹五首（其五）

杜　甫

诸葛大名垂宇宙，　宗臣遗像肃清高。
三分割据纡筹策，　万古云霄一羽毛。
伯仲之间见伊吕，　指挥若定失萧曹。
福移汉祚难恢复，　志决身歼军务劳。

江上值水如海势，聊短述

杜　甫

为人性僻耽佳句，　语不惊人死不休。
老去诗篇浑漫兴，　春来花鸟莫深愁。
新添水槛供垂钓，　故著浮槎替入舟。
焉得思如陶谢手，　令渠述作与同游。

曲江二首（选一）

杜　甫

朝回日日典春衣，　每日江头尽醉归。
酒债寻常行处有，　人生七十古来稀。
穿花蛱蝶深深见，　点水蜻蜓款款飞。
传语风光共流转，　暂时相赏莫相违。

中小学已学篇目

《石壕吏》《茅屋为秋风所破歌》(初) 《兵车行》(高) 《自京赴奉先县咏怀九百字》※ 《丽人行》※ 《绝句》(两个黄鹂鸣翠柳)《绝句》(迟日江山丽)《春夜喜雨》《江畔独步寻花》(小) 《望岳》《春望》(初) 《登高》《蜀相》《兵车行》《客至》《旅夜书怀》《登岳阳楼》(高)

可参考书目

〔明〕王嗣奭《杜臆》,上海古籍出版社1983年
〔清〕钱谦益《钱注杜诗》,上海古籍出版社1979年
〔清〕仇兆鳌《杜诗详注》,中华书局1979年
〔清〕浦起龙《读杜心解》,中华书局1961年
〔清〕杨伦《杜诗镜铨》,上海古籍出版社1980年
林继中《杜诗赵次公先后解辑校》,上海古籍出版社1994年
冯至《杜甫传》,人民文学出版社1952年
《杜甫研究论文集》,中华书局1962、1963年
华文轩编《古典文学研究资料汇编·杜甫卷》,中华书局1964年
萧涤非《杜甫诗选注》,人民文学出版社1979年
萧涤非《杜甫研究》,齐鲁书社1980年
陈贻焮《杜甫评传》,上海古籍出版社1982年
郑庆笃、焦裕银、张忠纲、冯建国《杜集书目提要》,齐鲁书社1986年
周采泉《杜集书录》,上海古籍出版社1986年
莫砺锋《杜甫评传》,南京大学出版社1993年

六、中唐诗(上)

【中唐诗总论】

元和已后,文笔学奇于韩愈,学涩于樊宗师。歌行则学流荡于张籍,诗章则学矫激于孟郊,学浅切于白居易,学淫靡于元稹,俱名元和体。大抵天宝之风俗尚党,大历之风尚浮,贞元之风尚荡,元和之风尚怪也。(〔宋〕王谠《唐语林》卷二)

文章盛衰,与世升降。唐之文风,大振于贞元、元和之间,韩柳唱其端,刘白继其轨。当时学者,涵濡游泳,揽其英华,洗濯磨淬,辉光日新。苟有作者,皆足以拔出流俗,自成一家之语,则吴兴之文是已。(〔宋〕佚名《沈下贤文集序》)

张司业诗与元白一律,专以道得人心中事为工。但白才多而意切,张思深而语精,元体轻而词躁尔。籍律诗虽有味而少文,远不逮李义山、刘梦得、杜牧之。然籍之乐府,诸人未必能也。李义山、刘梦得、杜牧之三人,笔力不能相上下,大抵工律诗而不能工古诗,七言尤工,五言微弱,虽有佳句,然不能如韦、柳、王、孟之高致也。义山多奇趣,梦得有高韵,牧之专事华藻,此其优劣耳。(〔宋〕袁褧《枫窗小牍》)〔宋〕张戒《岁寒堂诗话》有相同说法。

中唐诗近收敛,境敛而实,语敛而精。势大将收,物华反素。盛唐铺张已极,无复可加,中唐所以一反而之敛也。初唐人承隋之余,前华已谢,后秀未开,声欲启而尚留,意方涵而不露,故其诗多希微玄淡之音。中唐反盛之风,攒意而取精,选言而取胜,所谓绮绣非珍,冰纨是贵,其致迥然异矣。然其病在雕刻太甚,元气不完,体格卑而声气亦降,故其诗不长于古而长于律,自有所由来矣。

（〔明〕陆时雍《诗镜总论》）

诗至中晚，递变递衰，非独气运使然也。开元、天宝诸公，诗中灵气发泄无余矣，中唐才子，思欲尽脱窠臼，超乘而上，自不能无长吉、东野、退之、乐天辈一番别调。然变至此，无复可变矣，更欲另出手眼，遂不觉成晚唐苦涩一派。愈变愈妙，愈妙愈衰，其必欲胜前辈者，乃其所以不及前辈耳。且非独此也，每一才子出，即有一班庸人从风而靡，舍我性灵，随人脚根，家家工部，人人右丞，李白有李赤敌手，乐天即乐地前身，互相沿袭，令人掩鼻。（〔清〕贺贻孙《诗筏》）

唐诗至元和间，天地精华，尽为发泄，或平、或奇、或高深、或雄直，旗鼓相当，各成壁垒，令读者心忙意乱，莫之适从。就中唯昌谷集不知其妙处所在，良由余之性所不近也。（〔清〕方南堂《辍锻录》）

大历以降，风调渐佳，气格渐损。故昌谷以雄奇胜，元白以平易胜，温李以博丽胜，郊岛以幽峭胜，虽品格不一，皆能自成局面，亦皆力求其变者也。（〔清〕朱庭珍《筱园诗话》卷一）

【大历十才子总评】

钱起屡擅场，《江行》百篇，韵短意密。卢纶与李益中表，唱酬交赞，在大历十才子中号为翘楚。司空文明结果尤精，如"前途欢不集，往事恨空来"，令人三叹不已。（〔元〕吴师道《吴礼部诗话》）

大历十子一派，言律者推为极则。然名上驷而实下乘，状貌端严似且胜杜，究之枯木朽株，装塑佛老耳。望之俨然，即之无气，安得如杜之千秋下犹凛凛有生气耶！（〔清〕方世举《兰丛诗话》）

大历诗品可贵，而边幅稍狭。长庆间规模较阔，而气味逊之。（归愚先生曰：定评。）大历诸子诗，相似处如出一手，及细玩之，自有各家面目在。（〔清〕乔亿《剑溪说诗》又编）

大历十才子，卢纶、司空曙、耿沛、李端诸公一调，韩君平风致翩翩，尚觉右丞以来格韵，去人不远，皇甫兄弟，其流亚也，郎君胄亦平雅，独钱仲文当在十子之上。（〔清〕翁方纲《石洲诗话》卷

二)

大历十子,所传互异,而皆不及随州。或以长卿为开、宝进士,辈行略先。顾钱仲文与摩诘联吟,皇甫茂政与独孤至之赠答,而皆居其冠,何也?今就诗而论,且用五七言律定之,当以刘长卿、钱起、郎士元、皇甫冉、李嘉祐、司空曙、韩翃、卢纶、李端、李益前后十人为定,而皇甫曾、耿沣、崔峒辈为附庸,苗发、吉中孚、夏侯审,略之可也。(〔清〕管世铭《读雪山房唐诗序例》)

王、孟及大历十子诗,皆尚清雅,以格止于此而不能变,故犹未足笼罩一切。(〔清〕刘熙载《诗概》)

刘 长 卿

刘长卿(714? —790?),字文房,宣城(今属安徽)人,一作河间(今属河北)人。少居嵩山。唐玄宗天宝后期登进士第。官至随州刺史,世称刘随州。唐肃宗、代宗年间以诗名。与钱起齐名,为大历诗风的主要代表。多写仕途失意之感,并及时代之离乱。状写自然之作,能情景交融,兴在象外。尤长五言律诗,自许为"五言长城"。著有《刘随州集》。

【集评】

刘长卿号五言长城,细味其诗,思致幽缓,不及贾岛之深峭,又不似张籍之明白,盖颇欠骨力而有委曲之意耳。(〔元〕方回《瀛奎律髓》卷四十七)

《刘长卿集》凄婉清切,尽羁人怨士之思,盖其情性固然,非但以迁谪故,譬之琴有商调,自成一格。(〔明〕李东阳《麓堂诗话》)

刘长卿最得骚人之兴,专主情景。(〔明〕胡震亨《唐音癸签》卷七引《吟谱》)

刘长卿诗,能以苍秀接盛唐之绪,亦未免以新隽开中晚之风。其命意造句,似欲揽少陵、摩诘二家之长而兼有之,而各有不相及不相似处。其不相似不相及,乃所以独成其为文房也。(〔清〕贺贻孙《诗筏》)

逢雪宿芙蓉山主人①

日暮苍山远②，　天寒白屋贫③。
柴门闻犬吠④，　风雪夜归人。

【注释】

① 芙蓉山：芙蓉山不止一处，诗人所指何处不详。
② 苍山：指芙蓉山。
③ 白屋：白茅覆盖的住所；一说指没有任何装饰的屋子。无论何指，这里当兼含雪白之义。贫：此兼指简陋、贫寒、萧条等。
④ 柴门：篱笆门。

【汇评】

首见行之难至，次言家之萧条。闻犬吠而睹雪中归人，当有牛衣对泣景象。此诗直赋实事，然令落魄者读之，真足凄绝千古。（〔明〕唐汝询《唐诗解》卷二十三）

上二句，孤寂况味。犬吠人归，若惊若喜，景色入妙。（〔清〕黄叔灿《唐诗解》）

日暮途穷，天寒而继以风雪，写尽旅行之苦，幸有白屋可以寄宿，苦中得乐，聊以自慰。（民国·王文濡《唐诗评注读本》卷三）

【赏析】

这首小诗盖作于唐代宗大历（766—779）年间诗人任睦州司马时。写"我"日暮逢雪投宿的情景，其中有忧也有喜；以白描取胜，饶有韵致，故历来传诵。现代戏剧作家吴祖光把"风雪夜归人"借用为剧名，更提高了此诗的知名度。一二两句对偶，写"我"远行的所见所感，"日暮苍山"、"白屋"是所见，"天寒""贫""远"是所感。三四两句至少有两解：若"闻犬吠"是"我"在屋内"闻"，则"风雪夜归人"就是指"主人"顶风冒雪归来，"我"先"主人"而到；若"闻犬吠"是"我"在屋外"闻"，则"风雪夜归人"应指"我"，

"归"是"我""宾至如归"的独特感受。清人施补华《岘佣说诗》评此诗曰:"较王(维)、韦(应物)稍浅,其清妙自不可废。"(沈广达)

李　益

李益(748—829),字君虞。祖籍陇西姑臧(今甘肃武威),徙居郑州(今属河南)。大历四年(769)进士及第,六年中讽谏主文科,官低位卑,先后从军朔方、邠坊、邠宁、幽州等地,任职幕府,度过二十多年边塞军旅生活。后官位升迁,以礼部尚书致仕。以边塞诗著称。胡应麟说他的七绝"可与太白、龙标竞爽。"有《李君虞诗集》。

【集评】

益少富辞藻,长于歌诗,与宗人贺齐名。每作一篇,乐工以赂求取,被声歌供奉天子。(〔宋〕晁公武《郡斋读书志》)

卢纶、李益善为五言绝句,意在言外。(〔宋〕刘克庄《后村诗话·后集》卷一)

马戴、李益不坠盛唐风格,不可以晚唐目之。(〔明〕杨慎《升庵诗话》卷十一)

李君虞(益)生长西凉,负才尚气,流落戎旃,坎壈世故。所作从军诗,悲壮宛转,乐人谱入声歌,至今诵之,令人凄断。(〔明〕胡震亨《唐音癸签》卷七引)

唐人诗谱入乐者,初盛王维为多,中晚李益、白居易为多。(同上,卷二十六)

喜见外弟又言别[①]

十年离乱后,　长大一相逢。
问姓惊初见,　称名忆旧容。
别来沧海事,　语罢暮天钟[②]。
明日巴陵道[③],　秋山又几重?

【注释】

① 外弟:姑母的儿子,即表弟。
② 别来二句:两人各叙别后离乱情事,直谈至夜深。用沧海桑田的典故,葛洪《神仙传》:"麻姑自说云:接侍以来已见东海三为桑田。"
③ 巴陵:唐巴陵县,今湖南岳阳市。《元和郡县志》:"昔羿屠巴蛇于洞庭,其骨若陵,故曰巴陵。"

【汇评】

与"乍见翻疑梦,相悲各问年",抚衷述悰,同一情至。一气旋折,中唐诗中仅见者。(〔清〕沈德潜《唐诗别裁集》卷十一)

人情真至处,最难描写,然深思研虑,自然得之。如司空文明"乍见翻疑梦,相悲各问年",李君虞"问姓惊初见,称名忆旧容",皆人情所时有,不能苦思,遂道不出。(〔清〕方南堂《辍锻录》)

(前)四句一气,情词恳切,悲喜交集,读之令人凄然。(〔清〕章燮《唐诗三百首注疏》卷四)

【赏析】

作者历宪宗、文宗朝,当时广有诗名,每诗成,教坊乐人竞作为供奉歌词。其诗作语言明净自然,富有神韵,音节清晰。因曾亲历塞上,所作七绝边塞诗尤佳。

《喜见》一诗,以短短的八句五言,传达了表兄弟意外重逢的巨大喜悦,继而又转入淡淡的忧愁。从别写到见,再从见写到别,一切都在很短的时间里发生,似喜而悲,又悲中有喜,人生翻覆难知,有如司空曙诗"乍见翻疑梦,相悲各问年"之情。历经十年沧桑变化,双方都已变得认不出了,从相见、相认到相忆,有无尽的话要倾诉,只可惜时光无情,世事无奈,明日又要分别,此一别又不知何年才能再相见,最后写到相别,不禁一股忧伤之情袭上心头。每一联乃至每一句衔接紧密,一气呵成,不容间以他事,正如沈德潜所说:"一气旋折,中唐诗中仅见者"。妙在最后又生出一问:"秋

山又几重",更加重了内心的伤感。　　　　　　　　　（蔡新中）

司空曙

司空曙(720?—794?),字文明,广平(今河北永年东)人,或谓京兆(今陕西西安)人。大历十才子之一。曾中进士,在剑南西川节度使韦皋幕任职,官检校书部郎中,终虞部郎中。为人耿直磊落,不媚权贵。其诗多行旅赠答之作,为卢纶表兄。《全唐诗》存诗二卷。

【集评】

（司空曙诗）属调幽闲,终篇调畅。如新华笑日,不容熏染。锵锵美誉,不亦宜哉!（〔元〕辛文房《唐才子传》卷四）

司空虞部曙婉雅闲淡,语近性情,抗衡长文不足,平视茂政兄弟有余。（〔明〕胡震亨《唐音癸签》卷七引）

云阳馆与韩绅宿别[①]

故人江海别，　几度隔山川。
乍见翻疑梦[②]，相悲各问年。
孤灯寒照雨，　深竹暗浮烟。
更有明朝恨，　离杯惜共传[③]。

【注释】

① 云阳:唐关内道京兆府云阳县在今陕西泾阳县北。韩绅:据《全唐诗》注,一作韩升卿。韩愈叔父曰绅卿,与司空曙同时,曾任泾阳县令,此处疑为韩愈叔父。宿别:同宿后又分别。

② 乍见:骤然遇见。翻:同反。

③ 惜:珍惜。共传:一起喝酒,共同举杯。

【汇评】

"故人江海别"、"暮蝉不可听",前一首司空曙,后一首郎士元,皆前虚后实之格。今之言唐诗者多尚此。及观其作,则虚者枯,实者塞,截然不相通,徒驾宗唐之名而实背之也。其前实后虚者即前格也,第反景物于上联,置情思于下段耳。(〔宋〕范晞文《对床夜语》卷二)

司空曙"乍见翻疑梦,相悲各问年",戴叔伦"一年将尽夜,万里未归人",一则久别乍逢,一则客中除夜之绝唱也。(〔明〕胡应麟《诗薮》内编卷四)

三四写别久忽遇之情,五六夜中共宿之景,通体一气,无馁钉习,尔时已为高格矣。(〔清〕沈德潜《唐诗别裁集》卷十一)

【赏析】

又是一首久别初见之作,与李益《喜见外弟又言别》有异曲同工之妙,且表达得更直接、更强烈。首联写相别情况,远远道来,不似李益在一联中既写"离"又写"逢"。颔联写见面情景,"乍见"与李益的"问姓"有不同的情致,一为老友并未忘怀,却没有想到在此地此时能见面,故疑为梦境;一为儿时相熟,长大却已面容改变,故须问、须忆。此联人称"千古名句,能传久别初见之神"。颈联写叙旧时间很长,四野入睡,故为"孤灯",夜深起雾,故为"浮烟",与李益的"语罢暮天钟"属不同意境,似更为厚重。尾联则直陈离情,不如李益诗的余韵悠长。

(蔡新中)

【韩孟诗派总论】

古人之诗,必有古人之品量。……孟郊之才不及韩愈远甚,而愈推高郊,至"低头拜东野","愿郊为龙身为云","四方上下逐东野。"(〔清〕叶燮《原诗》外篇上)

韩文公与孟东野友善。韩文公至高,孟长于五言,时号孟诗韩笔。(〔清〕施闰章《蠖斋诗话》)

中唐诗以韩孟、元白为最。韩孟尚奇警,务言人所不敢言。元白尚坦易,务言人所共欲言。试平心论之,诗本性情,当以性情为主。奇警者犹第在词句间争难斗险,使人荡心骇目,不敢逼视,而意味或少焉。坦易者多触景生情,因事起意,眼前景、口头语,自能

沁人心脾,耐人咀嚼,此元白较胜于韩孟,世徒以轻俗讥之,此不知诗者也。(〔清〕赵翼《瓯北诗话》卷三)

韩、孟联句,字字生造,为古来所未有,学者不可不穷其变。孟东野奇杰之笔万不及韩,而坚瘦特甚。譬之偪阳之城,小而愈固,不易攻破也。东坡比之高鳌,遗山呼为诗囚,毋乃太过。(〔清〕施补华《岘佣说诗》)

徐文长有云:"高、岑、王、孟固布帛菽粟,韩愈、孟郊、卢仝、李贺却是龙肝凤髓,能舍之耶?"此言当王、李盛行之时,真如清夜闻钟矣。余尝因此言,而效梁人钟嵘《诗品》,为四家品藻:韩如出土鼎彝,土花剥蚀,青绿斑斓;孟如海外奇南,枯槁根株,幽香缘结;卢如脱砂灵璧,不假追琢,秀润天成;李如起网珊瑚,临风欲老,映日澄鲜。此无关于专论大端之诗话,聊及之以资谈柄。(〔清〕方世举《兰丛诗话》)

昌黎、东野两家诗,虽雄富清苦不同,而同一好难争险。唯中有质实深固者存,故较李长吉为老成家数。(〔清〕刘熙载《诗概》)

韩 愈

韩愈(768—824),字退之,河南河阳(今河南孟州)人,郡望昌黎,也称"韩昌黎"。贞元八年(792)进士。三试博学宏辞不入选,先后入董晋、张建封幕府任推官,迁监察御史,以直言贬阳山令。元和间从宰相裴度讨淮西吴元济,以功升刑部侍郎。十四年(819)因谏迎佛骨,贬潮州刺史。返京任国子祭酒、兵部侍郎、吏部侍郎、京兆尹等职,世称"韩吏部"。卒谥文,世又称韩文公。存诗400余首,《全唐诗》编为10卷。有《昌黎先生集》。

【集评】

愚尝览韩吏部歌诗累百首,其驱驾气势,若掀雷抉电,奔腾于天地之间,物状奇变,不得不鼓舞而徇其呼吸也。(〔唐〕司空图

《题柳柳州集后序》)

退之以文为诗,子瞻以诗为词,如教坊雷大使之舞,虽极天下之工,要非本色。(〔宋〕陈师道《后山诗话》)

东坡云:书之美者,莫如颜鲁公,然书法之坏自鲁公始;诗之美者,莫如韩退之,然诗格之变自退之始。(〔宋〕胡仔《苕溪渔隐丛话》前集卷十七)

退之诗,大抵才气有余,故能擒能纵,颠倒崛奇,无施不可。放之则如长江大河,澜翻汹涌,滚滚不穷;收之则藏形匿影,乍出乍没,姿态横生,变怪百出,可喜可愕,可畏可服也。(〔宋〕张戒《岁寒堂诗话》卷上)

韩愈文起八代之衰,而其诗亦卓绝千古。论者常以文掩其诗,甚或谓于诗本无解处。夫唐人以诗名家者多,以文名家者少。谓韩文重于韩诗可也;直斥其诗为不工,则群儿之愚也。大抵议韩诗者,谓诗自有体,此押韵之文,格不近诗,又豪放有余,深婉不足,常苦意与语俱尽。(〔清〕纪昀等《唐宋诗醇》卷二十七)

于李、杜后,能别开生路,自成一家者,唯韩退之一人。既欲自立,势不能不行其心之所喜奇崛之路。(〔清〕吴乔《围炉诗话》卷三)

至昌黎时,李、杜已在前,纵极力变化,终不能再辟一径。唯少陵奇险处,尚有可推扩,故一眼觑定,欲从此辟山开道,自成一家,此昌黎注意所在也。然奇险处亦自有得失。盖少陵才思所到,偶然得之;而昌黎则专以此求胜,故时见斧凿痕迹——有心与无心异也。其实昌黎自有本色,仍在文从字顺中,自然雄厚博大,不可捉摸,不专以奇险见长。恐昌黎亦不自知,后人平心读之自见。若徒以奇险求昌黎,转失之矣。(〔清〕赵翼《瓯北诗话》卷三)

八月十五夜赠张功曹

纤云四卷天无河①,清风吹空月舒波②。沙平水息声影绝,一杯相属君当歌③。君歌声酸辞且苦,不能听终泪如雨。洞庭连天九疑高,蛟龙出没猩鼯号④。十生九死到官所⑤,幽居默默如藏逃⑥。

下床畏蛇食畏药⑦,海气湿蛰熏腥臊⑧。昨者州前捶大鼓⑨,嗣皇继圣登夔高⑩。赦书一日行万里,罪从大辟皆除死⑪。迁者追回流者还⑫,涤瑕荡垢清朝班⑬。州家申名使家抑⑭,坎坷只得移荆蛮⑮。判司卑官不堪说⑯,未免捶楚尘埃间⑰。同时辈流多上道⑱,天路幽险难追攀⑲。君歌且休听我歌,我歌今与君殊科⑳。一年明月今宵多,人生由命非由他,有酒不饮奈明何㉑!

【注释】

① 河:银河。

② 舒:展。波:月光。

③ 属:劝酒。

④ 猩鼯(wú):猩猩和一种能飞的鼠。《尔雅》:"猩猩小而好啼,出交趾封溪县。"

⑤ 官所:指张署的贬所临武。

⑥ 如藏逃:像躲藏、像逃窜。

⑦ 药:指毒蛊,相传是南方边远地区一种用毒虫制成的杀人药。

⑧ 海气:指海上湿热蒸郁之气。湿:潮湿。蛰:潜伏。以上二句写南方贬所的荒僻可怖。

⑨ 州前:指郴州衙署前。捶大鼓:擂鼓聚集官吏、百姓,宣布大赦令。

⑩ 嗣皇:指宪宗李纯。继圣:继承帝位。登:进用。夔高:指贤臣。相传夔和高(皋)陶都是舜时贤臣。

⑪ 大辟:死刑。除死:免于处死。

⑫ 迁者:指被贬谪的官员。追回:召回。流者:被流放的官员。

⑬ 涤瑕句:谓迁者流者都因获赦追还而涤除垢污,上朝时可以列入清班。清班:清贵之官的班列。

⑭ 州家:指郴州刺史。申名:提名申报。使家:指湖南观察使。抑:抑制而不予申奏。

⑮ 移荆蛮:指调往江陵府任职。荆蛮:指荆州。荆州是古楚国地,楚国原名荆,周人称南方民族为蛮,楚在南方,故曰荆蛮。江陵旧属荆州,故称。

⑯ 判司:唐代对诸曹参军的统称。

⑰ 捶楚:受到鞭笞。唐制,参军、簿、尉等有过错须受笞杖之刑,故云。

⑱ 同时辈流:指和他们同时贬谪的人。上道:上路回京。

⑲ 天路:比喻进身朝廷的路。

⑳ 殊科:不同类。
㉑ 明:指明月。

【汇评】

纯用古调,无一联是律者;转韵亦极变化。(〔清〕翟翚《声调谱拾遗》)

朱子云:怨而不乱,有《小雅》之风。(〔清〕章燮《唐诗三百首注疏》卷二)

一篇古文章法。前叙,中间以正意苦语重语作宾,避实法也。一线言中秋,中间以实为虚,亦一法也。收应起,笔力转换。(〔清〕方东树《昭昧詹言》卷十二)

(首四句)以上中秋夜饮。(次八句)吴北江(汝纶)曰:写哀之词,纳入客语,运实于虚。(又八句)吴曰:一句中顿挫。(又五句)吴曰:此转尤胜。以上代张署歌辞。贬谪之苦,判司之移,皆于张歌词出之,所谓避实法也。(末五句)以上韩公歌辞。高朗雄秀,情韵兼美。(高步瀛《唐宋诗举要》卷二)

翁方纲:韩诗七古之最有停蓄顿折者。程学恂曰:此诗料峭悲凉,源出楚《骚》。人后换调,正所谓一唱三叹有遗音者矣。蒋抱玄曰:用韵殊变化,首尾极轻清之致,是以圆巧胜者,集中亦不多见。(钱仲联《韩昌黎诗系年集释》卷三"集说")

【赏析】

此诗乃唐宪宗永贞元年(805)八月作于湖南郴州,两年前韩愈和友人张署俱为监察御史,上书德宗请减长安灾民赋税而分别被贬连州阳山(今属广东)县令和郴州临武(今属湖南)县令,后德宗去世,顺宗即位,大赦天下;因湖南观察使留难,韩愈、张署仍留滞郴州,同年八月初,顺宗让位于宪宗,再次大赦,二人才被任命为江陵(今属湖北)法曹参军和功曹参军,仍未昭雪冤屈,官复原职,故诗中充满愤懑不平之气。

诗以写良辰美景开始,时届中秋,清风明月,却未能平息张署心中的怒火。第二段全录张署的歌词。"洞庭"以下六句写被贬途中的艰辛及南方生活的不习惯：潮湿、毒气、多蛇……。"昨者"以下六句写新皇帝继位,大赦天下,"涤瑕荡垢"谓朝廷的新气象,对此是应当抱有希望的。"州家"以下六句写二人备受留难,只移置荆蛮做参军这样的小官,稍有过错,仍难免受捶楚之苦。诗最末五句是自己的话,故作旷达,谓欲珍惜中秋美景,有酒即饮。

全诗感情起伏跌宕,抒情叙事交错,有层次,有变化,又前后照应。诗用赋体,语言古朴,近于散文笔法,波澜曲折,有一唱三叹之妙,是唐人以文为诗取得成功之杰作。

李　贺

李贺(790—816),字长吉,福昌(今河南宜阳县)人。出身宗室贵族,但家境早已没落。少年时因避父晋讳("晋"与"进"同音),未得投考进士；只做到九品官奉礼郎。一生空怀抱负,郁郁不得志,死时年仅27岁。

李贺存诗二百三十多首。他的诗,多抒写自己被压抑的郁闷情怀,以及对世事的不满和感慨。在艺术上,他善于用象征性的描写手法去表现奇异的境界,构思精巧,想象丰富；但有时过于雕琢,诗意显得晦涩。有《李长吉歌诗》。

【集评】

盖《骚》之苗裔,理虽不及,辞或过之。《骚》有感怨刺怼,言及群臣理乱,时有以激发人意。乃贺所为,得无有是？贺能探寻前事……所以深叹恨古今未尝经道者……求取情状,离绝远去笔墨畦径间,亦殊不能知之。贺生二十七年死矣！世皆曰：使贺且未死,少加以理,奴仆命《骚》可也。(〔唐〕杜牧《李长吉歌诗序》)

玉川之怪,长吉之瑰诡,天地间自欠此体不得。(〔宋〕严羽《沧浪诗话》)

其诗著矣,上世或讥以伤艳,予窃谓不然,世固有若轻而甚重者,长吉诗是也。他人之诗,不失之粗,则失之俗,要不可谓诗人之

诗,长吉无是病也。其轻扬纤丽,盖能自成一家,如金玉锦绣,辉焕白日。(〔宋〕薛季宣《艮斋先生薛常州浪语集》卷三十)

贺既孤愤不遇,而所为呕心之语,日益高渺,寓今托古,比物征事,大约言悠悠之辈,何至相吓乃尔。人命至促,好景尽虚,故以其哀激之思,变为晦涩之调,喜用鬼字、泣字、死字、血字,如此之类,幽冷溪刻,法当夭乏。(〔明〕王思任《昌谷诗解序》)

宋初诸子,多祖乐天;元末诗人,竞师长吉。(〔明〕胡震亨《唐音癸签》卷四)

长吉诗派之佳处,首在哀感顽艳动人;其次炼字调句,奇诡波峭,故能独有千古。若无其用意用笔,而强采撮其字面,以欺世目,则优孟衣冠矣。如长吉诗中喜用"死"字、"泣"字,此等险字,却要用之得当。至于典故,已经长吉运化,亦不宜生剥。((清)张采田《李义山诗辨正》)

李凭箜篌引①

吴丝蜀桐张高秋②,　空山凝云颓不流。
江娥啼竹素女愁③,　李凭中国弹箜篌④。
昆山玉碎凤凰叫,　芙蓉泣露香兰笑。
十二门前融冷光⑤,　二十三丝动紫皇⑥。
女娲炼石补天处,　石破天惊逗秋雨。
梦入神山教神妪⑦,　老鱼跳波瘦蛟舞。
吴质不眠倚桂树⑧,　露脚斜飞湿寒兔。

【注释】

① 此诗大约作于元和六年(811)至元和八年。当时,李贺在京城长安。李凭,梨园弟子,因善弹箜篌,名噪一时。箜篌:古代乐器,似瑟而较小。引:乐府诗体的一种。

② 张:紧弦备弹曰张。

③ 江娥:即"湘娥",亦为"湘妃"、"湘夫人",传说是舜之二妃。

④ 中国:即国中,此指京城长安。

⑤ 十二门：长安城共四面，每面三门，合计十二门。
⑥ 二十三丝：代指箜篌。
⑦ 神妪(yù)：传说中善弹箜篌的仙人。
⑧ 吴质：指吴刚。

【本事】

此追刺开、宝小人祸国之由始也。考贺生于德宗贞元七年，殁于宪宗元和之十二年，距李凭弹箜篌供奉内庭时，几五十余年，长吉何得尚闻李凭之箜篌耶？盖凭以一梨园小人，而玄宗暱之，初不料其即为祸国衅首，贺以有唐王孙，追恨当时，故著此篇，以补国史之阙，与《春秋》书法相表里。通首皆愤恨讽刺之词，乃一毫不露本意，此所谓愈曲愈微，愈深愈晦者也。各家注释，均未发明此义，徒以写声之妙，重复谬赞，不顾叠床架屋，失其旨矣。（〔清〕陈本礼《协律钩玄》卷一）

【汇评】

刘（辰翁）云：状景如画，自其所长。箜篌声碎，有之昆山玉，颇无谓，下七字妙语，虽玉箫不足以当。"石破天惊"，过于绕梁遏云之上，至"教神妪"，忽入鬼语。吴质嫩态，月露无情。"老鱼跳波瘦鱼舞"，刘云："其形容偏得于此，而于箜篌为近。"（〔宋〕刘辰翁《笺注评点李长吉歌诗》卷首）

本咏箜篌耳，忽然说到女娲、神妪，惊天入目，变眩百怪，不可方物，直是鬼神于天。（〔清〕黄周星《唐诗快》卷一）

须溪称樊川反复称道形容，非不极至，独惜理不及骚。不知贺之所长，正在理外。予谓此欲为长吉开生面，而反滋惑者也。天下岂有长于理之外者？如此诗，如此解，又何尝异人意。（〔清〕萧琯《昌谷集句解定本》卷一）

由箜篌轻轻挈起，淡淡写落，跌出李凭，顺手摹神，何等气足。一结正尔蕴藉无限。（〔清〕阙名《明于嘉刻本李长吉诗集批语》）

白香山"江上琵琶"，韩退之"颖师琴"，李长吉"李凭箜篌"，皆摹写声音至文。韩足以惊天，李足以泣鬼，白足以移人。（〔清〕

方扶南《李长吉诗集批注》卷一）

【赏析】

　　这首诗是李贺在京城所作,诗中刻画了名噪一时的梨园弟子李凭弹奏箜篌的绝妙声音,想象丰富,设色瑰丽,非常富有艺术感染力。清人方扶南在《李长吉诗集批注》卷一云:"白香山'江上琵琶',韩退之《颖师琴》,李长吉《李凭箜篌引》,皆摹写声音之至文。韩足以惊天,李足以泣鬼,白足以移人。"

　　诗的起句开门见山,直接用"吴丝蜀桐"写箜篌制作工艺精良,借此来衬托演奏者高超的演奏技巧。"高秋"二字点明了时间是在深秋,正是秋高气爽的时候。诗的二、三句则是从侧面写美妙动人的乐声。诗人将难以描述的主体——箜篌声,从客体(自然景物和人物)的角度来落笔,以实写虚,亦真亦幻,具有梦幻般的色彩。悦耳动听的箜篌声,使得空旷山野上的浮云有了灵性,颓然为之停滞,似乎在俯首聆听;也勾起了善于鼓瑟的湘娥和素女的满腹愁绪,不禁为之动容,潸然泪下。以上两句互相配合,烘托出箜篌声的神韵。第四句,作者才点出了演奏者的姓名。这样,就突破了写作的一般惯例,而是先写琴、再写声,最后写人,具有先声夺人的艺术效果。演奏的时间和地点穿插其中,极其自然。

　　五、六句是从正面写绝妙的乐声。"昆山玉碎凤凰叫"是以声写声,着重表现声音的起伏变化。箜篌声起,有时众弦齐响,犹如山崩玉碎一般,气势宏大;有时又一弦独鸣,犹如凤凰之声,乐声清亮。"芙蓉泣露香兰笑"一句,则是用两种自然景物的形来写声,用带露的芙蓉花形容乐声的抑郁,用盛开的兰花摹写乐声的欢快。这里用了通感、拟人等手法,构思非常奇特,写出了乐魂。

　　从第七句起到篇尾,都是写箜篌声所产生的影响。先写近处,因为李凭奏出的箜篌声,消融了长安城十二道城门前的冷气,人们陶醉其中,也忘却了深秋的寒意。这是夸张的写法,却衬托出乐声的感人力量。"二十三丝动紫皇","紫皇"此指人间的帝王和天帝,意思是说他们也受到了乐声的感染,在侧耳倾听。以下由"紫皇"自然过渡,诗歌意境由人寰延伸到仙境。以下六句,诗人用大胆诡谲的想象,营造出瑰丽奇幻的景象,显示了乐声的无穷魅力。"女娲炼石补天处,石破天惊逗秋雨",乐声传到天上,正在补天的女娲为之沉迷,忘记了职责,导致石破天惊,秋雨磅礴。这两句既写出了乐声的感人,同时也刻画出乐声的恢弘气势。接着,诗人的视角又发生了变化,从天庭写到仙山,"梦入神山教神妪,老鱼跳波瘦蛟舞",教令神妪听到这天籁之音,非常感动;甚至连行动艰难缓慢的老鱼和瘦蛟也随着音乐的旋律翩翩起舞,这里用"老"和"瘦"两字衬托出了音乐的艺术韵味。

以上写乐声都是倾向于营造出动态的氛围。最后两句,则是勾勒出静态场景,进一步烘托出乐声的奇妙。"吴质不眠倚桂树,露脚斜飞湿寒兔",整天伐桂、劳碌奔波的吴刚,忘记了睡眠,倚着桂树出神地聆听着;寂寞的玉兔也被这琴声迷住了,任凭深夜的露水打湿了身体,也不愿意离去。这两组超凡脱俗意象的出现,刻画出音乐幽深绵渺的意境。

在这首诗里,李贺没有直接评价李凭高超的弹奏技巧,而是将自己对于箜篌声的抽象感觉,借助人间天上的神奇想象,将之转化为可以感受的物象,艺术感染力极强。此诗想象丰富,意象奇特,语言瑰丽,充满了浪漫主义的色彩。

(龚玉兰)

梦　天

老兔寒蟾泣天色[①],　云楼半开壁斜白[②]。
玉轮轧露湿团光[③],　鸾佩相逢桂香陌[④]。
黄尘清水三山下,　更变千年如走马[⑤]。
遥望齐州九点烟,　一泓海水杯中泻[⑥]。

【注释】

① "老兔"句:兔和蟾,指入月宫时所见。兔蟾为神话故事里月宫中的动物。泣天色:意谓秋月初出,光影凄清,有如兔和蟾在哭泣似的。

② 云楼:想象中的月中楼阁。壁斜白:月光斜照。

③ "玉轮"句:意谓所乘车轮为冷露所沾湿,已是深夜的时候了。轧:辗。

玉轮:月的美称。因为玉轮沾露,所以说湿团光。

④ 鸾佩:雕着鸾凤的玉佩,这里指系着鸾佩的仙女。桂香陌:月宫里的道路。因为月宫里有桂树,所以一路上桂子飘香。

⑤ "黄尘"二句:王琦注:"蓬莱、方丈、瀛洲三神山俱在海中,今视其下,有时变为黄尘,有时变为清水,千年之间,时复更换,而自天上观之,则犹走马之速也。"葛洪《神仙传》:"麻姑云:接侍以来,见东海三为桑田;向到蓬莱,水又浅于往日会时略半耳,岂将复为陵陆乎?"这里化其用意。

⑥ "遥望"二句:齐州,即中州,犹言中国(见《尔雅·释地》邢昺注)。泓:水深而清的样子。一泓水,犹如一汪水。古谓中国为九州,九州之外,便是大海。这里是说,从天上看来,九州像九点烟尘;大海波涛,也不过是泻在杯中的一泓水而已。

【汇评】

退之"下视禹九州,一尘集毫端",长吉"遥望齐州九点烟,一泓海水杯中泻"之句,与老杜所谓"摩(荡)胸荡(生)层云,决眦入飞(归)鸟"者,是胸间何等眼界。(〔明〕何孟春《余冬录》卷五十三)

兔蟾重叠。论长吉每道是鬼才,而其为仙语,乃李白所不及,"九州"二句,妙有千古。即游仙诗。(〔清〕黎简《黎二樵批点黄陶庵评本李长吉集》卷一)

命题奇创。诗中句句是天,亦句句是梦,正不知梦在天中耶,天在梦中耶?是何等胸襟眼界,有如此手笔,白玉楼记不得不借重矣。(〔清〕黄周星《唐诗快》卷一)

不曰天梦,而曰梦天,迨犹屈子不曰问天,而曰天问也。泣天色,思之至此,则天亦应为之泣矣。鸾佩相逢,邂逅一遇,顷刻而月轮西矣,岂可定为久长鸳偶而痴情幻想者,遂谓三生有幸,思欲盟订千秋,而不知老兔、寒蟾正为此辈泣也。(〔清〕陈本礼《协律钩玄》略例)

后半豪纵似太白。(〔清〕吴汝纶《李长吉诗评注》)

【赏析】

此诗以前后四句分为上下两段。上段,描写梦中上天。前三句,都是诗人梦里漫游天空所见的景色。第四句则写诗人在桂花飘香的月宫道路上,和一群仙女遇上了。这四句层次分明,步步深入。

后四句中,"黄尘清水三山下,更变千年如走马"是写诗人同仙女的谈话。诗人尽情驰骋幻想,仿佛他真已飞入月宫,看到大地上的时间流逝和景物的渺小。浪漫主义的色彩是很浓厚的。

李贺在这首诗里,通过梦游月宫,描写天上仙境,以排遣个人的苦闷。天上众多仙女在清幽的环境中,你来我往,过着一种宁静的生活。而俯视人间,时间是那样短促,空间是那样渺小,寄寓了诗人对人事沧桑的深沉感慨,表现出冷眼看待现实的态度。全诗想象丰富,构思奇妙,比喻新颖,体现了李贺诗歌变幻怪异的艺术特色。

(常　健)

备选课文

贼退示官吏

元　结

昔岁逢太平,山林二十年。泉源在庭户,洞壑当门前。井税有常期,日晏犹得眠。忽然遭世变,数岁亲戎旃。今来典斯郡,山夷又纷然。城小贼不屠,人贫伤可怜。是以陷邻境,此州独见全。使臣将王命,岂不如贼焉。今彼征敛者,迫之如火煎。谁能绝人命,以作时世贤。思欲委符节,引竿自刺船。将家就鱼麦,归老江湖边。

喜外弟卢纶见宿

司空曙

静夜四无邻,　荒居旧业贫。
雨中黄叶树,　灯下白头人。
以我独沉久,　愧君相见频。
平生自有分,　况是蔡家亲。

盐州过胡儿饮马泉

李 益

绿杨著水草如烟，旧是胡儿饮马泉。
几处吹笳明月夜，何人倚剑白云天。
从来冻合关山路，今日分流汉使前。
莫遣行人照容鬓，恐惊憔悴入新年。

夜上受降城闻笛

李 益

回乐峰前沙似雪，受降城下月如霜。
不知何处吹芦管，一夜征人尽望乡。

晚次鄂州

卢 纶

云开远见汉阳城，犹是孤帆一日程。
估客昼眠知浪静，舟人夜语觉潮生。
三湘愁鬓逢秋色，万里归心对月明。
旧业已随征战尽，更堪江上鼓鼙声？

饯别王十一南游

刘长卿

望君烟水阔，挥手泪沾巾。
飞鸟没何处，青山空向人。
长江一帆远，落日五湖春。
谁见汀洲上，相思愁白蘋。

长沙过贾谊宅

刘长卿

三年谪宦此栖迟， 万古唯留楚客悲。
秋草独寻人去后， 寒林空见日斜时。
汉文有道恩犹薄， 湘水无情吊岂知？
寂寂江山摇落处， 怜君何事到天涯！

山　石

韩　愈

山石荦确行径微，黄昏到寺蝙蝠飞。升堂坐阶新雨足，芭蕉叶大支子肥。僧言古壁佛画好，以火来照所见稀。铺床拂席置羹饭，疏粝亦足饱我饥。夜深静卧百虫绝，清月出岭光入扉。天明独去无道路，出入高下穷烟霏。山红涧碧纷烂漫，时见松枥皆十围。当流赤足踏涧石，水声激激风生衣。人生如此自可乐，岂必局束为人靰？嗟哉吾党二三子，安得至老不更归！

左迁至蓝关示侄孙湘

韩　愈

一封朝奏九重天， 夕贬潮州路八千。
欲为圣明除弊事， 肯将衰朽惜残年。
云横秦岭家何在， 雪拥蓝关马不前。
知汝远来应有意， 好收吾骨瘴江边。

织　妇　辞

孟　郊

夫是田中郎， 妾是田中女。
当年嫁得君， 为君秉机杼。
筋力日已疲， 不息窗下机。
如何织纨素， 自著蓝缕衣。
官家榜村路， 更索栽桑树。

金铜仙人辞汉歌

李 贺

茂陵刘郎秋风客,夜闻马嘶晓无迹。画栏桂树悬秋香,三十六宫土花碧。魏官牵车指千里,东关酸风射眸子。空将汉月出宫门,忆君清泪如铅水。衰兰送客咸阳道,天若有情天亦老。携盘独出月荒凉,渭城已远波声小。

忆江上吴处士

贾 岛

闽国扬帆去, 蟾蜍亏复团。
秋风生渭水, 落叶满长安。
此地聚会夕, 当时雷雨寒。
兰桡殊未返, 消息海云端。

题李凝幽居

贾 岛

闲居少邻并, 草径入荒园。
鸟宿池边树, 僧敲月下门。
过桥分野色, 移石动云根。
暂去还来此, 幽期不负言。

泛读课文

秋日登吴公台上寺远眺, 寺即陈将吴明彻战场

刘长卿

古台摇落后, 秋日望乡心。
野寺人来少, 云峰水隔深。
夕阳依旧垒, 寒磬满空林。
惆怅南朝事, 长江独至今。

送李中丞之襄州

刘长卿

流落征南将，　曾驱十万师。
罢归无旧业，　老去恋明时。
独立三朝识，　轻生一剑知。
茫茫汉江上，　日暮复何之？

新年作

刘长卿

乡心新岁切，　天畔独潸然。
老至居人下，　春归在客先。
岭猿同旦暮，　江柳共风烟。
已似长沙傅，　从今又几年。

省试湘灵鼓瑟

钱　起

善鼓云和瑟，　常闻帝子灵。
冯夷空自舞，　楚客不堪听。
苦调凄金石，　清音入杳冥。
苍梧来怨慕，　白芷动芳馨。
流水传潇浦，　悲风过洞庭。
曲终人不见，　江上数峰青。

军城早秋

严　武

昨夜秋风入汉关，　朔云边月满西山。
更催飞将追骄虏，　莫遣沙场匹马还。

从军北征

李 益

天山雪后海风寒， 横笛偏吹行路难。
碛里征人三十万， 一时回首月中看。

塞下曲

李 益

伏波惟愿裹尸还， 定远何须生入关。
莫遣只轮归海窟， 仍留一箭射天山。

春夜闻笛

李 益

寒山吹笛唤春归， 迁客相看泪满衣。
洞庭一夜无穷雁， 不待天明尽北飞。

贼平后送人北归

司空曙

世乱同南去， 时清独北还。
他乡生白发， 旧国见青山。
晓月过残垒， 繁星宿故关。
寒禽与衰草， 处处伴愁颜。

听颖师弹琴

韩 愈

昵昵儿女语，恩怨相尔汝。划然变轩昂，勇士赴敌场。浮云柳絮无根蒂，天地阔远随飞扬。喧啾百鸟群，忽见孤凤凰。跻攀分寸不可上，失势一落千丈强。　嗟余有两耳，未省听丝篁。自闻颖师弹，起坐在一旁。推手遽止之，湿衣泪滂滂。颖乎尔诚能，无以冰炭置我肠。

晚　春

韩　愈

谁收春色将归去，慢绿妖红半不存。
榆荚只能随柳絮，等闲撩乱走空园。

游子吟

孟　郊

慈母手中线，游子身上衣。
临行密密缝，意恐迟迟归。
谁言寸草心，报得三春晖。

洛桥晚望

孟　郊

天津桥下冰初结，洛阳陌上人行绝。
榆柳萧疏楼阁闲，月明直见嵩山雪。

雁门太守行

李　贺

黑云压城城欲摧，甲光向日金鳞开。
角声满天秋色里，塞上燕脂凝夜紫。
半卷红旗临易水，霜重鼓寒声不起。
报君黄金台上意，提携玉龙为君死。

南园十三首（选二）

李　贺

男儿何不带吴钩，收取关山五十州。
请君暂上凌烟阁，若个书生万户侯。

寻章摘句老雕虫， 晓月当帘挂玉弓。
不见年年辽海上， 文章何处哭秋风。

高轩过

李 贺

华裾织翠青如葱，金环压辔摇玲珑。马蹄隐耳声隆隆，入门下马气如虹。云是东京才子，文章钜公。二十八宿罗心胸，九精照耀贯当中。殿前作赋声摩空，笔补造化天无功。庞眉书客感秋蓬，谁知死草生华风。我今垂翅附冥鸿，他日不羞蛇作龙。

寻隐者不遇

贾 岛

松下问童子， 言师采药去。
只在此山中， 云深不知处。

中小学已学篇目

张继《枫桥夜泊》　**卢纶**《塞下曲》（小）　**孟郊**《游子吟》　**贾岛**《寻隐者不遇》（小）　**韩愈**《左迁至蓝关示侄孙湘》　**李贺**《南园》　《雁门太守行》（初）　《李凭箜篌引》※　《梦天》※　《金铜仙人辞汉歌》※

可参考书目

《刘长卿诗编年笺注》，储仲君撰，中华书局1996年
《李益诗注》，范之麟注，上海古籍出版社1984年
《卢纶诗集校注》，刘初棠校注，上海古籍出版社1989年
《昼上人集》，皎然撰，十卷有《四部丛刊》影宋抄本
《韩昌黎诗系年集释》，钱仲联著，上海古籍出版社1984年
《韩愈研究资料汇编》，吴文治编，中华书局1983年
《韩愈选集》，孙昌武选注，上海古籍出版社1996年

《孟郊诗集校注》,华忱之、喻学才校注,人民文学出版社1995年

《贾岛诗注》,陈延杰注,商务印书馆"国学小丛书"本,1937年

《李长吉歌诗汇解》,〔清〕王琦注,上海古籍出版社1978年

《李贺全集》,王步高辑注汇评,珠海出版社2002年

《李贺研究资料汇编》,吴企明编,中华书局1994年

七、中唐诗(下)

【韦柳诗总评】

　　唐诗多流丽妩媚,有粉绘气,或以辨博名家。惟韦苏州继陈拾遗、李翰林崛起,为一种清绝高远之言以矫之,其五言精巧处不减唐人。至于古体歌行,如《温泉行》之类,欲与李杜并驱。前世惟陶,同时惟柳可以把臂入林,余人皆在下风。(〔宋〕刘克庄《后村诗话》新集卷三)

　　陶诗质厚近古,愈读而愈见其妙。韦应物稍失之平易,柳子厚则过于精刻,世称陶、韦,又称韦、柳,特概言之。惟谓学陶者,须自韦、柳而入,乃为正耳。(〔明〕李东阳《麓堂诗话》)

　　宋人又多以韦、柳并称,余细观其诗,亦甚相悬。韦无造作之烦,柳极锻炼之力。韦真有旷达之怀,柳终带排遣之意。诗为心声,自不可强。(〔清〕贺裳《载酒园诗话》又编)

　　中唐韦苏州、柳柳州,一则雅淡幽静,一则恬适安闲。汉魏六朝诸人而后,能嗣响古诗正音者,韦、柳也,非仅贞元、元和间推独步矣。(〔清〕田雯《古欢堂集杂著》卷二)

　　人以王孟、韦柳连而称之者,以其诗皆不事雕绘也。然其间位置自别,风趣不同。韦苏州气味不在建安下,不应以其有田园诗便列一格。柳州诗清炼孤诣,类其为文。韦特自然,柳多作意,在读者得之。韦柳诗皆本色文字,大璞不琢,人知其美而往往易视,殊不知难于藻饰者多矣。故历观自来名为学韦柳者,率多浮薄疏庸之笔。(〔清〕阙名《静居绪言》)

韦应物

韦应物(737—约791),京兆长安(今陕西省西安市)人。早年尚豪侠,以三卫郎事玄宗。安史之乱后失官,始悔而折节读书。后由比部员外郎出为滁州、江州刺史,改左司郎中,官终苏州刺史,世称韦苏州。韦诗以写田园山水著名,部分作品对当时社会混乱、人民疾苦的情况有所反映。其诗语言简淡,绝去雕饰,而风格秀朗,气韵清澈。有《韦苏州集》(一称《韦江州集》)十卷。

【集评】

渊明诗,唐人绝无知其奥者,惟韦苏州、白乐天尝有效其体之作,而乐天亦去之甚远。(〔宋〕蔡启《蔡宽夫诗话》)

李杜之后,诗人继作,虽间有远韵,而才不逮意,独韦应物、柳子厚发纤浓于简古,寄至味于淡泊,非余子所及也。(〔宋〕苏轼《书黄子思诗集后》)

韦苏州诗如浑金璞玉,不假雕琢成妍,唐人有不能到;至其过处,大似村寺高僧,奈时有野态。(〔宋〕蔡绦《蔡百衲诗评》)

韦苏州诗,高于王维、孟浩然诸人,以其无声色臭味也。(〔宋〕朱熹《朱子全书·论诗》)

徐师川言:人言苏州诗多言其古淡,乃是不知苏州诗。自李杜以来,古人诗法尽废,唯苏州有六朝风致,最为流丽。(〔宋〕吕本中《童蒙诗训》)

风怀澄澹推韦、柳,佳处多从五字求。解识无声弦指妙,柳州那得比苏州。(〔清〕王士禛《戏仿元遗山论诗绝句》)

中唐韦苏州、柳柳州,一则雅淡幽静,一则恬适安闲。汉魏六朝诸人而后,能嗣响古诗正音者,韦、柳也,非仅贞元、元和间推独步矣。(〔清〕田雯《古欢堂集杂著》卷二)

王孟诸公,虽极超诣,然其妙处,似犹得以言语形容之。独至韦苏州,则其奇妙全在淡处,实无迹可求。不得已,则取徐迪功所谓"朦胧萌拆,浑沌贞粹"八字,或庶几可仿象乎?(〔清〕翁方纲

《石洲诗话》卷二）

寄李儋元锡①

去年花里逢君别，　今日花开又一年。
世事茫茫难自料②，春愁黯黯独成眠③。
身多疾病思田里，　邑有流亡愧俸钱④。
闻道欲来相问讯，　西楼望月几回圆？

【注释】

① 李儋元锡：李儋，字元锡，是韦应物诗交好友。时任殿中侍御史。
② 世事：此处既指国家前途，也包含个人前途。茫茫：渺茫，不可知。
③ 黯黯：心里不舒服，情绪低落的样子。
④ 邑：城邑，指韦应物当时任所滁州。俸钱：官俸，俸禄。

【汇评】

韦苏州诗云："身多疾病思田里，邑有流亡愧俸钱。"太守能为此言者鲜矣。（〔宋〕刘克庄《后村诗话》续集卷二）

韦公性高洁，鲜食寡欲，所居焚香扫地而坐。其诗如"流水赴大壑，孤云还暮山"……"身多疾病思田里，邑有流亡愧俸钱"，皆能罢去陈言，意致简远超然，似其为人，诗家比之陶靖节，真无愧也。（〔清〕余成教《石园诗话》卷一）

本言今日思寄，却追叙前此，益见情真，亦是补法。三句承一年之久，放空一句。四句兜回自己。五、六接写自己怀抱。末始入今日寄意。（〔清〕方东树《昭昧詹言》卷十八）

纪昀：上四句竟是闺情语，殊为疵累。五、六亦是淡语，然出香山辈手便俗浅，此于意境辨之。七律虽非苏州所长，然气韵不俗，胸次本高故也。（李庆甲辑《瀛奎律髓汇评》卷六）

【赏析】

这首诗是韦应物晚年在滁州刺史任上的作品。唐德宗建中四年(783)暮春入夏时节,韦应物从长安调任滁州刺史。这年冬天,长安发生了朱泚叛乱,称帝号秦,唐德宗仓皇出逃,直到第二年五月才收复长安。李儋在长安与韦应物分别后,曾托人问候。次年春天,韦应物写了这首诗寄赠李儋以答。诗中叙述了别后的思念和盼望,抒发了国乱民穷造成的内心矛盾和苦闷。

此诗首联以花开一年为衬,则不仅显出时光迅速,更流露出别后境况萧索的感慨。次联写自己的烦恼苦闷。三联具体写自己的思想矛盾。末联便以感激李儋的问候和亟盼他来访作结。

此诗之所以为人传诵,是因为诗人诚恳地披露了一个清廉正直的封建官吏的思想矛盾和苦闷,真实地概括出这样的官员有志无奈的典型心情。尤其是"身多疾病思田里,邑有流亡愧俸钱"两句,自宋代以来,甚受赞扬。诗人能够写出这样真实、典型、动人的诗句,正由于他有较高的思想境界和较深的生活体验。(常 健)

柳 宗 元

柳宗元(773—819),字子厚,祖籍河东(今山西永济市),世称"柳河东"。德宗贞元九年(793)进士,十四年登博学宏词科,授集贤殿正字,迁蓝田尉。拜监察御史里行,迁礼部员外郎。永贞革新失败,贬永州司马,元和十年(815)再出为柳州刺史。十四年卒于任所,世称"柳柳州"。现存诗160余首,《全唐诗》编为四卷。

【集评】

柳仪曹诗,忧中有乐,乐中有忧,妙绝古今。然老杜云:"王侯与蝼蚁,同尽随丘墟。"仪曹何忧之深也!(〔宋〕阮阅《诗话总龟》前集卷八引《王直方诗话》)

韩子苍云:予观古今诗人,唯韦苏州得其(陶)清闲,尚不得其枯淡,柳州独得之,但恨其少遒尔。柳州诗不多,体亦备众家,唯效陶诗是其性所好,独不可及也。(〔宋〕胡仔《苕溪渔隐丛话》前集卷四)

柳柳州诗,字字如珠玉,精则精矣,然不若退之之变态百出也。使退之之敛而为子厚则易,使子厚开拓而为退之则难。意味可学,而才气则不可强也。(〔宋〕张戒《岁寒堂诗话》卷上)

五言古诗,句雅淡而味深长者,陶渊明、柳子厚也。(〔宋〕杨万里《诚斋诗话》)

韩、柳齐名,然柳乃本色诗人。自渊明没,雅道几熄,当一世竞作唐诗之时,独为古体以矫之。未尝学陶、和陶,集中五言凡十数篇,杂之陶集,有未易辨者。其幽微者可玩而味,其感慨者可悲而泣也。其七言五十六字尤工,五七言绝句已别选。(〔宋〕刘克庄《后村诗话》新集卷五)

柳子厚诗,世与韦应物并称;然子厚之工致,乃不若苏州之萧散自然。(〔明〕胡震亨《唐音癸签》卷七引刘履语)

柳子厚幽怨有得骚旨而不甚似陶公,盖怡旷气少、沉至语少也。(〔清〕施补华《岘佣说诗》)

柳子厚诗如玄鹤夜鸣,声含霜气。(〔清〕牟愿相《小澥草堂杂论诗》)

柳子厚卓伟精致,与古为侔,尤擅西汉诗骚,一时行辈推仰。贬官后,自放山泽间,其堙厄感郁,一寓于诗。东坡谓"韩退之豪放奇险,则过子厚,温丽情深不及也。"朱子谓"学诗须从陶、柳门庭入"。盖子厚之诗脱口而出,多近自然也。(〔清〕余成教《石园诗话》卷一)

登柳州城楼寄漳汀封连四州刺史

城上高楼接大荒[①],　海天愁思正茫茫。
惊风乱飐芙蓉水,　　密雨斜侵薜荔墙[②]。
岭树重遮千里目,　　江流曲似九回肠[③]。
共来百越文身地[④],　犹自音书滞一乡!

【注释】

① 接:连接;大荒:泛指荒僻的边远地区。

② 惊风二句：写眺望夏天暴雨的景象，同时寓有感慨仕途中风波险恶之意。惊风、密雨，隐喻敌对势力。飐：吹动。芙蓉：即荷花。薜荔：一种蔓生香草。

③ 江：指柳江。柳江发源于今贵州省独山县，东南经广西，入红水江，柳州城在柳江与龙江汇合处；九回肠：指愁思的缠结。

④ 百越：即百粤，泛指南方的少数民族。文身：身上刺花纹，古时南方少数民族的一种习俗。《淮南子·原道训》："九疑（即苍梧山）之南，陆事寡而水事众，于是民人被（披）发文身，以象鳞虫。"

【本事】

《柳集五百家注》韩仲韶曰：永贞元年，公与韩泰、韩晔、刘禹锡、陈谦、凌准、程异、韦执谊皆以附王叔文贬，号八司马。凌准、执谊皆卒贬所。异先用，余四人元和十年皆例召至京师。又皆出为刺史。公为柳州，泰为漳州，晔为汀州，禹锡为连州，谦为封州。公六月到柳州，此诗是年夏所寄。案：唐岭南道柳州治马平县，在今广西柳城县西。江南道漳州治龙溪县，今福建龙溪县治。江南道汀州治长汀县，今福建长汀县治。岭南道封州治封川县，今广东封川县治。岭南道连州治阳山县，今广东连山县治。（高步瀛《唐宋诗举要》卷五）

【汇评】

从登城起，有百端交集之感。"惊风"、"密雨"，言在此而意不在此。（〔清〕沈德潜《唐诗别裁集》卷十五）

吴乔云：中四句皆寓比意，惊风密雨喻小人，芙蓉薜荔喻君子，乱飐斜侵则倾倒中伤之状，岭树句喻君门之远，江流句喻臣心之苦，皆逐臣忧思烦乱之词。（〔清〕何焯《义门读书记》卷三十七）

柳五言诗犹能强自排遣，七言则满纸涕泪。如……"惊风乱飐芙蓉水，密雨斜侵薜荔墙"……，只就此写景，已不可堪，不待读其"一身去国六千里，万死投荒十二年"矣。（〔清〕贺裳《载酒园诗话》又编）

前六句直下皆言登楼所望见之景，末二句总括，不明言谪宦，而谪宦之意自见。（王文濡《唐诗评注读本》卷六）

陆贻典:子厚诗律细于昌黎,至柳州诸咏,尤极神妙,宣城、参军之匹。查慎行:起势极高,与少陵"花近高楼"两句同一手法。纪昀:一起意境阔远,倒摄四州,有神无迹。通篇情景俱包得起。三四,赋中之比,不露痕迹,旧说谓借寓震撼危疑之意,好不着相。赵熙:神运。(李庆甲辑《瀛奎律髓汇评》卷四)

【赏析】

公元805年,唐德宗李适死,太子李诵(顺宗)即位,重用王叔文、王伾、柳宗元、刘禹锡诸人进行革新,罢宫市,出宫女九百余人,绝进奉,免百姓所欠租赋,削减宦官兵权和裁抑藩镇割据。在宦官和藩镇的联合反扑下,顺宗被迫退位,不久被宦官杀死,王叔文赐死,王伾贬后病死,柳、刘、二韩等贬为边州司马;十年后,又同改任边州刺史。

此诗为柳宗元初到柳州时所写。此诗首联写城上高楼与辽阔荒凉的大地连接,极目远望,海天相连,而自己的茫茫愁思,正如海天一般辽阔、深远。颔联写近见暴雨的景色,暗寓政治风景的险恶。颈联写远景。因怀念好友,而极目远望,然而重峰密岭,遮断了千里之目,江流曲折,有似九回之肠,不见好友,更增深了自己的愁思。尾联,共来百越文身地(被谪边远之地),已够痛心,犹自音书滞一乡,更加深了悲愤的情感。

本诗抒发了诗人政治上长期遭受打击的愤郁不平的感情,表达了对战友们深挚的怀念。在艺术上,此诗景中有情,情中有景,景与情如水乳交融,故纪昀评为:如水中之盐,不露痕迹。

(常　健)

刘禹锡

刘禹锡(772—842),字梦得,洛阳(今属河南)人。祖上是匈奴人,北魏时改称汉姓。自称汉中山靖王刘胜的后代。贞元间联登进士、宏辞二科。授监察御史。参加王叔文集团,反对宦官和藩镇割据势力。

失败后被贬朗州司马,迁连州刺史。后以裴度力荐,迁太子宾客,加检校礼部尚书,世称刘宾客。和柳宗元交谊很深,人称"刘柳",后与白居易唱和甚多,又并称"刘白"。其诗通俗清新,善用比兴,寄托政治内容。《竹枝词》及《柳枝词》等组诗,富有民歌特色,是唐诗中别开生面之作。著有《刘梦得文集》。

【集评】

刘梦得诗典则既高,滋味亦厚;但正若巧匠矜能,不见少拙。(〔宋〕蔡绦《蔡百衲诗评》)

元和以后,诗人之全集可观者数家,当以刘禹锡为第一。其诗入选及人所脍炙,不下百首。……宛有六朝风致,尤可喜也。(〔明〕杨慎《升庵诗话》卷十二)

刘禹锡诗以意为主,有气骨。(〔明〕胡震亨《唐音癸签》卷七引《吟谱》)

刘宾客之能事,全在《竹枝词》。至于铺陈排比,辄有伧俗之气。(〔清〕翁方纲《石洲诗话》卷一)

元和十年自朗州承召至京,戏赠看花诸君子①

紫陌红尘拂面来②, 无人不道看花回。
玄都观里桃千树③, 尽是刘郎去后栽④。

【注释】

① 朗州:唐州名,治所今湖南常德市,辖境相当今湖南桃源以东的沅江流域。承:接受。召:另有调用。
② 紫陌:指京城的道路。古代天文学家将全天分为三垣:太微垣、紫微垣和天市垣。紫微垣居中央,故称皇宫为"紫宫"或"紫禁宫"。京城的道路随之沾光,也就有了"紫陌"之名。红尘:闹市的尘埃。
③ 玄都观(guàn):道教庙宇名,在长安朱雀桥西。
④ 刘郎:诗人自指。去:一作"别"。

【本事】

刘禹锡自屯田员外郎左迁鼎州司马,凡十年,始召还。方春赠看花者云："紫陌红尘拂面来，无人不道看花回。玄都观里桃千树，尽是刘郎去后栽。"不日传于都下。好事白执政，诬其怨愤。他日，见时宰，与坐，慰劳久之。既而曰："近日新诗，未免为累。"不数月，迁连州刺史。其自叙云："贞元二十一年春，余为屯田员外郎，时玄都观未有花。是岁牧州，至荆南，又贬鼎州司马。居外十年，召至京师。人言有道士手植仙桃，满观盛开，遂有前篇，以识一时之事。既出牧十四年，始为主客郎中，重游是观，再书二十八字以俟后游，时大和二年三月也：百亩庭中半是苔，桃花净尽菜花开。种桃道士归何处，前度刘郎去又来。"（〔宋〕阮阅《诗话总龟》前集卷三十一引《古今诗话》）

【汇评】

陌间尘起，看花者众。桃为道士所栽，新贵皆丞相所拔，是以执政深疾其诗。（〔明〕唐汝询《唐诗解》卷二十九）

借种桃花以讽朝政，栽桃者道士，栽新贵者执政也。自刘郎去后，而新贵满朝，语涉讥刺。（〔民国〕王文濡《唐诗评注读本》卷四）

【赏析】

唐宪宗元和元年（806），刘禹锡被贬为连州（唐州名，治所在今广东连县，辖境相当今连县、连山、阳山等县地）刺史，途中又改为朗州司马。到元和十年（815），才从朗州承召回长安。看花诸君子，是指同时被召回的柳宗元、韩泰、韩晔、陈谏等人。

这首政治讽刺诗通过写看花人去玄都观观赏桃花的情景，讽刺当时的朝中新贵。前两句写看花的盛况。不写去看花而只写看花回，又只从京城道路的繁华热闹写起，"无人不道"四字流露了看花人归途中的开心喜悦，而桃花之美也就可以想见了。沈祖棻说："它不写花本身之动人，而只写看花的人为花所动，真是又巧妙又简练。"后两句喻意明显，自伤兼嘲讽。"桃千树"隐喻众多朝中新贵。"栽"关合自然人事。桃树可栽，人亦可栽。反过来再看前两句，就发现前两句也是有隐喻之意的。看花人隐喻攀附之徒，

"紫陌红尘拂面来"隐喻奔竞权门,"无人不道看花回"隐喻仕途得意。

《旧唐书·刘禹锡传》载:"禹锡作《游玄都观咏看花君子诗》,语涉讥刺,执政不悦,复出为播州(唐州名,治所在今贵州遵义市,辖境相当今遵义市、县和桐梓等县地)刺史。"因御史中丞裴度为他说情,才改授连州刺史。看来这是一首惹祸的诗。　　（沈广达）

再游玄都观①

余贞元二十一年为屯田员外郎时②,此观未有花。是岁出牧连州③,寻改朗州司马④,居十年,召至京师。人人皆言,有道士手植仙桃,满观如红霞。遂有前篇以志一时之事⑤。旋又出牧,今十有四年,复为主客郎中⑥,重游玄都观。荡然无复一树,唯兔葵燕麦动摇于春风耳⑦。因再题二十八字,以俟后游⑧。时大和二年三月⑨。

百亩庭中半是苔,　桃花净尽菜花开⑩。
种桃道士归何处,　前度刘郎今又来⑪。

【注释】

① 玄都观:见前诗《元和十年自朗州承召至京,戏赠看花诸君子》注③。

② 贞元二十一年:也是唐顺宗永贞元年,即805年。贞元:唐德宗年号。屯田员外郎:唐官名,为尚书省工部所属屯田司的副长官。

③ 牧:西汉末年,称刺史(太守)为牧,这里指担任州官。连州:唐州名,治所在今广东连县,辖境相当今连县、连山、阳山等县地。

④ 寻:不久。朗州:唐州名,治所今湖南常德市,辖境相当今湖南桃源以东的沅江流域。

⑤ 前篇:指《元和十年自朗州至京,戏赠看花诸君子》一诗。

⑥ 主客郎中:唐官名,为尚书省所属主客司的长官,主要掌管与其他民族来往的事务。

⑦ 兔葵:一种野菜。燕麦:野麦。

⑧ 俟(sì)后游:等待以后再来游玩。俟:等待。

⑨ 大和二年,即 828 年。大和:一作"太和",唐文宗年号。
⑩ 庭:本指堂阶前的地坪,此指玄都观里长千树桃花的地方。净:一作"开",一作"落"。
⑪ "前度"句:成语"前度刘郎"即源于此句。刘郎:诗人自称。又:一作"独"。

【汇评】

夫平仄以成句,抑扬以合调。扬多抑少,则调匀;抑多扬少,则调促。……刘禹锡《再过玄都观诗》:"种桃道士归何处,前度刘郎今又来。"上句四去声相接,扬之又扬,歌则太硬;下句平稳。此一绝二十六字皆扬,唯"百亩"二字是抑。又观《竹枝词》所序,以知音自负,何独忽于此耶?(〔明〕谢榛《四溟诗话》卷三)

文宗之朝,互为朋党,一相去位,朝士尽易。正犹道士去而桃不复存。是以执政者复恶其轻薄。(〔明〕唐汝询《唐诗解》卷二十九)

前因看花诗,连遭贬黜,今得重来,而新进者随旧日之执政以俱去矣,因复借此以讽之。(〔民国〕王文濡《唐诗评注读本》卷四)

【赏析】

《旧唐书·刘禹锡传》载:"太和二年,自和州刺史征还,拜主客郎中。禹锡衔前事未已,复作《游玄都观诗序》……执政又闻《诗序》,滋不悦。累转礼部郎中、集贤院学士。"……交代此诗的写作背景,对此诗的赏析当有助焉。

此诗和"前篇"一样,纯用比体而又不避锋芒。一二两句通过写玄都观的冷落凄清景象,隐喻诗人当初讽刺的对象——元和十年前后得势的"新贵",眼下已不复得势。"庭"同时暗合朝廷的"廷"。三、四两句颇有火气,责问、蔑视、自负、嘲讽、感慨等均寓于其中。"种桃道士"隐喻当初打击王叔文集团,贬黜刘禹锡等八人的当权者。

值得一提的是,此诗的序比诗长得多,洵是一篇优美的散文。诗与序互读,"前篇"与此诗、此序互读,当更能显现彼此的诗心、文心。

(沈广达)

竹 枝 词

杨柳青青江水平， 闻郎江上唱歌声。
东边日出西边雨， 道是无晴却有晴。

【汇评】

　　李义山"江上晴云杂雨云"，不如刘梦得"东边日出西边雨，道是无情还有情"……措词流丽，酷似六朝。（〔明〕谢榛《四溟诗话》卷二）

　　此以"晴"字双关"情"字，其源出于《子夜》、《读曲》。（〔清〕黄生《唐诗评》卷四）

　　此首起二句，则以风韵摇曳见长。后二句言东西晴雨不同，以"晴"字借作"情"字，无情而有情，言郎踏歌之情费人猜想。双关巧语，妙手偶得之。（俞陛云《诗境浅说》）

【赏析】

　　竹枝词是巴东民歌之一种，以笛鼓伴奏，同时起舞。刘禹锡任夔州刺史时，学习这种民歌，写当地的风土人情。此乃其最著名之一首。写一位沉浸于初恋中的少女，她爱一位男子，又不确知对方是否爱自己，抱着一种忐忑不安、希冀与担忧参半的心情去揣度男子的态度。语言双关，通俗细腻，诙谐幽默，妙趣横生。乃爱情诗中名篇。
　　　　　　　　　　　　　　　　　　　　　　　　　（王步高）

西塞山怀古[①]

王濬楼船下益州[②]， 金陵王气黯然收[③]。
千寻铁锁沉江底[④]， 一片降幡出石头[⑤]。
人世几回伤往事， 山形依旧枕寒流[⑥]。
从今四海为家日， 故垒萧萧芦荻秋[⑦]。

【注释】

① 西塞山:在今湖北大冶县东面的长江边,形势险峻,是六朝有名的军事要塞。长庆四年(824)刘禹锡由夔州刺史调任和州刺史,沿江东下,途经西塞山,即景抒怀,写下此诗。

② 王濬:晋人,受晋武帝派遣,率领高大的战船顺江而下讨伐东吴。益州,州治在今四川成都市,王濬曾为益州刺史。

③ 金陵:今江苏南京市。

④ 寻:古代长度单位,八尺为一寻。本句指当年东吴凭借长江天险,于江中暗设铁锥,再以铁链横锁江面,王濬用大筏数十,冲走铁锥,又以大火烧毁铁链,直逼金陵。

⑤ 降幡:表示投降的旗帜。石头,指石头城,故址在今江苏省南京市清凉山,此指金陵城。

⑥ 寒:一作江。

⑦ 故垒:指昔日的军事堡垒。

【本事】

元微之、刘梦得、韦楚客会于乐天之居,因论南朝兴废事,各赋《金陵怀古》诗。梦得方在郎省,元公已居北门。梦得骋其才,略无逊意,满引一觞,请为首唱,一挥而成。白公览诗,曰:"四人探骊龙,而子先得其珠,其余鳞甲将何为?"三公于是罢吟。(〔宋〕阮阅《诗话总龟》前集卷二十四)

【汇评】

刘宾客《西塞山怀古》,似议非议,有论无论,笔著纸上,神来天际,气魄法律,无不精到,洵是此老一生杰作,自然压倒元、白。(〔清〕薛雪《一瓢诗话》)

刘梦得《金陵怀古》诗,当时白香山谓其已探骊珠,所余鳞角何用。以今观之,"王濬楼船"所咏才一事耳,而多至四句,前则疑于偏枯;山城水国,芦荻之乡,触目尽尔,后则嫌其空衍也。抑何元、白阁笔易易耶?(〔清〕汪师韩《诗学纂闻》)

刘宾客《西塞山怀古》之作,极为白公所赏,至于为之罢唱。

起四句洵是杰作,后四则不振矣。此中唐以后,所以气力衰飒也。固无八句皆紧之理,然必松处正是紧处,方有意味。如此作结,毋乃饮满时思滑之过耶?《荆州道怀古》一诗,实胜此作。(〔清〕翁方纲《石洲诗话》卷二)

查慎行:专举吴亡一事,而南渡、五代以第五句含蓄之。见解既高,格局亦开展动宕。何义门:气势笔力匹敌《黄鹤楼》诗,千载绝作也。纪昀:第四句但说得吴。第五句七字括过六朝,是为简练。第六句一笔折到西塞山,是为圆熟。(李庆甲辑《瀛奎律髓汇评》卷三)

【赏析】

这是一首怀古诗。作者借晋、吴兴亡的历史旧事,抒发了四海一家终究要取代割据的思想。全诗共两层意思:前四句写王濬率军攻打东吴、东吴凭借地理优势也未能挽回失败结局的历史旧事。后四句抒写了由此产生的感兴,表达了与作者在《金陵怀古》中抒发的"兴废由人事,山川空地形"一样的感慨:山形依旧,人事全非。今日四海为家,江山统一,分裂的历史已经一去不复返了。

首联由远处落笔,一"下"一"收",简练而有气势。第二联承接首联,为下面抒情议论做铺垫。第三联将笔锋从"往事"折回眼前,"几回"二字概括了六朝兴废的纷乱历史,对句点到西塞山,"依旧"一词,透露出怀古思绪。尾联将"四海为家"的"今逢"之世,与残破荒凉的"故垒"遗迹并举,收束全篇。

诗歌即景骋情,借古喻今,景、情、理融会一体,通过将自然与人事并举,表现了永恒与短暂的对比。全诗寓意深广,雄浑爽朗。趣远情深而又鲜明如画,含思婉转而又骨力豪劲。 (屈雅红)

元 稹

元稹(779—831),字微之,河南(今河南洛阳)人。德宗贞元中明经及第,复书判拔萃科,授校书郎。宪宗元和初,授左拾遗,升为监察御史。后得罪宦官,贬江陵士曹参军,转通州司马,调虢州长史。穆宗长庆初任膳部员外郎,转祠部郎中知制诰,迁中书舍人、翰林学士。为相三月,出为同州刺史,改浙东观察使。文宗大和中为尚书左丞,出为武昌节度使,卒于任所。与白居易倡导新乐府运动,颇有影响,时称"元白"。著有《元氏长庆集》。

【集评】

元稹撰《白氏长庆集序》云:"予始与乐天同校秘书,多以诗章相赠答。而二十年间,禁省、观寺、邮堠墙壁之上无不书,王公、妾妇、牛童、马走之口无不道。至于缮写模勒,炫卖于市井,或持之以交酒茗者,处处皆是。予尝于平水市中,见村校诸童,竞习诗,召而问之,皆对曰:先生教乐天、元微之诗。亦不知予之为微之也。"又云:"鸡林贾人,求市颇切,自云:本国宰相,每以百金换一篇。其甚伪者,宰相辄能辨别之。"《蔡宽夫诗话》云:"司空图善论前人诗,谓元、白为力勍气僝,乃都会之豪估,可谓切中其病。"(〔宋〕蔡正孙《诗林广记》卷十)

高秀实又云:"元氏艳诗,丽而有骨,韩偓《香奁集》丽而无骨。"(〔宋〕许𫖮《彦周诗话》)

敖陶孙器之评诗曰:……元微之如李龟年说天宝遗事,貌悴而神不伤。(〔明〕杨慎《升庵诗话》卷三)

离思五首(选一)

曾经沧海难为水①, 除却巫山不是云②。
取次花丛懒回顾③, 半缘修道半缘君④。

【注释】

①"曾经"句:脱胎于孟文或陆诗。《孟子·尽心篇上》:"观于海者难为水,游于圣人之门者难为言。"朱熹《孟子集注》:"所见既大,则其小者不足观也。"晋陆云《为顾彦先赠妇往返四首》:"浮海难为水,游林难为观。"孟文以大海的深邃喻圣人学问的博大深渊;陆诗喻见过大世面,则不屑于普通的事物。元稹则别开生面,用"曾经沧海"暗喻"我"对"君"的深情。曾经:曾经经过。沧海:大海,因大海水深呈青苍色,故云。一说古人通称渤海为沧海,此

处"沧海"与"巫山"对举,当以"渤海"之解为胜。

②"除却"句:用楚王游云梦、宿高唐而梦遇神女事,详见宋玉《高唐赋·序》。巫山:在四川巫山县东南,上有神女峰。

③"取次"句:元稹《梦游春七十韵》自道曰:"觉来八九年,不向花回顾。"白居易《和〈梦游春〉诗一百韵》赞元稹曰:"京洛八九春,未曾花里宿。"取次:寻常,随意。花丛:暗喻众多美人。

④"半缘"句:意即既是因为修道,又是因为悼念你。修道:有二解,一指尊佛奉道。白居易《和答诗十首》赞元稹曰:"身委《逍遥篇》,心付《头陀经》。"二指专心致力于品德学问的修养。均可通,二者都是元稹感情的寄托。清人秦朝釪《消寒诗话》评曰:"……悼亡而曰'半缘君',亦可见其性情之薄矣。"恐非确解。

【汇评】

元稹初娶京兆韦氏,字蕙丛,官未达而苦贫……韦蕙丛逝,不胜其悲,为诗悼之曰:"谢家最小偏怜女……",又云"曾经沧海难为水,除却巫山不是云。"(〔宋〕范摅《云溪友议》)

微之自言眷念双文之意形之于诗者,如"取次花丛懒回顾,半缘修道半缘君",是其自夸守礼多情之语,亦不可信也。(陈寅恪《元白诗笺证稿》)

此诗共五首,为莺莺作。另有首篇,一题作《莺莺诗》云:"夜合带烟笼晓日,牡丹经雨泣残阳",亦写离情。或谓为韦丛作,故有"曾经沧海"之句,盖悼亡也。(苏仲翔《元白诗选》)

【赏析】

此诗选自《离思五首》的第四首(《离思五首》,一本并《莺莺诗》作六首,此诗列第五首),写"我"对"君"爱的坚贞不渝。"曾经"两句素来尤为人称诵,写的是爱的境界。上下两句互文,义同"曾经巫山难为云,除却沧海不是水",用以隐喻除了"君"之外,"我"谁也不爱。爱的表现是"取次花丛懒回顾",柳永的"便纵有千种风情,更与何人说",与此同妙;爱的原因则是"修道"和对"君"的悼念,情中有理,理中融情。大多诗评家认为此诗是"悼念亡妻韦丛之作"。陈寅恪《元白诗笺证稿》则考定,此诗是"为其少日之情人所谓崔莺莺者而作"的。崔莺莺即寒族女子双文。不管此诗为谁而作,也不管元稹的品格高抑或是低,就"诗"论"诗",这首诗脉络清晰,凄恻动人,堪比他的《遣悲怀》三首,也是悼亡诗中的杰作。

(沈广达)

备选课文

滁 州 西 涧
韦应物

独怜幽草涧边生, 上有黄鹂深树鸣。
春潮带雨晚来急, 野渡无人舟自横。

淮上喜会梁州故人
韦应物

江汉曾为客, 相逢每醉还。
浮云一别后, 流水十年间。
欢笑情如旧, 萧疏鬓已斑。
何因不归去? 淮上有秋山。

寄全椒山中道士
韦应物

今朝郡斋冷, 忽念山中客。
涧底束荆薪, 归来煮白石。
欲持一瓢酒, 远慰风雨夕。
落叶满空山, 何处寻行迹。

渔翁

柳宗元

渔翁夜傍西岩宿，　晓汲清湘燃楚竹。
烟销日出不见人，　欸乃一声山水绿。
回看天际下中流，　岩上无心云相逐。

与浩初上人同看山寄京华亲故

柳宗元

海畔尖山似剑铓，　秋来处处割愁肠。
若为化作身千亿，　散上峰头望故乡。

别舍弟宗一

柳宗元

零落残红倍黯然，　双垂别泪越江边。
一身去国六千里，　万死投荒十二年。
桂岭瘴来云似墨，　洞庭春尽水如天。
欲知此后相思梦，　长在荆门郢树烟。

节妇吟

张　籍

君知妾有夫，　赠妾双明珠。
感君缠绵意，　系在红罗襦。
妾家高楼连苑起，　良人执戟明光里。
知君用心如日月，　事夫誓拟同生死。
还君明珠双泪垂，　恨不相逢未嫁时。

野 老 歌

张　籍

老农家贫在山住，　耕种山田三四亩。
苗疏税多不得食，　输入官仓化为土。
岁暮锄犁傍空室，　呼儿登山收橡实。
西江贾客珠百斛，　船中养犬长食肉。

秋　思

张　籍

洛阳城里见秋风，　欲作归书意万重。
忽恐匆匆说不尽，　行人临发又开封。

水　夫　谣

王　建

苦哉生长当驿边，官家使我牵驿船。辛苦日多乐日少，水宿沙行如海鸟。逆风上水万斛重，前驿迢迢后淼淼。半夜缘堤雪和雨，受他驱遣还复去。衣寒衣湿披短蓑，臆穿足裂忍痛何。到明辛苦无处说，齐声腾踏牵船歌。一间茆屋何所直，父母之乡去不得。我愿此水作平田，长使水夫不怨天。

新 嫁 娘 词

王　建

三日入厨下，　洗手作羹汤。
未谙姑食性，　先遣小姑尝。

遣悲怀三首

元　稹

谢公最小偏怜女，嫁与黔娄百事乖。
顾我无衣搜荩箧，泥他沽酒拔金钗。
野蔬充膳甘长藿，落叶添薪仰古槐。
今日俸钱过十万，与君营奠复营斋。

昔日戏言身后意，今朝皆到眼前来。
衣裳已施行看尽，针线犹存未忍开。
尚想旧情怜婢仆，也曾因梦送钱财。
诚知此恨人人有，贫贱夫妻百事哀。

闲坐悲君亦自悲，百年都是几多时。
邓攸无子寻知命，潘岳悼亡犹费词。
同穴窅冥何所望，他生缘会更难期。
唯将终夜长开眼，报答平生未展眉。

泛读课文

寒食寄京师诸弟

韦应物

雨中禁火空斋冷，江上流莺独坐听。
把酒看花想诸弟，杜陵寒食草青青。

过三闾庙

戴叔伦

沅湘流不尽，屈宋怨何深。
日暮秋烟起，萧萧枫树林。

闺　　怨
　　　　　　　　戴叔伦

看花无语泪如倾，　多少春风怨别情。
不识玉门关外路，　梦中昨夜到边城。

江　　雪
　　　　　　　　柳宗元

千山鸟飞绝，　万径人踪灭。
孤舟蓑笠翁，　独钓寒江雪。

柳州二月榕叶落尽偶题
　　　　　　　　柳宗元

宦情羁思共凄凄，　春半如秋意转迷。
山城过雨百花尽，　榕叶满庭莺乱啼。

石　头　城
　　　　　　　　刘禹锡

山围故国周遭在，　潮打空城寂寞回。
淮水东边旧时月，　夜深还过女墙来。

酬乐天扬州初逢席上见赠
　　　　　　　　刘禹锡

巴山楚水凄凉地，　二十三年弃置身。
怀旧空吟闻笛赋，　到乡翻似烂柯人。
沉舟侧畔千帆过，　病树前头万木春。
今日听君歌一曲，　暂凭杯酒长精神。

竹枝词九首（选三）

刘禹锡

山桃红花满上头，　蜀江春水拍江流。
花红易衰似郎意，　水流无限似侬愁。

瞿塘嘈嘈十二滩，　此中道路古来难。
长恨人心不如水，　等闲平地起波澜。

山上层层桃李花，　云间烟火是人家。
银钏金钗来负水，　长刀短笠去烧畲。

杨柳枝九首（选一）

刘禹锡

塞北梅花羌笛吹，　淮南桂树小山词。
请君莫奏前朝曲，　听唱新翻杨柳枝。

蓟北旅思

张　籍

日日望乡国，　空歌白纻词。
长因送人处，　忆得别家时。
失意还独语，　多愁只自知。
客亭门外柳，　折尽向南枝。

没蕃故人

张　籍

前年戍月支，　城上没全师。
蕃汉断消息，　死生长别离。
无人收废帐，　归马识残旗。
欲祭疑君在，　天涯哭此时。

凉 州 词

张　籍

凤林关里水东流，　白草黄榆六十秋。
边将皆承主恩泽，　无人解道取凉州。

忆 扬 州

徐　凝

萧娘脸下难胜泪，　桃叶眉头易得愁。
天下三分明月夜，　二分无赖是扬州。

中小学已学篇目

柳宗元《江雪》（小）　《渔翁》※　刘禹锡《望洞庭》（小）《酬乐天扬州初逢席上见赠》　《秋词》　《石头城》（初）　李绅《悯农二首（锄禾日当午、春种一粒粟）》（小）　元稹《闻乐天左迁江州司马》※

可参考书目

《韦应物集校注》，陶敏、王友胜校注，上海古籍出版社1998年

《柳宗元诗笺释》，王国安笺释，上海古籍出版社1993年
《柳宗元选集》，高文、屈光选注，上海古籍出版社1992年
《柳宗元资料汇编》，吴文治编，中华书局1964年
《戴叔伦集校注》，蒋寅校注，上海古籍出版社1993年
《刘禹锡集笺证》，瞿蜕园笺证，上海古籍出版社1989年
《刘禹锡选集》，吴汝煜选注，齐鲁书社1989年
《刘禹锡评传》，卞孝萱、卞敏著，南京大学出版社1996年
《张籍集注》，李冬生注，黄山书社1989年
《张籍王建诗选》，李树政选注，广东人民出版社1984年
《张王乐府》，徐澄宇选注，古典文学出版社1957年
《元稹集》，冀勤点校，中华书局1982年

八、白居易

【元白诗总评】

元、白力勍而气孱,乃都市豪估耳。(〔唐〕司空图《与王贺评诗书》)

元轻白俗。(〔宋〕苏轼《祭柳子玉文》)

元、白、张籍、王建乐府,专以道得人心中事为工,然其词浅近,其气卑弱。(〔宋〕张戒《岁寒堂诗话》卷上)

元、白、张籍诗,皆自陶、阮中出,专以道得人心中事为工,本不应格卑,但其词伤于太烦,其意伤于太尽,遂成冗长卑陋尔。比之吴融、韩偓俳优之词,号为格卑,则有间矣。若收敛其词,而少加含蓄,其意味岂复可及也。苏端明子瞻喜之,良有由然。(同上)

张为称白乐天"广大教化主"。用语流便,使事平妥,固其所长,极有冗易可厌者。少年与元稹角靡逞博,意在警策痛快。晚更作知足语,千篇一律。诗道未成,慎勿轻看,最能易人心手。(〔明〕王世贞《艺苑卮言》卷四)

余最喜白太傅诗,正以其不事雕饰,直写性情。夫《三百篇》何尝以雕绘为工耶?世又以元微之与白并称,然元已自雕绘,唯讽谕诸篇,差可比肩耳。(〔明〕何良俊《四友斋丛说》)

乐天、微之,以诗文并称。元和长庆间,互相标榜倡和为颉颃,而论者亦曰"元白"。(〔明〕华镜《元氏长庆集跋》)

唐之文章,至元和而极盛矣。元、白二氏,创为新体,以相倡和,各极才人之致。(〔明〕娄坚《重刻元氏长庆集序》)

韩、柳、元、白、欧,诗之圣也。(〔明〕袁宏道《与李龙湖》)

元、白以潦倒成家,意必尽言,言必尽兴,然其力足以达之。微之多深著色,乐天多浅著趣,趣近自然,而色亦非貌取也。总皆降格为之。凡意欲其近,体欲其轻,色欲其妍,声欲其脆,此数者格之所由降也。(〔明〕陆时雍《诗镜总论》)

白乐天诗,善用俚语,近乎人情物理,元微之虽同称,差不及也。(〔明〕俞弁《逸老堂诗话》卷下)

诗至贞元、长庆,古今一大变,李、杜始重。元、白,学杜者也。元相时有学太白处。(〔清〕冯班《诫子帖》)

白乐天(居易)、元微之(稹)诗如梨园法曲,其声动心。(〔清〕牟相愿《小漷草堂杂论诗》)

诗至元、白实又一大变。两人虽并称,亦各有不同:选语之工,白不如元;波澜之阔,元不如白。白苍莽中间存古调,元精工处亦杂新声。既由风气转移,亦自材质有限。(〔清〕贺裳《载酒园诗话》又编)

诗文集务多者,必不佳。古人不朽可传之作,正不在多。苏李数篇,自可千古。后人渐以多为贵,元、白《长庆集》实始滥觞,其中颓唐俚俗十居六七,若去其六七,所存二三,皆卓然名作也。(〔清〕叶燮《原诗》外篇下)

元、白长句无初唐之整丽、老杜之激昂,而宛转流畅,又自一格,大抵通赡有余,遒紧不足。(〔清〕乔亿《剑溪说诗》卷上)

白　居　易

白居易(772—846),字乐天,晚年号香山居士,又号醉吟先生。卒谥文。先世太原(今山西太原)人,后迁居下邽(在今陕西渭南境)。贞元进士,授秘书省校书郎。元和年间,为翰林学士、左拾遗,屡上奏章指摘弊政,直言无忌。自太子左赞善大夫贬为江州(今江西九江)司马,迁忠州(今重庆忠县)刺史,还朝任中书舍人。历杭州、苏州刺史。晚年居洛阳,以刑部尚书致仕。诗文兼擅,尤以诗名世,与元稹并称元白,又与刘禹锡并称刘白。诗风浅显平易,有《白氏长庆集》。

【集评】

楚老云:"世间好言语,已被老杜道尽;世间俗言语,已被乐天道尽。"然李赞皇云:"譬之清风明月,四时常有,而光景常新。"又似不乏也。(〔宋〕陈辅《陈辅之诗话》)

白乐天诗,自擅天然,贵在近俗,恨为苏小虽美,终带风尘。(〔宋〕蔡绦《蔡百衲诗评》)

白乐天去世,人以诗吊之,曰:"缀玉联珠六十年,谁教冥路作诗仙?浮名不系名居易,造化无为字乐天。童子解吟《长恨曲》,胡儿能唱《琵琶篇》。文章已满行人耳,一度思卿一怆然。"(〔宋〕蔡居厚《诗史》)

《冷斋夜话》云:"白乐天每作诗,令一老妪解之,问曰:'解否?'妪曰解则录之,不解则又复易之。故唐末之诗,近于鄙俚。"又张文潜云:"世以乐天诗为得于容易,而来尝于洛中一士人家见白公诗草数纸,点窜涂之,及其成篇,殆与初作不侔。"(〔宋〕胡仔《苕溪渔隐丛话》前集卷八)

本朝苏文忠公不轻许可,独敬爱乐天,屡形诗篇。盖其文章皆主辞达,而忠厚好施,刚直尽言,与人有情,于物无著,大略相似。谪居黄州,始号东坡,其原必起于乐天忠州之作也。(〔宋〕周必大《二老堂诗话》)

乐天之诗,情致曲尽,入人肝脾,随物赋形,所在充满,殆与元气相侔。至长韵大篇,动数百千言,而顺适惬当,句句如一,无争张牵强之态。此岂捻断吟须悲鸣口吻者之所能至哉!而世或以浅易轻之,盖不足与言矣。(〔金〕王若虚《滹南诗话》卷一)

神韵超妙者绝,气力雄浑者胜,元轻白俗,皆其病也。然病轻犹其小疵,病俗实为大忌,故渔洋谓初学者不可读乐天诗。(〔清〕田同之《西圃诗说》)

白诗善道人心中事,流易处近人。白傅讽谕诗有关世道,当别具只眼观之。(〔清〕乔亿《剑溪说诗》卷上)

白乐天《新乐府》,夭矫变化,用笔不测,而起承转收井然,其规讽劝诫,直是理学中古文,不可作词章读。(〔清〕李调元《雨村

诗话》卷下）

白乐天歌行，平铺直叙而不嫌其拖沓者，气胜也。（〔清〕方南堂《辍锻录》）

长 恨 歌

汉皇重色思倾国①，御宇多年求不得②。杨家有女初长成，养在深闺人未识。天生丽质难自弃，一朝选在君王侧③。回眸一笑百媚生④，六宫粉黛无颜色⑤。春寒赐浴华清池⑥，温泉水滑洗凝脂⑦。侍儿扶起娇无力⑧，始是新承恩泽时。云鬓花颜金步摇⑨，芙蓉帐暖度春宵⑩。春宵苦短日高起，从此君王不早朝。承欢侍宴无闲暇，春从春游夜专夜⑪。后宫佳丽三千人，三千宠爱在一身。金屋妆成娇侍夜⑫，玉楼宴罢醉和春⑬。姊妹弟兄皆列土⑭，可怜光彩生门户⑮。遂令天下父母心，不重生男重生女⑯。骊宫高处入青云⑰，仙乐风飘处处闻。缓歌慢舞凝丝竹⑱，尽日君王看不足。渔阳鼙鼓动地来⑲，惊破霓裳羽衣曲⑳。九重城阙烟尘生㉑，千乘万骑西南行㉒。翠华摇摇行复止㉓，西出都门百馀里㉔。六军不发无奈何，宛转蛾眉马前死㉕。花钿委地无人收㉖，翠翘金雀玉搔头㉗。君王掩面救不得，回看血泪相和流。黄埃散漫风萧索㉘，云栈萦纡登剑阁㉙。峨嵋山下少人行㉚，旌旗无光日色薄㉛。蜀江水碧蜀山青，圣主朝朝暮暮情。行宫见月伤心色㉜，夜雨闻铃肠断声㉝。天旋日转回龙驭㉞，到此踌躇不能去㉟。马嵬坡下泥土中，不见玉颜空死处㊱。君臣相顾尽沾衣㊲，东望都门信马归㊳。归来池苑皆依旧，太液芙蓉未央柳㊴。芙蓉如面柳如眉，对此如何不泪垂。春风桃李花开日，秋雨梧桐叶落时。西宫南苑多秋草㊵，落叶满阶红不扫。梨园弟子白发新㊶，椒房阿监青娥老㊷。夕殿萤飞思悄然㊸，孤灯挑尽未成眠㊹。迟迟钟鼓初长夜㊺，耿耿星河欲曙天㊻。鸳鸯瓦冷霜华重㊼，翡翠衾寒谁与共㊽。悠悠生死别经年，魂魄不曾来入梦。临邛道士鸿都客㊾，能以精诚致魂魄。为感君王展转思㊿，遂教方士殷勤觅㊴。排空驭气奔如电，升天入地求之遍。上穷碧落下黄泉㊵，两处茫茫皆不见。忽闻海上有仙山，山在虚无缥缈间。楼阁玲珑五云起㊾,其中绰约多仙子㊿。中有一人字太真,雪肤花貌参差是㊺。金阙西厢叩玉扃㊻,转教小玉报双成㊼。闻道汉家天子使,九华帐里梦魂惊㊽。揽衣推枕起徘徊,珠箔银屏迤逦开㊾。云鬓半偏新睡觉㊿,花冠不整下堂来。风吹仙袂飘飖举㊶,犹似霓裳羽衣舞。玉容寂寞泪阑干㊷,梨花一枝春带雨。含情凝睇谢君王㊸,一别音容两渺茫。昭阳殿里恩爱绝㊹,蓬莱宫中日月长㊺。回头下望人寰处,不见长安见尘雾。唯将旧物表深情,钿合金钗寄将去㊻。钗留一股合一扇,钗擘黄金合分钿㊼。但教心似金钿坚,天上人间会相见。临别殷勤重寄词,词中有誓两心知。七月七日长生殿㊽,夜半无人私语时。在天愿作比翼鸟㊾,在地愿为连理枝㊿。天长地久有时尽,此恨绵绵无绝期㊷。

【注释】

① 汉皇:借汉武帝指代唐玄宗,唐代诗人常用此法。倾国:汉武帝时,歌手李延年唱歌赞美其妹,歌词是:"北方有佳人,绝世而独立。一顾倾人城,再顾倾人国。宁不知倾城与倾国,佳人难再得。"见《汉书·外戚传》。后以倾国倾城比美女。

② 御宇:皇帝统治天下。

③ "杨家有女"四句:杨贵妃小名玉环,先被册封为寿王(玄宗之子李瑁)妃。开元二十八年,玄宗安排她为女道士,道号太真。到天宝四载,纳进宫,封贵妃。诗句为玄宗隐讳事实。

④ 回眸:回头顾盼。眸,眼珠。

⑤ "六宫"句:宫中妃嫔相比黯然失色。六宫:古代宫廷中后宫有六,后妃等居住。粉黛:妇女的化妆品。用白粉擦脸,用青黑色矿物颜料画眉。常借喻美女。

⑥ 华清池:骊山(在今陕西西安临潼)下行宫华清宫的温泉。唐玄宗每年冬季或春初到华清宫居住。

⑦ 凝脂:形容皮肤洁白光润。语本《诗经·卫风·硕人》:"肤如凝脂。"

⑧ 侍儿:婢女。

⑨ 云鬓:妇女浓密如云的黑发。金步摇:黄金制成的一种头饰,上面有垂挂的珠子,行步时随着摇动。

⑩ 芙蓉帐:上绣莲花的帐子。

⑪ 专夜:此处指后妃中一人独占与皇帝寝宿的恩宠。

⑫ 金屋：汉武帝小时，曾说如能娶姑母之女阿娇为妻，"当作金屋贮之"。见《汉武故事》。这里指杨贵妃的居室。

⑬ 玉楼：指宫中华贵的建筑。

⑭ "姊妹"句：唐玄宗宠幸杨贵妃，三个姐姐封为韩、虢、秦三国夫人，族兄铦为鸿胪卿，锜为侍御史，钊（即杨国忠）为右丞相。列土：分封土地。这里指杨氏一家官高势大。

⑮ 可怜：可羡慕。

⑯ "遂令"二句：陈鸿《长恨歌传》记载当时歌谣说："生女勿悲辛，生儿勿喜欢。"又说："男不封侯女作妃，看女却为门上楣。"

⑰ 骊宫：骊山上的宫殿，指华清宫。骊山因山形似骊马，呈纯青色得名（一说古骊戎居此得名）。最高峰海拔1302米，系秦岭支峰。山有两峰，称东绣岭西绣岭。西绣岭之老君殿便为唐华清宫之长生殿所在地。其山西北麓有温泉华清池。

⑱ 缓歌慢舞：舒缓的歌声与轻盈的舞姿。凝丝竹：徐徐奏乐。丝竹指管弦乐器。

⑲ "渔阳"句：指天宝十四载十一月，平卢、范阳、河东三镇节度使安禄山起兵叛唐。渔阳：郡名，在今天津蓟县一带，属范阳节度使辖区。这里暗用东汉时彭宠据渔阳反汉的典故。鼙（pí）鼓：军队用的一种小鼓。

⑳ 霓裳羽衣曲：大型舞曲名。传为开元中西凉节度使杨敬述所进，经唐玄宗润色。

㉑ 九重：多重。皇宫有很多门，称为九重或千门。

㉒ 乘（shèng）：四匹马拉的车叫作一乘。骑（jì）：一人乘一马叫作一骑。

㉓ 翠华：用翠鸟羽毛装饰的旗帜，为皇帝仪仗。

㉔ "西出"句：指唐玄宗逃至长安西面的马嵬驿（在今陕西兴平境）。

㉕ "六军"二句：指禁卫军哗变，杀杨国忠，又请杀杨贵妃，玄宗不得已，下令缢死杨贵妃。六军：周制，天子六军，每军有一万二千五百人。后泛指皇帝的扈从部队。宛转：缠绵的样子。蛾眉：美女的代称，此处指杨妃。

㉖ 花钿（diàn）：镶嵌珠宝的首饰。委：丢弃。

㉗ 翠翘：翠鸟羽毛形的首饰。金雀：雀形的金钗。玉搔头：玉簪。

㉘ 萧索：风声。

㉙ 云栈：形容栈道高入云霄。栈道，在山崖上凿孔架木板而成的道路。萦纡：曲折回旋。剑阁：栈道名，在今四川剑阁县境。

㉚ 峨嵋山：在今四川西南部。唐玄宗逃到四川，未经此山。这里泛指蜀地的山。

㉛ 日色薄:阳光暗淡。

㉜ 行宫:皇帝外出时的住所。

㉝“夜雨”句:据唐人郑处诲《明皇杂录》记载,唐玄宗幸蜀,“于栈道雨中闻铃,音与山相应”“采其声为《雨霖铃》”,以寄托伤感。

㉞“天旋”句:至德二年九月,郭子仪收复长安,十二月,唐玄宗从四川回京。龙驭:皇帝的车驾。

㉟ 踌躇(chóu chú):徘徊不前。

㊱“马嵬坡”二句:指玄宗回京路经马嵬时,派人以礼改葬杨贵妃,见坟土中香囊仍在,为之悲痛。空死处:空见死处。

㊲ 沾衣:眼泪落在衣上。

㊳ 信马:让马随意走。

㊴ 太液:汉代长安有太液池。唐代的太液池在大明宫内。未央:汉宫名。这里借指唐宫。

㊵ 西宫:指太极宫。南苑:指兴庆宫。玄宗回京,住兴庆宫。后肃宗亲信的宦官李辅国逼迫玄宗迁入太极宫,并遣散侍从。

㊶ 梨园弟子:唐玄宗通晓音律,曾选教坊中坐部伎三百人,在宫中梨园教习,称为皇帝梨园弟子。又有宫女数百人习艺,也称梨园弟子。

㊷ 椒房:后妃的住房用椒粉涂墙,取其温暖芳香,并象征子孙众多。阿监:宫中的女官。青娥:年轻女子。

㊸ 悄然:忧愁的样子。

㊹“孤灯”句:夸张描写唐玄宗的孤独忧伤。挑,拨油灯的灯草芯。古时富贵人家用蜡烛照明,不用油灯。

㊺ 迟迟:缓慢。钟鼓:古代城镇夜晚打钟击鼓以报时。

㊻ 耿耿:明亮的样子。星河:银河。

㊼ 鸳鸯瓦:两片瓦一俯一仰,配成一对,称鸳鸯瓦。霜华:霜花。

㊽ 翡翠衾:绣有翡翠鸟的被子。翡翠雌雄双栖,用来象征夫妇恩爱。

㊾ 临邛(qióng):今四川邛崃。鸿都:东汉洛阳宫门名,是朝廷藏书的地方。

㊿ 展转思:反复思念。

(51) 方士:讲求仙、服长生药以欺世的人。这里即指临邛道士。

(52) 碧落:天的代称。道书说东方第一重天叫作碧落。黄泉:地下的代称。

(53) 五云:五色彩云。

(54) 绰约:体态柔美的样子。

㊿ 参差(cēn cī):仿佛。

56 金阙:道教所说的仙境上清宫有两阙,一名金阙,一名玉阙。阙,门上楼观。扃(jiōng):指门。

57 小玉、双成:神话传说中的仙女名。

58 九华帐:指华丽多彩的帐子。

59 珠箔:用珠子编成的帘子。迤逦(yǐ lǐ):曲折相连。

60 睡觉:睡醒。

61 袂(mèi):衣袖。

62 阑干:纵横的样子。

63 凝睇(dì):注目,出神地看。

64 眇茫:同“渺茫”。

65 昭阳殿:汉宫殿名。借指唐宫。

66 蓬莱:传说中的海上三仙山之一。

67 钿合:用金丝珠宝等镶嵌的盒子。

68 擘(bò):分开,剖开。

69 七月七日:民间传说,每年农历七月七日,天上的牛郎与织女在鹊桥上相会。长生殿:华清宫的殿名。玄宗每年到华清宫的时间在冬季或春初,这里所说七月七日在长生殿盟誓属于传说,不合史实。但诗人选择传说,有助于表达两人的爱情决心。

70 比翼鸟:传说中的鸟名,两鸟并翅而飞。

71 连理枝:不同根的两棵树,枝干结合在一起,叫作连理。

72 绵绵:长久不断。

【汇评】

如此长篇,一气舒卷,时复风华掩映,非有绝世才力未易到也。(〔清〕纪昀等《唐宋诗醇》卷二十二)

《诗人玉屑》曰:“峨眉山下少人行”,峨眉在嘉州,与幸蜀全无交涉,乃文章之病也。(同上)

香山诗名最著,及身已风行海内,李谪仙后一人而已。……盖其得名,在《长恨歌》一篇。其事本易传,以易传之事,为绝妙之词,有声有情,可歌可泣,文人学士既叹为不可及,妇人女子亦喜闻而乐诵之,是以不胫而走,传遍天下,又有《琵琶行》一首助之。此即无全集,而二诗已自不朽,况又有三千八百四十首之工且多哉!

（〔清〕赵翼《瓯北诗话》卷四）

结处戛然而止，不纠缠方士复命，上皇震悼不豫等事，笔力高人数倍。（高步瀛《唐宋诗举要》卷二）

此诗为唐白乐天居易所撰，时在长庆中，故名长庆体。此诗皆为七言绝诗。平声与仄声间次而押，如初四句为押平声，次四句即押仄声，次四句又押平声，次四句又押仄声。盖每四句一转，每一转四句。凡押韵者三句也，例如第一、第二、第四句押韵，第三句必不押韵。如押平韵，除第一、第二、第四三句押韵外，第三句之收字为仄声。押仄韵，第三句之收字为平声。但古人亦有平转平，仄转仄者，此法必不可学。且工于长庆体之名人，每于第三第四句作对偶，故《长恨歌》中，如"春风桃李花开日，秋雨梧桐叶落时"、"沉沉钟鼓初长夜，耿耿星河欲曙天"，往往而是。（刘铁冷《作诗百法》）

【赏析】

这首长篇叙事诗作于元和元年（806）。诗人当时任盩厔（今陕西周至）县尉，与友人陈鸿、王质夫相聚，谈论到唐玄宗与杨贵妃的故事，激起创作热情，于是他写成此诗，陈鸿作《长恨歌传》。全诗可分四段。从开头至"惊破霓裳羽衣曲"为第一段，写唐玄宗宠爱杨贵妃，荒淫失政。"汉皇重色思倾国"一句总领全段，具有讽刺性。以下对唐玄宗和杨贵妃两人的欢娱生活一再渲染，正说明"重色"是造成安史之乱的根源。从"九重城阙烟尘生"到"夜雨闻铃肠断声"为第二段，写杨贵妃之死和唐玄宗在流亡途中的悲伤。描写细腻，情景凄惨，作者充满同情，从此全诗的感情基调起了变化。从"天旋日转回龙驭"到"魂魄不曾来入梦"为第三段，写唐玄宗返回京城后对杨贵妃的深切怀念。从"临邛道士鸿都客"至末句为第四段，写方士寻觅杨贵妃亡魂，使两人得以互通讯息，重申盟誓。最后两句点明"长恨"，收束全篇，余味无穷。《长恨歌》的主题随着叙事的过程和感情的变化而呈流动性。诗的前半以写实为主，对唐玄宗晚年的贪欢误国给予尖锐的讽刺；后半多采用民间传说,对唐玄宗和杨贵妃的爱情悲剧表示深切的同情。全诗结构井然有序而曲折多变,情节宛转动人。在叙事的进程中,叙事与抒情、写景紧密融合,抒情性强烈,缠绵感人。诗中韵律优美,词采绚丽,读来流畅悦耳。"一篇长恨有风情"(《编集拙诗成一十五卷因题卷末戏赠元九李二十》),这是作者的自我评价。这首不朽诗作对奠定作者在诗坛上的重要地位起了很大的作用。

(严 杰)

自河南经乱,关内阻饥,兄弟离散,各在一处。因望月有感,聊书所怀寄上浮梁大兄、于潜七兄、乌江十五兄,兼示符离及下邽弟妹①

时难年荒世业空②, 弟兄羁旅各西东③。
田园寥落干戈后④, 骨肉流离道路中⑤。
吊影分为千里雁⑥, 辞根散作九秋蓬⑦。
共看明月应垂泪, 一夜乡心五处同⑧!

【注释】

① 河南经乱,关内阻饥:唐德宗贞元十五年(799)春,宣武(治所在今河南开封市)节度使董晋死后,部下发动叛乱;不久彰义(治所在今河南汝南县)节度使吴少诚又叛。这两次藩镇叛乱规模很大,时间也很长。当时南方漕运主要经过河南输送关内,由于河南叛乱,交通断绝,兼之长安周围旱灾严重,使得"关内阻饥"。河南:河南道,唐代行政区划之一,管辖今河南省大部及山东、江苏、安徽三省的部分地区。关内:关内道,唐代行政区划之一,管辖今陕西中部、北部及甘肃部分地区。阻饥:困苦饥饿的意思,语本《尚书·舜典》"黎民阻饥"。浮梁大兄:白居易的大兄,名幼文,贞元十三年(797)起作浮梁县(今江西景德镇市)主簿。于潜七兄:白居易叔父季康的大儿子,作过于潜县(今浙江临安县附近)尉。乌江十五兄:白居易的堂兄,作过乌江县(今安徽和县)主簿。符离:今安徽宿县。下邽(guī):在今陕西渭南市境内,白氏祖墓所在地,故这里也是作者的老家。

② 时难:指"河南经乱,关内阻饥"。年荒:指天旱饥荒。荒:一作"饥"。

世业:唐代初年授田制度,分"口分"田和"世业"田,对"世业"田子孙有继承权。至白居易之时,授田制度已废除。此泛指祖先遗留下来的产业。

③ 羁旅:长久寄居他乡。

④ 寥落:这里形容土地荒芜、冷落,无人耕种。干戈:盾牌和戟,此指战争、兵乱。

⑤ 骨肉:诸如父母、子女以及兄弟等有血缘关系的人,均可称"骨肉之亲"。

⑥ 吊影:形影相吊的省称,形容孤独凄凉。吊:安慰。千里雁:比喻兄弟间相隔遥远。大雁飞行时,排列整齐,故古人常用"雁行"代称兄弟,钱起《李四勤为尉氏尉李士勉为开封尉》诗就有"采兰花萼聚,就日雁行联"的句子。

⑦ 辞:离开。根:此比喻兄弟。九秋:秋季。蓬:飞蓬,菊科植物,秋季被大风一吹,连根拔起,到处乱飞,常用以比喻流离迁徙。

⑧ "共看"两句:暗用谢庄《月赋》"隔千里兮共明月"句。五处:指浮梁、于潜、乌江、符离及下邽。

【汇评】

诗之上界,直叙流离之苦。五、六佳,雁行本兄弟事,用得自然,"辞根"、"九秋"皆沉着。(〔清〕胡以梅《唐诗贯珠》)

凡律诗最重起结,七言尤然。……落句以语尽意不尽为贵,如……白居易"共看明月应垂泪,一夜乡心五处同"……皆足为一代楷式。(〔清〕管世铭《读雪山房唐诗序例》)

一气贯注,八句如一句,与少陵《闻官军》作同一格律。(〔清〕孙洙《唐诗三百首》卷六)

【赏析】

这首抒情诗约作于唐德宗贞元十六年(800)秋天。此诗写经乱之后诗人望月时所想起的诸种情景,表达的是对诸位骨肉弟兄的深深怀念。首句前四字和第三句后三字演绎"河南经乱,关内阻饥"八字,首句后三字或由首句前四字和第三句后三字所致;第三句前四字、第二、四、五、六句写"兄弟离散,各在一处"的苦况。末联推想五处兄弟姊妹望月的情景,是对杜甫《月夜》"今夜鄜州月,闺中只独看"意境的拓展。苏仲翔评此诗曰:"此诗与题义处处拍合,丝丝入扣,而一气流转,极自然婉畅之妙。出以口语,看似轻松,而沉痛在骨,白诗上乘也。"(《元白诗选》)　　　　(沈广达)

备选课文

钱塘湖春行

白居易

孤山寺北贾亭西，　水面初平云脚低。
几处早莺争暖树，　谁家新燕啄春泥。
乱花渐欲迷人眼，　浅草才能没马蹄。
最爱湖东行不足，　绿杨阴里白沙堤。

江楼夕望招客

白居易

海天东望夕茫茫，　山势川形阔复长。
灯火万家城四畔，　星河一道水中央。
风吹古木晴天雨，　月照平沙夏夜霜。
能就江楼销暑否？　比君茅舍较清凉。

泛读课文

赋得古原草送别

白居易

离离原上草，　一岁一枯荣。
野火烧不尽，　春风吹又生。
远芳侵古道，　晴翠接荒城。
又送王孙去，　萋萋满别情。

池　　上

白居易

袅袅凉风动，　凄凄寒露零。
兰衰花始白，　荷破叶犹青。
独立栖沙鹤，　双飞照水萤。
若为寥落境，　仍值酒初醒。

观　刈　麦

白居易

田家少闲月，五月人倍忙。夜来南风起，小麦覆陇黄。妇姑荷箪食，童稚携壶浆。相随饷田去，丁壮在南冈。足蒸暑土气，背灼炎天光。力尽不知热，但惜夏日长。复有贫妇人，抱子在其傍。右手秉遗穗，左臂悬敝筐。听其相顾言，闻者为悲伤。家田输税尽，拾此充饥肠。今我何功德，曾不事农桑。吏禄三百石，岁晏有馀粮。念此私自愧，尽日不能忘。

新　制　布　裘

白居易

桂布白似雪，吴绵软于云。布重绵且厚，为裘有馀温。朝拥坐至暮，夜覆眠达晨。谁知严冬月，支体暖如春。中夕忽有念，抚裘起逡巡。丈夫贵兼济，岂独善一身。安得万里裘，盖裹周四垠。稳暖皆如我，天下无寒人。

问　刘　十　九

白居易

绿蚁新醅酒，　红泥小火炉。
晚来天欲雪，　能饮一杯无？

江南送北客,因凭寄徐州兄弟书

白居易

故园望断欲何如? 楚水吴山万里馀。
今日因君访兄弟, 数行乡泪一封书。

杭州春望

白居易

望海楼明照曙霞, 护江堤白蹋晴沙。
涛声夜入伍员庙, 柳色春藏苏小家。
红袖织绫夸柿蒂, 青旗沽酒趁梨花。
谁开湖寺西南路, 草绿裙腰一道斜。

宴 散

白居易

小宴追凉散, 平桥步月回。
笙歌归院落, 灯火下楼台。
残暑蝉催尽, 新秋雁带来。
将何迎睡兴, 临卧举残杯。

西湖留别

白居易

征途行色惨风烟, 祖帐离声咽管弦。
翠黛不须留五马, 皇恩只许住三年。
绿藤阴下铺歌席, 红藕花中泊妓船。
处处回头尽堪恋, 就中难别是湖边。

中小学已学篇目

《赋得古原草送别》 《池上》(小) 《钱塘湖春行》 《观刈

麦》(初) 《琵琶行》(高) 《长恨歌》※

可参考书目

《白居易集》,顾学颉校点,中华书局 1979 年
《白居易笺校》,朱金城笺校,上海古籍出版社 1988 年
《白居易诗选》,顾学颉、周汝昌选注,人民文学出版社 1963 年
《白居易选集》,王汝弼选注,上海古籍出版社 1980 年
《白居易年谱》,朱金城著,上海古籍出版社 1982 年
《白居易评传》,褚斌杰著,作家出版社 1957 年
《白居易资料汇编》,陈友琴编,中华书局 1962 年

九、晚唐诗(上)

【总论】

开成以后,则有杜牧之之豪纵,温飞卿之绮靡,李义山之隐僻,许用晦之偶对。他若刘沧、马戴、李频、李群玉辈,尚能黾勉气格,将迈时流。此晚唐变态之极,而遗风馀韵犹有存者焉。(〔明〕高棅《唐诗品汇》总叙)

俊爽若牧之,藻绮若庭筠,精深若义山,整密若丁卯,皆晚唐铮铮者。其才则许不如李,李不如温,温不如杜。今人于唐专论格而不论才,于近则专论才而不论格,皆中无定见,而任耳之过也。(〔明〕胡应麟《诗薮》外编卷四)

唐至开元而海内称盛,盛而乱,乱而复,至元和又盛。前又青莲、少陵,后有昌黎、香山,皆为其时鸣盛者也。咸通而后,奢靡极,衅孽兆,世衰而诗亦因之气萎语偷,声繁调急,甚者忿目褊吻,如戟手交骂者有之。王化习俗,上下交丧,而心声随焉,岂独士子罪哉!王弇州云:"灵武回天,功推李、郭;椒香犯跸,祸始田、崔。是则然矣。不知僖、昭困蜀、凤时,温、李、许、郑辈得少陵、太白一语否?有治世音,有乱世音,有亡国音,故曰声音之道与政通也。大力者为之,故足挽回颓运;沈几者知之,亦堪高蹈远引。"旨哉言矣。(〔明〕胡震亨《唐音癸签》卷二十七)〔王步高按:王世贞厚诬古人。僖、昭困蜀、凤时,李义山谢世凡三十余年,温飞卿也已故十余年,何能责其未效李、杜哉!〕

晚唐诗人,亦以陈言为病,但无愈之才力,故日趋于尖新纤巧。(〔清〕叶燮《原诗》内篇)

晚之不及初盛者，非谓今体，谓古体也。元和今体新逸，时出开元、大历之上，唯古体神情婉弱，酝酿既薄，变化易穷。至宋得长公、涪翁、永叔诸公，天分既高，人力复尽，其绘情写物，虽似另开生面，而实青莲、工部胎骨，不知者徒以苏、黄之体少之，真矮人观场也。（〔清〕叶矫然《龙性堂诗话》续集）

晚唐自应首推李、杜，义山之沉郁奇谲，樊川之纵横傲岸，求之全唐中，亦不多见，而气体不如大历诸公者，时代限之也。次则温飞卿、许丁卯，次者马虞臣、郑都官，五律犹有可观，外此则邾莒之下矣。（〔清〕方南堂《辍锻录》）

杜　牧

杜牧（803—853），字牧之，京兆万年（今陕西西安）人。唐代宰相杜佑之孙。26岁举进士，初为校书郎，曾在江西、淮南一带作了十年幕僚，后出任黄州、池州、湖州刺史等职，官至中书舍人。有诗、赋、文等多方面的文学创作成就。其诗多指陈时弊之作，怀古诗融入史论，对后世影响颇大。其古体诗受杜甫、韩愈的影响，笔力峭健，俊爽雄丽；近体诗文词清丽、情韵跌宕。主要以七言绝句见长，借古讽今，意味深长，与李商隐并称"小李杜"。有《樊川文集》20卷，世称"杜樊川"。

【集评】

某苦心为诗，未求高绝，不务奇丽，不涉习俗，不今不古，处于中间。（〔唐〕杜牧《献诗启》）

绝句之妙，唐则杜牧之，本朝则荆公，此二人而已。（〔宋〕曾季狸《艇斋诗话》）

杜牧诗主才，气俊思活。（〔明〕胡震亨《唐音癸签》卷八引《吟谱》）

杜紫微才高，俊迈不羁，其诗有气概，非晚唐人所能及。（同上，引《陈氏书录》）

牧之诗含思悲凄，流情感慨，抑扬顿挫之节，尤其所长。以时

风委靡,独持拗峭,虽云矫其流弊,然持情亦巧矣。(同上,引徐献忠语)

杜紫微诗,惟绝句最多风调,味永趣长,有明月孤映、高霞独举之象,馀诗则不能尔。(〔清〕贺裳《载酒园诗话》又编)

晚唐诗多柔靡,牧之以拗峭矫之。人谓之小杜,以别于少陵。配以义山,时亦称李杜。(〔清〕沈德潜《唐诗别裁集》卷十五)

(七言绝)开元之时,龙标、供奉,允称神品……后李庶子、刘宾客、杜司勋(牧)、李樊南、郑都官诸家,托兴幽微,克称嗣响。(〔清〕沈德潜《唐诗别裁集》凡例)

杜紫微天才横逸,有太白之风,而时出入于梦得。七言绝句一体,殆尤专长。观玉溪生"高楼风雨"云云,倾倒之者至矣。(〔清〕管世铭《读雪山房唐诗序例》)

中唐以后,小杜才识,亦非人所能及。文章则有经济,古近体诗则有气势,倘分其所长,亦足以了数子。宜其薄视元、白诸人也。(〔清〕洪亮吉《北江诗话》卷二)

有唐一代,诗文兼擅者,惟韩(韩愈)、柳(柳宗元)、小杜(杜牧)。(同上)

小杜之才,自王右丞以后,未见其比。其笔力回斡处,亦与王龙标、李东川相视而笑。"少陵无人谪仙死",竟不意又见此人。(〔清〕翁方纲《石洲诗话》卷二)

题宣州开元寺水阁,阁下宛溪、夹溪居人①

六朝文物草连空, 天淡云闲今古同。
鸟去鸟来山色里, 人歌人哭水声中。
深秋帘幕千家雨, 落日楼台一笛风。
惆怅无因见范蠡, 参差烟树五湖东②。

【注释】

① 开元寺:本名永乐寺,建于东晋,为宣州城名胜之一。杜牧任宣州团练判官期间常来此游赏赋诗。

② 范蠡：春秋时曾辅佐越王勾践打败吴王夫差。后为避免越王猜忌归隐于太湖。五湖：指太湖及所属的四个小湖，亦作太湖的别名。

【汇评】

此上三句落脚字，皆自吞其声，韵短调促，而无抑扬之妙。因易为"深秋帘幕千家月，静夜楼台一笛风"。乃示诸歌诗者，以予为知音否邪？（〔明〕谢榛《四溟诗话》卷三）

倏然是文物，倏然却是荒草，乌知不倏然又是文物？古古今今，兴兴废废，知有何限？今日方悟一总不如天淡云闲，自来一如本不有兴，今亦无废，直使人无所容心于其间。"去"、"来"、"歌"、"哭"字，是再写一；"山色"、"水声"字，是再写二。妙在"鸟"、"人"平举。夫天淡云闲之中，真乃何人何鸟。〔另金雍补注："帘幕"五字是画深秋，"楼台"五字是画落日，切不得谓是写雨写笛，唐人法如此。〕（〔清〕金圣叹《贯华堂选批唐才子诗》卷六）

寄托高远，不是逐句写景，若为题所谩，便无味矣。"今古"二字，已暗透后半消息。五、六正为结句蓄势也。（〔清〕何焯《唐三体诗评》）

闲适题诗，却吊古。胸中眼中，别有缘故。气甚豪放，晚唐不易得也。（〔清〕屈复辑评《唐诗成法》）

此诗言人事有变易，而清景则古今不变易。"今古同"三字，诗旨点眼，全身提笔。（〔清〕杨逢春《唐诗绎》）

杜牧之晚唐翘楚，名作颇多，而恃才纵笔处亦不少。如《题宣州开元寺水阁》，直造老杜门墙，岂特人称小杜已哉！（〔清〕薛雪《一瓢诗话》）

纪昀：赵饴山极赏此诗，然亦只风调可观耳，推之未免太过。无名氏（甲）：此诗妙在出新，绝不沾溉玄晖、太白剩语。许印芳：此诗全在景中写情，极洒脱，极含蓄，读之再三，神味益出，与空讲风调者不同。学者须从运实于虚处求之，乃能句中藏句，笔外有笔。若徒揣摩风调，流弊不可胜言矣。（李庆甲辑《瀛奎律髓汇评》卷四）

查慎行：第二联不独写眼前景，含蓄无穷。（同上）

【赏析】

　　这首诗为登临之作。诗人以唱叹有情的笔致,抒发了深刻透辟的议论;于清丽的辞采、鲜明的画面中表现出俊朗旷达的才思。意蕴悠长,拗峭独特。

　　首联直接抒发登临观感,为全诗定下富含哲理的基调。登临远望,六朝文物早已成为陈迹,惟有连天的碧草和高天闲云从古至今景象依旧。

　　颔联看似写实,实则是诗人对人生的感悟与概括。自然界的鸟来鸟去与人类的生生死死,亦歌亦哭,都随岁月的流逝融入山色、水声之中,寄寓了诗人复杂的内心活动。

　　颈联描摹了两幅不可能同时出现的景致,深秋的密雨和落日中的楼台,形成了鲜明的对比,仿佛是人生的遭际。秋雨中的凄苦和夕阳中的笛声与颔联中的歌哭相呼应,更升华了诗歌的题旨。

　　面对自然的永恒与人生的短暂,诗人在末联借范蠡功成后乘扁舟归隐于太湖的典故,表达了自己的人生追求。　　　　（杨　琳）

早　　雁

金河秋半虏弦开[①], 云外惊飞四散哀。
仙掌月明孤影过[②], 长门灯暗数声来。
须知胡骑纷纷在, 岂逐春风一一回[③]?
莫厌潇湘少人处[④], 水多菰米岸莓苔[⑤]。

【注释】

① 金河:今内蒙古呼和浩特市南。虏这里指胡人。弦:弓弦。
② 仙掌:西汉建章宫有承露铜盘,作仙人用手掌托着的样子。长门:指西汉长安长门宫,汉武帝陈皇后失宠后住处,后借指冷宫。此联明写孤雁夜间飞过汉宫,哀叫声触动了失宠独处的后妃;暗指人民逃难,经过长安。
③ 岂逐句:岂能一个个随春风飞回去? 指难回家乡。
④ 潇湘:湖南境内的两条河,泛指湖南一带。相传雁至湖南衡山回雁峰

即止,春天再飞回。

⑤ 菰米:生于浅水的菰草所结的实。嫩茎叫茭白,果实叫菰米。莓苔:生于水边的植物。此句是劝雁儿,南方水边也有可食的东西,别冒险回北方去了。以此劝慰无法回乡的人民,在客地过活。

【汇评】

杜牧五言律可采者少,七言《早雁》一篇,声气甚胜。(〔明〕许学夷《诗源辨体》卷三十)

此诗慰喻流客,且安乔寓,时方艰难,未可谋归也。前解追叙其来,后解婉止其去。(〔清〕金圣叹《贯华堂选批唐才子诗》卷六)

《早雁》诗曰:"仙掌月明孤影过,长门灯暗数声来",光景真是可思。但全篇惟"金河秋半"四字稍切早字,馀皆言赠缴之惨,劝无归还,似是寄托之作。(〔清〕贺裳《载酒园诗话又编》)

【赏析】

这是一首托物寓意的诗歌,表面是咏雁,内里有所寄托。武宗会昌二年(842)八月,正是在北雁南飞的季节,回纥南侵,驱逐人口。此时,唐边地人民大批逃难失散,犹如离群孤雁,痛苦异常。诗人忧念边地失散的人民,因此写诗寄予感慨。本诗用胡人射雁来比喻人民的苦难,借喻得体,形象生动。首联先声夺人,胡人的狂悍以及人民的失散扑面而来,"惊"、"哀"二字写出战乱带给人民的苦难心理。颔联写流离失所的人们向南逃,"月明孤影"用自然界的现象反衬流民的孤独无助,"灯暗数声"隐喻逃难的艰辛痛苦。人民在黑暗中寻求出路,经过都城长安,但朝廷又能给人民解决什么问题呢?最好的选择是能够回到故土,"春风"又到了,在这美好的春天里,"孤雁"们却由于战争无法回乡。"春风"让人沉醉,却反衬出思乡的痛苦。尾联作者劝慰人们在客地过活,然而雁有迁徙的习惯,怎能客居一地而不动呢?这明显是一种无奈的选择。因为活下来,就会有希望,就还会看到"春风"!全诗渗透出对人民的深深同情和对战乱的切齿痛恨。

(乔光辉)

赠别二首（选一）

多情却似总无情，唯觉尊前笑不成。①
蜡烛有心还惜别，替人垂泪到天明。

【注释】

① 尊前：酒筵上。

【汇评】

杜牧之云："多情却是总无情，唯觉尊前笑不成。"意非不佳，然而词意浅露，略无余蕴。元、白、张籍，其病正在此，只知道得人心中事，而不知道尽则又浅露也。后来诗人能道得人心中事者少尔，尚何无余蕴之责哉！（〔宋〕张戒《岁寒堂诗话》卷上）

（其二）忆者聚会之日，固觉多情，今而欲别之时，转似无情，何也？姑勿论其有情无情，惟觉饯别尊前，一若含住幽怨，笑不成耳。彼蜡烛无知，尚且有心惜别，替人垂泪天明；乃卿也，其将何以为情耶？（〔清〕章燮《唐诗三百首注疏》卷六）

前半以无情衬托多情，深情幽怨，全从侧面显示；后半以烛为喻，语意极其新鲜而又巧妙，所以一直为人传诵。这种使无知之物人格化，以衬托人的感情的方法，古典诗歌中常见。（沈祖棻《唐人七绝诗浅释》）

【赏析】

《赠别二首》写杜牧与扬州恋人之间爱情。第一首歌颂这位年轻貌美的姑娘。这里选的是第二首写这位美人对自己的一往深情。多情相聚往往遭遇无情的离别，太多情遇上离别，满腔离情无言可以表达，只能默默相对，看来却似无情。

（钟来茵）

许　浑

　　许浑(约788—858),字用晦,一作仲晦,郡望安陆(今湖北安陆县),籍贯洛阳,后迁居润州丹阳丁卯涧(在今江苏丹阳市),故人称"许丁卯"。武则天时宰相许圉(yǔ)师后裔。唐文宗大和六年(832)举进士。曾就任当涂、太平二县县令。大中三年(849),迁监察御史,因病去官,东归京口。后起任润州司马,历虞部员外郎,官终睦、郢二州刺史。一生酷爱林泉,淡于名利。其诗长于律体和绝句,格调豪爽清丽,句法圆稳工整。其登高怀古、羁旅游宦之作尤为时人称道。曾自编诗歌"新旧五百篇",名之《丁卯集》,原集已佚,今存《丁卯集》二卷,《续集》二卷,《续补》一卷,《集外遗诗》一卷。

【集评】

　　江南才子许浑诗,字字清新句句奇。十斛真珠量不尽,惠休空作碧云词。([唐]韦庄《赠浑诗》)

　　七言律诗极不易,唐人以诗名家者,集中十仅一二,且未见其可传。盖语长气短者易流于卑,而事实意虚者又几乎塞。用物而不为物所赘,写情而不为情所牵,李、杜之后,当学者许浑而已。周伯弜以唐诗自鸣,亦惟以许集谆谆诲人。([宋]范晞文《对床夜语》卷二)

　　浑,字用晦,仕至郢州刺史,居京口丁卯桥。古律诗三卷,名《丁卯集》。其诗如天孙之织,巧匠之斫,尤善用古事以发新意。其警联快句杂之元微之、刘梦得集中不能辨。(同上,新集卷三)

　　浑乐林泉,亦慷慨悲歌之士,登高怀古,已见壮心。故为格调豪丽,犹强弩初张,牙浅弦急,俱无留意耳。至今慕者极多,家家自谓得骊龙之照夜也。([元]辛文房《唐才子传》卷七)

　　徐献忠云:许郢州(浑)诗觉烟云风鸟之思,揉弄亦已尽态。([明]胡震亨《唐音癸签》卷八引)

咸阳城西楼晚眺①

一上高城万里愁，　　蒹葭杨柳似汀洲②。
溪云初起日沈阁③，　　山雨欲来风满楼。
鸟下绿芜秦苑夕④，　　蝉鸣黄叶汉宫秋。
行人莫问当年事⑤，　　故国东来渭水流⑥。

【注释】

① 题一作"咸阳城东楼"，一作"西门"。董乃宾认为诗题当作"咸阳西门城楼晚眺"。(董乃宾《说许浑的〈咸阳西门城楼晚眺〉》,《名作欣赏》1985年第 1 期第 156 页)《旧唐书》卷三八《志第十八》："秦之咸阳,汉之长安也。隋开皇二年,自汉长安故城东南移二十里置新都,今京师是也。……禁苑在皇城之北。苑城东西二十七里,南北三十里,东至灞水,西连故长安城,南连京城,北枕渭水。"

② 蒹葭:芦苇一类的水草。汀洲:水中的小洲。

③ "溪云"两句:清人查慎行评曰:"吾于《丁卯集》中只取'溪云初起日沈阁,山雨欲来风满楼',二语工于写景而无板重之嫌。"(引自元人方回选评、今人李庆甲集评校点《瀛奎律髓汇评》)清人金圣叹《贯华堂选批唐才子诗》评曰:"云起日沉,雨来风满,如此怕杀人之十四字中,却是万里外之一人独立城头,可哭也。"上句诗人自注曰:"南近磻(pán)溪,西对慈福寺阁。"磻溪:地名,在今陕西宝鸡市东南,北流入渭水。上句是说磻溪开始升起乌云,夕阳已沉没在慈福寺阁的背后。或暗用太公望磻溪垂钓隐居待时事;《韩诗外传》卷八:"太公望少为人婿,老而见去,屠牛朝歌,赁于棘津,钓于磻溪,文王举而用之,封于齐。"《水经注》卷十七《渭水上》:"渭水之右,磻溪水注之。水出南山兹谷,乘高激流注于溪中。溪中有泉,谓之兹泉。泉水潭积,自成渊者,即《吕氏春秋》所谓钓兹泉也。……东南隅有一石室,盖太公所居也。水次平石钓处,即太公垂钓之所也。"

④ 芜:杂草丛生之地。苑(yuàn):养禽兽植树木的地方。这里指秦统治者打猎游乐的地方。

⑤ 当年:一作"前朝"。

⑥ "故国"句:一作"渭水寒声昼夜流";声:一作"光"。故国:故都,此指咸阳。

【汇评】

尾联见意。首尾全是思乡,却插入五、六、七三句,全不碍手,唯老杜有此笔力。许,润州人,润州水乡,故有"似汀洲"之语,犹言"无端登水阁,有处是家山"也。此时愁绪正在万里,况云起雨来,是增一倍凄切也。五、六则尽其晚眺所至而极言之。(〔清〕黄生《唐诗评》卷三)

吾于《丁卯集》中只取"溪云初起日沉阁,山雨欲来风满楼",二语工于写景,而无板重之嫌。(〔清〕查慎行《初白庵诗评》)

(三联)上句因云起而日沉,为诗心所易到;下句善状骤雨欲来,风先雨至之景,可谓绝妙好词。此景非必咸阳始有,许在东楼,偶遇之而入咏耳。(俞陛云《诗境浅说》)

"莫问"一句,不仅感慨甚深,哲理意味亦极浓。全诗综览历史,思索现实,体察哲理,达到很高的水平。(罗宗强《唐诗小史》)

【赏析】

许浑的怀古咏史诗虽少却好。此诗便是一例。

首联概写故都的荒凉和诗人的惆怅。一"愁"字,奠定全诗基调。"蒹葭"和"杨柳"均是离别的意象。"汀洲"似是离别的地点。颔联、颈联均互文见义。颔联写云起日沉、雨来风满的"怕杀人"景象,或暗示"太公望"们隐居待时之不可能。颈联描写秦苑汉宫如今绿芜遍地,黄叶满林,唯有虫鸟点缀其间——意谓秦汉昔日的繁华均已逝去,惟有不识兴亡的鸟和蝉在飞、在鸣。尾联是劝慰之词,在劝慰之中暗寓苍凉伤感之情。"行人"即过客,自然也包括作者在内。"水"意象隐喻历史与人生的消逝。这首诗本来就是在广远的时空背景上展开的,这里推进为对人世盛衰和历史进程的纵览,因而就更加凸现了诗人内心深处对于历史与人生的空漠感。离情别绪也好、出世入世也好,吊古伤今也罢,皆一笔扫却,大有苏轼"大江东去、浪淘尽,千古风流人物"之势。清人梅成栋《精选七律耐吟集》评此诗曰:"一片铿锵,如金铃千百齐鸣。"洵属知味之言!

(沈广达)

张　祜

张祜(？—849后)：祜或误作祐，字承吉，清河(今属河北)人。初寓姑苏，后至长安，为元稹排挤，遂至淮南。爱丹阳曲阿地，隐居以终。卒于大中年间。其诗沉静浑厚，宫词尤著名。著有《张处士诗集》。

【集评】

张祜素借诗名，凡知己者皆当世英儒。故杜牧之云："谁人得似张公子，千首诗轻万户侯。"祜有《华清宫》诗，为世所称。(〔宋〕阮阅《诗话总龟》前集卷二十四引《郡阁雅谈》)

处士诗长于模写，不离本色，故览物品游，往往超绝，所谓五言之匠也。其宫体小诗，声唱流美，颇谐音调，中唐以后诗人如处士者，裁思精利，安可多得。(〔明〕朱警《唐百家诗集》引徐献忠语)

张处士山寺诸什，皆神于诗，非工于诗者能及也。(〔明〕陈继儒等《唐诗选脉会通评林》)

张祜元和中作宫体七言绝三十余首，多道天宝宫中事。入录者较王建工丽稍逊而宽裕胜之。其外数篇，声调亦高。(〔明〕许学夷《诗源辨体》)

张祜绝句，每如鲜葩匼滟，焰水泊浮，不特"故国三千里"一章见称于小杜也。(〔清〕翁方纲《石洲诗话》卷二)

题　金　陵　渡①

金陵津渡小山楼②，一宿行人自可愁③。
潮落夜江斜月里④，两三星火是瓜洲⑤。

【注释】

① 金陵渡：非泛言，专指镇江西津渡。
② 金陵：原为南京的别称，但唐代镇江也称金陵。宋王楙《野客丛书》卷

二十《北固廿罗》:"当时京口,亦金陵之地方。……《张氏行役记》言甘露寺在金陵山上,赵璘《因话录》言李勉至金陵,屡赞招隐寺标致,盖时人称京口亦曰金陵。"(引者按:金性尧认为,李勉应作李约,即李勉的儿子,新版《辞海》、《辞源》皆沿《因话录》之误。)津渡:"西津渡"的略称,因诗的形式所限而省。宋卢宪撰《嘉定镇江志》卷二云:"西津渡,去府治九里,北与瓜洲渡对岸。"接着抄录了这首《题金陵渡》诗,只是著录其为杜牧诗。小山楼:诗人当时旅居之地。

③ 一宿(xiǔ):一夜。行人:诗人自指。可:合。

④ "潮落"句:诗人站在小山楼上远望夜江,只见天边月已西斜,江上寒潮初落。此句与第二句自然钩连。

⑤ 瓜洲:当时的镇名,唐代属江都县,在大运河与长江交汇处,在今江苏扬州市邗江区,与镇江隔江遥遥相对。清缪荃孙校辑《元和郡县志阙卷逸文》卷二淮南道扬州江都县下载:"瓜洲镇,在县南四十里江滨。昔为瓜洲村,盖扬子江中沙碛也,状如瓜字,遥接扬子渡口,自开元以来渐为南北襟喉之地。"

【本事】

李健人曰:金陵距瓜洲甚远,乌有夜见星火之理?余尝夜泊镇江,望江北瓜洲实有此景。考《镇江府志》有西津渡,在丹徒县西北九里,与瓜洲对岸,即古西渚,唐时谓之蒜山渡。疑金陵渡即在此处。〔王步高按:金陵渡一名金津渡,在江苏镇江市北。唐时称镇江为金陵。〕《舆地纪胜》曰:淮南东路扬州:瓜洲在江都县南四十里江滨,昔为瓜洲村,盖扬子江中之沙碛也。沙潮涨出,其状如瓜,接连扬子渡口,民居其上。唐立为镇,今有石城三面。《清统志》曰:江苏扬州府:瓜洲镇在江都县南四十里江滨。(〔民国〕高步瀛《唐宋诗举要》卷八引)

【汇评】

楼在金陵渡口小山上。行人在此楼上过了一宿,自有可愁之处。一宿之中,思乡之愁,无处不现也。(〔清〕章燮《唐诗三百首注疏》卷六)

吾独惜以承吉(张祜)之才,能为"晴空一鸟渡,万里秋江碧",

"河流出郭静,山色对楼寒","海明先见日,江白迥闻风","地盘山入海,河绕国连天","仰砌池光动,登楼海气来","风帆彭蠡疾,云水洞庭宽","人行中路月生海,鹤语上方星满天","潮落夜江斜月里,两三星火是瓜洲"诸句,可以直跨元、白之上,而竟为微之所短,又为乐天所遗也。凡有才者,总须贵重其言。承吉不自慎惜,天耶?人耶?当自反矣。然乐天荐徐凝而抑承吉,心实不公。(〔清〕潘德舆《养一斋诗话》卷五)

温 庭 筠

  温庭筠(812—约870),本名岐,字飞卿,排行十六,太原祁(今山西祁县)人。少时极有才情,尤长于诗赋。然生性傲岸,好讥呵权贵,由是科场失意,屡试不第。大中十三年(859)始授随县尉,后任国子监助教。温庭筠诗与李商隐齐名。温庭筠精通音律,能逐弦吹之音,为侧艳之词。其词多写闺怨离愁,语言秾丽,《菩萨蛮》十四首是典型的艳词风貌;然其也有受民间曲子影响而以淡笔写柔情的作品,世以温庭筠、韦庄并称"温韦"。其诗与李商隐齐名。温庭筠为晚唐致力于填词的第一人,是促使文人词走向成熟的词坛巨擘。有《温飞卿诗集》,后人辑有《金荃词》一卷。

【集评】

  温飞卿(庭筠)与义山齐名,诗体严密概同,笔径较独酣捷。七言乐府,似学长吉,第局脉紧慢稍殊,彼愁思之言促,此淫思之言纵也。(〔明〕胡震亨《唐音癸签》卷八)

  温飞卿所作歌谣,常有乍看心赅目眩,思得其旨,反索然者。顾华玉璘曰:"温生作诗,全无兴象,又乏清温,句法刻俗,无一可法,不知后人何故尊信?大抵清高难及,粗浊易流,盖便于流俗浅学尔。余恐郑声乱雅,故特排击之。"愚意顾论诚然,然亦少过。大抵温氏之才,能瑰丽而不能淡远,能尖新而不能雅正,能矜饰而不能自然,然警慧处,亦非流俗浅学所易及。正如纻萝女,昵之虽欲倾城,然使其终身负薪,则亦不平。

七言古诗,句雕字琢,当其沾沾自喜之作,虽竭其伎俩,止于音响卓越,铺叙藻艳,态度生新,未免其美悉浮于外,有腴而实枯,纤而实近,中干外强之病。短律尤多警句。(〔清〕贺裳《载酒园诗话》又编)

温飞卿久困名场,故学力独为透到。其于玉溪,何止偏师之攻。顾华玉盛诋之,亦蚍蜉撼树也。(〔清〕管世铭《读雪山房唐诗序例》)

商山早行①

晨起动征铎②, 客行悲故乡。
鸡声茅店月, 人迹板桥霜。
槲叶落山路③, 枳花明驿墙④。
因思杜陵梦⑤, 凫雁满回塘⑥。

【注释】

① 商山:在今陕西商县东南,距长安约一百公里,位于通往湖北的路上。秦末汉初"商山四皓"曾隐于此。

② 征铎:远行车的铃铛。

③ 槲(hú):树名,实圆,味苦,可入药。其叶名槲若,落叶乔木,槲叶秋冬枯槁后并不迅速落掉,等次年春芽萌生始落。

④ 枳(zhǐ):木如橘而小,高五七尺,春开白花,果小味酸,可入药。

⑤ 杜陵:本名杜原,又名乐游原,汉宣帝筑陵于此,改名杜陵。温庭筠曾家于此。

⑥ 凫(fú):水鸟名,俗称野鸭。回塘:曲折的池塘。

【汇评】

"鸡声茅店月,人迹板桥霜",人但知其能道羁愁野况于言意之表,不知二句中不用一二闲字,止提掇出紧关物色字样,而音韵铿锵,意象具足,始为难得。(〔明〕李东阳《麓堂诗话》)

颔联出句胜对句。（〔清〕查慎行《初白庵诗评》）

三、四非行路之人不知此景之真也。论章法，承接自在；论句法，如同吮出。描画不得者，偏能写得。句句是早行，故妙。（〔清〕盛传敏《碛砂唐诗纂释》）

纪昀云：归愚讥五、六卑弱，良是。七、八复，衍第二句，皆是微瑕，分别观之。何义门云：次联东坡亦叹为绝唱。（李庆甲《瀛奎律髓汇评》卷十四）

【赏析】

这首诗准确写作年代已不可考，但联系诗人生平，他曾任随县尉，徐商镇襄阳，他被辟为巡官。据夏承焘《温飞卿系年》，这两件事均发生于唐宣宗大中十三年（859）。自长安赴随县，当道出商山。此诗或作于此年。庭筠久困科场，年四十八又出为一县尉，说不上有太好心绪，且去国怀乡之情在所不免。故这首诗以"客行悲故乡"为基调。温虽为山西人，而久居杜陵，已视之为故乡，为生计所迫，不得已出为远州县尉，故"思杜陵"，盼回归。"回塘"之"回"，"凫雁"之说，似乎均有他意。雁秋去春回，犹有定时，此去他乡，游子归去何时？"鸡声"一联，纯用实词，未用动词，对仗工稳，令全诗大为生色，传为千古绝唱。但诗中第二句衍，五六句较弱，故全诗尚白璧有瑕，未臻极品。

（王步高）

备选课文

秋　夕

杜　牧

银烛秋光冷画屏，轻罗小扇扑流萤。
天街夜色凉如水，卧看牵牛织女星。

登乐游原

杜　牧

长空澹澹孤鸟没，　万古销沉向此中。
看取汉家何事业？　五陵无树起秋风。

闺意献张水部

朱庆余

洞房昨夜停红烛，　待晓堂前拜舅姑。
妆罢低声问夫婿："画眉深浅入时无？"

题扬州禅智寺

杜　牧

雨过一蝉噪，　飘萧松桂秋。
青苔满阶砌，　白鸟故迟留。
暮霭生深树，　斜阳下小楼。
谁知竹西路，　歌吹是扬州。

寄扬州韩绰判官

杜　牧

青山隐隐水迢迢，　秋尽江南草未凋。
二十四桥明月夜，　玉人何处教吹箫。

金陵怀古

许　浑

玉树歌残王气终，　景阳兵合戍楼空。
松楸远近千官冢，　禾黍高低六代宫。
石燕拂云晴亦雨，　江豚吹浪夜还风。
英雄一去豪华尽，　唯有青山似洛中。

过陈琳墓

温庭筠

曾于青史见遗文，今日飘蓬过古坟。
词客有灵应识我，霸才无主始怜君。
石麟埋没藏春草，铜雀荒凉对暮云。
莫怪临风倍惆怅，欲将书剑学从军。

泛读课文

纵游淮南

张祜

十里长街市井连，月明桥上看神仙。
人生只合扬州死，禅智山光好墓田。

南湖

朱庆馀

湖上微风小槛凉，翻翻菱荇满回塘。
野船著岸入春草，水鸟带波飞夕阳。
芦叶有声疑露雨，浪花无际似潇湘。
飘然蓬艇东归客，尽日相看忆楚乡。

宫词

朱庆馀

寂寂花时闭院门，美人相并立琼轩。
含情欲说宫中事，鹦鹉前头不敢言。

山　行

　　　　　　　　　　杜　牧

远上寒山石径斜，　白云生处有人家。
停车坐爱枫林晚，　霜叶红于二月花。

江南春绝句

　　　　　　　　　　杜　牧

千里莺啼绿映红，　水村山郭酒旗风。
南朝四百八十寺，　多少楼台烟雨中。

泊　秦　淮

　　　　　　　　　　杜　牧

烟笼寒水月笼沙，　夜泊秦淮近酒家。
商女不知亡国恨，　隔江犹唱后庭花。

将赴吴兴登乐游原一绝

　　　　　　　　　　杜　牧

清时有味是无能，　闲爱孤云静爱僧。
欲把一麾江海去，　乐游原上望昭陵。

边 上 闻 笳

　　　　　　　　　　杜　牧

何处吹笳薄暮天，　塞垣高鸟没狼烟。
游人一听头堪白，　苏武争禁十九年。

秋日赴阙题潼关驿楼

许浑

红叶晚萧萧，　长亭酒一瓢。
残云归太华，　疏雨过中条。
树色随山迥，　河声入海遥。
帝乡明日到，　犹自梦渔樵。

谢亭送别

许浑

劳歌一曲解行舟，　红叶青山水急流。
日暮酒醒人已远，　满天风雨下西楼。

苏武庙

温庭筠

苏武魂销汉使前，　古祠高树两茫然。
云边雁断胡天月，　陇上羊归塞草烟。
回日楼台非甲帐，　去时冠剑是丁年。
茂陵不见封侯印，　空向秋波哭逝川。

利州南渡

温庭筠

澹然空水对斜晖，　曲岛苍茫接翠微。
波上马嘶看棹去，　柳边人歇待船归。
数丛沙草群鸥散，　万顷江田一鹭飞。
谁解乘舟寻范蠡，　五湖烟水独忘机。

中小学已学篇目

杜牧《山行》《清明》《江南春》(小)《泊秦淮》《赤

壁》(初)《过华清宫》※ 《题宣州开元寺水阁,阁下宛溪夹溪居人》※

可参考书目

《樊川诗集注》,〔清〕冯集梧注,上海古籍出版社1962年
《杜牧诗选》,缪钺著,人民文学出版社1957年
《杜牧选集》,朱碧莲选注,上海古籍出版社1995年
《杜牧资料汇编》,张金海编,中华书局2006年
《晚唐风韵》,葛兆光、戴燕著,江苏古籍出版社1991年
《晚唐诗歌赏析》,韦凤娟选析,广西人民出版社1986年
《晚唐诗选》,王文濡选,中华书局1918年(有新影印本)

十、晚唐诗(下)

【温李诗总论】

温庭筠与李商隐同时齐名,时号"温李"。二人诗记览精博,才思流丽,其冶艳者类徐庾,其切近者类姚贾。义山诗尤锻炼精粹,探索幽微,不可草草看过。(〔宋〕刘克庄《后村诗话》新集卷四)

李商隐丽色闲情,雅道虽漓,亦一时之胜。温飞卿有词无情,如飞絮飘扬,莫知指适。(〔明〕陆时雍《诗镜总论》)

温、李并称,就中却有异同,止如乐府,则玉溪不及太原,余则太原不逮玉溪远矣。(〔清〕薛雪《一瓢诗话》)

温飞卿,晚唐之李青莲也,故其乐府最精,义山亦不及。学者不于温、李二公诗悉心体会,未见其能成咏,何以历李、杜之藩翰耶?惟长诗则温不逮李。李有收束法,凡长篇必作一小束,然后再收,如山川跌换之势;温则一束便住,难免有急龙急脉之嫌。(同上)

李 商 隐

李商隐(813—858),字义山,号玉溪生,又号樊南生,怀州河内(今河南沁阳)人。开成二年进士,授秘安省校书郎补弘农尉。当时牛李党争剧烈,他被卷入旋涡,一生困顿失意。晚唐著名诗人,与杜牧齐名,世称"小李杜"。李诗广纳前人所长,善用比兴,色彩瑰丽,辞藻典雅,精于用典,形成了深情缠绵、绮丽精密、旨趣深微的艺术风格。现存诗约600首。其中无题诗是李商隐的独创,最为人们广泛传诵。或写得迷离恍惚,借恋情而寄托激愤,抒发感慨;或写有情男女无法如愿之苦,刻画陷入绝境的爱情,变幻蕴藉,宛转沉挚。政治诗感慨讽谕,颇有深度和广度。集中多见忧心国运、抒写怀才不遇之作。各体之中,尤擅长七言律、绝。有《李义山诗集》、《樊南文集》和《樊南文集补编》。

【集评】

虚负凌云万丈才,一生襟抱未曾开。(〔唐〕崔珏《哭李商隐》)

王荆公晚年亦喜称义山诗,以为唐人知学老杜而得其藩篱者,唯义山一人而已。每颂其"雪岭未归天外使,松州犹驻殿前军","永忆江湖归白发,欲回天地入扁舟"与"池光不受月,暮气欲沉山","江海三年客,乾坤百战场"之类,虽老杜无以过也。义山诗,合处信有过人。若其用事深僻,语工而意不及,自是其短,世人反以为奇而效之。故昆体之敝,适重其失,义山本不至是云。(〔宋〕蔡居厚《蔡宽夫诗话》)

李义山诗,字字锻炼,用事婉约,仍多近体。(〔宋〕许顗《彦周诗话》)

李义山拟老杜诗……置杜集中亦无愧矣,然未似老杜沉涵汪洋笔力有余也。义山亦自觉,故别立门户成一家。后人挹其余波,号西昆体,句律太严,无自然态度。(〔宋〕朱弁《风月堂诗话》)

李义山如百宝流苏,千丝铁网,绮密环妍,要非适用。(〔宋〕敖陶孙《诗评》)

望帝春心托杜鹃,佳人锦瑟怨华年。诗家总爱西昆好,独恨无人作郑笺。(〔金〕元好问《论诗绝句三十首》)

义山近体,辟绩重重,长于讽谕,中有顿挫沉着可接武少陵者,故应为一大宗。后人以温、李并称,只取其秾丽相似,其实风骨各殊也。(〔清〕沈德潜《唐诗别裁集》卷十五)

李义山、温飞卿皆有齐梁格诗。律诗既盛,齐梁体遂微,后人不知,咸以为古诗。(〔清〕吴乔《围炉诗话》卷二)

李玉溪无疵可议,要知前有少陵,后有玉溪,更无他人可任鼓吹,有唐唯此二公而已。(〔清〕薛雪《一瓢诗话》)

无　　题

相见时难别亦难,　东风无力百花残。
春蚕到死丝方尽,　蜡炬成灰泪始干①。
晓镜但愁云鬓改,　夜吟应觉月光寒。
蓬山此去无多路,　青鸟殷勤为探看②。

【注释】

①《永乐大典》卷八二一云:"春蚕到死丝方尽,蜡烛成灰泪始干,此名娼王幼玉之诗也。非渠无能道此者。"可参看。丝:与思谐音。

②"蓬山"二句:蓬山,神话传说中的东海三仙山之一蓬莱山,此比其情人居处。青鸟,传说中西王母的信使。此比给诗人与其情人传达信息者。义山"学仙玉阳东"时,玉阳东山与其情人(女冠)所居的玉阳西山对峙,故说"此去无多路",只要叫"青鸟"殷勤探望。

【汇评】

李义山曰:"春蚕到死丝方尽,蜡炬成灰泪始干。"刘禹锡曰:"东边日出西边雨,道是无晴还有晴。"措词流丽,酷似六朝。(〔明〕谢榛《四溟诗话》卷二)

绮靡浓艳,伤春悲秋,至于"春蚕到死"、"蜡烛成灰",深情罕譬,可以涸爱河而干欲火。(〔清〕钱谦益《李义山诗笺注》序)

(东风句)已苍。(冯舒)云:第二句毕世接不出。按此句言光阴难驻,我生行休也。(夜吟句)觉作共。(〔清〕何焯《义门读书记》卷五十七)

凡情语出自变风,本不可以格绳,勿宁少作。情太浓,便不能自摄,入于淫纵,只看李义山"春蚕到死丝方尽,蜡炬成灰泪始干"之句便知。(〔清〕张谦宜《絸斋诗谈》)

此诗似邂逅有力者,望其援引入朝,故不便明言,而属之《无题》也。起句言缱绻多情。次句言流光易去。三四言心情难已于仕进。五六言颜状亦觉其可怜。七八望其为王母青禽，庶得入蓬山之路也。（〔清〕程梦星《重订李义山诗笺注》）

起处有光阴难驻,我生行休之叹。然蚕未到死,则丝尚牵；烛未成灰,则泪常落,有一息尚存,此志不容少懈者。"晓镜"句言老,"夜吟"句言病,正见来日苦少。而有路可通,能不为之殷勤探看乎？此作者以诗代简牍也。八句中,真是千回万转。（〔清〕陆昆曾《李义山七律诗解》）

问"相见时难"一章末二句如何？曰：感遇之作,易为激语。此云"蓬山此去无多路,青鸟殷勤为探看",不为绝望之词,固诗人忠厚之旨也。但三四太纤近鄙,不足存耳。（〔清〕纪昀《玉溪生诗话》下卷《抄诗或问》）

首言相晤为难,光阴易过,次言己之愁思,毕生以之,终不忍绝。五言惟愁岁不我与。六谓长此孤冷之态。末句则谓未审其意旨究何如也？此段诸诗,寓意率相类。（〔清〕冯浩《玉溪生诗集笺注》）

三四两句如此典雅而谓之"鄙",此真小儿强作解事语,纪氏之诗学可知。此篇为陈情不省,留别令狐所作,首云"相见时难别亦难",结云"蓬山此去元多路",味其意,其在大中三年将赴徐幕时耶？（〔清〕张采田《李义山诗辨正》）

冯班：妙在首联。三、四亦杨、刘语耳。查慎行：三、四摹写"别亦难",是何等风韵？何义门："东风无力",上无明主也。"百花残",己且老至也。落句具屈子《远游》之思乎？（李庆甲辑《瀛奎律髓汇评》卷七）

【赏析】

这首精美绝伦的七律,用最优美的意象、严密的格律、通俗的语言道出了男女刻骨的相思之情。

首联在回忆中略带感伤。这一对男女每次约会、幽欢要克服重重障碍,所以每到离别之时,难上加难,犹如暮春季节,东风微弱,百花凋谢之时,他们感到无比的难受。

颔联、颈联,均似男女双方分手前的誓言一般:在蚕茧中的春蚕,源源不停地在吐出晶莹的蚕丝,她表示至死方尽。请注意这是正在作茧的、在洞中的春蚕意象。蜡烛已在点燃,已在滴下"泪",他表示,直到"蜡炬成灰泪始干"。男女心心相印,生生死死,难以分开。但是如今只好分手,别无他法。想象中,姑娘每天早晨对镜梳妆,愁肠百结,真怕两鬓添白发呢!而年轻的诗人,每天夜晚吟诗,思念情人,定会见月生寒,伤心至极。

　　末联是男性故作轻松的安慰:好在你所居的仙山离我不远,你要早早派出青鸟,殷勤来探望呢!

　　纵观普希金、莱蒙托夫、拜伦、雪莱等出色的爱情诗,大凡都与一个具体的活生生女性有关,很少对哲理式的、集合型的女性献上最美的恋歌。李商隐一生中,只有初恋对象玉阳山女冠才赢得诗人这片真情。

(钟来茵)

无　　题

来是空言去绝踪,　月斜楼上五更钟。
梦为远别啼难唤,　书被催成墨未浓。
蜡照半笼金翡翠,　麝熏微度绣芙蓉①。
刘郎已恨蓬山远,　更隔蓬山一万重②。

【注释】

① 麝熏:麝香熏染。此两句为对所思妇女香闺的描写。
② "刘郎已恨"句:相传刘晨与阮肇入天台采药,遇仙女,留居半年后还家,后复求仙女,已不可寻。蓬山:传说中的东海仙山之一蓬莱山,此处指情人所居之处。

【汇评】

　　徐德泓云:令狐绹作相,义山屡启陈情,不之省,数首疑为此作也,俱是喻体。(〔清〕冯浩《玉溪生诗补注》引)

　　("来是空言"首句)言绹有软语而无实情。(二句)言作诗时。("蜡照"一联)两句从第二句来。此诗与"相见时难"皆是致书于绚时作,即《旧传》所言"屡启陈情"也。(〔清〕吴乔《西昆发微》)

何(义门)云:"梦别"、"书成"、"为远"、"被催"、"啼难"、"墨未",皆用双声叠韵对。(〔清〕章燮《唐诗三百首注疏》卷五引)

通篇一意反覆,只发挥得"来是空言去绝踪"七字耳。言我一夜之间,辗转反侧,而因见夫月之斜,因闻夫钟之动,思之亦云至矣!乃通之梦寐,而梦为远别,何踪迹之可寻乎?味其音书,而书被催成,宁空言之足据乎?蜡照半笼,言灯光已淡,麝薰微度,言香气渐消,夜将尽而天欲明之时也,言我之凄清寂寞至此,较之蓬山迢隔,不啻倍蓰,则信乎"来是空言去绝踪"也。(〔清〕陆昆曾《李义山诗解》)

【赏析】

最能代表李商隐诗歌艺术风格的是他的以"无题"命名的诗作,对后世的影响很大。这首七律诗写对远别的情人的思念。全诗亦真亦梦,亦实亦幻,突破了传统思念诗由梦境而现实,由现实而回忆的顺序,体现出独到的艺术魅力。

首联以横剖的笔法直接写梦醒之时的氛围。远别之时的约定成为空言,离去之后则杳无踪影,梦醒之时月光空照楼阁,五更的钟声更显得凄清孤寂。

依稀间回味方才梦中的情景,是聚是别,只留下远别后难以自持的悲泣。回到现实的抒情主人公第一个本能的反映就是马上写信给对方,以诉说相思之苦,"书被催成"后才发现墨还未研浓,可见心情之急切。颔联描述出半梦半醒的情景,意味深长,充满实感。颈联写主人公在给对方写信时,不由得想象对方所处的香闺,恨不能立即追踪前往,但蓬山路隔相会无由。末联借用刘晨入天台复求仙女而不遇的传说,使人真正回到现实,而现实的残酷更进一步突出了远别之苦,相思之恨,使主题得以升华。

诗意深切凄婉,感情真挚。构思精巧,意境深远,精纯感人,回肠荡气。

(杨　琳)

安定城楼①

迢递高城百尺楼, 绿杨枝外尽汀洲②。
贾生年少虚垂涕, 王粲春来更远游③。
永忆江湖归白发, 欲回天地入扁舟。
不知腐鼠成滋味, 猜意鹓雏竟未休④。

【注释】

① 安定城:在唐泾原节度使治所泾州(今甘肃泾川)。李商隐因为娶了被认为是李党的泾原节度使王茂元的女儿,于是在入京应博学宏词科考试时受到牛党排挤,落选后返回泾原,登楼抒怀,悲愤难平。

② 迢递:高远貌。汀洲:指泾水岸边沙地和水中绿洲。

③ 贾生:指汉贾谊,贾曾上书陈政,云:"臣窃惟今之事势,可为痛哭者一,可为流涕者二,可为长太息者六。"但却因年少敢言,忧国忧民而屡遭忌害。王粲,东汉末文学家,曾因避战乱而流浪至荆州,于当阳城楼作《登楼赋》,抒发政治抱负和寄人篱下之苦闷。在这里作者以贾谊、王粲自况。

④ 典出《庄子·秋水篇》:"惠子相梁,庄子往见之。或谓惠子曰:'庄子来,欲代子相。'于是惠子恐,搜于国中,三日三夜。庄子往见之,曰:'南方有鸟,其名为鹓雏,子知之乎?夫鹓雏发于南海,而飞于北海,非梧桐不止,非练实不食,非醴泉不饮。于是鸱得腐鼠,鹓雏过之,仰而视之曰,吓!今子欲以子之梁国而吓我邪?'"在这里作者以鹓雏自喻。

【汇评】

应鸿博不中选而至泾原时作也,玩三四显然矣。其应鸿博不中,已因往依茂元之故。下半言我志愿深远,岂恋此区区者,而俗情相猜忌哉!(〔清〕冯浩《玉溪生诗笺注》)

纪昀曰:"江湖"、"扁舟"之兴,俱自"汀洲"生出。故次句非趁韵凑景。五六千锤百炼,出以自然,杜亦不过如此。世但喜其浮艳雕镂之作,而义山之真面隐矣。结太露。(李庆甲辑《瀛奎律髓汇评》卷三十九)

第二言满地江河欲归即得。五六言所以垂泪与远游者,岂为此腐鼠不能舍然哉！吾诚永忆江河,欲归而优游白发,但俟回天地功成,却入扁舟耳。此二句亦是荆公一生心事,故酷爱之。(〔清〕何焯《义门读书记》卷五十八)

义山博及群书,负经国之志,特以身处卑贱,自噤不言。兹因人妄相猜忌,全不知己,故发愤一倾吐之。然而立言深隐,略无夸大,真得三百诗人风旨,非他手可摹也。首二句借城楼自喻,有立身千仞,俯视一切之意。三、四叹有贾生之才而不得一摅,只如王粲之游而穷于所往。五、六言本欲功成名立,归老江湖,旋乾转坤,乃始勇退。七、八言己之意量如此,而彼庸妄者方据腐鼠以吓鹓雏也。岂不可哀矣哉！(〔清〕程梦星《李义山诗集笺注》)

为令狐氏所摈而作。言己长忆江湖以终老,但志欲挽回天地,乃入扁舟耳。时人不知己志,以鸱嗜腐鼠而疑鹓雏,不亦重可叹乎。(〔清〕沈德潜《唐诗别裁集》卷十五)

【赏析】

这是一首登楼感怀诗。李商隐一生受到牛李党争的影响,郁郁不得志,其作品反映出吊古伤今的悲愤,也表露出自己的政治抱负。

作者立身高耸的安定城楼,目光越过绿杨树林,泾水岸边的沙地绿洲尽收眼底。然而,作者此时的心境并不在乎山水,高瞻远瞩、俯视一切之际,也是无限感慨、豪情生发之时。于是,思绪转到两位古人身上,贾谊献策、王粲登楼作赋之时,均与自己年龄相仿,而此时此刻,自己落榜的遭际、寄人篱下的情境又与二人何其相似。但满怀的高远志向怎能就此毁弃。范蠡乘扁舟归隐江湖的联想道出了诗人矛盾复杂的思想,这也是中国传统知识分子所共有的典型心理。既存有恬淡名利之心态,又不忘兼济天下、建功立业的抱负。因为有了前者,就区别于那些追名逐利之徒;有了后者,才能胸襟宽阔,百折不挠。在末联,诗人借庄子的寓言将矛头直指那些猜忌自己的无耻小人,飞向北海的鹓雏与津津于腐鼠的鸱鸟相比较,极尽讽刺、奚落之能事,作者的志趣抱负更不言而喻。

全诗结构严谨,语句曲折萦回,意蕴悠远。最大的特点是用典贴切,含蓄自然,韵味深厚。

(杨　琳)

贾　　生

宣室求贤访逐臣，　贾生才调更无伦①。
可怜夜半虚前席②，　不问苍生问鬼神。

【注释】

①"宣室"句：《史记·贾生列传》载：贾谊被孝文帝征见，在未央宫前殿的正室被接见。逐臣：被贬谪的大臣。贾谊被周勃等老臣排斥，被贬作长沙王太傅。文帝知道，其知识、才情、才气，均无与伦比。

②虚：徒然、空自、白白地。前席：古人席地而坐，双膝跪着，臀在脚跟上，文帝听入神，两膝向前移，更靠近贾谊，此为亲密无间的表示。

【汇评】

钱君（钱邓帅若水）举《贾谊》两句云："可怜夜半虚前席，不问苍生问鬼神。"钱云："其措词如此，后人何以企及。"（〔宋〕江少虞《宋朝事实类苑》）

李义山《贾谊》诗云："可怜夜半虚前席，不问苍生问鬼神。"虽说贾谊，然反其意而用之矣。……直用其事，人皆能之，反其意而用之者，自非学力高迈，超越寻常拘孪之见，不规规然蹈袭前人陈迹者，何以臻此。（〔宋〕严有翼《艺苑雌黄》）

晚唐绝"东风不与周郎便，铜雀春深锁二乔"，"可怜夜半虚前席，不问苍生问鬼神"，皆宋人议论之祖，间有极工者，亦气韵衰飒，天壤开宝，然书情则怆恻而易动人，用事则巧切而工悦俗。世希大雅，或以为过盛唐，具眼观之，不待其辞毕矣。（〔明〕胡应麟《诗薮》内编卷六）

末二句即诗人召彼故老，讯之占梦意。（〔清〕何焯《义门读书记》卷五十八）

沈（德潜）云：纯用议论。然以唱叹出之，故佳。不善学之，便成伧语。第二句率。（〔清〕章燮《唐诗三百首注疏》卷六）

【赏析】

据《史记》记载,汉文帝召见贾谊时,正在接受祭过神的祭肉,以接受神的福佑。文帝的心思集中在鬼神。而天才的贾谊,正想乘这次召见机会,陈述自己对时局大政的意见。两人思想大相径庭,于是出现了这样的滑稽剧:皇帝在庄严的未央殿宣室,征召无与伦比的极有见识的政治家,皇帝无比谦虚,"前席"倾听,而一问一答,只是关于鬼神。虽得文帝倾听,却徒然无益。这种咏史诗,纯用白描手法,描摹历史事实;诗人摄取角度很新颖,议论、讽刺、叹息、愤愤不平,皆在精炼的形象之中。 (钟来茵)

隋　　宫①

紫泉宫殿锁烟霞,　欲取芜城作帝家②。
玉玺不缘归日角,　锦帆应是到天涯③。
于今腐草无萤火,　终古垂杨有暮鸦④。
地下若逢陈后主,　岂宜重问后庭花?⑤

【注释】

① 隋宫:指隋炀帝在扬州附近所造的离宫。
② 紫泉宫:指长安紫渊宫,因避唐高祖李渊讳改为紫泉宫。
③ 日角:人的颧骨饱满突起像太阳一样,称为日角。这里代指李渊。
④ 隋炀帝曾遍搜萤火虫,夜间放出以代烛光。当时人们认为萤火生于腐草,而此时却被搜集干净了。
⑤ 陈后主:南朝陈朝亡国之君,于敌军压境之时仍在寻欢作乐,观赏乐舞《玉树后庭花》。据《隋遗录》载,隋炀帝在扬州曾梦遇陈后主,一同赏《玉树后庭花》。

【汇评】

日角、锦帆、萤火、垂杨是实事,却以他字面交差对之,融化自称,亦其用意深处,真佳处也。(〔元〕吴师道《吴礼部诗话》)

元和后律体屡变,其间有卓然成家者,皆自鸣所长。若李商隐之长于咏史,许浑,刘沧之长于怀古,此其著也。今观义山之《隋宫》、《马嵬》、《筹笔驿》、《锦瑟》等篇,其造意幽深,律切精密,有出常情之外者……其今古废兴,山河陈迹,凄凉感慨之意,读之可为一唱三叹矣。三子者虽不足以鸣乎大雅之音,亦变风之得其正者矣。(〔明〕高棅《唐诗品汇》七言律诗叙目)

无句不佳。三四尤得杜家骨髓。前半展拓得开,后半发挥得足,真大手笔。发端先言其虚关中以授他人,便已呼起第三句。着"玉玺"一联,直说出狂王抵死不悟,方见江都之祸非出于偶然不幸。后半讽刺更觉有力。(〔清〕何焯《义门读书记》卷五十七)

纪(昀)云:中四句,步步逆挽,句句跳脱,结句俶甚。盛唐人必不如此。纯是衬贴活变之笔,无复排偶之迹,然调之不高亦坐此。(〔清〕章燮《唐诗三百首注疏》卷五)

先君云:"寓议论于叙事,无使事之迹,无论断之迹,妙极妙极。"又曰:"纯以虚字作用,五六句兴在象外,活极妙极,可谓绝作。"树按:江都离宫四十余所,只用紫渊,取紫微意,且选字媲色也。《上林赋》:"紫渊经其北。"(〔清〕方东树《昭昧詹言》卷十九)

(前四句)纪(昀)曰:"无阻逸游,如何铺叙?三四只作推算,最善用笔。"步瀛案:"日角"、"天涯"借对,究觉纤巧,结语亦尖刻。老杜为之,必不如此,纪氏谓此升降大关,不可不知。(高步瀛《唐宋诗举要》卷五)

【赏析】

这是一首咏史诗,反映出作者此类诗作感慨讽谕,尖锐辛辣,寓意深广的特点。

首联在对比映衬之中点题。长安雄伟巍峨的宫殿空锁于烟霞之中,荒淫奢靡、为所欲为的隋炀帝却一心想到扬州享乐,将芜城作为"帝家"。被舍弃的长安宫阙的壮丽映衬出隋炀帝的穷奢极欲与取舍的荒唐。

颔联看似假想推测,实则以史为据,寓意深刻。作者指出,隋之所以失去政权并非因为李渊生有帝王之相命该为帝,而是由于炀帝荒淫享乐,以致锦帆南下之后,便似飘向了天涯海角,一去不复返了。

颈联的描摹与颔联相呼应,使题旨得以升华。一方面,"于今"、"终古";"腐草"、"垂杨";"无萤火"、"有暮鸦"形成了绝佳的对比,亡国的凄凉不堪入目。另一方面,对偶工整的两句又恰恰涉及隋炀帝"放萤以取乐"和"种柳映龙舟"的史实,昔日的盛景与今日的悲凉,不止是形式上的对偶,更给人留下丰富的空间,催人深思,使人感慨万千。

末联以巧妙的构思活用了隋炀帝梦遇陈后主的故实。两个亡国之君地下相见,该是怎样的情景?作者并不正面回答,而亡国之音《玉树后庭花》的出现,则使其用意不言而喻。 (杨 琳)

罗　隐

罗隐(833—909),本名横,字昭谏,自号江东生,新城(今浙江富阳县)人,一作余杭(今属浙江)人。少时即负盛名。因其诗文好抨击时政,讥讽公卿,故十举进士不第,乃更名隐。黄巢起义后,为避战乱返归故乡,投奔镇海节度使钱镠,钱镠赏识他的才华,唐僖宗光启三年(887)表奏为钱塘令,迁著作郎。唐哀帝天祐三年(906)充节度判官。后梁太祖开平二年(908)授给事中,次年迁盐铁发运使,不久病卒。他是唐代享有高龄的诗人之一。诗工七绝,颇有讽刺现实之作,多用口语,故少数作品能流传于民间。著有诗集《甲乙集》十卷。

【集评】

(罗隐)诗名于天下,尤长于咏史,然多所讥讽,以故不中第,大为唐宰相郑畋、李蔚所知。(〔宋〕薛居正《旧五代史》卷二十四)

开成许浑七言律,再流而为李山甫、罗隐诸子。罗李才力益小,风气日衰,而造诣愈卑。故于鄙俗村陋之中,间有一二可采,然声尽轻浮,语尽纤巧,而气韵衰飒殊甚。唐人律诗,至此乃尽敝矣。

(〔明〕许学夷《诗源辩体》卷三十二)

昭谏生于有唐末造,其亡已入五代矣。今体诗气雄调响,罕与为匹。然唐人蕴藉婉约之风,至昭谏而尽;宋人浅露叫嚣之习,至昭谏而开。文章气运,于此可观世变。(〔清〕钱良择《唐音审体》)

罗昭谏诗,言中有响,《三百篇》后颇寓讽谏之意……况其精邃自然处,正复不让唐之初、盛。(〔清〕戴京曾《罗昭谏集序》)

七律至唐末造,惟罗昭谏最感慨苍凉,沉郁顿挫,实可以远绍浣花,近俪玉溪。盖由其人品之高,见地之卓,迥非他人所及。次则韩致尧之沉丽,司空表圣之超脱,真有念念不忘君国之思。(〔清〕洪亮吉《北江诗话》卷六)

绵谷回寄蔡氏昆仲①

一年两度锦江游②,　前值东风后值秋③。
芳草有情皆碍马,　好云无处不遮楼。
山将别恨和心断④,　水带离声入梦流。
今日因君试回首⑤,　淡烟乔木隔绵州⑥。

【注释】

① 此诗题一作"魏城逢故人"。绵谷:今四川广充县。昆仲:称呼别人兄弟的敬词。
② 锦江:在今四川成都市南。江:一作"城"。
③ 值:遇。
④ 将:带,拿。
⑤ 因君试回首:一作"不堪回首望"。
⑥ 淡:一作"古"。乔:一作"高"。绵州:在今四川绵阳市。

【汇评】

程元初曰:诗人赋及国家与君子、小人处,嫌于伤时,不敢明言,皆托意讽喻。如……"芳草有情皆碍马,好云无处不遮楼",

"芳草"比小人。"马"喻势利之辈,"好云"喻谗佞,"楼"比均衡之地。若此之类,可谓言近而意深。(〔明〕周敬等《唐诗选脉会通评林》)

前半追叙旧游,后半感伤远别:大开大合,真七字中之正体也。(〔清〕赵臣瑗《山满楼笺注唐诗七言律》)

三四写景极佳,而意极沉郁,是谓神行。若但以佳句取之,则皮相矣。(高步瀛《唐宋诗举要》卷五)

【赏析】

此诗是诗人在绵谷寄给成都的友人蔡氏兄弟的,借追忆锦江之昔游,采用总分总的结构模式,写"我"对友人的浓烈思念。首联总写,平实。颔联、颈联写离人也即诗人眼中的游赏情景,缠绵悱恻。"登山则情满于山,观海则意溢于海。"(刘勰《文心雕龙·神思》)芳草碍马,好云遮楼;山将别恨,山和心断,水带离声,水入梦流:诗人"我"多情却从草云山水的多情写起,有透过一层之妙。"我"对锦江的依恋与赞美、对友人的思念,随之和盘托出。尾联又总写,但以景结情,"淡烟"、"乔木"均是离别的意象。

(沈广达)

秦韬玉

秦韬玉(? —约890),字仲明,京兆(今陕西西安市)人,一说湖南人。应进士不第,后从僖宗避乱至四川,在宦官田令孜幕府任职,中和二年(881)特赐进士及第,以工部侍郎身份为神策军判官。以七律见长,语言清丽浅显。多反映社会现实之作,《全唐诗》存其诗三十六首。

【集评】

《鉴戒录》云:"秦韬玉之诗,意转殊妙。"(〔宋〕何汶《竹庄诗话》卷十五)

韬玉少有辞藻,工歌吟,恬和浏亮。韬玉歌诗,每作人必传诵。

（〔元〕辛文房《唐才子传》卷九）

贫　女

蓬门未识绮罗香，　　拟托良媒益自伤①。
谁爱风流高格调②？　共怜时世俭梳妆③。
敢将十指夸针巧，　　不把双眉斗画长④。
苦恨年年压金线，　　为他人作嫁衣裳⑤。

【注释】

① 蓬门：柴草编成的门，借喻自己贫寒之家。绮罗：绫罗绸缎。
② 风流：举止潇洒，不同流俗。
③ 俭：俭朴。此联向有不同解释。有认为俭通"险"，高；俭梳妆指高耸的发式和时髦的装束。
④ 斗：争斗，比赛。
⑤ 压：一种刺绣手法。

【汇评】

秦韬玉诗无足言，独《贫女》篇遂为古今口舌。"苦恨年年压金线，为他人作嫁衣裳"，读之辄为短气，不减江州夜月，商妇琵琶也。（〔清〕贺裳《载酒园诗话》又编）

语语为贫士写照。（〔清〕沈德潜《唐诗别裁集》卷十六）

此诗全是比体，以贫女比贫士，言虽有才具，难邀知遇，而性复高傲，不肯求媚于世，所以年年寄人篱下，徒借笔耕以糊口耳。词意明显。（〔民国〕王文濡《历代诗评注读本》）

冯班：托兴可哀。何义门：高髻险妆，见《唐书·车服志》。此句就他人一面说。纪昀：格调太卑。（李庆甲辑《瀛奎律髓汇评》卷三十一）

【赏析】

"女为悦己者容，士为知己者死。"美女与贤士，有许多相似之处。而这首七言律诗,正是以贫女比拟寒士。"贫士贫女,古今一辙。"(清代赵臣瑗《山满楼笺注唐诗七言律》)沈德潜亦评此诗"语语为贫女写照。"(《唐诗别裁集》)诗的主人公出身贫寒,但她不慕非分之荣华富贵;已过婚龄,但她不肯托媒草草出嫁而违心屈志;时尚趋同,有谁能够欣赏自己的高格调,怜惜自己的俭梳妆?君不见,十指神针,是她的无与伦比的才艺,双眉远翠,是她的天然无饰的容貌。只可恨,一年又一年,她用金丝刺绣别人的婚纱;一岁又一岁,她用青春裁制他人的嫁衣。尾联"苦恨年年压金线,为他人作嫁衣裳","读之辄为短气"(清代贺裳《载酒园诗话又编》),"结好。遂成故事"(清代屈复《唐诗成法》)。隐藏于这贫女形象身后的是寒士,他有着同样的悲伤与苦恨,也有着同样的骨气。

(徐同林)

备选课文

杜工部蜀中离席

李商隐

人生何处不离群,世路干戈惜暂分。
雪岭未归天外使,松州犹驻殿前军。
座中醉客延醒客,江上晴云杂雨云。
美酒成都堪送老,当垆仍是卓文君。

晚　　晴

李商隐

深居俯夹城,春去夏犹清。
天意怜幽草,人间重晚晴。
并添高阁迥,微注小窗明。
越鸟巢干后,归飞体更轻。

宿骆氏亭寄怀崔雍崔衮

李商隐

竹坞无尘水槛清，　相思迢递隔重城。
秋阴不散霜飞晚，　留得枯荷听雨声。

淮上与友人别

郑　谷

扬子江头杨柳春，　杨花愁杀渡江人。
数声风笛离亭晚，　君向潇湘我向秦。

鹧　　鸪

郑　谷

暖戏烟芜锦翼齐，　品流应得近山鸡。
雨昏青草湖边过，　花落黄陵庙里啼。
游子乍闻征袖湿，　佳人才唱翠眉低。
相呼相应湘江阔，　苦竹丛深日向西。

除 夜 有 怀

崔　涂

迢递三巴路，　羁危万里身。
乱山残雪夜，　孤烛异乡春。
渐与骨肉远，　转于僮仆亲。
那堪正飘泊，　明日岁华新。

章 台 夜 思

韦　庄

清瑟怨遥夜，　绕弦风雨哀。
孤灯闻楚角，　残月下章台。
芳草已云暮，　故人殊未来。
乡书不可寄，　秋雁又南回。

汴河怀古二首(其二)

韦 庄

尽道隋亡为此河, 至今千里赖通波。
若无水殿龙舟事, 共禹论功不较多。

题盘豆驿水馆后轩

韦 庄

极目晴川展画屏, 地从桃塞接蒲城。
滩头鹭占清波立, 原上人侵落照耕。
去雁数行天际没, 孤云一点净中生。
冯轩尽日不回首, 楚水吴山无限情。

陇 西 行

陈 陶

誓扫匈奴不顾身, 五千貂锦丧胡尘。
可怜无定河边骨, 犹是春闺梦里人。

泛读课文

乐 游 原

李商隐

向晚意不适, 驱车登古原。
夕阳无限好, 只是近黄昏。

夜 雨 寄 北

李商隐

君问归期未有期, 巴山夜雨涨秋池。
何当共剪西窗烛, 却话巴山夜雨时。

锦 瑟

李商隐

锦瑟无端五十弦，一弦一柱思华年。
庄生晓梦迷蝴蝶，望帝春心托杜鹃。
沧海月明珠有泪，蓝田日暖玉生烟。
此情可待成追忆，只是当时已惘然。

落 花

李商隐

高阁客竟去，小园花乱飞。
参差连曲陌，迢递送斜晖。
肠断未忍扫，眼穿仍欲归。
芳心向春尽，所得是沾衣。

筹笔驿

李商隐

猿鸟犹疑畏简书，风云常为护储胥。
徒令上将挥神笔，终见降王走传车。
管乐有才终不忝，关张无命欲何如。
他年锦里经祠庙，梁父吟成恨有馀。

重有感

李商隐

玉帐牙旗得上游，安危须共主君忧。
窦融表已来关右，陶侃军宜次石头。
岂有蛟龙愁失水，更无鹰隼与高秋。
昼号夜哭兼幽显，早晚星关雪涕收。

齐 宫 词

李商隐

永寿兵来夜不扃， 金莲无复印中庭。
梁台歌管三更罢， 犹自风摇九子铃。

无题四首（选一）

李商隐

飒飒东风细雨来， 芙蓉塘外有轻雷。
金蟾啮锁烧香入， 玉虎牵丝汲井回。
贾氏窥帘韩掾少， 宓妃留枕魏王才。
春心莫共花争发， 一寸相思一寸灰。

无题二首（选一）

李商隐

昨夜星辰昨夜风， 画楼西畔桂堂东。
身无彩凤双飞翼， 心有灵犀一点通。
隔座送钩春酒暖， 分曹射覆蜡灯红。
嗟余听鼓应官去， 走马兰台类断蓬。

孤　雁

崔　涂

几行归去尽， 片影独何之。
暮雨相呼失， 寒塘独下迟。
渚云低暗度， 关月冷遥随。
未必逢矰缴， 孤飞自可疑。

题　雁

郑　谷

八月悲风九月霜， 蓼花红澹苇条黄。
石头城下波摇影， 星子湾西云间行。

惊散渔家吹短笛，　失群征戍锁残阳。
故乡闻尔亦惆怅，　何况扁舟非故乡。

旅寓洛南村舍
郑　谷

村落清明近，　秋千稚女夸。
春阴妨柳絮，　月黑见梨花。
白鸟窥鱼网，　青帘认酒家。
幽栖虽自适，　交友在京华。

梅　亭
唐彦谦

东海穷诗客，　西风古驿亭。
发从残岁白，　山入故乡青。
世事徒三窟，　儿曹且一经。
丁宁速赊酒，　煮栗试砂瓶。

雨　晴
王　驾

雨前初见花间蕊，　雨后兼无叶里花。
蛱蝶飞来过墙去，　却疑春色在邻家。

春宫怨
杜荀鹤

早被婵娟误，　欲妆临镜慵。
承恩不在貌，　教妾若为容。
风暖鸟声碎，　日高花影重。
年年越溪女，　相忆采芙蓉。

中小学已学篇目

李商隐《乐游原》(小)　《夜雨寄北》　无题(相见时难)(初)《锦瑟》(高)　《落花》※　罗隐《蜂》(小)

可参考书目

《李商隐诗歌集解》,刘学锴、余恕诚著,中华书局1988年
《李商隐全集》,王步高、刘林辑校汇评,珠海出版社2002年
《李商隐资料汇编》,刘学锴、余恕诚、黄世中编,中华书局2001年
《汇评本李商隐诗》,刘学锴编,上海社会科学出版社2002年
《李商隐诗选》,刘学锴等,人民文学出版社1986年
《温飞卿诗笺注》,〔明〕曾益笺注,上海古籍出版社1980年
《罗隐集校注》,潘慧惠校注,浙江古籍出版社1995年
《郑谷诗集笺注》,严寿澂等笺注,上海古籍出版社1991年
《韦庄集校注》,李谊校注,四川省社会科学院出版社1986年
《皮子文薮》,萧涤非、郑庆笃整理,上海古籍出版社1981年
《司空表圣文集》,祖保泉、陶礼天编,安徽大学出版社2003年
《司空图评传》,王步高著,南京大学出版社2006年

唐宋词鉴赏

十一、唐五代词（上）

敦煌曲子词

　　清光绪二十六年（1900）五月二十六日[①]，在甘肃敦煌莫高窟（千佛洞）第十七洞（藏经洞）里发现大量唐五代人手写卷，其中有词（如《云谣集杂曲子》），当时称为曲子词。其中许多作品写于唐玄宗开元年间。这些词多为民间作品，题材开阔，随意用韵，以方言叶韵，格律不严，保持民间词的形态。

　　有王重民《敦煌曲子词集》（收164首）、任半塘《敦煌歌词总编》（收1300余首）、中华书局《全唐五代词》本（收199首）。

【集评】

　　敦煌出《云谣集杂曲子》三十首，有两本，均不全。一藏伦敦博物院，存者十八首；一藏巴黎图书馆，存者十四首。校除复重，适得三十首。伦敦本先传至吾国，朱孝臧据董授经先生摄影者，刻入《蕙风簃丛书》（按，当作《彊村丛书》），朱氏有跋记其原委；罗振玉据伯希和先生摄影者，印入《敦煌零拾》，罗氏有跋记其原委，并附王静安先生跋，考之甚详。后刘半农先生来巴黎，始将巴黎本抄回中国，刻入《敦煌掇琐》中。一九三二年，龙沐勋据两本，定著为三十首，益以朱孝臧、董康等校语，另为《校记》一卷，又重刻之。于是全书复行于世。（王重民《巴黎敦煌残卷叙录》）

　　今日所知的敦煌的"词"，有《云谣集杂曲子》一种，这已是文

[①] 或云发现敦煌手卷为1899年。

士们所编集的东西了,故多半文从字顺,相当雅致,和一般粗鄙的小曲的气息不同,但也还能看得出其初期的素朴的作风。(郑振铎《中国俗文学史》第五章)

菩 萨 蛮

枕前发尽千般愿,要休且待青山烂①。水面上秤锤浮,直待黄河彻底枯。　　白日参辰现②,北斗回南面③。休即未能休④,且待三更见日头。

【注释】

① 休:断绝关系,分手。
② 参(shēn)辰:参星和辰星,二星一西一东,此出彼没,永不并现,更不会并现于白天。
③ 北斗:即北斗星,以位置在北,形状如斗得名。
④ 即:同"则"。

【汇评】

按全词所举,均不可能之事,如青山烂、黄河枯、参辰日现、北斗南回等。此词乃民间之创作,文艺价值甚高;诡喻奇譬,开元曲修辞之异彩。(任半塘《敦煌歌词总编》卷二)

此男女情誓也。此词,句中有衬字,须加辨别,第三句中之"上"字及第四句、末句中之"直待"、"且待",皆衬字。(刘永济《唐五代两宋词简析》)

【赏析】

敦煌曲子词属民间词调,这就决定了这首《菩萨蛮》典型的民歌特色。由"枕前发尽千般愿"一句可知,此词表现的是热恋情人间的海誓山盟。作品不说"不休",而说"要休",但休的条件却出人意料。上片提出三种几乎不可能出现的地理现象和生活现象:青山腐烂,秤锤浮上水面,黄河枯竭;下片更提出三种完全不可能发生的天文现象:参辰二星同时出现,北斗星转向南方,太阳在半夜三更升起。作品还为这些不可能出现的情况进一步设置了苛刻的条件,如黄河要"彻底"枯,原本就不可能同现的参辰二星要于"白日"并出,从而将"休"的可能性降至绝无。作品中反复出现"且待"、"直待"等口语化的词语,不但将主人公对自己爱情的信念和决心表露无遗,并且使作品琅琅上口,掷地有声。

此词激情奔放,大胆坦率,比喻极富想象力,与汉代乐府民歌《上邪》有异曲同工之妙。

（邵文实）

李　白

李白(701—762),字太白,号青莲居士。祖籍陇西成纪(今甘肃秦安县),出生于中亚碎叶(今吉尔吉斯首府伏龙芝市北楚河南岸伊斯阔家附近,唐时属安西都护府)。五岁移家绵州昌隆县(今四川江油)。天宝元年(742)因玄宗妹玉真公主荐应诏入长安,供奉翰林,受玄宗恩遇;因得罪宠臣、贵妃,被赐金遣返。安史之乱中,入永王李璘幕。永王遇害,受牵连下狱,流夜郎(今贵州桐梓),途中遇赦。晚年漫游于金陵(今江苏南京)、宣城(今属安徽)一带,卒于当涂。有诗1035首。

【集评】

汉人之诗,浑浑穆穆。魏人之诗,浩浩落落。汉诗高在体,魏诗高在气。太白词气体俱高,词中之汉魏也。(〔清〕吴衡照《莲子居词话》卷一)

唐人词,风气初开,已分二派。太白一派,传为东坡,诸家以气格胜,于诗近西江。飞卿一派,传为屯田,诸家以才华胜,于诗近西昆。后虽迭变,终不超此二者。(〔清〕沈祥龙《论词随笔》)

李太白词,淳泓萧瑟;张子同词,逍遥容与;温飞卿词,丰柔精邃。唐人以词鸣者,惟兹三家,壁立千仞,俯视众山,其犹培塿乎？(〔清〕张德瀛《词征》卷五)

梁武帝《江南弄》、陶弘景《寒夜怨》、陆琼《饮酒乐》、徐孝穆《长相思》,皆具词体,而堂庑未大。至太白《菩萨蛮》之繁情促节,

《忆秦娥》之长吟远慕,遂使前此诸家悉归环内。(〔清〕刘熙载《艺概》卷四)

菩 萨 蛮

平林漠漠烟如织①,寒山一带伤心碧。暝色入高楼②,有人楼上愁。玉阶空伫立③,宿鸟归飞急。何处是归程,长亭更短亭④。

【注释】

① 漠漠:此形容雾气。烟如织:指林中暮霭浓密。
② 暝色:暮色。
③ 玉阶:对楼阁石阶的美称。伫(zhù)立:久立。
④ 亭:一名"官亭",古代设在大道上供行人休息的亭子。各亭之间的距离长短不一,故有"长亭"、"短亭"之称。庾信《哀江南赋》:"十里五里,长亭短亭。"

【汇评】

(李白《菩萨蛮》、《忆秦娥》)二词为百代词曲之祖。(〔宋〕黄昇《唐宋诸贤绝妙词选》卷一)

徐士俊云:词林以此为鼻祖,其古致遥情,自然压卷。(〔明〕卓人月《古今词统》卷五)

词用"织"字最妙,始于太白词"平林漠漠烟如织"。(〔清〕李调元《雨村词话》卷一)

玩末二句,乃是远客思归口气。或注作闺情,恐误。又按李益《鹧鸪词》云:"处处湘云合,郎从何处归。"此词末两句,似亦可作此解,故旧人以为闺思耳。楼上凝愁,阶前伫立,皆属遥想之词。或以"玉阶"句为指自己,于义亦通。盖玉阶、玉梯等字,昔人往往通用。白石《翠楼吟》,亦有"玉梯凝望久"之句。(〔清〕许昂霄《词综偶评》)

入首二句,意兴苍凉壮阔。第三、第四句,说到"楼",到"人",又自静细孤寂,真化工之笔。第二阕,"阑干"字跟上"楼"字来,

"伫立"字跟上"愁"字来,末联始点出"归"字来,是题目归宿。所以"愁"者此也,所以"寒山"、"伤心"者亦此也。更觉前阕凌空结撰,意兴高远。至结句仍含蓄不说尽,雄浑无匹。(〔清〕黄苏《蓼园词选》)

太白《菩萨蛮》、《忆秦娥》两阕,神在个中,音流弦外,可以足为词中鼻祖。(〔清〕陈廷焯《白雨斋词话足本》卷七)

此首望远怀人之词,寓情于境界之中。一起写平林寒山境界,苍茫悲壮。(唐圭璋《唐宋词简释》)

【真伪考】

此词不知何人写在鼎州沧水驿楼,复不知何人所撰。魏道辅泰见而爱之。后至长沙,得古集于子宣内翰家,乃知李白所作。(〔宋〕释文莹《湘山野录》卷上)

今诗余名《望江南》外,《菩萨蛮》、《忆秦娥》称最古。以《草堂》二词出太白也。近世文人学士或以为实。然余谓太白在当时直以风雅自任,即近体盛行七言律,鄙不肯为,宁屑事此。且二词虽工丽,而气衰飒,于太白超然之致,不啻穹壤,藉令真出青莲,必不作如是语,详其意调,绝类温方城辈,盖晚唐人词嫁名太白,若怀素草书,李赤姑熟耳。原二词嫁名太白有故,《草堂词》,宋末人编青莲诗,亦称《草堂集》,后世以二词出唐人而无名氏,故伪题太白,以冠斯编也。《菩萨蛮》之名,当起于晚唐世。案《杜阳杂编》云:"大中初,女蛮国贡双龙犀、明霞锦,其国人危髻金冠,璎珞被体,谓之菩萨蛮。当时倡优遂制《菩萨蛮》曲,文士亦往往效其词。"《南部新书》亦载此事。则太白之世,唐尚未有斯题,何得预制其曲耶?(〔明〕胡应麟《少室山房笔丛》卷四十一)

崔令钦《教坊记》末,所载教坊曲名三百六十五中,已有此二调(指《望江南》、《菩萨蛮》)。崔令钦见《唐书·宰相世系表》,乃隋恒农太守宣度之五世孙,是其人当在睿、玄二宗之世。其书纪事,讫于开元,亦足略推其时代。据此则《望江南》、《菩萨蛮》皆开元教坊旧曲。蕙风词隐曰:胡元瑞斥太白《菩萨蛮》四词为伪作,姑勿与辩。试问此伪词孰作,孰敢作者?(〔清〕况周颐《蕙风词

话》卷四）

北宋初年之作家，因见鼎州沧水驿楼之题壁，而及《古风集》内之所载，信李白有《菩萨蛮》词，其事颇为自然。犹之今人目睹敦煌写卷内有无名氏诗，按之《全唐诗》某某人卷内所有，而信其属于某某人也，未必不真。乃自明胡元瑞以来，构成李白不屑为长短句之成见，只凭推想，别无实证，对于李白集中其他各种长短句词，又不同样否定，其说未必即真。但今人竟多不敢信从前说，惟恐被嗤为浅陋，于是胡元瑞之臆说，乃控制学人之心理，至于数百年之久。近人杨宪益于所著《零墨新笺》内，主张《菩萨蛮》乃《骠苴蛮》或《符诏蛮》之异译，其曲调乃古缅甸乐，开、天间传入中国，李白原氏人，少时于此曲调，大概已习，方二十五岁左右，曾徘徊襄汉间，可能于湖南鼎州沧水驿楼，题此曲词。北宋初年，文莹《湘山野录》谓见《古风集》内，此词属之李白，事有可能，并非荒诞云云。信如此说，验之《教坊记》、《奇男子传》及敦煌卷子斯4332等所有资料，无不吻合，可知乃较为接近事实者。（任二北《敦煌曲初探》第五章）

【赏析】

词的上片从暮色苍茫中写出游子独倚高楼的愁绪。"有人楼上愁"，一个"愁"字揭示出词作的内涵。下片由近及远，从归宿的飞鸟联系到人，自相呼应，而以悠长境界结束，含蓄不尽。全词抒写羁旅情怀，气象阔大，意境深远。　　　　　　　　（曹济平）

忆　秦　娥

箫声咽，秦娥梦断秦楼月①。秦楼月，年年柳色，灞陵伤别②。乐游原上清秋节③，咸阳古道音尘绝④。音尘绝，西风残照，汉家陵阙⑤。

【注释】

① 用萧史弄玉故事。《列仙传》卷上曰："萧史者，秦穆公时人也。善吹

箫,能致孔雀、白鹤于庭。穆公有女,字弄玉,好之。公遂以女妻焉。日教弄玉作凤鸣。居数年,吹似凤声,凤凰来止其屋。公为作凤台。夫妇止其上,不下数年,一旦皆随凤凰飞去。"咽:声音悲凉不响亮。秦娥:秦地美女,扬雄《方言》卷二:"秦、晋之间,美貌谓之娥。"梦断:梦醒。

② 灞陵:汉文帝刘恒墓。帝王之墓称陵。灞陵临灞桥,乃远行送别之所。《三辅黄图》:"灞桥,在长安东,跨水作桥。汉人送客至此桥,折柳赠别。"灞,一作"霸"。

③ 乐游原:在长安城南八里,秦宜春苑、汉乐游苑故址。唐改此名。每年正月晦、三月三上巳节、九月重阳,士女云集,诗多题咏。清秋节:指重阳。

④ 咸阳:古都邑名,在今陕西咸阳东北二十里,因位于九嵕山之南,渭水之北,均为山水之阳,故名。

⑤ 西风:诗词中多代指秋风。汉家陵阙:汉代皇家陵墓多在长安周围。

【汇评】

徐士俊云:悲凉跌荡,虽短词中具长篇古风之意气。(〔明〕卓人月《古今词统》卷五)

由伤别寄情吊古,风神淡宕,更多慷慨沉雄。(〔明〕周珽《删补唐诗选脉笺释会通评林》卷六〇)

唐人作长短句,乃古乐府之滥觞也。李太白首倡《忆秦娥》,凄惋流丽,颇臻其妙。(〔明〕顾起纶《花庵词选跋》)

音调凄断,对此茫茫,百端交集,如读《黍离》之诗。后世名作虽多,无出此右者。(〔清〕陈廷焯《云韶集》卷一)

太白纯以气象胜。"西风残照,汉家陵阙",寥寥八字,遂关千古登临之口。后世唯范文正之《渔家傲》、夏英公之《喜迁莺》,差足继武,然气象已不逮矣。(王国维《人间词话》)

太白此词,实冠古今,决非后人可以伪托。(吴梅《词学通论》)

【真伪考】

邵博《邵氏闻见后集》("集"当作"录")卷十九:"李太白词也。予尝秋日饯客咸阳宝钗楼上,汉诸陵在晚照中。有歌此词者,一坐凄然而罢。"北宋李之仪《忆秦娥》注:"用太白韵。"(《姑溪居

士文集》卷四十五）可知此词早在北宋就已被认为李白所作，为南宋黄昇选入《绝妙词选》。唯后人多有疑义。（《零墨新笺》）

（王步高）

【赏析】

此词极具历史沧桑之感。首尾吊古，中间伤今，前以"秦楼月"过渡，下以"古道音尘"过渡。由秦地箫声而思秦娥，追往之不可见，由灞陵之别痛今之不可留。乐游原原是长安有悠久历史的名胜，但词人已不留恋其风光秀丽，而追今往古，生山河兴废之感。李白几度到长安均为开元天宝年间，表面繁华之下，危机四伏，词中于秋风落日之际，又地处灞陵、乐游之苑，隐忧与悲凉之慨溢于言表。

《花间集》

《花间集》，后蜀赵崇祚编。是书选录自唐开成元年（836）至后晋天福五年（940），即后蜀广政三年以前的词家，有温庭筠、皇甫松、韦庄等十八家，共五百首，分十卷。书前有蜀人欧阳炯所作序文。书中选录词家多为蜀人。此书乃文人词最早之总集，影响词坛极为深远，尤其温、韦对后世婉约词人影响巨大，流传版本甚多。

温庭筠

温庭筠（812—870?），本名岐，字飞卿，排行十六，太原祁（今山西祁县）人。少时极有才情，尤长于诗赋。然生性傲岸，好讥呵权贵，由是科场失意，屡试不第。大中十三年（859）始授随县尉，后任国子监助教。温庭筠精通音律，能逐弦吹之音，为侧艳之词。其内容多写妇女情思，闺怨离愁，语言秾丽，《菩萨蛮》十四首是典型的艳词风貌。然其词也有受民间曲子影响而以淡笔写柔情的作品，世以温庭筠、韦庄并称"温韦"。其诗与李商隐齐名。温庭筠为晚唐致力于填词的第一人,是促使文人词走向成熟的词坛巨擘。有《温飞卿诗集》,后人辑有《金荃词》一卷。

【集评】

温庭筠词极流丽,宜为《花间集》之冠。(〔宋〕黄昇《唐宋诸贤绝妙词选》卷一)

自唐之词人李白为首,其后韦应物……并有述造,而温庭筠最高,其言深美闳约。(〔清〕张惠言《词选序》)

词有高下之别,有轻重之别,飞卿下语镇纸,端己揭响入云,可谓极两者之能事。皋文曰:"飞卿之词,深美闳约。"信然。飞卿酝酿最深,故其言不怒不慑,备刚柔之气。针缕之密,南宋人始露痕迹。《花间》极有浑厚气象,如飞卿则神理超越,不可复以迹象求矣。然细绎之,正字字有脉络。毛嫱西施,天下美妇人也,严妆佳,淡妆亦佳,粗服乱头,不掩国色。飞卿严妆也,端己淡妆也,后主则粗服乱头矣。(〔清〕周济《介存斋论词杂著》)

温飞卿词精妙绝人,然类不出乎绮怨。(〔清〕刘熙载《艺概》卷四)

飞卿词全祖《离骚》,所以独绝千古。《菩萨蛮》、《更漏子》诸阕,已臻绝诣,后人无能为继。(〔清〕陈廷焯《白雨斋词话》卷一)

飞卿词,大半托词帷房,极其婉雅,而规模自觉宏远。(同上,卷九)

张皋文谓飞卿之词"深美闳约",余谓此四字唯冯正中足以当之。刘融斋谓:"飞卿词精妙绝人",差近之耳。"画屏金鹧鸪",飞卿语也,其词品似之。(〔清〕王国维《人间词话》)

飞卿为人,具详旧史,综观其诗词,亦不过一失意文人而已,宁有悲天悯人之怀抱? 昔朱子谓《离骚》不都是怨君,尝叹为知言。以无行之飞卿,何足以仰企屈子? 其词之艳丽处,正是晚唐诗风,故但觉镂金错采,炫人眼目,而乏深情远韵。然亦有绝佳而不为辞藻所累,近于自然之词,如《梦江南》、《更漏子》诸阕是也。(李冰若《栩庄漫记》)

菩 萨 蛮

小山重叠金明灭①,鬓云欲度香腮雪②。懒起画蛾眉,弄妆梳洗迟。照花前后镜,花面交相映。新帖绣罗襦③,双双金鹧鸪④。

【注释】

① 小山:指屏风。一说为眉妆。
② 度:遮掩。
③ 帖:通贴,指贴绣。
④ 金鹧鸪:指罗袄上有金线贴绣成的鹧鸪图纹。

【汇评】

　　此感士不遇也。篇法仿佛《长门赋》,而用节节逆叙。此章从梦晓后领起。"懒起"二字,含后文情事;"照花"四句,《离骚》"初服"之意。([清]张惠言《词选》卷一)

　　所谓沉郁者,意在笔先,神余言外,写怨夫思妇之怀,寓孽子孤臣之感,凡交情之冷淡,身世之飘零,皆可于一草一木发之;而发之又必若隐若现,欲露不露,反复缠绵,终不许一语道破,匪独体格之高,亦见性情之厚。飞卿词如"懒起画蛾眉,弄妆梳洗迟",无限伤心,溢于言表。([清]陈廷焯《白雨斋词话》卷一)

　　小山,当即屏山,犹言屏山之金碧晃灵也。此种雕镂太过之句,已开吴梦窗堆砌晦涩之径。"新贴绣罗襦"二句,用十字只说得襦上绣鹧鸪而已。统观全词意,谀之则为盛年独处,顾影自怜;抑之则侈陈服饰,搔首弄姿。"初服"之意,蒙所不解。(李冰若《栩庄漫记》)

【赏析】

　　本词通篇写闺怨。首写少妇所居富丽华贵的环境,绣屏掩映,阳光明媚。次写未起身时鬓发散乱的容态。"懒起"二句,叙写起身下床后画眉、梳妆的动态。一个"迟"字,与"懒起"相呼应,呈现出少妇无情无绪的神态。"照花"二句,承上启下,写出梳洗已毕,对镜簪花,镜中花与人面交相辉映,愈增其容色艳丽。最后两句点出少妇更换新绣罗衣,忽然发现衣上金线绣的双双鹧鸪鸟,不禁引发心中无限孤独的感觉。以此收结,不仅振起全篇,而且意在言外,耐人玩味。

(曹济平)

韦　庄

韦庄(836—910),字端己,长安杜陵(在今陕西西安市长安区东北)人。唐代诗人韦应物的四世孙。少孤贫力学,才敏过人。昭宗乾宁元年(894)进士及第,任校书郎、左补阙等官职。晚年入蜀,后依节度使王建,为掌书记。唐亡后,王建自立为蜀帝,以韦庄为宰相。三年后卒于成都。后人辑有《浣花词》一卷,今人夏承焘审订、刘金城校注《韦庄词校注》一卷。

【集评】

端己词清艳绝伦,初月芙蓉春月柳,使人想见风度。(〔清〕周济《介存斋论词杂著》)

韦端己、冯正中诸家词,留连光景,惆怅自怜,盖亦易飘飏于风雨者,若第论其吐属之美,又何加焉!(〔清〕刘熙载《艺概》卷四)

韦端己词,似直而纡,似达而郁,最为词中胜境。(〔清〕陈廷焯《白雨斋词话》卷一)

韦文靖词与温方城齐名,熏香掬艳,炫目醉心。尤能运密入疏,寓浓于淡,花间群贤,殆鲜其匹。(〔清〕况周颐《唐五代词人考略》卷五)

端己词深语秀,虽规模不及后主、正中,要在飞卿之上,观昔人颜、谢优劣论可知矣。(王国维《唐五代二十一家词辑》)

"弦上黄莺语",端己语也,其词品亦似之。　韦端己之词,骨秀也。(王国维《人间词话》)

菩 萨 蛮

人人尽说江南好,游人只合江南老①。春水碧于天,画船听雨眠。垆边人似月②,皓腕凝霜雪。未老莫还乡,还乡须断肠。

【注释】

① 只合:只应。
② 垆:古代酒店用土砌成安放酒瓮和卖酒的地方。《史记·司马相如列传》载,司马相如妻卓文君当垆卖酒:"买一酒舍沽酒,而令文君当垆。"

【汇评】

　　此章述蜀人劝留之辞,即下章云:"满楼红袖招"也。江南即指蜀,中原沸乱,故曰:"还乡须断肠。"(〔清〕张惠言《词选》卷一)
　　强颜作愉快语,怕断肠,肠亦断矣。(〔清〕谭献《谭评〈词辨〉》卷一)
　　一幅春江图画,意中是思乡,笔下却说江南风景好,真正泪溢中肠,无人省得。结言风尘辛苦,不到暮年,不得回乡,预知他日还乡必断肠也,与第二语口气合。(〔清〕陈廷焯《云韶集》卷一)
　　此词正作于883年至江南周宝幕府后,此时关中及中原均有战事,江南平静,故云:"人人尽说江南好,游人只合江南老。"其时长安(即韦之家乡)尚为黄巢所占,故曰"还乡须断肠"也。(吴世昌《词林新话》卷二)

【赏析】

　　韦庄《菩萨蛮》共五首,是前后相呼应的组词。本词为第二篇,采用白描手法,抒写游子春日所见所思,宛如一幅春江图。起二句直言江南美好。"春水"二句承上,乃写江南水乡景色及画船听雨的闲适生活之美。下片"垆边"二句进一层写垆边肌肤洁白娇嫩的美女。江南既有"春水碧于天"的美景,又有"画船听雨眠"的生活,还有皓腕如雪的美女,融合成"游人"只应该在江南终老的情意。然而结末二句转入"未老莫还乡"的深沉感叹之中。词人以避乱入蜀,饱尝离乱之苦,时值中原鼎沸,欲归不能,"还乡须断肠"一句,巧妙地刻画出特定历史环境下的词人思乡怀人的心态,可谓语尽而意不尽。

(曹济平)

菩 萨 蛮

洛阳城里春光好,洛阳才子他乡老①。柳暗魏王堤②,此时心转迷。桃花春水渌③,水上鸳鸯浴。凝恨对残晖④,忆君君不知。

【注释】

① 洛阳才子:西汉文学家贾谊,洛阳人,十八岁时就文才出众,人称洛阳才子,这里是作者自指。

② 魏王堤:古代洛水在洛阳城内溢为一池,成为洛阳的名胜。唐太宗李世民将池赐给魏王李泰,并筑堤与洛水相隔,人称此堤为魏王堤。

③ 渌:清澈。

④ 凝恨:愁恨凝聚。凝,形容深情专注的样子。残晖:夕阳。

【汇评】

此章致思唐之意。(〔清〕张惠言《词选》卷一)

项庄舞剑,怨而不怒之义。(〔清〕谭献《谭评〈词辨〉》卷一)

中有难言之隐。(〔清〕陈廷焯《大雅集》卷一)

致其乡国之思。洛地风景,为唐初以来都城胜处;魏堤柳色,回首依依。结句言"忆君君不知"者,言君门万里,不知羁臣恋主之忧也。(〔民国〕俞陛云《五代词选释》)

【赏析】

这是作者寓居蜀中所写的怀旧之作。词开头二句重复道出"洛阳"二字,可见"洛阳"在作者心目的重要位置。作者韦庄在黄巢起义后,从长安移居洛阳,此间,他写出了平生杰作《秦妇吟》,被称为"《秦妇吟》秀才",因此洛阳对作者来说是个值得纪念的地方。其次，洛阳春光妩媚多姿，如《秦妇吟》所写"中和癸卯春三月，洛阳城外花如雪"，可见洛阳春光也是令人留念的所在。再次，当年作者与"美人"告别的地方恐怕就在洛阳，这也是作者眷恋洛阳，挥之不去的缘由。词中重点描写洛阳春色之美，魏王堤上，垂柳依依，柳阴着地，桃花灼灼，春水渌波，鸳鸯嬉戏，这幅烟水迷离的洛阳春光图，怎能不令人心乱目迷呢？最后两句点题，"恨"与"忆"是词人借对洛阳春色的回忆，表现了对往昔美好恋情不能复返的深愁。"残晖"二字，借落日的余辉，隐隐道出难以言说不堪回首的家园之思，可见伤心人别有怀抱。　　　（张天来）

备选课文

鹊踏枝

敦煌词

叵耐灵鹊多瞒语，送喜何曾有凭据？几度飞来活捉取，锁上金笼休共语。比拟好心来送喜，谁知锁我在金笼里。欲他征夫早归来，腾身却放我向青云里。

谪仙怨

刘长卿

晴川落日初低，惆怅孤舟解携。鸟向平芜远近，人随流水东西。白云千里万里，明月前溪后溪。独恨长沙谪去，江潭春草萋萋。

忆江南

刘禹锡

和乐天春词，依《忆江南》曲拍为句

春去也，多谢洛城人。弱柳从风疑举袂，丛兰浥露似沾巾。独坐亦含颦。

长 相 思

白居易

汴水流,泗水流,流到瓜洲古渡头。吴山点点愁。思悠悠,恨悠悠,恨到归时方始休。月明人倚楼。

酒 泉 子

司空图

买得杏花,十载归来花始坼。假山西畔药阑东。满枝红。旋开旋落旋成空。白发多情人更惜,黄昏把酒祝东风。且从容。

更 漏 子

温庭筠

玉炉香,红蜡泪,偏照画堂秋思。眉翠薄,鬓云残,夜长衾枕寒。梧桐树,三更雨,不道离情正苦。一叶叶,一声声,空阶滴到明。

梦 江 南

温庭筠

梳洗罢,独倚望江楼。过尽千帆皆不是,斜晖脉脉水悠悠,肠断白蘋洲。

菩 萨 蛮

温庭筠

水精帘里颇黎枕,暖香惹梦鸳鸯锦。江上柳如烟,雁飞残月天。藕丝秋色浅,人胜参差剪。双鬓隔香红,玉钗头上风。

梦 江 南

皇甫松

兰烬落,屏上暗红蕉。闲梦江南梅熟日,夜船吹笛雨萧萧,人语驿边桥。

生查子
　　　　　　　　　　牛希济

春山烟欲收,天澹稀星小。残月脸边明,别泪临清晓。语已多,情未了,回首犹重道:记得绿罗裙,处处怜芳草!

风流子
　　　　　　　　　　孙光宪

茅舍槿篱溪曲,鸡犬自南自北。菰叶长,水葓开,门外春波涨绿。听织,声促,轧轧鸣梭穿屋。

临江仙
　　　　　　　　　　鹿虔扆

金锁重门荒苑静,绮窗愁对秋空。翠华一去寂无踪。玉楼歌吹,声断已随风。烟月不知人事改,夜阑还照深宫。藕花相向野塘中。暗伤亡国,清露泣香红。

泛读课文

望江南
　　　　　　　　　　敦煌曲子词

天上月,遥望似一团银。夜久更阑风渐紧,为奴吹散月边云,照见负心人。

浣溪沙
　　　　　　　　　　敦煌曲子词

卷却诗书上钓船,身披蓑笠执鱼竿。棹向碧波深处去,几重滩。不是从前为钓者,盖缘时世掩良贤。所以将身岩薮下,不朝天。

凤 归 云
敦煌曲子词

征夫数载,萍寄他邦。去便无消息,累换星霜。月下愁听砧杵,拟塞雁行。孤眠鸾帐里,枉劳魂梦,夜夜飞飏。　　想君薄行,更不思量。谁为传书与,表妾衷肠?倚牖无言垂血泪,暗祝三光。万般无那处,一炉香尽,又更添香。

转 应 曲
韦应物

胡马,胡马,远放燕支山下。跑沙跑雪独嘶,东望西望路迷。迷路,迷路,边草无穷日暮。

转 应 曲
戴叔伦

边草,边草,边草尽来兵老。山北山南雪晴,千里万里月明。明月,明月,胡笳一声愁绝。

宫 中 调 笑
王　建

团扇,团扇,美人病来遮面。玉颜憔悴三年,谁复商量管弦?弦管,弦管,春草昭阳路断。

渔 歌 子
张志和

西塞山前白鹭飞,桃花流水鳜鱼肥。青箬笠,绿蓑衣,斜风细雨不须归。

潇 湘 神

刘禹锡

斑竹枝,斑竹枝,泪痕点点寄相思。楚客欲听瑶瑟怨,潇湘深夜月明时。

忆 江 南

白居易

江南好,风景旧曾谙:日出江花红胜火,春来江水绿如蓝。能不忆江南?

江南忆,最忆是杭州:山寺月中寻桂子,郡亭枕上看潮头。何日更重游?

江南忆,其次忆吴宫:吴酒一杯春竹叶,吴娃双舞醉芙蓉。早晚复相逢。

菩 萨 蛮

李 晔

登楼遥望秦宫殿,茫茫只见双飞燕。渭水一条流,千山与万丘。远烟笼碧树,陌上行人去。安得有英雄,迎归大内中。

忆 仙 姿

李存勖

曾宴桃源深洞,一曲清歌舞凤。长记别伊时,和泪出门相送。如梦,如梦,残月落花烟重。

菩萨蛮(三首)

温庭筠

玉楼明月长相忆,柳丝袅娜春无力。门外草萋萋,送君闻马嘶。

画罗金翡翠,香烛销成泪。花落子规啼,绿窗残梦迷。

宝函钿雀金䴔鸂,沉香阁上吴山碧。杨柳又如丝,驿桥春雨时。
画楼音信断,芳草江南岸。鸾镜与花枝,此情谁得知?

南园满地堆轻絮,愁闻一霎清明雨。雨后却斜阳,杏花零落香。
无言匀睡脸,枕上屏山掩。时节欲黄昏,无憀独倚门。

菩 萨 蛮
韦 庄

红楼别夜堪惆怅,香灯半卷流苏帐。残月出门时,美人和泪辞。
琵琶金翠羽,弦上黄莺语。劝我早归家,绿窗人似花。

女 冠 子
韦 庄

四月十七,正是去年今日,别君时。忍泪佯低面,含羞半敛眉。
不知魂已断,空有梦相随。除却天边月,没人知。

女 冠 子
韦 庄

昨夜夜半,枕上分明梦见,语多时。依旧桃花面,频低柳叶眉。
半羞还半喜,欲去又依依。觉来知是梦,不胜悲!

巫山一段云
李 珣

古庙依青嶂,行宫枕碧流。水声山色锁妆楼,往事思悠悠!
云雨朝还暮,烟花春复秋。啼猿何必近孤舟,行客自多愁。

江城子

欧阳炯

晚日金陵岸草平,落霞明,水无情。六代繁华,暗逐逝波声。空有姑苏台上月,如西子镜,照江城!

浣溪沙

孙光宪

蓼岸风多橘柚香,江边一望楚天长,片帆烟际闪孤光。　目送征鸿飞杳杳,思随流水去茫茫,兰红波碧忆潇湘。

中小学已学篇目

李白《菩萨蛮》(平林漠漠烟如织)※　**张志和**《渔歌子》(西塞山前白鹭飞)(小)　**刘禹锡**《浪淘沙》(九曲黄河万里沙)(小)　**白居易**《忆江南》(江南好)(小)　**温庭筠**《梦江南》(梳洗罢)(初)　《菩萨蛮》(小山重叠金明灭)

可参考书目

《云谣集》,有《彊村丛书》本
《敦煌曲子词集》,王重民编,商务印书馆 1950 年
《敦煌歌辞总编》,任半塘编著,上海古籍出版社 1987 年
《花间集校》,李一氓校,人民文学出版社 1958 年
《花间集评注》,李冰若著,河北教育出版社 1999 年
《尊前集》(附《金奁集》),朱祖谋校,江西人民出版社 1984 年
《花间集新注》,沈祥源等注,江西人民出版社 1997 年
《韦端己年谱》,夏承焘著《唐宋词人年谱》,上海古籍出版社 1979 年
《温飞卿系年》,夏承焘著《唐宋词人年谱》,上海古籍出版社 1979 年

十二、唐五代词(下)

冯延巳

冯延巳(903—960),一名延嗣,字正中,广陵(今江苏扬州)人。在南唐中主李璟时,官至同平章事(宰相)。史称其"有辞学,多伎艺,善辩说"。工诗,尤喜乐府词,为南唐词坛存词最多的大家。冯词情思凄婉,开北宋一代风气。今传《阳春集》词一卷、补遗一卷。

【集评】

冯延巳词,晏同叔得其俊,欧阳永叔得其深。(〔清〕刘熙载《艺概》卷四)

南唐起于江左,祖尚声律,二主倡于上,翁(指冯延巳)和于下,遂为词家渊丛。翁俯仰身世,所怀万端,缪悠其辞,若显若晦,揆之六义,比兴为多。若《三台令》、《归国谣》、《蝶恋花》诸作,其旨隐,其词微,类劳人、思妇、羁臣、屏子郁伊怆怳之所为,翁何致而然耶?(〔清〕冯煦《阳春集序》)

吾家正中翁,鼓吹南唐,上翼二主,下启欧晏,实正变之枢纽,短长之流别。(〔清〕冯煦《唐五代词选叙》)

《阳春》一集,为临川《珠玉》所宗,愈瑰丽,愈淳朴。南渡名家沾丐膏馥,辄臻上乘。(〔清〕况周颐《蕙风词话》未刊稿)

冯正中词虽不失五代风格,而堂庑特大,开北宋一代风气。(王国维《人间词话》)

鹊 踏 枝

谁道闲情抛弃久?每到春来,惆怅还依旧。日日花前常病酒①,不辞镜里朱颜瘦②。　　河畔青芜堤上柳③,为问新愁,何事年年有④?独立小桥风满袖,平林新月人归后。

【注释】

① 病酒:饮酒沉醉如病。
② 不辞:不惜的意思。
③ 青芜:指青草丛生。
④ 何事:为何。

【汇评】

可谓沉着痛快之极,然却是从沉郁顿挫来,浅人何足知之?(〔清〕陈廷焯《白雨斋词话》卷六)

起得风流跌宕。"为问"二句,映起笔。"独立"二语,仙境、梦境?断非凡笔也。(〔清〕陈廷焯《云韶集》卷一)

始终不渝其志,亦可谓自信而不疑,果毅而有守矣。(〔清〕陈廷焯《词则·大雅集》卷一)

词家每先言景,后言情,此词先情后景。结末二句寓情于景,弥觉风致夷犹。(俞陛云《宋词选释》)

此种起法,是从千回百折之中,喷薄而出,故包含悔恨、愤激、哀伤种种情感,读之倍觉警动。(唐圭璋《论词之作法》)

【赏析】

此首记叙"闲情"而实写难忘的恋情。开端"谁道"一句,揭出涌上心头郁结已久而难以抛掷的"闲情"。每逢万物萌动的春季,更能触发这种情思,增添心中无奈的惆怅意绪。为了排遣这种情绪,词人借酒浇愁,可是日日饮酒也不能摆脱"闲情"的纠缠,承受着为爱情折磨的痛苦,但他仍然甘愿为此而容颜憔悴。下片写

"新愁"。过片"河畔"一句,承上"春来"写春景。这句从《古诗十九首》之二"青青河畔草,郁郁园中柳"而来。绿柳与青草,象征着绵绵柔情。"为问"二句,点出了年年有的愁绪,一个"新"字,既照应上文"闲情",又是触景生情的内心呼喊。结末二句写词人独立小桥的孤寂境界,表达出一股终难忘怀的惆怅,画龙点睛,振起全篇。

(曹济平)

李　璟

　　李璟(916—961),字伯玉,初名景通,改名瑶,又改璟。后因避周讳改为"景",李昇长子。徐州(一说湖州)人。保大元年(943)嗣位,在位十九年。性懦弱,慑于后周之压力削去帝号,改称南唐国主。周亡,向宋进贡。有文学才能,存词四首,意境高妙。

【集评】

　　(世所传南唐二主词)读之皆凄怆悲怆,亦复幽闲跌宕,如多态女子,如少年书生。落调纤华,吐心婉挚,竟为有情人案头不可少之书。异哉!(〔明〕谭尔进《题南唐二主词》)

　　(中主词)凄然欲绝,后主虽工于怨词,总逊此哀婉沉至。(〔清〕陈廷焯《云韶集》卷一)

　　余尝谓二主词,中主能哀而不伤,后主则近于伤矣。然其用赋体,不用比兴,后人亦无能学者也。此二主之异处也。(吴梅《词学通论》第六章)

　　中主实有无限感伤,非仅流连光景之作。(龙榆生《南唐二主词叙论》)

浣　溪　沙[①]

菡萏香销翠叶残[②],西风愁起绿波间[③]。还与韶光共憔悴[④],不堪看。　　细雨梦回鸡塞远[⑤],小楼吹彻玉笙寒。多少泪珠无限恨,倚阑干。

【注释】

① 此词实为《摊破浣溪沙》。
② 菡萏（hàn dàn）：荷花。销：通"消"。翠叶：荷叶。
③ 西风：秋风。
④ 韶光：美好的春光。
⑤ 鸡塞：即鸡鹿塞，在今内蒙古自治区杭棉后旗西北部，此泛指边塞。

【汇评】

"细雨梦回"二句，意兴清幽，自系名句。结末"倚阑干"三字，亦有说不尽之意。（〔清〕黄苏《蓼园词评》）

南唐中主《山花子》云："还与韶光共憔悴，不堪看。"沉之至，郁之至，凄然欲绝。后主虽善言情，卒不能出其右也。（〔清〕陈廷焯《白雨斋词话足本》卷一）

南唐中主词"菡萏香销翠叶残，西风愁起绿波间"。大有众芳芜秽，美人迟暮之感。乃古今独赏其"细雨梦回鸡塞远，小楼吹彻玉笙寒"，故知解人正不易得。（王国维《人间词话》）

此词之佳，在于沉郁。夫菡萏销翠，愁起西风，与韶光无涉也，而在伤心人见之，则夏景繁盛亦易摧残，与春光同此憔悴耳。故一则曰："不堪看"，一则曰："何限恨"，真顿挫空灵处，全在情景融洽，不事雕琢，凄然欲绝。至"细雨"、"小楼"二语，为"西风愁起"之点染语，炼词虽工，非一篇之至胜处，而后人竞赏此二语，亦可谓不善读者矣。（吴梅《词学通论》第六章）

【赏析】

这是一首悲秋怀人词。上片主要描写秋天景物凋残的景象，抒发浓郁的悲愁之情。馨香消歇，翠叶摧败，西风吹动着绿波，泛起无限的愁绪，美好的青春时光在不期然间憔悴了，这萧瑟的秋景简直令人不忍再看下去了。下片着重写人事，"细雨梦回"使人想起《诗经·豳风·东山》中的"零雨其濛"。诗人每于烟雨迷濛之际表现一种凄恻迷离的相思之苦。征人不归,玉笙寒彻,意象凄迷朦胧,闺中思妇愁苦欲绝,然而仍独倚高楼,凭栏眺望远方的征人早日归来,真是一往而情深。

这首词语言典丽,构思奇巧。"菡萏"、"翠叶"、"绿波"、"韶光"、"玉笙"等词语,使词的意境显得庄重典雅而耐人寻味。全词描写细腻,跌宕多姿,具有强烈的感染力。 （张天来）

李 煜

李煜(937—978),初名从嘉,字重光,李璟第六子,史称南唐后主。他是这个偏安朝廷的最后一位国君,精通书画,谙于音律,尤擅长诗词,但政治上既不能励精图治,又不能谋划御敌之策。公元975年南唐为北宋所灭,在位十五年的李煜肉袒出降,被押至汴京(今河南开封)。一代帝王成为囚徒的急剧转变,使他产生了无限悔恨与怨痛,既想挣扎又无可奈何的内心痛苦,日夕以泪洗面,而在后期词中充分表现了这种心态。宋太平兴国三年(978)七夕,被宋太宗派人以牵机药毒死。其词今存三十多首,南宋人辑录他与李璟的词作,名《南唐二主词》。

【集评】

（南唐）后主一目重瞳子,乐府为宋人一代开山祖。盖温韦虽藻丽,而气颇伤促,意不胜辞,至此君方是当行作家,清便宛转,词家王孟。（〔明〕胡应麟《诗薮》杂编卷四）

男中李后主,女中李易安,极是当行本色。 予尝谓李后主拙于治国,在词中犹不失为南面王,觉张郎中、宋尚书,直衙官耳。（〔清〕沈谦《填词杂说》）

于富贵时能作富贵语,愁苦时作愁苦语,无一字不真,无一字不俊,温氏以后,为五季一大家。（刘毓盘《词史》）

李重光之词,神秀也。词至李后主眼界始大,感慨遂深,遂变伶工之词为士大夫之词。 词人者,不失其赤子之心者也。故生于深宫之中,长于妇人之手,是后主为人君所短处,亦即为词人所长处。客观之诗人,不可不多阅世……主观之诗人,不必多阅世。阅世愈浅,则性情愈真,李后主是也。尼采谓:"一切文学,余爱以血书者。"后主之词,真所谓以血书者也。宋道君皇帝《燕山亭》词亦略似之,然道君不过自道身世之戚,后主则俨有释迦、基督担荷人类罪恶之意,其大小固不同矣。(王国维《人间词话》)

清 平 乐

别来春半,触目愁肠断。砌下落梅如雪乱①,拂了一身还满。雁来音信无凭②,路遥归梦难成。离恨恰如春草③,更行更远还生。

【注释】

① 砌(qì):台阶。

② 雁来句:相传鸿雁能传递书信。《汉书·李广苏建传》附苏武传载,苏武出使匈奴,被扣留,宁死不降,匈奴把他流放在北海牧羊,而对汉使者说苏武已死。后使者得知实情,故意说,汉天子在上林苑射雁,雁足上系信,说苏武未死。匈奴不得已,便将苏武遣回汉朝。

③ 恰:一本作"却"。

【汇评】

　　上段言愁之欲去仍来,犹雪花之拂了又满;下段言人之愈离愈远,犹草之更远还生,皆加倍写出离愁。且借花草取喻,以渲染词句,更见婉妙。六一词之"行人更在春山外",东坡诗之"但见乌帽出复没",皆言极目征人,直至天尽处,与此词春草句,俱善状离情之深挚者。(俞陛云《五代词选释》)

　　此首即景生情,妙在无一字一句之雕琢,纯是自然流露,丰神秀绝。起点时间,次写景物。"砌下"两句,即承"触目"二字写实。落花纷纷,人立其中;境乃灵境,人似仙人。拂了还满,既见落花之多,又见描摹之生动。愁肠之所以断者,亦以此故。中主是写风里落花,后主是写花里愁人,各极其妙。下片,承"别来"二字深入,别来无信一层,别来无梦一层。着末,又融合情景,说出无限离恨,眼前景,心中恨,打并一起,意味深长。少游词云:"倚危亭,恨如芳草,萋萋刬尽还生。"周止庵以为神来之笔,实则亦袭此词也。(唐圭璋《唐宋词简释》)

【赏析】

此词为怀念其弟韩王从善作。从善为中主第七子,开宝四年(971)十月出使汴京被扣为人质。"后主闻命,手疏求从善归国,太祖不许。""后主愈悲思,每凭空北望,泣下沾襟,左右不敢仰视。"(〔宋〕陆游《南唐书·从善传》)

"别来春半",似与弟分别还不很久,但"触目愁肠断",言已十分伤感。词之后六句均由"触目"及"肠断"伸发。"落梅如雪",既是写实景,又关合"春半",暗示时光的流逝,一"乱"字更写出心绪的纷繁,而"拂了一身还满"极写落梅之多,伫立之久。"雁来"二句谓得不到弟弟的消息,而又设想山长水阔,路途遥远,连梦也难以梦见弟弟归来。这为后两句抒情作了铺垫。末二句用不择地而生、接天际地的春草来喻离愁。其实,这里不仅有手足之情,也有对国势危殆的深切担忧。从善的被扣,是缘于北宋与南唐国力的悬殊。"更行更远还生",看似写草,隐含更深的思虑与不安。

前人指出,欧阳修的"离愁渐远渐无穷"、"行人更在春山外"(《踏莎行》),从后主此词末二句化出。善状离情而深挚,设喻新颖,声情妙合,是写离愁之精品。

(曹济平)

乌 夜 啼①

无言独上西楼,月如钩。寂寞梧桐深院锁清秋②。　　剪不断,理还乱,是离愁。别是一般滋味在心头!

【注释】

① 词牌一作《相见欢》。
② 锁清秋:为清秋所笼罩。锁:封闭。

【汇评】

此词最凄惋,所谓"亡国之音哀以思"也。(〔宋〕黄昇《唐宋诸贤绝妙词选》卷一)

七情所至,浅尝者说破,深尝者说不破。破之浅,不破之深。"别是"句妙。(〔明〕沈际飞《草堂诗余续集》卷上)

凄凉况味,欲言难言,滴滴是泪。(〔清〕陈廷焯《云韶集》卷一)

哀感顽艳。妙,只说不出。(〔清〕陈廷焯《词则·大雅集》卷一)

这篇《花庵词选》有"凄惋哀思"的评语。虽上片写景,下片抒情,凄凉的气象,却融会全篇。如起笔"无言独上西楼"一句,已摄尽凄惋的神情。"别是一般滋味"也是离愁。剪不断,理还乱,不可形状,这却说不出,是更深一层的写法。(俞平伯《唐宋词选释》)

【赏析】

虽《花庵词选》称此词为亡国之音(陈后主之《玉树后庭花》等亦所谓"亡国之音"),此词并非作于亡国之后。词中明言"离愁",黄进德先生谓"此词当是从善朝宋,被羁留不得南归后所作",应是可信的。详见李煜《清平乐》赏析。上片词眼为一"独"字,弟被羁留难归,故生"寂寞"之感。况此深秋时节,弟弟朝宋不归至少已有近一年,离别愈久,思念愈烈,如一团乱丝,故下片云"剪不断,理还乱"。从善被宋拘系不得归,反映两国国力悬殊,南唐国势危殆,亡在旦夕,这看似"离愁"之外,还有更多的担忧在,故不止酸楚,也有类似深创巨痛的感受。预感到大祸将临头时的惶恐,比之大祸临头时的痛苦往往有更多的不安和惧怕。此词正当作如是观。

(王步高)

浪　淘　沙

往事只堪哀,对景难排①。秋风庭院藓侵阶②。一任珠帘闲不卷③,终日谁来。　　金锁已沉埋④,壮气蒿莱⑤。晚凉天净月华开⑥。想得玉楼瑶殿影⑦,空照秦淮。

【注释】

① 景:景物。排:排遣。
② 侵:此处指蔓延。
③ 一任:听任。
④ 金锁:喻政权。一作"金剑"。
⑤ 壮气蒿莱:志气消沉。蒿莱:野草。此句意谓壮志雄图掩没于野草。
⑥ 天净:天空无云。月华:月光。
⑦ 玉楼瑶殿:指南唐的宫殿。

【汇评】

薛阶帘静,凄寂等于长门,"金锁"二句有铁锁沉江、王气黯然之概,回首秦淮,宜其凄咽。唐人《浪淘沙》本七言断句,至后主始制二段,每段尚存七言诗二句,盖因旧曲名而别创新声也。原注谓此词昔已散佚,乃自池州夏氏家藏传播者。(俞陛云《五代词选释》)

此首念秣陵。上片,白昼凄清状况,哀思弥切。起两句,总括全篇。"秋风"一句,补实上句难排之景。秋风袅袅,苔藓满阶,想见荒凉无人之情,与当年"春殿嫔娥鱼贯列"之盛较之,真有天渊之别。"一任"两句,极致孤独之哀。后主入汴以后之生活,于此可见。换头,自叹当年之意气都已销尽。"晚凉"一句,点月出。"想得"两句,因月生感,怅望无极。月影空照秦淮,画出失国后之惨淡景象。(唐圭璋《唐宋词简释》)

【赏析】

此为被俘后,词人囚拘汴京思念故国的作品。开头二句总领全词,首句突兀而起,重在一"哀"字,抒发词人哀伤寂寞之情,而这"哀"却缘于"往事"引发,又是由眼前景触发而成,故这一"哀"伤之情更让人排遣不去。词之下六句则由"对景"而来;时节已是深秋,秋风萧瑟,"悲哉,秋之为气也,草木摇落而变衰",这个节令人们本没好心绪。而说门前"苔藓满阶"、"门帘"不卷,没有一人敢上门来,"囚禁"的处境已在不言之中。"终日谁来"又加点醒。"金锁"句忆旧,也是回应开头句之"往事","沉埋"二字用"千寻铁锁沉江底"之典,他本人像当年东吴国主孙皓一样成了亡国之君,当年的金陵王气也没入"蒿莱"而"黯然收"。此时云散月出,设想秦淮河上的月光定然还照耀着昔日自己住过的琼楼玉宇,但着一"空"字,又透出无限悲凉。

此词首尾照应,注重意境的刻画,以"景"写"哀",语言直白却不乏含蓄,唯"终日谁来"句与"藓侵阶"、"帘不卷"均言无人来,似有"蛇足"之嫌。 (林凌)

虞 美 人

春花秋月何时了①?往事知多少?小楼昨夜又东风,故国不堪回首月明中②。　雕栏玉砌应犹在③,只是朱颜改④。问君能有几多愁?恰似一江春水向东流。

【注释】

① 了:完了,结束。
② 故国:指南唐。
③ 雕栏玉砌:雕花的栏干和玉石的台阶,借指南唐宫殿。
④ 朱颜:红颜,指年轻容颜。朱颜改,暗指亡国。

【汇评】

一声恸歌,如闻哀猿,呜咽缠绵,满纸血泪。(〔清〕陈廷焯《云韶集》卷一)

"恰似一江春水向东流",无尽之奔放,可谓难矣。倾一杯水,杯倾水涸,有尽也,逝者如斯,不舍昼夜,无尽也。意竭于言则有尽,情深于词则无尽。"言之不足,故长言之;长言之不足,故嗟叹之",老是那么"不足",岂有尽欤,情深故也。人曰李后主是大天才,此无征不信,似是而非之说也。情一往而深,其春愁秋怨如之,其词笔宛转哀伤,随其孤往,则谓千古之名句,可谓为绝代之才人亦可。凡后主一切词当作如是观,不但此阕耳,特于此发其凡耳。(俞平伯《读词偶得》)

此首感怀故国,悲愤已极。起句,追维往事,痛不欲生;满腔恨血,喷薄而出,诚《天问》之遗也。"小楼"句承起句,缩笔吞咽;"故国"句承起句,放笔呼号。一"又"字惨甚。东风又人,可见春花秋月,一时尚不得遽了。罪孽未满,苦痛未尽,仍须偷息人间,历尽磨折。下片承上,从故国月明想入,揭出物是人非之意。末以问答语,吐露心中万斛愁恨,令人不堪卒读。通首一气盘旋,曲折动荡,如怨如慕,如泣如诉。(唐圭璋《唐宋词简释》)

【赏析】

此词为李煜被俘后囚于汴京时作。词中抒写亡国的哀痛,今昔身世的悲恨,凝聚成一个无法化解的"愁"字。此词以痛不欲生的呼号起笔,渴望人生的苦难早日结束,因为无尽的"往事"涌上心头,痛苦难忍。第三句以"又东风"加以引导,第四句以"不堪回首"总说。上片从时间的重复抒情,下片从空间的转换抒情,作大幅度跳跃,最后的"问君"二句,以假托问答,使抽象的愁绪化为有形的流水,汹涌澎湃,滔滔不尽,震荡古今无数读者的心灵,成为传诵不衰的名句。

(曹济平)

浪 淘 沙

帘外雨潺潺①,春意阑珊②。罗衾不耐五更寒③。梦里不知身是客,一晌贪欢④。　　独自莫凭阑,无限江山。别时容易见时难。流水落花春去也,天上人间。

【注释】

① 潺潺(chán):此形容雨声。
② 阑珊:残尽。指春光即将消逝。

③ 罗衾:丝绸被子。

④ 一晌:一会儿。

【汇评】

绵邈飘忽之音,最为感人深至,李后主之"梦里不知身是客,一晌贪欢"所以独绝也。(〔清〕郭麐《灵芬馆词话》)

《浪淘沙》全首语意惨然。(〔清〕许昂霄《词综偶评》)

结得怨惋,尤妙在神不外散,而有流动之致。(〔清〕陈廷焯《词则·大雅集》卷一)

凭栏远眺,百端交集,此词播之管弦,闻者定当堕泪。(〔清〕陈廷焯《云韶集》卷一)

此亦托为别情,实乃思念故国之词。"流水"句,以比"见时难"也。"流水"、"落花"、"春去",三事皆难重返者,当未流、未落、未去之时,比之已流、已落、已去之后,有如天上比人间,以见重见别后江山,其难易相差,亦如此也。(刘永济《唐五代两宋词简析》)

上片系倒叙,由一晌贪欢而梦醒,由醒而觉得五更寒,由凄寒失寐,而听雨声。　下文言无限江山,夫江山虽实境,而无限江山则虚。　雄奇不难,幽怨亦不难,兼之,难矣。凡此所录,如《虞美人》第一,《相见欢》及本阕,皆可谓美尽刚柔者矣。(俞平伯《读词偶得》)

【赏析】

此首也是李煜被俘入汴京后所作。南宋蔡绦《西清诗话》谓此词"含思凄惋,未几下世"。可知这是一首亡国之君绝望的哀歌。上片写词人被春夜雨声从梦中惊醒的凄苦感觉,而睡梦里"不知身是客"和"贪欢"的幻景,仿佛时光倒流,重温昔日帝王的欢乐,但醒来的现实是囚禁的痛苦,与片刻欢乐的梦境形成强烈的反差。下片写最怕凭栏远望的悲恨心情。如今无限江山已属他人,故国难归,旧欢难寻,作为失去自由的囚徒,只能在梦中找回一点慰藉。然而醒来的现实是无情的,残酷的。结末"流水"二句,既与上片"春意"遥相照应,又象征着国亡身俘命运的不可逆转,正是人间天上,落差巨大。全词从"梦里贪欢"的幻觉,"别易见难"的哀叹,到"流水落花"的象征,吟唱出凄凉绝望的人生悲剧。

(曹济平)

备选课文

鹊　踏　枝

冯延巳

几日行云何处去?忘了归来,不道春将暮。百草千花寒食路,香车系在谁家树?　　泪眼倚楼频独语:双燕飞来,陌上相逢否?撩乱春愁如柳絮,悠悠梦里无寻处。

鹊　踏　枝

冯延巳

六曲阑干偎碧树。杨柳风轻,展尽黄金缕。谁把钿筝移玉柱?穿帘海燕双飞去。　　满眼游丝兼落絮。红杏开时,一霎清明雨。浓睡觉来莺乱语,惊残好梦无寻处。

破　阵　子　令

李　煜

四十年来家国,三千里地山河。凤阁龙楼连霄汉,玉树琼枝作烟萝,几曾识干戈?　　一旦归为臣虏,沈腰潘鬓销磨。最是仓惶辞庙日,教坊犹奏别离歌,垂泪对宫娥。

相　见　欢

李　煜

林花谢了春红,太匆匆,无奈朝来寒雨晚来风。　　胭脂泪,相留醉,几时重?自是人生长恨水长东!

泛读课文

谒金门

冯延巳

风乍起,吹皱一池春水。闲引鸳鸯香径里,手挼红杏蕊。　斗鸭阑干独倚,碧玉搔头斜坠。终日望君君不至,举头闻鹊喜。

清平乐

冯延巳

雨晴烟晚,绿水新池满。双燕飞来垂柳院,小阁画帘高卷。　黄昏独倚朱阑,西南新月眉弯。砌下落花风起,罗衣特地春寒。

醉桃源

冯延巳

南园春半踏青时,风和闻马嘶。青梅如豆柳如眉,日长蝴蝶飞。　花露重,草烟低,人家帘幕垂。秋千慵困解罗衣,画梁双燕栖。

摊破浣溪沙

李璟

手卷真珠上玉钩,依前春恨锁重楼。风里落花谁是主?思悠悠。　青鸟不传云外信,丁香空结雨中愁。回首绿波三楚暮,接天流。

捣练子令

李煜

深院静,小庭空,断续寒砧断续风。无奈夜长人不寐,数声和月到帘栊!

望 江 南

李 煜

多少恨,昨夜梦魂中。还似旧时游上苑,车如流水马如龙。花月正春风。

浣 溪 沙

李 煜

红日已高三丈透,金炉次第添香兽,红锦地衣随步皱。　佳人舞点金钗溜,酒恶时拈花蕊嗅,别殿遥闻箫鼓奏。

玉 楼 春

李 煜

晚妆初了明肌雪,春殿嫔娥鱼贯列。凤箫吹断水云间,重按霓裳歌遍彻。　临风谁更飘香屑,醉拍阑干情味切。归时休放烛花红,待踏马蹄清夜月。

临 江 仙

李 煜

樱桃落尽春归去,蝶翻金粉双飞,子规啼月小楼西。画帘珠箔,惆怅卷金泥。　别巷寂寥人散后,望残烟草低迷。炉香闲袅凤凰儿。空持罗带,回首恨依依。

临 江 仙

徐昌图

饮散离亭西去,浮生长恨飘蓬。回头烟柳渐重重。淡云孤雁远,寒日暮天红。　今夜画船何处?潮平淮月朦胧。酒醒人静奈愁浓。残灯孤枕梦,轻浪五更风。

中小学已学篇目

李煜《相见欢》(无言独上西楼)(初) 《虞美人》(春花秋月何时了)(高) 《浪淘沙》(帘外雨潺潺)※

可参考书目

《李璟李煜词》,詹安泰编著,人民文学出版社1958年

《冯正中年谱》,夏承焘著,见《唐宋词人年谱》,上海古籍出版社1979年

《南唐二祖年谱》,夏承焘著,见《唐宋词人年谱》,上海古籍出版社1979年

十三、北宋前期词

【两宋词总论】

粤稽诗降为词，六朝潜启其意，而体创于李唐，五代继隆其轨，而风畅于赵宋。柳屯田之"晓风残月"，苏学士之"乱石崩云"，世所共称，固无论矣。建炎而后，作者斐然。数南渡之才人，无非妍手；咏西湖之丽景，尽是专家。薄醉樽前，按红牙之小拍；清歌扇底，度白雪之新声。况乎人间玉椀，阙下铜驼，不无荆棘之悲，用志黍离之感。文弦鼓其凄调，玉笛发其哀思。亦有登山临水，胜情与豪素争飞；惜别怀人，秀句共邮筒俱远。（〔元〕柯煜《绝妙好词原序》）

西蜀、南唐而后，作者日盛。宣和君臣，转尚矜尚。曲调愈多，流派因之亦别。短长互见，言情者或失之俚，使事者或失之伉。鄱阳姜夔出，句琢字炼，归于醇雅。于是史达祖、高观国羽翼之，张辑、吴文英师之于前，赵以夫、蒋捷、周密、陈允衡、王沂孙、张炎、张翥效之于后，譬之于乐，舞《箾》至于九变，而词之能事毕矣。（〔清〕汪森《词综序》）

自制氏去而古义亡，四始衰而雅音溺。乐胜则流，诗降为曲。虽燥湿所感，生民大情；而政府相推，品物恒性。文辞繁诡，则靡而非典；才情异区，斯丽而有则。有唐中叶，创始倚声。俎豆青莲，宗祧《啰唝》。温飞卿助教之年，杜紫微制诰之日。易梵呗为艳曲，亲《纥那》于铙吹。双声单调，纲领之要可指；侧犯换头，情变之数易滥。迨至五代，风流弥劭。孟蜀《花间》，南唐《兰畹》，或沿波于初造，或寻条于后时，小楼吹彻，水殿风来，君臣间作，莫不流播旗亭,传歌酒肆。然而绮缛为多,柔靡不少。丰藻克赡,而风骨不飞;振采失鲜,则负声无力,斯言谅矣。洎乎天水征祥,斯学不坠。元祐、庆历,代不乏人。晏元献之辞致婉约,苏长公之风情爽朗。豫章、淮海,掉鞅于词坛。子野、美成,联镳于艺苑。幽索如屈、宋,悲壮如苏、李,固已同祖风骚,力求正始。君子正其文,瞽师调其器。厥功所存,良可嘉叹。然而畛域犹存,涯度未远。争价一句之奇,丽采百字之偶。大成之集,遗以来喆。若夫学士"微云",郎中"三影",尚书"红杏"之篇,处士"春草"之什。柳屯田"晓风残月",文洁而体清。李易安"落日暮云",虑周而藻密。综达性灵,敷写器象,盖骎骎乎大雅之林矣。南宋以还,元风益著,虽周、柳之纤丽,辛、刘之雄放,风气所竞,不可相强。而求红牙之哲匠,问绮袖之专门。几于家习偷声,户精协律。有房中之妙奏,非风雅之罪人。贺方回肠断于东山,康伯可风柔于应制,花庵既光价于东南,东浦亦腾辉于河朔,词流之变,于斯极焉。既而白石归吴,移情丝竹。经正者纬成,理足者词畅。清真滥觞于其前,梦窗推波于其后。学者宗尚,要非溢美。其后竹屋、玉田、梅溪、碧山之俦,递相祖习,转益多师。洗《草堂》之纤秾,演黄初之渺论。后有作者,可以止矣。夫"搓酥滴粉",丽密居多。"澄碧闹红",佻巧不少。自三唐创雕琼镂玉之文,而五季沿月露风云之旧。求其辞致萧闲,情采标举,则竹坡拚舌,审斋掣肘。何况志感丝篁,韵谐笙板,探王化之本原,昭歌永之符契也哉。良田学慎始习,功在初化,顿八纮之遐观,搜千载之余韵。游盛丽者,用登金、张之堂;视妖冶者,必揽施嬙之袪。爰依沈约《宋书》诗人《谢灵运传赞》之例,综厥泾渭,略具条贯,俾言选声者得以考焉。([清]阮元《诂经精舍文集》卷五引张鉴《姜夔传论》)

宋之词家,号为极盛。然张先、苏轼、秦观、周邦彦、辛弃疾、姜夔、王沂孙、张炎,渊渊乎文有其质焉。其荡而不反,傲而不理,枝而不物。柳永、黄庭坚、刘过、吴文英之伦,亦各引一端,以取重于当世。而前数子者,又不免有一时放浪通脱之言出于其间。后进弥以驰逐,不务原其指意。破析乘剌,坏乱而不可纪。故自宋之亡而正声绝,元之末而规矩隳。([清]张惠言《词选序》)

范仲淹

范仲淹(989—1052),字希文,吴县(今江苏苏州市)人。大中祥符八年(1015)进士。曾任陕西经略副使、参知政事、河东陕西宣抚使等,在西北军中多年,对抗击西夏入侵作出巨大贡献。为北宋著名改革派政治家。著有散文名篇《岳阳楼记》。存词不多,主要写边塞风光、羁旅情怀,苍凉悲壮,慷慨生哀。

【集评】

范文正公、司马温公、韩卫公皆一时名德望重,范《御街行》、韩《点绛唇》、温公《西江月》,人非太上,未免有情,当不以此污其白璧也。(〔清〕徐釚《词苑丛谈》)

(范仲淹)词激壮沉雄,虽写离情,亦变大笔振迅,不作一软媚语,自是英雄本色。亦苏辛派之先河也。(龙榆生《唐五代宋词选》)

范仲淹既能作壮词,也能作绮语,既能豪放,也能婉约。他作词时,都是抒写真实的感受与情思,配合其内容,而产生相应的风格,纯是自然流露,并未尝有意要如何作,也未尝考虑到这两种风格有什么高下的差异。范词之可贵,正在于此。(缪钺《灵谿词说》)

渔 家 傲

塞下秋来风景异①,衡阳雁去无留意②。四面边声连角起③。千嶂里④,长烟落日孤城闭。 浊酒一杯家万里,燕然未勒归无计⑤。羌管悠悠霜满地⑥。人不寐,将军白发征夫泪。

【注释】

① 塞下:此指西北边塞。

②衡阳雁去:雁离去衡阳。雁离此荒寒之地,但人守土有责,不得离也。古人认为,大雁每到秋天往南迁徙,飞至衡阳城南回雁峰而止。见王象之《舆地纪胜》卷五十五。

③边声:边塞荒凉之声,如风沙声、草木声、马声、胡笳声等。连角起:伴随着号角之声响起。

④千嶂:无数重叠的山峰。

⑤燕然未勒:意谓尚未破敌立功。燕然:山名,今蒙古境内的杭爱山。勒:在石碑上刻字纪功。据《后汉书·窦宪传》记载,窦宪击败北单于,追至燕然山,"刻石勒功"而还。

⑥羌管:羌笛,原出于古羌族,故名。

【汇评】

范文正公守边日,作渔家傲乐歌数阕;皆以"塞下秋来"为首句,颇述边镇之劳苦。欧阳公尝呼为穷塞主之词。及王尚书素出守平凉,文忠亦作渔家傲一词以送之,其断章曰:"战胜归来飞捷奏,倾贺酒,玉阶遥献南山寿。"顾谓王曰:"此真元帅之事也。"(〔宋〕魏泰《东轩笔录》卷十一)

沉雄似张巡五言。(〔清〕谭献《谭评〈词辨〉》卷二)

绝不作一肮脏语,悲而壮,忠爱根于血性,不可强为也。(〔清〕陈廷焯《词则·放歌集》卷一)

此首,公守边日作。起叙塞下秋景之异,雁去而人不得去,语已凄然。"四面"三句,实为塞下景象,苍茫无际,令人百感交集。千嶂落日,孤城自闭,其气魄之大,正与"风吹草低见牛羊"同妙。加之边声四起,征人闻之,愈难为怀。换头抒情,深叹征战无功,有家难归。"羌管"一句,点出入夜景色,霜华满地,严寒透骨,此时情况,较黄昏日落之时,尤为凄悲。末句,直道将军与三军之愁苦,大笔凝重而沉痛。惟士气如此,何以克敌制胜?故欧公讥为"穷塞主"也。(唐圭璋《唐宋词简释》)

【赏析】

范仲淹词虽不多(仅存五首),但不乏名篇。这首词所写的是唐宋词中少见的边塞题材。词人将军旅生活与边塞风光融合一体,构成一种苍凉壮阔的艺术境界。上片紧扣一个"异"字,通过视觉与听觉两个角度来描写边塞独特奇异的景色:成群的大雁纷纷南去,毫无留恋之意;聒耳的边声随着军营凄厉的号角声纷至沓来;在群山环抱中,在烟云笼罩下,一座紧闭的孤城(军营)沐浴在如血的夕阳残照之中。这些景物给读者以荒凉悲凄之感,为后面表情达意作铺垫。下片抒情,而情中有景。始以"一"与"万"作对比,突出抒情主体的浓烈乡愁。继以"家"与"国"对比,突出抒情主体为国守边的强烈责任感。通过两度对比,有力地表达了志与情的矛盾冲突。而将士们以志克情,将国家利益置于个人幸福之上,忍受着思乡的痛苦,以尽守边卫国的职守。"羌管"一句乃情中之景,具有渲染气氛、烘托感情的作用。 (龙建国)

柳　永

　　柳永(984? —1053?),原名三变,字景庄,后因故改名永,字耆卿,排行第七,世称柳七,崇安(今福建武夷山市)人。为举子时,浪迹市井坊陌,为乐工、歌伎作词。多次应试被罢黜。景祐元年(1034)方及第,时已老。始授睦州团练推官,历任晓峰盐场监官、泗州判官,改著作郎、灵台令、太常博士、屯田员外郎。平生颇具风流才调,能诗文,尤善度曲填词。他精通音律,第一个大量创制慢词长调,工于铺叙,善于提炼民间口语,开辟了倚声填词的新途径——"屯田蹊径",对宋词的发展产生了巨大的影响。有《乐章集》传世。

【集评】

　　《艺苑雌黄》云:柳三变喜作小词,然薄于操行,当时有荐其才者,上曰:"得非填词柳三变乎?"曰:"然。"上曰:"且去填词。"由是不得志,日与儇子纵游倡馆酒楼间,无复检约。自称云:"奉圣旨填词柳三变。"(〔宋〕胡仔《苕溪渔隐丛话》后集卷三十九)

　　柳耆卿风流俊迈,闻于一时。既死,葬于枣阳县花山,远近之人,每遇清明日,多载酒肴饮于耆卿墓侧,谓之"吊柳会"。(〔宋〕

曾敏行《独醒杂志》）

范蜀公尝曰："仁宗四十二年太平,镇在翰苑十余载,不能出一语咏歌,乃于耆卿词见之。"（〔宋〕祝穆《方舆胜览》）

仁宗留意儒雅,务本理道,深斥浮艳虚薄之文。初,进士柳三变好为淫冶讴歌之曲,传播四方。尝有《鹤冲天》词云："忍把浮名,换了浅斟低唱。"及临轩放榜,特落之,曰："且去浅斟低唱,何要浮名！"景祐元年方及第,后改名永,方得磨勘转官。（〔宋〕吴曾《能改斋漫录》卷十六）

余仕丹徒,尝见一西夏归朝官云："凡有井水处即能歌柳词。"（〔宋〕叶梦得《避暑录话》）

凤 栖 梧

伫倚危楼风细细①。望极春愁②,黯黯生天际③。草色烟光残照里,无言谁会凭栏意④。　拟把疏狂图一醉⑤。对酒当歌⑥,强乐还无味⑦。衣带渐宽终不悔⑧,为伊消得人憔悴⑨。

【注释】

① 伫:久久地站立。危楼:高楼。
② 望极:极目眺望。
③ 黯黯:沮丧伤神的样子。按词意,此二句应理解为"望极,春愁黯黯生天际"。
④ 会:理解。
⑤ 拟把疏狂:打算潇洒放纵。图:谋求。
⑥ 对酒当歌:饮酒高歌。此引用曹操《短歌行》中的"对酒当歌,人生几何"。
⑦ 强乐:勉强作乐。
⑧ 衣带渐宽:喻越来越消瘦。
⑨ 伊:彼、他。多用作对所爱者的称谓。消得:禁得起。

【汇评】

小词以含蓄为佳,亦有作决绝语而妙者。如韦庄"谁家年少足风流,妾拟将身嫁与一生休。纵被无情弃,不能羞"之类是也。柳耆卿"衣带渐宽终不悔,为伊消得人憔悴",亦即韦意,而气加婉矣。(〔清〕贺裳《皱水轩词筌》)

　　长守尾生抱柱之信,拼减沈郎腰带之围,真情至语。(〔民国〕俞陛云《宋词选释》)

　　上片写境,下片抒情。"伫倚"三句,写远望愁生。"草色"两句,实写所见冷落景象与伤高念远之意。换头深婉。"拟把"句,与"对酒"两句呼应。强乐无味,语极沉痛。"衣带"两句,更柔厚。与"不辞镜里朱颜瘦"语,同合风人之旨。(唐圭璋《唐宋词简释》)

【赏析】

　　此词抒写离别相思之情。上片写登楼之所见:春风细细,芳草笼烟,残照当楼,词人面对无限的春色,离愁别恨黯然而生。凄恻而浓烈的相思之情郁积于心,欲言还休,又有谁能够理解呢?用笔虽疏淡,而情与景相融,意与境俱现。下片抒情,用语真率决绝。欲放纵一醉,让痛苦的心灵获得暂时的、虚假的解脱,然而,由于爱得真、思得深,故难以疏狂,强乐无味。一纵一收,词境更加深婉沉着。"衣带"二句是词人对爱情的忠实表白。为了所爱的人,纵然衣带渐宽,瘦损憔悴,也永不后悔。笔触厚重,语意精警,将主体情感推向极致。

(龙建国)

八 声 甘 州

对潇潇暮雨洒江天①,一番洗清秋。渐霜风凄紧②,关河冷落,残照当楼。是处红衰翠减③,苒苒物华休④。惟有长江水,无语东流。

　　不忍登高临远,望故乡渺邈,归思难收⑤。叹年来踪迹,何事苦淹留⑥。想佳人、妆楼颙望⑦,误几回、天际识归舟⑧。争知我⑨,倚栏干处,正恁凝愁⑩。

【注释】

① 潇潇：形容风雨急骤。
② 霜风：深秋的风。凄紧：寒意逼人。
③ 是处：处处，到处。红衰翠减：红花与绿叶都凋谢枯萎。
④ 苒苒：渐渐地。物华：美好的景物。休：消逝。
⑤ 归思：思归之情。
⑥ 何事：为何。淹留：久留。
⑦ 颙望：引领而望。
⑧ 此句引用谢朓《之宣城郡出新林浦向板桥》中的"天际识归舟，云中辨江树"，并化用温庭筠《梦江南》："梳洗罢，独倚望江楼。过尽千帆皆不是，斜晖脉脉水悠悠，肠断白蘋洲。"
⑨ 争知：怎知。
⑩ 恁：如此。凝愁：愁苦凝结，难以化解。

【汇评】

柳词格固不高，而音律谐婉，词意妥帖，承平气象，形容尽致，尤工于羁旅行役。（〔宋〕陈振孙《直斋书录解题》）

起二句有俊爽之致。"霜风"、"残照"三句音节悲亢，如江天闻笛，古戍吹笳，东坡极称之，谓唐人佳处，不过如此。以其有提笔四顾之概，类太白之"牛渚望月"，少陵之"夔府清秋"也。其下二句顺笔写之，至结句江水东流，复能振起。后半首分三叠写法，先言己之欲归不得，何事淹留，次言闺人念远，误认归舟，与温飞卿之"过尽千帆皆不是，斜晖脉脉水悠悠"，皆善写闺人心事。结句言知君忆我，我亦忆君。前半首之"霜风"、"残照"，皆在凝眸怅望中也。（俞陛云《宋词选释》）

此首亦柳词名著。一起写雨后之江天，澄澈如洗。"渐霜风"三句，更写风紧日斜之境，凄寂可伤。以东坡之鄙柳词，亦谓此三句"唐人佳处，不过如此"。"是处"四句，复叹眼前景物凋残，惟有江水东流。自起首至此，皆写景。换头，即景生情。"不忍"句与"望故乡"两句，自为呼应。"叹年来"两句，自问自叹，与"为问新愁，何事年年有"句，同为恨极之语。"想"字贯至收处,皆是从对面着想,与少陵之"香雾云鬟湿,清辉玉臂寒"作法相同。小谢诗云:"天际识归舟",屯田用其语,而加"误几回"三字,更觉灵动。收处归到"倚阑",与篇首应。梁任公谓此首词境颇似"照花前后镜,花面交相映",说亦至当。(唐圭璋《唐宋词简释》)

【赏析】

前人认为,柳永"尤工羁旅行役",此词可见其一斑。全词紧扣一个"望"字来抒写羁旅中思乡忆人之情。上片从大处落笔,融情入景,酿造一派萧索肃杀的悲秋氛围。"渐霜风"三句,构成一种浑茫壮阔的艺术境界。又以"无语东流"的长江水烘衬抒情主体的悲伤之情。下片以铺叙手法,直抒"归思"。始写"故乡渺邈"之悲,继写踪迹"淹留"之叹,再写"佳人妆楼颙望"、误识归舟之想象,然后写自己"倚栏""凝愁"之感伤,层层推进地展示主体的情感流程。全词大开大合,有首有尾,曲折变化而又细腻深挚,非善于铺叙者不可及此。

(龙建国)

雨霖铃

寒蝉凄切,对长亭晚,骤雨初歇。都门帐饮无绪①,留恋处,兰舟催发②。执手相看泪眼,竟无语凝咽。念去去、千里烟波,暮霭沉沉楚天阔③。　　多情自古伤离别,更那堪、冷落清秋节!今宵酒醒何处?杨柳岸、晓风残月。此去经年,应是良辰好景虚设。便纵有千种风情④,更与何人说!

【注释】

① 都门:京都城门外。帐饮:设置帐幕宴饯行人。
② 兰舟:木兰舟,船的美称。
③ 暮霭(ǎi):犹言暮色。
④ 风情:柔情蜜意。

【汇评】

东坡在玉堂日,有幕士善歌,因问:我词何如耆卿。对曰:郎中词,只好十七八女子,执红牙按歌"杨柳岸晓风残月"。学士词,须关西大汉铁绰板,唱"大江东去"。为之绝倒。(〔宋〕俞文豹《吹剑录》)

"今宵酒醒何处,杨柳外,晓风残月。"与秦少游"酒醒处,残阳乱鸦",同一景事,而柳尤胜。(〔明〕王世贞《艺苑卮言》)

词有点有染,柳耆卿《雨霖铃》云:"多情自古伤离别。更那堪、冷落清秋节。今宵酒醒何处,杨柳岸、晓风残月。"上二句点出离别。"冷落","今宵"二句,乃就上二句意染之。点染之间,不得有他语相隔。隔则警句亦成死灰矣。(〔清〕刘熙载《艺概·词概》)

首三句虚写送别时之秋景,后乃言留君不住,别泪沾巾,目送兰舟向楚水湘云而去,举别时情事,次第写之。后半起句用提空之笔,言南浦、阳关,为自古伤心之事,况凉秋远役,遥想酒醒梦回,扁舟摇漾,当在垂杨岸侧、晓风残月之中。客情之凄凉,风景之清幽,怀人之绵邈,皆在"杨柳岸"七字之中,宜二八女郎红牙按拍,都唱屯田也。此七字已探得骊珠。后四句乃叙别后之情,以完篇幅。后阕以"自古伤离"、"更与何人说"二语作起结,提得起,勒得住,能手无弱笔也。(俞陛云《两宋词选释》)

【赏析】

此词与前选《八声甘州》历来被认为是《乐章集》中的压卷之作,抒写词人离开汴京与情人分袂时的依依惜别之情。通篇纯以情胜。景语与情语浑然一体,感人力量益发倍增。与同类题材的其他词作相比,这首词除上片首八句描写实景、实事、实情外,其余部分基本上都采用虚景实写、实情虚写的特殊技巧,并以心理活动的描摹出之,边展开,边深入,使抒情效果臻于极致。这种种惨淡经营的匠心都是值得注意和借鉴的。

(常国武)

晏 殊

晏殊(991—1055),字同叔,谥元献,抚州临川(今江西抚州市)人。宋真宗景德元年(1004),以神童荐于朝廷,赐同进士出身,授秘书省正字。后迁右谏议大夫,加给事中,拜翰林学士,进吏部侍郎、枢密副使,累官同中书门下平章事,兼枢密使。性刚简而喜举荐贤才,范仲淹、欧阳修、孔道辅皆出其门下,韩琦、富弼皆被进用。善于诗文,曾有文集二百四十卷,已散佚。清初胡亦堂辑《晏元献遗文》一卷,词之外有文6篇,诗7首。后劳格补辑文12篇,诗130余首。其词才名尤著,与欧阳修并称为"晏欧",与其子晏几道并称为"二晏"。有《珠玉词》传世,存词139首。

【集评】

晏元献公长短句,风流蕴藉,一时莫及,而温润秀洁,亦无其比。(〔宋〕王灼《碧鸡漫志》卷二)

晏同叔去五代未远,馨烈所扇,得之最先。故左宫右徵,和婉而明丽,为北宋倚声家初祖。(〔清〕冯煦《六十一家词选例言》)

浣 溪 沙

一曲新词酒一杯。去年天气旧亭台①。夕阳西下几时回? 无可奈何花落去,似曾相识燕归来。小园香径独徘徊②。

【注释】

① 此句化用郑谷《和知己秋日伤感》诗中的"流水歌声共不回,去年天气旧池台",以表达伤春惜时之感。
② 香径:洒满落英或两旁长满鲜花的道路。

【汇评】

首句但纪当日之事,入手处不侵占下文地位。次句即叙明本意,言风景不殊,亭台依旧,乃总括全篇。三句承去年天气而言,流光容易,又换今年,安得鲁阳挥戈,再反虞渊之日耶?下阕承前半首之意,言春不能留,花亦随之落去,花既无情,惜花者空付奈何一叹。"归燕"句承"旧亭台"之意,虽梁燕寻巢,似曾相识,若有情而实无情。花与鸟既无以慰情,徒增惆怅,伤离感旧之深,焉得逢人而语?惟有徘徊芳径,立尽斜阳耳。(俞陛云《宋词选释》)

　　此首谐不邻俗,婉不嫌弱。明为怀人,而通体不着一怀人之语,但以景衬情。上片三句,因今思昔。现时景象,记得与昔时无殊。天气也,亭台也,夕阳也,皆依稀去年光景。但去年人在,今年人杳,故骤触此景,即引起离索之感。"无可"两句,虚对工整,最为昔人所称。盖既伤花落,又喜燕归,燕归而人不归,终令人抑郁不欢。小园香径,惟有独自徘徊而已。余味殊隽永。(唐圭璋《唐宋词简释》)

【赏析】

　　这是一首伤春惜时之作,抒发了词人因时光流逝、美景不常而产生的感伤情绪。上片以今年、去年对比,感发"夕阳西下几时回"的深沉喟叹。"去年天气旧亭台"一句,时空对照,突出变与不变的矛盾,表达了"年年岁岁花相似,岁岁年年人不同"的感慨。下片进一层地抒写花谢春去的感伤之情。"无可奈何"二句是历来为人传诵的名句。从抒情手法看,二句情景交融,虚实相生,表现了词人对物事流转、时令代序的无奈和对美好时光的珍惜。从对偶技巧看,"无可奈何"、"似曾相识"乃虚词对仗,巧妙工稳。从语气看,"花落去"、"燕归来"构成一种回环起伏之感。　　(龙建国)

蝶　恋　花

槛菊愁烟兰泣露①。罗幕轻寒,燕子双飞去。明月不谙离恨苦②,斜光到晓穿朱户。　　昨夜西风凋碧树③。独上高楼,望尽天涯路。欲寄彩笺兼尺素④,山长水阔知何处?

【注释】

① 槛菊：种在庭院花栏中的菊花。
② 谙：熟悉，了解。
③ 凋碧树：使绿树凋落枯谢。
④ 彩笺：信纸的美称。尺素：书信。

【汇评】

缠绵悱恻，雅近正中。（〔清〕陈廷焯《大雅集》卷二）

古今之成大事业、大学问者，必经过三种之境界："昨夜西风凋碧树。独上高楼，望尽天涯路"，此第一境也。"衣带渐宽终不悔，为伊消得人憔悴"，此第二境也。"众里寻他千百度，回头蓦见（当作"蓦然回首"）那人正（当作"却"）在，灯火阑珊处"，此第三境也。此等语皆非大词人不能道。（〔清〕王国维《人间词话》）

【赏析】

此词抒写离别相思之情。上片描写清晨时的景物，表达了彻夜的相思之苦。词人先捕捉菊花、兰花等意象，并用拟人手法，着力刻画它们在主体审美观照中的独特情态。槛菊为轻烟笼罩，如美女含愁；兰花沾满露珠，如佳人哭泣。这些意象传达出抒情主体凄婉哀伤的内在情绪。接着又以双飞而去的燕子来比衬人的孤独寂寞。而后以明月的无情来反衬人的有情。下片写抒情主体挨过难眠之夜后，清晨起来，登楼凝望。绿树已凋落，岁月在流逝，所爱的人在何处？天高路远，山长水阔，欲寄彩笺，而无处传递。"独上高楼"照应"燕子双飞去"，点明主体的孤苦。"望尽天涯路"暗示落寞失望之感。此词虽为小令，然富于变化。在时间顺序上，从夜晚写到早晨；在词境塑造上，由上片的深婉变化为下片的宏阔。因此，它能给人以多重的艺术感受。

（龙建国）

欧阳修

欧阳修(1007—1072),字永叔,号醉翁,晚年又号六一居士,庐陵(今江西吉安市)人。四岁丧父,受其母悉心教诲,少有"奇童"之誉。宋仁宗天圣八年(1030)进士,先后做过秘书省校书郎、西京留守推官、监察御史、知礼部贡举,也外任过州、县长官。五十岁以后,又历任龙图阁学士、权知开封府、礼部侍郎、枢密副使、参知政事,封开国公。神宗熙宁四年(1071),以观文殿学士、太子少师之荣衔致仕。次年病逝,谥文忠。在文学上,他是北宋诗文革新的杰出领袖,"唐宋散文八大家"之一,"晏欧体"的代表词人。有《欧阳文忠公集》、《六一词》等行于世。

【集评】

欧阳公虽游戏作小词,亦无愧唐人《花间集》。(〔宋〕罗大经《鹤林玉露》)

宋至文忠,文始复古,天下翕然师尊之,风尚为之一变。即以词言,亦疏隽开子瞻,深婉开少游。(〔清〕冯煦《宋六十一家词选例言》)

踏 莎 行

候馆梅残①,溪桥柳细。草薰风暖摇征辔②。离愁渐远渐无穷,迢迢不断如春水。　　寸寸柔肠,盈盈粉泪③。楼高莫近危栏倚④。平芜尽处是春山⑤,行人更在春山外。

【注释】

① 候馆:迎候接待旅客的馆舍。
② 草薰风暖:化用江淹《别赋》中的"闺中风暖,陌上草薰"。此意谓草香袭人,春风送暖。
③ 盈盈:泪水充溢的样子。
④ 危栏:高楼上的栏干。
⑤ 平芜:平阔的原野。

【汇评】

唐宋人诗词中,送别怀人者,或从居者着想,或从行者着想,能言情婉挚,便称佳构。此词则两面兼写。前半首言征人驻马回头,愈行愈远,如春水迢迢,却望长亭,已隔万重云树。后半首为送行者设想,倚阑凝睇,心倒肠回,望青山无际,遥想斜日鞭丝,当已出青山之外,如鸳鸯之烟岛分飞,互相回首也。以章法论,"候馆"、"溪桥"言行人所经历;"柔肠"、"粉泪"言思妇之伤怀,情同而境判,前后阕之章法井然。(俞陛云《宋词选释》)

此首,上片写行人忆家,下片写闺人忆外。起三句,写郊景如画,于梅残柳细、草薰风暖之时,信马徐行,一何自在。"离愁"两句,因见春水之不断,遂忆及离愁之无穷。下片,言闺人之怅望。"楼高"一句唤起,"平芜"两句拍合。平芜已远,春山则更远矣,而行人又在春山之外,则人去之远,不能目睹,惟存想象而已。写来极柔极厚。(唐圭璋《唐宋词简释》)

【赏析】

此词抒写离愁别恨。上片先写梅残柳细、草薰风暖的美丽春景,以反衬凄恻的离别之情。"摇征辔"这一动作描写充分揭示了抒情主体因离别而导致的落寞惆怅、失意无聊的心情意绪。"离愁"二句以迢迢不断的春水来比喻绵绵无穷的离愁,生动巧妙,将抽象的情感形象化了,与李煜的"问君能有几多愁,恰似一江春水向东流"有异曲同工之妙。下片变换了抒写角度,用想象的手法,着力描写思念对象的痛苦之情,以凸现抒情主体浓烈的相思。"平芜"二句,以递进层深的手法,强烈地表现了哀离伤别、怀人盼归的内心情绪。

(龙建国)

备选课文

御街行

范仲淹

纷纷坠叶飘香砌。夜寂静,寒声碎。真珠帘卷玉楼空,天淡银河垂地。年年今夜,月华如练,长是人千里! 愁肠已断无由醉。酒未到,先成泪。残灯明灭枕头敧,谙尽孤眠滋味。都来此事,眉间心上,无计相回避。

苏幕遮

范仲淹

碧云天,黄叶地。秋色连波,波上寒烟翠。山映斜阳天接水。芳草无情,更在斜阳外。 黯乡魂,追旅思。夜夜除非,好梦留人睡。明月楼高休独倚。酒入愁肠,化作相思泪。

玉蝴蝶

柳永

望处雨收云断,凭阑悄悄,目送秋光。晚景萧疏,堪动宋玉悲凉。水风轻、𬞟花渐老,月露冷、梧叶飘黄。遣情伤。故人何在?烟水茫茫。 难忘。文期酒会,几孤风月,屡变星霜。海阔山遥,未知何处是潇湘。念双燕、难凭远信,指暮天、空识归航。黯相望。断鸿声里,立尽斜阳。

望海潮

柳永

东南形胜,三吴都会,钱塘自古繁华。烟柳画桥,风帘翠幕,参差十万人家。云树绕堤沙。怒涛卷霜雪,天堑无涯。市列珠玑,户盈罗绮,竞豪奢。 重湖叠巘清嘉。有三秋桂子,十里荷花。羌管弄晴,菱歌泛夜,嬉嬉钓叟莲娃。千骑拥高牙。乘醉听箫鼓,吟赏烟霞。异日图将好景,归去凤池夸。

曲 玉 管

柳 永

陇首云飞,江边日晚,烟波满目凭阑久。立望关河,萧索千里清秋,忍凝眸?　　杳杳神京,盈盈仙子,别来锦字终难偶。断雁无凭,冉冉飞下汀洲,思悠悠。　　暗想当初,有多少幽欢佳会,岂知聚散难期,翻成雨恨云愁!阻追游。每登山临水,惹起平生心事,一场消黯,永日无言,却下层楼。

一 丛 花 令

张 先

伤高怀远几时穷?无物似情浓。离愁正引千丝乱,更东陌飞絮濛濛。嘶骑渐遥,征尘不断,何处认郎踪?　　双鸳池沼水溶溶,南陌小桡通。梯横画阁黄昏后,又还是斜月帘栊。沉恨细思,不如桃杏,犹解嫁东风。

木 兰 花

张 先

乙卯吴兴寒食

龙头舴艋吴儿竞,笋柱秋千游女并。芳洲拾翠暮忘归,秀野踏青来不定。　　行云去后遥山暝,已放笙歌池院静。中庭月色正清明,无数杨花过无影。

天 仙 子

张 先

时为嘉禾小倅,以病眠,不赴府会

《水调》数声持酒听,午醉醒来愁未醒。送春春去几时回?临晚镜,伤流景,往事后期空记省。 沙上并禽池上暝,云破月来花弄影。重重帘幕密遮灯,风不定,人初静,明日落红应满径。

破 阵 子

晏 殊

燕子来时新社,梨花落后清明。池上碧苔三四点,叶底黄鹂一两声。日长飞絮轻。 巧笑东邻女伴,采桑径里逢迎。疑怪昨宵春梦好,元是今朝斗草赢。笑从双脸生。

蝶 恋 花

欧阳修

庭院深深深几许?杨柳堆烟,帘幕无重数。玉勒雕鞍游冶处,楼高不见章台路。 雨横风狂三月暮。门掩黄昏,无计留春住。泪眼问花花不语,乱红飞过秋千去。

玉 楼 春

欧阳修

别后不知君远近,触目凄凉多少闷!渐行渐远渐无书,水阔鱼沉何处问? 夜深风竹敲秋韵,万叶千声皆是恨。故欹单枕梦中寻,梦又不成灯又烬。

采 桑 子

欧阳修

群芳过后西湖好,狼藉残红,飞絮濛濛,垂柳阑干尽日风。 笙歌散尽游人去,始觉春空,垂下帘栊,双燕归来细雨中。

临 江 仙
欧阳修

柳外轻雷池上雨,雨声滴碎荷声。小楼西角断虹明。阑干倚处,待得月华生。　　燕子飞来窥画栋,玉钩垂下帘旌。凉波不动簟纹平。水精双枕,傍有堕钗横。

鹧 鸪 天
晏几道

彩袖殷勤捧玉钟,当年拚却醉颜红。舞低杨柳楼心月,歌尽桃花扇底风。　　从别后,忆相逢,几回魂梦与君同。今宵剩把银釭照,犹恐相逢是梦中!

临 江 仙
晏几道

梦后楼台高锁,酒醒帘幕低垂。去年春恨却来时。落花人独立,微雨燕双飞。　　记得小苹初见,两重心字罗衣。琵琶弦上说相思。当时明月在,曾照彩云归。

桂 枝 香
王安石

登临送目,正故国晚秋,天气初肃。千里澄江似练,翠峰如簇。归帆去棹残阳里,背西风、酒旗斜矗。彩舟云淡,星河鹭起,画图难足。　　念往昔、繁华竞逐;叹门外楼头,悲恨相续。千古凭高对此,漫嗟荣辱。六朝旧事随流水,但寒烟衰草凝绿。至今商女,时时犹唱,《后庭》遗曲。

泛读课文

定风波
柳　永

自春来、惨绿愁红,芳心是事可可。日上花梢,莺穿柳带,犹压香衾卧。暖酥消,腻云䚽,终日厌厌倦梳裹。无那!恨薄情一去,音书无个！　　早知恁么,悔当初、不把雕鞍锁。向鸡窗、只与蛮笺象管,拘束教吟课。镇相随,莫抛躲,针线闲拈伴伊坐,和我,免使年少,光阴虚过。

少年游
柳　永

长安古道马迟迟,高柳乱蝉嘶。夕阳岛外,秋风原上,目断四天垂。　　归云一去无踪迹,何处是前期？狎兴生疏,酒徒萧索,不似去年时。

夜半乐
柳　永

冻云黯淡天气,扁舟一叶,乘兴离江渚。渡万壑千岩,越溪深处。怒涛渐息,樵风乍起,更闻商旅相呼,片帆高举,泛画鹢、翩翩过南浦。　　望中酒旆闪闪,一簇烟村,数行霜树,残日下、渔人鸣榔归去。败荷零落,衰杨掩映,岸边两两三三,浣纱游女,避行客、含羞笑相语。　　到此因念:绣阁轻抛,浪萍难驻。叹后约丁宁竟何据？惨离怀、空恨岁晚归期阻,凝泪眼、杳杳神京路,断鸿声远长天暮。

倾　　杯

柳　永

鹜落霜洲,雁横烟渚,分明画出秋色。暮雨乍歇。小楫夜泊,宿苇村山驿。何人月下临风处,起一声羌笛？离愁万绪,闻岸草切切蛩吟如织。　　为忆芳容别后,水遥山远,何计凭鳞翼？想绣阁深沉,争知憔悴损天涯行客？楚峡云归,高阳人散,寂寞狂踪迹。望京国,空目断、远峰凝碧。

戚　　氏

柳　永

晚秋天,一霎微雨洒庭轩。槛菊萧疏,井梧零乱惹残烟。凄然,望乡关,飞云黯淡夕阳间。当时宋玉悲感,向此临水与登山。远道迢递,行人凄楚,倦听陇水潺湲。正蝉吟败叶,蛩响衰草,相应喧喧。　　孤馆度日如年,风露渐变,悄悄至更阑。长天净,绛河清浅,皓月婵娟。思绵绵。夜永对景,那堪屈指,暗想从前。未名未禄,绮陌红楼,往往经岁迁延。　　帝里风光好,当年少日,暮宴朝欢。况有狂朋怪侣,遇当歌对酒竞留连。别来迅景如梭,旧游似梦,烟水程何限！念利名憔悴长萦绊,追往事、空惨愁颜。漏箭移、稍觉轻寒。听呜咽画角数声残。对闲窗畔,停灯向晓,抱影无眠。

青　门　引

张　先

乍暖还轻冷,风雨晚来方定。庭轩寂寞近清明,残花中酒,又是去年病。　　楼头画角风吹醒,入夜重门静。那堪更被明月,隔墙送过秋千影！

渔　家　傲

张　先

巴子城头青草暮,巴山重叠相逢处。燕子占巢花脱树。杯且举,瞿塘水阔舟难渡。　　天外吴门青霅路,君家正在吴门住。赠我柳枝情几许。春满缕,为君将入江南去。

踏莎行

晏　殊

细草愁烟,幽花怯露,凭栏总是销魂处。日高深院静无人,时时海燕双飞去。　　带缓罗衣,香残蕙炷,天长不禁迢迢路。垂杨只解惹春风,何曾系得行人住?

踏莎行

晏　殊

小径红稀,芳郊绿遍,高台树色阴阴见。春风不解禁杨花,濛濛乱扑行人面。　　翠叶藏莺,朱帘隔燕,炉香静逐游丝转。一场愁梦酒醒时,斜阳却照深深院。

木兰花

晏　殊

绿杨芳草长亭路,年少抛人容易去。楼头残梦五更钟。花底离愁三月雨。　　无情不似多情苦,一寸还成千万缕。天涯地角有穷时,只有相思无尽处。

浣溪沙

晏　殊

一向年光有限身,等闲离别易销魂,酒筵歌席莫辞频。　　满目山河空念远,落花风雨更伤春,不如怜取眼前人。

诉衷情

欧阳修

清晨帘幕卷轻霜,呵手试梅妆。都缘自有离恨,故画作、远山长。　　思往事,惜流芳。易成伤。拟歌先敛,欲笑还颦,最断人肠!

玉楼春

欧阳修

尊前拟把归期说,未语春容先惨咽。人生自是有情痴,此恨不关风与月。　　离歌且莫翻新阕,一曲能教肠寸结。直须看尽洛阳花,始共春风容易别。

南歌子

欧阳修

凤髻金泥带,龙纹玉掌梳。走来窗下笑相扶。爱道"画眉深浅,入时无"。　　弄笔偎人久,描花试手初。等闲妨了绣工夫。笑问"双鸳鸯字、怎生书"。

浪淘沙

欧阳修

把酒祝东风,且共从容。垂杨紫陌洛城东。总是当时携手处,游遍芳丛。　　聚散苦匆匆,此恨无穷。今年花胜去年红。可惜明年花更好,知与谁同?

朝中措·平山堂

欧阳修

平山栏槛倚晴空,山色有无中。手种堂前垂柳,别来几度春风?　　文章太守,挥毫万字,一饮千钟。行乐直须年少,尊前看取衰翁。

蝶 恋 花

晏几道

醉别西楼醒不记。春梦秋云,聚散真容易!斜月半窗还少睡,画屏闲展吴山翠。　　衣上酒痕诗里字,点点行行,总是凄凉意。红烛自怜无好计,夜寒空替人垂泪。

蝶 恋 花

晏几道

梦入江南烟水路。行尽江南,不与离人遇。睡里消魂无说处,觉来惆怅消魂误。　　欲尽此情书尺素。浮雁沉鱼,终了无凭据。却倚缓弦歌别绪,断肠移破秦筝柱。

木 兰 花

晏几道

鞦韆院落重帘暮,彩笔闲来题绣户。墙头丹杏雨余花,门外绿杨风后絮。　　朝云信断知何处?应作襄王春梦去。紫骝认得旧游踪,嘶过画桥东畔路。

采 桑 子

晏几道

西楼月下当时见,泪粉偷匀。歌罢还颦,恨隔炉烟看未真。　　别来楼外垂杨缕,几换青春。倦客红尘,长记楼中粉泪人。

中小学已学篇目

范仲淹《渔家傲》(塞下秋来风景异)(初)　柳永《雨霖铃》(寒蝉凄切)(高)　《望海潮》(东南形胜)※　晏殊《浣溪沙》(一曲新词酒一杯)(初)　欧阳修《蝶恋花》(庭院深深深几许)※　王安石《桂枝香》(登临送目)※

可参考书目

《范文正公诗余》,有《彊村丛书》本
《乐章集校注》,薛瑞生校注,中华书局 1994 年
《柳永词详注及集评》,姚学贤、龙建国校注,中州古籍出版社 1991 年
《张先集编年校注》,吴熊和、沈松勤校注,浙江古籍出版社 1996 年
《珠玉词》,吴林杼校笺,江西人民出版社 1985 年
《晏殊词新释辑注》,中国书店 2003 年
《欧阳文忠公近体乐府》,林大椿编校,上海商务印书馆 1931 年
《欧阳修词笺注》,黄畲笺注,中华书局 1986 年
《欧阳修词新释辑评》,邱少华编著,中国书店 2001 年
《欧阳修资料汇编》,洪本健编,中华书局 1995 年
《小山词》,林大椿校,上海商务印书馆 1930 年
《小山词笺》,王焕猷笺,上海商务印书馆 1947 年
《小山词校笺注》,李明娜笺注,台北文津出版社 1981 年

十四、苏轼词

苏 轼

苏轼(1037—1101),字子瞻,号东坡居士,四川眉山人。嘉祐二年(1057)进士。在王安石变法高潮中,先后任凤翔签判、开封推官、杭州通判和密州、徐州、湖州等地行政长官;元丰中陷入乌台诗案,贬居黄州四年许。元祐中任中书舍人、翰林学士、知制诰等职,后又任杭州、颍州、扬州、定州等地知州,晚年又被远贬惠州、儋州,九死一生,北返中原,病逝于常州。苏轼是文学史上少见的兼擅诗、词、文、书法、绘画的文豪,在历史上产生深远的影响。中华书局已整理出版《苏轼诗集》八册、《苏轼文集》六册,《东坡词》见《宋六十名家词》(上海古籍影印明版)。

【集评】

东坡先生以文章余事作诗,溢而作词曲,高处出神入天,平处临镜笑春,不顾侪辈。　　东坡先生非醉心于音律者,偶尔作歌,指出向上一路,新天下耳目,弄笔者始知自振。(〔宋〕王灼《碧鸡漫志》卷二)

晁无咎云:"居士词,人多谓不谐音律。然横放杰出,自是曲子内缚不住者。"(〔宋〕胡仔《苕溪渔隐丛话》后集卷三十三引)

及眉山苏氏,一洗绮罗香泽之态,摆脱绸缪宛转之度,使人登高望远,举首高歌,而逸怀浩气,超然尘垢之外,于是《花间》为皂隶,而柳氏为舆台矣。(〔宋〕胡寅《酒边词序》)

词至东坡,倾荡磊落,如诗如文,如天地奇观,岂与群儿雌声学语较工拙,然犹未至用经用史,牵雅颂入郑卫也。(〔宋〕刘辰翁《辛稼轩词序》)

唐歌词多宫体,又皆极力为之。自东坡一出,情性之外,不知有文字,真有一洗万古凡马空气象。(〔金〕元好问《遗山文集》卷三十六)

词自晚唐五代以来,以清切婉丽为宗,至柳永而一变,如诗家之有白居易;至轼而又一变,如诗家之有韩愈,遂开南宋辛弃疾等一派。(〔清〕纪昀等《四库全书总目提要》卷一九八)

东坡词颇似老杜诗,以其无意不可入,无事不可言也。若其豪放之致,则时与太白为近。(〔清〕刘熙载《艺概》卷四)

江 城 子

乙卯正月二十日夜记梦①

十年生死两茫茫②,不思量,自难忘。千里孤坟,无处话凄凉。纵使相逢应不识,尘满面,鬓如霜③。　夜来幽梦忽还乡,小轩窗,正梳妆。相顾无言,惟有泪千行。料得年年肠断处,明月夜,短松冈④。

【注释】

① 词序:本词作于熙宁八年(1075,岁次乙卯),为悼亡之作,时苏轼任密州知州。其妻王弗卒于治平二年(1065),次年归葬四川眉山苏洵(苏轼之父)夫妇墓旁。

② 十年生死两茫茫:言死别已十年,双方生死隔绝,彼此什么也不知道。

③ 尘满面,鬓如霜:作者自况其劳碌与衰老之貌。

④ "料得"三句:设想死者的痛苦状况,言其夜夜断肠于明月照射下的孤坟之中。孟棨《本事诗》曾记一张姓之妻孔氏的诗:"欲知肠断处,明月照孤坟。"

【赏析】

这是词中较早出现的悼亡之作,写得情真意深,纯是从胸臆中流出而不假文字雕饰之功。王国维说:"境非独谓景物也。喜怒哀乐,亦人心中之一境界。故能写真景物、真感情者,谓之有境界。"(《人间词话》)此词就是一首"有境界"之作。词中两情依依,梦境栩栩如生,不仅写出了对于亡妻那种刻骨铭心的思念情,而且还侧面映托了自己在政治上的失意心态,读后越发令人欷歔生哀。

(杨海明　刘文华)

水 调 歌 头

丙辰①中秋,欢饮达旦,大醉,作此篇,兼怀子由②。

明月几时有③?把酒问青天。不知天上宫阙,今夕是何年?我欲乘风④归去,又恐琼楼玉宇⑤,高处不胜寒。起舞弄清影⑥,何似在人间？　转朱阁,低绮户⑦,照无眠⑧。不应有恨,何事长向别时圆?人有悲欢离合,月有阴晴圆缺,此事古难全。但愿人长久,千里共婵娟⑨。

【注释】

① 丙辰:宋神宗熙宁九年(1076)。
② 子由:作者之弟苏辙,字子由。
③ 明月几时有:李白诗:"青天有月来几时?我今停杯一问之。"(《把酒问月》)
④ 乘风:《列子·黄帝》有"列子乘风而归"的记载。
⑤ 琼楼玉宇:指天上神仙所居的宫阙。月中有琼楼玉宇,见《大业拾遗记》。
⑥ 起舞弄清影:用李白《月下独酌》"我歌月徘徊,我舞影凌乱"诗意。弄清影:和自己的影子嬉戏。
⑦ 绮(qǐ起)户:镂刻花纹的门窗。
⑧ 无眠:难以成眠(之人)。
⑨ 千里共婵娟:婵娟:形态美好的样子,此指美丽的月光。这句用谢庄《月赋》之意:"美人迈兮音尘阙,隔千里兮共明月。"

【本事】

元丰七年(1084),都下传唱此词。神宗问内侍外面新行小词,内侍录此进呈。读至"又恐琼楼玉宇,高处不胜寒",上曰:"苏轼终是爱君。"乃命量移汝州。(〔宋〕陈元靓《岁时广记》卷三十一引《复雅歌词》)

【汇评】

词以意趣为主,要不蹈袭前人语意。如东坡中秋《水调歌头》云:(略)此数词皆清空中有意趣,无笔力者未易到。(〔宋〕张炎《词源》卷下)

"宇"与"去","缺"与"合"均是一韵。坡公此调凡五首,他作亦不拘。然学者终以用韵为好,较整炼也。(〔清〕张惠言《论词》)

词以不犯本位为高,东坡《满庭芳》"老去君恩未报,空回首,弹铗悲歌",语诚慷慨,然不若《水调歌头》"我欲乘风归去,又恐琼楼玉宇,高处不胜寒",尤觉空灵蕴藉。(〔清〕刘熙载《艺概·词概》)

按通首只是咏月耳。前阕是见月思君,言天上宫阙,高不胜寒,但仿佛神魂归去,几不知身在人间也。次阕,言月何不照人欢洽,何似有恨,偏于人离索之时而圆乎?复又自解,人有离合,月有圆缺,皆是常事,惟望长久共婵娟耳。缠绵恻之思,愈转愈曲,愈曲愈深。忠爱之思,令人玩味不尽。(〔清〕黄苏《蓼园词选》)

大开大阖之笔,亦他人所不能。才子才子,胜诗文字多矣。(〔清〕王闿运《湘绮楼词评》)

【赏析】

此词是中秋词的千古绝唱,胡仔甚至推崇为此词一出而"余词尽废",达到空前绝后的境地(《苕溪渔隐丛话》后集)。

十五的月亮,特别是八月十五的圆月,素来就能引起诗人们几多遐思和联想。本词起四句健笔纵横,一上来就给人以奇崛非凡的感受,前人评为"发端从太白(李白)仙心脱化,顿成奇逸之笔"(郑文焯《手评东坡乐府》),它隐含着屈原"天问"式的宇宙意识。接下从"我欲乘风归去"到因恐"高处不胜寒"而最终仍回到"人间"的五句,一气奔放,曲折回旋,大有天风海雨逼人之势。它一方面表现了词人思欲凌空登月的豪情逸兴,一方面又曲折反映了他对现实环境的某种厌倦;一方面表现了他思欲"遗世而独立"的哲人之思,另一方面又反映了他作为一个凡人而不忍舍弃人间的执着之情。从这上片很富浪漫气息的词笔中,就不难见到词人飘然欲仙的胸襟怀抱,又可见他想象丰富、挥洒自如的高超文才。下片转回现实中来。先由中秋之夜的月圆而人不"圆"(与弟分隔七年),引发了对月亮的怨情,然后从中升华出一段"至理名言"来:"人有悲欢离合,月有阴晴圆缺,此事古难全"。这里凝注着作者对于整个宇宙和全部人类生活的思索,具有深刻的哲理意蕴和人生感慨。最后,他又发出了"但愿人长久,千里共婵娟"的善良祝愿,既自宽其思念亲人的相思之情,又对普天下不能团圆的离人们发出了殷切沉挚的"慰问",显示出无比温馨的人情味。全词构思奇特,意蕴丰厚,笔力雄健,风格清旷,达到了诗情和哲理的高度统一,堪称词中的"逸品"(前人论画,有逸品、神品、妙品、能品之分,而以逸品居最高品位)。千百年来,它一直给不幸的人们带来感情的安慰和精神的力量,成为中华民族思想文化宝库中的一颗明珠。

(杨海明 刘文华)

蝶 恋 花

花褪残红青杏小①,燕子飞时,绿水人家绕。枝上柳绵吹又少,天涯何处无芳草! 墙里秋千墙外道,墙外行人,墙里佳人笑。笑渐不闻声渐悄,多情却被无情恼。

【注释】

① 花褪残红:残花凋谢。

【本事】

子瞻在惠州,与朝云闲坐,时青女初至,落木萧萧,凄然有悲秋之意。命朝云把大白,唱"花褪残红",朝云歌喉将啭,泪满衣襟,子瞻诘其故,答曰:"奴所不能歌,是'枝上柳绵吹又少,天涯何处无芳草'也。"子瞻幡然大笑曰:"吾正悲秋,而汝又伤春矣。"遂罢。朝云不久抱疾而亡,子瞻终身不复听此词。(〔宋〕佚名《林下诗谈》)

【汇评】

"枝上柳绵",恐屯田缘情绮靡,未必能过。孰谓坡但解"大江东去"耶?髯直是轶伦绝群。(〔清〕王士祯《花草蒙拾》)

此则逸思,非文人所宜。(〔清〕王闿运《湘绮楼评词》)

絮飞花落,每易伤春,此独作旷达语。下阕墙内外之人,干卿底事,殆偶闻秋千笑语,发此妙想,多情而实无情,是色是空,公其有悟耶?(俞陛云《宋词选释》)

【赏析】

这是一首叹春光易逝,佳人难再得的小词。上片伤春,首句点明时令。枝头花残,青杏初结,紫燕轻飞,绿溪绕舍,柳絮飘扬,芳草无边,这是春末夏初特有的景色。着一"褪"字,在景色中融入了词人深沉的感受。而"人家"二字既交代了地点,又为下片作了暗示与铺垫。柳绵、芳草两句是最为人称道之句。"柳绵吹又少"与"何处无芳草"都是叹春之去,这种手法一弹再三叹,不仅不令人觉得重复,更加深了缠绵悱恻之感,可见这位豪放词的开创者在婉约词的写作上同样手笔不凡。

下片写"墙外行人"的单相思。一方自作多情,另一方却毫无所觉,这样的单相思在生活中并不少见。词人将这种见惯不惊的事在词中作高度集中的处理,把墙外行人墙内佳人的"多情"和"无情","笑"和"恼",以对比的方式,顶针的句式写来,妙趣横生,奇情四溢,富于音乐性和旋律美,且使上片"伤春"与下片"佳人难再得"都围绕着美景不常韶华易逝而生感慨,一气贯注,令人回味无尽。

(黄慰平)

卜算子

黄州定惠院寓居作①

缺月挂疏桐,漏断人初静②。时见幽人独往来③,缥缈孤鸿影④。

惊起却回头,有恨无人省⑤。拣尽寒枝不肯栖,寂寞沙洲冷⑥。

【注释】

① 定惠院:在黄州城东清淮门外。

② 漏:计时之器。古代以壶水滴漏计算时刻,故亦称时刻为漏。漏断:漏壶中的水滴尽,时间到了深夜。

③ 幽人:幽居孤独之人。这里是作者自指。

④ 缥缈:恍惚隐约貌。此句以孤鸿喻幽人。

⑤ 省(xǐng):了解,理解。

⑥ "寂寞"句:用唐崔信明断句"枫落吴江冷",意谓宁愿在冷落的沙洲上独栖。

【本事】

元丰三年(1080)深秋。定惠院,在黄冈县东南。苏轼初到黄州,寓居定惠院。元丰三年四月,迁居朝宗门外临皋亭,然亦时至定惠院。(《孔谱》) 编者按:此词当作于该年春,初到黄州时。

【汇评】

"缺月挂疏桐……",东坡道人在黄州时作,语意高妙,似非吃烟火食人语。非胸中有万卷书,笔下无一点尘俗气,孰能至此?(〔宋〕黄庭坚《跋东坡乐府》)

杜工部流离兵革中,更尝患苦,诗益凄怆,《忆舍弟》、《孤雁》诗,其思深,其情苦,读之使人忧思感伤。东坡《卜算子》词亦然。文豹尝妄为之释:"缺月挂疏桐",明小不见察也;"漏断人初静",群谤稍息也;"时见幽人独往来",进退无处也;"缥缈孤鸿影",悄然孤立也;"惊起却回头",犹恐谗慝也;"有恨无人省",谁其知我

也;"拣尽寒枝不肯栖",不苟依附也;"寂寞沙洲冷",宁甘冷淡也。(〔宋〕俞文豹《吹剑录》)

前半泛写,后半专叙,盖宋词人多此法。如子瞻《贺新凉》,后段只说榴花,《卜算子》,后段只说鸿雁。(王又华《古今词论》)

坡孤鸿词,山谷以为不吃烟火食人语,良然。铜阳居士云:"'缺月',刺明微也。'漏断',暗时也。'幽人',不得志也。'独往来',无助也。'惊鸿',贤人不安也。此与《考槃》诗极相似云云。"村夫子强作解事,令人欲呕。……仆尝戏谓坡公命宫磨蝎,湖州诗案,生前为王珪、舒亶辈所苦,身后又硬受此差排耶。(〔清〕王士禛《花草蒙拾》)

按:此词乃东坡自写在黄州之寂寞耳。初从人说起,言如"孤鸿"之冷落,第二阕专就鸿说,语语双关。格奇而语隽,斯为超诣神品。(〔清〕黄苏《蓼园词选》)

寓意深远,笔力高绝。此种地步,不惟秦、柳不能道,即求诸唐宋名家亦不能到。(〔清〕陈廷焯《云韶集》卷二)

【参读资料】

幽人无事不出门,偶逐东风转良夜。参差玉宇飞木末,缭绕香烟来月下。江云有态清自媚,竹露无声浩如泻。已惊弱柳万丝垂,尚有残梅一枝亚。清诗独吟还自和,白酒已尽谁能借。不惜青春忽忽过,但恐欢意年年谢。自知醉耳爱松风,会拣霜林结茅舍。浮浮大甑长炊玉,溜溜小槽如压蔗。饮中真味老更浓,醉里狂言醒可怕。闭门谢客对妻子,倒冠落佩从嘲骂。(《苏轼诗集》卷二十《定惠院寓居月夜偶出》)

苏先生谪居黄州,尝作《卜算子》云:"缺月挂疏桐(略)。"因题此诗。空江月明鱼龙眠,月中孤鸿影翩翩。有人清吟立江边,葛巾藜杖眼窥天。夜凉月堕幽虫急,鸿影翘沙衣露湿。仙人采诗作步虚,玉皇饮之碧琳腴。(〔宋〕张耒《柯山集拾遗》卷三《题东坡卜算子后》)

【赏析】

此谪居黄州定惠院时自况之作。通首以孤鸿比况幽人,而幽人即是作者自指。孤鸿有恨,亦如我之有恨;孤鸿之恨无人知道,亦如我之有恨无人理解;孤鸿不肯栖于寒枝,亦如我之不恋高位。进而寻绎,则所谓"恨"者,或者是因为遭到贬谪而不能有所作为;所谓"无人省"者,或是有憾于"致君尧舜"(作者《沁园春》"孤馆灯青"句)之志不为他人所识;所谓"拣尽寒枝不肯栖"者,或竟是由于当轴非其人,故不肯逢迎以求暂得栗栗其危的高官,而宁可如孤鸿之栖息于寂寞冷落的沙洲之上。所析虽属悬测,按之作者此时境况,当在情理之中,不为胶柱鼓瑟。全词风格冷峭,"语意高妙,似非吃烟火食人语"(黄庭坚《山谷题跋》),而语语双关,孤鸿为幽人之化身,幽人与孤鸿合一,亦与作者《水龙吟》之赋杨花有异曲同工之妙。

(常国武)

定 风 波

三月七日,沙湖道中遇雨①,雨具先去,同行皆狼狈,余独不觉。已而遂晴,故作此。

莫听穿林打叶声,何妨吟啸且徐行②。竹杖芒鞋轻胜马③,谁怕?一蓑烟雨任平生④。 料峭春风吹酒醒,微冷。山头斜照却相迎。回首向来萧瑟处⑤,归去,也无风雨也无晴。

【注释】

① 沙湖:在黄州东南三十里。
② 吟啸:吟诗、长啸,表示读书人的意态闲适。
③ 芒鞋:草鞋。
④ 一蓑句:在烟雨中,披一件蓑衣,处之泰然。
⑤ 萧瑟:风雨吹打树林的声音。

【汇评】

元丰五年壬戌,三月七日,公以相田至沙湖道中遇雨作。

(〔清〕王文诰《苏诗总案》)

此足徵是翁坦荡之怀,任天而动。琢句亦瘦逸,能道眼前景,以曲笔直写胸臆,倚声能事尽之矣。(〔清〕郑文焯《手批东坡乐府》)

【赏析】

这首词亦作于黄州,以道中遇雨这件生活小事,展示自己旷达开朗的人生态度。上片写雨中,自然界风穿林,雨打叶,自己却是吟啸徐行,"莫听"、"何妨"两语,表现不管风吹雨打,仍然安详自得的心情。竹杖芒鞋胜过骏马,表现对官场的厌倦,而"一蓑烟雨任平生",写出自己在自然怀抱里任情而动的形象,又象征了在人生道路上任天而动的形象。下片写雨后,词人的酒意被春风吹醒,前面的山头已是斜照相迎,再回望走过的风雨交加的来路,则既无风雨也无晴。以自然界的启示展现人生道路的复杂、艰辛,对风雨从不畏惧,对放晴也无喜悦,正确的人生态度应该是泰然自若、任天而动。

(孙维城)

念 奴 娇

赤壁怀古①

大江东去,浪淘尽、千古风流人物。故垒西边②,人道是、三国周郎赤壁③。乱石穿空,惊涛拍岸④,卷起千堆雪⑤。江山如画,一时多少豪杰! 遥想公瑾当年⑥,小乔初嫁了⑦,雄姿英发。羽扇纶巾⑧,谈笑间、樯橹灰飞烟灭⑨。故国神游,多情应笑我,早生华发⑩。人生如梦,一尊还酹江月⑪。

【注释】

① 赤壁:三国时吴将周瑜击破曹操大军之处,又名赤壁山,因山石呈赭红色,故云。长江沿岸叫"赤壁"的地方有好几个。"赤壁之战",旧注多谓在湖北嘉鱼县东北长江南岸。另一说认为在今湖北蒲圻县西北。

② 故垒:旧时作战的营垒。

③ 人道是:人们传说是。三国:朝代名,指东汉以后的魏、蜀、吴三国时期。周郎:周瑜,二十四岁就做"建威中郎将",吴中皆呼为周郎。赤壁因周瑜大破曹军而得名,故称"周郎赤壁"。

④ 拍岸:一作"裂岸"。

⑤ 雪:形容浪花。李煜《渔父词》:"浪花有意千重雪"。

⑥ 公瑾:周瑜字。

⑦ 小乔:乔是姓,也作"桥"。吴国乔玄有二女,都很美丽,人称大乔、小乔,大乔嫁孙策,小乔嫁周瑜。

⑧ 羽扇纶巾:羽扇,羽毛扇。纶巾:青丝做的头巾。羽扇纶巾是当时流行的一种装扮,是古代儒将装束,形容仪态从容闲雅。此句有两种解说:一说是指诸葛亮;另一说是指周瑜,后说较是。

⑨ 谈笑间:表示轻而易举,不费力气。樯橹:船的代称。樯是桅杆,橹是划船的桨。这句是指周瑜用谋略,让部将黄盖向曹操诈称请降,乘风势纵火焚烧曹军战船事。樯橹,一作"强虏"、"狂虏",指曹操及其军队。

⑩ "多情"二句:意思是应该笑我自己多情善感,为了怀古头发都变成花白了。华发:花白的头发。

⑪ 酹:以酒浇地,以表祭奠。

【本事】

孙权破曹操于赤壁,今沔、鄂间皆有之。黄州徙治黄冈,俯大江,与武昌县相对。州治之西距江,名赤鼻矶,俗呼鼻为弼,后人往往以此为赤壁。武昌寒溪,正孙氏故宫,东坡词有"人道是周郎赤壁"之句,指赤鼻矶也。坡非不知自有赤壁,故言"人道是"者,以明俗记尔。(〔宋〕朱彧《萍洲可谈》卷二)

向巨原云:元不伐家有鲁直所书东坡《念奴娇》,与今人歌不同者数处,如"浪淘尽"为"浪声沉","周郎赤壁"为"孙吴赤壁","乱石穿空"为"崩云","惊涛拍岸"为"掠岸","多情应笑我生华发"为"多情应是笑我早生华发","人生如梦"为"如寄"。不知此本今何在也。(〔宋〕洪迈《容斋随笔》卷八)

东坡黄州词云:"人道是三国周郎赤壁。"盖疑其非也。今江汉间言赤壁者五:汉阳、江川、黄州、嘉鱼、江夏,惟江夏合于史。(〔宋〕赵彦卫《云麓漫钞》卷六)

【汇评】

苕溪渔隐曰：东坡"大江东去"赤壁词，语意高妙，真古今绝唱。（〔宋〕胡仔《苕溪渔隐丛话前集》卷五十九）

《后山诗话》谓"退之以文为诗，子瞻以诗为词，如教坊雷大使之舞，虽极天下之工，要非本色。"余谓：后山之言过矣，子瞻佳词最多，其间杰出者，如"大江东去，浪淘尽、千古风流人物"（略）凡此十余词，皆绝去笔墨畦径间，直造古人不到处，真可使人一唱而三叹。若谓以诗为词，是大不然。（上书，后集卷二十六）

东坡在玉堂，有幕士善讴，因问："我词比柳七何如？"对曰："柳郎中词，只合十七八女孩儿，执红牙板，歌'杨柳岸晓风残月'。学士词，须关西大汉，执铁板，唱'大江东去'。"公为之绝倒。"大江东去"词三"江"，三"人"，二"国"，二"生"，二"故"，二"如"，二"千"字，以东坡则可，他人固不可。然语意到处，他字不可代，虽重无害也。今人看文字，未论其大体如何，先且指点重字。（〔宋〕俞文豹《吹剑续录》）

此首，上片即景写实，下片因景生情，极豪放之致。起笔，点江流浩荡，高唱入云，无穷兴亡之感，已先揭出。"故垒"两句，点赤壁。"乱石"三句，写赤壁景色，令人惊心骇目。"江山"两句，折到人事，束上起下。换头逆入。"遥想"四句，记公瑾之雄姿。"故国"以下平出。述吊古之情，别出明月，与江波相映。此境此情，真不知人间何世矣。（唐圭璋《唐宋词选释》）

【赏析】

《念奴娇·赤壁怀古》是苏轼的代表作，也是豪放词派的代表作，是宋词中流传最广、影响最大的作品。它写于神宗元丰五年（1082）七月，是苏轼因"乌台诗案"贬居黄州游城外的赤壁矶时所作。此词对于一度盛行缠绵悱恻之风的北宋词坛，具有振聋发聩的作用。

这首词在意境和题材上有很大的开拓，在北宋词坛上第一次塑造了英武盖世的周瑜等古代英雄人物的形象，描写了赤壁战场的雄奇景色,给人以壮丽的感觉,使议论、说理、叙事和品评历史人物融会贯通,把古往今来千百年的事写到词里,寄托了词人振兴北宋积弱局面的殷切企望,以及作者有志报国、壮怀难酬的感慨。这首词为用词体表达重大的社会题材开拓了道路。此外,词作在创作风格上亦大气磅礴,其状景写人,怀古伤今,把人生挫折的懊丧引向高远之处。其境界之宏大,格调之豪壮,气势之磅礴,都是前所未有的,最足以代表苏轼豪放词的特色,故被誉为"千古绝唱"。

词的开篇,诗人以千钧之力,大笔挥洒,只用"大江东去"四个字便绘画出万里长江波澜壮阔,浩浩东去的雄伟气魄,为英雄人物出场布置了一个极为广阔的空间背景。紧接着,紧扣"怀古"的主题,写下了"浪淘尽、千古风流人物",把泛舟赤壁、俯仰古今之情一起吐出,有一种通古今而观之的气度。作者在这首词里,借怀古以抒发自己渴望为国家建功立业的怀抱。他由赤壁而想到周瑜,对周瑜年轻有为、谈笑破强敌的英雄业绩表现出无限的崇敬和向往,但当一联系到自己眼前的处境,老大无成,壮志难酬,便又流露出一种无可奈何的慨叹。结语"人生如梦",虽然很消极,但这种思想也是因为不能积极有为而产生的。此词从总的方面来看,气势磅礴,风格豪迈,以空前的气魄成功地塑造了一个英姿勃发的人物典型,为用词体表现重大社会题材开辟了一条新路,对宋词的发展,豪放词派的形成产生重大影响。

词篇感慨古今,雄浑苍凉,大气磅礴,昂扬郁勃,把人们带入江山如画、奇伟雄壮的景色和深邃无比的历史沉思中,唤起读者对人生的无限感慨和思索,融景物、人事感叹、哲理于一体,给人以撼魂荡魄的艺术力量。

(张映光)

临江仙·夜归临皋[①]

夜饮东坡醒复醉[②],归来仿佛三更。家童鼻息已雷鸣。敲门都不应,倚杖听江声。　　长恨此身非我有[③],何时忘却营营?夜阑风静縠纹平[④]。小舟从此逝,江海寄余生。

【注释】

① 临皋：在湖北黄冈县南、长江北岸，苏轼贬黄州，居于此地。
② 东坡：原是黄州一片旧营地，友人马正卿为苏轼请得数十亩，苏轼于此营造草屋数间，号"东坡雪堂"，后以"东坡"为号。
③ 此身非我有：《庄子·知北游》："舜问乎丞曰：道可得而有乎？曰：汝身非汝有也，汝何得有夫道。舜曰：吾身非吾有也，孰有之哉？曰：是天地之委形也。"
④ 縠纹：縠（hú），绉纱；縠纹，像绉绸面子，这儿比喻江面波纹甚细，风平浪静。

【本事】

　　子瞻在黄州……与数客饮江上。夜归，江面际天，风露皓然，有当其意，乃作歌词，所谓"夜阑风静縠纹平。小舟从此逝，江海寄余生"者，与客大歌数过而散。翌日，喧传子瞻夜作此词，挂冠服江边，拿舟长啸去矣。郡守徐君猷闻之，惊且惧，以为州失罪人，急命驾往谒，则子瞻鼻鼾如雷，犹未兴也。然此语卒传至京师，虽裕陵亦闻而疑之。（〔宋〕叶梦得《避暑录话》卷二）

　　韩退之言：衡山道士轩辕弥明与进士刘师服、侯喜共联石鼎句，联毕，弥明曰："此皆不足与语，吾闭口矣。"即倚墙而睡，鼻息如雷鸣，二子皆失色。邓鉴省题云："家僮浑未觉，鼻息尚雷鸣。"借此用也。（〔宋〕吕祖谦《诗律武库》后集卷十五）

【赏析】

　　这首词是苏轼在黄州所作。开头写其醒而又醉的情状，表现他借酒浇愁的心态。以下写归来业已三更，家童鼾声如雷，敲门不应，这不但没有引起他的恼火，反而使他的心情转为平静，从而"倚杖听江声"。此种哲理沉思状态的描述，与杜甫的"注目寒江倚山阁"同一机杼。苏轼在黄州对人生的思考达到了时代的高度，使他能够以洒落出尘的态度对待社会、人生，而寄希望于大自然。下阕开头用庄子寓言，表现人在红尘俗世中纷纷扰扰，没有自由，再以江面的风平浪静暗示大自然的恬然平静，最后表现摆脱俗世,归向自然的美好愿望。苏轼实际从来也没有离开过尘世,但他对于社会、人生的这种透视比什么人都要深刻,对自由的渴望比什么人都要强烈,因此他对封建社会后期知识分子的影响也就比什么人都大。

(孙维城)

备选课文(非黄州词)

沁园春

苏 轼

孤馆灯青,野店鸡号,旅枕梦残。渐月华收练,晨霜耿耿,云山摛锦,朝露团团。世路无穷,劳生有限,似此区区长鲜欢。微吟罢,凭征鞍无语,往事千端。　　当时共客长安,似二陆初来俱少年。有笔头千字,胸中万卷,致君尧舜,此事何难?用舍由时,行藏在我,袖手何妨闲处看!身长健,但优游卒岁,且斗尊前。

江城子　密州出猎

苏 轼

老夫聊发少年狂,左牵黄,右擎苍。锦帽貂裘,千骑卷平冈。为报倾城随太守,亲射虎,看孙郎。　　酒酣胸胆尚开张,鬓微霜,又何妨!持节云中,何日遣冯唐?会挽雕弓如满月,西北望,射天狼。

浣溪沙

苏 轼

麻叶层层苘叶光,谁家煮茧一村香?隔篱娇语络丝娘。　　垂白杖藜抬醉眼,捋青捣䴬软饥肠。问言豆叶几时黄?

浣溪沙

苏 轼

簌簌衣巾落枣花,村南村北响缫车,牛衣古柳卖黄瓜。　　酒困路长惟欲睡,日高人渴漫思茶,敲门试问野人家。

永遇乐

苏　轼

彭城夜宿燕子楼,梦盼盼因作此词

明月如霜,好风如水,清景无限。曲港跳鱼,圆荷泻露,寂寞无人见。紞如三鼓,铿然一叶,黯黯梦云惊断。夜茫茫,重寻无处,觉来小园行遍。　　天涯倦客,山中归路,望断故园心眼。燕子楼空,佳人何在?空锁楼中燕。古今如梦,何曾梦觉?但有旧欢新怨。异时对,黄楼夜景,为余浩叹。

贺新郎

苏　轼

乳燕飞华屋。悄无人、桐阴转午,晚凉新浴。手弄生绡白团扇,扇手一时似玉。渐困倚、孤眠清熟。帘外谁来推绣户?枉教人梦断瑶台曲。又却是,风敲竹。　　石榴半吐红巾蹙。待浮花浪蕊都尽,伴君幽独。秾艳一枝细看取,芳心千重似束。又恐被、秋风惊绿。若待得君来向此,花前对酒不忍触。共粉泪,两簌簌。

少年游

苏　轼

润州作,代人寄远

去年相送,余杭门外,飞雪似杨花。今年春尽,杨花似雪,犹不见还家。　　对酒卷帘邀明月,风露透窗纱。恰似姮娥怜双燕,分明照、画梁斜。

备选课文（黄州词）

西 江 月

苏 轼

照野弥弥浅浪,横空隐隐层霄。障泥未解玉骢骄,我欲醉眠芳草。

可惜一溪风月,莫教踏碎琼瑶。解鞍欹枕绿杨桥,杜宇一声春晓。

念 奴 娇

苏 轼

凭高眺远,见长空万里,云无留迹。桂魄飞来光射处,冷浸一天秋碧。玉宇琼楼,乘鸾来去,人在清凉国。江山如画,望中烟树历历。

我醉拍手狂歌,举杯邀月,对影成三客。起舞徘徊风露下,今夕不知何夕!便欲乘风,翻然归去,何用骑鹏翼?水晶宫里,一声吹断横笛。

满 庭 芳

苏 轼

有王长官者,弃官黄州三十三年,黄人谓之王先生。因送陈慥来过余,因为赋此。

三十三年,今谁存者?算只君与长江。凛然苍桧,霜干苦难双。闻道司州古县,云溪上、竹坞松窗。江南岸,不因送子,宁肯过吾邦?

拟拟,疏雨过,风林舞破,烟盖云幢。愿持此邀君,一饮空缸。居士先生老矣!真梦里、相对残釭。歌声断,行人未起,船鼓已逢逢。

水调歌头

苏 轼

黄州快哉亭,赠张偓佺

落日绣帘卷,亭下水连空。知君为我新作,窗户湿青红。长记平山堂上,欹枕江南烟雨,杳杳没孤鸿。认得醉翁语:山色有无中。

一千顷,都镜净,倒碧峰。忽然浪起,掀舞一叶白头翁。堪笑兰台公子,未解庄生天籁,刚道有雌雄。一点浩然气,千里快哉风。

满庭芳

苏 轼

元丰七年四月一日,余将去黄移汝,留别雪堂邻里二三君子,会李仲览自江东来别,遂书以遗之。

归去来兮,吾归何处?万里家在岷峨。百年强半,来日苦无多。坐见黄州再闰,儿童尽、楚语吴歌。山中友,鸡豚社酒,相劝老东坡。

云何,当此去,人生底事,来往如梭?待闲看秋风,洛水清波。好在堂前细柳,应念我,莫剪柔柯。仍传语,江南父老,时与晒渔蓑。

水龙吟

苏 轼

次韵章质夫《杨花词》

似花还似非花,也无人惜从教坠。抛家傍路,思量却是,无情有思。萦损柔肠,困酣娇眼,欲开还闭。梦随风万里,寻郎去处,又还被、莺呼起。　不恨此花飞尽,恨西园、落红难缀。晓来雨过,遗踪何在?一池萍碎。春色三分,二分尘土,一分流水。细看来,不是杨花,点点是离人泪。

浣 溪 沙

苏 轼

游蕲水清泉寺,寺临兰溪,溪水西流

山下兰芽短浸溪,松间沙路净无泥,萧萧暮雨子规啼。　谁道人生无再少?门前流水尚能西,休将白发唱黄鸡。

泛读课文（非黄州词）

南乡子·送述古

苏 轼

回首乱山横,不见居人只见城。谁似临平山上塔,亭亭,迎客西来送客行?　归路晚风清,一枕初寒梦不成。今夜残灯斜照处,荧荧,秋雨晴时泪不晴。

江 神 子

苏 轼

天涯流落思无穷,既相逢,却匆匆。携手佳人,和泪折残红。为问东风余几许?春纵在,与谁同?　隋堤三月水溶溶,背归鸿,去吴中。回首彭城,清泗与淮通?寄我相思千滴泪,流不到,楚江东。

江 城 子

苏 轼

东武雪中送客

相逢不觉又初寒,对尊前,惜流年。风紧离亭,冰结泪珠圆。雪意留君君不住,从此去,少清欢。　转头山下转头看,路漫漫,玉花翻。银海光宽,何处是超然?知道故人相念否,携翠袖,倚朱阑。

定 风 波

苏 轼

常羡人间琢玉郎,天应乞与点酥娘。尽道清歌传皓齿,风起,雪飞炎海变清凉。　　万里归来颜愈少,微笑,笑时犹带岭梅香。试问岭南应不好？却道:此心安处是吾乡。

临 江 仙

苏 轼

一别都门三改火,天涯踏尽红尘。依然一笑作春温。无波真古井,有节是秋筠。　　惆怅孤帆连夜发,送行淡月微云。尊前不用翠眉颦。人生如逆旅,我亦是行人。

八声甘州·寄参寥子

苏 轼

有情风万里卷潮来,无情送潮归。问钱塘江上,西兴浦口,几度斜晖？不用思量今古,俯仰昔人非！谁似东坡老,白首忘机？　　记取西湖西畔,正暮山好处,空翠烟霏。算诗人相得,如我与君稀。约他年东还海道,愿谢公雅志莫相违。西州路,不应回首,为我沾衣。

青 玉 案

苏 轼

三年枕上吴中路,遣黄犬,随君去。若到松江呼小渡,莫惊鸳鹭,四桥尽是,老子经行处。　　辋川图上看春暮,常记高人右丞句。作个归期天已许。春衫犹是,小蛮针线,曾湿西湖雨。

浣溪沙·咏橘

苏 轼

菊暗荷枯一夜霜,新苞绿叶照林光。竹篱茅舍出青黄。　　香雾噀人惊半破,清泉流齿怯初尝。吴姬三日手犹香。

浣 溪 沙

苏 轼

风压轻云贴水飞,乍晴池馆燕争泥。沈郎多病不胜衣。　　沙上不闻鸿雁信,竹间时听鹧鸪啼。此情惟有落花知。

泛读课文（黄州词）

南 乡 子

苏 轼

晚景落琼杯,照眼云山翠作堆。认得岷峨春雪浪,初来,万顷葡萄涨渌醅。　　春雨暗阳台,乱洒歌楼湿粉腮。一阵东风来卷地,吹回,落照江天一半开。

满 江 红

苏 轼

寄鄂州朱使君寿昌

江汉西来,高楼下,葡萄深碧。犹自带、岷峨雪浪,锦江春色。君是南山遗爱守,我为剑外思归客。对此间、风物岂无情,殷勤说。　　江表传,君休读;狂处士,真堪惜。空洲对鹦鹉,苇花萧瑟。不独笑书生争底事?曹公黄祖俱飘忽。愿使君、还赋谪仙诗,追黄鹤。

江城子

苏 轼

梦中了了醉中醒。只渊明,是前生。走遍人间,依旧却躬耕。昨夜东坡春雨足,乌鹊喜,报新晴。　雪堂西畔暗泉鸣。北山倾。小溪横。南望亭丘,孤秀耸曾城。都是斜川当日境,吾老矣,寄余龄。

洞仙歌

苏 轼

冰肌玉骨,自清凉无汗。水殿风来暗香满。绣帘开,一点明月窥人,人未寝,倚枕钗横鬓乱。　起来携素手,庭户无声,时见疏星渡河汉。试问夜如何？夜已三更,金波淡、玉绳低转。但屈指西风几时来？又不道流年暗中偷换。

满庭芳

苏 轼

蜗角虚名,蝇头微利,算来著甚干忙。事皆前定,谁弱又谁强。且趁闲身未老,尽放我、些子疏狂。百年里,浑教是醉,三万六千场。　思量。能几许,忧愁风雨,一半相妨。又何须,抵死说短论长。幸对清风皓月,苔茵展、云幕高张。江南好,千钟美酒,一曲满庭芳。

鹧鸪天

苏 轼

林断山明竹隐墙,乱蝉衰草小池塘。翻空白鸟时时见,照水红蕖细细香。　村舍外,古城旁,杖藜徐步转斜阳。殷勤昨夜三更雨,又得浮生一日凉。

中小学已学篇目

苏轼《水调歌头》(明月几时有) 《江城子》(老夫聊发少年狂) 《江城子》(十年生死两茫茫)※

苏轼《浣溪沙》(山下兰芽短浸溪) 《念奴娇》(大江东去)

可参考书目

《傅幹注坡词》,〔宋〕傅幹注,巴蜀书社 1993 年
《东坡乐府笺》,龙榆生笺,上海商务印书馆 1936 年
《苏东坡词》,曹树铭校编,台湾商务印书馆 1983 年
《东坡乐府编年笺注》,石声淮、唐玲玲笺注,华中师范大学出版社 1990 年
《东坡词编年笺证》,薛瑞生笺注,三秦出版社 1998 年
《苏轼文集》(全六册),中华书局 1986 年
《苏轼词编年校注》,邹国庆、王宗堂注,中华书局 2002 年
《苏轼词选》,陈迩冬选注,人民文学出版社 1991 年
《苏轼研究资料汇编》,四川大学中文系,中华书局 1994 年
《苏词汇评》,曾枣庄编,四川文艺出版社 2000 年
《东坡乐府》,上海古籍出版社 1979 年

十五、北宋后期词

秦　观

秦观(1049—1100),字太虚,后改字少游,高邮人。元丰八年进士。元祐初,经苏轼举荐,先后任太学博士、秘书省正字及国史院编修等职,与黄庭坚、晁补之、张耒并称"苏门四学士"。绍圣初年,受苏轼影响,被贬到郴州、雷州等地。徽宗立,放还,行至藤州,病逝。秦观词风调婉约清丽,情韵兼胜,内容多写柔情,亦多身世之感。

【集评】

昔蔡伯世评近世之词,谓苏东坡词胜乎情,柳耆卿情胜乎词,词情兼称者,唯秦少游而已。([宋]孙竞《竹坡词序》)

少游词虽婉美,然格力失之弱。([宋]胡仔《苕溪渔隐丛话》后集卷三十三)

秦少游词,体制淡雅,气骨不衰,清丽中不断意脉,咀嚼无滓,久而知味。([宋]张炎《词源》卷下)

(秦)观诗格不及苏、黄,而词则情韵兼胜,在苏、黄之上。流传虽少,要为倚声家一作手。([清]纪昀《四库全书总目提要》卷一五四)

秦少游自是作手,近开美成,导其先路,远绍温韦,取其神不袭其貌,词至是乃一变焉。然变而不失其正,遂令议者不病其变,而转觉有不得不变者。后人动称秦、柳,柳之视秦,为之奴隶而不足者,何可相提并论哉!([清]陈廷焯《白雨斋词话》卷一)

少游最和婉平正,稍逊清真者辣耳。少游意在含蓄,如花初胎,故少重笔。(〔清〕周济《宋四家词选目录序论》)

少游以绝尘之才,早与胜流,不可一世,而一谪南荒,遽丧灵宝,故所为词,寄慨身世,闲雅有情思,酒边花下,一往而深,而怨悱不乱,悄乎得小雅之遗,后主之后,一人而已。……虽子瞻之明俊,耆卿之优秀,犹若有瞠乎后者,况其下耶?(〔清〕冯煦《宋六十一家词选例言》)

满 庭 芳

山抹微云,天粘衰草,画角声断谯门①。暂停征棹,聊共引离尊②。多少蓬莱旧事,空回首、烟霭纷纷。斜阳外,寒鸦万点,流水绕孤村。　销魂。当此际,香囊暗解,罗带轻分。谩赢得青楼薄幸名存③。此去何时见也,襟袖上、空惹啼痕。伤情处,高城望断,灯火已黄昏。

【注释】

① 谯门:古代建有瞭望台的城门。

② 离尊:离别酒,"尊"同"樽",酒杯。

③ "谩赢得"句:语出杜牧《遣怀》诗:"十年一觉扬州梦,赢得青楼薄幸名。"

【汇评】

程公辟守会稽,少游客焉,馆之蓬莱阁。一日席上有所悦,自尔眷眷不能忘情,因赋长短句,所谓"多少蓬莱旧事,空回首烟霭纷纷"也。其词极为东坡所称道,取其首句,呼之为"山抹微云"君。中间有"寒鸦万点,流水绕孤村"之句,人皆以为少游自造此语,殊不知亦有所本。予在临安,见平江梅知录云:隋炀帝诗云,"寒鸦千万点,流水绕孤村"。少游用此语也。(〔宋〕胡仔《苕溪渔隐丛话》引《艺苑雌黄》)

(范)温尝预贵人家会,贵人有侍儿,善歌秦少游长短句,坐间略不顾,温亦谨不敢吐一语。及酒酣欢洽,侍儿者始问:"此郎何人耶?"温遽起,叉手而对曰:"某乃'山抹微云'女婿也。"闻者为之绝倒。(〔宋〕蔡绦《铁围山丛谈》卷四)

近世以来作者,皆不及秦少游。如"斜阳外,寒鸦数点,流水绕孤村。"虽不识字,亦知是天生好言语。(〔宋〕魏庆之《诗人玉屑》卷二十一引晁补之评)

余谓此语在隋炀帝诗中,只属平常,入少游词特为妙绝。盖少游之妙,在"斜阳外"三字,见闻空幻。又"寒鸦"、"流水",炀帝以五言划为两景,少游用长短句错落,与"斜阳外"三景合为一景,遂如一幅佳图。此乃点化之神。必如此,乃可用古语耳。(〔清〕贺贻孙《诗筏》)

将身世之感,打并入艳情,又是一法。(〔清〕周济《宋四家词选》)

诗情画景,情词双绝。(〔清〕陈廷焯《大雅集》卷一)

【赏析】

此词写作者与一位相恋歌女的离别之情。词起首写离别时情景,"山抹微云,天粘衰草"是淮海词中的写景名句,为全词定下了一个凄凉感伤的抒情基调,有笼盖全篇之妙。傍晚时分,行将乘船而去,饮宴饯别之时,回首当时往来情景,真是悲从中来,难以自禁。上片结尾处,又以一派萧瑟清冷的景致,十分贴切地烘托出作者对这位歌女真挚的爱恋之情以及离情别恨。换头处,以"销魂"来点明全词抒情主旨,也逗起以下写分离情状,"香囊"两句是实写,分别之时,两人交换信物,以志纪念。"谩赢得"是用杜牧的名句来自嘲,意思是说,自己一事无成,只有混迹于青楼歌女群中的名声。这里既有作者仕途失意的悲慨,亦有对歌女爱恋之情的倾诉。就此别过,但是不知何日重逢,一念及此,不禁潸然泪下。结尾处写景,两人分手后,行船渐行渐远,作者依然伫立船头,眺望高城,伊人不见,只见黄昏时分的万家灯火。

本篇曾为秦观带来极大声誉,是宋词中写离情别恨的名篇。作者选取了一个典型的场景,词中的凄清景致与主人公的感伤情感交融,确有引人入胜的美感。虽然情调显得低沉,境界却凄艳动人。

(王德保)

鹊　桥　仙

纤云弄巧①,飞星传恨,银汉迢迢暗度。金风玉露一相逢②,便胜却人间无数。　　柔情似水,佳期如梦,忍顾鹊桥归路③! 两情若是久长时,又岂在朝朝暮暮!

【注释】

①"纤云"句:一缕缕云彩变幻出千姿百态。
② 金风玉露:秋风秋露之美称。语出隋代李密《淮阳感秋》诗:"金风飚初节,玉露凋晚林。"
③ 忍顾:不忍回顾,不忍分别之意。

【汇评】

相逢胜人间,会心之语。两情不在朝暮,破格之谈。七夕歌以双星会少别多为恨,独少游此词谓"两情若是久长"二句,最能醒人心目。(《草堂诗余隽》卷三眉批)

七夕以双星会少别多为恨,独谓情长不在朝暮,化臭腐为神奇。(〔明〕沈际飞《草堂诗余正集》卷二)

凡咏古题,须独出心裁,此固一定之论。少游以坐党被谪,思君臣际会之难,因托双星以写意。而慕君之念,婉恻缠绵,令人意远矣。(〔清〕黄苏《蓼园词选》)

夏闰庵云:七夕词最难作,宋人赋此,佳作极少,唯少游一词可观。晏小山《蝶恋花》赋七夕尤佳。(〔清〕俞陛云《宋词选释》)

【赏析】

牛郎织女的民间传说很早即反映到文学作品中,《诗经·小雅·大东》中即有:"跂彼织女,终日七襄。虽则七襄,不成报章。睆彼牵牛,不以服箱。"《古诗十九首》及东汉以来的诗词中,均有大量吟咏牛女之作。其主题无外乎对其美好爱情被拆散,夫妻分离,一年才能见上短暂的一面表示深切的同情。此词却自出机杼,不落俗套,因而新颖别致。

牛郎织女、梁祝、董永与七仙女、王昭君,直至《红楼梦》中宝玉与黛玉的爱情,都曾获得同情之泪。其实,同情他们的人中大多数又何尝得到过真正的爱?昭君出塞,背井离乡,有谁想过,如果她不出塞,只能继续当姓名也不为人所知的宫女,两者相比,何为悲剧?宝黛的爱情,催人泪下。其实,他们是否也有令人羡慕的一面呢?笔者参观青浦大观园,也曾填《鹊桥仙》一阕题潇湘馆,其下阕曰:"姑苏未远,乡情萦系,何恋青浦一隅?无猜豆蔻伴知音,已不亏、人生一度!"生活中美满的婚姻是很少的,大多的家庭是和睦的、比较和睦的、矛盾重重的、濒于破裂的、同床异梦的甚至是异床异梦的。为宝黛流泪者,大多未曾真正被人爱得死去活来过。有谁会像黛玉一样殉情而死,有谁会像宝玉一样遁入空门……生活中更多的是有某些残缺的爱,人们可以追求完满,但完满也是相对的,绝对的完满并不存在。在爱情上也不可好高骛远、求全责备,这便是本词给我们的启示。在爱情上也有个知足常乐。见异思迁者是得不到真爱的。

(王步高)

踏　莎　行

雾失楼台,月迷津渡①。桃源望断无寻处②。可堪孤馆闭春寒,杜鹃声里斜阳暮。　　驿寄梅花,鱼传尺素③,砌成此恨无重数。郴江幸自绕郴山,为谁流下潇湘去④?

【注释】

① "雾失"二句:浓雾遮蔽了楼台,朦胧月光下找不到渡口。

② "桃源"句:桃花源,陶渊明《桃花源记》中描绘的仙境,此处比自己向往的地方。

③ "驿寄"二句:寄梅典出《荆州记》,三国时东吴陆凯与范晔为友,于江南寄梅与长安范晔,并赠诗"折梅逢驿使,寄与陇头人。江南无所有,聊赠一

枝春。"尺素,一尺白绸,代书信,典出古乐府《饮马长城窟行》:"客从远方来,遗我双鲤鱼。呼儿烹鲤鱼,中有尺素书。"

④"郴江"二句:郴江,发源于湖南郴县的郴山,下游与耒水相会,又向北汇入湘江。潇、湘二水,至零陵合流,一般以潇湘代指湘江或湖南。这里秦观只取前一用法。

【汇评】

《冷斋夜话》云:少游到郴州作长短句云:"雾失楼台。"东坡绝爱其尾两句,自书于扇,曰:"少游已矣,虽万人何赎!"(〔宋〕胡仔《苕溪渔隐丛话》前集卷五十)

(东坡至惠州)秦少游南迁至长沙,有妓平生酷爱秦学士词,至是知其为少游。请于母,愿托以终身。少游赠词,所谓"郴江幸自绕郴山,为谁流下潇湘去"者也。念时事严切,不敢偕往贬所。及少游卒于藤,丧还,将至长沙,妓前一日得诸梦,即逆于途,祭毕,归而自缢以殉。(〔清〕赵翼《陔余丛考》卷四十一)

少游坐党籍,安置郴州,谓郴江与山相守,而不能不流,自喻最凄切。(〔明〕沈际飞《草堂诗余正集》卷一)

首一阕是写在郴,望想玉堂天上,如桃源不可寻,而自己意绪无聊也。次阕言书难达意,自己同郴水自绕郴山,不能下潇湘以向北流也。语意凄切,亦自蕴藉,玩味不尽。雾失、月迷,总是被谗写照。(〔清〕黄苏《蓼园词选》)

少游词境最为凄婉。至"可堪孤馆闭春寒,杜鹃声里斜阳暮",则变而凄厉矣。东坡赏其后二语,犹为皮相。(〔清〕王国维《人间词话》)

【赏析】

这是秦观贬居郴州时为排遣自我无穷愁绪而作的词。在寂寞的谪居生活中,最难排遣的是挥不去斩不断的孤寂。秦观在《自作挽词》中有"家乡在万里,妻子天一涯"。他比携带家眷的苏轼多一重痛苦无聊。上片写一天中的寂寞,与漫漫长夜相似。早晨,"雾失楼台,月迷津渡",以雾月迷茫中,楼台隐失,津渡难认为喻,寓寄往事已矣,前途难卜的失落彷徨之感。而想全身而退,隐遁田园,像陶渊明那样又不可得,他想起陶渊明笔下的桃花源,可是望断桃源,却无可寻访之路。他只能在"孤馆"中尝尽料峭"春寒",在"斜阳"中听那苦苦的声声杜鹃。王国维《人间词话》赞赏这二句由凄婉变而为凄厉,进入了"有我之境"。下片,"驿寄梅花,鱼传尺素",实是无中生有之境。没有任何人给自己寄梅、传素,尽是痴盼中语。故有无数重恨,越砌越多,越砌越高。结尾两句更见痴情,诗人百无聊赖,把郴江当作朋友发问。此种毫无雕饰的抒情遣怀,实在是最难能可贵的。东坡绝爱本词结尾二句,自书于扇(《冷斋夜话》),实是深切理解秦观内心巨痛的"高山流水之悲"(王士禛《花草蒙拾》),也有牵累秦观,使遭致远贬并卒于道中的深沉疚恨。

(王步高)

贺　铸

贺铸(1052—1125),字方回,原籍山阴,生长于河南卫州。出身没落贵族,为人豪侠尚气。早岁为武弁,后转文职,曾任泗州通判,晚年退居苏州,自号庆湖遗老。他的词内容与辞藻并重,善于融化前人成句,兼具婉约与豪放的风格,为北宋后期重要词家。

【集评】

方回乐府妙绝一世,盛丽如游金、张之堂,妖冶如揽嫱、施之袪,幽索如屈、宋,悲壮如苏、李。(〔宋〕张耒《东山词序》)

贺词苦少典重。(〔宋〕李清照《词论》)

耆卿融情入景故淡远,方回融景入情故秾丽。(〔清〕周济《介存斋论词杂著》)

方回词胸中眼中另有一种伤心说不出处,全得力于《楚骚》,而运以变化,允推神品。　方回词极沉郁,而笔势却又飞舞,变化无端,不可方物,吾乌呼测其所至。(〔清〕陈廷焯《白雨斋词话》卷一)

北宋名家以方回为最次,其词如历下、新城之诗,非不华赡,惜少真味。(王国维《人间词话》)

鹧鸪天

重过阊门万事非①,同来何事不同归②?梧桐半死清霜后,头白鸳鸯失伴飞③。　　原上草,露初晞④,旧栖新垅两依依。空床卧听南窗雨,谁复挑灯夜补衣!

【注释】

① 阊门:苏州西城门。

② 同来句:作者与妻子曾经在苏州共同寄寓过一段时间,但离开苏州时贺铸的妻子已经去世。

③ 梧桐句:此句化用枚乘《七发》:"龙门之桐","其根半死半生"之意。

④ 原上二句:以草上露水易干比喻人生短促。

【汇评】

此词最有骨,最耐人玩味。结二句清而有骨,亦有味。(〔清〕陈廷焯《云韶集》卷三)

悲惋于直截处见之,当是悼亡作。(〔清〕陈廷焯《词则·别调集》卷一)

此在悼亡词中,情文相生,等于孙楚。"鸳鸯"句与潘安仁诗"如彼翰林鸟,双飞一朝只"正同。下阕从"新垅"、"旧栖"见意。"原上草"二句悲新垅也,"空床"二句悲旧栖也。(〔民国〕俞陛云《宋词选释》)

【赏析】

贺铸与妻子赵氏感情甚好,此词即是怀念妻子的悼亡词。从水平和影响上看,这首词丝毫不逊于东坡的《江城子·乙卯正月二十日夜记梦》。

开篇二句直抒胸臆,当词人重新经过苏州西城门时,想起已经去世的妻子,不禁悲从中来。"同来"句使人想起《北梦琐言》中所记名倡徐月英的送人诗"惆怅人间万事违,两人同去一人归"以及赵令畤《侯鲭录》载蔡确悼亡妻诗"伤心瘴江水,同渡不同归",写出了妻子去世给自己带来的巨大打击,抒发了那不堪回首的慨恨。"梧桐"句采用比的手法,并暗用典故。白香山《为薛台悼亡》诗中也曾用"半死梧桐老病身"喻丧偶之痛。此句形象地刻画出妻子去世后作者的孤寂和悲凉。

过片"原上草,露初晞"化用古乐府"露晞明朝更复落,人死一去何时归"句意。承上启下,"旧栖新垅两依依",住过的老房子和妻子的新坟两两相依,更进一步抒发对亡妻的深切思念。妻子尽管已经去世,但贺铸的心却永远和妻子在一起。

最后两句是全词的高潮,古人在自己的丈夫或妻子远离或已不在之后,有"夜夜常留半被,待君魂梦归来"的说法,"空床卧听南窗雨"一句暗含此意。"挑灯夜补衣"句,把妻子贤惠的形象深深地刻入读者心扉,哀婉凄绝,令人潸然泪下。　　　　(乔光辉)

青　玉　案

凌波不过横塘路①,但目送、芳尘去。锦瑟华年谁与度②?月桥花院,琐窗朱户,只有春知处。　　碧云冉冉蘅皋暮③,彩笔新题断肠句④。试问闲愁都几许?一川烟草,满城风絮,梅子黄时雨⑤。

【注释】

① "凌波"两句:凌波,曹植《洛神赋》:"凌波微步,罗袜生尘。"后人即以凌波形容美人的步履轻盈。横塘,在苏州市盘门之南十余里,贺铸有小筑在此。

② 锦瑟华年:美好年华,语出李商隐《锦瑟》诗:"锦瑟无端五十弦,一弦一柱思华年。"

③ "碧云"句:冉冉,流动貌。蘅皋,生长着杜蘅的水边高地;杜蘅,香草。此句化用江淹《拟休上人怨别》:"日暮碧云合,佳人殊未来",暗表上片语意。

④ 彩笔:《南史·江淹传》:"淹少以文章显,晚节才思微退。……尝宿于冶亭,梦一丈夫自称郭璞,谓淹曰:'吾有笔在卿处多年,可以见还。'淹乃

探怀中得五色笔一以授之。尔后为诗,绝无美句。时人谓之才尽。"

⑤"一川"三句:一川,满川,满地。梅子黄时雨:江南旧历四五月间多雨,正值梅子成熟,俗称梅雨。

【汇评】

方回有小筑在姑苏盘门内(当作"外"),地名横塘,时往来其间,有此作。方回以孝惠皇后族孙,元祐中通判泗州,又倅太平州,退居吴下,是此词作于退休之后也,自有一番不得意、难以显言处。言斯所居横塘,断无宓妃到,然波光清幽,亦常目送芳尘,第孤寂自守,无与为欢,唯有春风相慰藉而已。次阕言幽居肠断,不尽穷愁,唯见烟草风絮、梅雨如雾,共此旦晚耳。无非写其景之郁勃岑寂也。(〔清〕黄苏《蓼园词选》)

方回《青玉案》词,工妙之至,无迹可寻,语句思路亦在目前,而千人万人不能凑泊。(〔清〕先著、程洪《词洁》)

贺方回《青玉案》词收四句云(略),其末句好处,全在"试问"句呼起及与上"一川"二句并用耳。或以方回有"贺梅子"之称,专赏此句,误矣。且此句原本寇莱公"梅子黄时雨如雾"诗句,然则何不目莱公为"寇梅子"耶?(〔清〕刘熙载《艺概·词曲概》)

("一川"三句)一句一月,非一时也。不着一字,故妙。(〔清〕王闿运《湘绮楼词选评》)

"锦瑟"四句,花榭绮窗,只有春风吹到,其寂寥之况与离索之怀,皆寓其中。下阕"闲愁"以下四句用三叠笔写愁,如三叠阳关,令人凄绝。题标《横塘路》,当有伊人宛在,非泛写闲愁也。(俞陛云《宋词选释》)

此首为幽居怀人之作,写境极岑寂,而中心之穷愁郁勃,并见言外。至笔墨之清丽飞动,尤妙绝一世。起句"凌波"、"芳尘",用《洛神赋》"美人不来,竟日凝伫",已写出惆怅之情,"锦瑟华年",用李义山诗,因人不来,故伤无人共度。"谁与"二字,借问唤起,与"只有"二字相应。外则月桥花院,内则琐窗朱户,皆无人共度,只有春花慰藉,其孤寂可知。换头,另从对方说起,仍用《洛神赋》,言人去冉冉,杳无信息。"彩笔"一句,自述相思之苦,人既不来,信又不闻,故惟有自题自解耳。满纸幽伤,固是得力于楚骚者。"试问"一句,又借问唤起。以下三句,以景作结,写江南景色如画,真绝唱也。作法亦自后主"问君能有几多愁"来。但后主纯用赋体,尽情吐露。此则含蓄不尽,意味更长。(唐圭璋《唐宋词简释》)

【赏析】

这首词以在横塘附近所见一女子发端,以美人迟暮的悲哀,抒发自己郁郁不得志的"闲愁"。开头三句写美人的离去,写步履轻盈,令人神往。接着遐想对方的住处,幽雅而清冷,华年易逝,美人迟暮,已经含有自己的不幸遭遇在其中了。下片仍从横塘写,碧云流动,蘅皋日暮,暗用江淹"日暮碧云合,佳人殊未来"的典故,补足首句"凌波不过"的意境,词人只能归来命笔题诗,而这种断肠之思实际是由万种闲愁引起,故接写闲愁,以满地烟草、满城风絮、梅子黄时雨三种具体的景物比喻闲愁,不仅"比"闲愁的无尽,而且"兴"身世的可悲,对于词人的郁郁不得志,有着象征意义。

(孙维城)

周邦彦

周邦彦(1056—1121),字美成,号清真居士,钱塘人。少年落拓不羁,后因向神宗献《汴都赋》七千余言,由诸生被擢为太学正。历任地方官职多年。徽宗颁布大晟乐,召邦彦提举大晟府。不久,知顺昌府,徙处州。他精通音律,能自度曲,所作词格律法度精审,为后世词人的轨范。词风浑厚和雅,富艳精工。

【集评】

清真词多用唐人诗语,檃括入律,浑然天成;长调尤善铺叙,富艳精工,词人之甲乙也。(〔宋〕陈振孙《直斋书录解题》卷二十)

凡作词当以清真为主。盖清真最为知音,且无一点市井气,下

字运意,皆有法度,往往自唐、宋诸贤诗句中来,而不用经、史中生硬字面,此所以为冠绝也。([宋]沈义父《乐府指迷》)

美成深远之致,不及欧、秦,唯言情体物,穷极工巧,故不失为第一流之作者。但唯创调之才多,创意之才少耳。(王国维《人间词话》卷上)

以宋词比唐诗,则东坡似太白,欧、秦似摩诘,耆卿似乐天,方回、叔原则大历十子之流,南宋唯一稼轩可比昌黎,而词中老杜,非先生不可。(王国维《清真先生遗事》)

兰陵王·柳

柳阴直,烟里丝丝弄碧。隋堤上[1]、曾见几番,拂水飘绵送行色。登临望故国[2],谁识京华倦客[3]。长亭路、年去岁来,应折柔条过千尺[4]。　闲寻旧踪迹,又酒趁哀弦[5],灯照离席,梨花榆火催寒食[6]。愁一箭风快,半篙波暖[7],回头迢递便数驿。望人在天北。　凄恻,恨堆积。渐别浦萦回[8],津堠岑寂[9],斜阳冉冉春无极。念月榭携手[10],露桥闻笛,沉思前事,似梦里,泪暗滴。

【注释】

① 隋堤:隋炀帝时开凿的通济渠,自洛阳至淮水沿渠筑堤,沿堤栽柳,后人称之为隋堤。这儿指汴京城外的一段堤岸,是北宋时京都旅客来往必经之路。

② 故国:故乡。

③ 京华倦客:作者自指。京华,京城,因长期旅京,一事无成而产生厌倦情绪,故称倦客。

④ "应折"句:唐宋时人送行,折杨柳相赠。过千尺,极言送别之频繁。

⑤ 酒趁哀弦:饮酒送别时弹奏哀伤的乐曲。趁,伴随的意思。

⑥ "梨花"句:旧俗:清明前一二日是寒食节。榆火,清明节早晨宫中把榆柳钻取的新火赐给近臣,称榆火。这句说:正是梨花盛开、榆火新点的寒食节前后。

⑦ "一箭"两句:船行顺风,快如飞箭,春江水暖,撑船的竹篙半入水中。

⑧ 别浦萦回:别浦,此指送行处的水边。浦,水流分岔处,为古人送别之

地。萦回,水流回旋。
⑨ 津堠:指渡口码头。堠,古代记里程的土堆,五里一堠。
⑩ 月榭:月光下的台榭。榭,有屋顶的台,供歌舞游乐的场所。

【汇评】

上阕但赋"柳"字,而有清刚之气。中阕之"梨花"句、下阕之"斜阳"句,闰庵云:"有此二语顿挫之力,以下便一气奔赴。"余亦谓然。无此二语,则中阕于别后,即言行舟迅发;下阕在客途,即言回首前欢,便少纡徐之致。赖此顿挫,非特涵养局势,且句中风韵悠然,名作也。(俞陛云《宋词选释》)

此首第一片,紧就柳上说出别恨。起句,写足题面。"隋堤上"三句,写垂柳送行之态。"登临"一句陡接,唤醒上文,再接"谁识"一句,落到自身。"长亭路"三句,与前路回应,弥见年来漂泊之苦。第二片写送别时情景。"闲寻",承上片"登临"。"又酒趁"三句,记目前之别筵。"愁一箭"四句,是别去之设想。"愁"字贯四句,所愁者即风快、舟快、途远、人远耳。第三片实写人。愈行愈远,愈远愈愁。别浦、津堠,斜阳冉冉,另开拓一绮丽悲壮之境界,振起全篇。"念月榭"两句,忽又折入前事,极吞吐之妙。"沉思"较"念"字尤深,伤心之极,遂迸出热泪。文字亦如百川归海,一片苍茫。(唐圭璋《唐宋词简释》)

【赏析】

这首词题为咏柳,实际不是一般的咏物之作,而是借柳起兴,写客中送别,并抒发自己长期旅居京华的厌倦苦闷之情。一般认为周词重在描景,实际周词重在叙事,以往复腾挪取胜,这首词就是如此。词分三叠,是有名的长调。第一叠从柳阴落笔,写烟里柳丝弄碧,是描景,但是马上转入叙事,几见柳条送行客,烘托今天的送别。再写自己登临望故国,以见羁旅思乡之情,而登临者又见柳枝,触发送别之情。第二叠开始仍写寻找旧时踪迹,然后转入眼前的哀弦离席,行人乘船离去。其中回头二句,是设想离人也在回首想望天北送别之人。第三叠写送者的感伤。他徘徊在别浦津堠,一直到斜阳冉冉之时。这是一景句,开拓出一种绮丽悲壮的境界,让人沉吟,却又马上转入对往事的追忆:月榭携手,露桥闻笛,再回到眼前,沉思泪滴。全词以叙事为主,叙事中抒情,只有两处描景,而全词在叙事中往复开合,从一般到具体,从多到一,从过去到现在,再到过去,最后又回到眼前。这是古诗的章法,被周邦彦引入慢词的写作,带来了词的写法的革新。　　　　　　　　(孙维城)

备选课文

水调歌头·游览

黄庭坚

瑶草一何碧,春入武陵溪。溪上桃花无数,枝上有黄鹂。我欲穿花寻路,直入白云深处,浩气展虹霓。只恐花深里,红露湿人衣。

坐玉石,倚玉枕,拂金徽。谪仙何处?无人伴我白螺杯。我为灵芝仙草,不为朱唇丹脸,长啸亦何为!醉舞下山去,明月逐人归!

定风波

黄庭坚

万里黔中一漏天,屋居终日似乘船。及至重阳天也霁,催醉,鬼门关外蜀江前。　　莫笑老翁犹气岸,君看,几人黄菊上华颠?戏马台南追两谢,驰射,风流犹拍古人肩。

江城子三首(其一)

秦 观

西城杨柳弄春柔,动离忧,泪难收。犹记多情,曾为系归舟。碧野朱桥当日事,人不见,水空流。　　韶华不为少年留,恨悠悠,几时休?飞絮落花时候一登楼。便做春江都是泪,流不尽,许多愁。

浣 溪 沙

秦 观

漠漠轻寒上小楼,晓阴无赖似穷秋。淡烟流水画屏幽。　自在飞花轻似梦,无边丝雨细如愁。宝帘闲挂小银钩。

望 海 潮

秦 观

梅英疏淡,冰澌溶泄,东风暗换年华。金谷俊游,铜驼巷陌,新晴细履平沙。长记误随车。正絮翻蝶舞,芳思交加。柳下桃蹊,乱分春色到人家。　西园夜饮鸣笳。有华灯碍月,飞盖妨花。兰苑未空,行人渐老,重来是事堪嗟!烟暝酒旗斜。但倚楼极目,时见栖鸦。无奈归心,暗随流水到天涯。

如 梦 令

秦 观

门外鸦啼杨柳,春色着人如酒。睡起熨沉香,玉腕不胜金斗。消瘦!消瘦!还是褪花时候。

虞 美 人

秦 观

碧桃天上栽和露,不是凡花数。乱山深处水萦回,可惜一枝如画、为谁开？　轻寒细雨情何限？不道春难管。为君沉醉又何妨？只怕酒醒时候、断人肠！

摸鱼儿·东皋寓居

晁补之

买陂塘、旋栽杨柳,依稀淮岸江浦。东皋嘉雨新痕涨,沙嘴鹭来鸥聚。堪爱处,最好是、一川夜月光流渚。无人独舞。任翠幄张天,柔茵藉地,酒尽未能去。　　青绫被,莫忆金闺故步,儒冠曾把身误。弓刀千骑成何事?荒了邵平瓜圃。君试觑,满青镜、星星鬓影今如许!功名浪语。便似得班超,封侯万里,归计恐迟暮。

踏莎行·芳心苦

贺　铸

杨柳回塘,鸳鸯别浦,绿萍涨断莲舟路。断无蜂蝶慕幽香,红衣脱尽芳心苦。　　返照迎潮,行云带雨,依依似与骚人语。当年不肯嫁春风,无端却被秋风误!

减字浣溪沙

贺　铸

闲把琵琶旧谱寻,四弦声怨却沉吟。燕飞人静画堂深。　　欹枕有时成雨梦,隔帘无处说春心。一从灯夜到如今!

苏　幕　遮

周邦彦

燎沉香,消溽暑。鸟雀呼晴,侵晓窥檐语。叶上初阳干宿雨。水面清圆,一一风荷举。　　故乡遥,何日去?家住吴门,久作长安旅。五月渔郎相忆否?小楫轻舟,梦入芙蓉浦。

满　庭　芳

周邦彦

夏日溧水无想山作

风老莺雏,雨肥梅子,午阴嘉树清圆。地卑山近,衣润费炉烟。人静乌鸢自乐,小桥外、新绿溅溅。凭阑久,黄芦苦竹,拟泛九江船。　　年年。如社燕,飘流瀚海,来寄修椽。且莫思身外,长近尊前。憔悴江南倦客,不堪听、急管繁弦。歌筵畔,先安簟枕,容我醉时眠。

蝶恋花

周邦彦

月皎惊乌栖不定。更漏将阑,辘轳牵金井。唤起两眸清炯炯。泪花落枕红绵冷。　　执手霜风吹鬓影。去意徊徨,别语愁难听。楼上阑干横斗柄。露寒人远鸡相应。

泛读课文

念奴娇

黄庭坚

断虹霁雨,净秋空、山染修眉新绿。桂影扶疏,谁便道、今夕清辉不足?万里青天,姮娥何处?驾此一轮玉。寒光零乱,为谁偏照醽醁?　　年少从我追游,晚凉幽径,绕张园森木。共倒金荷家万里,难得尊前相属。老子平生,江南江北,最爱临风曲。孙郎微笑,坐来声喷霜竹。

清平乐

黄庭坚

春归何处?寂寞无行路。若有人知春去处,唤取归来同住。　　春无踪迹谁知?除非问取黄鹂。百啭无人能解,因风飞过蔷薇。

八六子

秦观

倚危亭,恨如芳草,萋萋刬尽还生。念柳外青骢别后,水边红袂分时,怆然暗惊。　　无端天与娉婷,夜月一帘幽梦,春风十里柔情。怎奈向、欢娱渐随流水,素弦声断,翠绡香减,那堪片片飞花弄晚,濛濛残雨笼晴。正销凝,黄鹂又啼数声。

减字木兰花

秦 观

天涯旧恨,独自凄凉人不问。欲见回肠,断尽金炉小篆香。　　黛蛾长敛,任是春风吹不展。困倚危楼,过尽飞鸿字字愁。

千秋岁

秦 观

水边沙外,城郭春寒退。花影乱,莺声碎。飘零疏酒盏,离别宽衣带。人不见,碧云暮合空相对。　　忆昔西池会,鹓鹭同飞盖。携手处,今谁在?日边清梦断,镜里朱颜改。春去也!飞红万点愁如海。

阮郎归

秦 观

湘天风雨破寒初,深沉庭院虚。丽谯吹罢小单于,迢迢清夜徂。　　乡梦断,旅魂孤,峥嵘岁又除。衡阳犹有雁传书,郴阳和雁无!

好事近·梦中作

秦 观

春路雨添花,花动一山春色。行到小溪深处,有黄鹂千百。　　飞云当面化龙蛇,夭矫转空碧。醉卧古藤阴下,了不知南北。

画堂春

秦 观

东风吹柳日初长,雨余芳草斜阳。杏花零落燕泥香,睡损红妆。　　宝篆烟消鸾凤,画屏云锁潇湘。暮寒微透薄罗裳,无限思量。

临江仙·信州作

晁补之

谪宦江城无屋买,残僧野寺相依。松间药臼竹间衣。水穷行到处,云起坐看时。　一个幽禽缘底事,苦来醉耳边啼？月斜西院愈声悲。青山无限好,犹道不如归。

鹧鸪天

无名氏(一作秦观)

枝上流莺和泪闻,新啼痕间旧啼痕。一春鱼雁(一作鸟)无消息,千里关山劳梦魂。　无一语,对芳尊,安排肠断到黄昏。甫能炙得灯儿了,雨打梨花深闭门。

减字浣溪沙

贺铸

楼角初销一缕霞,淡黄杨柳暗栖鸦,玉人和月摘梅花。　笑捻粉香归洞户,更垂帘幕护窗纱,东风寒似夜来些。

石州引

贺铸

薄雨初寒,斜照弄晴,春意空阔。长亭柳色才黄,远客一枝先折？烟横水际,映带几点归鸦,东风销尽龙沙雪。还记出关来,恰而今时节。　将发,画楼芳酒,红泪清歌,顿成轻别。已是经年,杳杳音尘多绝。欲知方寸,共有几许清愁？芭蕉不展丁香结。枉望断天涯,两厌厌风月。

瑞龙吟

周邦彦

章台路,还见褪粉梅梢,试华桃树。愔愔坊陌人家,定巢燕子,归来旧处。　　黯凝伫,因记个人痴小,乍窥门户,侵晨浅约宫黄,障风映袖,盈盈笑语。　　前度刘郎重到,访邻寻里,同时歌舞,惟有旧家秋娘,声价如故。吟笺赋笔,犹记燕台句。知谁伴、名园露饮,东城闲步？事与孤鸿去。探春尽是伤离意绪。官柳低金缕。归骑晚,纤纤池塘飞雨。断肠院落,一帘风絮。

解　连　环

周邦彦

怨怀无托。嗟情人断绝,信音辽邈。纵妙手能解连环,似风散雨收,雾轻云薄。燕子楼空,暗尘锁一床弦索。想移根换叶,尽是旧时手种红药。　　汀洲渐生杜若。料舟依岸曲,人在天角。漫记得、当日音书,把闲语闲言,待总烧却。水驿春回,望寄我江南梅萼。拼今生、对花对酒,为伊泪落。

浣　溪　沙

周邦彦

楼上晴天碧四垂,楼前芳草接天涯,劝君莫上最高梯。　　新笋已成堂下竹,落花都上燕巢泥,忍听林表杜鹃啼。

六丑·蔷薇谢后作

周邦彦

正单衣试酒,怅客里、光阴虚掷。愿春暂留,春归如过翼,一去无迹。为问花何在？夜来风雨,葬楚宫倾国。钗钿堕处遗香泽。乱点桃蹊,轻翻柳陌。多情为谁追惜？但蜂媒蝶使,时叩窗隔。
东园岑寂,渐蒙笼暗碧。静绕珍丛底,成叹息。长条故惹行客。似牵衣待话,别情无极。残英小、强簪巾帻。终不似、一朵钗头颤袅,向人敧侧。漂流处、莫趁潮汐。恐断红、尚有相思字,何由见得？

中小学已学篇目

秦观《鹊桥仙》(纤云弄巧)　　**周邦彦**《苏幕遮》(燎沉香)※

可参考书目

《豫章黄先生词》,龙榆生校点,中华书局1957年
《山谷词》,马兴荣、祝振玉校注,上海古籍出版社2001年
《淮海居士长短句》,龙榆生校点,中华书局1957年
《淮海词》,陈祖美选注,浙江古籍出版社1985年
《淮海居士长短句》,徐培均校注,上海古籍出版社1985年
《晁氏琴趣外编》,刘乃昌、杨庆存校注,上海古籍出版社1991年
《晁补之词编年笺注》,乔力校注,齐鲁书社1992年
《东山词》,钟振振校注,上海古籍出版社1989年
《清真词选笺释》,杨铁夫笺释,1933年铅印
《清真集》,吴则虞点校,中华书局1981年
《清真集校注》,孙虹校注,薛瑞生订补,中华书局2002年

十六、南渡词人

陈与义

陈与义(1090—1138),字去非,号简斋,洛阳(今属河南)人。徽宗政和年间上舍及第。宋室南渡,官兵部员外郎、翰林学士。绍兴七年(1137),拜参知政事。有《无住词》一卷。诗为江西诗派之"三宗"之一;其词不多,但"首首可传,不能以篇帙之少而废之"。(《四库全书总目〈无住词〉提要》)

【集评】

《无住词》一卷,词虽不多,语意超绝,识者谓其可摩坡仙之垒也。(〔宋〕黄昇《中兴以来绝妙词选》卷一)

吐言天拔,不作柳亸莺娇之态,亦无蔬笋之气,殆于首首可传,不能以篇帙之少而废之。(〔清〕纪昀《四库全书总目提要》)

临 江 仙

夜登小阁,忆洛中旧游

忆昔午桥桥上饮①,坐中多是豪英。长沟流月去无声,杏花疏影里,吹笛到天明。二十余年如一梦,此身虽在堪惊。闲登小阁看新晴②,古今多少事,渔唱起三更③。

【注释】

① 午桥：地名，在洛阳。风景美丽，有亭台楼阁，是文人墨客宴饮聚会的去处。唐代裴度曾在午桥建有别墅，号"绿野堂"。
② 新晴：雨后放晴。
③ 渔唱：渔民的歌唱。三更：古代自黄昏至晓分共分为五刻，三更正是午夜之时。

【汇评】

此数语奇丽，《简斋集》后载数词，惟此词为优。（〔宋〕胡仔《苕溪渔隐丛话》后集卷三四）

"流月无声"巧语也，"吹笛天明"爽语也，"渔唱三更"冷语也，功业则歉，文章自优。（〔明〕沈际飞《草堂诗余正集》）

"长沟流月"，则月涌大江之意，言自去滔滔，而兴会不歇。首一阕是忆旧，至第二阕则感怀也。（〔清〕黄苏《蓼园词选》）

【赏析】

这首词是陈与义经历了靖康之难，远离故乡，寄身江南时的作品。全词通过追忆昔日洛阳酣歌欢饮的生活，忆昔感今，充满了伤时感世的无限沧桑之感。

上片"忆昔"两字领起，与题序相应，开始了对昔日生活的追忆。洛阳城中的午桥，景色宜人，引来"豪英"聚此欢饮，作者自然也身处其中，真是热闹非凡，令人流连忘返。而且，能与"豪英"一起畅饮，也说明了作者的境遇地位和优裕的生活条件。伴随着豪英们的欢声笑语的，是"长沟流月去无声"三句。月亮悄然升起，月光倒映水中，不知不觉中，快乐的时光仿佛随水而流。"流"的动感，"无声"的静态，动静之中，呈现出小桥、流水、月色构造出的幽静、雅致，隐约之中，也有一丝盛景如水无声流逝的叹息。更妙的是，午桥边的杏花在月光中疏影婆娑，花丛中传出了悠扬的笛音，直到天明。"豪英"们的闲情雅兴在片片杏花和阵阵笛音中散发飞扬，沁人心脾。至此，欢饮的英豪，桥下的流水，无声的月色，清幽的杏花,再加上悠远的笛声,为我们构造了一幅洛阳午桥豪英欢饮图,文士的疏放,环境的清雅,无不透露出昔日的欢快。

下片则是词人回到现实的情感抒发。"二十余年如一梦,此身虽在堪惊",往事如烟,写出了梦醒回到现实的"堪惊",这两句也是写实。"二十余年"之久长,与"一梦"之短暂,进一步强化了今昔的对比。作者本是洛阳人,年轻时走上仕途。靖康元年(1126),金兵入侵中原,词人的生活也发生了重大变化,开始了流亡逃难的生活。这两句中包含了词人亲历国难、背离故土的无比沉痛,读来确实让人心惊。"闲登小阁看新晴"三句,"闲"字意味颇深,新晴美景依旧,而昔日欢乐雅兴已不再,看似闲淡,实则是无聊无绪,蕴含了"堪惊"之后的无可奈何。悲欢离合、兴盛衰亡的感叹,那么沉重,词人一身自然无法承载,只能付诸渔者的歌声中,让它们在深夜的江面上回荡。上片杏花丛中响彻天明的笛音,词人未著"闲"字却尽显悠扬、闲雅;而这里的回荡的渔歌,虽著"闲"字,却是苍凉的,让人无限伤感,又因为付之于古今多少事,更增加了一种深沉和凝重。两片同样以声音作结,也显示了词作结构的完整。

(成　林)

朱敦儒

朱敦儒(1081—1159),字希真,洛阳(今属河南)人。少有词名,有"词俊"之名,与"诗俊"陈与义、"文俊"富直柔等并称"洛中八俊"。布衣,屡征不起。南渡后避难岭南。以陈与义等推荐,绍兴五年(1135)赐同进士出身,曾任秘书省正字兼兵部郎中,临安府通判、都官员外郎、浙东路提点刑狱,以"专立异论,与李光交通"而落职。绍兴二十五年,为秦桧诱迫,任鸿胪少卿。秦桧死,被黜致仕。有词集名《樵歌》,存词二百四十余首。

【集评】

唐宋以来,词人多矣。其词主乎淫,谓不淫非词也。余谓词何必淫,顾所寓何如耳。余于词所爱者三人焉,盖至东坡而一变,其豪妙之气,隐隐然流出言外,天然绝世,不假振作;二变而为朱希真,多尘外之想,虽杂以微尘,而其清气自不可没;三变而为辛稼轩,乃写其胸中事,尤好称渊明。此词之三变也。(〔宋〕汪莘《方壶先生集》卷三《诗余序》)

"希真有词名,以隐德著。思陵必欲见之,累诏始至,上面授以鸿胪少卿,希真下殿拜讫,亟请致仕,上改容而许之。"(〔宋〕叶绍翁《四朝闻见录》丙集)

希真词清隽名贵,不减竹坡。(〔清〕陈廷焯《云韶集》卷五)

希真词清隽谐婉,犹是北宋风度。(〔清〕王鹏运四印斋本《樵歌拾遗》跋)

希真词于名理禅机均有悟入,而忧时念乱,忠愤之致,触感而生。拟之于诗,前似白乐天,后似陆务观。(〔清〕王鹏运四印斋本《樵歌》识语)

朱希真词品高洁,妍思幽宫,殆类储光羲诗体。读其词,可想见其人。然希真守节不终,首鼠两端,贻讥国史,视魏了翁、徐仲车诸人,相距远矣。(〔清〕张德瀛《词徵》卷五)

相 见 欢

金陵城上西楼①,倚清秋。万里夕阳垂地,大江流。中原乱,簪缨散②,几时收?试倩悲风吹泪③,过扬州。

【注释】

① 金陵:地名,今江苏省南京市。
② 簪缨:簪和缨,古代达官贵人的冠饰,用来把冠固着在头上。这里指代官绅。
③ 倩:请;央求。

【本事】

邓子勉校注《樵歌》谓此词作于建炎元年(1127)春,时在金陵。

【汇评】

希真词最清淡，惟此章笔力雄大，气韵苍凉，悲歌慷慨，情见乎词。（〔清〕陈廷焯《云韶集》）

笔力雄大，气韵苍凉，短调中具有万千气象。（〔清〕陈廷焯《词则》）

【赏析】

朱敦儒这首词写于南宋初年。靖康之难，词人南逃至金陵，此时中原已沦陷，金兵还不断南下。

此词乃登高之作。从上片中我们可以看到词人在一个秋天的傍晚，登上了金陵城西边的城楼。登高望远，秋色尽收眼底。"垂地"写出了夕阳落下时的动态之感，又有一种暮色将要淹没一切的沉重感。夕阳之下，大江奔流，一泻千里。"大江流日夜，客心悲未央"，这是南朝谢朓的诗句，作为背景，它暗示了词人的悲情。"星垂平野阔，月涌大江流"，这是杜甫的诗句，作为背景，它增强了词作开阔的意境感。苍茫的暮色，奔腾的江流，辽阔的大地，在开阔的气势中，悲秋之意尽显。联系当时南宋政权的危难，词人内心的伤感沉积在其中。

下片直接抒怀。"中原乱"三句，短促有力，描写了靖康之乱、衣冠南渡的混乱时局。"乱""散"之中包含着许多无法尽说的沉痛之事。以"几时收"作问，更是词人发自内心的呼喊，何时才能收复失地，重整江山。这里既有对早日收复家园的渴望，更有对当时统治者苟安一方，不思收复中原的愤慨。结句"试倩悲风吹泪，过扬州"将这种沉痛和愤慨进一步提升。秋风因词人内心的悲愤而成了悲风，被赋予了浓重的主观色彩，词人一腔忧国的热泪让这秋风吹落到扬州。在悲风吹泪、送泪的奇思中，感情更见沉痛。扬州是当时的抗金前线，悲风吹泪送至扬州，也有明显的关切国事之意。

本词全首只有三十六字，由登高望远，写景、抒怀，气魄之大，寄慨之深，充分体现了作者的亡国之恨和爱国之情，非常感人。

（成　林）

李 纲

李纲(1083—1140),字伯纪,福建邵武人。宋徽宗政和二年(1112)进士,历任朝官。宣和七年,金兵南侵,徽宗传位于钦宗,李纲任兵部侍郎、尚书右丞。抗金亲身督战,但被谗罢职。南宋建立,高宗召李纲为相,又被谗罢免。绍兴二年(1132)被起用为湖南宣抚使兼知潭州,不久被罢免。绍兴十年死于福州。有《梁溪词》五十多首,七首咏史词最著名。

【集评】

今有长短句数十首,……谛观熟味,其豪宕沉雄,风流酝藉,所谓进则秉钧仗钺,旋转乾坤,不足为之泰;退则短褐幅巾,徜徉邱壑,不足为之高者,是又世人所未之见。(四印斋本《梁谿词》附宋刘克逊跋)

李忠定身丁南北宋之间,忤触权奸,屡起屡踬,居相位仅七十日,不克展其素志。今观所为词大都委心安遇,陶情适性之作,略无抑塞磊落牢骚不平之气,足征学养醇至,襟抱坦夷。(〔清〕况周颐《历代词人考略》卷二十一)

苏 武 令

塞上风高,渔阳秋早①。惆怅翠华音杳②。驿使空驰,征鸿归尽,不寄双龙消耗③。念白衣④、金殿除恩⑤,归黄阁⑥、未成图报。谁信我、致主丹衷⑦,伤时多故,未作救民方召⑧。调鼎为霖⑨,登坛作将,燕然即须平扫⑩。拥精兵十万,横行沙漠,奉迎天表⑪。

【注释】

① 渔阳:地名,唐时的蓟州,这里泛指北方。
② 翠华:原是帝王仪仗中以翠鸟羽为饰的旗帜,这里代指皇帝。

③ 双龙消耗：双龙，指被金人掳至北方的徽、钦二帝。消耗：消息。
④ 白衣：古代平民着白布衣，因此称无功名的人为白衣。
⑤ 金殿除恩：这里指被授予进士，李纲是徽宗政和二年（1112）进士。
⑥ 黄阁：汉代丞相听事阁及汉以后三公署厅门涂黄色，故称黄阁。这里指宰相之职。李纲在高宗朝当过宰相。
⑦ 丹衷：丹心，忠心。
⑧ 方召：方，方叔，周宣王时大臣。曾率兵进攻楚国得胜，又曾抗击狎狁。召：召虎，即召穆公。周宣王时，淮夷不服，宣王命召虎领兵出征江汉。
⑨ 调鼎为霖：《书·说命下》："若作和羹，尔惟盐梅。"盐、梅均为调味品。武丁立傅说为相，欲以其治国，如调鼎中之味。后以调鼎喻宰相职责。武丁又说："若岁大旱，用汝（傅说）作霖雨。"
⑩ 燕然：古山名，即今蒙古国杭爱山。这里泛指金兵所在之地。
⑪ 天表：天子帝王的仪容，此处代指皇帝。

【汇评】

绍兴初，盛传《苏武令》词：（略）。云李丞相纲作，未知是否。（〔宋〕赵彦卫《云麓漫抄》卷十四）

【赏析】

本词作者李纲，北宋钦宗时任兵部侍郎、尚书右丞。靖康之难时，曾任京城四壁守御使，团结军民，击退金兵。南渡后，高宗即位，一度起用李纲为相。李纲力图革新内政，积极抗金，不久被投降派排挤，遭罢免。本词大概是他罢相之后的作品，表达了他抗敌救国的信念。

上片写词人对被掳至北方的徽、钦二帝的忧念和自己报国未成的忧愤。开头两句泛写北方秋来，引起对被掳至北方的二帝的怀念。"翠华音杳"写二帝被虏去北方后，就一直杳无音讯，这给作者带来了无比的"惆怅"。虽有"驿使"、"征鸿"，但始终"不寄双龙消耗"，所以没有二帝的任何消息。二帝蒙尘，北宋覆灭的情景，历历在目，作为一个忠君爱国的臣子，李纲对这一历史事件难以忘怀，深感耻辱。而他能够做的就是抗金复国，以报君恩。但"念白衣、金殿除恩，归黄阁、未成图报"，虽然曾经被用为宰相,但最终仍是"未成图报",未能实现自己的理想,反而遭排挤罢免。这里流露出李纲对自己曾受任用,但却不能报国的无奈和悲愤。

下片在悲愤中抒发自己抗金救国,报效君主的愿望和决心。作者感叹:有谁相信我的一腔报国报主的忠诚之心呢?"伤时多故"暗指朝廷政治情况复杂多变,高宗宠信投降派斥退抗金志士。因此,作者"未作救民方召",未能像古代的方叔和召虎那样,佐君平乱。这几句作者在"谁信"的感慨中和"未作"的自责里,委婉地表达了对朝廷时政的不满,流露了怨愤之情。"调鼎为霖,登坛作将,燕然即须平扫"三句,借用典故,表示如果朝廷还让自己登坛作将,率军征战,定能打败金兵,收复中原。最后三句,想象自己征战大胜的情形:带精兵十万,横扫沙漠,奉迎二帝归来。李纲不仅是一位爱国忠君的战将,也是一位高歌慷慨的诗人,遭受挫折,依然雄心不减,吟唱着自己的热忱报国之情,读来壮志昂扬,令人振奋。

全词始终围绕着忠君报国、抗金雪耻,在低徊悲愤中唱出了抗敌爱国的高昂之音,感人至深。 (成　林)

张　元　干

张元干(1091—1161),字仲宗,号芦川居士,又号真隐山人。福州永福县(今福建永泰县)人,北宋末为太学生,做过小官吏。金兵南侵,张元干为李纲幕府僚属,支持李纲抗金。李纲罢,张亦获罪。秦桧当朝,张以匠作监丞致仕,闲居二十年,因作词送李纲、胡铨,遭秦桧迫害,于绍兴二十一年(1151)下狱被削籍。有《芦川词》,词一百八十余首。南渡后,词风转为高昂悲壮。

【集评】

人称其长于悲愤,及读《花庵》、《草堂》所选,又极妩秀之致,真堪与《片玉》、《白石》并垂不朽。(〔明〕毛晋《芦川词跋》)

其词慷慨悲凉,数百年后尚想其抑塞磊落之气。然其他作则多清丽婉转,与秦观、周邦彦可以肩随。(〔清〕纪昀《四库全书总目提要》)

贺　新　郎

送胡邦衡待制赴新州①

梦绕神州路②。怅秋风、连营画角,故宫离黍③。底事昆仑倾砥柱④,九地黄流乱注⑤?聚万落千村狐兔⑥。天意从来高难问,况人情老易悲难诉⑦。更南浦,送君去⑧。　　凉生岸柳催残暑。耿斜河、疏星淡月⑨,断云微度。万里江山知何处?回首对床夜语⑩。雁不到,书成谁与⑪?目尽青天怀今古,肯儿曹恩怨相尔汝⑫?举大白,听《金缕》⑬。

【注释】

① 胡邦衡:胡铨,字邦衡,宋高宗朝进士,曾任枢密院编修官,是南宋初期坚持抗金的著名爱国人士。待制:朝廷顾问官。胡铨于多年后才任此职,这里的"待制"二字恐为后人所加。新州:今广东新兴。词题又作《送胡邦衡谪新州》。

② 神州:此处指中原沦陷地区。

③ 故宫:指北宋故都汴京的宫殿。离黍:语出《诗经·王风·黍离》"彼黍离离",诗句描写周平王东迁后,西周故都荒凉,宫殿旧址长满庄稼,表现亡国的感慨。

④ 底事:何事。昆仑:昆仑山。砥柱:砥柱山,在黄河中。倾砥柱,比喻北宋政权的崩溃。

⑤ 九地:九州之地,即指遍地。黄流乱注:以黄河泛滥成灾比喻金人的入侵。

⑥ 狐兔:指由于金兵入侵,中原百姓流离失所,村落狐兔出没。

⑦ "天意"两句:化用杜甫《暮春江陵送马大卿公恩命追赴阙下》"天意高难问,人情老易悲"意。

⑧ 南浦:泛指送别之地。江淹《别赋》:"送君南浦,伤如之何!"

⑨ 耿:明亮。斜河:银河斜转,表示已经夜深。

⑩ 对床夜语:白居易《雨中招张司业宿》:"能来同宿否,听雨对床眠。"
⑪ "雁不到"两句:指书信难通。传说雁能传书,但北雁南飞止于衡阳,胡铨所去之地新州却远在衡阳之南,雁飞不到。
⑫ 肯:岂肯。儿曹:小儿女辈。尔汝:指以你我相称。古时以"尔汝交"表示亲密。韩愈《听颖师弹琴》:"昵昵儿女语,恩怨相尔汝。"
⑬ 大白:酒盏名。金缕:即指《贺新郎》词。《贺新郎》也称《金缕曲》、《金缕词》、《金缕歌》、《金缕衣》。

【本事】

绍兴戊午,秦会(桧)之再入相,遣王正道(伦)为计议使,以修和盟。十一月,枢密院编修官胡铨邦衡上书,请斩王伦、秦桧、孙近三人之头。疏入,责为昭州盐仓,而改送吏部,与合入差遣,注福州签判,盖上初无深怒之意也。至壬戌岁,慈宁归养,秦讽台臣论其前言弗效,诏除名勒停,送新州编管。张仲宗元干寓居三山,以长短句送其行。……又数年,秦始闻仲宗之词。仲宗挂冠已久,以他事追赴大理削籍焉。(〔宋〕王明清《挥麈录》后录卷十)

【汇评】

送客贬新州而以《贺新郎》为题,意其若曰失位不足吊,得名为可贺也。(〔宋〕周必大《跋张元干送胡邦衡词》)

绍兴议和,今端明公铨上书请剑,欲斩建议者。得罪权臣,窜谪岭海,平生亲党,避嫌畏祸,唯恐去之不速。公作长短句送之,微而显,哀而不伤,深得《三百篇》讽刺之义。(〔宋〕蔡戡《芦川居士词序》)

慷慨激烈,发欲上指,词境虽不高,然足以使懦夫有立志。(〔清〕陈廷焯《白雨斋词话》卷六)

"天意"二句,情见于词,即悠悠苍天之意。(〔清〕陈廷焯《词则·放歌集》卷一)

【赏析】

这是一首送别之作,写于绍兴十二年(1142)七月。四年前身为枢密院编修官的胡铨曾上书反对议和,并请斩秦桧等三人,结果被贬为福州签判。如今胡铨又遭迫害,被押解到新州交地方官看管。张元干作此词为他送行。据传胡铨被谪,人莫敢近,张元干却意态豪迈,主持正义,不畏权势,作词送行,后因此词受到削除任官名籍的处罚。词的上片写时事,下片叙离情。上片发端,词人便怀想自己魂牵梦绕的神州大地啊,令人怅惘的是这片土地早已不再是往昔模样,烽火连天,敌营遍布,秋风中传来的是号角的凄厉声响,而旧京宫殿如今已是衰草丛生,萧瑟荒凉。如此深哀剧痛让词人不禁仰天长叹,叩问苍穹:为什么巍巍昆仑竟倒下了擎天砥柱,使黄水肆意泛滥,涂炭生灵?千村万落荒无人迹,只有狐兔那班畜类横行霸道。词人以黄流、狐兔比喻金人,形象地表现了金人入侵给神州大地造成的沉重灾难,字里行间充满了对侵略者的痛恨和对投降派的憎恶。宋朝的臣民、中原的百姓为何要遭此劫难?可是皇帝高远,天意难以知晓;人生如白驹过隙,容易衰老,一腔悲愤又很难找到知己倾诉,更何况在南浦送别友人,这岂不又少了一个可以诉说悲愤的知己?上片以怀念故国起,继而描写中原沦陷的惨状,抒发了对时事的悲愤,结尾处点出送别,由此过渡至下片。下片先描写了离别时的情景,岸柳送来秋凉,消除了残留的暑意。好友叙谈,不知不觉已到夜深,在疏星淡月的夜空里,有几片浮云慢慢飘过。浮云让词人联想到即将离去的友人,此一去相隔万里,再难相聚。当年对床夜语的亲密,只能成为美好的回忆;今后互通音书的希望,也因关河阻隔而成奢望。极目青天,感怀今古,词人低沉的心绪于此获得解脱,他劝慰友人:自然无限,历史悠悠,多少志士仁人临大节而不辱、赴刀锯而不辞,我们岂能为个人恩怨荣辱而悲伤?歌一曲送别的《金缕词》,让我们就这样豪迈地分手!这首词通篇慷慨悲凉,确是芦川词的压卷之作。

(田卫平)

岳 飞

岳飞(1103—1141),字鹏举,相州汤阴(今属河南)人。徽宗宣和四年(1122)投宗泽麾下,与金人作战屡次告捷。宋室南渡,岳飞多建殊勋,历任武安军承宣使、荆南鄂岳州制置使、检校少保。后进封公,拜太尉,授少保,终枢密副使。高宗绍兴十一年岁末(1142年1月27日),被秦桧诬陷害死狱中。孝宗时追谥武穆,宁宗时追封鄂王,宁宗时改谥忠武,存词三首。

【集评】

魏塘曹学士云:"词之为体如美人,而诗则壮士也。如春华,而诗则秋实也。如夭桃繁杏,而诗则劲松贞柏也。"罕譬最为明快。然词中亦有壮士,苏、辛也。亦有秋实,黄、陆也。亦有劲松贞柏,岳鹏举、文文山也。选词者兼收并采,斯为大观。若专尚柔媚,岂劲松贞柏,反不如夭桃繁杏乎?(〔清〕田同之《西圃词说·曹学士论词》)

岳侯,忠孝人也。其《小重山词》,梦想旧山,悲凉悱恻之至。(〔清〕冯金伯《词苑萃编》卷五)

岳少保、韩蕲王、文信国俱能为词,而少保为稍胜。然此皆词以人传,并非有独到处也。浅见者遽叹为工绝,殊不必。(〔清〕陈廷焯《白雨斋词话》卷六)

范文正、岳武穆,名臣也,真西山、朱晦庵,大儒也,而皆工于词。至韩忠武致仕后,往来湖上,制《临江仙》《南乡子》二阕,艺林传诵。罗涧谷讲程、朱之学,为饶双峰高弟,而词格婉丽,不落凡近。盖风会所趋,非必浸淫于此,乃能之也。(〔清〕张德瀛《词徵》卷五)

满 江 红

怒发冲冠①,凭栏处、潇潇雨歇②。抬望眼、仰天长啸③,壮怀激烈。三十功名尘与土④,八千里路云和月。莫等闲、白了少年头⑤,空悲切⑥！　靖康耻⑦,犹未雪⑧！臣子恨,何时灭？驾长车踏破⑨、贺兰山缺⑩。壮志饥餐胡虏肉,笑谈渴饮匈奴血⑪。待从头、收拾旧山河⑫,朝天阙⑬。

【注释】

① 怒发冲冠:愤怒得头发直竖,顶起了帽子。形容极端愤怒。《史记·廉颇蔺相如列传》:"相如因持璧,却立,倚柱,怒发上冲冠。"

② 处:兼指空间和时间,意即"……的地方"、"……的时候"。潇潇:骤急的雨声。歇:停止。

③ 仰天长啸(xiào):昂头对着天空长时间激越地"啸"。

④ 三十:《论语·为政》:"吾十有五而志于学,三十而立。"意即三十岁有所成就。

⑤ 等闲:随便地,轻易地。

⑥ 空:徒然,白白地。

⑦ 靖康耻:宋钦宗靖康二年(1127)三月,金军攻陷汴京,掳徽、钦二帝和宗室、后妃、教坊乐工、技艺工匠等数千人,携文籍舆图、宝器法物等北返,北宋灭亡。史称靖康之变或靖康之耻。

⑧ 雪:洗刷掉。

⑨ 长车:兵车,战车。

⑩ 贺兰山:在今宁夏西北部,与蒙古接界。从盛唐开始,就已经成为敌人根据地的代名词。或云河北境内有一小贺兰山,岳飞曾于此抗击金兵。

⑪ "壮志"两句:《汉书·王莽传》:"缘边大饥,人相食。谏大夫如普行边兵,还言:'军士久屯塞苦,边郡无以相赡。今单于新和,宜因是罢兵。'校尉韩威进曰:'以新室之威而吞胡虏,无异口中蚤虱。臣愿得勇敢之士五千人,不赍斗粮,饥食虏肉,渴饮其血,可以横行。'莽壮其言,以威为将军。"匈奴:此指金兵。

⑫ 从头:重新,此指全部。收拾:此指收复。旧山河:原来的疆土。这里指被金人侵占的国土。

⑬ 朝:朝见。天阙:皇宫前的楼观,此代指皇帝。

【汇评】

将军游文章之府,洵乎非常之才。韩蕲王晚年亦作小词,然不如岳。又:字字剑拔弩张。(〔明〕卓人月《古今词统》卷十二)

胆量、意见、文章悉无今古。又:有此愿力,是大圣贤、大菩萨。(〔明〕沈际飞《草堂诗余正集》)

胆量意见,俱超今古。(〔明〕潘游龙《古今诗余醉》卷十五)

词有与古诗同义者,"潇潇雨歇",《易水》之歌也。(〔清〕刘体仁《七颂堂词绎》)

何等气概,何等志向。千载下读之,凛凛有生气焉。"莫等闲"二语,当为千古箴铭。(〔清〕陈廷焯《白雨斋词话》)

两宋词人唯文忠苏公是清雄二字。清,可及也,雄,不可及也。鄂王《满江红》词,其为雄并非文忠所及。二公之词皆自性真流出,文忠只是诚于中,形于外;忠武是先行其言,而后从之。盖千古一人而已。(〔清〕况周颐《历代词人考略》卷二十四)

【赏析】

这首词"直抒胸臆,忠义奋发,读之足以起顽振懦"(唐圭璋《唐宋词简释》)。"怒发"两句用倒装句法。"潇潇雨歇"后,登高远望,只见山河破碎,心中原有的愤怒不禁喷薄而出。"怒发冲冠"置于词首,奠定此词情感、情绪的基调,又自然生发出"仰天长啸"的情感、情绪状态。"三十"句伤恢复中原之无望,功名之未立,如今只剩征衣上的尘土。"八千"句惜转战八千里复得的中原今又复失,如"云和月"一样,渺不可及。"莫等闲"两句,是自勉,也是勉人,警策动人。"靖康"四句径直点出"怒发冲冠、仰天长啸,壮怀激烈"的缘由。如何"雪耻",自然引出"驾长车"两句,"壮志"两句化用韩威的话,表达自己对敌人的愤怒与蔑视,浑化无迹。"待从头"两句,是决心,是希望。忠义之豪气,直贯长虹。

此词声情处理上尤有特色。在语序方面,多处颠之倒之,与激动的情绪状态吻合;"三十功名/尘与土,八千里路/云和月"的一顿一挫,与作者的痛苦失望心理融通。

(沈广达)

备选课文

水 调 歌 头

叶梦得

秋色渐将晚,霜信报黄花。小窗低户深映,微路绕敧斜。为问山公何事?坐看流年轻度,拚却鬓双华。徙倚望沧海,天净水明霞。

念平昔,空飘荡,遍天涯。归来三径重扫,松竹本吾家。却恨悲风时起,冉冉云间新雁,边马怨胡笳。谁似东山老,谈笑净胡沙?

水 龙 吟

朱敦儒

放船千里凌波去,略为吴山留顾。云屯水府,涛随神女,九江东注。北客翩然,壮心偏感,年华将暮。念伊嵩旧隐,巢由故友,南柯梦,遽如许! 回首妖氛未扫,问人间英雄何处?奇谋报国,可怜无用,尘昏白羽。铁锁横江,锦帆冲浪,孙郎良苦。但愁敲桂棹,悲吟梁父,泪流如雨。

满 江 红

赵 鼎

丁未九月南渡,泊舟仪真江口作

惨结秋阴,西风送、霏霏雨湿。凄望眼、征鸿几字,暮投沙碛。试问乡关何处是?水云浩荡迷南北。但一抹、寒青有无中,遥山色。

天涯路,江上客。肠欲断,头应白。空搔首兴叹,暮年离隔。须信道消忧除是酒,奈酒行有尽情无极。便挽取、长江入尊罍,浇胸臆。

阮 郎 归

向子諲

绍兴乙卯大雪行鄱阳道中

江南江北雪漫漫。遥知易水寒。同云深处望三关。断肠山又山。
　　天可老，海能翻。消除此恨难。频闻遣使问平安。几时鸾辂还？

贺 新 郎

张元干

寄李伯纪丞相

曳杖危楼去。斗垂天、沧波万顷，月流烟渚。扫尽浮云风不定，未放扁舟夜渡。宿雁落寒芦深处。怅望关河空吊影，正人间鼻息鸣鼍鼓。谁伴我，醉中舞？　　十年一梦扬州路。倚高寒，愁生故国，气吞骄虏。要斩楼兰三尺剑，遗恨琵琶旧语。谩暗涩铜华尘土。唤取谪仙平章看，过苕溪尚许垂纶否？风浩荡，欲飞举。

小 重 山

岳飞

昨夜寒蛩不住鸣。惊回千里梦，已三更。起来独自绕阶行。人悄悄，帘外月胧明。　　白首为功名。旧山松竹老，阻归程。欲将心事付瑶琴。知音少，弦断有谁听。

满 江 红

岳飞

登黄鹤楼有感

遥望中原，荒烟外、许多城郭。想当年、花遮柳护，凤楼龙阁。万岁山前珠翠绕，蓬壶殿里笙歌作。到而今、铁骑满郊畿，风尘恶。
　　兵安在，膏锋锷。民安在，填沟壑。叹江山如故，千村寥落。何日请缨提锐旅,一鞭直渡清河洛。却归来、再续汉阳游,骑黄鹤。

泛读课文

八声甘州

叶梦得

寿阳楼八公山作

故都迷岸草,望长淮依然绕孤城。想乌衣年少,芝兰秀发,戈戟云横。坐看骄兵南渡,沸浪骇奔鲸。转眄东流水,一顾功成。　千载八公山下,尚断崖草木,遥拥峥嵘。漫云涛吞吐,无处问豪英。信劳生空成今古,笑我来何事怆遗情?东山老,可堪岁晚,独听桓筝!

鹧 鸪 天

朱敦儒

我是清都山水郎,天教分付与疏狂。曾批给雨支风券,累上留云借月章。　诗万首,酒千觞,几曾着眼看侯王。玉楼金阙慵归去,且插梅花醉洛阳。

采 桑 子

朱敦儒

扁舟去作江南客,旅雁孤云。万里烟尘。回首中原泪满巾。　碧山对晚汀洲冷,枫叶芦根。日落波平。愁损辞乡去国人。

好 事 近

朱敦儒

摇首出红尘,醒醉更无时节。活计绿蓑青笠,惯披霜冲雪。　晚来风定钓丝闲,上下是新月。千里水天一色,看孤鸿明灭。

燕山亭·北行见杏花
赵　佶

裁减冰绡,轻叠数重,淡著胭脂匀注。新样靓妆,艳溢香融,羞杀蕊珠宫女。易得凋零,更多少无情风雨。愁苦。问院落凄凉,几番春暮。　　凭寄离恨重重,这双燕,何曾会人言语。天遥地远,万水千山,知他故宫何处。怎不思量,除梦里有时曾去。无据。和梦也新来不做。

酹江月
胡世将

神州沉陆,问谁是、一范一韩人物。北望长安应不见,抛却关西半壁。塞马晨嘶,胡笳夕引,赢得头如雪。三秦往事,只数汉家三杰。　　试看百二山河,奈君门万里,六师不发。阃外何人,回首处、铁骑千群都灭。拜将台欹,怀贤阁杳,空指冲冠发。阑干拍遍,独对中天明月。

秦楼月
向子䛑

芳菲歇。故园目断伤心切。伤心切。无边烟水,无穷山色。可堪更近乾龙节。眼中泪尽空啼血。空啼血。子规声外,晓风残月。

临江仙
陈与义

高咏楚词酬午日,天涯节序匆匆。榴花不似舞裙红。无人知此意,歌罢满帘风。　　万事一身伤老矣!戎葵凝笑墙东。酒杯深浅去年同。试浇桥下水,今夕到湘中。

水调歌头·呈汉阳使君

王以宁

大别我知友,突兀起西州。十年重见,依旧秀色照清眸。常记鲒埼狂客,邀我登楼雪霁,杖策拥羊裘。山吐月千仞,残夜水明楼。

黄粱梦,未觉枕,几经秋。与君邂逅,相逐飞步碧山头。举酒一觞今古,叹息英雄骨冷,清泪不能收。鹦鹉更谁赋,遗恨满芳洲。

水调歌头

无名氏

建炎庚戌题吴江

平生太湖上,短棹几经过。如今重到何事,愁与水云多?拟把匣中长剑,换取扁舟一叶,归去老渔蓑。银艾非吾事,丘壑已磋砣。

鲙新鲈、斟美酒,起悲歌。太平生长,岂谓今日识干戈!欲泻三江雪浪,净洗胡尘千里,不用挽天河。回首望霄汉,双泪堕清波。

可参考书目

《樵歌》,龙元亮点校,北京古籍刊行社1958年

《樵歌注》,沙灵娜注,贵州人民出版社1985年

《樵歌》,邓子勉校注,上海古籍出版社1998年

《陈与义集校笺》,白敦仁校笺,上海古籍出版社1990年

《芦川归来集》,上海师范大学古籍整理组,上海古籍出版社1978年

《芦川词》,曹济平校注,上海古籍出版社1991年

十七、李清照词

李清照

李清照(1084—1155后),自号易安居士,山东章丘县明水镇人(旧说为山东济南人)。父亲李格非是当时著名学者,"苏门后四学士"之一。十八岁时嫁赵明诚,赵是宰相赵挺之幼子,后成为著名金石学家,曾任州郡长官。婚后夫妇唱和,共同从事书画金石的收藏研究。南渡不久,赵明诚病死,她亲历变乱,颠沛流离,在寂寞中度过晚年。其词今存者仅五十二首(不含存疑之作),今传其词作仅3052字,是我国历史上创作字数最少的大作家。她工于造语,创意出奇而长于白描,塑造出鲜明的艺术形象。

【集评】

易安居士……若本朝妇人,当推词采第一。作长短句能曲尽人意,轻巧尖新,姿态百出,闾巷荒淫之语,肆意落笔,自古缙绅之家,能文妇女,未见如此无顾藉也。(〔宋〕王灼《碧鸡漫志》卷二)

李易安、魏夫人,使在衣冠之列,当与秦七、黄九争雄,不徒擅名闺阁也。(〔宋〕黄昇《花庵词选》)

张南湖(綖)论词派有二,一曰婉约,一曰豪放,仆谓婉约以易安为宗,豪放惟幼安称首,皆吾济南人,难乎为继矣。(〔清〕王士禛《花草蒙拾》)

男中李后主,女中李易安,极是当行本色。(〔清〕沈谦《填词杂说》)

易安在宋诸媛中,自卓然一家,不在秦七、黄九之下,词无一首不工,其炼处可夺梦窗之席,其丽处直参片玉之班,盖不徒俯视巾帼,直欲压倒须眉。(〔清〕李调元《雨村词话》)

如 梦 令

昨夜雨疏风骤①,浓睡不消残酒。试问卷帘人②,却道海棠依旧。知否,知否?应是绿肥红瘦!③

【注释】

① 雨疏风骤:雨猛风狂。疏:疏狂。
② 卷帘人:正在卷帘的侍女。
③ 绿肥红瘦:绿叶繁茂,花儿凋零。

【汇评】

李易安工造语,故《如梦令》"绿肥红瘦"之句,天下称之。(〔宋〕陈郁《藏一话腴》甲集卷一)

此词较周词更婉媚。(〔明〕杨慎《批点本草堂诗余》卷一)

韩偓诗云:"昨夜三更雨,今朝(当作:临明)一阵寒。海棠花在否?侧卧卷帘看。"此词盖用其语点缀,结句尤为委曲精工,含蓄无穷之意焉,可谓女流之藻思者矣。(〔明〕张綖《草堂诗余别录》)

李易安又有《如梦令》云(略),当时文士莫不击节称赏,未有能道之者。(〔明〕蒋一葵《尧山堂外纪》卷五十四)

《花间集》云:此词安顿二叠语最难。"知否,知否",口气宛然。若他"人静、人静"(曹组词)"无寐、无寐",便不浑成。(〔明〕卓人月《古今词统》卷四)※此处《花间集》非后蜀赵崇祚编者,另为一书。

按一问极有情,答以依旧,跌出"知否"二句来,而"绿肥红瘦"无限凄婉,却又妙在含蓄。短幅中藏无数曲折,自是圣于词者。(〔清〕黄苏《蓼园词选》)

只数语中层次曲折有味。世徒称其"绿肥红瘦"一语,犹是皮相。(〔清〕陈廷焯《云韶集》卷十)

【赏析】

本词截取生活中一个平常的断面,却写得有情有味。词写暮春时节,风雨过后,闺中的女词人和侍女对海棠花变化的不同感受,婉转曲折地表现了作者细腻而蕴藉的伤春情结。全词造语工巧而又平淡天然,堪称绝唱。 (王步高)

凤凰台上忆吹箫

香冷金猊①,被翻红浪②,起来慵自梳头。任宝奁尘满③,日上帘钩。生怕离怀别苦,多少事,欲说还休。新来瘦,非干病酒④,不是悲秋。　　休休!这回去也,千万遍《阳关》,也则难留。念武陵人远⑤,烟锁秦楼⑥。惟有楼前流水,应念我终日凝眸。凝眸处,从今又添,一段新愁。

【注释】

① 金猊(ní):狻猊形的铜香炉。狻猊,传说的一种猛兽。
② 红浪:红锦被乱翻在床上。
③ 宝奁(lián):华贵的镜匣。尘满,一作闲掩。
④ 病酒:酒醉如病。
⑤ 武陵:武陵源,即桃花源,武陵人指远在异乡的爱人。
⑥ 秦楼:原指秦穆公女弄玉与其夫萧史共同居住的楼,又称凤台。此指自己所住妆楼。

【汇评】

出自然,无一字不佳。(〔明〕茅暎《词的》)

懒说出,妙。瘦为甚的,尤妙。"千万遍",痛甚。转转折折,忤合万状。清风朗月,陡化为楚雨巫云;阿阁洞房,亦变为离亭别墅。至文也。(〔明〕沈际飞《草堂诗余正集》)

雨洗梨花,泪痕有在;风吹柳絮,愁思成团。易安此词颇似之。(〔明〕竹溪主人《风韵情词》)

此种笔墨,不减耆卿、叔原,而清隽疏朗过之。"新来瘦"三语,婉转曲折,煞是妙绝。笔致绝佳,余韵尤胜。(〔清〕陈廷焯《云韶集》卷十)

【赏析】

此词作于赵明诚为莱州守,李清照未与同行之际。自徽宗大观元年(1107)他们屏居乡里十余年,赵明诚何时重新为官,史无明载,清照自叙于宣和三年(1121)八月十日始至莱州,本篇当作于此之前。开头五句写刚起身时心绪不宁,被子懒得叠,头懒得梳,听凭太阳照射至帘钩。此意境颇似温庭筠《菩萨蛮》(小山重叠金明灭)词之上片。易安不是喜欢打哑谜的人,"生怕离怀别苦"一句,明点出其起身后懒懒散散的原因,正在于"离怀别苦"四字。"新来瘦"三句,写"瘦"既与"病酒"无关,亦非"悲秋"所致,究竟缘何,作者未明说,有人认为这是含蓄,其实不然,前文已言"离怀别苦",此处的谜底也正是这四字,这不能说是含蓄而是曲折,前面明说,此处暗说,明暗交替,"宛转曲折",词就不直露,有了层次。下片开头用"休休"二字,写出词人绝决无奈的心境,相当于"罢了!罢了!"丈夫是非去不可,唱上千万遍《阳关三叠》也挽留不住。"武陵人"指自己的丈夫,丈夫远去,徒有烟雾笼罩住自己的妆楼。显然作者这里以弄玉自比了。人走难留,只有楼前之水,可以见证我"终日凝眸"之情,而随着丈夫离家日久,自己的离愁也与日俱增,故云:"从今又添,一段新愁。"

此词平平而起,似乎只写其慵懒无聊心情,而愈转愈曲,愈转愈深,色彩愈转愈浓。诚如蔡厚示所云:"一触到'愁'字,女词人便欲说还休,欲休还说;而说又不肯直说,不直说却又比直说更使人感到深沉。""既有濒于绝望的哀鸣,又有近乎天真的痴想。"文中多用口语,如"起来"、"生怕"、"新来"、"这回"等等,这便是所谓"以寻常语度入音律",是易安词的一大显著特色。 (王步高)

永 遇 乐

落日熔金,暮云合璧①,人在何处?染柳烟浓,吹梅笛怨②,春意知几许?元宵佳节,融和天气,次第岂无风雨③?来相召,香车宝马,谢他酒朋诗侣④。　中州盛日⑤,闺门多暇,记得偏重三五。铺翠冠儿⑥,捻金雪柳⑦,簇带争济楚⑧。如今憔悴,风鬟霜鬓,怕见夜间出去。不如向,帘儿底下,听人笑语。

【注释】

① 形容落日光焰如同熔化了的金子一样火红炽热。杜牧《金陵》:"落日水浮金。"廖世美《好事近》词:"落日水熔金。"璧:圆而中有孔的玉环。江淹《拟休上人怨别》:"日暮碧云合,佳人殊未来。"

② 吹奏出《梅花落》哀怨的曲调。《梅花落》,汉乐府《横吹曲》之一。李白《与史郎中钦听黄鹤楼上吹笛》:"黄鹤楼中吹玉笛,江城五月落梅花。"

③ 次第:接下来。

④ 韦庄《长安道》:"宝马横来下建章,香车却转避驰道。"柳永《归去来》:"持杯谢,酒朋诗侣。"

⑤ 中州:今河南省,指北宋汴京(今河南开封)。

⑥ 铺翠:以翡翠羽毛为妆饰。

⑦ 捻金:一作"撚金",以金线撚丝。雪柳:绢或纸花。孟元老《东京梦华录》卷五:正月十六日,"市人卖玉梅、夜蛾、蜂儿、雪柳、菩提叶……。"

⑧ 簇带:宋时方言,插戴满头。济楚:齐整。

【汇评】

易安居士李氏,赵明诚之妻。《金石录》亦笔削其间。南渡以来,常怀京洛旧事。晚年赋元宵《永遇乐》词云:"落日熔金,暮云合璧",已自工致。至于"染柳烟轻,吹梅笛怨,春意知几许。"气象更好。后叠云:"于今憔悴,风鬟霜鬓,怕见夜间出去。"皆以寻常语度入音律。炼句精巧则易,平淡入调者难。(〔宋〕张端义《贵耳集》卷上)

余自乙亥上元诵李易安《永遇乐》,为之涕下,今三年矣。每

闻此词,辄不自堪,遂依其声,又托之易安自喻,虽辞情不及,而悲苦过之。(〔宋〕刘辰翁《须溪词·永遇乐》自序)

【赏析】

据黄墨谷考订,此词系李清照晚年作于临安。北宋的元宵节是万民同乐的盛大节日,词人选择元宵节为题写南渡之悲,颇有深意。起句写元宵节的天气,夕阳无限好,壮丽中含衰飒之气。"人在何处"之问,令人转入悲凉之境,生去国怀土之感。"染柳"二句对仗,写出节令特点,正是柳绿而梅落的时候。以笛曲的《梅花落》象征梅落。"知几许"之问,含混中有着低沉感伤的情绪。第三韵数句揭出题面,并强调天气和暖(这也是对春意的典型感受),迅即一转,又回到忧伤的基调上来。终以谢绝朋友的邀请去郊游作结。何以谢绝,则缘于更深沉的忧虑。词下片开头二韵以内转笔法写昔日汴京元宵盛况。从而与第三韵和煞拍的"如今"情景形成鲜明对照。社会上一般的人并无忧患意识,一样寻欢作乐("听人笑语"),而破国亡家之人,只能帘底饮恨。沈曾植评此词"跌宕昭彰",吴调公先生亦云:"《永遇乐》正是以'昭彰'浅语,抒发'跌宕'多姿兼纡回深蕴的京华之忆、家国之愁。"(王步高)

声 声 慢

寻寻觅觅,冷冷清清,凄凄惨惨戚戚。乍暖还寒时候①,最难将息②。三杯两盏淡酒,怎敌他、晓来风急③?雁过也,正伤心,却是旧时相识。　　满地黄花堆积,憔悴损,如今有谁堪摘?守着窗儿,独自怎生得黑?梧桐更兼细雨,到黄昏、点点滴滴。这次第④,怎一个愁字了得!

【注释】

① 乍暖还寒,应指初春时节,刚刚有些暖意,仍比较寒冷。与下文写秋天不一致,恐传抄之误。此处应理解为或冷或热。一云"还"可作"旋"解,意为"转而"。

② 将息：养息，保养。

③ 淡酒：此处指"扶头酒"，似应指清晨所饮之酒。李清照《念奴娇》有"险韵诗成，扶头酒醒"之句。"晓来"，一作"晚来"，词中写了多种排遣时光的手段，后文又云"守着窗儿，独自怎生得黑"，词所反映的应指从早到晚的全天，而非黄昏一刻。

④ 次第：光景，情况。

【汇评】

诗有一句叠三字者，如吴融《秋树》诗云："一声南雁已先红，槭槭凄凄叶叶同"是也。有一句连三字者，如刘驾云："树树树梢啼晓莺"、"夜夜夜深闻子规"是也。又两句连三字者，如白乐天云："新诗三十轴，轴轴金石声"是也。有三联叠字者，如古诗云："青青河畔草，郁郁园中柳。盈盈楼上女，皎皎当窗牖。娥娥红粉妆，纤纤出素手"是也。有七联叠字者，昌黎《南山》诗云……近时李易安词……起头连叠十四字，以一妇人，乃能创意出奇如此。（〔宋〕罗大经《鹤林玉露》卷十二）

《声声慢》一词，最为婉妙……山谷所谓以故为新，以俗为雅者，易安先得之矣。（〔明〕杨慎《词品》卷二）

连用十四叠字，后又四叠字，情景婉绝，真是绝唱。后人效颦，便觉不妥。（〔明〕茅暎《词的》卷四）

易安此词首起十四叠字，超然笔墨蹊径之外。岂特闺帏，士林中不多见也。（〔明〕吴承恩《花草新编》卷四）

首句连下十四个叠字，真如大珠小珠落玉盘也。（〔清〕徐釚《词苑丛谈》卷三）

按梦符（乔梦符）又有《天净沙》词云："莺莺燕燕春春，花花柳柳真真，事事风风韵韵，娇娇嫩嫩，停停当当人人。"此等句亦从李易安"寻寻觅觅"得来。（同上，卷八）

从来此体皆收易安所作，盖其遒逸之气，如生龙活虎，非描塑可拟。其用字奇横而不妨音律，故卓绝千古。（〔清〕万树《词律》卷十）

后又下"点点滴滴"四字，与前照映有法，不是单单落句。玩

其笔力,本自矫拔,词家少有,庶几苏辛之亚。(〔清〕陆昶《历朝名媛诗词》卷十一)

这首词写从早到晚一天的实感。那种茕独栖惶的景况,非本人不能领略,所以一字一泪,都是咬着牙根咽下。(〔清〕梁令娴《艺蘅馆词选》引梁启超语)

【赏析】

黄墨谷考订此词作于建炎三年(1129)秋。此时,抗金复国恢复中原已为逃窜南渡偏安一隅所取代。这年春,其夫赵明诚罢建康守,同年8月18日卒。此时金兵逼近,朝廷已在分散六宫,而某些朝廷权贵却诬陷赵明诚有"玉壶颁金"之嫌,欲觊觎李清照手中的一些金石文物,李清照面临着一场政治案件。内外交困,是李清照处境最艰难的岁月。首句以两组重言,写如有所失的惝怳心态。易安所失多矣,当然,这些是明知找不回来的。"冷冷清清"以下五组重言,既写生活环境,也写当时的政治局面,词人忧心忡忡,惶惶不可终日,哀思深重。接着以赋笔叙写女词人寂寞难奈的种种情事。"乍暖还寒"写节令,"酒淡"力薄,而"风急"寒重,忧心更重。"雁过也"三句,实虚结合,以北来之雁,暗系乡心,把家国沦亡之感重又提起。下片缘情布景,以满地黄花的萧瑟,反扣"凄凄惨惨戚戚",惜花亦自怜。"守窗"句,写时光难排,韵险而奇。"梧桐"句,合时地而成境界,把感伤之情,推向高潮。这与温庭筠《更漏子》下阕意境相似而更凄婉。煞拍则是收束上述种种可忧可伤之事,点出"愁"字,且谓非一个"愁"字可以"了得",把诗意推进一层。李清照的悲剧是时代造成的,故虽写个人的遭遇和忧愁,却能"为一室之悲歌,下千年之血泪"。

(王步高)

武　陵　春

风住尘香花已尽①,日晚倦梳头。物是人非事事休,欲语泪先流。

闻说双溪春尚好②,也拟泛轻舟。只恐双溪舴艋舟③,载不动、许多愁。

【注释】

① 尘香:花落尘土使之染香。
② 双溪:浙江金华永康有二水合流,名双溪。作者约53岁时生活于此。
③ 舴(zé)艋舟:像蚱蜢似的小船。

【汇评】

（眉批）未语先泪,此怨莫能载矣。（评语）景物尚如旧,人情不似初。言之于邑,不觉泪下。（〔明〕李攀龙《草堂诗余隽》）

物是人非,睹物宁不伤感!（〔明〕董其昌《便读草堂诗余》）

居金华,有《武陵春》词曰（略）。流寓有故乡之思。其事非闺闱文笔自记者莫能知。（〔清〕俞正燮《癸巳类稿·易安居士事辑》）

此盖感愤时事之作。（〔清〕梁令娴《艺蘅馆词选》引梁启超语）

【赏析】

宋高宗绍兴五年(1135)作者避难浙江金华,时年已52岁,丈夫去世,家产散失,孤独无依,饱受国破家亡之苦。这首词就凝聚着作者当时凄苦的心情。全词扣住春光将逝而人难自持的思路腾挪运笔。如今香花都已落尽,只留下微微尘香,人却还整日慵倦陋室,连梳妆都无心思,可见是多么的百无聊赖。这一细节透露出作者遭受离乱而破碎的心已到了麻木的程度。然而何时"风住",微微"尘香",作者竟如此敏感,使人想见一颗热爱生活的心在苦苦挣扎。越是有生命感的心灵对摧残生命的战乱苦难感受就越强烈,面对"物是人非"的局面,千言万语难以道尽,只因太多的悲愁壅塞心头,无法排遣,无处叙说。妙在把壅聚胸中的无穷无尽的愁转化成可以船载斗量的重物,又进一步想象这些悲愁舴艋舟也难以承载。笔法上一波三折,欲吐还吞,写尽了悲愁凄苦。

（周金声）

备选课文

渔家傲

李清照

天接云涛连晓雾,星河欲转千帆舞。仿佛梦魂归帝所。闻天语,殷勤问我归何处? 我报路长嗟日暮,学诗谩有惊人句。九万里风鹏正举。风休住,蓬舟吹取三山去。

念奴娇

李清照

萧条庭院,又斜风细雨,重门须闭。宠柳娇花寒食近,种种恼人天气。险韵诗成,扶头酒醒,别是闲滋味。征鸿过尽,万千心事难寄。

楼上几日春寒,帘垂四面,玉阑干慵倚。被冷香消新梦觉,不许愁人不起。清露晨流,新桐初引,多少游春意!日高烟敛,更看今日晴未?

添字采桑子

李清照

窗前谁种芭蕉树?阴满中庭,阴满中庭。叶叶心心、舒卷有余情。

伤心枕上三更雨,点滴霖霪,点滴霖霪。愁损北人、不惯起来听!

蝶恋花·上巳召亲族

李清照

永夜恹恹欢意少,空梦长安,认取长安道。为报今年春色好,花光月影宜相照。 随意杯盘虽草草,酒美梅酸,恰称人怀抱。醉里插花花莫笑,可怜春似人将老。

泛读课文

点绛唇
李清照

蹴罢秋千,起来慵整纤纤手。露浓花瘦,薄汗轻衣透。　见有人来,袜刬金钗溜,和羞走。倚门回首,却把青梅嗅。

如梦令
李清照

常记溪亭日暮,沉醉不知归路。兴尽晚回舟,误入藕花深处。争渡,争渡,惊起一滩鸥鹭。

一剪梅
李清照

红藕香残玉簟秋。轻解罗裳,独上兰舟。云中谁寄锦书来?雁字回时,月满西楼。　花自飘零水自流。一种相思,两处闲愁。此情无计可消除,才下眉头,却上心头。

醉花阴
李清照

薄雾浓云愁永昼,瑞脑销金兽。佳节又重阳,玉枕纱厨,半夜凉初透。　东篱把酒黄昏后,有暗香盈袖。莫道不消魂,帘卷西风,人比黄花瘦。

鹧鸪天
李清照

寒日萧萧上琐窗,梧桐应恨夜来霜。酒阑更喜团茶苦,梦断偏宜瑞脑香。　秋已尽,日犹长,仲宣怀远更凄凉。不如随分尊前醉,莫负东篱菊蕊黄。

摊破浣溪沙
李清照

病起萧萧两鬓华,卧看残月上窗纱。豆蔻连梢煎熟水,莫分茶。
　　枕上诗书闲处好,门前风景雨来佳。终日向人多酝藉,木犀花。

中小学已学篇目

《如梦令》(常记溪亭日暮)　《醉花阴》(薄雾浓云愁永昼)(初)　《声声慢》(寻寻觅觅)　《一剪梅》(红藕香残玉簟秋)※

可参考书目

《漱玉词》一卷,赵万里《校辑宋金元人词》本《漱玉集注》,王延梯辑,山东人民出版社1984年

《李清照集注》,王仲闻校注,人民文学出版社1979年

《重辑李清照集》,黄墨谷校辑,齐鲁书社1981年

《李清照全集评注》,徐北文主编,济南出版社1990年

《李清照全集》,王步高、刘林辑校汇评,珠海出版社2002年版

《李清照研究论文集》,中华书局1984年

《李清照作品赏析集》,陈祖美主编,巴蜀书社1992年

《李清照资料汇编》,褚斌杰等,中华书局1984年

《李清照评传》,陈祖美著,南京大学出版社1995年

《李清照新传》,陈祖美著,北京出版社2001年

《朱淑真集注》,冀勤辑校,浙江古籍出版社1985年

《朱淑真集》,张璋、黄畲校注,上海古籍出版社1986年

十八、南宋前期词

陆　游

　　陆游(1125—1210)，字务观，号放翁，晚号龟堂老人。越州山阴(今浙江绍兴)人。孝宗时赐进士出身，历官镇江、隆兴通判。四十六岁入蜀，曾被四川宣抚使王炎辟为干办公事，一度亲历南郑军事前线；出蜀后任提举福建常平茶事、军器少监等职。被劾罢归，闲居山阴达二十年，八十六岁辞世。平生志在恢复，坚持抗金，以"鼓唱是非，力说张浚用兵"、"不拘礼法"、"嘲咏风月"等罪名多次遭弹劾免职，而抗战救国之志百折不挠。诗作篇什逾万，至今尚存九千余首。有《剑南诗稿》、《渭南文集》、《南唐书》行世。(词二卷，载于《渭南文集》，后又别出单行。)钱仲联有《剑南诗稿校注》，夏承焘等有《放翁词编年笺注》。

【集评】

　　(放翁长短句)其激昂感慨者，稼轩不能过；飘逸高妙者，与陈简斋、朱希真相颉颃；流离绵密者，欲出晏叔原、贺方回之上，而世歌之者绝少。(〔宋〕刘克庄《后村诗话》续集卷四)

　　杨用修云："放翁词纤丽处似淮海，雄慨处似东坡。"予谓超爽处更似稼轩耳。(〔明〕毛晋《放翁词跋》)

　　陆放翁词，安雅清赡，其尤佳者，在苏、秦间。然乏超然之致，天然之韵，是以人得测其所至。(〔清〕刘熙载《艺概》卷四)

　　剑南屏去纤艳，独往独来，其逋峭沉郁之概，求之有宋诸家，无可方比。(〔清〕冯煦《宋六十一家词选例言》)

卜算子·咏梅

驿外断桥边①,寂寞开无主②。已是黄昏独自愁,更著风和雨③。无意苦争春④,一任群芳妒。零落成泥碾作尘,只有香如故。

【注释】

① 驿:驿站。断桥:倾圮不能通行之桥。
② 无主:指无人培护、欣赏。
③ 更着(zhuó):又遭到,加上。
④ 争春:在春天里争芳斗艳。

【汇评】

末句想见劲节。([明]卓人月《古今词统》卷四)

此首咏梅取神不取貌,梅之高格劲节,皆能显出。"零落"两句,更揭出梅之真性,深刻无匹。咏梅即以自喻,与东坡咏鸿同意。东坡放翁,固皆为忠忱郁勃,念念不忘君国之人也。(唐圭璋《唐宋词简释》)

这首词的特色,正在于物我融浃,突出梅花的特性。桥边驿外,黄昏风雨的背景,无意争春,俯视群芳的标格,切定梅花,移用于他花不得。通首不出现梅花字面,却不脱不粘地传出了梅花之神。(钱仲联《唐宋词鉴赏辞典·陆游词》)

【赏析】

陆游词只占其诗总量的2%左右,其词为诗名所掩,其实陆游词总成就虽不及其诗,而精粹犹有过之。即以咏梅而言,《瀛奎律髓》卷二十选其咏梅七律十五首,方回评曰:(咏梅)"和靖(林逋)八梅未出,犹为易题。'疏影'、'暗香',一经此老之后,人难措手矣。近世诸人为梅诗,一切蹈袭,殊无佳语。甚者搜奇抉隐,组织千百,去梅愈远。"而陆游这首《卜算子·咏梅》却是古今咏梅绝唱,不在林和靖之下,语浅情遥,重其标格。

词之上阕写出一种寂寞愁苦的境界,写梅花受世俗的冷落,为下阕申发议论作铺垫,其关键词为"寂寞"二字。下阕则重在刻画其志趣高洁,不同凡俗,即便遭受再大的挫伤打击也不改其本质,下阕关键词为"香如故"三字。

此词是一首典型的咏物词,遗貌写神,且有寄托,不能不说是放翁高尚人格的写照。（王步高）

秋　波　媚①

七月十六日晚登高兴亭望长安南山②

秋到边城角声哀③,烽火照高台④。悲歌击筑⑤,凭高酹酒⑥,此兴悠哉！　　多情谁似南山月,特地暮云开。灞桥烟柳⑦,曲江池馆⑧,应待人来⑨。

【注释】

①《秋波媚》:词牌名,即《眼儿媚》。双调,上下阕同调,叶平韵。

② 高兴亭:在南郑(今陕西汉中市)子城西北。作者《重九无菊有感》诗自注:"高兴亭,在南郑子城西北,正对南山。"子城,大城附近的小城。长安:今陕西西安,本汉唐故都,时为金人占领区。南山:终南山,横亘于陕西南部,其主峰在长安南面。

③ 边城:称南郑。南郑当时位于南宋西北部的抗金前线。角:军中的号角。

④ 烽火:古代边防报警的信号。此处当指传报前线无事的平安烽火。作者有《辛丑正月三日雪》诗:"忽思西戍日,凭堞待传烽。"自注:"予从戎日,尝大雪中登兴元(府治在南郑)城上高兴亭,待平安火至。"

⑤ "悲歌"句:筑,古代的一种弦乐器,以竹尺击弦而发音。《史记·游侠列传》载:荆轲嗜酒,尝与高渐离等饮于燕市。酒酣兴发,"高渐离击筑,荆轲和而歌于市中,相乐也。"此本之,表示壮怀豪气。

⑥ 酹酒:以酒洒地作祭奠。

⑦ "灞桥"句:灞桥,在长安东面的灞水上。一作"霸桥"。古代灞桥边多柳树,是传统的折柳赠别处;柳者,留也。《三辅黄图》卷六:"霸桥,在长安东,跨水作桥。汉人送客至此桥,折柳赠别。"五代王仁裕《开元天宝遗事》卷

下:"长安东灞陵有桥,来迎去送,皆至此桥为离别之地,故人呼之销魂桥也。"

⑧"曲江"句:曲江,池名。在长安东南,是唐代著名的风景游宴区,池边多亭台楼馆。

⑨"应待"句:人,指北伐的宋军。按:作者在四川宣抚使王炎幕府时,尝力陈北伐方略:"经略中原,必自长安始;取长安,必自陇右始。"(见《宋史·陆游传》)其《书渭桥事》又云:"虏暴中原积六七十年,腥闻于天。王师一出,中原豪杰必将响应。"此句寓其意。

【汇评】

　　南郑是当时的抗金的前线……他在凭高远望长安诸山的时候,收复关中的热情更加奔腾激荡,不可遏止。集中不少表现这样主题的诗,但多属于离开南郑以后的追忆之作。而这首《秋波媚》词,却是在南郑即目抒感的一篇,情调特别昂扬,充分显示了爱国词人的乐观主义精神,值得我们重视。(钱仲联语,见《唐宋词鉴赏辞典》)

【赏析】

　　乾道八年(1172)从军南郑抗金前线王炎幕府,是陆游一生最为快意且难忘的火热生活。这首军旅词就是当年的从戎纪实。在四川宣抚使王炎等的积极经营下,西南战区抗金形势喜人。作者日暮登亭,遥望月下长安那一片敌占区,豪兴大发,心头涌上一股收复故土的热切愿望和克敌必胜的坚定信心。词上阕写登亭,下阕写北望,从边城到长安,实写虚想,一气呵成,语调欢快而昂扬,大有"中原北望气如山"之壮。"凭高"二句,巧嵌入"高"、"兴"二字,既暗切合题中亭名,又表现了乐观心境,语意双快。这是陆游描写南郑军中生活与心情的唯一词作,也是其少有的风格奋发蹈厉的优秀篇章。

(王步高)

钗 头 凤①

红酥手②,黄縢酒③,满城春色宫墙柳④。东风恶,欢情薄,一怀愁绪⑤,几年离索⑥。错!错!错! 春如旧,人空瘦。泪痕红浥鲛绡透⑦。桃花落,闲池阁。山盟虽在⑧,锦书难托⑨。莫!莫!莫!

【注释】

① 此词的本事,宋人刘克庄《后村诗话》续集卷二、周密《齐东野语》卷一、陈鹄《耆旧续闻》卷十均有记载,但略有出入。大意是说陆游前妻唐琬系其表妹,婚后相爱甚笃。但陆母不喜欢唐琬,强行拆散了这对恩爱夫妻。后来唐琬改嫁赵士程。陆游另娶王氏。十年后,宋高宗绍兴二十五年(1155)春,陆游到山阴城东南的沈园游玩,邂逅唐琬。唐氏以告赵,"赵遣致酒肴,翁怅然久之",在沈园墙壁上写下了这首词。据传,唐琬读后也和了一首,不久忧郁而死(〔明〕卓人月汇选徐士俊参评《古今词统》卷十)。现代学者对此本事屡有怀疑。(详见附录)

② 酥:兼有光洁、柔软、细腻等意。

③ 黄縢酒:即黄封酒。当时官酿的酒以黄纸封口。陆游《酒诗》:"一壶花露拆黄縢。"縢:一作"藤"。

④ 宫墙:指禹迹寺的宫墙。南宋都城在临安,绍兴原是古代越国的都城,宋高宗亦曾一度以此为行都,故有"宫墙"之说。

⑤ 一怀:满怀。

⑥ 离索:"离群索居"的省称,此即离散意。《礼记·檀弓上》:"吾离群而索居,亦已久矣。"郑玄注:"索,犹散也。"

⑦ 红:可实指脸上的胭脂,亦可虚指血泪。浥:沾湿。鲛绡:传说为海底鲛人所织之绡,后泛指薄的纱绢或手帕。

⑧ 山盟:指坚定的爱情盟约。古人盟约,常指山为盟,指海为誓,象征盟约像山海一样坚定不移。

⑨ 锦书,即锦字回文书,指情书。用苏若兰事。《晋书》卷九六《列传第六十六》:"窦滔妻苏氏,始平人也,名蕙,字若兰,善属文。滔苻坚时为秦州刺史,被徙流沙,苏氏思之,织锦为回文旋图诗以赠滔。宛转循环以读之,词甚凄惋,凡八百四十字,文多不录。"托:寄。

【本事】

余弱冠客会稽,游许氏园,见壁间有陆放翁题词,笔势飘逸,书于沈氏园。辛未(1151)三月题。放翁先室内琴瑟甚和,然不当母夫人意,因出之。夫妇之情,实不忍离。后适南班士名某,家有园馆之胜。务观一日至园中,夫妇闻之,遣遗黄封酒果馔,通殷勤。公感其情,为赋此词。其妇见而和之,有"世情薄,人情恶"之句,惜不得其全阕。未几,怏怏而卒。闻者为之怆然。此园后更许氏,淳熙间,其壁犹存,好事者以竹木来护之。今不复有矣。(〔宋〕陈鹄《耆旧续闻》卷十)

放翁少时,二亲教督甚严。初婚某氏,伉俪相得。二亲恐其惰于学也,数遣放翁。不敢逆尊者意,与妇决。某氏改适某官,与陆氏有中外。一日,通家于沈园,坐间目成而已。翁得年甚高,晚有二绝云:"肠断城头画角哀,""梦断香销四十年,"旧读此诗,不解其意,后见曾伯温言其详。温伯名黯,茶山孙,受学于放翁。(〔宋〕刘克庄《后村先生大全集》卷一百七十八《诗话续集》)

陆务观初娶唐氏,闳之女也,于其母夫人为姑侄。伉俪相得,而弗获于其姑。既出,而未忍绝之,则为别馆,时时往焉。姑知而掩之,虽先知挈去,然事不得隐,竟绝之,亦人伦之变也。唐后改适同郡宗子士程。尝以春日出游,相遇于禹迹寺南之沈氏园。唐以语赵,遣致酒肴。翁怅然久之,为赋《钗头凤》一词题园壁间云……实绍兴乙亥(1155)岁也。翁居镜湖之三山,晚岁每入城,必登寺眺望,不能胜情。尝赋二绝云:"梦断香销四十年,沈园柳老不飞绵。此身行作稽山土,犹吊遗踪一怅然。"又云:"城上斜阳画角哀,沈园无复旧池台。伤心桥下春波绿,曾是惊鸿照影来。"盖庆元己未(1199)岁也。未久,唐氏死。至绍熙壬子(1192)岁,复有诗序云:"禹迹寺南,有沈氏小园。四十年前,尝题小词一阕壁间。偶复一到,而园已三易主,读之怅然。"诗云:"枫叶初丹槲叶黄,河阳愁鬓怯新霜。林亭感旧空回首,泉路凭谁说断肠?坏壁醉题尘漠漠,断云幽梦事茫茫。年来妄念消除尽,回向蒲龛一炷香。"(案此段应在"翁居镜湖"一段前,当系传刻之误。)又至开禧乙丑(1205)岁暮,夜梦游沈氏园,又两绝句云:"路近城南已怕行,沈家园里更伤情。香穿客袖梅花在,绿蘸寺桥春水生。""城南小陌又逢春,只见梅花不见人。玉骨久成泉下土,墨痕犹锁壁间尘。"沈园后属许氏,又为汪道宅云。(〔宋〕周密《齐东野语》卷

(一)

陆放翁娶妇,琴瑟甚和,而不当母夫人意,遂至解缡。然犹馈遗殷勤,曾贮酒赠陆,陆谢以词,有"东风恶,欢情薄"之句,盖寄声《钗头凤》也。妇亦答词云:"世情薄,人情恶,雨送黄昏花易落。晓风乾,泪痕残。欲笺心事,独语斜阑,难,难,难。人成各,今非昨,病魂常似秋千索。角声寒,夜阑珊。怕人寻问,咽泪妆欢,瞒,瞒,瞒。"未几,以愁怨死。(《御选历代诗余》卷一百十八引夸娥斋主人云)

吾乡许蒿庐先生(昂霄)尝疑放翁室唐氏改适赵某事为出于傅会,说见《带经堂诗话》校勘类附识。《拜经楼诗话》亦以《齐东野语》所叙岁月先后参差不足信,与蒿庐合。则当时仲卿新妇之厄,翁子故妻之情,殆好事者从而为之辞与!唐氏答词,语极俚浅,然因知《钗头凤》有换平韵者,红友《词律》又疏已。(〔清〕吴衡照《莲子居词话》)

【汇评】

孝义兼挚。(〔清〕谢章铤《赌棋山庄词话》卷十一)

"山盟虽在,锦书难托。莫!莫!莫!"放翁伤其妻之作也。"不合画春山,依旧留愁住。"放翁妾别放翁词也。前则迫于其母而出其妻,后又迫于后妻而不能庇一妾。何所遭之不偶也。至两词皆不免于怨,而情自可哀。(〔清〕陈廷焯《白雨斋词话》卷六)

这首词写得精练隽永,含蕴不尽。……语言精练,词味醇浓,悲竹哀丝,饶有余韵。全词在紧凑贴切中体现了它的深度和广度。"他人难言,我易言之",信手成篇,流传千载,这种叩人心弦的艺术魅力,充分表现出作者卓越的写作才能和深厚的文化素养。(于北山《一怀愁绪,几年离索》)

【赏析】

此词大多认为在绍兴为唐琬而作,但究竟为谁而作、作于何时,迄今未有定论,恐怕也将难有定论。这些对此词的欣赏,影响不是太大。

此词写词人对旧情深切的眷恋相思和无尽的追悔悲怨。开头三句可以有两解:对往日温馨时光的追忆或对眼下看似离别场面的描写。解释为前者,则一二三句意蕴一致,以乐景写乐。解释为后者,则一二两句与第三句形成张力,"柳"意象暗示离别或永远的离别。"东风"两句是对破坏美好欢情的控诉。喻体"东风"在古典诗词中向来指正面的对象,这里却喻指词人怨恨的对象,其中恐怕有不得已的隐情。"一怀"两句写被迫离散后的寂寞与痛苦。三个"错"字,写出无尽的追悔悲怨。但谁之"错":"东风"?"我"?"你"?其他因素?"错"在何处?不能说,也不必说;说不清,也说不尽!说了也没用!下片过片写物是人非的沉痛,"人"可指"我",可指"你"。"空"字凸显"你""我"对"离索"的无助、无奈、无能,也有彼此对对方的怜惜、抚慰、痛伤、劝慰等,还有对旧情的反省及反省后仍不能自已的沉痛。"泪痕"句写"你"的哀艳可怜。"桃花"两句既是写眼前景,又隐喻美好欢情的消逝,均为"东风恶"所致。海誓山盟虽然从未更改,但锦书怎么寄?寄给谁?愁肠一日而九回!"莫"字是自劝,也是他劝。"莫"字亦通"暮",有悔之晚矣之意。"莫!莫!莫!"简直是呼号而出,中有锥心泣血之痛!上片的"错"和下片的"莫"本是一个成词,兼有失神、寂寞、冷落、杂乱等多重意思,与此词的所写之情相得益彰。

此词词调的选用别具匠心。"钗头凤"由五代无名氏的"撷芳词"改易而成,得名于"撷芳词"中"都如梦,何曾共,可怜孤似钗头凤"之句。陆游用此词调或有二意:一是指"我"与"你"分离后"可怜孤似钗头凤";二是指分离前的往事"都如梦"一样倏然而逝。

(沈广达)

诉　衷　情

当年万里觅封侯①,匹马戍梁州②。关河梦断何处,尘暗旧貂裘③。胡未灭,鬓先秋,泪空流。此生谁料,心在天山④,身老沧洲⑤。

【注释】

① 东汉名将班超,少有壮志投笔从戎,立功西域,年过七十才归来,封定远侯。
② 梁州:《尚书·禹贡》九州之一,在今陕西南郑一带,陆游曾在此任四川宣抚使王炎幕府干办公事。
③《战国策·秦策》:苏秦游说秦王,"书十上而说不行,黑貂之裘敝,黄金百斤尽,资用乏绝,去秦而归。"
④ 天山:在新疆。《旧唐书·薛仁贵传》载,薛仁贵征西,"军中歌曰:'将军三箭定天山。'"此指抗金前线。
⑤ 沧洲:滨水之地,隐者所居,指作者家乡绍兴镜湖边。

【汇评】

"心在天山,身老沧洲"两句概括了诗人晚年生活和思想矛盾的悲愤情绪。(胡云翼《宋词选》)

虽系小令,却多采用引古法,而能如"羚羊挂角",毫无斧凿痕。(黄墨谷《唐宋词选析》)

(此词)在用语上强烈对比,开合动宕,正好体现作者情绪的激越。(周本淳语,见江苏版《唐宋词鉴赏辞典》)

【赏析】

陆游四十八岁时应四川宣抚使王炎邀请,到抗金前线的南郑军中任职,度过了八个月的战争前线生活。词的开头两句就是追忆这段生活。而"关河梦断"二句跌落到现实生活中,战袍积满尘土,壮志未酬,晚年只得归隐绍兴。"胡未灭,鬓先秋"二句将现实与人生对举,敌人依旧占据祖国的山河,而自己却年纪老大,鬓发斑白。"泪空流",意思递承而下["现实的实境"(胡未灭)→"身境"(鬓先秋)→"心境"(泪空流)]。"此生谁料,心在天山,身老沧洲"三句,又构成一组矛盾的现实:心向往抗金报国,而身处远离前线的湖海边的乡村。全词在理想→现实;昔日→今朝;敌→我等的一组组矛盾的交织中,抒发自己"报国欲死无战场"的悲愤心情。

(王步高)

【附录：陆游《钗头凤》为谁而作?】

南宋著名爱国大诗人陆游曾写过一首小词《钗头凤》："红酥手,黄縢酒,满城春色宫墙柳……"相传这首词是为感念前妻唐琬而作。这段风流韵事曾被演为戏曲,搬上舞台;今人又改编为电影,播之银屏。千百年来,事以词名,词以事传,成为一段几乎家喻户晓的文坛佳话。但是,这个故事南宋人的记载说法就有分歧,后人又多有质疑,可谓众说纷纭,至今仍争辩得难解难分。有如下三说:

一、为唐氏而作

陆游,字务观。山阴(今浙江绍兴)人。他"年十二能诗文","荫补承仕郎",(《宋史·陆游传》)年十八从曾几(茶山)学诗,早具文名。年十九,到临安考进士,未被录取。在二十一岁左右,与表妹唐氏结婚,不久被迫劳燕分飞。这个故事最早见于宋人陈鹄的《耆旧续闻》、刘克庄的《后村诗话续集》、周密的《齐东野语》。据这些记载,陆游和唐氏婚后十分"伉俪相得",但因"不当母夫人意",陆游被迫休弃了她,后另娶王氏为妻,唐氏也改嫁同郡赵士程,彼此音信隔绝。时光荏苒,岁月如流。八九年后,也就是宋高宗绍兴二十五年(1155),陆游因遭秦桧黜落,回家乡闲居,春日出游,与唐、赵"相遇于禹迹寺南之沈氏园。"唐氏告诉赵士程,遣仆送去黄封酒和果肴,以"通殷勤"。陆游面对此情此景不胜伤感,挥笔在园壁上写下了这首《钗头凤》词。后来唐氏见到了这首词,牵动自己的愁绪,也和了一首词:"世情薄,人情恶,雨送黄昏花易落。……人成各,今非昨,病魂长似秋千索……"终于郁郁成疾,不久就"怏怏而卒"了。陈鹄"弱冠客会稽,游许氏园(沈园后属许氏)"时,见壁间犹存放翁题词,"笔势飘逸",至"淳熙间,其壁犹存,好事者以竹木护之。"(《见西塘集·耆旧续闻》)陈鹄生活的年代距陆游最近,他在记载这段凄婉动人的爱情悲剧时,自云曾在沈园目击园壁上的《钗头凤》词。刘克庄稍晚于陈鹄,但他是从陆游老师曾茶山之孙曾黯那里听到这个故事的。周密距陆游也只六七十年,他转录了陆游六首沈园诗与《钗头凤》词相参证,这说明陆游的《钗头凤》为感念前妻而作,是有事实根据的。

二、小说家言

《钗头凤》故事的始末,宋人笔记以《齐东野语》记载最为详尽。但周密说唐氏为唐闳之女,尚不知她的芳名。至清代,《御选历代诗余》始全录唐氏的《钗头凤》词。近人丁传靖《宋人轶事汇编》才说:"放翁出妻姓唐名琬。"自此以后诸家互相引证补辑,遂日趋圆满。陆游在沈园题壁,有诗序为证,这是毋庸置疑的事实。但题壁的时间、题赠对象等却多有争议,他们认为陆唐悲剧并不可信。清人许昂霄说:"世传放翁出其夫人唐氏,以《钗头凤》词为证,见《癸辛杂识》(应为《齐东野语》),疑亦小说家附会,不足深信。"(见王士禛《带经堂诗话》卷十八"校勘类")他怀疑这个故事是小说家编造的。吴骞的《拜经楼诗话》(卷三),吴照衡的《莲子居词话》也相继指出放翁前室唐氏改适赵某事,"殆好事者因其诗词而附会之",他们并指出可疑的原因,一是宋人记载"所叙岁月,先后参错",一是"玩诗词中语意,陆或别有所属,未必曾为伉俪。"今人根据这两个疑点,进一步指出附会的痕迹:(一)题壁的时间,《后村诗话》说"一日",《耆旧续闻》说"辛未三月",《齐东野语》则说"实绍兴乙亥(1155,陆游三十一岁)岁也"。自清人钱大昕《陆放翁先生年谱》以来,胡云翼、游国恩、朱东润、于北山诸家多持绍兴乙亥说。而程千帆、吴熊和等据"辛未三月"绍熙三年(1192)凭吊沈园诗小序中的"四十年前"和庆元五年(1199)写的绝句"梦断香销四十年",主张题壁年月为绍兴二十二年(1152,陆游二十八岁)。(二)题赠的对象,《耆旧续闻》、《后村诗话》均作"某氏",《齐东野语》始言"唐氏,……于其母夫人为姑侄。"今人则考证陆母唐夫人为北宋名臣唐介的孙女,为江陵人;陆妻唐琬是唐闳的女儿,世居山阴,二人同姓而不同宗,更非姑侄关系等等。认为记事颠倒错乱,三家说法互相抵牾,《钗头凤》故事纯为小说家之言。

三、蜀中冶游之作

清人吴骞《拜经楼诗话》说《钗头凤》词"别有所属"。今人周本淳、吴熊和可能是受到这一说法的启发,认为《钗头凤》词不是感念前妻的作品,而是蜀中冶游之作。他们的根据有三:一是刘克庄的记载亲自得之陆游的弟子,材料最可信。而刘克庄记述陆游爱情悲剧时,只录了《沈园》绝句,只字未提《钗头凤》词,这说明陆游和前妻的爱情悲剧只在《沈园》诗中得到反映,与《钗头凤》词无涉。二是从词的情趣格调来看,彭乘《墨客挥犀》卷六说:"陕西凤州妓女,虽不尽妖丽,然手皆纤白,州境内所生柳,翠色尤可爱,与他处不同。又公库多美酿,故世言凤州有三出,谓手、柳、酒也。"《钗头凤》开头三句正合手、柳、酒三韵,这与唐氏的身份不合。当为陆游对"当年狎游生活的回忆"。(周本淳《陆游〈钗头凤〉主题辨疑》)因陆游在成都时,自南郑至大散关,曾经过凤州,有可能暗用其事。三是《钗头凤》词调是陆游承蜀中新调《撷芳词》而另立的新名,因而这首词作于蜀中可能性大。(吴熊和《陆游〈钗头凤〉本事质疑》)。

但不久不少论者又提出了不同的意见。他们认为陆游自南郑经凤州到大散关正值秋天,如陆诗《书愤》云:"铁马秋风大散关。"《归次汉中境上》云:"大散关头又一秋"等。《钗头凤》写的却是"满城春色宫墙柳",与季节不合。同时,在南郑的短短几个月,是陆游一生中最为意气风发的时期,他常身着戎装,出入边防,战马倥偬,岂容浪迹青楼,狎妓冶游? 等等。(陈列《陆游〈钗头凤〉本事辨》)因而,《钗头凤》究竟为何而写,仍然没有定论。 (丰家骅)

张 孝 祥

张孝祥(1132—1169),字安国,号于湖居士,历阳乌江(今分属安徽和县及南京市江浦区)人。绍兴二十四年(1154)状元,秦桧因孙子科第失去第一,怀恨在心,构陷使之下狱。桧死方为秘书正字,隆兴元年,由张浚举荐为中书舍人,直学士院兼都督府参赞军事,代张浚为建康留守;因积极支持张浚北伐主张,两度被劾落职,终荆南知州,湖北路安抚使。其词气势豪迈,开稼轩之先河。

【集评】

衡尝获从公游,见公平昔为词,未尝著稿,笔酣兴健,顷刻即

成,初若不经意,反复究观,未有一字无来处。(〔宋〕汤衡《张紫微雅词序》)

"至于托物寄情,弄翰戏墨,融取乐府之遗意,铸为毫端之妙词,前无古人,后无来者,散落人间,不知其几也。""读之泠然洒然,真非烟火食人辞语。"(〔宋〕陈应行《于湖先生雅词序》)

读之使人奋然有禽(擒)灭仇虏,扫清中原之意。(〔宋〕朱熹《晦庵题跋》卷三《书张伯和诗词后》)

于湖词声律宏迈,音节振拔,气雄而调雅,意缓而语峭。(〔清〕查礼《铜鼓书堂遗稿》)

念奴娇·过洞庭

洞庭青草①,近中秋、更无一点风色②。玉鉴琼田③三万顷,著我扁舟一叶④。素月分辉,明河共影,表里俱澄澈⑤。悠然心会,妙处难与君说。　　应念岭表⑥经年,孤光⑦自照,肝胆皆冰雪。短发萧骚⑧襟袖冷,稳泛沧溟空阔⑨。尽吸西江⑩,细斟北斗⑪,万象为宾客⑫。扣舷独啸,不知今夕何夕⑬。

【注释】

① 洞庭青草:湖南洞庭湖与青草湖两湖相连,自古并称。

② 风色:风势。

③ 玉鉴琼田:水天一色、通明澄澈的湖面。鉴:镜子。万顷:袁去华《水调歌头》:"沧波万顷,轻风落日片帆孤。"

④ 语出袁去华《玉团儿》:"吴江渺渺疑天接,独著我扁舟一叶。"

⑤ 澄澈:谢庄《月赋》:"墀除兮镜鉴,廊枕兮澄澈。"指天与水清澈透明。

⑥ 岭表:岭外、岭南,指广东、广西地区。经年:一年或一年以上。词人曾任广南西路经略安抚使,因罢官离开桂林。

⑦ 孤光:月光。此二句言自己襟怀坦率,洁白无瑕。

⑧ 萧骚:稀落。

⑨ 沧溟:此处指辽阔的湖水。

⑩ 宋代道原《景德传灯录》卷八:"待汝一口吸尽西江水,即向汝道。"

⑪ 斟北斗:屈原《九歌·东君》:"援北斗兮酌桂浆。"

⑫ 万象：宇宙万物。

⑬ 今夕何夕：《诗经·唐风·绸缪》："今夕何夕，见此良人。"

【汇评】

写景不能绘情，必少佳致。此题咏洞庭，若只就洞庭落想，纵写得壮观，亦觉寡味。此词开首从洞庭说至"玉鉴琼田三万顷"，题已说完，即引入"扁舟一叶"。以下从舟中人心迹，与湖光映带，写隐现离合，不可端倪，镜花水月，是一是二，自尔神采高骞，兴会洋溢。（〔清〕黄苏《蓼园词选》）

飘飘有凌云之气，觉东坡《水调》犹有尘心。（〔清〕王闿运《湘绮楼词选》）

写水光月光，上下澄澈，境极空阔。而胸襟之洒落，气概之轩昂，亦可于境中见之。通篇景中见情，笔势雄奇。（唐圭璋《唐宋词简释》）

【赏析】

这首词写的是作者乾道二年（1166）从广南西路经略安抚使任被谗罢职，经湖南而返芜湖过洞庭湖时的感受。上片写湖上的景象。湖上无风，碧波万顷，水天一色。月光映水，星月与湖共影。"悠然"二句收束上片，写出于此良辰美景泛舟湖上的悠闲舒适。下片以"应念"二字领起，回到人世现实中来，词人是被谗落职的，到广西任职不足一年就落职，他不能没有怨愤，"孤光自照，肝胆皆冰雪"二句写自己人品志向的高洁，但作者仍是扣住当前的景物来写，作为南宋爱国志士，其肝胆唯日月可表。人生总有那么多的烦恼与忧愁，仕途上总有那么多的曲折与坎坷，诚如前辈文学家范仲淹所云，临洞庭可以使人"宠辱皆忘"，尽管自己"短发萧骚襟袖冷"，一副落魄光景，却依然"稳泛沧溟空阔"，在这浩渺无垠的洞庭湖上，词人把个人遭遇的不幸渐渐置之度外，而被洞庭湖的气势所慑服，同时不禁产生"尽吸西江，细斟北斗，万象为宾客"的奇思妙想。以北斗七星为勺，以西江洞庭之水为酒，以天地万物为宾客。虽然这一奇想出于屈原《九歌·东君》中"援北斗兮酌桂浆"，但作者的气魄比屈原更大,"尽吸西江"、以"万象为宾客";况且屈原只从北斗星的形似产生联想,而江湖及星斗万象在张孝祥眼里却更加清晰。词人随着想象力的自由飞翔,忘却了官场的烦恼,而与天地为一。诚如魏了翁所云:"《洞庭》所赋,在集中最为杰特。方其吸浆酌斗,宾客万象时,讵知世间有紫微青琐(朝廷及官署)哉!"结尾两句于狂放中又由一声"独啸",透出曲高和寡,而又物我两忘,超尘绝俗的情怀。

张孝祥是力主抗金、有抱负、有理想的爱国词人,在妥协势力占统治地位的南宋时期,他和其他主张抗金复国志士遭谗受贬有其必然性,而这首词,十分旷达俊爽,空灵而有奇气,即便在豪放词人的作品中也显得超尘脱俗。

(王步高)

西江月·题溧阳三塔寺①

问讯湖边春色,重来又是三年。东风吹我过湖船,杨柳丝丝拂面。
　　世路如今已惯②,此心到处悠然。寒光亭下水连天③,飞起沙鸥一片。

【注释】

① 溧阳:县名,在今江苏省。三塔寺:在溧阳县三塔湖。
② 世路:指世俗生活。
③ 寒光亭:三塔寺中亭子。

【本事】

《景定建康志》载此词云:"题溧阳三塔寺。"按志,三塔湖一名梁城湖,在溧阳县西七十里。又云:溧水两承丹阳湖。自东坝成,丹阳湖水不复通本县界。岳珂《玉楮集》亦云:"溧阳三塔寺寒光亭柱上刻张于湖词。"自当以《建康志》为据。(〔清〕查为仁、厉鹗《绝妙好词笺》卷一)

【赏析】

上片发端,先是问候湖边春色,这是因为三年前来过此地,如今故地重游,好像老友重逢,所以词人首先深情地问讯那湖边春色别来可是无恙。而湖水也多情地迎接着远道而来的词人,温暖的东风轻轻吹动,助词人的小船驶过湖面;丝丝的杨柳随风飘舞,温存地抚摩着词人的面颊。下片,开始向大自然袒露心迹。三年了,湖光清丽依然,而作者的心境已不复当初。对人情冷暖、世态炎凉,如今已经完全习惯,所到之处都能怀着闲适散淡的心态。这或许是好事,让自己融入寒光亭前那春水连天、沙鸥飞起的风景里,物我两忘,陶然自得。词人以万象为友,在与自然的对话中,抒发了厌恶尘网、归依造化的恬淡心绪。

(田卫平)

备选课文

夜游宫

陆 游

雪晓清笳乱起,梦游处、不知何地?铁骑无声望似水。想关河,雁门西,青海际。 睡觉寒灯里,漏声断、月斜窗纸。自许封侯在万里。有谁知?鬓虽残,心未死。

谢池春

陆 游

壮岁从戎,曾是气吞残虏。阵云高、狼烟夜举。朱颜青鬓,拥雕戈西戍。笑儒冠自来多误。 功名梦断,却泛扁舟吴楚。漫悲歌、伤怀吊古。烟波无际,望秦关何处?叹流年又成虚度!

汉宫春

陆 游

羽箭雕弓,忆呼鹰古垒,截虎平川。吹笳暮归野帐,雪压青毡。淋漓醉墨,看龙蛇、飞落蛮笺。人误许,诗情将略,一时才气超然。 何事又作南来,看重阳药市,元夕灯山。花时万人乐处,敧帽垂鞭。闻歌感旧,尚时时、流涕尊前。君记取,封侯事在,功名不信由天。

鹊　桥　仙
陆　游

一竿风月,一蓑烟雨,家在钓台西住。卖鱼生怕近城门,况肯到红尘深处。　　潮生理棹,潮平系缆,潮落浩歌归去。时人错把比严光,我自是、无名渔父。

西江月·阻风三峰下
张孝祥

满载一船秋色,平铺十里湖光。波神留我看斜阳,放起鳞鳞细浪。　　明日风回更好,今宵露宿何妨! 水晶宫里奏《霓裳》,准拟岳阳楼上。

六　州　歌　头
张孝祥

长淮望断,关塞莽然平。征尘暗,霜风劲。黯消凝:追想当年事,殆天数,非人力;洙泗上,弦歌地,亦膻腥。隔水毡乡,落日牛羊下,区脱纵横。看名王宵猎,骑火一川明,笳鼓悲鸣,遣人惊。　　念腰间箭,匣中剑,空埃蠹,竟何成! 时易失,心徒壮,岁将零,渺神京。干羽方怀远,静烽燧,且休兵。冠盖使,纷驰骛,若为情! 闻道中原遗老,常南望、翠葆霓旌。使行人到此,忠愤气填膺,有泪如倾!

水调歌头·泛湘江
张孝祥

濯足夜滩急,晞发北风凉。吴山楚泽行遍,只欠到潇湘。买得扁舟归去,此事天公付我,六月下沧浪。蝉蜕尘埃外,蝶梦水云乡。　　制荷衣,纫兰佩,把琼芳。湘妃起舞一笑,抚瑟奏清商。唤起九歌忠愤,拂拭三闾文字,还与日争光。莫遣儿辈觉,此乐未渠央。

水调歌头·和庞佑父

张孝祥

雪洗虏尘静,风约楚云留。何人为写悲壮?吹角古城楼。湖海平生豪气,关塞如今风景,剪烛看吴钩。剩喜燃犀处,骇浪与天浮。

忆当年,周与谢,富春秋。小乔初嫁,香囊未解,勋业故优游。赤壁矶头落照,肥水桥边衰草,渺渺唤人愁。我欲乘风去,击楫誓中流。

好事近

韩元吉

汴京赐宴,闻教坊乐,有感

凝碧旧池头,一听管弦凄切。多少梨园声在,总不堪华发。 杏花无处避春愁,也傍野烟发。惟有御沟声断,似知人呜咽。

忆秦娥

范成大

楼阴缺,阑干影卧东厢月。东厢月,一天风露,杏花如雪。 隔烟催漏金虬咽,罗帏黯淡灯花结。灯花结,片时春梦,江南天阔。

泛读课文

南乡子

陆游

归梦寄吴樯,水驿江程去路长。想见芳洲初系缆,斜阳,烟树参差认武昌。 愁鬓点新霜,曾是朝衣染御香。重到故乡交旧少,凄凉,却恐他乡胜故乡。

双 头 莲

陆 游

华鬓星星,惊壮志成虚,此身如寄。萧条病骥。向暗里,消尽当年豪气。梦断故国山川,隔重重烟水。身万里。旧社凋零,青门俊游谁记。　　尽道锦里繁华,叹官闲昼永,柴荆添睡。清愁自醉。念此际,付与何人心事。纵有楚柁吴樯,知何时东逝。空怅望,鲙美菰香,秋风又起。

鹊 桥 仙

陆 游

华灯纵博,雕鞍驰射,谁记当年豪举。酒徒一一取封侯,独去作、江边渔父。　　轻舟八尺,低篷三扇,占断苹洲烟雨。镜湖元自属闲人,又何必、君恩赐与。

蝶 恋 花

陆 游

桐叶晨飘蛩夜语。旅思秋光,黯黯长安路。忽记横戈盘马处,散关清渭应如故。　　江海轻舟今已具。一卷兵书,叹息无人付。早信此生终不遇,当年悔草《长杨赋》。

沁 园 春

陆 游

孤鹤归飞,再过辽天,换尽旧人。念累累枯冢,茫茫梦境,王侯蝼蚁,毕竟成尘。载酒园林,寻花巷陌,当日何曾轻负春？流年改,叹围腰带剩,点鬓霜新。　　交亲散落如云,又岂料如今余此身。幸眼明身健,茶甘饭软,非惟我老,更有人贫。躲尽危机,消残壮志,短艇湖中闲采莼。吾何恨,有渔翁共醉,溪友为邻。

南　柯　子
　　　　　　　　　　　范成大

怅望梅花驿,凝情杜若洲。香云低处有高楼,可惜高楼不近木兰舟。　　缄素双鱼远,题红片叶秋。欲凭江水寄离愁,江已东流、那肯更西流。

浣　溪　沙
　　　　　　　　　　　张孝祥

荆州约马举先登城楼观塞

霜日明霄水蘸空,鸣鞘声里绣旗红。澹烟衰草有无中。　　万里中原烽火北,一尊浊酒戍楼东。酒阑挥泪向悲风。

水调歌头·金山观月
　　　　　　　　　　　张孝祥

江山自雄丽,风露与高寒。寄声月姊,借我玉鉴此中看。幽壑鱼龙悲啸,倒影星辰摇动,海气夜漫漫。涌起白银阙,危驻紫金山。　　表独立,飞霞佩,切云冠。漱冰濯雪,眇视万里一毫端。回首三山何处,闻道群仙笑我,要我与俱还。挥手从此去,翳凤更骖鸾。

木　兰　花　慢
　　　　　　　　　　　张孝祥

送归云去雁,澹寒采、满溪楼。正佩解湘腰,钗孤楚鬓,鸾鉴分收。凝情望行处路,但疏烟远树织离忧。只有楼前溪水,伴人清泪长流。　　霜华夜永逼衾裯。唤谁护衣篝。念粉馆重来,芳尘未扫,争见嬉游。情知闷来殢酒,奈回肠、不醉只添愁。脉脉无言竟日,断魂双鹜南州。

眼 儿 媚

张孝祥

晓来江上荻花秋,做弄个离愁。半竿残日,两行珠泪,一叶扁舟。
　　须知此去应难遇,直待醉方休。如今眼底,明朝心上,后日眉头。

水 调 歌 头

张孝祥

湖海倦游客,江汉有归舟。西风千里,送我今夜岳阳楼。日落君山云气,春到沅湘草木,远思渺难收。徙倚栏杆久,缺月挂帘钩。
　　雄三楚,吞七泽,隘九州。人间好处,何处更似此楼头?欲吊沉累无所,但有渔儿樵子,哀此写离忧。回首叫虞舜,杜若满芳洲。

水 调 歌 头

范成大

细数十年事,十处过中秋。今年新梦,忽到黄鹤旧山头。老子个中不浅,此会天教重见,今古一南楼。星汉淡五色,玉镜独空浮。
　　敛秦烟,收楚雾,熨江流。关河离合、南北依旧照清愁。想见姮娥冷眼,应笑归来霜鬓,空敝黑貂裘。酾酒问蟾兔,肯去伴沧洲?

眼 儿 媚

范成大

萍乡道中乍晴,卧舆中,困甚,小憩柳塘

酣酣日脚紫烟浮。妍暖破轻裘。困人天色,醉人花气,午梦扶头。
　　春慵恰似春塘水,一片縠纹愁。溶溶泄泄,东风无力,欲皱还休。

剑器近

袁去华

夜来雨,赖倩得、东风吹住。海棠正妖娆处,且留取。悄庭户,试细听、莺啼燕语,分明共人愁绪,怕春去。　　佳树,翠阴初转午。重帘未卷,乍睡起、寂寞看风絮。偷弹清泪寄烟波,见江头故人,为言憔悴如许。彩笺无数,去却寒暄,到了浑无定据。断肠落日千山暮。

沈园诗词

钗头凤

唐琬

世情薄,人情恶。雨送黄昏花易落。晓风干,泪痕残。欲笺心事,独语斜阑。难,难,难!　　人成各,今非昨。病魂常似秋千索。角声寒,夜阑珊。怕人寻问,咽泪装欢。瞒,瞒,瞒!

余年二十时,尝作《菊枕诗》,颇传于人,今秋偶复采菊缝枕囊,凄然有感

陆游

采得黄花作枕囊,曲屏深幌闷幽香。唤回四十三年梦,灯暗无人说断肠。

少日曾题菊枕诗,蠹编残稿锁蛛丝。人间万事消磨尽,只有清香似旧时。（作者时年63岁）

禹迹寺南有沈氏小园,四十年前尝题小阕壁间,偶复一到而园已易主,刻小阕于石,读之怅然

陆游

枫叶初丹槲叶黄,河阳愁鬓怯新霜。林亭感旧空回首,泉路凭谁说

断肠。坏壁醉题尘漠漠,断云幽梦事茫茫。年来妄念消除尽,回向禅龛一炷香。(作者时年68岁)

沈园二首

陆 游

城上斜阳画角哀,沈园非复旧池台。伤心桥下春波绿,曾是惊鸿照影来。

梦断香销四十年,沈园柳老不吹绵。此身行作稽山土,犹吊遗踪一泫然。(作者时年75岁)

禹 寺

陆 游

暮春之初光景奇,湖平山远最宜诗。尚余一恨无人会,不见蝉声满寺时。(作者时年77岁)

十二月二日夜梦游沈氏园亭(二首)

陆 游

路近城南已怕行,沈家园里更伤情。香穿客袖梅花在,绿蘸寺桥春水生。

城南小陌又逢春,只见梅花不见人。玉骨久成泉下土,墨痕犹锁壁间尘。(作者时年81岁)

城 南

陆 游

城南亭榭锁闲坊,孤鹤归飞只自伤。尘渍苔侵数行墨,尔来谁为拂颓墙?(作者时年82岁)

禹　祠

陆　游

祠宇嵯峨接宝坊，扁舟又系画桥旁。豉添满箸莼丝紫，蜜渍堆盘粉饵香。团扇卖时春渐晚，夹衣换后日初长。故人零落今何在？空吊颓垣墨数行。（作者时年 83 岁）

禹　寺

陆　游

禹寺荒残钟鼓在，我来又见物华新。绍兴年上曾题壁，观者多疑是古人。（作者时年 84 岁）

春　游

陆　游

沈家园里花如锦，半是当年识放翁。也信美人终作土，不堪幽梦太匆匆。（作者时年 84 岁）

中小学已学篇目

张孝祥《念奴娇》（洞庭青草）※

可参考书目

《放翁词编年笺注》，夏承焘、吴熊和笺注，上海古籍出版社 1981 年

《陆游词新释辑评》，王双启编，中国书店 2000 年

《陆游评传》，邱鸣皋著，南京大学出版社 2002 年

《张孝祥词笺校》，黄山书社 1993 年

《张孝祥研究》，黄珮玉，香港三联书店 1993 年

《张孝祥资料汇编》，宛新彬编，中华书局 2006 年

《石湖词校注》，黄畲校注，齐鲁书社 1989 年

十九、辛弃疾词

辛弃疾

辛弃疾(1140—1207),字幼安,号稼轩,历城(今山东济南市)人。他出生时家乡已沦陷,22岁时组织二千多人的抗金队伍参加耿京起义军,任"掌书记"。次年辛弃疾赴建康朝见高宗时,叛徒张安国杀耿京后降金,辛弃疾率五十余骑闯入金营,生擒叛徒张安国,招回旧部万余人。入宋后曾任签判、通判、知州、参议官、提点刑狱、转运副使、安抚使等职,被谗落职,闲居几二十年,又两度起用安抚福建、浙东,转知镇江府。后曾被任命兵部侍郎、枢密院都承旨,因病辞。其词今存630余首,为两宋之最。

【集评】

世言稼轩居士辛公之词似东坡,非有意于学坡也,自其发于所蓄者言之,则不能不坡若也。　　公一世之豪,以气节自负,以功业自许,方将敛藏其用以事清旷,果何意于歌词哉,直陶写之具耳。故其词之为体,如张乐洞庭之野,无首无尾,不主故常;又如春云浮空,卷舒起灭,随所变态,无非可观。无他,意不在于作词,而其气之所充,蓄之所发,词自不能不尔也。其间固有清而丽、婉而妩媚,此又坡词之所无,而公词之所独也。(〔宋〕范开《稼轩词序》)

公所作大声镗鞳,小声铿鍧,横绝六合,扫空万古,自有苍生以来所无。其秾纤绵密者亦不在小晏、秦郎之下。(〔宋〕刘克庄《辛稼轩集序》)

其词慷慨纵横,有不可一世之概;于倚声家为变调,而异军突起,能于剪红刻翠之外,屹然别立一宗,迄今不废。(〔清〕纪昀等《四库全书提要》)

稼轩之词,胸有万卷,笔无点尘,激昂排宕,不可一世。(〔清〕彭孙遹《金粟词话》)

辛稼轩别开天地,横绝古今,《论》、《孟》、《诗小序》、《左氏春秋》、《南华》、《离骚》、《史》、《汉》、《世说》、选学、李杜诗,拉杂运用,弥见其笔力之峭。(〔清〕吴衡照《莲子居词话》卷一)

稼轩不平之鸣,随处辄发,有英雄语,无学问语,故往往锋颖太露。然其才情富艳,思力果锐,南北两朝,实无其匹,无怪流传之广且久也。 世以苏辛并称。苏之自在处,辛偶能到之;辛之当行处,苏必不能到。二公之词,不可同日语也。(〔清〕周济《介存斋论词杂著》)

南宋词人,白石有格而无情,剑南有气而乏韵;其堪与北宋人颉颃者,唯一幼安耳。(王国维《人间词话》)

菩 萨 蛮

书江西造口壁①

郁孤台下清江水②,中间多少行人泪③。西北望长安④,可怜无数山⑤。 青山遮不住,毕竟东流去。江晚正愁余⑥,山深闻鹧鸪。

【注释】

① 造口:又名皂口。在今江西万安县西南六十里处有皂口溪,水从这里流入赣江。

② 郁孤台:在今江西赣县西南,因"隆阜郁然孤峙,故名"(《赣州府志》)。清江水:赣江与袁江的会合处一名清江。此即指赣江的水。

③ 行人:当指隆祐太后及其扈从人员。详〔赏析〕。

④ 长安:此借指北宋京城汴京(今河南开封市)。

⑤ "可怜"句:宋·刘敞《九日》:"可怜西北望,白日远长安。"

⑥ 正愁余:我正愁苦,此系倒装句。

【汇评】

南渡初,金人追隆祐太后御舟至造口,不及而还。幼安因此起兴。"闻鹧鸪"之句,谓恢复之事行不得也。(〔宋〕罗大经《鹤林玉露》甲编卷一)

无数山水,无数悲愤郁伊。文公云:若朝廷赏罚明,此等人皆可用。(〔明〕沈际飞《草堂诗余别集》卷一)

《菩萨蛮》如此大声镗鞳,未曾有也。(梁令娴《艺蘅馆词选》丙卷引梁启超语)

词仅四十四字,举怀人恋阙,望远思归,悉纳其中,而以清空出之,复一气旋折,深得唐贤消息。集中之高格也。(俞陛云《宋词选释》)

【赏析】

宋孝宗淳熙三年(1176),作者任江西提点刑狱,其间曾在造口壁上写此词以抒怀。

据〔宋〕徐梦莘《三朝北盟会编》记载,宋高宗建炎三年(1129)十月二十三日,高宗伯母隆祐太后(即哲宗孟皇后)逃离吉州,"金人追至太和县,太后乃自万安县至皂口",因此罗大经《鹤林玉露·辛幼安词》以为此词"自此起兴",这一见解是正确的。上片即先写登临郁孤台时,俯瞰清江之水,回想起了上述这段史事;继写遥望故都汴京而不可见,惟见无数青山而已。故国之思,中原陆沉之恨,于此油然而生。换头两句,慨叹多情的青山意欲挽住东逝的江水,然而江水无情,依然不停地将岁月流去,这对壮志未酬、年近不惑(作者时年三十六七岁)的作者来说,是忧心忡忡却又无可奈何的事情,身世之感,复在句中托出。结拍两句,只是通过眼前哀景的描述,烘托作者此时对国事的殷忧。

必须指出,不少论者囿于清人周济"借水怨山"之说(《宋四家词选》),咸以为词中的"青山"乃阻挠北伐者的反面形象,实则大谬不然。检稼轩所有词作,"青山"无一不是以正面形象出现的;而江水东流,则从孔子"逝者如斯夫,不舍昼夜"(《论语·子罕》)

开始,一向被认为是光阴流逝的象征。辛词亦有"流水无情,潮到空城头尽白"(《酒泉子》)之句。因此笔者认为,此词中的"青山"是象征着企图挽住时光的多情者,"东流去"的江水却恰恰是象征着催人老去的无情岁月。如此理解,方可见出此词丰富而深刻的思想感情及其随情行文的脉络。

(常国武)

破 阵 子

为陈同甫赋壮词以寄之①

醉里挑灯看剑②,梦回吹角连营③。八百里分麾下炙④,五十弦翻塞外声⑤。沙场秋点兵⑥。　马作的卢飞快⑦,弓如霹雳弦惊⑧。了却君王天下事⑨,赢得生前身后名。可怜白发生!

【注释】

① 陈同甫:作者志同道合的朋友陈亮,字同甫(亦作"同父"。"甫"本作"父"。)

② 看剑:杜甫《夜宴左氏庄》:"检书烧烛短,看剑引杯长。"

③ 吹角连营:一座接一座的军营中吹起了号角之声。

④ "八百里"句:八百里,代指牛。《世说新语·汰侈》载:"王君夫(恺)有牛,名八百里駮,……王武子(济)语君夫:'我射不如卿,今指赌卿牛,以千万对之。'君夫既恃手快,且谓骏物无有杀理,便相然可,令武子先射。武子一起便破的,却据胡床,叱左右速探牛心来。须臾,炙至,一脔便去。"麾(huī)下:部下。炙:烤熟的肉。

⑤ 五十弦:古代的乐器瑟有五十根弦。翻:弹奏。塞外声:边塞雄壮的军乐。

⑥ 点兵:检阅军队。

⑦ 作:犹"若",与下句的"如"字相对应。的卢:原为刘备的坐骑,此处指一种烈性的快马。

⑧ 霹雳:响雷声。《南史·曹景宗传》:"景宗谓所亲曰:'我昔在乡里,骑快马如龙,与年少辈数十骑,拓弓弦作霹雳声。……'"《北史·长孙晟传》:"突厥之内,大畏长孙总管,闻其弓声,谓为霹雳。"

⑨ 了却:犹今言"完成"。君王天下事:指收复中原、恢复赵宋王朝一统

天下的大事。

【汇评】

搔着同甫痒处。(〔明〕卓人月《古今词统》卷十)

字字跳掷而出,"沙场"五字,起一片秋声,沉雄悲壮,凌轹千古。(〔清〕陈廷焯《云韶集》卷五)

感激豪宕,苏辛并峙千古,然忠爱恻怛,苏胜于辛,而淋漓怨壮,顿挫盘郁,则稼轩独步千古矣。稼轩词魄力雄大,如惊雷怒涛,骇人耳目,天地巨观也,后惟迦陵有此笔力,而郁处不及。(〔清〕陈廷焯《词则·放歌集》卷一)

【赏析】

这首词追忆青年时代参加耿京起义部队那一阶段紧张的军营生活,从而抒发今日投闲置散、壮志未酬的战歌和悲吟。

全词虽分上下两片,实则"可怜白发生"以上九句乃是一个不可分割的整体,当一气读之。这九句是"宾",全为末句的"主"铺垫和服务。连续采用对仗句式,将早年那段军旅生活及其从军的心志写得愈加轰轰烈烈,绘声绘色,就愈能反跌出今日投闲置散的强烈的悲愤之情,这与李白《越中览古》"越王勾践破吴归,义士还家尽锦衣,宫女如花满春殿,只今惟有鹧鸪飞"所采取的以乐景写哀的反衬手法可谓同一机杼,但感情的色彩则大相径庭。结拍的"可怜"只能作"可惜"解,否则既与作者和陈亮的为人不类,更与词题中点明的"壮词"不合。作"可惜"解,则可以想见作者写此词时,固有悲愤的一面,更有悲壮的一面——亦即不甘闲散、渴望东山再起的主要一面。倘若以为此词末句表现了作者自伤乃至颓唐的思想感情,那真是大谬不然了。

(常国武)

鹧鸪天

有客慨然谈功名,因追念少年时事,戏作

壮岁旌旗拥万夫①,锦襜突骑渡江初②。燕兵夜娖银胡䩮③,汉箭朝飞金仆姑④。　　追往事，叹今吾，春风不染白髭须⑤。却将万字平戎策⑥，换得东家种树书⑦。

【注释】

① 旌旗：军旗。拥万夫：统率人数众多的部队。作者《进美芹十论札子》云："臣尝鸠众二千，隶耿京，为掌书记，与图恢复。共籍兵二十五万，纳款于朝。"

② 锦襜(chān)：锦绣的战袍。突骑(jì)：突击敌军的轻骑兵。渡江初：追忆作者生擒叛徒张安国渡江南下献俘这一事件开始以来的情况。

③ 燕(yān)兵：北兵。这里指金兵。娖(chuò)：整治。银胡䩮(lù)：银色的箭袋。

④ 汉箭：指作者所率义军发射的弓箭。金仆姑：箭名。《左传·庄公十一年》："公以金仆姑射南宫长万。"

⑤ "春风"句：意谓春风也不能还我青春。欧阳修《圣无忧》："春风不染髭须。"

⑥ 万字平戎策：指作者所上《美芹十论》、《九议》等论述战胜金兵之道的论文。策，文体的一种。

⑦ 种树书：《史记·秦始皇本纪》："所不去者，医药、卜筮、种树之书。"韩愈《送石洪》："长把种树书，人云避世士。"此句意谓换来的是今日退隐躬耕、投闲置散的下场。

【本事】

党承旨怀英，辛尚书弃疾，俱山东人，少同舍，属金国初遭乱，俱在兵间。辛一旦率数千骑南渡，显于宋。党在北方，擢第入翰林，有名，为一时文字宗主。二公虽所趋不同，皆有功业荣宠，视前朝陶穀、韩熙载，亦相况也。后辛退闲，有词《鹧鸪天》云："壮岁旌旗拥万夫(下略)。"盖纪其少时事也。(〔元〕刘祁《归潜志》卷八)

【汇评】

稼轩《鹧鸪天》云："却将万字平戎策，换得东家种树书。"哀而壮，得毋有"烈士暮年"之慨耶？(〔清〕陈廷焯《白雨斋词话》卷一)

金国初乱,稼轩率数千骑,渡江而南,高宗录用之。归田后有客过访,慨然谈功名,因追述少年时事,有英雄种菜之感。生平宦游南北,江统平戎之策,橐驼种树之书,一身兼之。词中不言何去何从,观其以家事付儿曹,赋《西江月》词以见志,有"宜醉宜游宜睡"、"管竹管山管水"之句,知其天性淡泊,东郊戢影,固义命自安也。(俞陛云《唐五代两宋词选释》)

【赏析】

这是作者追往叹今的一首著名小令。上片回忆青年时代生擒叛贼张安国,率领万名义军渡江南归的往事,遣词造语,雄健密丽,又以"燕兵"两句对仗,渲染当年这一可歌可泣的敌我双方追击、还击的场面,为下片作充分的铺垫。换头两句,承上启下。往事已矣,人已老大,即使能让万物复苏、万象更新的春风,也无法让自己恢复青春了。这是一层意思。当年呕心沥血,写了洋洋数万言有关敉平敌虏大计的策论上奏朝廷,然而今天徒然换得了罢职退隐的悲惨结局。这是第二层意思。两层意思,概括了作者南归后满腔爱国热情却备受冷遇、排挤的经历,也表达了他壮志未酬、年华已逝的悲愤。上下两片,采用"以乐景写哀"的反衬手法,形成强烈的对照;结拍两句,又自成今昔对比,也是采用反衬的手法。

(常国武)

摸 鱼 儿

淳熙己亥①,自湖北漕移湖南②,同官王正之置酒小山亭③,为赋

更能消、几番风雨④,匆匆春又归去。惜春长怕花开早⑤,何况落红无数⑥。春且住,见说道、天涯芳草无归路⑦。怨春不语⑧。算只有殷勤,画檐蛛网,尽日惹飞絮⑨。　　长门事,准拟佳期又误,蛾眉曾有人妒⑩。千金纵买相如赋,脉脉此情谁诉⑪?君莫舞,君不见、玉环飞燕皆尘土⑫!闲愁最苦⑬。休去倚危阑⑭,斜阳正在,烟柳断肠处。

【注释】

① 淳熙己亥：宋孝宗淳熙六年（1179）为己亥年。

② 湖北：荆湖北路。漕：漕司。宋代漕司长官转运使掌管一路（宋代大行政区划）或数路军需粮饷，其后又兼军事、刑名、巡视地方之职，为府州以上行政长官，权任甚重。因有兵权，故亦称"漕帅"。是年三月，作者由荆湖北路转运副使改任荆湖南路转运副使。

③ 王正之：名正己，字正之。曾任右司郎官及太府卿等职，系作者旧交。淳熙六年任湖北转运判官，故称"同官"。置酒：设酒宴为作者送行。小山亭：在东漕衙之乖崖堂。

④ 消：经受得住。

⑤ 长：总是。

⑥ 落红：泛指落花。花多红色，故云。

⑦ 见说道：听说道。"天涯"句：意谓芳草连天，已遮断了春的归路。此言春天已到尽头。

⑧ 怨春不语：埋怨春天默不作声。

⑨ "算只有"两句：数来数去，只有那画檐下热情的蜘蛛还在整天努力结网，企图粘住一些飞舞的柳絮，留下少许春色。此暗喻国家还有少许繁华景象。

⑩ "长门事"三句：用陈皇后失宠后被汉武帝送到长门宫中幽居之事。准拟佳期又误：约定了好日子相会却又延误（取消）了。屈原《离骚》："曰黄昏以为期兮，羌中道而改路。初既与余成言兮，后悔遁而有他。"为"准拟"句之所本。蛾眉：借指美女。此作者自喻。"蛾眉"句亦用《离骚》："众女嫉余之蛾眉兮，谣诼谓余以善淫。"

⑪ "千金"两句：传为司马相如所写的《长门赋·序》云："孝武皇帝陈皇后，时得幸，颇妒。别在长门宫，愁闷悲思。闻蜀郡成都司马相如，天下工为文，奉黄金百斤，为相如、（卓）文君（夫妇）取酒，因为解悲愁之辞；而相如为文，以悟主上，陈皇后复得亲幸。"按此赋序并非出于司马相如之手，陈皇后复得亲幸之事亦不见史传。脉脉：含情貌。

⑫ 玉环：唐玄宗的宠妃杨玉环（即杨贵妃，小字玉环）。飞燕：汉成帝宠爱的皇后赵飞燕。

⑬ 闲愁：寂寞孤苦的愁思。

⑭ 危阑：高楼上的栏杆。

【汇评】

词意殊怨,"斜阳"、"烟柳"之句,其与"未须愁日暮,天际乍轻阴"者异矣。使在汉唐时,宁不贾种豆种桃之祸哉!愚闻寿皇见此词,颇不悦。然终不加罪,可谓至德也已。(〔宋〕罗大经《鹤林玉露》甲编卷一)

李涉诗:"野寺寻花春已迟,背崖唯有两三枝。明朝携酒犹堪赏,为报春风且莫吹。"辛用其意。(〔明〕沈际飞《草堂诗余正集》卷六)

("春且住"二句)是留春之辞。结句即义山"夕阳无限好,只是近黄昏"之意。斜阳以喻君也。(《类编草堂诗余》卷四李星垣语)

词意似过于激切。第南渡之初,危如累卵,"斜阳"句,亦危言耸听之意耳。持重者多危词,赤心人少甘语,亦可以谅其志哉!(〔清〕黄苏《蓼园词选》)

稼轩"更能消几番风雨"一章,词意殊怨。然姿态飞动,极沉郁顿挫之致。起处"更能消"三字,是从千回万转后倒折出来,真是有力如虎。(〔清〕陈廷焯《白雨斋词话》卷一)

回肠荡气,至于此极。前无古人,后无来者。(梁令娴《艺蘅馆词选》丙卷梁启超语)

幼安自负天下才,今薄宦流转,乃借晚春以寄慨。上阕笔势动荡,留春不住,深惜其归,但芳草天涯,春去苦无归处,见英雄无用武之地。蛛网罥花,隐寓同官多情,为置酒少留之意。当其在理宗(当为孝宗)朝曾拥节钺,后之奉身而退,殆有谗挝之者,故上阕写不平之气,下阕"蛾眉曾有人妒"更明言之:玉环飞燕,皆归尘土,则妒人者果何益耶?结句斜阳肠断,无限牢愁,即以词句论,亦绝妙之语。(俞陛云《宋词选释》)

【赏析】

辛弃疾是宋代豪放派词人中最重要的作家之一,但他所写婉约风格的篇目也往往脍炙人口,且具有个人独特的风格,与宋代任何婉约派著名词人相比,都绝无逊色之处。这首词就是作者婉约词章中颇具代表性的一篇。

上片以"春去"隐喻、暗示国势的危殆,警告昏庸的统治者不能再醉生梦死了;词人以"惜春"、"劝春"、"怨春"等心理活动寄托自己对国势垂危的忧虑与痛心。"算只有"二句,以蛛网沾絮暗喻当时社会上表面的繁华似乎还给即将倾圮的国势留下一点生气。

下片继续采用隐喻、借喻以及使事用典等手法,传达作者因受排挤而见疏于君王的苦闷心情,并对因妒陷"蛾眉"(作者自喻)而受到君王宠幸的群小提出指斥和警告。结拍又复折入眼前现实,以哀景托出对国事日非的悲愤。据罗大经《鹤林玉露·辛幼安词》记载,由于此作"词意殊怨",孝宗读后"颇不悦"云。

这首词作的特点,一是所抒发的感情与当时的政治形势和作者个人的身世遭际紧密相关,完全摆脱了唐五代北宋以来羁旅行役、离情别绪之类传统题材的窠臼,赋予了婉约词以崭新的内涵。二是当时作者身为从北方沦陷区南来的"归正官员",虽蒿目时艰,亟欲奋其才智以匡国事,但由于"孤危一身久矣"(作者《淳熙己亥论盗贼札子》),个人政治处境十分险恶,故满怀悲愤怨艾不得不以比兴、象征等隐晦曲折、委婉含蓄的手法出之,这也与传统的婉约词章多用直陈情事、极少使事用典的赋体颇异其趣。

(常国武)

青 玉 案

东风夜放花千树①。更吹落,星如雨②。宝马雕车香满路③。凤箫声动,玉壶光转,一夜鱼龙舞④。　蛾儿雪柳黄金缕⑤,笑语盈盈暗香去。众里寻他千百度,蓦然回首,那人却在,灯火阑珊处。

【注释】

① 花千树,指灯。苏味道诗《正月十五日夜》:"火树银花合,星桥铁锁开。"

② 星如雨:指焰火。

③ 语出郭利贞《上元》诗:"九陌连灯影,千门度月华。倾城出宝骑,匝路转香车。"

④ 《汉书·西域传赞》载有西域所进"漫衍鱼龙角抵之戏",此指灯的形状各异,在月光下飞舞,如鱼龙闹海一般。

⑤ 蛾儿、雪柳等皆谓宋代妇人所戴金、玉饰物。此处指插戴饰物之贵家妇女。

【汇评】

辛稼轩"蓦然回首,那人却在灯火阑珊处",秦周之佳境也。(〔清〕彭孙遹《金粟词话》)

自怜幽独,伤心人别有怀抱。(〔清〕梁令娴《艺蘅馆词选》丙卷梁启超语)

此词自起笔至"笑语"句,皆纪"元夕"之游观,唯结末三句别有会心。其回首欲见之人,岂避喧就寂耶?或人约黄昏,有城隅之俟耶?含意未申,戛然而止,盖待人寻味也。(〔清〕俞陛云《宋词选释》)

古今之成大事业、大学问者,必经过三种之境界:"昨夜西风凋碧树,独上高楼,望尽天涯路",此第一境也。"衣带渐宽终不悔,为伊消得人憔悴",此第二境也。"众里寻他千百度,蓦然回首,那人却在,灯火阑珊处",此第三境也。此等语皆非大词人不能道,然遽以此意解释诸词,恐为晏、欧诸公所不许也。(〔清〕王国维《人间词话》)

【赏析】

宋孝宗乾道六年至八年,辛弃疾曾有近两年的时间在临安(今杭州)任职,此词即作于这一时期。临安虽是宋室南渡后的所谓临都,但不少人已是"直把杭州作汴州"了,因而其繁华程度至孝宗时已不亚于北宋都城汴梁(今河南开封)。即如元宵节,全城张灯结彩,花团锦簇,据周密《武林旧事》卷二载,"灯之品极多,每以'苏灯'为最……其后福州所进,则纯用白玉,晃耀夺目,如清冰玉壶,爽彻心目。近岁新安所进益奇,虽圈骨悉皆琉璃所为,号'无骨灯'。"吴自牧《梦粱录》卷一又载,元宵之夜,"妇人皆戴珠翠、闹蛾、玉梅、雪柳、菩提叶、灯球、销金合、蝉貂袖、项帕,而衣多尚白,盖月下所宜也。""府第中有家乐儿童,亦各动笙簧琴瑟,清音嘹亮,最可人听,拦街嬉耍,竟夕不眠。"辛弃疾在词中用大部分笔墨所描写的,正是上述这种元宵之节倾城游观的盛况。然而,在极繁华、极热闹的描写之后,忽结以末数句,好似奇峰突起,勾勒出一位超凡脱俗、置身局外的人物。在万人空巷、倾城观灯之时,却有人独立于"灯火阑珊处";在举世把杭州当汴州之时,仍有人愁思凝结,忧虑着那锦簇花团之外的世事。"举世皆浊我独清,众人皆醉我独醒。"词中前后所构成的强烈对比,极为成功地展示出词人"伤心人别有怀抱",而这种怀抱不是别的,正是词人对恢复大业、对国家和民族的前途与命运的深深的忧虑。　　　　（巩本栋）

祝英台近·晚春

宝钗分①,桃叶渡②,烟柳暗南浦③。怕上层楼,十日九风雨。断肠片片飞红,都无人管,更谁劝、啼莺声住?　　鬓边觑。试把花卜归期,才簪又重数④。罗帐灯昏,哽咽梦中语:是他春带愁来,春归何处?却不解、带将愁去。

【注释】

① 宝钗分:古代女子有分钗赠别的风俗。白居易《长恨歌》:"惟将旧物表深情,钿合金钗寄将去。钗留一股合一扇,钗擘黄金合分钿。"杜牧《送人诗》:"明镜半边钗一股,此生何处不相逢。"钗:女子头饰。

② 桃叶渡:渡口名,在南京秦淮河与清溪合流处。《古乐府》注:"晋王献之爱妾名桃叶,尝渡此,献之作歌送之曰:'桃叶复桃叶,渡江不用楫。但渡无所苦,我自迎接汝。'"后以桃叶渡泛指与恋人分别处。

③ 南浦:泛指送别的地方。江淹《别赋》:"春草碧色,春水绿波,送君南浦,伤如之何?"

④ 才簪又重数:取下簪上,簪上又取下,再数一遍,生怕数错花瓣。簪:此作动词,犹"插"。

【本事】

吕婆,吕正己之妻。正己为京畿漕,有女事辛幼安。因以微事触其怒,竟逐之。今稼轩"桃叶渡"词,因此而作。(宋·张端义《贵耳集》)

【汇评】

近世春晚词,少有比者。(宋·张侃《拙轩词话》)

(陆雪溪《瑞鹤仙》、辛稼轩《祝英台近》)皆景中带情,而存骚雅。故其燕酣之乐,别离之愁,回文题叶之诗,岘首西州之泪,一寓于词。若能屏去浮艳,乐而不淫,是亦汉魏乐府之遗意。(宋·黄昇《中兴词话》)

稼轩词以激扬奋厉为工,至"宝钗分,桃叶渡"一曲,昵狎温柔,魂销意尽,才人伎俩,真不可测。昔人论画云:"能寸人豆马,可作千丈松。"知言哉!(清·沈谦《填词杂说》)

按此闺怨词也。史称稼轩人材,大类温峤、陶侃。周益公等抑之,为之惜,此必有所托而借闺怨以抒其志乎。(清·黄苏《蓼园词选》)

【赏析】

此词写作时间无确考。黄蓼园《蓼园词选》说是:"借闺怨以抒其志",是可信的。起调三句巧妙地化用前人诗意,追忆与恋人送别时的眷恋深情。词的上片写景:风雨凄凄,飞红片片,啼莺哀鸣,这凄清的晚春景色更增添了离人的愁思。词的下片写离人盼归用"试把花卜归期,才簪又重数"的典型细节,描写了离人盼归的复杂心情。词中以细腻的笔触,描绘了女子的心理和动作。从"怕上层楼"、"花卜归期"到"哽咽梦中语",既是伤春,又是怀人。两种情绪交相映衬,融成一片缠绵悱恻,温柔婉约。最后以梦中语作结。把一腔愁思归到春天身上,认为春天带来愁思,春将归去,却没能将这些忧愁带走。深刻细致地反映了离人无可奈何的悲怨感情。

词写晚春闺怨,以忆昔开篇,以下折回现实伤春。"怕上层楼"、"十日九风雨"、怕见"片片飞红"、怕听声声莺啼。说"无人管"、说"更谁劝"是怨春匆匆归去的痴情语。春归人不归,词的下片极写盼归之情:"花卜归期",典型生活细节。鬓边觑花,继以数瓣卜归,更"才簪又重数",婉曲深细、活脱逼真,神情心理呼之欲出。"哽咽梦中语"亦传神之笔。不怨春去人不归,却怨春带将愁来,不带愁去,无理而妙。明人沈谦《填词杂说》云:"稼轩词以激扬奋厉为工,至宝钗分,桃叶渡一曲,昵狎温柔,魂销意尽,才人伎俩,真不可测。"在作者以豪放悲壮著称的作品外,这首词显出又一种特色。

备选课文

水 龙 吟
登建康赏心亭

楚天千里清秋,水随天去秋无际。遥岑远目,献愁供恨,玉簪螺髻。落日楼头,断鸿声里,江南游子。把吴钩看了,栏干拍遍,无人会,登临意。　　休说鲈鱼堪脍,尽西风,季鹰归未?求田问舍,怕应羞见,刘郎才气。可惜流年,忧愁风雨,树犹如此。倩何人唤取,红巾翠袖,揾英雄泪?

南 乡 子
登京口北固亭有怀

何处望神州?满眼风光北固楼。千古兴亡多少事?悠悠。不尽长江滚滚流。　　年少万兜鍪,坐断东南战未休。天下英雄谁敌手?曹刘。生子当如孙仲谋。

水 龙 吟

辛弃疾

为韩南涧尚书寿,甲辰岁

渡江天马南来,几人真是经纶手?长安父老,新亭风景,可怜依旧!夷甫诸人,神州沉陆,几曾回首?算平戎万里,功名本是,真儒事,君知否? 况有文章山斗,对桐阴满庭清昼。当年堕地,而今试看,风云奔走。绿野风尘,平泉草木,东山歌酒。待他年整顿,乾坤事了,为先生寿。

贺 新 郎

辛弃疾

同父见和,再用韵答之

老大那堪说!似而今、元龙臭味,孟公瓜葛。我病君来高歌饮,惊散楼头飞雪。笑富贵、千钧如发。硬语盘空谁来听?记当时、只有西窗月。重进酒,换鸣瑟。 事无两样人心别。问渠侬:神州毕竟,几番离合?汗血盐车无人顾,千里空收骏骨。正目断、关河路绝。我最怜君中宵舞,道男儿、到死心如铁!看试手,补天裂。

贺 新 郎

辛弃疾

细把君诗说。怅余音、钧天浩荡,洞庭胶葛。千尺阴崖尘不到,惟有层冰积雪。乍一见、寒生毛发。自昔佳人多薄命,对古来、一片伤心月。金屋冷,夜调瑟。 去天尺五君家别。看乘空、鱼龙惨淡,风云开合。起望衣冠神州路,白日销残战骨。叹夷甫、诸人清绝。夜半狂歌悲风起,听铮铮、阵马檐间铁。南共北,正分裂。

念奴娇

辛弃疾

书东流村壁

野棠花落,又匆匆过了,清明时节。划地东风欺客梦,一枕云屏寒怯。曲岸持觞,垂杨系马,此地曾轻别。楼空人去,旧游飞燕能说。　　闻道绮陌东头,行人曾见,帘底纤纤月。旧恨春江流不尽,新恨云山千叠。料得明朝,尊前重见,镜里花难折。也应惊问:近来多少华发?

贺新郎

辛弃疾

别茂嘉十二弟

绿树听鹈鸠。更那堪、鹧鸪声住,杜鹃声切。啼到春归无寻处,苦恨芳菲都歇。算未抵人间离别。马上琵琶关塞黑,更长门、翠辇辞金阙。看燕燕,送归妾。　　将军百战身名裂,向河梁、回头万里,故人长绝。易水萧萧西风冷,满座衣冠似雪,正壮士、悲歌未彻。啼鸟还知如许恨,料不啼清泪长啼血。谁共我,醉明月。

沁园春

辛弃疾

带湖新居将成

三径初成,鹤怨猿惊,稼轩未来。甚云山自许,平生意气;衣冠人笑,抵死尘埃。意倦须还,身闲贵早,岂为莼羹鲈鲙哉?秋江上,看惊弦雁避,骇浪船回。　　东冈更葺茅斋,好都把轩窗临水开。要小舟行钓,先应种柳;疏篱护竹,莫碍观梅。秋菊堪餐,春兰可佩,留待先生手自栽。沉吟久,怕君恩未许,此意徘徊。

清平乐

辛弃疾

独宿博山王氏庵

绕床饥鼠,蝙蝠翻灯舞。屋上松风吹急雨,破纸窗间自语。　平生塞北江南,归来华发苍颜。布被秋宵梦觉,眼前万里江山!

贺新郎

辛弃疾

邑中园亭,仆皆为赋此词。一日,独坐停云,水声山色,竞来相娱。意溪山欲援例者,遂作数语,庶几仿佛渊明思亲友之意云

甚矣吾衰矣!怅平生、交游零落,只今余几?白发空垂三千丈,一笑人间万事,问何物能令公喜?我见青山多妩媚,料青山见我应如是。情与貌,略相似。　　一尊搔首东窗里,想渊明、停云诗就,此时风味。江左沉酣求名者,岂识浊醪妙理?回首叫云飞风起。不恨古人吾不见,恨古人不见吾狂耳!知我者,二三子。

沁园春

辛弃疾

将止酒,戒酒杯使勿近

杯汝来前!老子今朝,点检形骸。甚长年抱渴,咽如焦釜;于今喜睡,气似奔雷。汝说刘伶,古今达者,醉后何妨死便埋。浑如此,叹汝于知己,真少恩哉!　　更凭歌舞为媒,算合作平居鸩毒猜。况怨无大小,生于所爱;物无美恶,过则为灾。与汝成言,勿留亟退,吾力犹能肆汝杯。杯再拜,道麾之即去,招则须来。

鹧鸪天

辛弃疾

鹅湖归,病起作

枕簟溪堂冷欲秋,断云依水晚来收。红莲相倚浑如醉,白鸟无言定自愁。　　书咄咄,且休休,一丘一壑也风流。不知筋力衰多少,但觉新来懒上楼!

泛读课文

水调歌头

辛弃疾

千里渥洼种,名动帝王家。金銮当日奏草,落笔万龙蛇。带得无边春下,等待江山都老,教看鬓方鸦。莫管钱流地,且拟醉黄花。　　唤双成,歌弄玉,舞绿华。一觞为饮千岁,江海吸流霞。闻道清都帝所,要挽银河仙浪,西北洗胡沙。回首日边去,云里认飞车。

满江红

辛弃疾

建康史致道留守席上赋

鹏翼垂空,笑人世、苍然无物。还又向、九重深处,玉阶山立。袖里珍奇光五色,他年要补天西北。且归来、谈笑护长江,波澄碧。　　佳丽地,文章伯。金缕唱,红牙拍。看尊前飞下,日边消息。料想宝香黄阁梦,依然画舫青溪笛。待如今、端的约钟山,长相识。

声声慢

辛弃疾

滁州旅次登奠枕楼作,和李靖宇韵

征埃成阵,行客相逢,都道幻出层楼。指点檐牙高处,浪拥云浮。今年太平万里,罢长淮、千骑临秋。凭栏望,有东南佳气,西北神州。千古怀嵩人去,应笑我、身在楚尾吴头。看取弓刀陌上,车马如流。从今赏心乐事,剩安排、酒令诗筹。华胥梦,愿年年、人似旧游。

满　江　红
辛弃疾

汉水东流,都洗尽,髭胡膏血。人尽说,君家飞将,旧时英烈。破敌金城雷过耳,谈兵玉帐冰生颊。想王郎、结发赋从戎,传遗业。

腰间剑,聊弹铗。尊中酒,堪为别。况故人新拥,汉坛旌节。马革裹尸当自誓,蛾眉伐性休重说。但从今、记取楚台风,庾楼月。

水　调　歌　头
辛弃疾

舟次扬州,和杨济翁、周显先韵

落日塞尘起,胡骑猎清秋。汉家组练十万,列舰耸层楼。谁道投鞭飞渡,忆昔鸣髇血污,风雨佛狸愁。季子正年少,匹马黑貂裘。

今老矣!搔白首,过扬州。倦游欲去江上,手种橘千头。二客东南名胜,万卷诗书事业,尝试与君谋。莫射南山虎,直觅富民侯。

破　阵　子
辛弃疾

掷地刘郎玉斗,挂帆西子扁舟。千古风流今在此,万里功名莫放休。君王三百州。　燕雀岂知鸿鹄,貂蝉元出兜鍪。却笑泸溪如斗大,肯把牛刀试手不。寿君双玉瓯。

木　兰　花　慢
辛弃疾

席上呈张仲固帅兴元

汉中开汉业,问此地、是耶非?想剑指三秦,君王得意,一战东归。

追亡事、今不见,但山川满目泪沾衣。落日胡尘未断,西风塞马空肥。　　一编书是帝王师,小试去征西。更草草离筵,匆匆去路,愁满旌旗。君思我、回首处,正江涵秋影雁初飞。安得车轮四角,不堪带减腰围。

永　遇　乐

辛弃疾

京口北固亭怀古

千古江山,英雄无觅,孙仲谋处。舞榭歌台,风流总被,雨打风吹去。斜阳草树,寻常巷陌,人道寄奴曾住。想当年,金戈铁马,气吞万里如虎。　　元嘉草草,封狼居胥,赢得仓皇北顾。四十三年,望中犹记,烽火扬州路。可堪回首,佛狸祠下,一片神鸦社鼓。凭谁问,廉颇老矣,尚能饭否?

摸　鱼　儿

辛弃疾

望飞来、半空鸥鹭,须臾动地鼙鼓。截江组练驱山去,鏖战未收貔虎。朝又暮。悄惯得、吴儿不怕蛟龙怒。风波平步。看红旆惊飞,跳鱼直上,蹙踏浪花舞。　　凭谁问,万里长鲸吞吐,人间儿戏千弩。滔天力倦知何事,白马素车东去。堪恨处。人道是、屈镂怨愤终千古。功名自误。谩教得陶朱,五湖西子,一舸弄烟雨。

丑　奴　儿

辛弃疾

少年不识愁滋味,爱上层楼。爱上层楼。为赋新词强说愁。
而今识尽愁滋味,欲说还休。欲说还休。却道天凉好个秋。

丑奴儿近

辛弃疾

博山道中,效李易安体

千峰云起,骤雨一霎儿价。更远树斜阳,风景怎生图画?青旗卖酒,山那畔别有人家。只消山水光中,无事过这一夏。　　午醉醒时,松窗竹户,万千潇洒。野鸟飞来,又是一般闲暇。却怪白鸥,觑着人欲下未下。旧盟都在,新来莫是,别有说话?

水龙吟·过南剑双溪楼

辛弃疾

举头西北浮云,倚天万里须长剑。人言此地,夜深长见,斗牛光焰。我觉山高,潭空水冷,月明星淡。待燃犀下看,凭栏却怕,风雷怒,鱼龙惨。　　峡束苍江对起,过危楼、欲飞还敛。元龙老矣,不妨高卧,冰壶凉簟。千古兴亡,百年悲笑,一时登览。问何人又卸,片帆沙岸,系斜阳缆?

沁　园　春

辛弃疾

灵山齐庵赋,时筑偃湖未成

叠嶂西驰,万马回旋,众山欲东。正惊湍直下,跳珠倒溅;小桥横截,缺月初弓。老合投闲,天教多事,检校长身十万松。吾庐小,在龙蛇影外,风雨声中。　　争先见面重重,看爽气、朝来三数峰。似谢家子弟,衣冠磊落;相如庭户,车骑雍容。我觉其间,雄深雅健,如对文章太史公。新堤路,问偃湖何日,烟水濛濛?

水　调　歌　头

辛弃疾

我志在寥阔,畴昔梦登天。摩挲素月,人世俯仰已千年。有客骖鸾并凤，云遇青山赤壁，相约上高寒。酌酒援北斗，我亦虱其间。

少歌曰："神甚放，形则眠。鸿鹄一再高举，天地睹方圆。"欲重歌兮梦觉，推枕惘然独念，人事底亏全？有美人可语，秋水隔婵娟。

鹊桥仙·送粉卿行

辛弃疾

轿儿排了，担儿装了，杜宇一声催起。从今一步一回头，怎睚得、一千余里。　　旧时行处，旧时歌处，空有燕泥香坠。莫嫌白发不思量，也须有、思量去里。

西江月·遣兴

辛弃疾

醉里且贪欢笑，要愁那得功夫？近来始觉古人书，信着全无是处。　　昨夜松边醉倒，问松我醉何如？只疑松动要来扶，以手推松曰去！

中小学已学篇目

《西江月》(明月别枝惊鹊) 《清平乐》(茅檐低小) 《破阵子》(醉里挑灯看剑)（初） 《永遇乐》(千古江山)（高） 《菩萨蛮》(郁孤台下清江水)※

可参考书目

《稼轩词疏证》，梁启勋编著，中国书店1982年

《稼轩词编年笺注》，邓广铭编著，上海古籍出版社1993年增订本

《辛弃疾全集》，王步高、刘林辑校汇评，珠海出版社2002年

《辛稼轩年谱》，邓广铭著，上海古籍出版社1979年

《辛弃疾年谱》，蔡义江、蔡国黄著，齐鲁书社1987年

《辛弃疾资料汇编》，辛更儒编，中华书局2005年

二十、南宋后期词

刘克庄

刘克庄(1187—1269),初名灼,字潜夫,号后村。莆田(今福建莆田)人。淳祐中赐同进士出身,除秘书少监兼中书舍人。初仕时因《落梅》诗获罪,不仕二十余年。热心恢复,反对朝廷和议苟安,关心民生疾苦。词学稼轩,是著名的辛派词人。著有《后村先生大全集》,词集有《后村别调》及《后村长短句》传世。

【集评】

潜夫负一代时名,《别调》一卷,大约直致近俗,效稼轩而不及者。(宋·张炎《词源》)

刘后村词,旨正而语有致。后村《贺新郎·席上闻歌有感》云:"粗识《国风·关雎》乱,羞学流莺百啭。总不涉、闺情春怨。"又云:"我有生平离鸾操,颇哀而不愠微而婉。"意殆自寓其词品耶?(〔清〕刘熙载《艺概》卷四)

后村词与放翁、稼轩,犹鼎三足。其生丁南渡,拳拳君国,似放翁;志在有为,不欲以词人自域,似稼轩。(〔清〕冯煦《宋六十一家词选例言》)

张安国词,热肠郁思,可想见其为人。刘后村则感激豪宕,其词与安国相伯仲,去稼轩虽远,正不必让刘(过)、蒋(捷)。世人多好推刘、蒋,直以为稼轩后劲,何耶?(〔清〕陈廷焯《白雨斋词话》卷一)

改之粗犷,后村肤廓,去稼轩远甚。后人有辛刘并称者,可谓拟于不伦。后村虽才情略歉,品格尚高,改之则江湖清客之流。(郑骞《成府谈词》)

玉 楼 春

戏呈林节推乡兄①

年年跃马长安市②,客舍似家家似寄③。青钱换酒日无何④,红烛呼卢宵不寐⑤。 易挑锦妇机中字,难得玉人心下事⑥。男儿西北有神州,莫滴水西桥畔泪⑦。

【注释】

① 戏呈林节推乡兄:一本作"戏林推"。林节推:姓林的节度推官,词人的同乡和友人。节推:宋代在节度使、观察使下设推官,掌管勘问刑狱等事,简称"节推",属帅府幕僚。乡兄:对同乡而年辈相近的男子的称呼,年岁比自己小的男子习惯上也可敬称为兄。

② 长安:借指南宋都城临安(今杭州)。

③ "客舍"句:意即客居的日子比家居多。寄:临时借住。

④ 青钱:古时的铜钱因配铸成色的不同分为青钱和黄钱两种,颜色发青的称做青铜钱或青钱。杜甫《逼仄行·赠毕曜》:"速宜相就饮一斗,恰有三百青铜钱。"日无何:"日饮,无何"的省略语。《史记》卷一○一《袁盎晁错列传》:"(袁盎)徙为吴相。辞行,种(引者按:袁盎之侄)谓盎曰:'吴王骄日久,国多奸,今苟欲劾治,彼不上书告君,则利剑刺君矣。南方卑湿,君能日饮,毋何。时说王曰毋反而已,如此幸得脱。'盎用种之计,吴王厚遇盎。"《汉书》卷四九《袁盎晁错传第十九》大抵照录《史记》,"日饮,毋何"作"日饮,无何。"颜师古注:"无何,言更无余事。"

⑤ "红烛"句:晏几道[浣溪沙](家近旗亭酒易酤):"户外绿杨春系马,床前红烛夜呼卢。"呼卢:古代赌具的骰子,上有色彩和图像,投时五子全黑,是最高的采,称为卢。投得此采,必开心呼卢。宋程大昌《演繁露》卷六:"五子之形,两头尖锐,中间平广,状似今之杏仁,惟其尖锐,故可转跃,惟其平广,故可镂采也。凡一子悉为两面,其一面涂黑,黑之上画牛犊,以之为章,犊者牛子也;一面涂白,白之上即画雉,雉者、野鸡也。……投子者五皆现黑,则其

名卢。此在樗蒲(chū pú)为最高之采。"宵不寐:夜里不睡觉。

⑥"易挑"两句:意即妻子的爱情十分真挚,而妓女的心事却难以捉摸。挑:织锦刺绣的一种技法,用针挑起锦缎上的经线或纬线,将针上的丝线从底下穿过去,从而织绣出精细的汉字或花纹。锦妇:指前秦苏蕙,此代指林节推的妻子。《晋书》卷九十六《列女传》:"窦滔妻苏氏,始平人也,名蕙,字若兰,善属文。滔苻坚时为秦州刺史,被徙流沙,苏氏思之,织锦为回文旋图诗以赠滔。宛转循环以读之,词甚凄惋。"玉人:此指妓女。

⑦"男儿"两句:规劝林某从纵情游乐与女色中解脱出来,勉励其为收复中原建功立业。水西桥:指妓女聚集、聚居的地方。

【汇评】

英雄行径,必不如驽马恋栈豆。(〔明〕卓人月《古今词统》卷七)

刘潜夫《玉楼春》云:"男儿西北有神州,莫滴水西桥畔泪。"……此类皆慷慨激烈,发欲上指,词境虽不高,然足以使懦夫有立志。(〔清〕陈廷焯《白雨斋词话》卷六)

后村《玉楼春》云:"男儿西北有神州,莫滴水西桥畔泪。"杨升庵谓其"壮语足以立懦",此类是也。(〔清〕况周颐《蕙风词话》卷二)

此首题作《戏林推》,实含有无限家国之感。起言推之游侠生活,次言推之日夜豪情。换头,言冶游之无益,隐有劝勉之意。着末唤醒痴迷,似当头棒喝,惊动非常。(唐圭璋《唐宋词简释》)

【赏析】

此词在劝林节推乡兄之中,"实含有无限家国之感"(唐圭璋《唐宋词简释》)。为了让被劝的林节推易于接受,词人采用"戏"说的笔法。

上片似戏谑实心痛地写林节推的荒唐生活。"年年"两句极写林节推长年在外冶游的情状。陶潜《杂诗八首》(其七)"家为逆旅舍,我如当去客"句,表达的是达观的人生态度,"客舍"句却从陶诗化出,去写林节推的轻狂。达观与轻狂构成张力,或有促林节推反省的深意存焉。"青钱"两句具体描写林节推在京城酗酒、嗜赌的不良生活。

下片写词人对林节推的规劝。劝其珍惜妻子的爱,放弃对妓女的迷恋。劝其去做更重要的事,应以恢复西北神州为己任,千万不要再为"难得心下事"的"玉人"抛洒徒然的伤别之泪。词人的殷殷之意,可感可触。"西北有神州"是辛词中多次出现的句子,词人"拿来"熔裁之。"男儿"两句"杨升庵(引者按:升庵是明人杨慎的号)谓其壮语足以立懦"(况周颐《蕙风词话》卷二)是此词点题的警句。

(沈广达)

姜　夔

姜夔(1155?—1209),字尧章,号白石道人,鄱阳(今江西波阳)人。早年随父任至汉阳(今属湖北武汉市),父死,依姊居汉川(汉阳西北)。后漫游湘、鄂、维扬,多次寓居合肥,长期来往于吴越一带。一生漂流困顿,在贫病交迫中死于杭州。姜夔擅长诗词,精通音律,能自制新声。其词多写羁旅之思及身世之感,在部分词作中,抒发了忧时伤乱的情怀,从一定程度上反映了宋金对峙的社会面貌。与辛弃疾、吴文英鼎足而三。他是南宋词坛上"清空"词派的代表作家。有《诗说》一卷,论述诗歌创作的见解。其所传词中有十七首附有自注工尺旁谱,为流传至今的重要词乐文献。

【集评】

(姜尧章)中兴诗家名流,词极精妙,不减清真乐府,其间高处,有美成所不能及。(〔宋〕黄昇《中兴以来绝妙词选》卷六)

姜白石(词)如野云孤飞,去留无迹。(〔宋〕张炎《词源》卷下)

鄱阳姜夔出,句琢字炼,归于醇雅,于是史达祖、高观国羽翼之;张辑、吴文英师之于前;赵以夫、周密、陈允衡、王沂孙、张炎效之于后。譬之于乐,舞《箾》至于九变,而词之能事毕矣。(〔清〕汪森《词综序》)

白石脱胎稼轩,变雄健为清刚,变驰骤为疏宕。盖二公皆极热中,故气味吻合,辛宽姜窄,宽,故容藏;窄,故斗硬。(〔清〕周济《宋四家词选序》)

姜尧章词,清虚骚雅,每于伊郁中饶蕴藉,清真之劲敌,南宋一大家也。梦窗、玉田诸人,未易接武。(〔清〕陈廷焯《白雨斋词话》卷二)

意欲灵动,不欲晦涩。语欲稳秀,不俗纤佻。人工胜则天趣减,梅溪、梦窗,自不能不让白石出一头地。(〔清〕·先著《词洁辑评》卷四)

南宋词人,浙东、西特甚,而审音之精,要以白石为极诣,先生事事精习,率妙绝神品,虽终身草莱,而风流气韵,足以标映后世;当乾、淳间,俗学充斥,文卖湮替,乃能雅尚如此,洵稳定豪杰之士矣。(〔清〕·陈撰《玉几山房听雨录》)

扬 州 慢

淳熙丙申至日①,余过维扬②。夜雪初霁,荠麦弥望③。入其城,则四顾萧条,寒水自碧。暮色渐起,戍角悲吟。余怀怆然④,感慨今昔,因自度此曲⑤。千岩老人以为有《黍离》之悲也⑥。

淮左名都⑦,竹西佳处⑧,解鞍少驻初程⑨。过春风十里⑩,尽荠麦青青。自胡马窥江去后,废池乔木,犹厌言兵⑪。渐黄昏、清角吹寒,都在空城。　杜郎俊赏⑫,算而今、重到须惊。纵豆蔻词工,青楼梦好,难赋深情⑬。二十四桥⑭仍在,波心荡、冷月无声。念桥边红药⑮,年年知为谁生?

【注释】

① 淳熙丙申至日:宋孝宗淳熙三年(1176)冬至。至日:指冬至。
② 维扬:扬州的别名。
③ 荠(jì计)麦弥望:满眼都是荠麦(野生的麦)。
④ 余怀怆然:我的心情十分悲痛。

⑤ 自度此曲：自己创制了这个曲调。

⑥ 千岩老人以为有《黍离》之悲：千岩老人指萧德藻，他是当时的有名诗人，其侄女嫁给姜夔。《黍离》之悲：指故国之思。《诗经·王风》有《黍离》之篇，诗中感慨故宫荒废，长满禾黍，进而吊念西周王朝的倾覆。

⑦ 淮左名都：指扬州是淮东的著名都会。宋时扬州属淮南东路。古代以东方为左，故称淮左。

⑧ 竹西佳处：扬州旧有竹西亭，故称。

⑨ 解鞍少驻初程：解开马鞍，在旅途的头一段路程后稍事停留休息。

⑩ 春风十里：借指昔日十分繁华的扬州街市，源于杜牧《赠别》诗中"春风十里扬州路"句。

⑪ 自胡马窥江去后三句：写金兵侵扰扬州退兵之后，就连废池和乔木都害怕与厌恨提到战争。此极言战争留下的心理创伤。胡马窥江：指金兵打到长江边。1129年和1161年金兵曾两次南下，占领扬州。

⑫ 杜郎俊赏：杜郎：唐代著名诗人杜牧。俊赏：风流逸兴。

⑬ 纵豆蔻（kòu 扣）词工三句：言即使风流多才的杜牧重临此地，也再难写出昔日缠绵深情的诗句来。杜牧在扬州写过许多恋情诗，其《赠别》诗中有"娉娉袅袅十三余，豆蔻梢头二月初"之句，其《遣怀》诗中有"十年一觉扬州梦，赢得青楼薄倖名"之句。

⑭ 二十四桥：扬州的名胜。唐代扬州有二十四座可纪名的桥；一说：二十四桥即吴家砖桥，一名红药桥，因古代有二十四位美人吹箫于此，故名。杜牧《寄扬州韩绰判官》诗："二十四桥明月夜，玉人何处教吹箫。"

⑮ 红药：即芍药花，扬州的名花。

【本事】

淳熙丙申，即孝宗淳熙三年（1176）。千岩老人，即萧德藻，字东夫，福建闽清人，晚年居湖州，爱其地弁山千岩竞秀，自号千岩老人，著有《千岩择稿》（见《乌程县志》卷二二）。据夏承焘《姜白石词编年笺校》卷一："白石淳熙十三年丙午始从德藻游。"

【汇评】

"无奈苕溪月，又唤我扁舟东下。"是"唤"字着力。"二十四桥仍在，波心荡、冷月无声。"是"荡"字着力。所谓一字得力，通首光彩，非炼字不能然，炼亦未易到。（〔清〕先著《词洁辑评》卷四）

"自胡马窥江去后,废池乔木,犹厌言兵。渐黄昏、清角吹寒,都在空城"数语,写兵燹后情景逼真。"犹厌言兵"四字,包括无限伤乱语。他人累千万言,亦无此韵味。(〔清〕陈廷焯《白雨斋词话》卷二)

绍兴三十年,完颜亮南寇,江淮军败,中外震骇;亮时为其臣下杀于瓜州。此词作于淳熙三年,寇平已十有六年,而景物萧条,依然有废池乔木之感,此与《凄凉犯》当同属江淮乱后之作。(〔清〕郑文焯《郑校白石道人词曲》)

白石写景之作,如"二十四桥仍在,波心荡、冷月无声","数峰清苦,商略黄昏雨","高树晚蝉,说西风消息",虽格韵高绝,然如雾里看花,终隔一层。梅溪、梦窗诸家写景之病,皆在一"隔"字,北宋风流,渡江遂绝,抑真有风会存乎其间耶?(王国维《人间词话》卷上)

【参读资料】

毛太瀛《戏鸥居词话》:余观查初白《馀波词》,有《阆州慢》一阕,得石帚遗意。其自序云:"余来武林,当兵燹之余,触目荒凉。溯刘宾客之旧游,凄怆凭吊,与姜白石追思小杜,寄慨略同。因和其自度《扬州慢》一阕以见意。用其韵而易其名,亦犹春霁秋霁之不改调云尔。"词云:"屈子祠荒,隐侯台废,沅江苦雾难晴。听鹧鸪叫处,又春水初生。问仙路、红霞远近,匆匆花事,愁满刀兵。但烟扶残柳,马鞭青入空城。风流司马,向诗篇都寄闲情。有曲度南音,采菱归晚,白马湖平。并入竹枝歌里,游人去、流尽滩声。念刘郎前度,也如杜牧三生。"两押生字,恐有一误。

【赏析】

杜甫诗曰:"昔闻洞庭水,今上岳阳楼。吴楚东南坼,乾坤日夜浮……"(《登岳阳楼》),他在年轻时就已仰慕洞庭湖的丽景与美名,谁知晚年登临岳阳楼时所见却是一片山河破碎之状,其心情之痛苦便显得更加沉重。姜夔此词,也与此很为相似。他久慕古扬州的繁华富丽,特别欣赏杜牧的风流俊赏,所以怀着兴冲冲的心情初次来到这个号称"淮左名都,竹西佳处"的维扬城,不料所见所闻的只是一派"四顾萧条"和"戍角悲吟"的凄凉景象,于是感怀怆然而作本词。词的主题正如萧德藻所指出的那样,是思念故国、抚时感慨的黍离之悲。作者在词中反复化用杜牧的诗句,意在用历史上维扬城的繁华与现实中维扬城的荒芜作对比映照,显现出战争带给城市的严重破坏以及人们所蒙受的心理创伤。其中"自胡马窥江去后,废池乔木,犹厌言兵"几句,包含无限伤乱之意在内,写得极为苍凉哀怨,是十分有名的句子。而"二十四桥仍在,波心荡、冷月无声"和"渐黄昏,清角吹寒,都在空城"等句,也很见作者铸辞造境的深湛功力。所以它虽从个人着笔,写出自己抚今追昔的无穷感慨,但其思想内容却并不局限于一己的感受而在客观上反映出当时遭受战争劫难之后满目疮痍的时代社会面貌。宋翔凤评论姜夔:"其流落江湖,不忘君国,皆借托比兴,于长短句寄之"(《乐府余论》),此词可为一例。　　　　(杨海明　刘文华)

踏　莎　行

自沔东来①,丁未元日②,至金陵,江上感梦而作

燕燕轻盈,莺莺娇软③。分明又向华胥见④。夜长争得薄情知⑤,春初早被相思染。　　别后书辞,别时针线。离魂暗逐郎行远⑥。淮南皓月冷千山,冥冥归去无人管⑦。

【注释】

① 沔(miǎn):今湖北汉阳地区。

② 丁未:宋孝宗淳熙十四年(1187)。元日:元旦。

③ 燕燕、莺莺:苏轼《张子野年八十五,尚闻买妾,述古令作诗》:"诗人老去莺莺在,公子归来燕燕忙。"此处喻指所恋的女子。

④ 华胥:传说之国名。《列子·黄帝》:"(黄帝)昼寝,而梦游于华胥之国。"后遂以华胥指代梦境。

⑤ 争得:怎得。薄情:薄情人。

⑥ 针线:指所恋女子亲手缝制的活计、物事。离魂:暗用唐传奇陈玄祐

《离魂记》故事,指女子灵魂追随情人远去。郎行(háng):郎边。

⑦ 淮南:淮水以南地区的泛指,约为今江苏、安徽长江以北、淮水以南一带。此处指所恋女子所在地合肥。皓月:明月。冥冥:昏暗。

【汇评】

白石之词,余所最爱者,亦仅二语:"淮南皓月冷千山,冥冥归去无人管。"(〔清〕王国维《人间词话删稿》)

此首亦元夕感梦之作。起言梦中见人,次言春夜思深。换头言别后之难忘,情亦深厚。书辞针线,皆伊人之情也。天涯飘荡,睹物如睹人,故曰"离魂暗逐郎行远"。"淮南"两句,以景结,境既凄黯,语亦挺拔。昔晁叔用谓东坡词"如王嫱、西施,净洗却面,与天下妇人斗好",白石亦犹是也。刘融斋谓白石"在乐则琴,在花则梅,在仙则藐姑冰雪",更可知白石之淡雅在东坡之上。(唐圭璋《唐宋词简释》)

【赏析】

词写江上梦见恋人情事。以燕燕、莺莺代指伊人,轻盈、娇软,用燕飞之翩跹,莺声之婉转,形容伊人体态、音声之美。接着点明是梦中逢聚,"夜长争得薄情知,春初早被相思染",则是梦中恋人的轻责和薄怨:薄情人哪能体会相思时久夜长之苦的滋味!从语态中伊人之情态自可想见,其实,词人的相思之意也自在其中。词之下片,写睹物思人。细读别后寄来的书信,抚视恋人为自己所做的衣物,字字行行,针针线线,都映照出往日共处的温馨,以及恋人的声情笑貌。梦中的相见,是恋人灵魂的追随,然而,最令人怜惜的是恋人梦魂归去之时,那高空一弯冷月临照下的淮南千山之中,映现出那踽踽独行的孤影,显得多么伶仃凄苦。"冥冥归去无人管!"蕴涵着词人的多少怜爱之情,负疚之感!梦魂恍惚,情境幽迥,着一"冷"字,既写出夜月归魂的凄凉境界,同时也反映出词人孤冷的内在心境。

(钟　陵)

长亭怨慢

余颇喜自制曲①。初率意为长短句②,然后协以律③,故前后阕多不同④。桓大司马云:"昔年种柳,依依汉南;今看摇落,凄怆江潭。树犹如此,人何以堪!"⑤此语余深爱之。

渐吹尽、枝头香絮⑥,是处人家⑦,绿深门户。远浦萦回⑧,暮帆零乱⑨,向何许⑩?阅人多矣,谁得似长亭树⑪?树若有情时,不会得青青如此⑫。　　日暮。望高城不见⑬,只见乱山无数。韦郎去也⑭,怎忘得、玉环分付⑮:第一是早早归来,怕红萼无人为主⑯。算空有并刀⑰,难剪离愁千缕!

【注释】

① 自制曲:即自度曲,自己创作词调。

② 率意:任意、随意。长短句:指词作。绝大多数词每首句式长短不一,故前人每以"长短句"称词这种诗歌样式。

③ 协以律:配上乐曲。

④ 前后阕:前后两片、上下两段。

⑤ 桓大司马:指东晋明帝之婿桓温。据《世说新语·言语》记载,桓温以大司马都督中外军事率兵北伐途中,看到自己过去所种柳树都已长得十分高大,不禁慨叹道:"木(树)犹如此,人何以堪!"意在感叹光阴易逝,人生易老。按此词小序所引并非桓温原话,而是出自庾信的《枯树赋》,作者盖误记。摇落:指树叶枯萎凋零。

⑥ 香絮:指带有香气的柳絮。

⑦ 是处:处处、到处。

⑧ 浦:水边或河流入海的地带。萦回:环绕曲折。

⑨ 暮帆:黄昏时返航的帆船。零乱:形容多而匆忙。

⑩ 向何许:到何处去。

⑪ 长亭:古代驿路上每隔十里设一长亭,供行人及送行的亲友憩息、告别。树:这里特指柳树。因古人往往在长亭折柳送别,故上句说亭边柳树"阅人多矣"。

⑫ "树若"两句:意谓长亭边的柳树看到人们送别惜别的场景太多了,所

以感情似已麻木不仁,到了初春以后树叶依然一片葱绿。

⑬ 望高城不见:用欧阳詹《初发太原途中寄太原所思》"高城已不见,况复城中人"句意。

⑭ 韦郎:韦皋。范摅《云溪友议》卷中载唐人韦皋游于江夏,住姜氏家,与姜氏青衣婢女玉箫有情,相约七年后来聚。后至八年韦皋还未践约,玉箫因绝食而死。作者在这里借以自指。去:离开。

⑮ 玉环:韦皋临行以玉指环赠玉箫,这里借指作者所恋女子。分付:即吩咐。

⑯ 红萼:红色花苞。此作者喻指他所爱的宛如含苞待放的美丽女子。无人为主:意谓没有心爱的男子加以呵护。

⑰ 并(bīng)刀:并州的剪刀。并州为我国古代九州之一,在今山西太原一带,以生产锋利的剪刀闻名于世。

【汇评】

路已尽而复开出之,谓之转,如"谁得似长亭树,树若有情时,不会得青青如此。"(〔清〕孙麟趾《词径》)

"时"字凑,"不会得"三字呆,"韦郎"二句,口气不雅;"只"字疑误,"只"字唤不起"难"字。白石人工镕炼特甚,此一二笔容是率处。(〔清〕先著《词洁》)

白石《长亭怨慢》云:"阅人多矣,谁得似长亭树。树若有情时,不会得青青如此!"白石诸词惟此数语最沉痛迫烈。(〔清〕陈廷焯《白雨斋词话》卷八)

【赏析】

据夏承焘《唐宋词人年谱·姜白石系年》附录《白石怀人词考》,知作者流寓合肥期间,曾与勾栏中的姊妹二人有过一段恋情,并为她们写过好几首情致缠绵的词篇,此词即其中的一首。

上片描述作者离开合肥与女方分别时的情景。词人在其《淡黄柳》小序中说合肥"柳色夹道,依依可怜",古人在长亭送别时往往折柳相赠,加之词人又"深爱"桓温有关柳树之语,故上片全用柳树加以贯串,依次描写合肥街头及分别地点所见柳色,从目击和联想中既巧妙地暗含着离别前和离别时的依依难舍之情,又为下片重点抒发刚刚离别后的无限相思做了充分的铺垫。这种写法与其他宋人所作同类词篇(如柳永《雨霖铃》)在上片即正面浓笔描述男女主人公分别前特别是分别时的离情别绪相比,似另有一种仿佛盘马弯弓,蓄势待发的韵味。下片顺势转入别后思念之情的正面抒发。前三句写词人黄昏时分舟中之所见,从所见的景物中暗含着对伊人的强烈思念——高城尚且望不见,何况伊人的身影?含蓄的手法和柳永《采莲令》结拍"更回首、重城不见,寒江天外,隐隐两三烟树"同一机杼和韵致。"韦郎"四句逆入,转而追忆、补写分袂之际伊人的叮咛嘱咐之语,妙在不是如一般词作从作者这方面来直陈衷曲,而是借伊人之口表达此时此刻对男子的相思之情,并在客观上真实地反映了勾栏中女子担心男方一去不返,从而使自己终身无所依托的怵惧和凄苦心境,感情和心理的描写都极具典型性。结拍如万汇归宗,将离愁别恨写到高潮,又戛然而止,使读者也同样产生"剪不断,理还乱,是离愁,别是一番滋味在心头"(李煜《相见欢》句)的共鸣。 (常国武)

史 达 祖

史达祖(1163?—1220?),字邦卿,号梅溪,汴(今河南开封)人,寓居杭州。早年屡试不第,曾于扬州及荆楚一带任过幕职。宋宁宗嘉泰开禧年间(1201—1207),受韩侂胄赏识,任中书省堂吏,并曾随李璧出使金廷。开禧北伐失败,韩侂胄被杀,史达祖受株连而被流放。

史达祖与当时著名词人姜夔多有交往,人称"姜史"。其《梅溪词》奇秀清逸,擅长咏物,摹绘物态能写神取意,具有较高的艺术价值。

【集评】

盖生(史达祖)之作,辞情俱到,织绡泉底,去尘眼中,妥帖轻圆,特其余事。至于夺苕艳于春景,起悲音于商素,有瑰奇警迈,清新闲婉之长,而无诡荡污淫之失。端可分镳清真,平睨方回,而纷纷三变行辈,几不足比数。(〔宋〕张镃《梅溪词序》)

邦卿词奇秀清逸,有李长吉之韵,盖能融情景于一家,会句意于两得。(〔宋〕姜夔《梅溪词序》)

宋南渡后梅溪、白石、竹屋、梦窗诸子极妍尽态,反有秦李未到者。虽神韵天然处或减,要自令人有观止之叹。(〔清〕王士禛《花草蒙拾》)

南宋词人如白石、梅溪、竹屋、梦窗、竹山诸家之中,当以史邦卿为第一。(〔清〕彭孙遹《金粟词话》)

梅溪甚有心思,而用笔多涉尖巧,非大方家数,所谓一勾勒即薄者。(〔清〕周济《介存斋论词杂著》)

梅溪全祖清真,高者几具体而微,论其骨韵,犹出梦窗之右。(〔清〕陈廷焯《白雨斋词话》卷二)

余尝谓南宋惟史邦卿《梅溪词》为能炼铸精粹,上比清真,得其大雅,尝下方梦窗,不伤于涩。(夏敬观《忍古楼词话》)

双 双 燕

过春社了①,度帘幕中间,去年尘冷②。差池欲住③,试入旧巢相并④。还相雕梁藻井⑤,又软语商量不定⑥。飘然快拂花梢,翠尾分开红影⑦。　　芳径,芹泥雨润⑧。爱贴地争飞,竞夸轻俊⑨。红楼归晚⑩,看足柳昏花暝。应自栖香正稳,便忘了、天涯芳信⑪。愁损翠黛双蛾⑫,日日画栏独凭。

【注释】

① 春社:农民在春天祭祀土地神以祈求丰收的节日,时间在立春后、清明前。相传燕子在每年春天的社日来,秋天的社日归。

② 度:穿过。去年尘冷:此句修饰前句的"帘幕",意为旧居帘幕上落满去年的灰尘,显得冷清。

③ 差(cī)池:燕子飞翔时舒展羽翼貌,用《诗经·邶风·燕燕》:"燕燕于飞,差池其羽。"

④ 相并:指雌雄燕子一道试探地进入旧巢双栖。

⑤ 相(xiàng):仔细观察。藻井:装饰有井栏形状的天花板。

⑥ 软语:用轻柔的声音交谈。商量不定:此言雌雄双燕在研究这是不是

它们去年的旧巢时还显得有些举棋不定。

⑦"飘然"两句:写双燕肯定这是自己的旧巢后外出嬉戏。红影:红花丛中。

⑧芹泥:水边生长芹草的泥地。雨润:意谓雨后泥地湿润,燕子可以衔泥修筑旧巢。

⑨轻俊:轻快俊俏。

⑩红楼:多指富家女子所居之楼,此指燕巢所在地。

⑪"应自"句:料想双燕在香巢中睡得十分甜美。"便忘了"句:忘记传送远方行人给闺中思妇的情书。古人认为燕子也能为人传递书信。

⑫翠黛:古代妇女用以画眉的青黑色饰料。双蛾:指美女的双眉。

【汇评】

形容尽矣。姜尧章最赏其"柳昏花暝"之句。([宋]黄昇《中兴以来绝妙词选》)

不写形而写神,不取事而取意,白描妙手。([明]卓人月《古今词统》)

仆每读史邦卿咏燕词,"又软语商量不定,飘然快拂花梢,翠尾分开红影";又"红楼归晚,看足柳昏花暝",以为咏物至此,人巧极天工错矣。([清]王士禛《花草蒙拾》)

史邦卿为中书省堂吏,事侂胄久。嘉泰间,侂胄亟持恢复之议,邦卿习闻其说,往往托之于词。如《双双燕》前阕云:"过春社了……又软语商量不定。"后阕云:"应自栖香正稳,便忘了天涯芳信。"……大抵写怨铜驼,寄怀麋幕,非止流连光景,浪作艳歌也。([清]邓廷桢《双砚斋词话》)

起处藏过一番感叹,为"还"字、"又"字张本。"还相"二句,挑按见指法,再搏弄便薄。"红楼"句换笔,"应自"句换意,"愁损"二句收足,然无余味。([清]谭献《谭评〈词辨〉》)

【赏析】

这是一首脍炙人口、传诵千古的咏物词,堪称梅溪词压卷之作中最有代表性的篇什之一。上片描写双燕归来后重寻旧巢的具体过程,采用拟人化的手法,将双燕的形、神描绘得栩栩如生。

"欲"、"试"、"相"、"商量不定"、"飘然"等词语,尤能形象地写出双燕从返回旧巢之初的迟疑不决到最后确认无误的心理活动过程,真可谓出神入化,匪夷所思。下片六句紧承歇拍,再依次描写双燕衔泥修补旧巢,完工后双双尽情在外嬉游,黄昏时回到巢中双宿双栖的过程,也同样是刻画得形神兼至,琢语也宛如燕子般的轻灵俊逸。"应自"以下,由燕子双飞双宿的幸福生活,反衬闺中思妇的孤苦寂寞,而以双燕忘却传递行人给思妇的书信这一出人意表的想象作为纽带,从而自然过渡到结拍,揭出燕归而人未归的怅恨之情。从这一角度来说,此篇既是一首咏物词,也是一首兼及闺情的作品。

与作者另一首《绮罗香·咏春雨》通篇不着一"雨"字相同,此词咏燕也是全篇不着一"燕"字。然而由于构思巧妙,手法多样,琢语形象,以致王士祯《花草蒙拾》惊叹说,"咏物至此,人巧极天工错矣"(注)。

(注)意谓此词在人工方面精巧到了极点,简直好像天工着意涂饰出来的作品。错:旧读 cuò 入声。 (常国武)

吴文英

吴文英(1200？—1260？),字君特,号梦窗,四明(今浙江宁波)人。布衣。常与吴潜交往,曾以清客身份出入贾似道、史宅之(史弥远子)之门,词作中有八十余首与朝官应酬之作。词学清真,有《梦窗词》三百余首。

【集评】

山阴尹焕序其〈梦窗〉词,略云:"求词于吾宋者,前有清真,后有梦窗。此非焕之言,四海之公言也。"(〔宋〕黄昇《中兴以来绝妙词选》卷十)

梦窗深得清真之妙,其失在用事下语太晦处,人不可晓。(〔宋〕沈义父《乐府指迷》)

梦窗如七宝楼台,眩人眼目,拆碎下来,不成片断。(〔宋〕张炎《词源》)

梦窗奇思壮采,腾天潜渊,返南宋之清泚,为北宋之秾挚。(〔清〕周济《宋四家词选序论》)

梦窗之妙,在超逸中见沉郁。不及碧山、梅溪之厚,而才气较胜。(〔清〕陈廷焯《白雨斋词话》卷二)

梦窗之词,丽而则,幽邃而绵密,脉络井井,而卒焉不能得其端倪。(〔清〕冯煦《宋六十家词选》)

风 入 松

听风听雨过清明,愁草瘗花铭①。楼前绿暗分携路②,一丝柳、一寸柔情③。料峭春寒中酒④,交加晓梦啼莺⑤。　西园日日扫林亭⑥,依旧赏新晴。黄蜂频扑秋千索,有当时、纤手香凝。惆怅双鸳不到,幽阶一夜苔生⑦。

【注释】

① 愁草:此有不忍写作之意。瘗(yì)花铭:葬花的铭文。庾信有《瘗花铭》,这里借用其篇名。

② 绿暗:绿阴笼罩。分携路:我与伊人分手时所经行的道路。

③ "一丝"两句:暗写当年折柳赠别时的情景。

④ 料峭:寒冷貌。中(zhòng)酒:醉酒。

⑤ "交加"句:言莺啼声此起彼落,惊醒我清晨时的好梦。暗用金昌绪《春怨》:"打起黄莺儿,莫教枝上啼;啼时惊妾梦,不得到辽西。"

⑥ 西园:在苏州,作者与其去妾曾寓居于此。其《浪淘沙》云:"往事一潸然,莫过西园。"

⑦ 双鸳:原指女子的一双绣鞋,此借指去姬的足迹。庾肩吾《咏长信宫中草》:"全由履迹少,并欲上阶生。"写的是草。李白《长干行》:"门前迟行迹,一一生绿苔。"则写的是苔,并为此两句之所本。

【汇评】

结句亦从古诗"全由履迹少,并欲上阶生"化出。(〔清〕许昂

霄《词综偶评》)

此是梦窗极经意词,有五季遗响。"黄蜂"二句,是痴语,是深语。结处见温厚。(〔清〕谭献《谭评〈词辨〉》)

情深而语极纯雅,词中高境也。(〔清〕陈廷焯《白雨斋词话》)

"丝柳"七字写情而兼录别,极深婉之思。起笔不遽言送别,而伤春惜花,以闲雅之笔引起愁思,是词手高处。"黄蜂"二句于无情处见多情,幽想妙辞,与"霜饱花腴"、"秋与云平",皆稿中有数名句。结处"幽阶"六字,在神光离合之间,非特情致绵邈,且余音袅袅也。(俞陛云《唐五代两宋词选释》)

【赏析】

这也是怀念苏州去姬之作。通首不出相思字样,只从物象、行止和心理活动等方面来作含蓄的表达;也不具写伊人的美貌,但以纤手、双鸳来从侧面加以描述。其效果反而比直陈、直露的写法更为蕴藉,更见情意的深厚。其中"黄蜂"两句,尤觉凝想入微,情意深窅,故谭献以为"是痴语,是深语"。

(常国武)

蒋　捷

蒋捷(1245?—1310),字胜欲,号竹山,阳羡(今江苏宜兴)人。度宗咸淳十年(1274)进士。宋亡后隐居竹山。元成宗大德年间,臧梦解、陆垕交相推荐,终不肯出仕。有《竹山词》九十四首。其词题材广泛,多抒发家国之恨。其"词中一部分半文半白,亦雅亦俗的作品,尤能表现其个人独特的风格,可惜数量不多。"

【集评】

竹山词语语纤巧,字字妍倩。(〔明〕毛晋《竹山词跋》)

其词炼字精深,调音谐畅,为倚声家之榘矱。(〔清〕纪昀《四库全书提要》)

竹山有俗骨,然思力沉透处,可以起懦。(〔清〕周济《宋四家

词选序论》)

蒋竹山词,未极流动自然,然洗练缜密,语多创获。(〔清〕刘熙载《艺概》卷四)

竹山词,外强中干。细看来,尚不及改之。(〔清〕陈廷焯《白雨斋词话》卷一)

一剪梅·舟过吴江①

一片春愁待酒浇,江上舟摇,楼上帘招②。秋娘渡与泰娘桥③。风又飘飘,雨又萧萧。 何日归家洗客袍④,银字笙调⑤,心字香烧⑥。流光容易把人抛,红了樱桃,绿了芭蕉。

【注释】

① 吴江:地名,今江苏省吴江市。位于苏州市南,太湖之东。
② 帘招:酒家的酒旗招展。
③ 秋娘渡与泰娘桥:秋娘和泰娘常为唐代歌伎的名字。词中指所经过的渡口名和桥名。
④ 客袍:出门在外穿的衣服。
⑤ 银字笙调:银字笙,笙笛类管乐器上用银作字,以标示音色的高低。调,调试。
⑥ 心字香烧:心字香,香名。用香末绕成,作心字形。烧:点燃。

【汇评】

两"了"字摹尽悠悠忽忽之况。(〔明〕卓人月《古今词统》卷十)

【赏析】

这首小词是作者乘舟客行吴江时所作,词中抒发了词人伤春思归的情绪。

上片写舟过吴江的情景,首句直接点出了春愁。人在旅途,漂泊之中,满腹春愁。"摇"写出了词人行舟江上的飘泊动感。舟过吴江,岸边酒楼上招摇的旗帜吸引了词人的目光,"招"字带出了想借酒浇愁的心态。转眼间,船已驶过"秋娘渡"和"泰娘桥"。

"秋娘"、"泰娘"透露出女性的温馨和家的温暖,思归之意顿显。在"风又飘飘,雨又萧萧"的凄风苦雨中,思归之意愈发急切,可是也显得愈发不现实。

由于思归的急切,引出了下片对归家后团聚、温暖生活的想象。以"何日归家"设问,同时领出了归家后的三件事:洗客袍、调笙吹奏和焚心字香。洗去客袍上的征尘,意味着从此告别漂泊生涯,"银字笙"、"心字香"写出了家庭生活的美好温馨和快乐。如此极想回家后的生活细节,将归家愿望的迫切渲染尽致,思归之情已到极点。"流光容易把人抛,红了樱桃,绿了芭蕉"是本词中的名句。"流光容易把人抛"是说时光流逝很快,同时也很无情地"抛"人而去,"抛"字与陶渊明诗中"日月掷人去"的"掷"有异曲同工之妙,都生动地写出时光流失之速和岁月流逝的无情。"红了樱桃,绿了芭蕉"构思巧妙,"红""绿"为二句的字眼,借樱桃和芭蕉叶颜色的变化形象地展示了时光的流逝,将前句"流光容易抛人"之意形象化具体化了。同时,在"红"、"绿"之变中,融入了年华易逝的春愁和浓重的春日思归之情。

本词上片写舟过吴江之情景,下片写想象中的归家生活,抒发了词人飘泊的春愁和思归之情,流露了对岁月流逝的无限感慨,体现了蒋捷词"炼字精深,调音谐畅"(《四库提要》)的特色。　　　(成　林)

备选课文

齐　天　乐

姜　夔

丙辰岁,与张功父会饮张达可之堂。闻屋壁间蟋蟀有声,功父约余同赋,以授歌者。功父先成,辞甚美。予裴回茉莉花间,仰见秋月,顿起幽思,寻亦得此。蟋蟀,中都呼为促织,善斗。好事者或以三二十万钱致一枚,镂象齿为楼观以贮之

庾郎先自吟《愁赋》,凄凄更闻私语。露湿铜铺,苔侵石井,都是曾听伊处。哀音似诉,正思妇无眠,起寻机杼。曲曲屏山,夜凉独自

甚情绪。　　西窗又吹暗雨,为谁频断续,相和砧杵?候馆迎秋,离宫吊月,别有伤心无数。《豳》诗漫与。笑篱落呼灯,世间儿女。写入琴丝,一声声更苦。

水　调　歌　头

陈　亮

送章德茂大卿使虏

不见南师久,谩说北群空。当场只手,毕竟还我万夫雄。自笑堂堂汉使,得似洋洋河水,依旧只流东?且复穹庐拜,会向藁街逢。

尧之都,舜之壤,禹之封。于中应有,一个半个耻臣戎。万里腥膻如许,千古英灵安在,磅礴几时通?胡运何须问,赫日自当中!

唐　多　令

刘　过

安远楼小集,侑觞歌板之姬,黄其姓者,乞词于龙洲道人,为赋此《唐多令》。同柳阜之、刘去非、石民瞻、周嘉仲、陈孟参、孟容,时八月五日也

芦叶满汀洲,寒沙带浅流。二十年重过南楼。柳下系舟犹未稳,能几日,又中秋。　　黄鹤断矶头,故人曾在否?旧江山浑是新愁。欲买桂花同载酒,终不似,少年游!

水　调　歌　头

程　珌

登甘露寺多景楼望淮有感

天地本无际,南北竟谁分?楼前多景,中原一恨杳难论。却似长江万里,忽有孤山两点,点破水晶盆。为借鞭霆力,驱去附昆仑。

望淮阴,兵冶处,俨然存。看来天意,止欠士雅与刘琨。三拊当时顽石,唤醒隆中一老,细与酹芳尊。孟夏正须雨,一洗北尘昏。

满江红

黄　机

万灶貔貅,便直欲、扫清关洛。长淮路、夜亭警燧,晓营吹角。绿鬓将军思饮马,黄头奴子惊闻鹤。想中原、父老已心知,今非昨。

狂鲵剪,於菟缚。单于命,春冰薄。政人人自勇,翘关还槊。旗帜倚风飞电影,戈鋋射月明霜锷。且莫令、榆柳塞门秋,悲摇落。

八声甘州

吴文英

灵岩陪庾幕诸公游

渺空烟四远,是何年、青天坠长星?幻苍崖云树,名娃金屋,残霸宫城。箭径酸风射眼,腻水染花腥。时靸双鸳响,廊叶秋声。　　宫里吴王沉醉,倩五湖倦客,独钓醒醒。问苍波无语,华发奈山青。水涵空、阑干高处,送乱鸦、斜日落渔汀。连呼酒,上琴台去,秋与云平。

沁园春

文天祥

题潮州双忠庙

为子死孝,为臣死忠,死又何妨!自光岳气分,士无全节;君臣义缺,谁负刚肠?骂贼张巡,爱君许远,留得声名万古香。后来者,无二公之操,百炼之钢。　　人生翕歘云亡,好烈烈轰轰做一场。使当时卖国,甘心降虏,受人唾骂,安得留芳?古庙幽沉,仪容俨雅,枯木寒鸦几夕阳!邮亭下,有奸雄过此,仔细思量。

解连环·孤雁

张　炎

楚江空晚,怅离群万里,恍然惊散。自顾影、欲下寒塘,正沙净草枯,水平天远。写不成书,只寄得、相思一点。料因循误了,残毡拥雪,故人心眼。　　谁念旅愁茌苒?漫长门夜悄,锦筝弹怨。想伴侣、犹宿芦花,也曾念春前,去程应转。暮雨相呼,怕蓦地、玉关重见。未羞他、双燕归来,画帘半卷。

柳梢青·春感

刘辰翁

铁马蒙毡,银花洒泪,春入愁城。笛里番腔,街头戏鼓,不是歌声。　　那堪独坐青灯,想故国、高台月明。辇下风光,山中岁月,海上心情。

泛读课文

水调歌头

戴复古

轮奂半天上,胜概压南楼。筹边独坐,岂欲登览快双眸。浪说胸吞云梦,直把气吞残虏,西北望神州。百载一机会,人事恨悠悠。　　骑黄鹤,赋鹦鹉,漫风流。岳王祠畔,杨柳烟锁古今愁。整顿乾坤手段,指授英雄方略,雅志若为酬?杯酒不在手,双鬓恐惊秋。

念奴娇·登多景楼

陈亮

危楼还望,叹此意、今古几人曾会?鬼设神施,浑认作、天限南疆北界。一水横陈,连冈三面,做出争雄势。六朝何事,只成门户私计?　　因笑王谢诸人,登高怀远,也学英雄涕。凭却江山管不到,河洛腥膻无际。正好长驱,不须反顾,寻取中流誓。小儿破贼,势成宁问强对?

贺新郎

刘过

弹铗西来路。记匆匆、经行十日,几番风雨。梦里寻秋秋不见,秋在平芜远树。雁信落、家山何处？万里西风吹客鬓，把菱花、自笑人如许。留不住，少年去。　　男儿事业无凭据。记当年、悲歌击楫，酒酣箕踞。腰下光芒三尺剑，时解挑灯夜语。谁更识、此时情绪。唤起杜陵风月手，写江东渭北相思句。歌此恨，慰羁旅。

贺新郎·送陈真州子华

刘克庄

北望神州路。试平章这场公事，怎生分付？记得太行山百万，曾入宗爷驾驭。今把作握蛇骑虎。君去京东豪杰喜，想投戈下拜真吾父。谈笑里，定齐鲁。　　两河萧瑟惟狐兔。问当年祖生去后，有人来否？多少新亭挥泪客，谁梦中原块土？算事业须由人做。应笑书生心胆怯，向车中闭置如新妇。空目送，塞鸿去。

暗　　香

姜　夔

　　辛亥之冬，予载雪诣石湖，止既月，授简索句，且徵新声，作此两曲。石湖把玩不已，使工妓隶习之，音节谐婉，乃名之曰暗香、疏影。

旧时月色，算几番照我，梅边吹笛？唤起玉人，不管清寒与攀摘。何逊而今渐老，都忘却春风词笔。但怪得竹外疏花，香冷入瑶席。　　江国，正寂寂。叹寄与路遥，夜雪初积。翠尊易泣，红萼无言耿相忆。长记曾携手处，千树压西湖寒碧。又片片吹尽也，几时见得？

疏　　影

姜　夔

苔枝缀玉，有翠禽小小，枝上同宿。客里相逢，篱角黄昏，无言自倚修竹。昭君不惯胡沙远，但暗忆、江南江北。想佩环、月夜归来，化作此花幽独。　　犹记深宫旧事，那人正睡里，飞近蛾绿。莫似春风,不管盈盈,早与安排金屋。还教一片随波去,又却怨、玉龙哀曲。等恁时、重觅幽香,已入小窗横幅。

鹧鸪天·元夕有所梦

姜　夔

肥水东流无尽期,当初不合种相思。梦中未比丹青见,暗里忽惊山鸟啼。　　春未绿,鬓先丝,人间别久不成悲。谁教岁岁红莲夜,两处沉吟各自知。

点　绛　唇

姜　夔

丁未冬,过吴松作

燕雁无心,太湖西畔随云去。数峰清苦,商略黄昏雨。　　第四桥边,拟共天随住。今何许?凭阑怀古,残柳参差舞。

绮罗香·咏春雨

史达祖

做冷欺花,将烟困柳,千里偷催春暮。尽日冥迷,愁里欲飞还住。惊粉重、蝶宿西园,喜泥润、燕归南浦。最妨他佳约风流,钿车不到杜陵路。　　沉沉江上望极,还被春潮晚急,难寻官渡。隐约遥峰,和泪谢娘眉妩。临断岸、新绿生时,是落红、带愁流处。记当日、门掩梨花,剪灯深夜语。

唐　多　令

吴文英

何处合成愁?离人心上秋。纵芭蕉不雨也飕飕。都道晚凉天气好,有明月、怕登楼。　　年事梦中休,花空烟水流。燕辞归、客尚淹留。垂柳不萦裙带住,漫长是,系行舟。

念奴娇·驿中言别

邓剡

水天空阔,恨东风,不借世间英物。蜀鸟吴花残照里,忍见荒城颓壁。铜雀春情,金人秋泪,此恨凭谁雪?堂堂剑气,斗牛空认奇杰。　　那信江海余生,南行万里,属扁舟齐发。正为鸥盟留醉眼,细看涛生云灭。睨柱吞嬴,回旗走懿,千古冲冠发。伴人无寐,秦淮应是孤月。

虞美人·听雨

蒋捷

少年听雨歌楼上,红烛昏罗帐。壮年听雨客舟中,江阔云低,断雁叫西风。　　而今听雨僧庐下,鬓已星星也!悲欢离合总无情,一任阶前、点滴到天明。

一萼红

周密

登蓬莱阁,有感。

步深幽,正云黄天淡,雪意未全休。鉴曲寒沙,茂林烟草,俯仰千古悠悠。岁华晚、飘零渐远,谁念我、同载五湖舟?磴古松斜,崖阴苔老,一片清愁。　　回首天涯归梦,几魂飞西浦,泪洒东州。故国山川,故园心眼,还似王粲登楼。最负他、秦鬟妆镜,好河山、何事此时游?为唤狂吟老监,共赋消忧。

高阳台·西湖春感

张炎

接叶巢莺,平波卷絮,断桥斜日归船。能几番游?看花又是明年。东风且伴蔷薇住,到蔷薇、春已堪怜。更凄然,万绿西泠,一抹荒烟。　　当年燕子知何处?但苔深韦曲,草暗斜川。见说新愁,如今也到鸥边。无心再续笙歌梦,掩重门、浅醉闲眠。莫开帘,怕见飞花,怕听啼鹃。

中小学已学篇目

姜夔《扬州慢》(淮左名都)

可参考书目

《龙川词校笺》,夏承焘校笺,牟家宽注,上海古籍出版社1982年

《陈亮龙川词笺注》,姜书阁笺注,人民文学出版社1980年

《龙洲词校笺》,马兴荣校笺,江西人民出版社1999年

《后村词笺注》,钱仲联注,上海古籍出版社1980年

《刘克庄词新释辑评》,欧阳代发、王兆鹏编著,中国书店2001年

《姜白石词编年笺校》,夏承焘编著,上海古籍出版社1981年

《梅溪词校注》,王步高校注,天津人民出版社1994年

《吴梦窗词笺释》,杨铁夫笺释,广东人民出版社1992年

《吴文英资料汇编》,马志嘉、章心绰编,中华书局2006年

《须溪词》,吴企明校注,上海古籍出版社1998年

《山中白云词》,吴则虞点校,中华书局1983年

关于词的起源

一

在论及唐宋词之前有必要探讨一下什么是词以及词的起源。

词乃韵文之一种,按成熟定型的词而言,北京大学王力教授认为,它应具有以下几个特征:

一、固定的字数;

二、律化的平仄;

三、长短句。

这一定义是大致可靠的。早期的词还应加以"合乐可歌"一条。

所谓"固定的字数",指词牌确定之后,词的字数便基本确定。如《念奴娇》通常为一百字,故其又称《百字令》。当然,有许多词调有一些变格,如《临江仙》,万树《词律》便列有十三"体",有的五十四字,有的五十六字、五十八字、六十字、六十二字、七十四字、九十三字诸体,但一旦选定一体,字数便严格固定,甚至每首的句数,每句的字数均加以固定。

所谓"律化的平仄"。南朝齐武帝在位时期受转读佛经的影响,周颙、沈约发现汉字有"四声"的变化,即有"平、上、去、入"四声。以"平"声为平,以"上、去、入"为"仄"(不平)。因为四声中有声调高低、长短的不同,这与音乐颇相似,将之以平仄交替、相反的形式组成句子,便成为律句。常见的五七言律句为:

（平平）仄仄平平仄
（仄仄）平平仄仄平
（仄仄）平平平仄仄
（平平）仄仄仄平平

用王力先生的话来说，在同句中，平仄是交替的，在一联中，平仄是相反（相对）的。平仄规律性的变化，能达到和谐优美的音乐效果。词的句式不限于五七字，有一至十一各种句型，用得较多的是三至七字句，唐五代至北宋时，用奇字句较多，后来则用偶字句较多，更多的是四、六字句。词的平仄较之律诗有宽松的一面，但由于词谱是按前代名家的创作制定的，它又有比律诗更严格得多的一面，一些不常见的词调，由于前人使用较少，只有一两首样词，故每句的平仄几乎一点机动的余地也没有，这便比律诗严出许多。周邦彦、吴文英、方千里等，还在仄声中再分上去入（尤其是词的结句分去上声很常见），四声中每声调还分阴阳，这就更为严格（多数常用词调远没这么严格）。正是词讲究律化的平仄，往往词能声情并茂，不借助乐曲，也能抑扬顿挫，有音乐美。

词为"长短句"，是指绝大多数情况而言的，早期的词有一些并非长短句，如《三字令》全系三字句，《生查子》全系五字句，《谪仙怨》全系六字句，《浣溪沙》、《瑞鹧鸪》全系七字句。此外尚有一些词与齐言相去不远，如《柳梢青》上片均为四言，《鹧鸪天》除第五六句为两个三字句外均为七字句（若五六句间加一字成为七字句，全词则为两首首句入韵的七绝）。这些近于齐言的词调有的至今仍继续使用，但绝大多数的词调则由长短句组成。"长短句"本为唐人称呼长短不一的诗体的，唐人将七言诗称为"长句"，短句则自然指短于七言之句。施蛰存先生说："中晚唐时，由于乐曲的愈趋于淫靡曲折，配合乐曲的歌诗产生了五七言句法混合的诗体……当时就称为长短句。韩偓的诗集《香奁集》，是他自己分类编定的，其中就有一类是'长短句'。这一卷中所收的都是三五七言歌诗，既不同于近体歌行，也不同于《花间集》里的曲子词。"宋人胡仔《苕溪渔隐丛话》则云："唐初歌辞，多为五言诗，或七言诗，初无长短句。自中叶后，至五代，渐变成长短句。及本朝，则尽为此体。"以至北宋时"长短句"成了词的正名,而"词"的称谓反而是后起的。

早期的词大多是"应歌"之作,是供歌伎舞女在酒宴及娱乐活动中唱的。"合乐可歌"成了词的显著特点。它逐步取代了乐府诗的地位,加之由于燕乐等的兴盛,使之成为风靡一时的文学样式,甚至成了宋代文学的代表。

二

词是怎样产生的？是何时产生的？这看似词学常识的问题,却是词坛争执不休的话题。《诗经》中就有一些长短句的诗,有人认为词与诗同源,也起源于上古时期;也有人说词起源于六朝乐府,故宋代欧阳修、周必大均名其词集曰《近体乐府》,元人宋褧词集也名《燕石近体乐府》。"近体乐府"者,格律化的乐府诗也。更有较多的人认为词是燕乐产生以后才兴起的,燕乐传入中国是隋代,故词之产生不会早于隋唐时期。第四种是认为词产生于中晚唐,因而否定《菩萨蛮》、《忆秦娥》二词乃李白所作。

这四种观点,第一种观点混淆了词之名"长短句"与一般长短句诗的界限,诗有非齐言的长短句,但并非如词那样有固定长短不齐的形式,其长短、字数、句数是随意的,有的是古歌谣,有的是古歌行,统称杂言的古诗,还不能称之为词,笔者并不同意诗词同源说,并不认为词有三千年以上的历史。第四种认为词起源于中晚唐之说早已为崔令钦的《教坊记》及敦煌曲子词所否定。崔令钦《教坊记》成书于盛唐,其中已录有数十种词调名。于是乎有人认为该书已经后人增删过。谁人增删？为何要增删？似乎并未有何依据,只是一种不承认主义。敦煌曲子词更有较多的写于盛唐时期,这是对词起源于中晚唐说的致命一击。故近些年来,谓词起源中晚唐之说渐趋式微,淡出学术界是必然的。

20世纪最盛行的说法是词是配合燕乐而产生的。故词的起源的研究转变成考订燕乐何时传入中国。吴熊和先生说:"雅乐、清乐、燕乐,分别代表了历史上三个不同的时代。""先秦的古乐称雅乐。""汉魏六朝的音乐称清乐。""唐宋词配合的音乐主要是燕乐。""乐曲是词调的来源。隋唐雅乐是先作词、后制谱的,唐宋词则相反。除少数例外,大都先有其曲,后有其词;曲行于前,词起于后;有曲则有词,无曲则无词。词的产生须以乐曲的繁盛和流行为之先行的。"①这几乎是20世纪词学大家们的共识。探讨词的起源变成探讨燕乐的起源。词学家解决这一问题完全依赖音乐研究的进展。对大多数词人而言,当然是先有曲谱后有词,按谱填词。有人统计,辛弃疾填了620多首词,只用了60多个词调,没有一个是他自创的。但这只是"流"而非源,乐府诗的创作又何尝不是如此,除少数"即事名篇"的"新乐府"题以外,《蜀道难》、《将进酒》、《关山月》、《行路难》……同样不是李白自创,更何况入宋以后,词大多不能唱了,词已依谱而存,决非依曲而存。

笔者认为词与乐府就其源头而言,并不一定与乐府有根本的不同,也未必"先曲后词",试从词配合的乐曲的起源来分析。宛敏灏《词学概论》论及"音谱的几种来源"时曰:

> 唐宋词调大约有六个主要来源:
>
> (1) 截取隋唐的大曲、法曲或引用琴曲。例如:《伊州令》、《婆罗门引》、《剑器近》、《石州慢》、《霓裳中序第一》、《六州歌头》、《水调歌头》、《法曲献仙音》、《醉翁操》、《风入松》、《昭君怨》等。
>
> (2) 由民歌、祀神曲、军乐等改变的,例如:《竹枝》、《赤枣子》、《渔歌子》、《二郎神》、《河渎神》、《江神子》、《征部乐》、《破阵子》等。
>
> (3) 从国外或边地传入的。例如:《菩萨蛮》、《苏幕遮》、《菩赞子》、《蕃将子》、《八声甘州》、《梁州令》、《氐州第一》等。
>
> (4) 宫廷创制:有的出于帝王,如《水调》、《河传》、《破阵乐》、《雨霖铃》、《燕山亭》;有的出于乐工,如《夜半乐》、《还京乐》、《千秋岁》等。

---

① 见吴熊和《唐宋词通论》第一章《词源》,浙江古籍出版社1985年版。

（5）宋大晟乐府所制。例如《徵招》、《角招》、《黄河清》、《并蒂芙蓉》、《五福降中天》等。

（6）词人自度（制）曲。如姜夔的《扬州慢》、《淡黄柳》、《惜红衣》、《凄凉犯》和《长亭怨慢》等。柳永《乐章集》里用调达一百二十个，但仅有七个同于敦煌旧曲。其《昼夜乐》、《佳人醉》、《殢人娇》等，可能都是为歌伎制作。

以上六种来路，前三种属于因袭，后三种则出自创新。

这近500字的引文，是宛先生对词调起源的很好概括。笔者引用时也曾欲删去举例，只留下几十字的结论，但对下文展开议论不利，故不惮其劳恭录于上。

先探讨后三种创新的情况。姜夔《长亭怨慢》开头有段很好的小序。姜夔是宋代为数不多的几个能自己创作词调的词人之一（此外尚有柳永、张先、周邦彦、史达祖、吴文英、冯艾子等）。姜夔自度曲中尚有十七首至今留有工尺谱。杨荫浏、阴法鲁还将之译为五线谱，河北大学刘崇德还将之译配上唱腔（见与本教材配合的网络课程的相关音频单元）。这是至今我们能见到唯一的宋词音乐了。姜夔在此小序中曰：

> 予颇喜自制曲，初率意为长短句，然后协以律，故前后阕多不同。

这里姜夔再明白不过地说明词人自制曲的过程，显然是先有词的文字，后有曲调。后人再填《长亭怨慢》（如王沂孙、周密、张炎等），自然是先有曲调后有词文了。史达祖自创的词调《双双燕》是咏双双之燕的，后人张琨、吴文英用之填词，则并非咏燕。

再如《水调》，相传创制者乃隋炀帝，是供开凿大运河的民工唱的，显然词曲至少是同时产生的，后人截取其头作《水调歌头》，便成了按谱填词。《雨霖铃》相传创制者是唐玄宗，他经安史之乱，逃窜入蜀经剑门栈道，雨声伴着马颈下的铃声，此乃《雨霖铃》之本意，玄宗精通诗词，也能诗能词，谁能断言他创词调而无词文，须待柳永等再按谱填制呢？

至于宛敏灏说及的前三种沿袭而来的三种情况，也很难说它们只有曲而无词,须待后人按谱填制。有一种情况是尽人皆知的。宛敏灏说:"词调最初创制的时候,应该都有意义,而且和内容有密切关联,大多数调名也就是词的题目。"①宛先生还列举了《摸鱼子》、《卜算子》、《诉衷情》、《祝英台近》、《鹊桥仙》、《南乡子》、《河渎神》、《女冠子》、《天仙子》、《渔歌子》、《暗香》、《疏影》等为例。其实许多词调产生之初几乎都是如此,如《忆江南》、《江南好》、《月上海棠》、《月照梨花》、《合欢带》……显然这与西方现代音乐中无标题音乐等不一样,它们应当同时有词有曲,甚至是先有词(内容)再有曲的。"先有其曲,后有其词"只是某一词调形成以后的情况,而非开头的情况,是唐末两宋的多数情况(不含宛先生讲的后三种情况)。而我们讨论的是词的起源。

　　词是一种与音乐关系较为密切的诗歌样式,它的形成及开始广为传播之初作为应歌之作阶段,音乐(特别是燕乐)发挥了积极作用,但燕乐只是词广为传播或兴盛的原因,而不是产生的前提。燕乐应当只是在词史上对词产生过影响的音乐之一。

三

　　词与乐府的关系如何? 词被称为"近体乐府",有何道理? 有何异同?

　　词与乐府均是诗歌中与音乐关系最为密切的两种文体(稍后的散曲亦然),早期均合乐可歌。又多为长短句,且都有若干固定的诗调或词调。所不同者,乐府诗不讲韵律,没有固定的字数、平仄,押何种韵也不确定,而词则不然,字数、平仄固定,押韵也有押平声、仄声、入声、平仄错押与平仄通押等不同类型。且夫乐府诗题确定后,其主题与内容则大致确定,如《出塞》、《入塞》、《塞上》、《塞下》与边塞从军生活有关,《春江花月夜》均扣住"春"与"月夜"来写,《燕歌行》则写燕地边塞战争及征人思妇的相互思

---

　　① 宛敏灏《词学概论》,上海古籍出版社版,第48页。

念,《蜀道难》则总不离蜀道的艰险……。词调则不然,除《寿楼春》等词牌常用来写悼亡之情或某些特定的内涵外,多数词调可用来写各种题材,只是有的悲壮激烈,有的婉转缠绵……风情有所不同而已,对词的题材、主题则没有太多限制。

乐府与词的根本区别在于是否有律化的平仄与固定的字数,这是"乐府"与词作为"近体乐府"的区别。这种区别,仿佛齐言诗领域中五七言古体与近体五七言律诗、律绝的关系。律诗的形成经历了二百多年,从齐武帝期间的"永明体",历经"沈宋"五律基本定型,到杜甫"七律"才基本定型。杜诗中甚至还有少量失粘、拗句的七律。此时上距"永明体"已近三百年。词从无到有,也应在格律化中经历相似的历程,词不大可能先于诗完成格律化的过程。所以词的产生应是经历:旧题乐府——乐府新声——近体乐府(词)的过程。

梁武帝的《江南弄》七曲以及沈约、萧纲与之唱和之《江南弄》已具词之雏形。试看:

众花杂色满上林,舒芳耀绿垂轻阴。连手躞蹀舞春心。舞春心,临岁腴,中人望,独踟蹰。

美人绵眇在云堂,雕金镂竹眠玉床。婉爱寥亮绕红梁。绕红梁,流月台,驻狂风,郁徘徊。

这十多首《江南弄》从字面看形式完全一样:七句,三个七字句,四个三字句,第四句重复第三句的末三字。前四句每句押韵(三四重韵),五七句换韵,都押平声韵。如果不考虑平仄,这与中唐时期的小令词已差不多,而且同题作者多人,流传至今的作品尚有十多首,当时恐怕更多。《江南弄》是一首乐府诗,郭茂倩《乐府诗集》中以梁武帝这一首最早,有首创之意义。他本人曾是"竟陵八友"之一,是个有成就的文人。沈约更是当时文坛泰斗。是沈约首倡"四声八病"说,将"四声八病"用之于诗,形成"永明体",将此说用之于乐府,则成《江南弄》的组曲。前者为齐言(多为五言),后者为杂言。前者发展为律诗,后者发展为词。诗词同源,诗仅指格律诗而言,应是正确的。

清人刘熙载《艺概》卷四有曰:"梁武帝《江南弄》、陶弘景《寒夜怨》、陆琼《饮酒乐》、徐孝穆《长相思》,皆具词体,而堂庑未大。至太白《菩萨蛮》之繁情促节,《忆秦娥》之长吟远慕,遂使前此诸家悉归环内。"这一论断很值得注意。试看言及的这几首乐府词:

〔梁〕陶弘景《寒夜怨》:

夜云生,夜鸿惊,凄切嘹唳伤夜情。空山霜满高烟平。铅华沈照帐孤明。寒月微,寒风紧,愁心绝,愁泪尽。情人不胜怨,思来谁能忍?

〔陈〕徐陵《长相思》二首:

长相思,望归难。传闻奉诏戍皋兰。龙城远,雁门寒。愁来瘦转剧,衣带自然宽。念君今不见,谁为抱腰看?

长相思,好春节。梦里恒啼悲不泄。帐中起,窗前髻。柳丝飞还聚,游丝断复结。欲见洛阳花,如君陇头雪。

〔陈〕陆琼《饮酒乐》:

蒲萄四时芳醇,瑠璃千钟旧宾。夜饮舞迟销烛。朝醒弦促催人。春风秋月恒好,欢醉日月言新。

〔陈〕陆琼《长相思》:

长相思,久离别。一罢鸳文绮荐绝。鸿已去,柳堪结。室冷镜疑冰,庭幽花似雪。容貌朝朝改,书字看看灭。

显然上引各首《寒夜怨》、《长相思》与《江南弄》一样,除平仄不合,押韵平仄不限,甚至平仄(上去入)通押,其他与成熟的词已非常相似。徐陵与陆琼的《长相思》三首中,三字、七字、五字句交替,位置十分固定,三首的格式决无二致。同时期作家还有萧淳、王瑳各一首,张率、陈叔宝、江总各二首,形式与徐陵、陆琼完全一致。如此众多的作家,写作同题之作,字数、句数、押韵点,乃至重复处完全一致,这与乐府惯常的做法很不相同。

2001年笔者在澳门大学参加国际词学讨论会,在第一天的报告中,力主词起源于六朝乐府说。但遭到六位专家的当场责难,其理由无非是平仄不合,韵律不严。按照诸公的标准,只怕唐代的敦煌曲子词也难称为词,因为平仄韵律不合处多矣。他们不责难敦煌词，而苛求乐府词，似有失公允。我当时答辩曰："请问中国猿人算不算人？不成熟的词不算词，不成熟的格律诗也不算格律诗。崔颢之《黄鹤楼》、杜甫之《咏怀古迹》等作品中，失粘失对之处尚多。前人均谓之七律，是前人失之太宽，还是我们失之太严？中国猿人若出现于今天之闹市，谁承认其为人？而猿人算人是毋庸置疑的，敦煌词是词也不容怀疑。"

20世纪的词学大家们留给我们厚重的遗产，但笔者对词的起源系于燕乐说则予以质疑，燕乐是词兴盛的原因应无疑问，但不是词产生的前提。中国文学史上也找不出完全因音乐而产生一种文学体裁的其他例证（乐府诗亦然）。词起源于六朝乐府应是可信的。

（王步高）

总参考书目

唐诗鉴赏

《全唐诗》,〔清〕彭定求等奉旨纂,中华书局1960年
《全唐诗补编》,陈尚君辑校,中华书局1992年
《全唐诗简编》(上、下),高文主编,上海古籍出版社1993年
《全唐诗人名考》,吴汝煜、胡可先著,江苏教育出版社1990年
《全唐诗人名考证》,陶敏编撰,陕西人民教育出版社1996年
《全唐诗作者索引》,张忱石编,中华书局1983年
《全五代词》,〔清〕李调元编,何光清点校,巴蜀书社1992年
《唐才子传校笺》,〔元〕辛文房原著,傅璇琮主编,中华书局1987—1995年
《唐诗鼓吹》评注,题元好问编,钱谦益等评注,河北大学出版社2000年
《唐诗解》(上、下),〔明〕唐汝询著,河北大学出版社2000年
《唐诗合解笺注》,〔清〕王尧衢著,河北大学出版社2000年
《唐诗汇评》,陈伯海主编,浙江教育出版社1995年
《唐诗归》,〔明〕钟惺、谭元春编,张国光点校,湖北人民出版社1985年
《唐诗品汇》,〔明〕高棅编,上海古籍出版社1982年影印
《唐诗评选》,〔清〕王夫之著,文化艺术出版社1997年
《唐诗评三种》,〔清〕黄生,黄山书社1995年

《唐宋诗醇》,〔清〕高宗敕编,春风文艺出版社 1995 年
《唐五十家诗集》,上海古籍出版社 1981 年影印
《唐诗纪事》,〔宋〕计有功著,上海古籍出版社 1981 年
《唐音癸签》,〔明〕胡震亨著,上海古籍出版社 1981 年
《万首唐人绝句》,〔宋〕洪迈编,书目文献出版社 1983 年
《唐代诗人丛考》,傅璇琮著,中华书局 1980 年
《唐代文学史》,乔象钟、吴庚舜等,人民文学出版社 1995 年
《唐集叙录》,万曼著,中华书局 1980 年
《唐人选唐诗新编》,傅璇琮编撰,陕西人民教育出版社 1996 年
《唐人轶事汇编》,周勋初主编,上海古籍出版社 1995 年
《唐声诗》,任半塘著,上海古籍出版社 1980 年
《唐诗百话》,施蛰存著,上海古籍出版社 1987 年
《唐诗大辞典》,周勋初主编,江苏古籍出版社 1990 年
《全唐诗大辞典》,张忠纲主编,语文出版社 2000 年
《唐诗鉴赏辞典》,萧涤非、程千帆等撰稿,上海辞书出版社 1983 年
《唐诗三百首》,〔清〕蘅塘退士编,陈婉俊补注,中华书局 1959 年
《唐诗三百首注疏》,〔清〕章燮注疏,安徽人民出版社 1983 年
《唐诗三百首详析》,喻守真编注,中华书局 1948 年
《唐诗三百首新注》,金性尧注,上海古籍出版社 1980 年
《唐诗三百首汇评》,王步高主编,东南大学出版社 1997 年
《唐诗选》(上、下),中国社科院文研所编,人民文学出版社 1978 年
《唐宋诗举要》,高步瀛选注,上海古籍出版社 1959 年
《唐诗别裁集》,〔清〕沈德潜编,上海古籍出版社 1979 年
《唐五律诗精品》,孙琴安编,上海社会科学院出版社 1991 年
《唐七律诗精品》,孙琴安编,上海社会科学院出版社 1989 年
《唐诗选注汇评》,韩兆琦编,北岳文艺出版社 1998 年
《中国历代诗歌精读·唐诗卷》,郑庆笃选注,济南出版社

1998年

《唐诗史》,许总著,江苏教育出版社1994年

《唐诗书录》,陈伯海、朱易安编,齐鲁书社1988年

《唐诗选本六百种提要》,孙琴安著,陕西人民教育出版社1987年

《唐诗学引论》,陈伯海著,知识出版社1988年

《万首唐人绝句校注集评》,霍松林主编,山西人民出版社1991年

唐宋词鉴赏

一、古人编选唐宋词总集

《花间集校》,李一氓校,人民文学出版社1958年

《花间集评注》,李冰若评注,河北教育出版社1999年

《花间集》、《尊前集》,陈红彦等校,辽宁教育出版社1998年

《乐府雅词》,〔宋〕曾慥辑,辽宁教育出版社1997年

《花庵词选》,〔宋〕黄昇辑,辽宁教育出版社1997年

《绝妙好词》,〔宋〕周密辑,辽宁教育出版社2001年

《天机馀锦》,题程敏政编,辽宁教育出版社2000年

《古今词统》,〔明〕卓人月编,辽宁教育出版社2000年

《精选古今诗余醉》,〔明〕潘游龙编,辽宁教育出版社2003年

《精选名儒草堂诗余》,〔元〕佚名编,辽宁教育出版社2003年

《唐宋人选唐宋词》(十一种),唐圭璋等校点,上海古籍出版社2004年

《阳春白雪》,〔宋〕赵闻礼辑,上海古籍出版社1993年

《词综》,〔清〕朱彝尊撰,上海古籍出版社1978年

《茗柯词选》,〔清〕张惠言编,江西人民出版社1984年

《历代诗余》,〔清〕沈辰垣、王奕清等辑,上海书店1985年影印

《蓼园词选》(清人选评词集三种),〔清〕黄苏辑,齐鲁书社1988年

《词辨》(清人选评词集三种),〔清〕周济辑,齐鲁书社 1988 年
《宋四家词选》(清人选评词集三种),〔清〕周济辑,齐鲁书社 1988 年
《宋词三百首笺注》,朱祖谋编,唐圭璋笺注,上海古籍出版社 1979 年
《唐宋人选唐宋词》,上海古籍出版社 2004 年

二、现当代人编唐宋词全集

《唐五代词》,林大椿辑,文学古籍刊行社 1956 年
《全唐五代词》,张璋、黄畲编,上海古籍出版社 1986 年
《全唐五代词》,曾昭岷等编,中华书局 1999 年
《敦煌曲子词集》,王重民编,上海商务印书馆 1956 年
《敦煌曲校录》,任二北编校,上海文艺联合出版社 1955 年
《敦煌歌辞总编》,任半塘编著,上海古籍出版社 1987 年
《全宋词》,唐圭璋编,王仲闻校补,中华书局 1965 年
《全宋词补辑》,孔凡礼编,中华书局 1981 年

三、现当代人编唐宋词选集

《唐五代两宋词选释》,俞陛云著,上海古籍出版社 1985 年
《唐宋名家词选》,龙榆生编,上海古籍出版社 1980 年
《唐五代两宋词简释》,刘永济编,上海古籍出版社 1981 年
《唐宋词选释》,俞平伯编,人民文学出版社 1979 年
《宋词举》,陈匪石编,江苏古籍出版社 2002 年
《宋词选》,胡云翼编,上海古籍出版社 1978 年
《唐宋词简释》,唐圭璋著,上海古籍出版社 1981 年

四、词话等类

《词话丛编》(收词话 86 种),唐圭璋编,中华书局 1986 年版
《宋元词话》,施蛰存、陈如江辑录,上海书店 1999 年
《词籍序跋萃编》,施蛰存主编,中国社会科学出版社 1994 年
《唐宋词集序跋汇编》,金启华等编,江苏教育出版社 1990 年

五、工具书类

《中国词学大辞典》,马兴荣等主编,浙江教育出版社 1996 年
《宋词大辞典》,王兆鹏、刘尊明主编,南京凤凰出版社

2003 年

《全宋词典故考释辞典》，金启华主编，吉林文史出版社 1991 年

《唐宋词鉴赏辞典》，唐圭璋主编，江苏古籍出版社 1986 年

《唐宋词鉴赏辞典》，唐圭璋等撰，上海辞书出版社 1988 年

《唐五代词鉴赏辞典》，潘慎主编，北京燕山出版社 1991 年

《宋词鉴赏辞典》，贺新辉主编，北京燕山出版社 1987 年

《唐宋词汇评》，吴熊和等主编，浙江教育出版社 2004 年

《词学论著书目》，黄文吉主编，台湾文津出版社 1993 年

《词学论著总目》，林玫仪主编，台北中国文哲研究所筹备处 1995 年

《词学史料学》，王兆鹏著，中华书局 2004 年

《词话丛编索引》，李复波编，中华书局 1991 年

《唐五代词索引》，胡昭著、罗淑珍主编，当代中国出版社 1996 年

《全宋词作者词调索引》，高喜田、寇琪编，中华书局 1992 年

念,《蜀道难》则总不离蜀道的艰险……。词调则不然,除《寿楼春》等词牌常用来写悼亡之情或某些特定的内涵外,多数词调可用来写各种题材,只是有的悲壮激烈,有的婉转缠绵……风情有所不同而已,对词的题材、主题则没有太多限制。

乐府与词的根本区别在于是否有律化的平仄与固定的字数,这是"乐府"与词作为"近体乐府"的区别。这种区别,仿佛齐言诗领域中五七言古体与近体五七言律诗、律绝的关系。律诗的形成经历了二百多年,从齐武帝期间的"永明体",历经"沈宋"五律基本定型,到杜甫"七律"才基本定型。杜诗中甚至还有少量失粘、拗句的七律。此时上距"永明体"已近三百年。词从无到有,也应在格律化中经历相似的历程,词不大可能先于诗完成格律化的过程。所以词的产生应是经历:旧题乐府——乐府新声——近体乐府(词)的过程。

梁武帝的《江南弄》七曲以及沈约、萧纲与之唱和之《江南弄》已具词之雏形。试看:

众花杂色满上林,舒芳耀绿垂轻阴。连手躞蹀舞春心。舞春心,临岁腴,中人望,独踟蹰。

美人绵眇在云堂,雕金镂竹眠玉床。婉爱寥亮绕红梁。绕红梁,流月台,驻狂风,郁徘徊。

这十多首《江南弄》从字面看形式完全一样:七句,三个七字句,四个三字句,第四句重复第三句的末三字。前四句每句押韵(三四重韵),五七句换韵,都押平声韵。如果不考虑平仄,这与中唐时期的小令词已差不多,而且同题作者多人,流传至今的作品尚有十多首,当时恐怕更多。《江南弄》是一首乐府诗,郭茂倩《乐府诗集》中以梁武帝这一首最早,有首创之意义。他本人曾是"竟陵八友"之一,是个有成就的文人。沈约更是当时文坛泰斗。是沈约首倡"四声八病"说,将"四声八病"用之于诗,形成"永明体",将此说用之于乐府,则成《江南弄》的组曲。前者为齐言(多为五言),后者为杂言。前者发展为律诗,后者发展为词。诗词同源,诗仅指格律诗而言,应是正确的。

清人刘熙载《艺概》卷四有曰:"梁武帝《江南弄》、陶弘景《寒夜怨》、陆琼《饮酒乐》、徐孝穆《长相思》,皆具词体,而堂庑未大。至太白《菩萨蛮》之繁情促节,《忆秦娥》之长吟远慕,遂使前此诸家悉归环内。"这一论断很值得注意。试看言及的这几首乐府词:

〔梁〕陶弘景《寒夜怨》:

夜云生,夜鸿惊,凄切嚓唳伤夜情。空山霜满高烟平。铅华沈照帐孤明。寒月微,寒风紧,愁心绝,愁泪尽。情人不胜怨,思来谁能忍?

〔陈〕徐陵《长相思》二首:

长相思,望归难。传闻奉诏戍皋兰。龙城远,雁门寒。愁来瘦转剧,衣带自然宽。念君今不见,谁为抱腰看?

长相思,好春节。梦里恒啼悲不泄。帐中起,窗前髻。柳丝飞还聚,游丝断复结。欲见洛阳花,如君陇头雪。

〔陈〕陆琼《饮酒乐》:

蒲萄四时芳醇,瑠璃千钟旧宾。夜饮舞迟销烛。朝醒弦促催人。春风秋月恒好,欢醉日月言新。

〔陈〕陆琼《长相思》:

长相思,久离别。一罢鸳文绮荐绝。鸿已去,柳堪结。室冷镜疑冰,庭幽花似雪。容貌朝朝改,书字看看灭。

显然上引各首《寒夜怨》、《长相思》与《江南弄》一样,除平仄不合,押韵平仄不限,甚至平仄(上去入)通押,其他与成熟的词已非常相似。徐陵与陆琼的《长相思》三首中,三字、七字、五字句交替,位置十分固定,三首的格式决无二致。同时期作家还有萧淳、王瑳各一首,张率、陈叔宝、江总各二首,形式与徐陵、陆琼完全一致。如此众多的作家,写作同题之作,字数、句数、押韵点,乃至重复处完全一致,这与乐府惯常的做法很不相同。

2001年笔者在澳门大学参加国际词学讨论会,在第一天的报告中,力主词起源于六朝乐府说。但遭到六位专家的当场责难,其理由无非是平仄不合,韵律不严。按照诸公的标准,只怕唐代的敦煌曲子词也难称为词,因为平仄韵律不合处多矣。他们不责难敦